粤
名家文丛
粤派批评丛书

本项目受广东省宣传文化发展
专项资金资助出版

广东省作家协会
广东人民出版社
组编

郭小东集

郭小东 著

SPM
南方传媒 广东人民出版社
·广州·

图书在版编目（CIP）数据

郭小东集 / 郭小东著. —广州：广东人民出版社，2022.8
（粤派批评丛书. 名家文丛）
ISBN 978-7-218-15852-5

Ⅰ. ①郭… Ⅱ. ①郭… Ⅲ. ①中国文学—当代文学—文学评论 Ⅳ. ①I206.7

中国版本图书馆CIP数据核字（2022）第108887号

GUO XIAODONG JI
郭 小 东 集

郭小东 著

出 版 人：肖风华

责任编辑：钱飞遥
装帧设计：河马设计
责任技编：吴彦斌 周星奎

出版发行：广东人民出版社
地　　址：广州市越秀区大沙头四马路10号（邮政编码：510199）
电　　话：（020）85716809（总编室）
传　　真：（020）83289585
网　　址：http://www.gdpph.com
印　　刷：恒美印务（广州）有限公司
开　　本：787毫米×1092毫米 1/16
印　　张：25.75 字　数：407千
版　　次：2022年8月第1版
印　　次：2022年8月第1次印刷
定　　价：88.00元

如发现印装质量问题，影响阅读，请与出版社（020-85716849）联系调换。
售书热线：（020）87716172

"粤派批评"丛书编辑委员会

总　序

在近百年来的中国文坛，"京派批评""海派批评"以及20世纪80年代崛起的"闽派批评"已是大家公认的文学现象，但"粤派批评"却极少被人提起。其实，不论从地域精神文化气质，从文脉的历史传承，还是从批评的影响力来看，"粤派批评"都有着自己的精神气质和文化品格，有它的优势和辉煌。只不过，由于历史、现实、文化和地域的诸多原因，"粤派批评"一直被低估、忽视乃至遮蔽。正是有鉴于此，我们认为，以百年"粤派"文学以及美术、音乐、戏剧、影视等评论为切入点，出版一套"粤派批评"丛书，挖掘被历史和某种文化偏见所遮蔽的"粤派批评"的价值，彰显"粤派"文学与文化的独特内涵和深厚底蕴，这不仅能更好地展示广东文艺批评的力量，让"粤派批评"发出更响亮的声音，而且有助于增强广东文化的自信，提升广东文化的影响力，促进区域文化发展，从而在当前打造广东"文化强省"的进程中发挥积极的文化效应。

出版"粤派批评"丛书，有厚实的、充分的历史、现实、文化和地域等方面的依据。

1．传统文化的影响。岭南文化明显不同于北方文化。如汉代以降以陈钦、陈元为代表的"经学"注释，便明显不同于北方"经学"的严密深邃与繁复，呈现出轻灵简易的特点，因此被称为"简易之学"。六祖慧能则为佛学禅宗注进了日常化、世俗化的内涵。明代大儒陈白沙主张"学贵知疑"，强调独立思考，提倡较为自由开放的学风，逐渐形成一个有"粤派"特点的哲学学派。这种不同于北方的文化传统，势必对"粤派批评"的形成起到潜移默化的作用。

2．文论传统的依据。"粤派批评"的起源可追溯到晚清，黄遵宪的"诗界革命"，梁启超的"小说界革命"的倡导，开创了一个时代的风潮，在全国产生了普泛的影响。20世纪二三十年代，黄药眠在《创造周刊》发表大量文艺大众化、诗歌民族化文章，产生了很大影响。钟敬文则研究民间文学，被视为中国民间文学的创始人。中华人民共和国成立后的十七年，"粤派批评"的代表人物是黄秋耘、萧殷和梁宗岱。黄秋耘在"百花时代"勇猛向上，慷慨悲歌，疾恶如仇，高举着"写真实"与"干预生活"两面旗帜，大声呼吁"不要在人民疾苦面前闭上眼睛"。在中国当代文学理论批评史上，萧殷也许不是一流的评论家，但却是一流的编辑家。王蒙曾说过："我的第一个恩师是萧殷，是萧殷发现了我。"而梁宗岱通过中西诗学的贯通，建立起了现代性与本土经验相融汇的诗歌理论批评体系。新时期以来，"粤派批评"也涌现出不少在全国有一定知名度的批评家。如在广东本土，"30后"的有饶芃子、黄树森、黄修己、黄伟宗；"40后"的有刘斯奋、谢望新、李钟声；"50后"的有蒋述卓、程文超、林岗、陈剑晖、郭小东、金岱、宋剑华、徐肖楠、江冰；"60后""70后"的有彭玉平、谢有顺、贺仲明、钟晓毅、申霞艳、胡传吉、纪德君、陈希、杨汤琛；"80后"的有李德南、陈培浩、唐诗人；等等。在北京、上海、武汉及香港等地生活的"粤派批评"家的有杨义、洪子诚、温儒敏、陈平原、陈思和、吴亮、程德培、黄子平、古远清等，其阵容和影响力虽不及"京派批评"和"海派批评"，但其深厚力量堪比"闽派批评"，超越国内大多数地域的文学批评。如果将视野和范围再开放拓展，加上饶宗颐、王起、黄天骥等老一辈学者的纯学术研究，"粤派批评"更是蔚为壮观。

3．地理环境的优势。从地理上看，广东占有沿海之利，在沟通世界方面具有得天独厚的优势；同时，广东处于边缘，这既是劣势也是优势。近现代以来，粤派学者在中西文化交汇的背景下，感受并接受多种文明带来的思想启迪。他们视野开阔，思维活跃，不安现状，积极进取，敢为人先，因此能走在时代变革的前列。黄遵宪、康有为、梁启超、孙中山等是这方面的代表人物。他们秉承中国学术的传统，开创了"粤派批评"的先河。这种地缘、文化土壤的内在培植作用，在"粤派批评"的发展过程中是显而易见的。

"粤派批评"有属于自己的鲜明特点。

1．从总体看，除发生期的梁启超、黄遵宪外，"粤派批评"家不像北京的批评家那样关注现代性、全球化、后殖民等宏观问题，也不似"闽派批评"那样积极参与到"朦胧诗""方法论""主体性"的论争中。"粤派批评"家有自己的批评立场、批评观念，亦有自己的学术立足点和生长点。他们师承的是梁启超、黄遵宪、黄药眠、钟敬文这些大家的治学批评理路。他们既面向时代和生活，感受文艺风潮的脉动，又高度重视审美中的文化积累和文化传承；既追求批评的理论性、学理性和体系建构，注重文学史的梳理阐释，又强调批评的实践性，注重感性与诗性的个性呈现。比如，古远清的港台文学研究，饶芃子的海外华文文学研究，郭小东的中国知青研究，陈剑晖的散文研究，蒋述卓的文化诗学研究，宋剑华对经典的阐释重构，都各有专攻，各擅胜场，且处于国内领先地位。

2．中国现当代文学史写作，是"粤派批评"最为鲜亮的一道风景线。在这方面，"粤派批评"几乎占了文学史写作的半壁江山，而且处于前沿位置，有的甚至成为中国现当代文学史写作的高地。比如20世纪80年代，钱理群、陈平原、黄子平联合发表的著名论文《论"20世纪中国文学"》，其中的陈平原、黄子平均为粤人。洪子诚的《中国当代文学史》以方法先进、富于问题意识、善于整合中西传统资源和吸纳同时代前沿研究成果著称，它与陈思和的《中国当代文学史教程》被学界誉为中国现当代文学史的"南北双璧"。杨义的三卷本《中国现代小说史》是将比较方法运用于文学史写作的有效实践，该著材料扎实，眼光独到，文本分析有血有肉，堪与夏志清的《中国现代小说史》比肩。此外，温儒敏的《中国现代文学批评史》、黄修己的《中国现代文学发展史》、古远清的港台文学史写作也都各具特色，体现出自己的史观、史识和史德。

3．"粤派批评"还有一个亮点，即注重文学批评的日常化、本土经验和实践性。"粤派批评"家追求发现创新，但不拒绝深刻宽厚；追求实证内敛，而不喜凌空高蹈；追求灵动圆融，而厌恶哗众取宠。这就是前瞻视野与务实批评结合，经济文化与文学批评合流，全球眼光与岭南乡土文化挖掘齐头并进，灵活敏锐与学问学理相得益彰，多元开放与独立的文化人格互为表里。这既是广东本土批评家的批评践行，也是他们的共性和个性特征，是广东文化研究和文学批评的可贵品格。

"粤派批评"的这种特色，可以用八个字来概括：创新、实证、内敛、精致。

创新。从六祖慧能到陈白沙心学标榜"贵疑""自得"，再到康、梁，粤地便一直有创新的传统。这种创新精神在百年的"粤派批评"中也得到充分的践行和展示，这一点在当下应受到特别的重视。

实证。康有为的老师朱九江，其著述被称为"实学"，他倡导经世致用的实证研究，这一批评立场和方法，在后来的许多"粤派批评"家身上也清晰可见。

内敛。"粤派批评"虽注重创新，强调质疑批判精神，但它不事张扬作秀，它的总体基调是低调务实，是内敛型的。正是因此，它往往容易被忽视，被低估，甚至在某些时段被边缘化。

精致。"粤派批评"比较个人化，偏重民间的立场和姿态，也不热衷于宏观问题的发声和庞大理论体系的建构，但"粤派批评"家的批评实践具有"博"与"精"并举，"广"与"深"兼备，"奇"与"正"互补的特点，这形成了"粤派批评"细微却精致的特色。

建构"粤派批评"，不能沿袭传统的流派范畴与标准，而需要有一面旗帜、一个领袖、一套共同或相近的文学理论主张、一批作品或论著证明、体现这些理论主张。事实上，在当今中国的文学语境下，纯粹的、传统意义上的文学流派或学派是不存在的。因此，"粤派批评"更多的是描述一个客观的文学事实，即"粤派批评"作为一个实践在先、命名在后的批评范畴，并非主观臆想、闭门造车的结果。它不是一个具有特定文学立场、主张和追求趋向一致性和自觉结社的理论阐释行动。它只是一个松散的、没有理论宣言与主张的群体。因此，没有必要纠结"粤派批评"究竟是一个学派，还是一个地域性的概念，但有一点可以肯定："粤派批评"已是一个特色鲜明的客观存在，即虽具有地方身份标志，却不是局限于一地之见的文艺理论家批评家群体。

"粤派批评"丛书不仅要具备相当规模，而且应做成一个开放、可持续发展的产品链，这样才能产生较大的规模效应，发出自己强有力的声音，并将这种声音辐射到全国。为此，丛书分为"文选"和"专题"两大板块。文选共38本，分"大家文存""名家文丛""中坚文汇""新锐文综"四个层次。

专题共12本。两大板块加起来共50本，计划在3年内完成。以后视情况再陆续补充，使之成为广东一张打得响，并在全国的文艺版图中占有一席之地的文化名片。

党的十九大报告指出："发展中国特色社会主义文化，就是以马克思主义为指导，坚守中华文化立场，立足当代中国现实，结合当今时代条件，发展面向现代化、面向世界、面向未来的，民族的科学的大众的社会主义文化，推动社会主义精神文明和物质文明协调发展。"在广东省委宣传部的指导支持下，广东省作家协会和广东人民出版社联合编纂出版"粤派批评"丛书，是贯彻落实十九大关于文化建设发展精神和习近平总书记关于文艺工作的重要指示的一项重要举措，是讲好中国故事、传播中国声音、阐发中国精神、展现中国风貌的一次文化实践。我们坚信，扎根广东、辐射全国的"粤派批评"必将成为新时代坚定文化自信、实现中华民族伟大复兴路上其中一块稳固的基石。

"粤派批评"丛书编辑委员会

2020年5月15日

作者照

作者简介

郭小东（1951— ），广东汕头潮阳人。国务院政府特殊津贴专家、文科二级教授、一级作家、中国作家协会会员。广东省人民政府文史馆特约研究员，广东南方红色文化研究院学术顾问、高级研究员。广东现代作家研究会会长、广州国际中华文化学术交流协会理事长。原广东省作家协会副主席、第八届广东省政协委员，中国当代少数民族文学研究会副会长。

广东省优秀中青年专家、广东省优秀中青年社会科学家、首届"广州市十大杰出青年"。

曾获中国作协庄重文文学奖、广东省鲁迅文学奖、广东省哲学社会科学优秀成果奖等奖项。出版有《郭小东文集》22卷（已出14卷）、《中国知青文学史稿》、《中国知青部落》三部曲、《铜钵盂》《仁记巷》《光德里》等作品。

自序：卯时的阳光

当城市篝火起时，我写评论，与评论家们凝视火星的方向。篝火时有熄灭，火星渺然四灭，于是我写小说。谈不上更喜欢哪种写作。我的喜欢，只在篝火，即思想！除此，写作毫无意义，连谋生糊口都谈不上。大学的教职，虽仅够淡饭粗茶，然足矣！写字一旦辛苦，绝不写字！这是我对文字的一点尊敬。

父亲预言我将会是很好的学者和作家。他去世后月余，我在海南边地，读到他给我的遗信，信中有这样的字样。

起因于父亲去世前不久，我给他寄去读《反杜林论》《哥达纲领批判》《共产主义原理》的读书笔记。我在初一时，细读过父亲写于20世纪30年代的手稿《论唯物辩证法》。我读不懂，心情却如同读《圣经》。

与父亲的积极相反，母亲不希望我为文，更不允许谋官，只求平淡平安，娶个貌美如花的女人，生三五个子女……母亲的期许，对我的人生有重大影响。而毕竟命运是条野河，没有预约的地图。

我1966年初中毕业，去了远方，而后在归来的艰涩中安度平生。1966年，在中国历史上，是一个里程碑式的年份，它决定了许多中国人的命运。它对于我，尤为深刻！是荆棘悬崖，也是深深鸿沟。

我曾在一部小说中，写到对这种深刻的一点理解：全身到处都疼，疼得无以复加！到处都在流血，可是到处都找不到伤口。没有伤口！

我自13岁开始发表作品，少年的憧憬，已让太冗长的岁月吞噬得面目全非，明知纯真的书写里有太多的尘渍，不可摧毁的习惯，还是把落英，遗存在记忆的地图上。于是，有了这本自选集。

我的几本自选集——《诸神的合唱》《转型期文学风度》《文学的锣鼓》《想象中的时间》，而至当下这本《郭小东集》，每一本，各有时间和思想的轨迹，文学的行脚而已！

在文学上，我本无所谓特别的追求。想说便写，写完则罢。吐纳之间，人生似已暮色苍茫，即便还有话说，想想也并不合时宜。不如沉舟侧畔，静看千帆倏忽而过，白首衔杯，先生自笑！

闲来写点小说，凡15部。分几类：知青，河流，街市，老屋。无非是灯塔与海，少年和狗，大儒隐侠家奴，再加女人的合唱！

最醉心是侨批，它教会了我许多事。诚信，口诺，坚守。它从飓风和海盗船，从轿子和马车的年代走来，走得惊心动魄，饶有兴味！让我看到了时间的走动，红马和白衣人的信步。去做一回水客和批脚，在一个早逝的陌生的年代，进入一个叫"铜钵盂"的村庄。

然后是《仁记巷》《光德里》《桃花渡》《十里红妆》。这些"中国往事"，让我的文学批评，从粤地的闾巷，扑向但丁的"七座灯台"，以及提头当灯的夜行人。

父亲的预言，已过去将近50年。那时，我尚在做知青，他预言的理据穿透他对他死后岁月的浪漫信仰。当时的一切已无从记忆，包括那天在山里读信时的心情故事。

这之前，我被中山大学高分子化学专业退回；次年，我在原始森林中得到可以去厦门大学远洋航海专业读书的消息，此事终因张铁生的白卷事件告废。重新洗牌的结果，是去了海南师范学院中文系。从中大高分子化学到厦大远洋航海到海师中文，我别无选择。若顺乎这三个风马牛的方向，无论哪个，都不是我的今日。

时间和时代，以它的方式，强行塑造了我的人生，在逆行的道路上。幸好我始终听从父母的训谕，不敢奢望功名，不与人争，所以活得自在自由，听天由命，寡淡平白！

我童年的理想很简单，报考北京电影学院，像赵丹，去演《烈火中永生》的许云峰，从没有想过会去做知青，也极端厌恶当教师，非常排斥做演员以外的任何事。这个纯真的梦，终成生命的笑柄。在我自己心中，笑了自己许

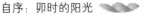

多年。其实，若当真如愿，我也一定不是个好演员，遑论做赵丹！

小说是我另一种形式的评论，是文学与社会的评论。它更能含蓄地表达思想，丰富思想。当评论无法明说时，小说却有着深刻的承担。于我而言，小说的勃兴，并不以评论的沦陷为代价！

说"粤派批评"，不如"粤地批评"贴切。摈弃群体性而显达个人性，更符合中国当代文学批评现状的客观形势。粤地的家国情怀，与北地的国家诉求，略有不同。文学风度的南方绵柔与北方粗粝，在文学质地、结构上也有差异，这种分别来自民间与庙堂的价值取向，一直存在于创作与批评乃至心灵的文学判断之中，存在于市场和权力的文学冲突之中。试读《南方的岸》和《北方的河》，昭然若揭！

有幸的是，在个人文学成长的时节，遭逢激情与思想解放的20世纪80年代。天赋独立的精神，自由思想而致的现实行为，令我们这一代人中的先行者们，从僵化的思想桎梏中脱颖而出，包括对自身的检讨与反思，得以与新世纪的文学叙述同行并处于前沿。

中国新文学元年，如卯时的阳光！

2018年8月26日

目　录

第三辑　守望·怀想

第一辑

时间·想象

中国现代主义小说：想象中的时间

着眼于时间才有可能把握存在。对于存在的阐释与象征，也许正是现代小说要苦苦寻觅的终极理想。因此，小说的时间性，就成为现代小说思维和结构的主要对象。它意味着小说已不再把时间当作岁月的量词，当作事件展开的过程或人物成长的容器，时间逃遁了时间本身而成为一种艺术方式。时间不再是背景而成为被阐释演绎的对象，同时也成为阐释演绎的手段。时间因此也就从与空间紧密胶合的现实状态中被分离出来，超越了它曾经被人为物理化的情态而虚无化为一种存在。小说现实也就因时间的虚无化而被赋予了一种超越性。时间成为揭示世界存在的条件。

那么，时间是怎样成为揭示世界存在，包括艺术世界存在的条件的？

一、时间，游走于现实与存在之间

首先，作为一个哲学命题，存在相对现实而言。简单地说，假设将现实理解为一种"在场"，而存在就是一种"不在场的在场"。"在场"是现实主义小说的基本范式，对之的揭示描状都遵循着"在场"也即时空的统一，时间和空间有一个物理关系，它们互相维持着并呈现着一种"场景"和动作。而存在则是超越一切"在场"的超现象性的"不在场"，但却是一切"在场"的必要条件。这样，所谓我们面对的"现实"，以及由现实呈现着的意识，从来就被一个不是自身的存在支撑着。现实也就被虚无化为一种精神，一种将被不断绵延的东西。文学所谓实现的，也将是这样一种属于"本体论证明"的东西。

时间，在现实与存在之间扮演了一个重要的角色，它穿透其间，联结着、离间着现实与存在的关系。它像一根针，一根穿着各种颜色、材质和感觉

的线的针，游走在现实与存在之间，既塑造着一个文学世界，本身又被当作这个文学世界中的对象，被充分地运用和认知着。它既是对象，又是解剖这个对象的方法。具体到文学作品中，也即它既是内容，又成为形式。

在大多数以现实主义为主要艺术方式的文学作品中，时间成为必要条件。在小说的三要素——时间、地点、人物——中，本就具有虚无特质的时间，其在陈述过程中被物质化并被固定在地点和人物上。它既物理地显现地点，也固执地标志着人物。这三者互为固定，而给出了一个凝固的世界，因之也就框定了这个世界有限的边界。"在场"也就常常被囿于一种"历史事实"也即疏离了"历史真实"从而在真实之上悬置了一个实存在过，而不是存在的可能性的先决条件。这把悬置着的剑，常常干扰着现实主义的本真，而使现实主义变得可疑和游移不定，因之也就伤害了文学的现实主义诉求。现实成为"事实"且必须是曾经发生过的"事实"，而剥离了它得以支撑着的另一种"不在场的在场"——存在的客观性。这种现象，是导致我们长期以来对现实主义误解和歪曲的原因之一。

现实主义本无所谓对错好坏，而当被我们冠之以各式各样的名目，如"革命现实主义""社会主义现实主义""批判现实主义"等，它就失却了它作为"素朴的诗"的诗学意义，而成为某种功利的工具。时间，也就被非常简单地处理为"纪年"，或者被作为某些重大历史事件的标志。20世纪40、50、60年代的社会主义现实主义作品，基本上都严格恪守这样的时间法则。叙事时间并未获得独立的文学品质，没有从物理学的时间模式中摆脱出来。时间被不断固定，却从未被"想象"。那一时期的重要作品，概莫能外。最明显的是欧阳山，他的《一代风流》前二部——《三家巷》和《苦斗》，每章开篇便标明年代——"公元一千九百……年"，而其叙事也就严格固守于这一时间范围之中。柳青的《创业史》"题叙"：一九二九年，就是陕西饥饿史上有名的民国十八年，然后"二十年过去了"，进入"一九四九年的夏天"。即便是新时期文学的重要作家路遥，他的作品与他的前辈作家，在时间问题上，没有哪怕是一点点的松动。以路遥的《人生》言，第一章的时间标明"农历六月初十"，第二章则是"近一个月来"，第三章开头是前一年结尾的时间提示"明天到县城赶集去"的实施——"吃过早饭不久"。每章都有一个明确的时间标示。某年某月某日某个时辰，在作品中都交代得清清楚楚，全部创作都是实时叙述。一切都被形而下，被具象地固定在某时某地某人的物理模式中。而作为人类存在的无限空间，被遮蔽、忽略或有意抹杀了。文学的虚构和想象空间被粗暴地关闭。时间仅仅成为历史的容器或标识，而缺失了它对这个世界的表达和认知的功能，我们无法同时穿越时间而看到时间、感知时间的无限神秘和睿智，而仅仅是形而下地看到时间，被告知时间，时间成为一种集体记忆和脚下坚实的土地，被牵围成一种有限的、固定的、凝冻的格局。它没有在文学中飞升起来，或成为被文学不断地解释和演绎的对象。

单向度地理解时间，单质地地处理时间，并非中国文学的传统，即便是在最古老、诞生于文化元年的那些记载，时间也并非仅止于具体可视的物象。如《淮南子·览冥训》中写道："往古之时，四极废，九州裂，天不兼覆，地不同载，火爁焱而不灭，水浩洋而不息，猛兽食颛民，鸷鸟攫老弱，于是女娲炼五色石以补苍天……"[1]这是关于开天辟地的故事。时间在这里是无限绵延的，没有起始，也没有终点。这是先人意识中最素朴的时间形态。它是非现实的，然而又是可感知的一种存在。在现实的真切描绘中，时间被虚无化为想象中的无限绵延的空间。在人类童年的幼稚表述里，文学体现着一对时间的神思。没有纪年反而开启了人类对时间的神秘感应。这种感应通过对现实的异度还原而产生了难以言说的深邃感。

老子道："有物混成，先天地生。寂兮寥兮，独立而不改，周行而不殆，可以为天下母。吾不知其名，字之曰道，强为之名曰大。"[2]先天地生的时间观，41字，无一字不与时间有关。说的是道，道与天地人的关系，是现实与存在的关系，而且是在混沌的广渺无涯的时间背景上凸现其运动的相对性和永恒性。关于"吾不知其名"三句，《道德经》首章说："名可名，非常名。"道是无法用一个"名"来规范的，因为既是说明，就有限制，而"道"是不可限制无法范围的，故老子用"字"来表述"道"，勉强为之。《管子·心术上》更为具体地阐释了道："道在天地之间也，其大无外，其小无内。"道是无限的（吾不知其名），道是运动且永恒的（独立而不改，周行

---

① 何宁. 淮南子集释［M］. 北京：中华书局，1998：479.
② 刘坤生. 老子解读［M］. 上海：上海古籍出版社，2004：131.

而不殆），道是产生一切的（可以为天下母），可作时间解。"大曰逝，逝曰远，远曰反。故道大，天大，地大，王亦大。域中有四大，而王居其一焉"。《说文解字》释："逝，往也。"逝、远、反（返）指永不衰竭的运动。有什么是永不衰竭？唯有时间，这是最朴素也最深邃的时间本体论。逝去、远去而又追返，这不是时间又是什么？现代主义小说中的时间观念，正是遵循着这样的逻辑。存在与虚无，有与无的关系也一定由此而生。因为，时间就是进程。

二、想象时间，是现代主义小说的基本态度

中国的现代主义小说，时间作为形式是它的革命性内容。由话本、说话发展而来的中国白话小说，在叙述上照顾了说话的功能和听者的习惯。中国传统叙事文学的时间观念，始终受"史传"和"白话小说"的制约，重质轻文和文以载道的传统使文学的形式创新囿于道统的规范之内，虽有老子等大学问家的哲学传承，却始终与文学隔阂，且未能成为文学创新的哲学先导。超稳定的制度结构也使文学观念止步不前。与时间顺序同步，与历史进程同步，复述历史再现历史的文学，是和文以载道的期许并行不悖的。"五四"的锣鼓和"打倒孔家店"的文学革命，对于中国封建文学和八股文体制而言，无疑有着《易经》中"梦占"的吊诡。而鲁迅是反叛得最为彻底的。对《呐喊》和《彷徨》重新进行想象，在时间问题上，鲁迅比同时代人乃至今人都锻炼得更为纯熟。

想象时间，是鲁迅小说的基本态度。普罗提诺认为，时间有三个，这三个都是现在。既然都是现在，那它们之间有什么差别呢？他指的是一个事关现代性的问题，也即是说：第一，我说话的这个时间，即现时，它已经成为过去；第二，过去的那个现时，也就是记忆；第三，将来的现时，它可能成为我们想象中的希望或者恐惧。对于一个明了现代性的作家而言，这种对时间的定位解释也许更适切于文学。文学是在虚构中想象。它站立的位置始终都是现在。现在的现在，现在的过去，现在的未来。所有的时间都只不过是集结于现时的瞬间，在这一瞬间集体地回响。只有对此有深刻认识的作家，才能在心灵深处，听到时间从远古到现代轰鸣的回响，才能紧紧地把握住他所处时代的来

龙去脉，把人的生命变成命运，变成他小说中人物的命运。

鲁迅就是这样的作家。尽管他的小说大部分离不开他故乡鲁镇那个小小的地方；尽管他描写的并不是他那个时代里最重大和伟大的事件；尽管他梦想过去写红军的长征，那也只不过是他永远也不会实现的梦想而已。他的生命和他站立的人生位置，这个位置所指明的文学方位，是如此天然地契合，以至于从他笔下流泻出来的东西，最终成为百年文学中最为韧长的文学主题——中国知识分子的命运、中国社会底层的人生况味。那种永远也不会过时的社会人生冲动，在百年文学发展中，愈来愈见其人性光芒和关怀，正因为他永远处于现在，永远紧叩现代中国人"在场"的心扉。他所悲悯关心的是中国人永恒的命定。这命定从祥林嫂到童年闰土，到孔乙己再到魏连殳，从狂人到阿Q乃至小D和吴妈。这些人属于过去，也属于现在，他们在过去、现在、未来合奏而成的时间旋律中，活泼而又神情沉重地从历史深巷中走来，一直走到今天，走过现场，还在继续向未来走去。鲁迅把人性的永恒性，置于时间的施洗中，凸现为每一个中国人的精神印记。即便是远古的神话，在鲁迅的笔下，也只不过是发生在当下的事。《故事新编》里的篇什，分明就是现代中国人的德性，远古的风习和人心，与当下的风景和冲突，在本质上有什么不同？五千年，在鲁迅心目中，只是眼前一瞬，这一瞬里凝练着太多的统制。故事本身承载的人物、情节已不重要，重要的是，"到足以几乎完全发表我的意思为止"（《我怎么做起小说来》）①，这意思自然是当下的意思。

问题还在于，这个"当下"是如何取得的。鲁迅的全部小说，几乎都是在追忆的方式下对"当下"的展开。他所展开的是一条向后之路，以此去引导人们向前。海德格尔说："思最恒久之物是道路，思想的道路在自身拥有那种神秘的性质，它允许我们在思的道路上自由徜徉，向前或向后，而且只有向后之路才能引导我们向前。"这或许正是鲁迅的小说大多以第一人称为叙述方式的理由之一。

"五四"时期是一个充满着反思的年代，表现出新旧文化交接转型的时代的思想特征。在汹涌而来的新思潮面前，鲁迅并非盲目地趋向这

---

① 鲁迅. 鲁迅全集（第四卷）［M］. 北京：人民文学出版社，1981：513.

种"新"的鼓吹。他的小说，更多地倾向以往的历史，寻觅着旧路上的陈迹。"我觉得仿佛就没有所谓中华民国""我觉得革命以前，我是做奴隶，革命以后不多久，就受了奴隶的骗，变成他们的奴隶了""我觉得什么都要重新做过"（《华盖集·忽然想到》）[1]。他清醒地忧思着正在革命或革命之后的中国如何重蹈着以往的历史，他以小说来展现这历史覆辙的过程。所以，他以"我"的身份，见证以往的历史沉疴；以个人介入时间的方式，沉静地冷峻地剖析着历史。郁达夫曾称赞鲁迅："当我们看到一部分时，他看到了全般，当我们着急要抓住现实时，他把握了古今未来。""全般"和"古今未来"是鲁迅在向后的路上，时刻警醒着的思想姿态。他借小说展开被卷起来的时间，让时间从容不迫地通过当下的滤器，一点点地过滤着，剔除着历史的沉渣，瓦解着旧中国黑沉沉的"铁屋子"。

鲁迅这种以时间的方式，对历史与现实作整体性观照的视野，是宏阔且深邃的。奇怪的是，鲁迅的小说，就单篇而言，从未向我们展开完整的历史及系统的编年。他的故事，都是些横断的碎片，一个小人物的几个人生片段，如孔乙己、魏连殳、陈士成、闰土、祥林嫂、狂人、阿Q等，这些人物在篇幅不长的格局中却并不缺失人生的全貌，小说情节不缺少史诗般的建构。若以常规论，三千字的《孔乙己》如何有史诗的恢宏？但它所揭示的主题的深广和忧思的隽永，它对中国知识分子总体命运格局和思想走向的把握，以及它所提供的现代信息和想象空间，实在是同类题材的长篇巨制无法比拟的。这当然首先得益于鲁迅开创的以小说参与历史发展本身的伟大传统，具有"文起百年之衰"的伟大气韵，更与鲁迅独创了一种深富他个人特质的小说文体相关。而其文体的精要之处，非一般的修辞学所能概括。

关于时间的启迪，能引导我们走近鲁迅小说文体的璀璨之河。博尔赫斯在《时间》中写道："时间是唯一重要的，我想说的恰恰是我们不可能摆脱时间，我们的思维不断地从一种状态过渡到另一种状态，这本身就是时间，是时间的流程。"流程！鲁迅小说正是依凭这流程形成小说独特的结构方

---

[1] 鲁迅. 鲁迅全集（第三卷）［M］. 北京：人民文学出版社，1981：60.

式，这方式全然是时间的方式，由时间的方式营构起一种独到的目光。这目光弥漫在小说氛围中，无处不在。时间仿佛是一只巡逻的猎犬，游走在黑沉沉的中国大地上，嗅出了社会人生的种种怪味道。每个局部的嗅出，都意会着全部和整体的创伤。这正所谓"部分并不比全部少"。这种审美效果由小说的时间性直接显现，也是鲁迅小说的时间观念的产物。

三、环境的时间性，小说形式的况味

在20世纪初年中国传统白话小说强大但是僵化的叙事格局中，时间从未成为小说家手中得心应手的器物，甚至也没有人去细细品味时间对于小说味道的重要性。它们也讲究味道，也讲究曲笔，也有插叙、倒叙的叙事应对，但这些都与主观重视时间并从中发现时间的思维形态无关。时间和历史的流淌同步同向线性进行，是在历史时间的大范畴中向前或向后的线性补充。几千年间，时间依附于空间显现其存在。在文学中，它和历史纪年同向流动。它从未被当作文学的对象和手段，也从未被作为物件折叠、变形、重复和虚无化。鲁迅小说的现代性正是开启了中国小说对时间的崭新理解，即时间的方式就是思维的方式。至此，我们知道了鲁迅小说所选取的叙事策略正是以此为原则，其实践改变了中国现代小说的走向，开创了现代主义小说的先河。

鲁迅小说的时间性，与他小说的其他现代主义元素一样，并未在后来的革命现实主义小说中得到推广。一方面是鲁迅小说的不可模仿和不可超越性，它的小说形式并未引起后代作家们特别的重视；一方面是对鲁迅小说进行过度政治解读，反而忽略了对其形式的研究。同时，我们并没有意识到鲁迅小说中的现代主义元素，而仅仅将之作为现实主义文学文本来认知。我们无数次地读过《祝福》首句——"旧历的年底毕竟最像年底"，以至到了麻木的地步，却没有读出鲁迅小说中无处不在的这种对时间的泛时间意识。这是向五千年间所有的"旧历的年底"、向传统和经典展开了既认同又饱含着隐忧的叙事。

鲁迅借时间的顽强向传统与经典挑战与质疑。在1924年，人们遵循的依然还是旧历的新年。鲁迅又借《祝福》中的鲁四老爷这位讲理学的老监生"他比先前并没有什么大改变""说我'胖了'之后即大骂其新党"等，意喻时间的

停滞和守旧的文化氛围。虚化年份也拓展了背景的时间范围，文中虽然出现了"新党"和康有为，隐约点出了较为具体的可供联想的年份特点，但小说的时间分布，已然隐入了旧中国茫茫的无边幽暗之中，旧历的年底在祝福的祭祀中和中国的古旧事物一起成为一种时间的绵延，幻化为旧时的象征。时间也就被制造成为环境。沈雁冰在《人物的研究》中说："从近代小说发达的过程看来，结构是最先发展完成的，人物的发展较慢，环境为作家所注意亦为比较晚近的事。"而"五四"作家对于环境渲染的曲意求工，已较清末的新小说有大的突破。

乡土、情调、社会画面都落实在叙述中而烘托出了特定的环境。而在时间的处置上突出环境的特异性和漫漶的意向，鲁迅小说的表现力尤见功力。他的每一篇小说，都有意地用过去时间留下的遗迹，引发人物情绪、内心活动的叙写，从中击发出一种或悲怆或反讽的声息，使人物在特殊的环境中活动着殊异的作态。例如《祝福》中，鲁镇"旧历的年底"，鲁四老爷的书房，河边岸上。《故乡》中说："时候既然是深冬，渐近故乡时，天气又阴晦了，冷风吹进船舱中，呜呜的响，从篷隙向外一望，苍黄的天底下，远近横着几个萧索的荒村，没有一些活气。我的心禁不住悲凉起来了。""阿！这不是我二十年来时时记得的故乡？"20年间的变迁，环境由时间写照，由心境过渡而成。寥寥数笔，完成了叙事的时间跨度。悲凉是从来就有的。《在酒楼上》中，又是回故乡之路，这回是"深冬雪后，风景凄清，懒散和怀旧的心绪联结起来……我的意兴早已索然。"时间的指认被定格为一种别致的色彩，由季节来承担风景的蕴含，由此渡向并塑造为一种心情，给小说的人物和情节营造了一个基调，这个基调十分宿命。这是鲁迅惯用的手法。

也许在那些岁月里，鲁迅从没有过清朗和绚丽的心情，也没有给他的小说环境以这样的机会。他总是在压抑沉郁的情绪中摆布着时间，并由这时间随着他的心情变幻着色泽，以此烘托出环境的意向。这样的环境，非常适合引导人物忏悔和自我开解。《伤逝》就很明显，"如果我能够，我要写下我的悔恨和悲哀，为子君，为自己"。这是涓生正在、即将要做但不知能否去做的忏悔。时间从未来向现在迫近，间接地道出了一种心理环境和外部环境的双重压迫，没有正面写出环境的窘迫和现实的险恶。随后，"会馆里的被遗忘在偏僻里的破屋是这样地寂静和空虚。时光过得真快，我爱子君，仗着她逃出这寂静和空虚，已经满一年了。事情又这么不凑巧，我重来时，偏偏空着的又只有这一间屋。依然是这样的破窗，这样的窗外的半枯的槐树和老紫藤，这样的窗前的方桌，这样的败壁……"破屋，窗前衰败破落的陈设，半枯的槐树和老紫藤、败壁，没有一样是生气勃发的，生命正在枯萎之中挣扎，而这一切，皆因为"满一年了"的时间使环境有着物是人非的印象。

小说叙事也就从现在向过去，由事后向事件引渡。向后的思路，将从这破屋向过去展开。环境因为时间的介入而体认了惊心动魄的人生命运。涓生和子君所有曾经的美好，被浸淫在可预见的设局之中。小说突兀的开局，向藏匿着的过去时间展开了全部的想象。环境中无处不有着来自时间的印记，这些印记无一不预设着悲剧的发生。涓生饱含着悔疚和忏悔自责同时自我开解的复杂性格，在这由时间摆布而成的环境中，显露得异常的幽深。环境的时间性已经成为鲁迅小说非常重要的因素。由时间而泛时间而无时间（时间的相对性）。涓生和子君的悲哀，也就由部分漫漶为全般，这正是鲁迅的意图。

四、在时间的回响中，现实虚无化为存在

在鲁迅的小说中，时间失去了原初的完整、绵延的顺序性，而被主观地切割、中断、颠倒、重叠、组合和跨越，同时泯灭过去、现在、未来的界限，而进入心灵视界——由任意的时间碎片所构成。时间因此而获得了一种独立的品格：类似梦的无序性成为小说叙事的基本方式。博尔赫斯说："为什么只能想象一种时间？我不知道你们的想象能否接受这样的观点：许多时间即许多种时间系列的并存，既有各单位间以前后或者同时发生关系的时间系列，也有既不属于前后关系也不属于同时关系的时间系列。所有系列都各不相同，自成体系。这是我们每一个人都可以想象得到的。"这种小说的时间观念，使叙事获得了前所未有的自由。这种自由的叙事对接了心灵的自由驰骋，暗合了思维的无边界特质。

鲁迅的小说，常常在极短的章节中，迅速地转换着时间，形成千变万化的时间序列。《伤逝》开篇，就异常迅速地转换着时间，"我要写下我的悔

恨和悲哀"，以未来的现在开篇。然后"时光过得真快……已经满一年了"，从当下向过去又回当下。紧接着："我重来时……""仍然是……"，又迅速回到现在。笔锋一转，"……就如我未曾和子君同居以前一般，过去一年中的时光全被消灭，全未有过"。叙述逆溯至更早的以前，"不但如此。在一年之前，这寂静和空虚是并不这样的，常常含着期待；期待子君的到来，在久待的焦躁中……然而现在呢……"

时间的踪迹遍布涓生的思绪，形成一条蜿蜒曲折的时间之蛇，交错倒置，起伏腾挪，令人目不暇接。错综的时间之网，网结起的满怀着复杂和犹豫的心绪，交织着的是悔恨和自责的思虑。许多时间的碎片，互为错综互为拼接，构成另一形态的时间连续。"时间之所以连续，就因为永恒需要回到永恒中去。这就是说，未来的概念来自我们回忆起始的渴望。上帝创造了世界，世界和整个生命宇宙要求回到永恒的源泉：无时间，即既非先时间亦非后时间，而是非时间。这早已进入我们的生命冲动。"①对于涓生而言，过去的时间充斥在现在之中，以悔恨和自责为前提，而最难把握的却是现在。因为他抓住的是追忆中的过去，而抓不住的，恰恰是正在进行中却又迅速逝去的现在。过去有长度，有进程，而现在没有，所以他无法把握。对于未来，也因此只剩下虚无的希望。时间以多种多样的形态和情状，在涓生的思绪中流动、穿插或驻足。因为时间的迅速轮转，它们便成为人物性格的组成部分，非常适切处于焦虑的反思状态中的思维特征，又近似于梦呓与梦的结构。

子君的死，是一个固有的时间起点，也是叙事策略中一个至关重要的死结。所有从现在向过去、从过去向未来的叙述，都包含在这个已有的现存的死结中。涓生的一切努力，他在梦幻中的进取或现实中的退却，都围绕着这个死结。当初他与子君的出走，是满怀着希望的，但在那个充满着绝望的20世纪20年代，他们如羔羊进入荒原，与吕纬甫和魏连殳一般，无论如何努力，都依然逃脱不了颓靡的结果。这是中国知识分子的整体命运。吕纬甫自称"庸人"；魏连殳自谓"失败者"；涓生写满悔恨和自责，"觉得新的希望就在我们的分

① 博尔赫斯. 博尔赫斯文集·文论自述卷［M］. 海口：海南国际新闻出版中心，1996：187.

离"，他一心只想着卸去肩上的责任，任子君在"严威和冷眼中走着所谓人生的路"。他们敏于认识而疏于行动。这个悖论，由于时间进程而被不断反复地证明着。涓生一坠入过去的时间，他是清醒同时敏感的。他游走在由所有过去缠结而成的死结中，努力开解着自我，也原谅着自我，他在心灵的视界中清楚地看见自己和子君的一切关系，剖白着这关系中的若干个自我和若干个子君的种种冲突，释放着由这冲突而成的紧张。他把握着轻重缓急的节奏，在心灵的独白中一点点地开解着那个明知无望解开的死结——子君是死了，这是在一开局便已注定的结果；但是，涓生一进入现在，从未来向现在叙述的当下时，他就变得茫然无措，虚空与黑暗笼罩着他，只有以说谎与遗忘去做前导。而期待得来的，无非是死的寂静。

时间以多元形态穿插在涓生的叙述里，同时改变、改造着涓生对过去、未来和现在的认识。也铸造着他被现实咬噬得百孔千疮的病态人格。他矛盾着过去，也错乱着前途，又谅解着自己的虚伪。一个弱者和他怯懦的人格，在时间的受洗中，让人看到一点点浮现的圣洁。这点圣洁，因子君的死而渐显惨白的残酷。谁之罪呢？终将由时间去回答这个永远也无法回答的问题，由是也就使其坠入永恒，在时间的回响中，现实也就虚无化为存在。时间得以在这种陈述中完成了它独立的充满着特别内涵的品格。涓生在这种洗练中也同样获得一种文学史上无可取代的独特性。

五、时间，变质为想象的虚构

由涓生我想到马原小说中那些个叫姚亮、陆高和"我"的男人。他们分别出现在《冈底斯的诱惑》和《上下都很平坦》之中，充当"叙述圈套"的编织者。我很想知道他们和鲁迅小说中的人物有什么不同。《伤逝》《祝福》等的叙述不是圈套。作为百年文学中现代主义小说启蒙者的鲁迅，他在20世纪初年为之奠基的现代主义小说，为后来的人们所提供的经验，在马原的小说中，有什么积极的影响吗？我知道这些进行着先锋、实验同时前卫的年轻作家，包括韩东、于坚、朱文、东西等，他们对鲁迅是不屑一顾的。韩东说"鲁迅是一块老石头……因此他的反动性也不证自明"，于坚则说"我就觉得他正是乌烟瘴气鸟导师，误人子弟啊"，朱文干脆说"让鲁迅到一边歇一歇吧"，东西以为鲁迅"对我没有指导意义"。①我不以为这是他们理性的真话，也不知道他们今天是否也还这样认为，因为这些人今天已不年轻，应该有些阅历了而不至于"童言无忌"了。如果他们从不读鲁迅或根本就对鲁迅无动于衷，那就另当别论了。但我想作为大学教师的马原，一定不会这么想，因为他绕不开鲁迅。尽管他的《阅读大师》这本书中，阅读的大师都是外国人，里面自然没有鲁迅。他好像连提也没有提到过鲁迅。但是可以肯定，他知道阿Q，因为他在《海明威的男人哲学》里写道："我还经常愿意举一例子，是很阿Q式的一个说法。"

其实，对被大家反复谈论着、论证着的马原的"叙述圈套"稍做拆解，我们将会发现，这所谓的"圈套"，在鲁迅那儿已经发展得相当圆熟，可说炉火纯青到了无痕迹的地步。而在马原这里，尚有人为痕迹。鲁迅有圈套却令人看不出编织的痕迹。《故乡》《祝福》《在酒楼上》《示众》《伤逝》等，在叙述的时间性上，都表现了鲁迅对时间思维的了然于心且运用自如。鲁迅绝对不人为地提示读者关于叙述方面的设置，而马原却经常会有这方面的动作，最著名的就是那句让许多人欣赏的"我就是那个叫马原的汉人"，以此来模糊"叙述人""作家马原"和"汉人"几种身份，然后又画蛇添足故弄玄虚地表白"我下决心在这个故事里不出现我，也许我只是其中的某个令读者可怜的角色"。且不说在小说叙述中有没有这种必要，或者这仅仅是一种吸引读者模糊读者阅读追踪的烟幕，使它看起来更像先锋或更为形式主义。

鲁迅从不表白：我就是那个叫鲁迅的鲁镇人。但是，鲁迅、鲁镇和小说中的叙述人"我"，他们之间的时间关系和"间离"关系，我们是看得明白且绝对不混淆的。鲁迅让"我"引导我们进入他的小说，但绝对无须提醒我们对"我"须另眼相看以防花眼。他叙述的线索很明晰，从现在向过去——马原也不例外，这是现代主义小说在时间处置上的共同原则，即现在的过去、现在的现在和现在的未来——但时间的虚点却非常复杂，正是这些散落在叙述链条上的"虚点"或叫做碎片，在叙述过程中不断被"重拾"着。每一次"重拾"都

① 朱文. 断裂：一份问卷和五十六份答卷［J］. 北京文学，1998（10）：19-40.

是一个叙述的转折，同时也是一种危机的消殒或诞生。以至于叙述的危机感和小说现实的危机感四处丛生，因之悬疑迭出。小说布局也为时间分布所主宰。作为叙述人或被叙述人的"我"，现在的"我"和过去的"我"也是变化中的，有很大的不同，这不同，自然也由时间的序列发生变动。

读过马原的《冈底斯的诱惑》《虚构》《拉萨河的女神》，特别是《拉萨生活的三种时间》，不管他的"叙述圈套"如何玄虚诡秘，其实是有原则可寻的。那就是，他更多的还是让其讲述的故事处于一种"正在发生"的状态之中，或把已经发生的故事置于"正在"或"可能"的情势之中去叙述。鲁迅比较委婉也比较遵循现实生活的时间流向，他是让人从小说效果上去体味这种状态。而马原则是特别说出，尤其是写"明天的故事"，马原把未来也作为一种小说中的实时讲述，这是有悖生活常理的。但是，明眼的读者不难看出，这依据的其实还是马原过去的生活经验，尽管马原并不承认这一点，他确实在写一种"可能性"，一种与"存在"有关的，也即那种"不在场的在场"的存在状态。时间在这里显示了特殊的意义。

马原在《虚构》这篇小说中，有着几个时间概念，这几个概念都由马原编撰。①"我"在麻风人的玛曲村度过了七天；②"我"是五月三日下午来到玛曲村的（则应是在五月九日离开）；③"我"从昨晚也即五月三日一直睡到今天上午五月四日（他根本就没有去过玛曲村，何来七天玛曲之旅？），这七日或是梦游，或是未来时间，或根本就不存在。但故事却是情节完整，人物性格鲜明，时间、地点、人物均形神毕肖地存在过。这是一个在时间上玩了障眼法或属于未来时的故事。他只是在开头和结尾的叙述上做了圈套。所以马原把小说取名为"虚构"。这虚构的生存方式所表现出来的人性温馨，正是马原在残酷的生存竞争中渴望期许的东西，叙述圈套的设立，因着时间的错位而表达了一种非常复杂的现存判断。他把真实最终虚无化而将其坠入无时间状态的意图，正是《虚构》这部小说最终的理想。它似乎在某一点上，和《伤逝》有所联结。"我"遭遇的爱情或叫作本能，很纯粹，也很怖，"那张女人的面孔叫我毛骨悚然，鼻子已经烂没了，整个脸像被严重烧伤后落了疤。皮肤发亮，紧绷绷的。""我"终于在这七天中，与这样的女人有了爱情。"临睡之前，我又觉到了那种发生在心底深处的颤动。我开始把它当成了放纵的激动……我爱它们。我不在乎她乳头已经烂掉，我早知道她的手指脚趾也都烂掉了半截。她是个温馨的女人，这比什么都要紧，我还知道另一件也很要紧的事——就是她爱我。"在这种近乎病态的爱欲中，"我"的意欲反而是健康同时忘我的，这是一种超越俗常的纯真和博爱的本能。在想象的时间里，马原完成了一次精神的施洗。他意欲穿越一切人性的偏见和障碍，而这样的穿越，也许只能在未来的时间里方可实现。马原有意规避了现实。

鲁迅是面对淋漓的鲜血和惨淡的人生，怀着疗救的想望，在追忆中苦苦地寻觅，让主人公以说谎和遗忘去救赎自己；马原则是悲悯地去完善自我。当马原回到现实时间中时，他这样写道："我本来明明记得我在麻风村里待了四五天时间，我完全没意识到这四五天时间可能是虚妄的，可能根本不存在。我知道我是五月三号走进麻风村的。但是当我在道班醒来的时候，那天早上是五月四号。我曾经真切度过的，那么深刻地进入我记忆的一段时间，我却突然发现其实从来没有存在过。"[①]小说所叙述的和现实判断的矛盾性，梦魇和清醒处于两极状态中，彼此消长，这正好说明文学与现实、虚构与实存之间存在冲突。马原夹生于这种冲突之中，因而有了他非同寻常的小说虚构。他所努力的，是企图把自己的虚构，纳入对时间的想象中去，同时将所叙述的在想象中复活且还原为现实的一部分。他这部共22节的小说，第一节可看作"题记"，最后一节可视作"后记"。中间20节均是一种完整的严格意义的写实，一个按原始的时间序列讲述的故事。设若去掉"题记"和"后记"，则这篇小说就没有什么新奇之处。但是因了这前后两个部分的交代与说明，便彻底地改变了马原小说与现实主义的关系。原始时间也自然而然地变质为心理时间，变质为想象的虚构。其中蕴含的现实因素，全然变质为一种自为的状态。

"自为以对绵延的非正题意识的形成绵延着。"[②]写实变成一种人物和心理绵延。而心理绵延的一切进程都属于反思了的意识。"我"在玛曲村的所有遭遇，都带着一种强烈的反思人类行为的意识，人类的病象及对这病象的态度。"我"在自我牺牲和自我指涉中，跨出了人性的第一步，这是"放纵的激

---

① 马原. 阅读大师［M］. 上海：上海文艺出版社，2002：305.

② 萨特. 存在与虚无［M］. 陈宣良，等. 译. 北京：生活·读书·新知三联书店，1987：211.

动"所引领出来的人性反思。这种反思的行为不是发生在过去，也不是现在，而是在未来。在想象的虚构之中。这是马原小说真正的忧虑。时间的想象和对之的永恒性渴望，使这种忧虑提早抵达。永恒是什么？永恒是集结了所有时间的回响，它并非所有岁月之和，因为它不但覆盖了过去、现在，更重要的是它代表了将来。时间之流不仅仅流经现在和过去，而更是从未来流向现在的。这就是我们对永恒的理解。马原的另一部小说《西藏生活的三种时间》所揭示的时间概念，其实是他所有小说的时间观念。《虚构》自然也揭示了三种时间，人类对这三种时间的态度、价值观和认识，也许比故事本身更为重要。这才是马原叙述圈套的真正用心。除了时间，马原将一无所有。这才是我们想象马原的同时想象时间的理由。

鲁迅是由时间的想象，开始他小说的革命性创造的。其动机全然是精神反思而需要这种绵延，进入这种绵延。

从鲁迅到马原的这种追寻，是沿着时间泛时间乃至于无时间这样一条线索进行的。20世纪20年代和80年代的中国，它们尽管是如此不同，但是其间60年的空白，在时间问题上的文学静默，让我们有足够的时间和理由去反思。此处不赘，还是回到想象。是什么切断我们对时间的想象呢？鲁迅早在翻译厨川白村的《苦闷的象征》时，就已经悟觉到这个问题。当文学的缘由回归它自身——苦闷的象征——时，我们还有什么理由不去想象，包括对时间本身的想象呢？

2006年元月

中国现代主义小说中的间离

现代主义小说的形式表述，也即对主题切入方式的选择，这种选择从表面上看，似乎是现代生活时尚与潮流取向使然，对现实的感性认知，迫使作家的表述倾向于主观和非理性的情感方式。意识流就是其中一种，它超越常规的时空形态，使小说的主题切入呈现一种前所未有且反抗逻辑的表象。大多数作家在小说的现代潮流中顺势而为，只有少数优秀且冷峭的作家，始终把握并控制着现代潮流冲击下的现实，以超乎寻常的理性精神，以自己殊异的方式，克制着现实对之的冲动，在以欲望诉说为主要特征和生存方式诉求的现实生活中，抽身而出，有意识地"间离"作家与小说叙述之间的关系，在作家和叙述人之间留住了一个隐匿着的空间。

这个空间，既是隐匿着的，同时也隐匿着作家不愿明说、蛰伏得很深的理性思索。这种理性思索，已经不仅仅作为内容，而且已成为一种高超的小说艺术，非常睿智地控制着主题的发挥、演绎和阐释。这就形成了一种事实，即作家—叙述人—故事，也即人物性格、情节和事件—整个小说氛围以及主题蕴含的丰富性和复杂性等，它们之间原本似乎是互为照应并统一倾向、无间前行的意义状态，由于作家埋藏得很深又显露得很少或根本不显露的设计，这个设计背后的理性精神，使小说的各种关系处于一种距离状态，也即间离。间离使小说形成的各方力量处于势均力敌的各自位置，非常有张力地支撑着小说叙说的最大限度发挥。

间离作为现代小说的修辞技巧，自然也就形成了各种修辞效果的最大化，对话、复调、反讽、呈现乃至讲述及中断等，对之的解释和演绎也因之获得更充分的空间，它们自成系统同时又凸现着作为创作者的理性思索的深度。

这种深度，在第一人称或变相第一人称的小说叙述中，赋予小说修辞方式以无限展开的可能性，一种无穷动的活泼泼的肆意伸张的小说形态。小说的意义空间，随着小说间离效果的增大而被无限度地拓展了。原本被常规、常理制约着的第一人称视角，在突出个性演绎的文学时代，从五四到新时期到21世纪，从个性解放到思想解放到个人性极度张扬的文学表述，间离作为现代小说的修辞技巧，也作为隐匿着的作家理性思索的手段，越来越彰显着它的魅力，以及对作家创作的要求。

一、间离，是修辞技巧更是主题蕴含

间离的语义，近似于离间。离间是使两个原来密切结合在一起的异质分离出来。而间离虽然也基于这个意思，但是它似乎更注重于凌驾其上的力量支配，也即使之间离的力量。创作是事前的设计、事中的发挥、事后的审视，事前、事中、事后的各种创作元素，都显示着作家对全部的思考与把握，只不过这种把握不是以规划的方式，而是贯彻"部分并不比全部少"，并强调重视变动和灵感的创作原则，在这种原则下通过部分，尽可能最大限度地发挥并实现着对全部的理解和营构。也即现代思维模式中的解构模式：结构—解构—再结构至无穷的思维链条。

在很多情况下，解构是人与客观环境相互影响发展的结果，而解构的线索也就是把事物的发展看作是"变"的轨迹。网络等现代科技，使社会更为理性的同时，也更明显地凸现人类社会运动与变的特质，人类思维也更倾向于结构与结构的相互距离与联结感，"部分并不比全部少"也在某种意义上强调了这种思维的现代性。人类生存渐渐地倾向于"文本化"或"网络化"。现实以"存在"的形态存在着，"在场"也以"不在场"显示着虚拟的缺席。小说的间离状态，在解构的意义上，是修辞技巧，更是主题蕴含，也充分体认作家理性精神的学养高度。

在中国作家中，鲁迅对此最为清醒同时始终保持着警觉，并在其小说中取得后人难以企及的成就。哈雷特·密尔斯评价鲁迅小说的技法说，作为"一种新形式的成熟典范，它们达到的高度也许至今无人可能企及"①。其中的道理也正证明鲁迅小说技法的不可模仿性。因为在鲁迅那里，技法及各种小说形式元素已经不是技法本身的问题，而是鲁迅思想和人类精神的体现。那是一个对人与宇宙、自然与命运、人生与艺术都具有阔大认识并对人世间的各种歧异洞若观火，对已死与方生、去路与来世有着明白清醒冷峻的观念解释的哲人所理解的小说世界。他以解构的思维方式，面对他笔下的四处游走着的神灵。

"借作家与叙述者有意识的间离来提供理性思考的线索，这需要较高的艺术修养，'五四'时代除了鲁迅，还很少人能胜任。"②鲁迅在"间离"方面提供给我们的广阔空间，还很少有人去穿越。作为"五四"的文学传统之一，在后来的左翼文学和解放区文学中，在那种强调作家介入成为其作品人物故事代言人、评判者及文学成为革命号角和传单的文学潮流中，间离这种本未及充分发现和重视的文学思想方式，却很少被作为鲁迅精神来研究。以至于当今的作家即便是评论家，对之也所知甚少。可以说，间离，是20世纪90年代、21世纪文学中，作家理当最为重视并充分实行的一种文学的思维方式和文学的修辞方式。也许已经有不少作品在创作效果上多少有所实现，但作为一种作家的创作自觉，作为真正渗透时代意义并为意义时代的结构奠基的自觉文学精神，几乎很少能从作家的创作主体中明确牢固地生长着。这也许是我们这个时代的作家和文学面临的重大辩难，也是我们与鲁迅的区别。

帕特里克·哈南在《鲁迅小说的技巧》中指出，"在《伤逝》中，那个叙述者尽管满心悔恨，却并没有在道德上和感情上公平对待被他抛弃的子君""他并没有特别说谎，但却都没有充分地反映事实，也没有真正凭良心说话"③。以第一人称叙述，鲁迅并没有站在涓生的立场上。鲁迅的小说，越到后期，他第一人称指认的人物身份，与他的个人经历和性格特质的相似性和重叠性就越少且非常疏离。如果说，作为同为知识分子的涓生，他的某些处境或

---

① 哈雷特·密尔斯.鲁迅：文学与革命——从摩罗到马克思［M］//乐黛云，编.国外鲁迅研究论集.北京：北京大学出版社，1981：9.

② 陈平原.中国小说叙事模式的转变［M］.北京：北京大学出版社，2010：99.

③ 帕特里克·哈南.鲁迅小说的技巧［M］//乐黛云，编.国外鲁迅研究论集.北京：北京大学出版社，1981.

爱情审视与鲁迅尚有可类比的质素，而其《孔乙己》中的"我"的叙述人店小二，从身份到经历都与鲁迅大相径庭。二者的人物造型与精神经历相去甚远，这是鲁迅小说中唯一的。这种外在的类比也许还并不能说明问题，重要的还是叙述人所代表的立场观念、所担当的思想角色及其在作品中所能形成的"间离"空间，这种空间效果的历史批判和现实蕴含，可能才是最为炫目也最值得重视的。

同为知识分子的鲁迅，虽然已然有"见证"的充足理由，但是，他的见证，在那个混沌的时代，是并不具备强势的力量的。他继而寻找到一个与知识分子、与孔乙己相去甚远的纯真角色——12岁的店小二，来审视一个形同怪物、在孩子的体验中从未有过的怪老头孔乙己。鲁迅的用意是明确的，在一张白纸上，印上孔乙己也即那个时代的畸零人，一个找不到生路也没有任何前途的旧式知识分子。鲁迅在超越自我的同时，连自我的身份也超越了。他把那个世界"吃人"的本质，渗透在孩子纯真的眼底，让他在这个过程中成长了，体验了一个漫长时代的罪恶与惨烈。这种体验不是以作家的主观自我作为媒介进而通过教化的方式灌输给读者的，而是以一个孩子的眼光和心灵表达、以与鲁迅惯常风格殊异的方式传递给读者，一个纯真心灵所经历的震撼，这绝对不是一个老辣圆熟世故的心灵挫折可以比拟的。《孔乙己》的叙事并非鲁迅一味的自我体验，叙述者店小二被置于一个客观现实格局之中，他既是叙述者，同时也被孔乙己等小说人物叙述着。叙述与叙述者的共述同构，形成小说殊异、歧异着的各方，相互距离着又相互联结着。店小二的成长，从12岁到此后的22年间，既是时代变动也是人物命运变动的过程。随着孔乙己命运的每况愈下，店小二自身也在发生着深刻的变化，他纯真的眼底有着云翳与血丝，他也尝味了人生的惨烈。社会的不平和人生的残酷向他展开，他对孔乙己的目睹和评价引领读者去进行更多更广的思索，这正是鲁迅的用心。鲁迅克制着自身的愤懑，他和店小二的间离，有效地实现了小说的初衷，达到思想和社会批判的最深层面。

因为摆脱了鲁迅作为同时代、同阶层中人的种种羁绊，同样是第一人称，身份却发生极大变异，鲁迅也就借这种"间离"状态，走出自身的身份局限。第一人称叙述的选择，使小说叙述暂时疏离了自我抒情、自我体验的弊

端。小说客观性的获得，与此不无关系。鲁迅把自己置于一个同样也被审视、审问、质疑的身份，只不过是以自己审问自己的形式。

鲁迅不是显形的店小二。这易于理解，但鲁迅是不是隐形的店小二呢？这是"间离"要回答的问题。作为技巧，很容易解释，答案自然是否定的。作为思想，就较为复杂。策略，不仅是技巧，同时更包含着思想的精深性和独到性。在这种意义上，答案又是肯定的。鲁迅包容了小说中的所有人物、故事和情节所要趋向的那个目标。走向那个目标的过程是现实的、在场的，是活泼泼的生命状态。但小说要实现的那个目标却是虚无化的，是一个不在场的在场，是一种存在。那是超越《孔乙己》具象的小说叙述、现场空间和时间线索的，是流贯于几千年的一种存在形态。它形而上为一种精神、一种文化，反抗着现实的秩序。以一个人的命运，囊括一个阶层或族群的命运走向，以及分化、瓦解的历史向度。《孔乙己》中那个曲尺形柜台象征暗示着现实秩序，"**鲁镇的酒店的格局，是和别处不同的：都是当街一个曲尺形的大柜台……**"柜台里有热水可以温酒，穿长衫的人阔绰，在店里坐着喝酒，柜台外则是站着喝酒的短衣帮——做工的。这两个不同阶层阶级的人，有着两种不同的生活状态，问题出在，孔乙己既是一个穿长衫的人，却在柜台外站着喝酒，他期望入内而不及。学而优却并没仕，这是孔乙己的悲剧与不幸，这是旧时代知识分子的"存在"状态，一种分化的结果，一种分崩离析的大时代里的窘迫。这种尴尬的状态，在百年间愈演愈烈。自鲁迅发表《孔乙己》的1919年至今，不管是潜在或显现的现象，都在无声地证明这种规律，这与毛泽东对知识分子的论述，那种皮与毛的关系评析，是非常贴切的。这就在小说中形成两条深富意味的线索：显性线索是关于孔乙己的个人故事。这类故事在旧时代司空见惯，《儒林外史》中也不乏这种描写，但格局变了，叙述变了，充满着变数和歧异的人物命运，非异人难以觉察，店小二就是一个异人的视角。另一条线索是隐性的，那就是关于中国知识分子群体与社会的集体冲突，这种隐喻性的情节发现，经由作家的间离手段及对时间的现代认知，也即由在1919年这个中国革命的制高点上，对知识分子问题的思考而来。这种理性思考是立足在过去与未来的当下认知之上，由曲尺形的柜台而延伸到知识分子命运的"围城"格局，进入不了"围城"的知识分子，也就意味着得不到体制与秩序的承认，也就无法完成从学人到"仕"的目标。孔乙己不是一个特例，而是一种普遍命运的形象代表。他最终不确定、没有明说的结局，充满着时代变数和叵测的前路。就他的主观意志而言，他终生的追求，就是进入柜台。作为失去阶级依附、如无根浮萍一样的知识分子，无论新旧，都在这个无形的柜台外徘徊，从现实追求到心灵诉求，都无法摆脱这种羁绊。

店小二的童真，使作品的客观性显得透明，没有杂质，超脱同时单纯，有一种天籁的纯真性。它逼近真相而且毋庸置疑。这是鲁迅小说间离效果的出色表现。这个潜在的角度，摈弃了所有主观的误解和世俗的杂质，使笔底沿着一条客观冷峻的轨道前行。我们今天对之的解构，也许是当初的鲁迅始料不及的。是时间使鲁迅的初衷变得更为合理、更为醇厚。

二、间离，更高超更理性的艺术表现

如果说《孔乙己》的间离状态尚可一眼看出，在鲁迅的以"我"为叙述人的小说中，它实在是一个特例，那么，《伤逝》《孤独者》《在酒楼上》等篇什，间离状态就显得不太容易辨认，但其中却存在更高超的更理性的艺术安排。

《伤逝》写于1925年，与《孔乙己》的发表相距6年之久。鲁迅对西方现代主义文学的认识，已经进入一个更为成熟理性的空间。《伤逝》意味着鲁迅小说的现代主义自觉及文本上的圆熟。对于解剖者的解剖、思考者的思考，也到了异乎寻常的地步，这是对"娜拉走后怎样"的实践性拷问。

"托尔斯泰的那些人物都始终保持着距离，保持着一定的历史超脱，而在作者与人物之间这一适当的距离就包含着对人性和价值的起码的、初步的，也是基本的保卫。保卫人物性格的完整，不至于支离破碎。保持这个适当的距离，就能更冷静地，更富于理智地使人物跟作者及其经验有所区别，使一个人物同生活在小说篇幅中的其他人物相区别，从而使他作为活生生的人物而树立起来。"[①]这里说的正是"间离"。间离之有无，是大作家与小作家的区别，

① 陈燊选编. 欧美作家论列夫·托尔斯泰［M］. 北京：中国社会科学出版社，1983：49-491.

小作家把自己等同于作品叙述人，或成为其中人物，由此而失去了观照和超脱的立场。大作家永远站在人生边上，从不直接介入作品的各种关系中，不去轻易发表意见。因为作品有一个"场"，过于介入其中便无法出乎"场"外。作品的"场"总是有边界有局限的。《伤逝》中涓生的自省不可谓不真诚，但即使如此，也同样是有局限的，这种局限是作品所处的时代生活使然。鲁迅是一个深刻的现实主义者，他的目光始终囊括着这种局限，他深刻地明了人性忏悔的边界、边缘和限度，他把握了这种人性深度的尺码，也就与涓生保持了适当的距离。这些在作品的叙述轨迹上，都是不着痕迹且显得圆通流畅的，以至于我们很难从中找出空隙来予以辨认。

这与其说是技巧不如说是鲁迅对自我的严苛认识和批判的结果，他对自我的严厉解剖引发了他对自我的拷问，这种拷问是无情的也是撕裂的。他不断变换着审视自我的视角，以不同的方式审讯着自我的灵魂。这就导致他有可能也以对待自我的方式去看他的人物，于是一种新表述方法自然而生。"五四"新文学的主观倾向，郁达夫小说的倾诉性调子，自叙传文学形式的风行，"他那大胆的暴露，对于深藏在那个千年万年的背甲里面的士大夫的虚伪，完全是一种暴风雨式的闪击，把一些伪道学、假才子们震惊得至于狂怒了"①。这种对自我灵魂狂撕怒裂的精神风貌，说明了作家对自我认识和估计发生了根本性的变化，创作中作家主体性及小说中人物心理描写的地位也就相应发生了变化，因此，小说叙事中作家与人物的距离，也就依据作家对自我位置的把握程度而有了不同程度的间离。鲁迅在利用小说改造国民意识和精神风貌上，永远具有前驱者的风范。

"涓生的手记"，这是《伤逝》的题记。在鲁迅以第一人称叙述的小说中，这种特别标识的"题记"是唯一的。他本无须特别标出，以简约为文的鲁迅居然特别标出，究竟意欲何为，我想，以显示间离并有意识地让读者获取这种间离的信息，应是鲁迅的本意。"如果我能够，我要写下我的悔恨和悲哀，为子君，为自己。"题记是这篇小说营构宗旨的注脚。不单是为子君，还要为自己，也许后者是更为重要的。这故事所展开的全部悲剧，除却社会环境的

---

① 陈子善，王自立. 郁达夫研究资料. 上集［M］. 广州：花城出版社，1985：86.

责任外，其直接的责任，全在于涓生自己。至少他是以回避、逃离、放弃的态度，坐视子君向火坑走去，他带出了子君而又抛弃了子君，在浓重的、犀利的社会批判氛围中，涓生本身也有着不可推诿的责任。鲁迅从中国知识分子的劣根性中，拷问出了一个懦弱的、逃避着的、苟活着的涓生。他是把涓生作为一个人物来塑造，而不仅仅是让他承担叙述人物的角色，他的"悔恨和悲哀"，同时也是更犀利地面向自己。故涓生既是叙述人，又是小说的主角。他的双重身份的确立，在鲁迅这儿是非常明确的。鲁迅非常明晰地拉开这个距离，"题记"和开篇首句互为益彰地表达了鲁迅的创作意图。对这个创作意图的清醒把握和深刻认识，是解读《伤逝》并充分认识鲁迅小说"间离"状态的价值要点。

鲁迅在涓生身上，通过旧时代分崩离析的爱情描写所投射的，正是对中国知识分子在任何重大问题，包括爱情与革命的不彻底性的严厉批判。这种批判是犀利、尖刻同时严苛的，有无限的失望和沉沦的况味流贯其中。他把涓生那种无力承担却又忏悔无门的窘迫，予以充满人性理解的描状，有着一种悲恸的忧思与愤慨。这正是小说的"间离"所带出的人文价值和信息："用遗忘和说谎做我的前导……"这不是鲁迅的人生信条和人性风格，但这是鲁迅在长夜漫漫中，为着一种人性的勇气和尊严的时代缺失而发出的歌哭。在涓生身上，鲁迅大面积地暴露了涓生灵魂的琐屑的一面，以及在社会无形的压迫和生活的窘迫面前的软弱与逃避。他是善良的，但也是推诿和猥琐的。他的自视清高其实也仅仅是对自己无能为力的命运窘态的一种开解。他无力为子君创造崭新的生活，却又有意无意地在空泛的自我谴责中，为自己的懦弱开脱，以沉默和无言去应对严酷的现实。他把最终子君的归去，归罪于"揭去许多先前以为了解而现在看来却是隔膜，即所谓真的隔膜了"。这种责任转移无异于栽赃，但却又令人同情。涓生忏悔的真诚与深刻性，自然仁者见仁，自然可以视为并不十分真诚和良知，但是，其中的尺度是很难规范和标准化的。就其当时的文学来说是如此，即便是今天，在文学中类似的题材和方式中，涓生的满心悔恨也依然是感人至深的。尤其是鲁迅那种雕刻刀般的充满着哲思的叙述话语，所牵带出来的隽永且耐人咀嚼的语词，令这种感动有一种人性的浸润。鲁迅始终让他的人物处于无边的黑暗中，只透露出一点点的心灵幽光："新的生路还很多，我必须跨进去，因为我还活着。但我还不知道怎样跨出那第一步……但忽然便消失在黑暗里了。"涓生的风格不是鲁迅的风格，涓生的自省也不是鲁迅式的自省，正因为涓生与鲁迅之间有着如此坚执的区别，鲁迅才把以涓生为代表的中国知识分子群落辨认得如此清楚——"我要将真实深深地藏在心的创伤中，默默地前行……"这更不是鲁迅的做派，鲁迅是反其道而行之的。但其中，自有鲁迅作为这个群落中的另类人物对之的深刻检讨。这种检讨的全部意义，最终落实在"承担"这两个字眼上。

　　关于承担，鲁迅的态度是明确的，"肩住了黑暗的闸门，放他们到宽阔光明的地方去""铁肩担道义""横眉冷对千夫指，俯首甘为孺子牛"等。涓生的最大问题，正是无力也不敢承担。但这不仅仅是涓生的个人问题，而是中国知识分子的普遍问题。无力无奈和无能乃至没有勇气承担，是鲁迅心目中的中国知识分子的处境和基本面目。他小说中所有的知识分子形象，大多属于这一类型，旧式知识分子如鲁四老爷、孔乙己，新式的如涓生、魏连殳等。鲁迅是苛刻的，他并未以自己为蓝本，或在小说中加进自己的影子，像郁达夫，像丁玲，像大多数五四作家那样，以自叙传的形式，去做贴近自我的抒情。他从未在自己的作品中再现一个类似鲁迅的知识分子。他并没有把自己关于承担的基本立场，加附在其他人身上。把鲁迅和他小说中的"我"放在同一天平上，我们几乎寻找不到鲁迅的影子。他始终非常坚执地把自己与这个阵营中的人分隔开来。这意味着什么呢？鲁迅洞穿了自己，也洞穿了中国知识分子的千年命运。在历朝历代的社会暴力和政治运动中，知识分子被打断了脊骨，或被招安，或被收买，达则兼济天下，穷则退隐修身。极少数敢于站在社会权力的对立面，抵抗到底。鲁迅深刻地悟觉了知识分子的这种根性和不可逆转的运命。涓生逃避的虽然是爱情，以毁灭子君作为自己希望、新生的代价，而实际上是对一种社会责任的恐惧，也即对自由的恐惧。鲁迅对涓生的态度是决绝的，而他自身则又是孤绝的。正是这种人格的独立和立场的奇崛，鲁迅对他的小说中的人物，基本上都取一种批判的态度。而"间离"，令这种批判获得一种极大的空间。

三、间离的消沉：人与文学的失落

中国自左翼文学至解放区文学也即延安时期文学，文学的性质和表述发生了重大逆转。中国左翼作家联盟（简称"左联"）在1930年3月2日成立大会上通过的理论纲领和行动纲领中指出："我们不能不援助而且从事无产阶级艺术的产生。"无产阶级文学的倡导，使其天然地处于与资产阶级文学的历史对抗之中。作为旗手的鲁迅，严正地指出："现在，在中国，无产阶级的革命的文艺运动，其实就是唯一的文艺运动。"继而，在读到苏联"拉普"纲领，"鲁迅很仔细地同时也很吃力地阅读了那份文字简直像从外文翻译过来的纲领。后来慢慢地说：'我没意见，同意这个纲领。'又说：'反正这种性质的文章我是不会做的。'"①鲁迅对左联成立初期就隐伏着"左"的偏颇和隐患，是有所觉察的。对此，他心情复杂。此刻，离他写作《伤逝》时又恰好过去了6年。接下来，鲁迅还有6年的时间，他正在或即将思考什么文学问题呢？

文学开始转向"革命的通俗文艺"，为普罗大众服务，成为战争的宣传机器。左联要求作家"注意中国现实社会生活中广大的题材，尤其是那些最能完成目前新任务的题材"。《崖边》《村中》这些由革命者写就的有关战争和苏区农村的作品相继问世，这些作品的作者彭柏山、耶林与鲁迅的培养都有关联。左翼文学是在世界"红色30年代"巨大背景中崛起的，它以极大热情关注着世界无产阶级革命文学的发展。鲁迅在这个背景下，也曾想仿效绥拉菲摩维支的《铁流》。在这个时期，像《伤逝》这样悱恻缠绵、充满着小资觉醒和忏悔的作品，已不流行。鲁迅此后也就很少再作小说。在文学创作中，就发生了十七年文学中的如下的几种结果，一是"人与文学的失落"，在文学中人不再按人的方式而是按政治观念的要求去塑造；二是文学的内部冲突被单一视觉化，失却文本的文化张力和矛盾冲突的真实性；三是文学向公众思想的无边开放，这种开放的极端后果是公众决定写作，作者只能是一个"语言形式转换器"，文本被当作公众交流的工具，书写的个人性丧失殆尽，等等。马克思的

---

① 文艺界消息·左翼作家联盟的成立［J］．萌芽月刊，1930，1（4）．

"文学的目的是文学自身"成为一句空话，作家的个人风格和正常的文学规律无从谈起。这种状况一直延续到新时期文学开始。尽管早就已经存在对这种文学现象的反叛，即张扬，如赵振开等的潜在写作，但作为地下文学，它们并未在公众的文学视野中发生作用。

上述旨在指出文学的主体性和鲁迅所开创的优秀文学传统，早在鲁迅在世时，就已经开始出现断裂，鲁迅预感到这一点却也无能为力，只是表示"反正这种性质的文章我是不会做的"。他并未在革命文学运动中彻底转向或至泯灭，但他又并不坚决反对。他所做出的妥协是为着一种已经腐朽的政权的行将败落和一个有希望的新生政权的有望诞生所做出的绥靖。因为在鲁迅这儿，"鲁迅的深刻性主要是表现为他在跟外在心灵思想做斗争的同时，亦毫不迟疑地展开对自我心灵的残酷的不懈的追问、拷问！在《野草》这类充满'阴森鬼气'的文本里，我们可以看到一个脱离了现实存在根基的心灵是如何痛苦扭结一团而不能自拔的惨状"①。

"而鲁迅的拷问是没有出口的，它是一个'铁屋子'，是一团团地狱之火，除了烧尽自我心灵的最后能量，别无他途——'绝望'，这个西方现代主义主题，既表明20世纪现代性的心灵所指，也标明20世纪现代性的来源。在美学现代性维度上，鲁迅的确比20世纪的任何一个中国人都要深刻，也更能代表它的深度。"②

---

① 蓝爱国. 解构十七年［M］. 上海：华东师范大学出版社，2003：6.
② 同上.

论鲁迅小说的焦虑

焦虑是自由的悖论。人在获得自由思想之后，焦虑也就如影随形。焦虑作为文学主题也作为文学形式，可视作"五四"新文学孤绝的一脉。它绵延期间，倾注了许多中国现当代作家的努力，鲁迅是其中杰出的代表。鲁迅小说以焦虑的方式去讲述或呈现焦虑的时代内容，讲述或呈现本身就已经承担对焦虑的解释而成为焦虑本身。故事结构退隐而感觉成为形式结构。形式也就成了内容。焦虑凝聚为对生存的思索，对本体生命的追问。

一

焦虑是自由的悖论。

因为自由，所以焦虑。以这样的逻辑关系来理解焦虑，未免显得过于简单，但你又不得不面对这样的事实，当允许人作为人去思考时，当人开始感觉到自身的诸多束缚并非天赐而是可以通过某种方式予以开解，而这开解也即意味着一种崭新的精神方式的诞生时，人对自由便有一种新的豁然开朗的认识。不自由遏制了焦虑，而自由释放了焦虑。

中国文学尤其是小说，在20世纪很长的时段里，并不关注焦虑这种人类意识。这里所说的不关注，其实包含两方面的理解，一是焦虑被当作一种消极和颓靡的情绪，被当作非英雄化、反英雄化的悲观和没落的人性恶习；二是焦虑的小资成分启发着非常危险的小资情调乃至关于自由、欲望等想象。

鲁迅是一个例外。鲁迅小说集《呐喊》《彷徨》等为我们提供了关于焦虑不仅仅作为文学的内容及主题诉求，同时也作为形式的文学范例。这种焦虑首先是因为鲁迅作为新文学的先驱者，是他对于所处时代是中国"三千年未有之大变局"的感应，那种新旧文化处于天崩地裂的离析，军阀割据、国将不国的现实焦虑。这种焦虑来自对国人灵魂的失望，对旧文化吃人本质的调察，对中国知识分子立场与秉性的辩难，故他在文学上所达至的焦虑困境及对之的表述，是多重同时是复杂的。

鲁迅小说的环境、人物、情节，都深切地同时适中地表达了这种叙述倾向。《孔乙己》的焦虑从个体向全体再向历史传统制度的纵深展开。个体的焦虑在成长过程中，渐次完成为一种集体的焦虑。孔乙己、魏连殳、涓生等等，最终都成为文学与思想的象征，在拷问灵魂的过程中，小说的道义承担、文体革命演进成改变中国新文学历史走向的启蒙运动。

《彷徨》中的篇什，集中表达鲁迅小说这种由内容的道义承担所由的独异性漫漶及小说修辞的形式异化，即不排斥现实主义精微的细节描写，却化入感觉、非情节因素、心理叙述及泛时间或无时间状态等现代主义小说元素。现实主义的情节铺排，沉浮于情绪泛滥之中而成为点点孤帆。

《在酒楼上》："我从北地向东南旅行，绕道访了我的家乡，就到 S 城。""深冬雪后，风景凄清，懒散和怀旧的心绪联结起来……我的意兴早已索然，颇悔此来为多事了。"此间冗长的铺垫，尽是一些颇为颓唐、懒散及索然的情绪，沉浮于凄清、枯灭的心境中。开头部分几百字，泛滥漫溢着这样的语词：凄清／懒散／怀旧／生疏／颇悔／无味／如嚼泥土／渍痕斑驳／枯死的霉苔／铅色的天／绝无精彩／逃避／客中的无聊／买醉／狭小阴湿／破旧的招牌／生客／废园／倒塌的亭子……在客寓的孤独无奈中，无端期待陌生酒客的心情，由旅途的百无聊赖的惆怅，引出了吕纬甫落魄的到来。时间在焦虑的瞬间被拉长放大，同时叙事形式也随着焦虑的心境而营构了一种期待不安、心灵危机四伏的心情故事。

"我在这一石居中也完全成了生客。然而我终于跨上那走熟的屋角的扶梯去了"，既是"生客"，却又"走熟"，时间与经历在这儿由突兀转成象征与想象中的悠长。在"空空如也"的酒楼，既感深长的孤独，"但又不愿有别的酒客上来"，陷于孤独的困境，四顾无人又寻觅不到同道，宁愿以孤独去抚慰孤独，这是一种怎样的枯灭与抗拒？小说的叙事与其说是深谙现实主义的心情写照，不如说是现代主义的象征隐喻。不确定、模糊、犹豫、自相矛盾同时又充满期待的心绪，灵动地蹒跚于"当年"的时间遗迹之中。"我便害怕似的抬头去看这无干的同伴，同时也就吃惊的站起来。我竟不料在这里意外的遇见朋友了，——假如他现在还许我称他为朋友。那上来的分明是我的旧同窗，也是做教员时代的旧同事……"

在密集的旧有且不断滋生蔓长的旧日颓唐中，出现了旧时的更为颓唐的旧同窗，又似乎是"无干的同伴"。小说的叙事形式由于新情节却又是旧人物的到来所形成的转折，虽然至此一亮，情绪与语境似有转机，却更为曲折，先是"很以为奇，接着便有些悲伤，而且不快了"，亮光瞬间熄灭，复入枯灭颓唐之中，"无非做了些无聊的事情，等于什么也没有做"。辛亥革命之后，长久的乱局和无产阶级革命前夜的沉寂，在1924年春天鲁迅心中，以精神病象，沉疴于《彷徨》之中。

鲁迅认同并宽容了这种病象的合理性，此刻，离鲁迅的杂文时代已经不远。

可以肯定地说，对焦虑的宽容和对焦虑的哲学认知，是对人类精神的尊重，也是对人类自身的体恤与悲悯。焦虑作为正题，所可能展开的全部反题，是耐人寻味的。

从某种意义上说，宽容是自由的前提，而对自由的理解不仅仅是一种束缚的松动。自由只有当它成为一种自为的意识存在，也即人身不仅仅具备自由的条件，同时人作为人意识到自身是自由的时，自由才成为一种意识存在，而不仅仅是一种现实存在。这是自由的人和把自由作为一种意识的人的最大区别。你是自由的，可是你束缚了自己的心灵，这样的生存状况大有人在，并不鲜见。萨特在《存在与虚无》中，多次指认了对自由的阐释，他把焦虑与自由的关系提到一个骇人的程度。他说："正是在焦虑中人获得了对他的自由的意识，如果人们愿意的话，还可以说焦虑是自由这存在着的意识的存在方式，正是在焦虑中自由在其存在里对自身提出问题。"①克尔凯郭尔在描述焦虑时，

---

① 萨特. 存在与虚无［M］. 陈宣良，等，译. 北京：生活·读书·新知三联书店，1987：61.

也把焦虑的特征表示为在自由面前的焦虑。

作为大时代中的知识分子，鲁迅的痛苦来自他对自由的认知与对自由的渴望。应该说，大时代孕育了鲁迅的自由思想，而20世纪20年代世界范围内的现代主义文学主潮，其核心的美学追求是反叛性、先锋性、实验性，是对既有文学规范的彻底颠覆。鲁迅身上分明浸润了这种文化品质，而他反叛的彻底性，是因了他比任何人都更通晓中国文化传统及国学的精华与精髓，他是少数站在中国文化废墟上辩难西方文化的学者与作家。这种辩难使他获得对中国现实与历史的崭新视角、开广的视域与深邃的历史目光，使他在卑微的人物身份中，切中了现实与历史压迫下的那种灵魂的焦虑，即便在《一件小事》及《示众》这样短小的篇章中，他对众多屑小的人物的精神勾画，也无不承载着对民族或阶层的精神状况的深度焦虑。

在《一件小事》中，焦虑似鲁迅批判的武器，它的存在方式是熬了灵魂的苦痛，因车夫所由的"异样的感觉"、"一种威压"、我的活力"有些凝滞了，坐着没有动，也没有想"、"我不能回答自己"，这些由自我鞭笞带来的心理冲突，所形成的尖锐拷问，悖于中国知识分子自视清高与明哲保身的文化伦常。这种现代精神在鲁迅这儿，比"文治武功"与"子曰诗云"更加"教我惭愧，催我自新，并且增长我的勇气和希望"。

《示众》的焦虑更纯粹地指向灵魂重生的无望。鲁迅对"当下"中国人麻木无知冷漠却又躁动不安的虚浮心态，有着足够的恐惧与惊悸。在一篇二千余字的小说里，他颠覆了以往小说的叙事规则，竟然写了十七个人物，而且个个活灵活现，凸显了内心的荒漠。车夫、巡警、胖孩子、秃头、粗人……一帮无聊的看客，与他们想看的"犯人"，完全是疏离的。在这篇小说中，焦虑被建构在小说的时间链条上。看者与被看者的时间构成，是一个有开头而没有结尾的、开放性的、未完成的时间格局。时间的长度由一个又一个的看客的出场构成，却因对被看者的一无所知，而没能形成结局。结局倒成了开头的直接回归形式。这个形式没有时间性，只有空间性。由故事、人物所至的焦虑，成了一种了无结束、无尽绵延的焦虑形式。由国民现象而至心理、灵魂，而归结于时代痼疾。

鲁迅的小说由此密集无数杂陈又无尽延伸的问题，这些问题在当时是无解的，问题与问题的无解所形成的过程的繁复，多重地纵横于小说修辞的全程。自由地叙述却又疑虑重重，叙说自我的不幸分裂。人格与生存，也即东方式的灵肉冲突，蔓延于鲁迅小说的叙事之中。所以，时时追忆、忏悔的涓生，是并不也无法真诚的。

人在获得自由思想之后，焦虑也就如影随形。反之，按照萨特的说法，人便只有生存在恐惧之中。因为焦虑和恐惧的区别是：恐惧是对世界上"存在"的恐惧，而焦虑是在"我"面前的焦虑。晕眩所以成为焦虑不是因为"我"畏惧落入悬崖，而是因为"我"畏惧"我"自投悬崖。处境引起恐惧是因为它很可能从外面使"我"的生活发生变化，而我的存在引起焦虑是因为"我"对自己、面对这种处境的反应产生怀疑……即"我"面对"我"本身而感到焦虑。可见焦虑是对自我反思的领会，焦虑就是反思的过程，它由恐惧生发却又并非恐惧本身。由是，我们知道了这样一个原则，自由作为一种意识、一种存在意识，不断地使我们坠入新的焦虑之中，对自由的渴望和探求愈强烈，焦虑的程度也就愈强烈，而其焦虑作为过程，它的表现也就愈曲折，反思的可能性和深度也就愈见其绵远。为了逃避焦虑——因为人生来有一种趋向快乐享乐的特质，有一种满足自我的欲望——人便不断逃遁于反思之中。这是趋向将来的唯一思想方法。

二

我们可以比较清晰地来梳理和观照中国百年文学的历史进程，作家的心灵历程究竟发生了怎样的质变？这些质变对中国文学尤其是小说有着怎样的伤害和收获？也许这是一个异常复杂的话题，但却是一个非常严肃的命题，回答与否，它都非常顽固地悬置在文学史家面前。

"五四"新文学已经把人性、人道和人的心灵欲求，以"我"的自叙传的方式，以单元单向的"第一人称"叙述，表达了当时中国人对自由和心灵自由的渴望，以追求人的个性解放、自由恋爱等为社会诉求，让人回至人自身。20世纪初那种极端写实的"为人生的艺术"，为中国现代文学在20世纪80、90年代的长足发展奠下了文学的人性人道基础，也为文学的现代主义和所谓后现代主义的文学生存抹出了黎明前的曙光。"五四"时期的大部分作家在这方面都还仅止于一种尝试：单向度地直抒胸臆，主观地表达个人对社会的呐喊和个人在社会中的彷徨。他们虽然非常丰富地表达人内心的欲望冲动，诸如丁玲的《莎菲女士的日记》、郁达夫的《沉沦》、茅盾的《腐蚀》等，但毕竟还是囿于对知识阶层的内心解剖，还不可能从个人的经验中"间离"出来，而获得一个独立的、清醒的、对生命有高度睿智目光的作家位置。固然这种尝试并没有真正进入反思人类行为的层面，但"五四"作家们的努力，给后来特别是新时期文学的现实主义复兴，使文学从神到人的复位，提供了最直接也最丰富的营养。可以说，新时期文学的早期生命，得益于"五四"新文学的脐血。

鲁迅也遵循"五四"那个时代现状给出文学的所有原则，但他与别的作家不同之处在于，他在遵循的同时并不完全服从那个时代的调遣，他穿透那个时代的迷障，而深邃地发现中国人的社会本质。狂人的狂躁和阿Q深层的恐惧所埋伏着的焦虑，如果说仅仅是一种故事的精神呈现，一种意识到的主题阐释和对某种精神现实的演绎的话——这种演绎在五四时期的中国文坛已然掀起轩然大波，对于沉睡中的国人无疑是石破天惊——那么，鲁迅后来一系列的短篇小说包括《故事新编》中的小说，就已然不仅仅是把焦虑作为一种小说内容的精神包容了，其焦虑已经冲破内容的樊篱而成为一种形式。只是，焦虑作为形式的鲁迅方式未被重视。在长期把鲁迅作为"政治鲁迅"的同时，往往忽略了将之作为"文学鲁迅"来认识，即使是汗牛充栋的鲁迅小说研究，也常常在面对"文学鲁迅"的同时，无意识地把他当作"政治鲁迅"来解读，永远将之囿于"哀其不幸，怒其不争"的政治期望之中。这不是真正的"文学鲁迅"。

对鲁迅小说的解读，我们缺乏的是对之的想象，而这种想象，时至今日，已经有着坚实的基础，那就是我们对20世纪80、90年代乃至21世纪以降的中外文学的阅读经验。这种经验提醒我们，我们必须再一次发现鲁迅。鲁迅对于中国20世纪90年代、21世纪的新进作家而言，绝对不是一块砸人的"老石头"。在现时文学中，我们是如此清晰地嗅到鲁迅小说那种沉埋已久而焚之可通神明的气息。这种气息在现时的文学中，四处弥漫，或者毫无师承的关系，但是对于中国传统文化土地上衍生出来的中国作家而言，脐血，正在百年之后诱发基因的神奇力量。

我视野中的鲁迅，是早在20世纪初就深得现代主义精要的文学家。其学贯中西，故他对西方现代文学的吸收，是在对中国传统痼疾的批判基础上进行的；他的借鉴是不动声色同时深得神韵的，不仅仅是内容，还有形式，如果戈理的《狂人日记》对之的启迪。在鲁迅研究中，我们很少把鲁迅小说当作现代主义小说来解读，很少注意鲁迅小说中的文学现代性元素。鲁迅小说中的现代性精神境界，他现代主义小说技法的娴熟，是现时的作家难以企及的。

鲁迅在那个时代的焦虑，已然成为他小说形式的主要部分，这种设计或叫作某种忧患的表述，依稀可以在村上春树的小说中，在中国20世纪90年代以降的新生代小说家的作品中，看到他们之间的默契及其精神的共通性。

三

我把鲁迅的小说当作中国现代主义小说的起点，这个起点是温和的和内敛的，它与同时代的郭沫若的现代诗《女神》的怒发冲冠及对新世纪的无比热力不同。在鲁迅的诗歌和小说中，读不到郭沫若"如烈火一样的燃烧""如大海一样的狂叫""如电气一样的飞跑"这样狂飙突进的句式和呼喊。鲁迅并不浪漫，他的沉郁冷峻令人吃惊。他坚决且坚持地给自己一张安静的书桌，安静地写下了他那些关于童年闰土的追忆、关于社戏的追忆、关于鲁镇祝福的追忆、关于咸亨酒店孔乙己的追忆。在《在酒楼上》、在《伤逝》、在《故事新编》的诙谐和沉静中，表达着他对一个时代的焦虑。这个时代有着无限延伸的过去，而这个漫长的过去，历时性地呈现为"吃人"两个字。他借狂人的非智性思索和行为，反讽了抗拒着人的主体性的封建礼教，反人性、反人道的历史隧道的罪恶，他已经非常敏锐同时深刻地接触了中国社会的根本问题，中国几千年的封建道统给现代中国所造成的、设下的重重障碍，这种障碍不仅仅是物质形态的，更是意识和精神形态的。《狂人日记》未尽的思考，在《阿Q正传》中得到进一步的深入。也即把狂人的现实，在阿Q那里升格为对中国人"存在"本身的求索。

鲁迅的小说并非仅止于对中国现实社会的解剖，也远不是仅为我们讲述一个个关于鲁镇的旧中国悲惨的故事。他对中国的现实批判，包含着对旧中国更为尖锐的历史批判，同时努力把这种批判的矛头直指中国人的主体性的改造。他清醒地看到这种改造的艰难和无望。鲁四老爷的书房，固然已经衰败："……一边的对联已经脱落，松松的卷了放在长桌上，一边的还在，道是'事理通达心气和平'。我又无聊赖的到窗下的案头去一翻，只见一堆似乎未必完全的《康熙字典》，一部《近思录集注》和一部《四书衬》。无论如何，我明天决计要走了。"焦虑的时代氛围传染给"我"在鲁镇的日子与心情。鲁迅对"我"面对鲁四老爷、祥林嫂所表现出来的无奈，始终持一种冷峭的、尽力控制着的情绪。作为作者，鲁迅绝不介入叙述人及小说人物的情绪。他隐匿着却无处不在，有意指导小说人物"无聊赖"的心绪焦虑化，渐次把所有小说人物都引入到焦虑这个迷津之中。鲁四老爷、四婶、祥林嫂，乃至叙述人"我"，都不约而同地陷入各自的焦虑之中。

鲁迅把这种焦虑处理得非常焦虑，渐次把焦虑凝聚集中结晶为一种对生存的思索，对本体生命的追问。祥林嫂表现得尤其突出诡异。她"极秘密似的切切的说，'一个人死了之后，究竟有没有魂灵的？'"这是祥林嫂在现世的唯一期待，这个期待其实是对自身生命存在的质询与追问，顽强到了愚顽的地步。在鲁迅眼中，即使是祥林嫂这样"被人们弃在尘芥堆中的，看得厌倦了的陈旧的玩物"，也依然有着一种生存的权利和对这权利被剥夺之后的追问与质疑。鲁迅认同这种追问。于是，他借叙述人之口，发出了哀鸣："魂灵的有无，我不知道，然而在现世，则无聊生者不生，即使厌见者不见，为人为己，也还都不错。"

《祝福》中的"我"对这个世界、对现实鲁镇所发生的一切、对祥林嫂的命运，始终持一种若即若离和旁观的态度。这种态度所造成的距离感，非常深刻地表达了旧中国人与人之间的关系，尤其是不同阶层和不同知识水平之间的人的天然隔膜。鲁迅确乎千方百计地想穿越这种隔膜。但作为作者，他有着更深广的谋虑。他的目的不在于讲一个关于祥林嫂的悲剧。这样的悲剧，在20世纪清末民初积贫积弱的旧中国，遍地皆是。他企图揭示的是，中国人的存在状态，热切企盼国人在沉睡中醒来，而作为个人，他又是无计可施的。其实，在他的规划中，鲁四老爷和祥林嫂，在"存在"这一人类命题中，并无太大的区别。他们的守旧和麻木是共同的。他们共同地生存在"搬动一只桌子也要流血"的中国现实中，这就是焦虑的因由。

"我"对现实的进取，就这样包容在对现实的步步退让之中。"我"总是在面对重大刺激之后，在反思的追问中，向现实做出种种妥协。"我静听着窗外似乎瑟瑟作响的雪花声，一面想，反而渐渐的舒畅起来。"听到祥林嫂的死讯，"然而我的惊惶却不过暂时的事，随着就觉得要来的事，已经过去，并不必仰仗我自己的'说不清'和他之所谓'穷死的'的宽慰，心地已经渐渐轻松。不过偶然之间，还似乎有些负疚"。以及在晚饭时，面对四叔俨然的脸色，"我"也放弃了想问问祥林嫂死讯的事的想法，而决意明天就回城里去，免得让四叔认为自己"也是一个谬种"。

这是一个经常处于焦虑和恐惧之中的人物，这个人物的所有思考都是没有行动而且没有行动的勇气的。不是他不能行动，而是他实在太思虑现实，特别是因为鲁四老爷所连带出来的那个沉闷得可怕的现实带给所有人的无声的加害。他在这种加害面前，连辩难的勇气和空间都没有，于是只能不断地自责和麻木地应对。这就把《祝福》的社会空间和历史时间无限地拓展开来，让我们看到无所依傍的旧时代的中国知识分子，在社会苦难面前的无力、无助和无奈。鲁迅深刻地表现出了这一点，其深远广阔的忧愤，是带着对本阶层中人的深刻剖白的。知识分子的这种弱点，沉淀成这个阶层的历史性悲剧。他们并非不具备在恐惧中反思的能力，而是他们所处的社会地位和天生的缺陷使他们只能处于社会边缘的位置。他们中的一些人，永远无法承担人类赋予的历史使命，而坠入沉默。鲁迅早在中国现代知识分子渐渐形成一个阶层的时候，就敏锐地发现了这一点，因而在他的小说中，他一而再、再而三地以极其悲愤的情绪，抒发了他对这个阶层中这些人的厌恶与鞭挞，他以他自身对之的焦虑，把自己炼成了焦虑本身。这也正是解读他的小说的最有力的见证。

鲁迅小说的现代性，不表现在技法上的现代元素，而表现在他小说叙事模式的不可超越性和不可模仿性。因为，在鲁迅这儿，焦虑真正成为形式。换言之，鲁迅把小说叙事以焦虑的方式去实现对焦虑的理解和铺排，而且是不着痕迹、不动声色的，做到这一点尤其难。而这正是为什么鲁迅的小说可以当作最浅显的记叙文来读，在中学生课本上依然并不艰涩，依然能够以传统的中国式阅读习惯来阅读却并无任何语法和技法上的障碍。

鲁迅的小说的现代主义特质，是一种学贯中西之后，深得其神韵的真正意义上的东方化过程。他小说的意识流形式的流转自如和不着痕迹，是沉静和内敛的精神磨合的结果。在鲁迅这儿，形式成了内容的重要部分。他的每一篇小说，不管是以第一人称或第三人称或两者兼而有之，其表现出来的技法都无可争辩地显示了这种事实，那就是，他已经把现实虚无化为一种存在，一种依照萨特的说法，虚无化为"不在场的在场"。也即对充满着无限可能性的揣度与抒写，以及对这种揣度与抒写的物质还原。

鲁迅笔下的鲁镇、咸亨酒店曲尺形柜台、长衫帮和短衣帮、社戏、酒楼、孤独者、伤逝等，都已经逃离了这些事象的原质含义，而成为一种对人的本体论认证，一种哲学象征，最终归为一种人类存在的哲理解释。他的小说也随之进入一个被后人无限自由解读的范畴之中。其中自然也包括认识鲁迅小说的真面容，是需要读者具备一定的人生阅历的。阅历浅的读出了故事，这些故事并不难懂；而阅历渐深则渐行渐远而收获渐丰，最终的阅读则完全背离故事本身而进入一种象征、一个自由解读的天地，也就是人类存在所暗示给我们的那冥冥之中的"存在"。

四

小说本身就是故事，从"山海经"到"街谈巷议"再到历朝历代的"遗事"，勾栏中的说话乃至说书人的话本，至明清终于完成了真正文本意义上的白话小说。这个非常完整的过程，线索所提示的都与故事有关。故事成为小说的目的。这是传统小说概念给定了的一个传统。而我们今天所说的现代小说，也许对此有所超越。正如自由与觉醒到意识到的自由并不相同一样。小说正在超越故事给定的元素，而成为一种负载各种各样叙事手法和内容的形式，也即小说形式或许同时也负载了相应的小说内容或本身就成为内容。正如本文所强调的，焦虑作为形式，并以此负载焦虑的现实内容，两者已密不可分、融成一体，而只有在存在的意义或存在的虚无化情状上，才有可能辨其仲伯。

辨其仲伯也许并不重要，重要的是，焦虑是如何作为形式的，它为什么会成为现代主义小说或后现代文学的形式？

"焦虑事实上是作为我的可能性的那种可能性的确认，就是说，它是在意识发现自己被虚无与其本质相割离，或被其自由本身与将来相分离时形成的。"①

焦虑作为小说内容的情绪，弥漫于人物和情节的困顿之中，也就是我们通常在评价一部现实主义作品时所关心的，那种叫作忧患或危机感的东西。对现实的恐惧，时刻在左右着作者话语表达的理性思索。"焦虑在这里来自我们可能预感到的东西，来自我们内心的赌桌……焦虑将消失而让位于恐惧，因为正是恐惧把超越的东西综合体会为可怕的。"②

一切都源生于可怕的时代生活，有一种反讽的意味。反抗现实的冲动，却以崇高的理想包装；分裂的精神困顿，却以昂扬的姿态去遮蔽，而这一切，流泻着的是对现实的恐惧。"内心的赌桌"无时无刻不隐藏在小说无限进取的陈述之中，处处呈现着悖论的迹象。所有的言说，都指向焦虑的意绪而呈现着"苦闷的象征"。焦虑正在成为形式。

作为形式的焦虑，是焦虑作为叙述方式的主体，也即叙述的焦点，从人物和情节的叙述退回到感觉的叙述，弱化人物和情节而强化感觉与情绪。故事从小说中渐次隐退而给精神探索和内心活动腾出时间和空间。叙述的重点从情节转移到感觉，从而把精神的"寻找"与"期待"作为小说发展的隐性情节，也即以贯穿小说始末的精神线索来展开叙述。这就彻底地改变了小说以情节为脉络的结构，而代之以感觉为网络的结构。情节结构向生命结构位移，"苦闷的象征"在小说结构中得到充分体现，同时活跃于小说的每个叙述环节。不再是细节与细节的堆积或延递，而是细节的象征性无限延展，从而小说展开的是心灵的花园，是心灵与心灵的对话或心灵的自言自语，甚至是心灵的梦呓。意象开始取代情节，并由缜密的思绪绵延而成小说新的结构形态。在这一点上发挥得最为圆熟也实践得最为完美的自然还是鲁迅。

《在酒楼上》主人公吕纬甫出场之前，叙事出现一段无情节空白。冗长的心理铺垫，充满着诡异和莫名的惆怅，有些颓靡的但却异常明白清晰的情

---

① 萨特. 存在与虚无［M］. 陈宣良等，译. 北京：生活·读书·新知三联书店，1987：67.

② 同上。

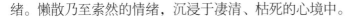

绪。懒散乃至索然的情绪，沉浸于凄清、枯死的心境中。

"我"、堂倌及酒楼，大凡人及物乃至空气，由物而入无形，成至一种生命气象，它是没落中的焦虑，是生命注满忧虑恐惧而反呈空漠的焦灼，是大期待之前的莫名反侧，是一种毫无理由的临渊恐惧。人已然如此。在空无一人的酒楼，既感孤独，又"不愿有别的酒客上来"。以孤独去抚慰孤独，这是一种怎样的枯灭与对抗？小说叙事始终在这个调子中反复回环，其形式之链绞缠在不断孳生蔓长的颓唐之中，构成一种心情故事而非情节故事。这一切的冗长，都为着一个人的到来，他的到来，更增添了"我"心中的焦虑，而把心情的焦虑演变为生活形式、故事形式的焦虑。本以为吕纬甫这个"旧同窗"的到来，会浇灭心灵的枯寂，故事也为之一亮，毕竟有了转折的希望。"我起先很以为奇，接着便有些悲伤，而且不快了。"至此，此前的心情宣泄，被再度填满充实而且具有形式的意义。那些冗长的铺垫，其实正是吕纬甫无奈而又麻木的一生及其未尽的前路，"你看我们那时预想的事可有一件如意？我现在什么也不知道，连明天怎样也不知道，连后一分……""……屋宇和街道都织在密雪的纯白而不定的罗网里"。

鲁迅的小说，正如当时中国的现实，看不见光明，被深重苦闷密织在焦虑的罗网之中。至少在鲁迅看来是如此。

鲁迅的焦虑是以理性的、出世的思维去编织的，这种焦虑在他的杂文中表达为狂桀和激烈；而在他的小说中，他却更尊重生活的俗常呈现，依据生活的惯常流程去贯彻他对焦虑的理解和认知，同时把焦虑的形式努力暗合人物性格的基本秩序和人性的正常运行，使之更切合人的故事和人的生活现实的基本逻辑。《在酒楼上》是这样，《伤逝》尤其如此。

鲁迅的小说是中国式的现代主义小说，其外铄已然被消化吸收得了无痕迹。所以说，作为现代主义小说的东方化，鲁迅是早已炉火纯青，无懈可击。如果说《狂人日记》尚让人想起果戈理的中篇小说，《伤逝》等篇什则就是鲁迅现代性思考与实践的结果。

《伤逝》，是已经从恋爱的罗网中挣脱出来获得另一种自由的涓生，对曾经的消逝了一年之久的爱情的追忆。是追忆而不是记忆。这是现代主义小说和传统小说在技法上最起码的区别。记忆是保存性的，它是一种历史的再现。

而追忆是消解性的，它是一种现在时的追诉，包含着强烈的现在观点，不是再现在场，而是感觉在场。这是准确理解《伤逝》的要点。

虽然一切都已过去，但是，"如果我能够，我要写下我的悔恨和悲哀，为子君，为自己"。"我"犹疑着，自我叩问已被自己轻慢了的自我，"我"不知道能够还是不能？已经自由了，同时也就陷入焦虑的泥淖。鲁迅不动声色地为小说设置了一个犹疑的同时很不确定的前缀，由此展开人物自我审视的漫漫前路。如履薄冰、战栗、战战兢兢的心理蹒跚奠基了反思的前奏，一场灵魂的自我审判拉开了序幕。

涓生的追述，犹如辚辚的车轮，步步碾压在灵魂铺出的心路上，留下了点点滴滴的血迹。故事的结局已经预先知道了。而故事的过程，却在自由的此刻，渐渐地扑入纠缠之中，在网结中一点点地露出端倪。

子君的出现及至她命运的展示，是和一个叫涓生的男性同时出场的，而这种出场又是因着这个叫涓生的人满怀痛悔的陈述，他将被自己的陈述所感动。这是一个典型的小知识分子，由懦弱、多疑和屑小组拼而成的男人。他永远地处于一种无法承担、不敢承担爱情挫折的犹豫之中。他常常在树立起一个正题时，又犹豫地设置了一个反题去加以颠覆。

"在一年之前，这寂静和空虚是并不这样的，常常含着期待；期待子君的到来，在久待的焦躁中，一听到皮鞋的高底尖触着砖路的清响，是怎样地使我骤然生动起来呵！"

"然而现在呢？只有寂静和空虚依旧，子君却决不再来了，而且永远，永远地……"

子君来了，但是走了，而且永远地。这个美丽女人的结局远未到来，涓生焦虑的绝望却已昭然若揭。此后，关于这个女人的命运碎片，将在涓生泣血的追忆中，被慢慢地一片片地拾起，组拼成旧去的日历，渐次呈现在涓生睹物思人的感怀中。子君从未以独立自主的形象和性格从书页中走出，至死她都是由涓生的感怀来凸现，这是小说人物塑造的要点，也是鲁迅为小说定下的人物格式。这个格式并非常规，而是鲁迅匠心独具的结果，是他小说动机的主要部分。子君，只有在涓生的悔恨中才愈见其人性与人生的价值，也即女性的存在价值是和一个时代对女性命运的关切与尊重程度紧密相关的。涓生所忏悔的，也正是那个时代应该忏悔的。涓生的不可原谅，也正是那个时代的不可原谅之处。社会罪恶和时代偏见，借涓生之手，来完成它们对子君们的杀害。

焦虑与焦虑的消解，也即与希望纠缠在一起，悔恨与悔恨的反思互相交融与抵触，构成了小说叙述的锁链，涓生挣扎其中，子君凸现其上。由焦虑派生的一切因果关系，互为知会而绵延着，从开头走向终点。这个终点叫做遗忘，它也是焦虑的另一种形式。由焦虑而希望，由希望的幻灭而主动地遗忘。以遗忘作为缓解内心痛苦的灵丹妙药，涓生因此也就完成了对自我的塑造和角色指认。那是用更大的绝望营构而成的自我，"用遗忘和说谎做我的前导……"鲁迅有效地控制了这个人物和他的时代。

焦虑的"我"，和由焦虑的感怀联结起来的态势，把一个关于焦虑的爱情故事包裹其中，弥漫而成一出社会悲剧，同时获得对这个社会无可奈何的清醒认识。这就是鲁迅的小说形式所诉求的文学理想。以焦虑的方式去讲述或呈现焦虑的时代内容，讲述或呈现本身就已经承担对焦虑的解释而成为焦虑本身。形式也就成了内容。

哈雷特·密尔斯在《鲁迅：文学与革命——从摩罗到马克思》中这样评价鲁迅的小说，作为"一种新形式的成熟典范，它们达到的高度也许至今无人可以企及"[1]。

鲁迅的小说创作，集中于20世纪20年代初年，这个时期正是西方现代主义文学最为鼎盛的时期，普鲁斯特等西方现代主义大师的著作都出于这个时期，中国的新文化运动，又"坚决要用西方现代文化意识取代传统的封建文化封建意识"。在这种历史语境下，中国新文学与象征主义的对接就成为历史必然。鲁迅的小说形式，暗合了这种以追忆与抒情为特征的象征主义文学形式。焦虑成了他小说的精神符号，而其表述，无处不在地显示着这种精神存在。鲁迅小说的现代性，他的现代主义叙事，已经成为现代文学的精神资源。

2008年春

---

① 哈雷特·密尔斯. 鲁迅：文学与革命——从摩罗到马克思 ［M］//乐黛云，编. 国外鲁迅研究论集. 北京：北京大学出版社，1981：9.

女性想象的欲望诗学

摘要：女性的自我觉醒首先在文学中得到张扬。中国百年文学中，大量女作家涌现和大量妇女问题得到前所未有的文学关注，大量关于两性关系的乡村化、都市化和欲望化的多重叙述与多元描写，女性从肉体哲学到灵魂鞭笞，从"拷红"到"审男"乃至于阿Q与吴妈的原初欲念都一一在这种差异中显示着文学的诗学表达，显示着两性文学关系中的深度差异，正在成为文学现代化的题中之义。

我们已经开始从文学中分出性别，并定义出"女性文学"这样的概念，开始看出文学性别的差异对文学与人生的影响。"差异"的概念来自被认知物与记忆的对照，这种对照其实是对旧有的遗留的文学常识的反思。可以这样说，中国当代文学的现代化，从某种意义上说，是在这种差异的推进和认知中不断向前的。

中国百年文学中，大量女作家涌现和大量妇女问题得到前所未有的文学关注，大量关于两性关系的乡村化、都市化和欲望化的多重叙述与多元描写，女性从肉体哲学到灵魂鞭笞，从"拷红"到"审男"乃至于阿Q与吴妈的原初欲念都一一在这种差异中显示着文学的诗学表达，显示着两性文学关系中的深度差异，正在成为文学现代化的题中之义。

但是，从女性的词根出发，对之的文学定义其实是大有问题的，貌似尊重而将事关女性性别的文学，从创作到实践都与男性特别区分开来，通过谋求差异、求得平衡以显示公允。看出差异是一种进步，而差异本身则是一种歧视。因之女性文学的定义也就问题丛生——这是长期以来学界的一个错误——是指作者性别，不涉其余？是指文学题材、女性意识，还是两者兼而有之？文学史中并不鲜见这样的现象：一是女性作家和男性作家笔下的女性形象毫无二致。二是男性作家照样可以写出女性意味或女权主义的作品，如郁达夫、叶灵凤等，女性作家也不乏写出阳刚粗犷、毫无女性意识的作品，如草明、刘真等革命作家。

故"女性文学"更为准确的定义应是"女性书写"，这是社会开放和文学进步予女性的文学尊重，也是现代社会文明通过文学表述，窥视两性差异以走向和谐的理性补充。而把女性问题囿于女性作家性别视野之内，这恐怕不是女权主义的旨意。

一、"物种之范"的质疑与反抗

问题不在于由谁来书写，在男权时代，女性写作被当作反抗男权的证明，而在女权时代呢？作者的性别并没有特别的意义。在主张男女平等而性别文明又尚在消长的现代社会，女性书写才彰显出它独特的意义。也就是说，女性书写本身已然超越自身而成为一面旗帜，一面争取独立平等的旗帜，一个表明社会性别文明程度的文化符号。

法国革命唤醒了女性的觉悟，提出妇女在社会上的地位问题。19世纪末，美国、英国发生了争取妇女参政权运动，第一个目标就是争取选举权，然后是争取在教育、文化和工作上的平等。到20世纪60年代，女权运动一直在蓬勃发展。1975年，联合国宣布该年为国际妇女年，目的是"承认妇女在家庭、社会、政治和经济上的一切个人权利"，从此开始了争取女权的大辩论。1985年在肯尼亚内罗毕召开的第三次世界妇女大会上，协商通过了关于妇女在教育、卫生和就业等方面与男子权利均等的文件。但是此后，妇女运动发生了方向性的变化。

1987年12月30日西班牙《终极日报》载文《世界女权运动》：

> 教育界已不再是男人的势力范围，进入大学的男女同学之间的比例逐渐趋于平衡，妇女已认识到受教育是寻求职业的必由之路，因为工作是有的，但不会白给。要求从事艰苦劳动的妇女越来

多。然而，经过奋斗后又撤退回到家庭之中的人也不少。很多人认为，做一个母亲是天伦之乐，而不是受奴役。

20年前主张性解放的妇女，现在发现自己成了男人满足欲望的工具。因此，她们甚至组织起来反对选美，认为这是对妇女的侮辱。

在一系列问题上，需要做出明确判断。全世界的妇女都知道，她们要走的路还很长，然而目标是不会改变的，这就是男女平等。

这种描述的基本轨迹至少表明了，女权运动在多年挫折和反复之后，从开始时注重对自身以外的条件进取转向女性自身，包括对社会生活、家庭角色的体验，转向内心生活需要。这种转向，启示我们对以往女权运动做历史检讨和清理。女权运动，究其实质是性争取在社会生活中同时在心理需求上与男性享有均衡平等的权利。这种争取在很大程度上是对男性被当作"物种之范"的质疑与反抗。男子在所有神话里被看作具有规范性，而女性则是这一规范的变异和离差。男子是主体，女子是他体，正如《圣经》所示，女人是男人身上的一根肋骨。男性对女性的所有作为，其动机都在"收回"，而女性作为肋骨，所有的被动都在于"回归"。这就是男权理论的最古老注脚和男女关系的哲学解释。依照这种认知，假如把女性比作左撇子，则女性是生活在为右撇子创造的世界里，这个世界中的男性代表着规范性。这种观念所产生的心理效果，在人类社会许多文化行为中可以找到例证。

在英语里，"男人"这个词可以作为人类总称。日文中的"男人"的语意为"主人"，中国古代汉语中没有"她"这个字。女性在世界范围内的语言领域中，其存在由男性代替着，这种语言现象尤为深刻地证明男性文化对人类文化的全面侵略，而女性以一种集体无意识接受了这种侵略和渗透。这种深层意识在男人那里也处于自觉的超稳定状态。历史这样安排了男人在一切方面的优势。可是，稍有古代历史文化常识的人都清楚，所谓男性范本其实是漫长男权社会的结晶，并非有充分的生物学根据。而男性范本的神话，在不同文化时期里，也是处于变动状态的。

这种历史变动在文学中以抛物线式轨迹展示着它魅人的况味。

人类是在女性腹腔中发源的，太古初民对女性的神圣崇拜，编织母权中心的漫长岁月。《山海经》狞厉地记载着中国第一个女神西王母的威仪，这是初民宇宙观中众神之首的伟大形象。

> 又西三百五十里，曰玉山，是西王母所居也。西王母，其状如人，豹尾虎齿而善啸，蓬发戴胜，是司天之厉及五残。

《大荒西经》记载的西王母，记叙得就更为精微狞厉：

> 西海之南，流沙之滨，赤水之后，黑水之前，有大山，名曰昆仑之丘，有神，人面虎身，有文有尾，皆白，处之。其下有弱水之渊环之，其外有炎火之山，投物辄然。有人戴胜，虎齿有豹尾，穴处，名曰西王母。此山万物，尽有。

《穆天子传》与《汉武内传》把西王母会见汉武帝的情景渲染得神秘壮观：

> 是夜漏七刻，空中无云，隐如雷声，竟天紫气。有顷，王母至，乘紫车，玉女夹驭；戴七胜；青气如云；有二青鸟，夹侍母旁……

原始时代的西王母是母系社会的女神，她从原始神话的半人半兽，至魏晋铺张成为群仙之首，至此完成了最后的演化，此后再无发展。这至少可说明母权岁月的遥远追忆，浸润了漫长的历史年代，在被父权制代替之后，文学对之记忆犹新，但在日渐强大的男权面前，它渐趋黯然，渗入了当代当朝的思想，如班固所撰《汉武故事》，已经把西王母从初民形象记忆中剥离出来，变为人间女皇，赋予后世男皇的排场，其增饰之迹，无以复加。

社会历史、政治经济变动彻底抹去了人们对母权岁月的最后记忆，女性政治经济地位的沉落在神话的演化中表现得十分彻底。狞厉的西王母从人神合一的形象变成了"年可三十许的丽人"。中国原始神话的气味完全蚀落而成为道教的传说凝固下来。西王母已经成为男性叙事人自恋情结的对应物了，已由男性眼睛所调控，伪托东方朔所撰《神异经》另造出一个男神东王公：

> 东荒山中，有大石室，东王公居焉。长一丈，头发皓白，人形鸟面而虎尾，载一黑熊，左右顾望，恒与一玉女投壶，每投千二百矫，设有入不出者，天为之噫嘘。

模仿《山海经》之西王母而取而代之。

漫长的母权岁月消弭在史前的混沌之中，而自有文明史以来，男权优势一直在左右着历史的发展，女性由神圣转为邪恶，作为这发展的反面，在神话中被改写，在现实中被反转。古希腊神话的"潘多拉盒子"，《圣经》的创世纪说，夏娃成为万恶之源，这些以男权中心为依托的神话或教义，无非都是在强调现实中的男性秩序。

男性是物种范本是男性社会虚构的神话，它在现代文明社会已见无稽，但作为一种非意识思想意识，它时时支配着男性甚至女性的心理和行为，成为知和行的无形准则。女性们在多大程度上意识到这种非意识思想在日常生活与精神领域中的危险呢？它微妙的生活状态与形式表征在多大程度上受到深刻的理性批判呢？

二、"女性欲望"的想象与叙事

女性的自我觉醒首先在文学中得到张扬。女性的压抑首先是人性的压抑，即性和情欲的压抑。

在中国文学史上，女作家及女性书写寥若晨星，除了李清照和蔡琰，几乎没有更多的记载。但是，胡适曾经写过一篇文章《三百年中的女作家》，这是胡适为钱夫人编《清闺秀艺文略》所作的序。胡适的序不但为中国文学中的女性书写提供了宝贵的信息，同时也使中国女性书写进入文学史视野。

胡适写道：这部《清闺秀艺文略》目录起于明末，"迄于现代生存的作者，其间不过三百年，而入录的女作家共有2310人之多。钱夫人一个人的见闻无论如何广博，搜求无论如何勤劳，总不免有不少的遗漏。然而她一个人的记载也使我们知道这三百年之中至少有2300多个女作家，近三千种的女子作品了。凡事物若不经细密的统计，若仅用泛泛的笼统数字，决不能叫人相信。钱夫人十年的功力便能使我们深信这三百年间有过2300多个女作家，这是文化史上的一大发现，我们不能不感谢她的"。

这个大发现被我们遗忘了近一百年。尽管这一百年间我们不断鼓吹女性文学，不断鼓吹女性自由，不断鼓吹女性解放，不断地推出新锐的女作家，包括近年来大量出现的所谓的美女作家。但是我们却没有认认真真地回顾一下，或者反思一下，或者回眸一下女性。近代文学史为我们提供了如此庞大的女性作者群体，但我们从来对这个群体是视而不见的。

在清代文字狱那么严酷的时代，居然可以统计出三百年间2300多个女作家，而这仅仅是钱夫人的搜集，搜集目力抵达20多个省，占全国的四分之三的省份和地区，除了新疆、西藏这些西部边沿的地区。钱夫人在这四分之三的版图上进行了广阔的搜集。在清代这三百年间，真正的，或者说从事文学创作的女作家远远不止这个数字。

这两千多个作家里，大部分是江浙地区的。当时的江浙地区是重要的通商地区，那里的洋风比较浓烈，女性在某种意义上来说比较自由。而且，那个地方出现了许多幕僚和文官，那些幕僚和文官的妻妾，在自己的家中享有更高的地位，在她们的家中以有一定的文学修养为时髦。这意味着只要女性有稍稍自由的空间，那么女性书写的发展就有一定的土地和空气。

胡适说："三百年之中，有两千三百多个女作家见于记载，这是很可以注意的事实。在一个向来轻视女子，不肯教育女子的国家里，这种统计是很可惊异的了。这种很可惊异的现象，我想起来可以有两种解释。第一，环境虽然恶劣，而天才终是压不住的，故有天才的女子往往不需要多大的栽培，自然有她们的成就。第二，在'书香'的人家，环境本不很坏，有天才的女子在她的父兄的文学环境之下受着一点教育，自然有相当的成就。"

有三点值得注意，第一，在三百年间有两千多个女作家出现，在古代中国这个不重视女性教育、鼓吹"女子无才便是德"的国度，在这样的环境里面，为什么是很惊异的呢？这留待我们以后研究。第二，胡适说出了一个真理：天才是压不住的，天才只要有适当的机会，就会爆发。第三，在古代那种家风家教里，女子在相同的环境里面，她们可能比男性更加聪慧，她们比男性更有文学天分。

20世纪80年代中期到现在这20年间，中国的女性作家如雨后春笋。可以说是80年代以后的社会空间，为女性文学提供了长足发展的机会。如胡适所说，在同样的环境，女性在文学上可能比男性更有天分。

胡适揭示了旧中国对女性和男性教育的不同和文学差异。钱夫人的父亲对他的"儿子存着很大的期望，用种种很严厉的手段督教他们。儿子背不出书，要罚跪在大街上，甚至于被牵出去游街。一个儿子受不过这样野蛮的羞辱，遂服毒自杀了"。但对于女孩子情况就不同了。家庭可能会更多地使她们在女红上有一些成就，更多的教育是立足于她们婚前的锤炼，灌输婚后漫长的生活里所需要的各种知识。一个女性的家庭教育，更多是为了她们将来到夫家里面，能更加遵从夫家的规矩，能够伺候夫家的男性。

胡适说："故三百年中有那么多的女作家见于记载，并不是环境适宜于产生女作家，只是女作家偶然出于不适宜的环境之中。如果有更好的家庭境地和教育制度，这三百年的女子不应该只有这一点点的成绩。……这三百年中女作家的人数虽然多，但她们的成绩都实在可怜得很，她们的作品绝大多数是毫无价值的。"

胡适在文中有统计，近三千种女性作品之中，百分之九十九是诗词，另，写儿女私情的多少篇，写各种各样史学的、经学的、音韵训诂学的有多少篇，等等。胡适这种做学问的方式，确实是我们今天的学人不能望其项背的。胡适在这么多的作品里面，挑出了几个他认为是优秀的，但是这种所谓优秀在胡适看来更为痛苦，因为这种优秀实际上都是在反抗和控诉，而反抗和控诉不是文学的目的。所以即便最优秀的作品，我们也只能从反封建的角度来欣赏。

三、"逃避自由"的伪饰与崇高

"五四"新文学营造了一个个性解放的语境，尤其著名且实绩丰厚的"创造社"的作家们，以两性关系为切口，注重表现人的情欲和天性。释放本我，解放情感、情欲的人性。茅盾于1935年为《中国新文学大系·小说一集》写的《导言》中说，1921年5~7月三个月间，刊载于各类杂志的新小说有115篇，其中爱情小说有70篇，农村生活8篇，城市生活3篇，家庭生活9篇，学校生活5篇，社会生活计20篇，家庭生活和社会生活"实在乃是描写了男女关系"。所以"竟可说描写男女恋爱的小说占了全数百分之九十八了"。这种倾向，在新时期以降的小说创作里又重演了一遍，而这一次的演出竟然是阴盛阳衰的。

女性写作在20世纪80年代势头初涌，90年代势如决堤，21世纪则势成泛滥。在两性问题的文学描述上最出位也走得最远的，正是女性作家而非男性作家。而且，接续五四新文学的个性解放和张扬自我的文学传统，且有革命性颠覆的，正是由女性书写来完成。

在当代文学中，张洁的《爱，是不能忘记的》最早触摸到女性爱而不得所爱、却又不能忘其所爱的悲剧，甚至对老干部出于道义、责任、阶级情谊而建立起来的婚姻关系也提出异议，质疑两性关系中的非爱情因素的合理性，是以文学方式探索释义恩格斯《家庭、私有制和国家的起源》中"只有以爱情为基础的婚姻才是合乎道德的"的当下实践。这在"文革"结束不久的1979年，无疑是石破天惊的，也是切中中国式婚姻命门之作。女主人公钟雨在现实中无法实现她的所爱，只能把对他的爱投注在他的赠物——《契诃夫小说选集》中去，把现世的苦恋寄寓天国与来生。"你去了，似乎我灵性里的一部分也随你而去了"，于是，爱情转化为追忆，她常常真实地抑或以心灵走在那条他们唯一一次散步过的柏油小路上："我走到小路的尽头，又折回去，重新开始，再走一遍，我弯过那道栅栏，习惯地回头望去，好像你还在那里，向我挥手告别。我们曾淡淡地，心不在焉地微笑着，像两个没有什么深交的人，为的是尽力掩饰我们心里那镂骨铭心的爱情。"张洁技巧地表达了中国女性埋藏得很久的生命欲望，而又把这种欲望置于自由的逃避之下。责任、道义、克制等人类美德，似乎瞬间化作来自远古荒原的巨垣，横卧在两颗吸引得很苦又分离得很累的灵魂之间，异化为一种伪饰的崇高。"我们曾经相约，让我们互相忘记。"她把女性生命的焦虑，化作一种崇高，她叛逆了个性欲望而服从某种道义。张洁把主人公的悲剧，置于残酷的对话系统中去演绎，而把自己间离出来。张洁断然和清醒理性地编织了这个故事，并以第一人称叙述，令人物痴迷沉溺其中难以自拔却依然期待无望，作品的间离状态，使女性心理自控和辩难的复杂情状客观化，完成了对一种普遍真相的返照。张洁因此也就实现了不仅仅站在狭隘的女性立场，而是在人的制高点上俯视两性关系中东方文化氛围中的种种诘难。

张洁暴风雨般的心灵负担和煎熬，在玛格丽特·杜拉斯那儿，却变得异常平静和理性。雅克和莎拉夫妇结婚多年，漫长的婚后生活已使他们无话可说。然而，他们并非已经不再相爱，而是再也没有激情，这是一种困难的处于低谷时期的爱情。终于，莎拉感到有必要向丈夫坦白，以便共同面对现实。她对丈夫说："这几年来，有时候在夜里，我会渴望着别的男人。"雅克说："我知道，我也一样，渴望着别的女人。""怎么办呢？""毫无办法，去睡吧。"人在这种无法抗拒的命运之前蕴含了巨大的悲剧性，而这对夫妇在面对命运时表现了极大的克制、坦白和理解。法国作家笔下的人性悲剧，流淌得如此平静、客观和从容。人有时无法抗拒自然赋予人的天性，只是东方文学缺失这种理性，不敢坦诚地面对这种危机。当然，杜拉斯面对了，所以她仍有解决危机的办法，尽管很虚渺，这便是沙漠里那遥不可及的壁画——《塔吉尼亚的小马》。

张洁的寄望在天国，杜拉斯在现实里营构。她们对男性或男性对之的态度是相悖的。张洁小说里的男性是逃避的，爱同时失望着、逃避着；杜拉斯小说里的男性是积极宽容的，爱同时面对着、宽容着。

下面要说到的是另一种女性书写，映川的小说。映川在追求纯粹之爱的同时，塑造着男性，而这种塑造是在面对差异、反复离合中实现的。这同时也代表了21世纪中国社会女性主义进化的人性成就，她们已经远远地走出了张洁的时代牢笼，已经不是被动地被选择，而是主动地进取地选择着，选择就是自由。

映川在长篇小说《女的江湖》中，塑造了一个不仅知道自己爱什么、怎样爱，同时具有主体性冲击的"我要"的女性——荣灯。荣灯在情感、人性的不断逃离与回归中，实现了自我与对方的互救、铺陈了相互的差异。她在极度自由的情爱空间里游走，却又本能地逃避着自由的侵扰。在经历过三个不同的男人之后，她终于还是选择了其中的顾角。她在爱情的"受洗"中，独立自主地决定了最终的情感，尽管这依然是一份并不纯粹的爱情——反讽：追寻得来的并非追寻的目的。荣灯曾经逃离过顾角，顾角也曾经逃离过荣灯，荣灯渴望纯粹，顾角重视物质。但是，最终荣灯还是归顺了顾角，由顾角自行选择，而不仅仅是她决定了顾角。她给顾角写了最后的信，她无奈着同时又热望着，这是一种纯粹对庸常的投降，也是对男性的挑战与和解。这是退守的进攻，是明智的举意。既是女性最终的现实姿态，也是生活本身为女性准备着的理性姿态。

映川自然未及杜拉斯的冷峻，也没有张洁撕心裂肺的凄楚悱恻，她只是有所选择十分明智地消费着爱情。而她对爱情的阴谋、对生活庸常的穿透，有着一种东方式的现代狡黠。

在本文中，文学女性有着多重的况味。从西王母起始而至荣灯，其间横亘着女性从神到人、从人的解放和人的张扬到人的心灵自由的模糊身影。从中可读出时代的女性进步同时面临更具精神性的危机。女性书写在这种危机中也就有了别样的价值。特别是在现代都市化过程中，女性及女性书写是都市时尚和消费的一个表征。都市化其实亦是女性化。比如深圳，就其消费、时尚和生活质量而言，它是一个女性的城市。

2006年春

现代小说的碎片化叙事

摘要： 人本身是破碎的。建立在破碎的这种精神结构上，是我们对人、对生活的本质性理解。人的心灵以缺失作为自己的表征，而不是以完整作为自己的表征，文学是一种心灵的艺术，文学对人心的进入、对人心的表达，一定需要一个碎片化的过程。文学所导向的，或文学想进入的是一个朦胧的、未知的、混沌的世界，它充满精神性和形而上的追问。经验和已知当然有可能变成一种共识，但更多的还是以孤立的、个体的状况出现，这个经验未必适合另外一些人。所以说，凡是精神性的东西都是碎片化的，凡是碎片化的东西都是有欠缺的，而碎片化的状态一定是以这种精神性的方式出现，我们所讲的碎片化实际是精神性的碎片化。

一、文学是一种精神性追问

我们谈到叙事的碎片化的时候，实际上是强调一个构建，即我们对事物的认识，所以我们把叙事的碎片化列入认识论的范畴。也就是说，在我们心目中，世界一定是破碎的，而存在于这个世界里面的事和人，同样也是破碎的。人之所以完整，是因为我们对其进行描述，通过我们的描述达至从碎片到完整这样一个过程。人本身是破碎的，不管它的外部还是内部，都是建立在破碎的这种精神结构上，这是我们对人、对生活的本质性理解。人的心灵以缺失作为自己的表征，而不是以完整作为自己的表征，文学是一门心灵的艺术，文学对人心的进入、对人心的表述，一定需要一个碎片化的过程，这是我们对事物最基本的认知。

传统的文学作品追求一种有边界、有范围、全局叙述的讲述，这种讲述给我们一个最终的印象是，所有一切都是已知的，它未知的可能性很小。因为在传统的文学作品那里，读者与作者的关系，是一种被告知和全盘接收的关系；而在现代主义文学或现代主义观念这里，一切都是没有边界的，特别是人的灵魂、内心是没有边界的，一切都是未知的。如果我们在文体上做一个比较，在中国的古典文学或中国古典文献里面，一个突出的例子就是八股文，八股文每一个部分所限定的内容是固定的，它的起承转合、先说什么、后说什么，都是固定的，它把世界当作一个可分解的模板，它的颜色是固定的，它的边界是固定的，它的内容是固定的，只是在这些固定的内容里面注入一些不同的见解而已，所以在古典哲学和认识论那里，我们面对的世界是固定的。

我们现在强调的是，文学所导向的，或文学想进入的是一个朦胧的、未知的、混沌的世界，一个不完整、无法规约生命的世界，它充满精神性和形而上的追问。经验和已知当然有可能变成一种共识，但更多的还是以孤立的、个体的状况出现，这个经验未必适合另外一些人的经验，除了一些千百年来的世俗经验，在形成习惯的基础上，把某种个体经验等同于或取代了集体经验，成了一种共识，但这些经验还依然存在一个能被合理地突破边界的可能性。所以说，凡是精神性的东西都是碎片化的，凡是碎片化的东西都是有欠缺的，而碎片化的状态一定是以这种精神性的方式出现，我们所讲的碎片化实际是精神性的碎片化。在文学作品中，可以讲述一个完整的故事、完整的情节，但是在精神的诠释上，一定是有缺陷的，所以需要通过文学的方式对它进行完善和修补，而这种修补依然是有缺失的，不断地缺失，不断地修补，又产生新的缺失，形成了文学所提供的一个追问的世界，所以一个真正优秀的作家，他的作品不是在解决问题、回答问题，而是提出问题。

从这个意义上说，优秀的文学作品，在文学书写上，是没有先例的，他所有精神性的东西，所有的创作和完工，都是一次性的，后人很难模仿。比如说，多个世纪以来，多少人在爱情的描述上、在家族历史的表述上去模仿《红楼梦》，但事实告知我们，历史上对《红楼梦》的完善和续写、阐释和模仿，都无法达到原作的高度。文学作品作为一次性的成品，出现的时候同时也消失了，不可能再生了，即便有与曹雪芹同样人生经历的作家，他写出的《红楼梦》也只是另外一种精神状况的《红楼梦》。所以说，文学提供了一种追问的可能性，在小说创作中，不要急于去回答什么问题，一定要遵循内心的呼唤，一定要在你的作品中形成对这个世界的追问，这种追问也许是完全没有结果的。但只有遵循这种文学创作的规律，你才能写出优秀的作品。这就是我们平常所说的，要做一件事情，如果你对这件事情有太强的功利性，这件事肯定做不好，因为要实现这个目的，你需要顾虑到这个过程的各种因素，包括障碍因素，考虑到人情世故和客观条件的制约，你会处于一种被制约、被控制的状态中，而这种状态和创作本身没有关系。你会考虑到应该怎么写、不应该怎么写，如此才能保证你的"安全"，但文学创作如果进入了这样的境地，将导致格式化、庸常化的创作状况。所以我们强调作家创作的主体性和主体意识，实际是强调文学创作是没有先例的，伟大的作品或优秀的作品一定是独创的，我们对独创这个词说得太多，但本身对独创的理解又太少。

什么是独创，独创是从内容到形式都有个体的表达方式，包括如何开头、如何营构关系、如何产生声音。在网络上，我们常看到"惊叫"这个词，"惊叫"肯定是这个世界上最独一无二的声音，并且是自然的一种声音，是在完全没有准备的情况下，受到强烈刺激的自然的反应。"惊叫"是最个性的、最独立的、最个人化的。"惊叫"就是一种独创，伟大的作品就是一种"惊叫"。好好体会在不同形态、条件、心情、环境、文化氛围下爆发的"惊叫"，就能体会什么是独创。

二、小说的碎片化建构

具体到文学作品中，碎片化是如何体现的？土耳其作家费利特·奥尔罕·帕慕克的《伊斯坦布尔：一座城市的记忆》，每一章都是以十几个碎片（情节系统里面最小的叙述单位）来构成的，单位与单位之间看起来没什么联系，有很大的跨越性和分裂性，它们共同形成了并列推进的状态，但这仅仅是表面的现象，是我们在阅读过程中，通过文字与文字的组合、段落与段落之间的组合感觉到的一种轮廓性的现象。

一种文学创作现象是小说的散文化，或散文的小说化，或文本的诗化，归根到底是你用什么方式来结构一个已然约定俗成的体裁。以往，我们对体裁有很严格的规范，散文和小说的界定非常清楚，但现在，这种界限已经被模糊了。史铁生的散文都具备小说的特征，而他的小说也都具备散文的意蕴。在传统意义上，小说是不讲究意境的，不讲究抒情和意象的，一切属于诗歌的修辞，在小说那儿都不是必要的因素。但现在，如果还是按照传统的小说观念去理解一部小说，小说依然是小说，它也许能够充分地表达作者要告知我们的人物事件和情节等，但是，它在给我们提供的想象、延伸的空间上面，一定是有限制的。这种限制，不在于文本，而在于作者本身，因为作者提前为这个文本做了限制，因为他遵循的是传统的小说观念，就是体裁与体裁之间的严格区分。

在当代作家中，残雪的作品，从开始到后来的创作，人们认为很难懂、难解，这种难懂、难解和小说的碎片化叙事有很大的关系。在现实世界，我们对事情的叙述，有可供遵守的逻辑关系，或者约定俗成的习惯，但文学走的是相反的方向，残雪是最早比较透彻感悟到这种碎片化叙事的作家。她于20世纪80年代创作的《苍老的浮云》，写一个窥视者的故事。窥视的心理和现象，是人类对未知事物的好奇心，演化在世俗的生活里面，它常常是一种有阴谋的心理。《苍老的浮云》在中国文学里开拓了这样一个视界，叙述这样一种题材。而残雪于20世纪80年代出版的另一本小说集《天堂里的对话》，有人表示看不懂，却寻找不出毛病，更产生一种陌生、神秘和神圣的感觉。在误读了残雪的作品之后，一步步走进即将到来的中国的现代主义的创作态势。20世纪80年代初期，中国很多作家对现代主义仅仅知道一个概念而已，对大部分作家来说，现代主义的创作理论还是欠缺的，这就是我们为什么把鲁迅的现代主义作品当作现实主义来阅读、肯定、分析的原因。中国文学传统的思维习惯，很难与现代主义自觉打通。

残雪的特异之处在于，她的作品面对的是一个梦的世界、形而上的世界，把解梦、释梦，把梦当作文学的目标，当成解释这个世界的方式。而很多中国作家是面对现实，面对形而下的世界的。我们也在不断强调，要深入生活，干预生活，对生活现状提出自己的立场、态度和观点，回答现实生活中的种种疑问。如果作家摆出一个回答疑问的姿态，他自己应该是一个已知者和先行者，但人不可能没有经过实践和积累就产生这样的能力；如果作家处于一种对生活质疑、怀疑和提问的姿态，他面前的世界是无限的，他与读者是平等的。残雪的创作从一开始就进入一个梦的世界，而梦最是支离破碎。梦给我们的记忆不可能是完整的，留给我们的记忆如小鸟飞过天空留下的痕迹，那痕迹无从寻找，这种痕迹一定是精神性的，不是物理性的，这种痕迹是一般人看不见的，只有生活在心灵世界里的人才看得见，因为它是以心灵的方式来表达它的痕迹，是以"无"表达"有"的。

因为缺失，所以需要修补，文学在某种意义上具有实现修补的功能，文学应该是一种告解与忏悔，作家应充当牧师的责任。而修补和安慰，是因为有缺失，缺失有时是以某种愿望不能实现来体现。你能够把现实创造成梦，把具象的东西升华到梦的精神世界，来进行认识和穿越，你的想象力就被充分打开了，文学创作需要这样的想象力。

如何理解"梦"？首先，梦是没有边界、不留痕迹的。如果不是在惊醒的瞬间刻意地记住它，牢牢地叨念它，这个梦很快就被遗忘。梦是精神世界里最短暂、最尖锐、最宝贵的一种迹象。再者，梦很少产生在白天或光亮的地方，梦一定是与黑暗有关系的，黑暗是与夜晚有关系的，而夜晚也跟神灵有关系，跟鬼魅有关系，跟不可思议有关系。由黑暗联想到跟黑暗相关的种种事物，这是一种文学的联想。最后，我们什么时候对梦产生了兴趣？梦为我们的生活打开了一扇什么样的大门？最完善的理论是弗洛伊德的《梦的解析》，它能够让更多的作家在梦这个问题上获得一个比较清晰的图式，他从病理学这个角度来研究梦的深层表征、以及梦对我们人心的刺激，他用文学作品来对梦进行比照。可以说，20世纪初期，是心理学的世界化同时催生了现代主义叙事的发展。心理学上、病理学上对于梦的解析和拓展，很快地进入了文学领域，被很多作家作为创作的比照。20世纪现代主义的蓬勃发展和心理学的发展是同步的，科学和文学的互相推动，在20世纪20年代前后表现得非常明显，很多现代主义的文学先驱都活跃在那个年代，比如普鲁斯特、卡夫卡、鲁迅，他们的作品为什么到了40年代才有了经典的意义和世界性的影响？因为弗洛伊德《梦的解析》这种理论，在40年代才和文学的理论打通。也就是说，这种创作实践早就有之，可能发生在20年代前后，但这种理论出现后，我们才进一步肯定了梦与文学、生命力与文学、焦虑与文学，以及其他心理状况与文学的联系，这几

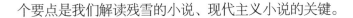

个要点是我们解读残雪的小说、现代主义小说的关键。

三、碎片化的精神性叙事

下面说说残雪小说的《黄泥街》。黄泥街是长沙一条现已被改造的老街，曾经是长沙最大的书市，是全国书商集中的地方，类似广州的东园路。这条黄泥街在残雪小说中以什么姿态出现呢？小说所彰显的是精神性的碎片化叙事。小说这样开头："*那城边上有一条黄泥街，我记得非常真切。但是他们都说没有这么一条街。*"这开头很具有现代主义意味，充满不确定、怀疑、迷茫、模糊，归根结底是"可能性"。这个开头给小说定下一个基调，即追问的基调、质疑的基调，连"我"自己都被他人的意见所干预："*我记得非常真切。但是他们都说没有这么一条街。*"把个体和集体区别开来，把"我"和"他们"区别开来，以往常的观念，"我"肯定是错的，"他们"肯定是对的，集体肯定是对的。"*我去找，穿过黄色的尘埃，穿过被尘埃蒙着的人影，我去找黄泥街。*"寻找的主题出来了，一部文学作品一开始就应该有这样的意味，这种意味可以是隐蔽的，也可以是彰显的。如张承志《黑骏马》中主人公骑着马去寻找，寻找的方向有两个，一个是古歌的方向，一个是童年的方向。"我"在重复流传了几千年的古歌里的情节，这个情节只有两个字——寻找。

"*我逢人就问：'这是不是黄泥街？'所有的人都向我瞪着死鱼的眼珠，没人回答我的问题。*""我"为什么要问，"我"记得很真切，"我"对自己的记忆产生了怀疑，这样简切的文字，给我们提供了可想象的、可延伸的叙事空间，再次强调了"我"和所有人的不同，"我"和现实世界的分野、对立。

一个与现实对立的作家，他的行为和思维，都有强烈的个人性，它是面向自我的。正是这种自我使20世纪80年代文学和五四新文学连通，最能揭示这种连通的一个精神标志是，80年代以前，我们一直在强调集体。而残雪在80年代，对个体性的这种确立，在作家这里，在日常生活里面，在人际关系里面，都是非常难得的，也是艰难的。个体和世界、和集体的关系，是解释精神现象的一个有力理由。

"我的影子在火热的柏油路上茫然地移动，太阳把我的眼眶内晒得焦干，眼珠像玻璃珠似的在眼眶里滞住了。我的眼珠大概也成了死鱼的眼珠，我还在费力地辨认着。""我"暂时地服从了这个集体，因为所有人都瞪着死鱼的眼珠，当"我"进入这个世界，也不由自主成了死鱼的眼珠，"我"在努力寻找能够打开舒展更大空间的余地，为什么还在费力地辨认着，其实"我"是于心不甘的，"我"还在坚持自我，这种坚持很艰难，因为有一个强大的死鱼世界在包围着"我"，"我"在里面挣扎，这种挣扎是对立的。

"我来到一条街，房子全塌了，街边躺着一些乞丐。我记起那破败的门框上从前有一个蛛网。但老乞丐说：'红蜘蛛？今年是哪一年啦？'一只像金龟子那么大的绿头苍蝇从他头发里掉下来。"

在叙述上，这种逻辑在不断中断，老乞丐和"我"的对话，"我"的应答是隐藏着的，而"我"的应答表现为老乞丐对"我"没有直接呈现的提问的回答。在对方的回答里面，他听出了"我"的提问。这样的一种叙述，很简单，如同打电话，不出现打电话的人，但从听电话人的口吻、应答中听出对方的问题，这需要我们对这样的情节有全面的了解，然后对它进行碎片化处理。从全景到中景到微景，从房子跳跃到门框，我们从结果已经知道了整个过程。

"我记起"，有一种打捞、筛选的感觉，给人一种追忆的感觉，也确定了现在时的状态。作者有时候"边缘"地去叙述这件事，有时候进入这件事，有时候很快跳出这件事，她在一个小小的细节里面，不断地穿越，不断地进出，这种穿越和进出非常自如，了无痕迹。什么叫自如？是不感觉到突兀，所以，纯熟的文字在简切的叙述里面，让你去感觉语言的弹性和语词的张力。回过头看，这种描述对作品的主题起到什么样的作用？作者的用意在哪里？前五个自然段，形成了五个碎片，五个碎片在讲同一件事，但同一件事中有太多太多的内容：对一条街的有无，对一条街的追忆，对一条街的人文状况简约的描述。这里出现了三个人物，一个人物是老乞丐，一个人物是与老乞丐对话的人，一个人物是小说叙述者。这100多字里面，布满了密集的文学符号，它具备了情节，具备可以被延伸、可以被开拓的种种可能性，而且这种可能性，越到后面，越是一个暗示、一种埋伏。对黄泥街的有无，对黄泥街的理解，对黄泥街的判断，牵涉对整个作品主题的判断。这部作品用含蓄的方式、隐晦的手法，影射一个已逝去的时代和一条街的关系，或者通过一条街来诠释一个时代的政治内容。

> "黑色的烟灰像倒垃圾似的从天上倒下来，那灰咸津津的，有
> 点像磺胺药片的味道。一个小孩迎面跑来，一边挖出鼻子里的灰土
> 一边告诉我：'死了两个癌病人，在那边。'"

所有的事件，所有人物的出现，看起来都非常突兀，没有交代，没有来源。"一个小孩迎面跑来，一边挖出鼻子里的灰土一边告诉我：'死了两个癌病人，在那边。'"这里有种一个人在路上的感觉。20世纪90年代的美国曾流行一种叙事纪实方式的文学——公路文学，这里进入了在路上的种种感受，而且这种感受强调了如实，一旦强调了如实，也就是强调了碎片。因为这个事件所呈现给我们的，没有经过我们的叙述，它就一定是碎片的。一旦经过我们的叙述，它就变得完整了。但是，设想我们用碎片的方式、用不完整的方式如实地表达这个事件会是如何，残雪给我们提供了这方面的经验。

> "我跟着他走去，看见了铁门，铁门已经朽坏，一排乌鸦站在
> 那尖尖的铁刺上，刺鼻的死尸臭味弥漫在空中。
> "乞丐们已经睡去，在梦中咂摸着舔那咸津津的烟灰。
> "有一个梦，那梦是一条青蛇，温柔而冰凉地从我肩头挂
> 下来。"

关于黄泥街，关于黄泥街的所见所闻，关于黄泥街给讲述人种种的意象及感觉，最终归结到一个梦。"有一个梦，那梦是一条青蛇，温柔而冰凉地从我肩头挂下来。"这是点睛之笔。在这之前的一切都似梦非梦，似现实非现实，似传统非传统。对之前所描述的所有的解释都在模棱两可之间、是与非之间。对于这种状况，我们只能简单地理解为一个梦。接下来关于黄泥街和机械厂，这句更没头没脑的话，可以说是对上面这个梦的总结，也可以说是对下面叙述的开端。但它们确实没有太多外在的逻辑关系。

> "黄泥街是一条狭长的街。街的两边东倒西歪地拥挤着各式各
> 样的矮屋子：土砖墙的和木板墙的，茅屋顶的和瓦屋顶的，三扇窗
> 的和两扇窗的，门朝街的和不朝街的，有台阶的和无台阶的，带院
> 子的和不带院子的，等等。"

这段话若由一般中学老师来评判，会说："非常的啰唆、重复、多余、不简洁。""土砖墙的和木板墙的，茅屋顶的和瓦屋顶的，三扇窗的和两扇窗的，门朝街的和不朝街的"，实际上，这些都可用更精湛的语词或三言两语进行表达。但她在这里用如此冗长、粗糙的排比句式，实质是想强调我们对生活的感觉是重复与烦琐的，且这种重复让我们记住了它的外形，而忽略了它的精神性的东西。

"每座屋子都有独自的名字，如'肖家酒铺''罗家香铺''邓家大茶馆''王家小面馆'等等。从名字看去，这黄泥街人或者从前发过迹。但是现在，屋子里的人们的记忆大概也和屋子本身一样，是颓败了，朽烂了，以至于谁也记不起从前的飞黄腾达了。"

这是一条古旧的街道。这条古旧的街道意味着一种传统，这种传统有非常强烈的、浓郁的文化氛围和文化传承。而且这种文化氛围、文化传承会移驾于家族式的传承来营构它。"从名字看去，这黄泥街人或者从前发过迹。但是现在，屋子里的人们的记忆大概也和屋子本身一样，是颓败了，朽烂了，以至于谁也记不起从前的飞黄腾达了。"正如刚才所言，这样的一些描述和叙述，实际是在强调一种传统、一种历史的渊源，而这种历史的渊源在此刻中断了、腐败了、朽烂了。所以，谁也记不起从前了。

作者到底想说什么？两个字：遗忘！

"黄泥街上脏兮兮的，因为天上老是落下墨黑的灰屑来。也不知是从哪里来的灰，一年四季，好像时时刻刻总在落，连雨落下来都是黑的。那些矮屋就像从土里长出来的一样，从上到下蒙着泥灰，窗子也看不大分明。因为落灰，路人经过都要找东西遮挡着。因为落灰，黄泥街人大半是烂红眼，大半一年四季总咳嗽。"

黄泥街上的很多东西实际上也许不值得作者怀念，作者能够记起的黄泥街，一是烂红眼，一是一年四季的咳嗽，这是一条令人生病的街道。类似这样的描述，我们可以从史铁生的《我与地坛》里看到，他说"春天是个生病的季节"。此前，我们对春天都是"一年四季在于春""春天是生气勃勃的"这样的描绘。我们一味地对春天进行歌颂和赞美，却看不到春天同样是细菌繁殖最繁盛的季节。我们看不到生活中的缺失，更看不到生活中被我们歌颂的东西的缺失。而残雪为我们描述的这条黄泥街，阅读到此确实没有给我们留下哪怕是一丁点的好的印象。两个癌症病人、一个老乞丐、黑色的烟灰……所有发生在黄泥街上的、映入眼帘的事物，都是腐朽的，令人厌恶的，所有的记忆没有一丝一毫美好的残存。

"黄泥街人从未注意过天色有蔚蓝色，青色，银灰色，火红色之类的区别，因为他们头顶的那一小片天老是同一种色，即灰中带一点黄，像那种年深月久的风帆的颜色。

"黄泥街人从未看到过日出的庄严壮观，也未看到过日落的雄伟气势，在他们昏黯的小眼睛里，太阳总是小小的、黄黄的一个球，上来了又下去了，从来也没什么异样。他们只说：'今日有太阳。''今日没太阳。''今天太阳好得很。''今日太阳不怎么好。'而到了盛夏，当屋外烧着烈焰，屋内变成蒸笼时，他们便气哼哼地从牙缝里嘟哝着：'把人晒出蛆来啦。'"

黄泥街人的神经已被毒化，视觉已被固化。同样的事物给他们的感觉是充满同一性的。这充满着一种集体的粗糙的审美，这种集体的审视，在他们的生活逻辑里，只有"有"或者"没有"、"好"或者"不好"这种固定概念。多样性、多种多样的理解等，这些现代性的东西，在他们这里并不存在。当他们感觉到外界的压迫和刺激的时候，就只会抱怨。而我们也可从中领略到黄泥街人的精神状况，这种精神状况所营构的一种文化氛围，一种事实的氛围——一切都是消极的。在残雪作品的世界里，没有积极的东西，没有鲜艳的东西，没有开广的东西。一切好的东西，在残雪的目光里都不存在。这是残雪对这个世界的看法。你也许会对这样一个作家的价值观及其核心价值理念，予以强烈尖锐的批评，但你不得不承认，这个作家心中的世界的真实性。而且这种感觉情有可原，你可以说她是错的，但她一定错得有理由。

"黄泥街爱卖烂果子。也不知怎么回事，果子一上市就老是烂的：烂苹果、烂梨子、烂橘子、烂桃子、烂广柑、烂葡萄等，有什么卖什么。街上终年飘着烂果子诱人的甜香味儿，使路人垂涎三尺。但黄泥街人一般吃不起水果，虽是烂的也吃不起，家里小孩嚷着要吃，便吓他：'烂果子吃了要得癌症的！'尽管怕得癌症，有时又买几个饱饱口福。"

黄泥街上的人活得很萎靡、很混沌，也很下作，即便是要吃几个烂水果，也要饱受惊吓，要承受很大的代价。

"黄泥街上人家多，垃圾也多。先前是都往河里倒，因为河水流得快，一倒进去就流走了，干干净净。后来有一天落大雨，有一个老婆子乘人不注意，将一撮箕煤灰倒在饮食店门口了，边倒还边说：'煤灰不要紧的。'这一创举马上为人所发现，接下去就有第二、第三、第四个也来干同样的勾当。都是乘人不注意，但也都为人所发现。垃圾越堆越高，很快成了一座小山。"

黄泥街所有人的生活理念都随大流，他们没有自己的意见。在这里，唯一的一个"创举"就是这个老太太倒煤灰，就是把一撮箕煤灰倒在饮食店门口而引发"垃圾之城"这样的恶果。

"黄泥街人胆子都极小，并且都喜欢做噩梦，又每天都要到别人家里去诉说，做了什么梦呀，害怕的程度呀，夜里有什么响动呀，梦里有什么兆头呀，直讲得脸色惨白，眼珠暴出来。据说有一个人做了一个噩梦，一连讲了四五天，最后一次讲着讲着，忽然就直挺挺地倒下，断了气。医生一解剖，才知道胆已经破了。'心里有事千万别闷着！'婆子们竖起一个指头警告说，'多讲讲就好了。'"

这是黄泥街人从最惨痛的记忆里能够悟出的一种最简单也是最低级的一个感悟。

"黄泥街人都喜爱安'机关'，说是防贼。每每地，那'机关'总伤着了自己。例如齐婆，就总在门框上吊一大壶滚烫的开水。一开门，开水冲她倒下来，至今她脚上还留下一个大疤。"

黄泥街的人都比较爱自作聪明，自以为机关算尽，

"黄泥街的动物爱发疯。猫也好，狗也好，总是养着养着就疯了，乱窜乱跳，逢人就咬。所以每当疯了一只猫或一只狗，就家家关门闭户，街也不敢上。但那畜生总是从意想不到的地方冲出来，行凶作恶。有一回，一只疯狗一口咬死了两个人，因为那两个人并排站着，腿挨在一起。"

从这里可发现，残雪是内心极为刻薄且极为挑剔的一个人。但她内心的这种刻薄，会使人的心十分灵敏，对一些肮脏、缺陷的东西尤其敏感。简单地说，这是一种病态。"病态"听起来似乎是不好的东西，但对于作家而言，病态是一种最优秀的品格。一个很"二"的作家不会写出很好的东西。作家的内心，一定要对各种微观的东西有敏感的触动。

"黄泥街人都喜欢穿得厚实，有时夏天了还穿棉袄，说是单衣'轻飘飘的'，心里'总不踏实'，要'沤一沤，省得生下什么病'。即算得了病，只要一沤，也就好了。有一年夏天，一个老头儿忽然觉得背上痒得不得了，脱下棉衣来查看，见棉花里面已经沤出了好多虫子，一条一条直往外爬。后来那老头儿果然活了八十多岁。每次小孩热不过要脱棉衣，大人就骂他：'找死！活得不耐烦了。'"

这是一种落后、污秽的继承，这种落后、污秽的继承，却有顽劣的生命力。正如韩少功在《爸爸爸》中所表现的，最有生命力的东西是最顽劣的东西。最高贵的东西实际上最脆弱。要求你装三天高贵很难，但假如让你装三天坏，你就可以越装越坏，甚至坏到自己都浑然不觉。就是这个道理。

"黄泥街人很少进城，有的根本不进。据说原先没有城，只有这一条黄泥街，所以大部分黄泥街人都是街生街长的，与城里没关系。比如说胡三老头吧，就一辈子没进过城。每当有人向他提起这个问题，他便朦胧着棕黄色的老眼，擦着眼屎做梦似的说：'从前天上总是落些好东西下来，连阴沟里都流着大块的好肥肉。要吃么，去捡就是。家家养着大蟑螂，像人一样坐在桌边吃饭……你干嘛问我？你对造反派的前途如何看？'"

颠三倒四的叙述里有种非常犀利和明晰的指涉，所以最后还来了句"你干嘛问我？你对造反派的前途如何看？"小说叙述到此，贯穿的矛盾、主要的人物、比较完整的故事情节端倪，都应该在此得到体现。但除了黄泥街这个固定的环境以外，我们所感受到的所有叙述，都杂乱却有章可循。人物是老乞丐、迎面跑来的说有癌症病人的小孩——这两个是比较鲜明突出的个体。其他都是群体——这些人如何、那些人如何、猫啊狗啊如何、这些人喜欢穿得厚实、这些人对太阳是如何如何等。这些都表达了群体的意念和群体的状况。

"你对造反派的前途如何看？"这个提问显得非常突兀。这和整部小说的叙述及所谓的情节发展，看起来一点关系也没有。但正因看起来没有一点关系，所以才显得特别的特别。小说主题的彰显，作者通过这种特别的特别加以点睛地描述。

"黄泥街的市民老在睡，不知睡了好多个年头了。日出老高了打开门，揉开惺忪的小眼睛，用力地、吓人地把嘴张得老大，'啊呀'一声打出个大哈欠。如有熟人门前经过，就朦朦胧胧地打招呼：'早得很啊，这天，早！好睡……'说梦话一般。一边吃早饭，一边还在睡，脑袋一沉一沉，有滋有味。看线装古书，看着看着，眼皮就下沉，书就掉，索性不看，光打呼噜。上茅坑屙屎也打个盹，盹打完屎也屙完。站队买包子，站着站着，就往前面的人身上一倒，吓一跳，连忙直起。泼妇骂街，骂着骂着，压压抑抑冒出个哈欠来，一个之后，又有两个，三个，还是骂，一骂一顿脚，一打哈欠。"

小镇的清晨，人们从黑夜中过来。这里写的是一种白天的状况，白天人们的状况尚且如此衰靡，黑暗中的状况就不言而喻。

"黄泥街尽头，紧挨着居民的房子，立着S机械厂。

"S机械厂是黄泥街的独生子。

"S机械厂是唯一的在人们的心目中提高了黄泥街价值的东西。

"厂里有五六百人，大都是黄泥街上的居民。

"S机械厂是生产什么东西的呀？'钢球。'人们回答。每隔半个月，就有几十箱黑糊糊的东西从这个厂子里运出去。这种钢球是用来干什么的？没人答得上。如果硬要追问，就会有人警惕地盯紧你左看右看，问：'你是不是上头派来的？'如果还不走开，他们会继续说：'你对合理化管理怎样看？老革命根据地的传统还要不要发扬？'直问得你满脑子惶惑，转背溜走了事。"

这里的人尽管活得如此衰靡，如此麻木不仁，但他们的政治警惕性非常高。

"S机械厂是从黄泥街生出来的，黄泥街上的市民讲起S来，总是讲：我们S是块好肥肉，鬼子们看着看着，就恨不能一口吞下去啦！我们S早就与上面有联系，我们这批人才都会要在黄泥街上小包车进，小包车出啦；我们S了不得，偌大的六栋车间何等威武，龙门刨的响声吓死过一个老婆婆啦；有人从城里面打洞，要挖空我们S的地基啦等等。"

对于黄泥街这条古旧的街道，对这条有各种各样家族印记的街道店铺而言，S机械厂是个新生的东西，它是镶在黄泥街上的。虽说没有人能说出它的厂史，但作者对机械厂各个细节的显露最终都能给我们一个稍为完整的意象——这是一个从内地迁移到这里的三线军工厂。就是过去所谓的海边一线、东部地区二线、大西南大西北三线的划分，为防卫蒋介石1963年反攻大陆所设置的三道防线。第三道防线提供各种各样的军械，如子弹、枪支之类。黄泥街实际就是这样。

关于《黄泥街》，我们可以逐词逐字地对其进行解读，然后诠释它，把它有限的资源赋予无限解读的可能性。但如果我们用现实主义的阅读方式来阅读这部小说，就会导致阅读上的错误。因为用现实主义的目光无法穿透《黄泥街》这个作品。

四、碎片化的现代主义元素

现实主义沉默的地方，就是现代主义活跃的地方。这是我们阅读残雪作品的基本概语。现实主义发生的地方是具象的、形而下的。现实主义在可见的世界里从不沉默，如果它沉默了，它就不是现实主义。现实主义的动机是对现实存在的发声和发言。而现代主义和现实主义恰恰相反，现实主义止步的地方就是现代主义要开始活跃的地方、开始往前走的地方、开始发掘的地方。现实主义对心灵世界的描状是直观的、具象的、让渡的。而现代主义对现实的发言和发声，对现实的面对，是心灵的、精神的、感觉的。

让渡，是让出、转移。现实转化为文学作品，它必须有一个让渡的过程。现实要求现实主义用现实本身的方式对它进行描述和讲述。而现代主义所让渡的方式不是直观物理的直接让渡，而是你对它的感觉、心情、情绪。这三种因素都因人而异。而对现实的描述有基本的规定和规则，一个苹果是什么样子？苹果在春天刚开花时，在秋天成熟时，都有它固定的形态，它现实的存在你永远也改变不了。你不能说"秋天的时候，我收获了一个黑色的苹果"。你可以这么写，但你这么一写，就让你从现实主义转化到现代主义了。因为明明是秋天的红苹果，你却说它是黑苹果，你把一个红色的苹果感觉成黑色的苹果，对于现实主义而言，它是走不通的。但对于现代主义而言，它具有广阔的述说空间。

现实主义是对现实的一种现实让渡，而现代主义是非现实和反现实的，严格而言，是一种感觉的、情绪的、心灵上的让渡。如果你能区别出这一点，而且把它作为面对生活、考察生活、评价生活、再现生活、滋润生活、重拾生活的一种基本法则，呈现在我们面前的这个世界就不再是一个世界，而是多个世界。

明代大学士丘濬描述沉香为"木之精液蒸之可通神明"，沉香是大自然经年累月造就的成果。大自然在一个健康的躯体上造就了一个不健康的、畸形的东西——沉香。如果你现实主义地看待沉香，沉香只是一块朽木，一个病态的结果。现在一克棋楠的沉香卖到两万元，是因为它不可再生的特点，它需经过上千年且不可多得的种种条件的吻合才能产生。为什么说"蒸之可通神明"？这块朽木放在这里，或许毫无意义。你现实主义地描述它，只能说它的颜色、体形、质量，它是脆的还是硬的、黑的还是花纹的，最多也就嗅一下它还有什么味道。好的沉香味道是清淡的，几乎闻不出来，如果香味很浓郁，大都是人造的。现代主义对"蒸之可通神明"的理解又是如何？为什么焚烧它就能通神灵？因为它的香气能让你想入非非。"想入非非"就是让你产生幻觉、幻象。先有幻觉，然后有幻象、意象。什么叫幻象？什么叫意象？那只有在一个神灵的世界，才能进行体验。因此，"蒸之可通神明"。为什么我们在祭拜祖先的时候，除了买很多鸡鸭鹅，还要点上两根香？因为企图通过"香"这个云雾缭绕、飘摇不定的东西，接通两个不同的世界。所以，香的作用是通神灵的一个渠道。而这种让渡不是现实主义，而是现代主义。这是凭你的感觉，你觉得有就有，没有就没有。你也许可以看见你的祖先在烟雾的缭绕之中。这种烟雾实际就是使一个正常及在正常环境中的人的感受，达致一个不正常的病态的感受。

我们对残雪这部小说的这种介绍，实际上是非常浅显的。我们刚才就碎片化的所谓精神性问题谈了残雪的作品，这些作品中，残雪给我们创造了很多东西，但归根结底，这种所谓的"残雪的现代主义"，真正的奥秘就是通向一个精神性的世界。也就是她所描述的东西是现实生活中具有的，但一定是从现实生活的细节存在里去寻找可通神灵的东西，例如，讲述她梦境中的幻象。

接下来，再谈一个问题。

我们在谈碎片化的时候，常会涉及一个误解：要很严密、很逻辑地去讲述一件事情，于我们而言是很高的要求。我们要讲究、要归纳、要演绎、要突出重点、要按照一定的逻辑轨迹、要有因果关系等。这些要求都是刚性的，而并非柔性的。但一谈到"碎片化""散文化"，你突然就会有种轻松的感觉，好像一切的紧绷感全都释放了。"东拉西扯"——这跟随意有关系，跟不严密有关系。学生军训的时候最怕"齐步走"，据说，假如每天三小时的训练强度，真正练好至少要半年。但如果要求你去散步，那你根本不用学，到处游走即可，没有人要求散步摆手的幅度多大，脚步应该迈多长。这是在一种散漫且没有规定的状态下进行的，这是一种无拘束的、不受控制的状态。它唯一的控制就是作者的自我克制，这种看起来没有控制、无拘束、没有规范、没有边界的叙述方式和"乱七八糟""四分五裂"是否是同一种解释？肯定不是。现实主义所要求的那种控制和规范符合一个大的原则，它是约定俗成的。我们对这个世界的叙述、对颜色的表达等，都有一定的规范性。如秋天的苹果一定是红的，有约定俗成的规范。这是现实主义告知我们的东西。

我们以现实主义的姿态去面对这个世界，知道它是唯物的而不是唯心的。"碎片化"是现代主义的一种理论概括，它看起来很随机、自由、独立。那么，它的规范在哪里？规范在于自我，它需要自我规范。你对世界、他者规范的同时，应由此而产生出个人本体的规范和克制，这建立在自我克制的规范上。因此，我们给它一个概念，叫"无序列的序列"。看起来好像没有程序，包括个体在此刻对某一件事情描述的规范，产生在这瞬间的情感和这瞬间情感的把握的可能性基调。

对于小说创作而言，所谓的"碎片化"叙述方式，可能更多地体现在散文上。散文这种文体天然地让人具备"无序列"状态。散文里，我们讲得最多的是"形散而神不散"。什么叫"形"，就是你叙说的外部形态。这种文字的组合，我们看起来是散的。谈到这个问题的时候，我们都必须说"看起来""感觉上""状态上""情绪上"，你必须给它一个前提，否则，所谓的"无序列"就成了无理状态，那就错了。但加上"看起来"，情况就完全不同，因为你给了它一个前提。这是有规约的，这个规约是"看起来"。

什么叫作"无序列"？"无序列"就是自由状态，自由状态就是没有序列。序列有规范、有边界、有固定的形式、有相应的内容。无序列和序列之间，如果把这两个词组叠构在一起，这个无序列就是心中追求的序列。

过去，我们特别强调追求有意义，但忽略了人是独立的个体，有自己的独立思考和独立精神。一个人是生活在一定范围的规范里，而不是生活在规范里。在中国这样的国情下，是大体上的规范，而不是规范。你做着一些大体上允许的事。我们现在追求的很流行的一种说法是：我要过一种无意义的生活。无意义的生活就是意义，无意义本身就构成一种价值观。什么叫作无意义的生活？就是慢生活。不要你追我赶，不要大跃进，不要竞争，很慢很慢地生活。因为生命本身就很短暂，你竞争和奋斗实际上是在消耗生命、缩短生命。慢慢地生活，可以让生命拉长，然后更能体会生命的每一个细部、每一个细节。喝一杯咖啡，一下子喝完和慢慢地喝或喝上一个小时是不同的，这里有很多关于咖啡及由咖啡所引发的遐想。如果这杯咖啡曾经有过一些非同凡响的情感经历，那么，这杯咖啡就能让我们有更多的生命质量和生命度数在里面。这是一种慢生活。

当我们过了二十年的快速生活后，发现原来我们追求的恰恰是慢的生活，而不是快的生活。快的生活让我们消耗了生命中太多太多的东西。在文学作品中，我们过去讲究"娓娓道来"也就是"慢慢道来""姗姗而来"。"姗姗"是走路的一种姿态。中国古代有种头饰叫步摇。步摇就是要慢生活。这是一种姿态，一种立场。如果阔步前行，步摇还能让你产生美感？像中国这种过去的文化现象，我们创作时会有很多灵感。十里红妆、步摇、花轿、洞房……这样的一些语词，能引发我们多种多样的创作灵感，而它们本来就是以灵感的方式出现。"步摇"这种命名所引发的想象是无边无界的。我们现在已经不能体会文学中的这种"娓娓道来"了。

现在还能有很多人看张爱玲的小说和散文真是件不容易的事。张爱玲的叙述并不快捷，但又不是特别的慢。《红楼梦》的叙述是很慢的，但因为它是名著，你就只好硬着头皮去读，不读会自降身份。你说你是中文系的，即便没读过也会说自己读过。但我相信十个人里有几个是没有读过的，至少是没有认真地读过。每个人都宣称认认真真地读了五六遍，我是不相信的。

现在的作品如果按照现实主义的方式娓娓道来，然后慢慢叙述，显然，我们的读者是不能忍受的。你连步摇都不能够欣赏了。因为步摇就是要慢慢地、一步三扭地走，才能让步摇上升到那种魅力。但你的这种心情已经没有了。

那么，碎片化叙述可以解决这个问题——阅读上的速度和这种速度给人心灵上所造成的波浪形的压抑。碎片化叙述能突破这种压抑，而使读者不断地尖叫。每个段落的突兀性及段落与段落之间的排他性，能让你在阅读过程中充满悬念、未知、突然尖叫的感觉。这也是现代主义小说尽管没有复制和再现生活中的惊心动魄，但依然能够让人感觉到它有一种潜在阅读的紧张的原因。

五、经典的碎片化话语

卡夫卡的《城堡》叙述了一个简单的故事，如果我们不是把《城堡》当成现代小说中的一个经典来进行分析，然后在课堂上不断地推举它，在阅读上不断地诠释它，又有多少人能读得进卡夫卡的这部作品？《城堡》不是一部现实主义的作品，因为它给我们讲述的现实故事太庸常：一个人被通知去一个地方，然后在去的路上不断被告知"不是的""不对的"。卡夫卡叙述的碎片化是如何引起我们阅读的快感的？而每一个片段，或者说每一个由若干碎片组合而成的片段，是如何形成一个又一个叙述高峰和阅读的基调？

我们简单地将这部作品分成七部分：第一部分，主人公K受到城堡聘请。第二部分，K去了，没有什么传奇，很轻松地就去了。且K本就是个很灰暗的小人物，并非什么传奇性的人物。他到了城堡，城堡并不承认聘请了他。第三部分，K被拒绝，不能进入城堡。第四部分，K进不了，但K又想进。K非常重视自己对别人的承诺，有人说这里面肯定有什么误会，所以K找到了村长说明情况。村长对K说这是传递上的一些失误。第五部分，K明明受到了聘请，而到了城堡后却被说成是失误，他们没有聘请过K。因此，在K的内心造成很多困惑和迷茫。他没办法解决问题，也回不去，村长只好安排他去学校看门。K本是个土地测量员，他有自己的专业。他本是抱着很明确的目的去做一件事，可因为在去的过程中遭受这么多的障碍、误解、失误，因此人非所用，只好去学校看门。他本来是要到城堡里工作，现在却做了一件跟他原来的工作完全风马牛不相及的事情。而且这种看门还不是一种正式的看门，只是临时工作。第六部分，这个学校并不需要看门人。我们如果从哲学意义来看这样一些事件时，可以罗列出另外的一些哲学链条。它们跟学校无关、跟图书馆无关、跟土地测量员无关。最后一部分，K没有进入城堡，白走一趟还不知道结果如何。能进还是不能进，这个误解能否解开，这个失误能否被匡正，城堡是否还会发布新的结论，这些都不得而知。

整部小说的叙述话语所告诉我们的都是变动的、不可知的、令人迷惑的一个过程。这个过程本身就构成一个哲学系统。他要讲的是一个道理，K这个事件本身和人与世界的关系是非常对位的，和人与人在这个世界中的位置和人所遭遇到的哲学上的孤立也是非常一致的。从小说的叙述角度而言，这里的每一个段落，或者说构成每一个段落情节的最小单位，单位与单位之间是可以分离的，单位与单位之间并没有构成很严密的关系——前后、上下、左右、对错这样的二元对立，或者说是二元组合的这样一个模式。一切都是散乱的，某一个链条的错失并不会影响另一个链条的崛起。在表面上看是这样。

虽说现在很少人能阅读奥地利文的原版，我们现在看的是中译版本，实际上已是经过中文的再创造。但你依然可以感觉到，一个人面对世界无序的状态时，他内心的无序。他整个混乱了，迷茫了，用北方话来形容就是"找不着北了"。这种"找不着北"的精神困顿状态，是人类情境中恒定的一种状态。古代人有现代人也有，只不过现代人更甚，而古代只是在某一些人群里对这个比较敏感，体现在先知先觉的学问家的身上。但现在的这种"找不着北"是普遍的现象，很惶恐、很警惕。不要说找不到精神家园，"精神家园"是个比较动听的词语，可以说是完全不知道未来会发生什么，可能会突然被疾飞而来的汽车给撞死。各种各样不确定的事情都在K的内心形成一种纠葛，形成精神上

的压迫，寻找不到释放。

"人，诗意地栖居"，是德国古典诗人荷尔德林的诗句，哲学家海德格尔把"人、天、地"与"神"组合成了四重的世界，人，诗意地栖居于其中。"人，诗意地栖居"，许多哲学家、文学家都曾以不同的语言、不同的方式阐释过。在海德格尔生活的时代，人是生活在怎样一个状态里呢？

也许只有在还没进入工业文明时代之前的人——18世纪60年代之前的人最幸福。因为他们没有电灯、没有电视机、没有蒸汽机……因此，他们也就没有污染，食物也是安全的，没有化肥、农药等。而此后的人，充满着各种恐惧与焦虑。海德格尔所说的"诗意地栖居"，好像可以理解为生活得很有诗意，现在很庸俗的理解就是很罗曼蒂克。点上几支蜡烛，暂时告别一下灯光，然后在海边听海浪的声音……这些都被我们理解为浪漫。实际上，现代人早就没有浪漫了。其实，海德格尔所说的是，一个人生活在现实的土壤，但应时时仰望星空；一个人生活在现实与理想之间，不应只顾现实，也不应沉溺于现实，应生活于现实与理想之间，在这种之间中去寻找一种诗意的东西。

2013年夏

（本文为《郭小东讲稿》章节）

小说的碎片化叙事

照中国人对小说的一般认识，我们很难把土耳其作家帕慕克的小说当作小说来阅读，它从根本上颠覆了我们阅读小说的习惯。或者质疑：它是不是小说？

帕慕克出版于2005年的长篇小说《伊斯坦布尔：一座城市的记忆》（以下简称《伊斯坦布尔》），是被作为小说界的最高成就来确认的，这就不能不使我们对小说的观念进行全新的认知。

小说共37章，每章若干节，如果把每一个自然段当作一节，每一节视为一个碎片的话，则整部小说可以说至少由400个以上的碎片组成。为什么说每个自然段可视作一个碎片？最基本的理由是，每个自然段所叙述的东西，都是相对独立的，上下左右的联结大多是漂移的、疏离的，起码在外在逻辑上是如此呈现的。也就是说，自然段也即碎片，在小说的结构序列上，并不是上下联系、一环扣一环、环环相扣的关系，而是一种并行向前的各自独立的关系，这些碎片，与在其他章节中寻找到的与之相适合的碎片形成各自的磁场。由众多的碎片而成若干磁场，由若干磁场形构为一部从当下出发，却囊括至少四百年以上时间跨度的长篇小说。以瞬间回响获得了时间的永恒。

小说第一章：奥尔罕的分身。共有12个自然段，也即12个碎片。分别叙述12个自成逻辑的内容：

①我的分身；②我的分居；③相片中的男孩；④渴望返家；⑤我就是他；⑥没离开；⑦命运；⑧102年前的福楼拜；⑨反思；⑩我出生；⑪我听说；⑫城市的陈述。

作为小说开头，这些段落之间是疏离的，它违反了严格的三段论式的叙述逻辑——突然—必然—或然的论证结构，即我们通常对一个情节的叙述程序为前提—原因—结果，逻辑学叫作前端—中词—后端。小说并非遵循这个颠扑不破的推理方式，而是每一个段落都自说自话，都是一个全新的叙述起点，都各有自己独立的逻辑体系。《伊斯坦布尔》就是建立在这样的书写方式之上，它创造了自己独特的叙事话语——碎片化的文学讲述。

福柯曾经说过，重要的不是话语讲述的年代，而是讲述话语的年代。这里所说的要点是，文学叙事话语的现代性。对于小说家而言，问题不在于你讲述的故事内容，而在于你站立的时代及时代精神的把握下的讲述。简单地说，话语作为一种言说，一种交流的手段与方式，又包含了被传达的内容，故话语更多地涵盖了小说创作中的思想观念、价值观及信仰等因素，所以，小说创作中"讲故事"和"叙事话语"的区别，前者也许仅止于讲清旧事，或事件的来龙去脉，编织好看的故事；而叙事话语，建构的是可以没有故事，却不可以忽略物事中的思想、价值观的张扬，以及必须运用独特的思维方式去言说人类行为。言说，在这里不仅是叙事形式，也是叙事内容。这正是现代小说和小说的现代性的题中之义。强调的是叙事性作品的时代意义和时间的文化价值。

文学的现代性对作家而言，是第一位的，时下文学创作尤其是小说创作的困窘源出于此。许多作家在这个问题上的彷徨及观念缺失，阻碍了他们的文学天赐，遮蔽了他们对世界的透彻目光，限制了他们的主题视野并恐吓了他们的创新勇气与动力。现代性表现在作家的文体性方面，是一种现代人格的彰显与主张，即自由、平等、独立原则下的人道主义与民族精神，以及种种现代科学理论主导下的价值评价等，表现在文学创作方法及形式话语方面，是以心理学理论为基础，按人的方式写人并向人性致敬的各种思想方式和创新形式。从普鲁斯特的《追忆似水年华》到鲁迅的中国化的现代主义小说《孔乙己》，再到帕慕克的《伊斯坦布尔》等，都非常深刻地证明了一个优秀的作家、经典性的文学文本、言说人类行为的创新风格等的诞生，都离不开对现代性的精神建树。

没有思想观念的现代性，就不可能有知识的创新性，也就更不可能有创作的经典性。

伟大的作家，永远都是伟大的思想家，伟大的作品永远都是独创的。

一、小说的碎片化叙事

碎片及碎片化，对于传统的文学而言，具有颠覆的意味。传统文学追求完整、均衡、全局的讲述，有一种已知的要求。已知就有了边界，边界就是樊篱。因此，这种文学追求便把文学逼进一种模式，起码是一种处于经验形态的模式，也即故事类型。类型的形而下约定的形式共识，便是体裁，八股文是一个典型的例子，起承转合，各有严格的分工。作为文牍，这是应该的，但作为心灵艺术的小说，就有些匪夷所思，有许多无法破解的疑问与障碍。

文学所导向的，其实是一个未知的、朦胧的、混沌的世界，是一个并不完整、无法规约的生命世界，是充满精神性、形而上追问的世界。经验和已知，只是通向这个世界的踏脚石。踏脚石不是目的，也不是文学，文学的目的是文学自身（马克思语），于是乎，从某种意义上说，真正的文学书写没有先例，这里同样指的是精神性的文学形态，而不是物质形式的文学形态。文学是一种时间形态上的观念表达，也即时代背景下的价值观、文化观。

如此说来，文学，这里主要谈小说，究竟是故事重要，还是叙事重要？故事的主要范畴是讲事件的来龙去脉；而叙事指的是叙事话语，讲的是关系和声音，是对序列事件的感觉化再现。如何再现？就相应有了一种特殊的话语。重要的不是话语讲述的时代，而是讲述话语的时代。这句话点出了叙事性作品的时代意义和文化价值。

叙事涵盖很大的范围，包括符号现象、行为现象及广义的文化现象。比如说性别叙事、历史叙事、民族性叙事、现代主义叙事、后现代叙事、符号化叙事等。

回到本题，小说的碎片化，也即小说的碎片化叙事。

我以为，对于人心，对于人心的思维化过程与现象而言，只有碎片，才是人心的真实形态，才能把人心的重重矛盾，完整地表达出来，这里所说的完整，是形而上的完整。只有通过对貌似完整规范的表象进行深度穿越，才能窥视所谓有序背后的碎片结构。一切的有序背后及本质，都是无序的。

碎片化可以简单地理解为散文化，无所羁绊的散发性书写，但这仅仅是最浅显的一面，其更深的真实涵义是诗性表达，也即诗的生命构成。生命是一

种关系，它的神经系统可以说就是文学的精神性关联。

小说的诗性表达，也即诗性叙事，必然要求有其独特的叙事话语形式，形式就是碎片化。

碎片化的诗性意味，是"诗意地栖居"，也即建筑一种在大地与天空之间的生活。既立足土地，又仰望星空。

以彼岸来观照此岸，以将来去牵引现在，并以先验的原则来设定世界，这便是诗意化世界的核心。"在我看来，把普遍的东西赋予更高的意义，使落俗套的东西披上神秘的外衣，使熟知的东西恢复未知的尊严，使有限的东西重归无限，这就是浪漫化。"（诺瓦利斯《断片》）诗意化世界，实质上是塑造一种诗意化的人，简单地说，主张人的诗意化，也即荷尔德林的"诗意地栖居"。审美化的生存，这是现代人格智慧所由的生存原则和生活方式。在一个功利和拜物的时代，精神沉沦与崇高迷失，使现代人格陷入空前的危机。现代人在寻找自己精神家园的路上，碰到的第一个路障就是，是选择现实还是选择现实的审美化？是"诗意地栖居"于这片大地，还是机械地顺应自然的因果律而生存？当这些哲学问题，现实地君临每个人的生存困境时，诗人承担了这种选择的困窘。

寻求一种处于"之间"状态的人，在向神提升的过渡上，向着诗意爬升，修炼着神性并对神性心存敬畏同时虔诚地沉迷其中，以此滤清人性缺失并健全人格品位。

海德格尔所说的"之间"其实是多义的，这个语词非常深刻地道出了人的生命与思维状态，人生命的有限性与精神的无限性，无不处于"之间"这个维度。"诗意地栖居"是一种神性的赐予，自然也是一种创造的神性期许。"诗意地栖居"却是大多数人的非本质存在，他们不知道诗意，故未曾经到诗意，因为"诗意地栖居"是一种向神的过渡。两者之间有一个度量的尺度。将人处于"之间"状态，将许多人生、人性问题置于两极的比照中，加以辩难。向左走？向右走？还是寻求一种均衡或和解；我是谁？我为谁？时刻处于惶惑与辨认、辩解之中；向上行？向下行？似乎有一个无法妥协的尺度在。《圣经》是教谕式、劝谕式的，有一种神性的权威与教义的庄严，一种经典的无可辩驳的威慑。

海德格尔说："人必须本质上是一个明眼人，他才可能是盲者。"

人常常处于自行遮蔽之中，心处黑暗却以为正在光明，被困于樊篱却以为畅行世界。而无数哲人和诗化的智慧于无形无声之中告知我们，不能以这个世界的眼光来看这个世界，而应以彼岸的目光来鸟瞰此岸。必须用一种超验的、诗意的原则与感觉来把握这个红尘滚滚、物欲飞扬的人世，将有限的东西重归无限。

二、碎片化的形式构成：无序列的序列

谈一谈《1966的獒》，这是碎片化书写的一次实践。这部小说写作于2008年4月，写完以后给《花城》杂志。田瑛说让我去看看《伊斯坦布尔》。这之前我从未接触过帕慕克，读了《伊斯坦布尔》，我恍然大悟。坚信小说是可以如此写并终将成为一种潮流，也坚信人类思维在某一点上是有共同规律并暗合于某种方式的。尽管《1966的獒》与《伊斯坦布尔》，无论从形式到内容，都是如此不同，但有某种相通却是毋庸置疑的，那就是遵循一种叫作无序列的序列，序列的名字叫自由，也叫特立独行。

无视小说的一切规则及文体的既定边界，肆无忌惮地突破它并漠视它的模式，而重新建设一种由心灵驱使的序列，由碎片的互相吸引形成的磁场。这个磁场正是作家梦寐以求的境界，也即叙事话语的言说形式。

1966年，在小说中是一个年份标志，却更是一个政治文化符号。小说在它之前之后的所有陈述，都以碎片的方式，向着它汇拢而来，或由它扩散而去。每个碎片离开这个磁场，都是孤立的，而一旦进入这个磁场，就获得一种生命的依托。无数琐碎的无关宏旨的生存细节和卑微的琐小的人物，都因了1966而变得巨大宏大和伟大。这些原来不被历史重视，不属于历史中心的人物和事件，都因为1966而进入了历史视野之中。这些小说中无序列的碎片，在1966周围，渐次排成了队列，形成了无序列的序列。书名《1966的獒》，而不是《1966年的獒》的取意正在这里。前者是想象与象征同时形而上的，后者则是写实具象形而下的；前者拓扑了读者的期待视野，后者则仅仅提供了一个固化的视界。

《1966的獒》共31章，每章由若干叙述碎片组成，孤立地看，每个章节里，碎片之间似无必然的紧密的联系，但是，若把这些碎片置于全书的叙事话语之中，碎片就进入重新排列的可能视野，也即或然视野，而不是必然视野。因为每一个叙述碎片在重新组合排列之后，碎片本身所固有的不明确性、模糊性、不完整性和无边界性，因为异质的进入而充满了种种的可能性。比如小说中关于獒的叙述碎片，起码有十段以上，单独地看，每个碎片所体现的只不过是动物性的獒，而将之置于全书象征性结构中，獒是那个时代最高贵的智者，最有人类文明知性的动物，獒是一种人类对自己的想象，一种文明的自我反思的象征。这种阅读结果，来自无序列的序列思维。

在《伊斯坦布尔》中，人的记忆是由城市的细节来完成的，是对城市细节的碎片化追忆。四百年间，和这座城市有关的人事片段：早已消逝的福楼拜，废弃的书桌，没有毛巾的毛巾架，19世纪每个经过伊斯坦布尔的西方族人，从拉马丁和奈瓦尔到马克·吐温……不一而足，它们无序地出现在小说的角落里，像无数所谓的碎片撒落一地，对之的捡拾方构成了城市的历史，看似不经意的叙述，但任何缺失都将伤害城市历史的轮廓和环节。无数关于遗失的遗忘的碎片，共同营构了另一个序列，那就是对遗失与遗忘的描述本身就是永不遗忘与遗失。

三、碎片化的哲学建构，"不是"就是全部的"所是"

世界总是以否定的结论或方式，回应人类的欲求。比如生死，就永远都不是人类可以自决的问题，如果这个问题解决了，一切问题似乎都可以迎刃而解。幸运的是，我们永远也不可能解决这个问题，与此同时，我们又永远渴望解决这个问题。于是，这个关乎生死的两难问题，就永远地成为文学和哲学的终极问题。可以设想一下，人类如果缺失这个问题的困扰，人类存在的意义及相关的形而上问题，将无从发生。正如生之叵测，死之无疑，动摇着人类的生活和情感，深奥的哲学和诡秘的文学才得以诞生。所以，"不是"也即否定的人类结论，与渴望战胜并解决"不是"的欲望冲动，就成了堂吉诃德和风车战斗的动力与理想。

关于这一点，有几个相似的话题与解释值得一说。

伯特兰·罗素以数学的理式解释道，在无限连续的数字中，部分并不比全部少。这里并没有说"部分"一定比全部多，而是说部分并不比全部少，这是一种建立在对数字的想象的基础上的一种判断。罗素的论述很复杂，简单地说，在他看来，数是有限的也即部分，比如1，或者2或者3，等等，而数的系列是无限的，也即全部，比如1、2、3、4…直至无限。我们不知道全部究竟是多少，但我们却知道2的平方、立方及n次方是多少，直至无限多，这样看来，部分并不比全部少是可能且合理的。正如死是一定的，无人可以回避，但何时死、以何种方式死，却是未知的必然，它处在随时随地的可能之中。

古希腊哲学家芝诺通过否认运动存在的可能性来解释运动的悖论，他著名的论证是"阿喀琉斯与乌龟"和"飞箭不动"。芝诺认为阿喀琉斯如与乌龟赛跑，只要乌龟先他一步，他便永远追不上乌龟，这是芝诺基于运动的一种假设，即"向一个目的地运动的东西，首先必须经过到达目的地的路的一半，然而要经过路的一半，必先经过这一半的一半，依此类推，直至无穷"。所谓"飞箭不动"，在于证明射出去的箭并没有动，因为它在一定的刹那间必定存在于某一点上，这时它不能不是静止的，而无数个静止的总和仍然等于静止不动，这就是运动的悖论——静止。芝诺否认运动的存在，在他看来，线是由点组成的，运动则是线的另一形态，既然点不可能运动，线就不复存在。在芝诺看来，向前其实是一种向后，是一种向后的细分，也即理解向前，必须先理解向后，也就是说，在向前的道路上，必须先解决抵达之前的无数个一半又一半的逆向问题。

19世纪的俄国作家陀思妥耶夫斯基，他在这一方面主要的创作理论，是向死而生。这是生的悖论。在走向死亡之前解决如何生的问题，以及死之后的不朽与否的问题。陀思妥耶夫斯基，有一种虚无的存在无意义的思想。他一再重复说，关于存在的意义，关于上帝和关于不朽，这三个思想是密切相关的，在某个方面可以说是一个统一的最高思想。因此，"在他的作品中有无数在他同时代人看来显得过分或带有病态的形象，然而问题不在于陀思妥耶夫斯基对病态有特别的偏爱，而在于他是第一个洞察和预料到将有无数这样的人今天遍布我们全球的先行者。陀思妥耶夫斯基在其精神世界中至死都清楚地保持着基督教信仰与虚无主义无神论的这种对照，并在这两极之间找到进行沉思的创作动机"。

"由于具有洞察心理观察力，谁也没有像陀思妥耶夫斯基那样善于窥视人的心灵的黑暗面，他不能忽视我们的生存的一个主要现象：我们自己责备自己，却不能克服自己的罪恶感。另一些人得出结论说，他自己把自己与其说带到了心灵的光明面，倒不如说带到了心灵的黑暗面。""谁也没有像他那样使各个角落的恶行如此暴露无遗，同时又如此坚定不移地继续相信着胜利，他以其伟大的人格无视非人的嘲笑，而果戈理在《死魂灵》中则徒劳地试图躲开这类嘲笑。"陀思妥耶夫斯基以心灵的方式，深刻地穿越了黑暗而渴望期许着善与光明，这也许正是他对向死而生哲学的最积极注脚。

以上几位经典性人物，对立论的否定与悖论，观点之对错是无关紧要的，而他们以这样的方式思考问题，却是非常重要的启示。问题在于，我们是否能如此悖反逆向地思考世界包括文学世界，思考"不是"就是全部的"所是"。

大凡优秀的作家、思想家都是这样提出问题并寻求答案的。优秀的文学作品，基本上也是沿袭这样的思考方式进而完成文学作品的基本风格的。如果说碎片化是现代小说的一种思维方式、一种结构形式、一种关系形态和声音韵律的话，则以"不是"为终极目标，同时对"不是"的狂热追寻与认证，就成为现代小说的有效模式。从卡夫卡的《城堡》中，我们可以读到这种寻找的回应。

《城堡》的故事如此：

①主人公K受到城堡聘请；②城堡并不承认聘请过K；③K因此无权进入城堡；④K找村长申明理由，村长说聘请K是一次失误；⑤K因此陷于失误所造成的连环套中，村长只好安排他去学校看门；⑥学校并不需要看门人；⑦K最终没能进入城堡。

小说没有结局，寻找永远处于"不是"的否定动机之中。"不是"成为小说主题的全部阐释，也是小说的叙事话语的全部内容。

《城堡》无法用讲故事的方式来描写，小说通篇是关于K和K的遭际的碎片式叙写，连人物土地测量员也是一个符号——字母K。关于K和城堡的每一个细节的感觉化描写，都是密码与符号的碎片，都直接地指向哲学的象征，而不构成明显的连贯性的情节。只有在总体上把握《城堡》的叙事策略，将之看成一个寓言，一个总体象征结构，碎片才能获得意义。

"不是"就是全部的"所是"，在现代主义小说中，还表现着这样的特征，即小说的未完成性和开放性，小说没有结局，没有终结状态呈现。小说结局的被悬置，不仅仅是一个简单的结构问题，而应该是小说构思中的哲学认知，叙事的逻辑关系和伦理关系都指向开放的可能性，它不依托曾有的事实，而营构了一种哲学真实，也即可能的虚构的现实。这个现实的意义，在于象征的深远与阔大，在于形而上的高度概括，它趋向于一种"关系"并倾听一种声音，指向一种现实批判或人的困境。小说因此离开了故事的约束——它原来就无故事可言——而进入一个相对的、抽象的、象征的、寓言的领域，它因此具有了无限的阐释性。小说的未完成性和开放性，绝对不是从故事出发或对故事的颠覆，而是一种处世的哲学认知，一种对世界的多元视角和多元阐释的创作动机，也可以说是对生活真相的一种哲学还原。生活是没有终场式的。

张承志的《黑骏马》也非常明显地呈现了这样的叙事模式。他甚至在小说开题部分，就以议论的方式，暗示、预示了对一切现成和既有的怀疑，包括对于所谓深刻的质疑。他的小说，一开始就带着这种疑虑，开始了对远古的重新履行，小说以神话般的方式，对传统的民族爱情古歌的情节进行了重新演绎，"很久以后，我居然不是唱，而是亲身把这首古歌重复了一遍"，他在小说中这样写道。《黑骏马》就是对那首流传久远的蒙古族民歌的片段式重演，以现实的情节去演绎古老的传说。而在小说结尾，张承志写道："在这天宇和大地奏起的浑厚音乐中，我低低地唱起了《黑骏马》，从那古歌的第一节开始，一直唱到终止的'不是'这个词。"

蒙古古歌讲述的是："哥哥骑着美丽绝伦的黑骏马，跋涉着迢迢路程，穿越茫茫草原，去寻找妹妹的故事。她总是在一个曲折无穷的尾腔上咏叹不已，直到把我们折磨够了才简单地用两个词告诉我们这一步寻找的结果，那骑手哥哥总是找不到久别的妹妹。"

小说讲述的是内蒙古草原现实中一个同样的故事，哥哥寻找妹妹（恋人），但寻找到的却是被现实残酷"改造"了的妹妹。初恋的梦想破灭了，

"不是"成了小说的终止符。哥哥还是没有寻找到他所要寻找的东西。从民歌中质朴的原始的寻找，到现代小说中理想的精神性的寻找，这就是现代小说在同一命题的自我提升。

张承志小说的这种哲学建构，基本上代表了20世纪80年代青年文学的一种哲学取向，以寻找为基本主题，延伸到了现实的各个领域。比如寻找失去的青春，寻找人的尊严，寻找社会位置，寻找自我价值，寻找消逝的世界，等等。80年代的青年文学，概莫能外，可以罗列出一大批名作，如《南方的岸》《北方的河》《今夜有暴风雪》《寻找》《思念你，乔林》等，虽然它们还不是严格意义上的碎片化小说，但是已经初具在90年代以降，得以蓬勃发展的现代主义小说的某些端倪，也为后来的小说现代性做了准备。

小说的哲学建构是小说现代化的题中之义，也是现代小说创作不可忽略的认识论问题，它关乎小说作家的世界观、价值观，以及小说的现代精神品格。

四、碎片化的声音

有修为的小说作家，非常重视关注自己的作品是否具有某种可供聆听的声音。一部好的小说，应该不单是音乐，具有音乐的所有质素，同时还应该传递天籁之音，那种不单让读者还应让人类能够在不同世纪里聆听的声音。我们知道，时间本是和空间同一的，但在文学看来，它们却是可以分离的。在心灵世界里，你失明了，看不见，你瘫痪了，你摸不着，你没有了看和触摸的空间，你却能在心灵中慢慢地感受时间、空间，听得见一种无声的节律，也就是音乐。小说的声音理论，就是源发于这种心灵的感应功能。通过小说，你在21世纪，能够听见15世纪教堂的尖顶上的鸽子和悠远的鸽哨；你能够听见拿破仑征服欧洲，战马踏过欧洲大地的震颤；你躺在病床上，却能够听见童年母亲的呼喊，风吹过月亮的幽清。想象时间、岁月、人，这就是小说通过语言达至心灵得以聆听的声音。

没有能够传递多种声音的小说，不是好的小说，这几乎可以成为衡量小说品质的标准。我们有些作者并不太注意这方面的问题，只顾站在一个固化的位置上鼓噪。这是很可怜的。

巴赫金小说复调理论中之"多语"，也即多联话语，指的就是小说应具有多种声音。他说："有着众多的各自独立而不相融合的声音与意识，由具有充分价值的不同声音组成的真正复调。"

这里所说的复调理论，是相对于"五四"以来受欧洲小说的影响、以独白型为模式的中国小说而言的。独白型几乎是中国小说自"五四"以来所形成的传统模式，这与文以载道、小说与政治的关系等相关，此处不赘。复调小说是对独白型小说的一种革命性颠覆。作家必须关心并尊重小说人物的主体性，必须确立他人之"我"，不作为叙述客体而作为另一主体，复调的构成取决于作家如何处理不同的声音与意识，简单地说，作家必须在作品中，让每个不同身份的人以独立的立场说话和行动，每一个人应该是一种独立的声音，每一个小说碎片也应该传达一种独立的声音。

如何去感受小说的声音呢？或者说如何去营构小说的声音呢？

声音，即小说的语态。小说的声音是通过读来实现听的，听即心灵感受。《小罗伯特法语词典》是这样注释声音的："行为动词在与其主语的关系中的形态。"也就是指"谁说的"。说话者的风格、语气、价值观的综合所导致的效果形态，这形态可能引发的无穷想象，就是声音。

声音其实也就是一种叙事行为，它是叙事的一个成分，往往随说话者的语气变化而变化，随说话者的价值观不同而不同。语态里叙事方式的组成部分，表明叙事的方法而非内容，因为方法决定了效果。对于小说来说，叙事看重的是过程的丰富性和杂多性、不可解释性和不确定性所呈现的生命状态。这种状态使小说本身成为一个丰富的声源，不同的读者可以从中听到不同的声音。听就是想象。

史铁生的写作有着太多碎片化的特质，他写作的异质性在比较传统的小说作家中，是走得最远的。

以史铁生的《我与地坛》为例，倾听来自地坛的声音。这种声音不是用美妙而是必得用天籁方能领悟。

小说开篇写道：

"我在好几篇小说中提到过一座废弃的古园，实际就是地坛……园子荒芜冷落得如同一片野地，很少被人记起。"

"地坛离我家很近，或者说我家离地坛很近。总之，只好认为这是缘分。地坛在我出生前四百多年就坐落在那儿了，而自从我的祖母年轻时带着我父亲来到北京，就一直住在离它不远的地方——五十多年间搬过几次家，可搬来搬去总是在它周围，而且是越搬离它越近了。我常觉得这中间有着宿命的味道：仿佛这古园就是为了等我，而历尽沧桑在那儿等待了四百多年。"

古园为什么等待一个坐轮椅的人到来？等了四百多年，它等待这个人出生。古园也坐着轮椅，向这个人走来，走了四百多年。而我，也坐着轮椅，向它走去。这就是宿命，四百多年的宿命。中国文学历来以激情的方式，营造紧张，而这里却以冲淡平和而又智慧的语态，去营造心灵的紧张。

能实现根本性转变的手段，皆具有宗教性，这是一种内在心灵的悖论。宗教是一种文化象征，有助于实现人改善生活的心灵愿望。

这里，等待，是一个基原词，它一出现，就注定成为这部作品的灵魂。

"它等待我出生，然后又等待我活到最狂妄的年龄上忽地残废了双腿。四百多年里，它一面剥蚀了古殿檐头浮夸的玻璃，淡褪了门壁上炫耀的朱红，坍圮了一段段高墙又散落了玉砌雕栏，祭坛四周的老柏树愈见苍幽……"

人是由风景塑造的，好的作品往往有一个深刻的自然背景，它自然是丰泽着人文精神的。这样，才能达至人与自然的心灵沟通。

《我与地坛》通篇都是史铁生与古园的对话，与古园中十五年里经过的每一个人的对话，荒凉的古园和荒凉的年轻人，在这园子里一直领略人世间的苍凉与坎坷。

《我与地坛》没有中心情节，没有首尾相顾的复杂故事，万余字却写了诸多人的人生片段：儿子与母亲、中年夫妇、爱唱歌的小伙、饮酒的老人、女工程师、长跑家、有智力障碍女孩。他们都以碎片的形式出现在史铁生的视野中，每个人及其人生，都实现着一种史铁生想望的哲学建构，都个个象征着一种欲望与欲望的错失，都在阐释着这个世界的某种生存理由，都在实践着一个又一个的生命的悖论。

《我与地坛》让人聆听到一种类似宗教的声音，以这样深刻完整同时丰富缔造这样的声音的中国文学并不多。笔者以为30年来的中国文学，有《我与地坛》，已经很足够。

2010年10月

一幅画三本书十个评分

我给自己定下三个规矩，第一，不讲道理。因为对于作家而言，长篇小说的道理无人不晓，无须饶舌。第二，不谈技巧。在文学创作上，没有通用的技巧，鲁迅就绝不相信小说作法之类的东西。大作家尚且如此，我辈何如？第三，只谈阅读与创作的体会与心得。与诸位交流探讨。

一幅画：是俄国画家列宾的《意外归来》。

三本书：

（1）法国作家普鲁斯特的《追忆似水年华》；

（2）苏联作家帕斯捷尔纳克的《日瓦戈医生》；

（3）土耳其作家帕慕克的《伊斯坦布尔：一座城市的记忆》。

十个评分：关于现代小说的十个评分。

一幅画

《意外归来》，油画。作者列宾，生于1844年，卒于1930年，享年86岁，俄国伟大的批判现实主义画家，革命民主主义者。他的画受到19世纪象征主义与印象主义的影响，这使得他的批判现实主义具有强烈的现代倾向。他一生的作品，都在表现与民主革命有关的重大题材，如《伊凡雷帝杀子》《红色葬礼》《伏尔加河上的纤夫》《查波罗什人写信给苏丹王》等。这幅《意外归来》，大约创作于1888年。他晚年还写有回忆录《抚今追昔》，追忆童年与青年时代的生活，并附有他对欧洲绘画的评论及书信十余篇，这对于我们了解19世纪后期俄国的艺术概况，很有参考价值。

我第一次接触这幅画，是在1963年，那年我12岁，读初中一年级，当时中国有一本杂志，叫《知识就是力量》。这本大开本的杂志，每期都会登一幅油画，背面附有介绍、评论文字。那时的笔者，正是处于大量阅读的年龄，对文学有许多憧憬，马上被这幅画吸引。可以说，它是笔者文学创作的启蒙，使笔者很早就朦胧地知道关于小说的一些道理，约略明白小说该怎样表现。这种启悟对以后的文学创作意义重大，无师自通全来自这一幅画对文学创作的启悟。

列宾的每一幅画，都是一部长篇小说，既有相对的长度、阔度，又有足够的历史与现实的空间。它凝固的、有限的画面，有一种突破与流动的张力与弹性。每个画面充满着紧张、不安、危机和忧郁的一瞬，而这四点，恰恰是长篇小说的核心观念与价值所在。长篇小说其实就是对"伟大的一瞬"的把握。

紧张，不单指事件与情节的内在节奏，自然也包括人物命运与性格的潜在韵律。我们读到的大部分中国小说，并不具备这种内在节奏与潜在韵律的文学自觉。它绝对不是单靠技巧可能完成，而一定是作家对事件情节、人物的一种思想把握，一种人文关怀的文学体现。

不安，应是长篇小说的贯穿气氛，是弥漫于叙事全程的一种话语言说。这种不安在小说的叙述中，表现为读者聆听的声音。我们很难想象，没有声音的小说如何调动读者的兴味。不安，也就是现在流行的所谓"忐忑"。它是感觉的，是无法明白言说的。所以，不明确、暧昧、尴尬、两难的生命状态所构成的声音，正是长篇小说自始至终都须保持的一种声音。作家在创作时，应当捕捉这种声音。

危机，《现代汉语词典》对之的解释是：潜伏的危险，严重困难的关头。与之相关的词汇是危急、危惧、危难、危险、危如累卵、危言耸听、危殆、危害等。这些词汇，有指形势与局面的，有指心情与时机的。总之，长篇小说要求它的叙述与描写，也即时间与空间，都必须充满着这种情势。在平淡的琐屑的细节与常识中，渲染情势的危机感，是最能考验作家阅历与经验的。

忧郁，可能是最重要的作家气质与风度。我把忧郁看作是一个作家的天才部分，因为它是一种不可复制、不可再生抑或后天不济的气质，它与一个人的血液有关。忧郁的《现代汉语词典》解释是忧伤愁闷。这种解释对于文学表达而言，还不够全面。拆开来看，忧，是指遭遇困难、不如意的事而苦闷；

郁，是指心理积聚不得发泄，所谓郁结、郁积。忧与郁联合起来，应该是郁结沉积而成的愁闷、愁绪，也就是我们今天所说的焦虑。按萨特的理论，没有原因的愁绪叫焦虑，亦即忧郁。有原因、有理由的愁绪叫恐惧。按顾彬的说法，中国文学在鲁迅之前只有关于"愁"的表达，而没有忧郁的写照。而鲁迅文学表达中，无处不在的关于"无聊"的宣泄，开启了中国文学的"忧郁"风气。关于这，笔者有另外的说法，此不赘言。但是，中国文学的惯性乐观与强调光明，缺少或完全没有对黑暗与悲观的文学的肯定与强调，对人文关怀迷失而流于浅薄就成为可能。那么，忧郁是什么呢？是"上帝死了"之后，人对自我与世界关系的一种发现，是一种深刻的悲观。

说了这么远，回到《意外归来》。这是列宾用了四年时间创作的作品，于1888年完成。

作品描绘一个革命者被流放西伯利亚，经受多年苦役后突然回到家的场面，它极其生动地刻画了革命者走进家门的一瞬间，在场的每个人物（革命者、母亲、妻子、儿子、女儿、女佣和邻居）的反应和内心情感。画面中，母亲从沙发上震醒般躬腰站起，手扶沙发，她与儿子长久对视，几乎不敢相信眼前真是自己朝思暮想的儿子。妻子本来正在弹钢琴，她停止了弹奏转过脸，脸上流露出一丝惊喜，神情复杂地望着自己的丈夫。在桌旁做功课的两个孩子表情很生动，大男孩经过短暂惘然后似乎认出了自己的父亲，露出微笑；小女孩没有对父亲的记忆，当她看到这个"陌生人"突然闯入家中时，把头埋得更低，但禁不住好奇偷偷从眼角打量来客。男孩和小女孩的不同神情，提示了革命者被流放的大致年月。革命者穿着囚衣，瘦削，满脸胡须，脚上是沉重的沾满泥土的靴子，可以想见路途的艰辛，两只洞穿一切的眼睛，空蒙而又热切，他的面容坚定，表示流放的岁月并没有磨灭他的意志。有评论家指出，革命者清癯的外貌颇像基督，也许画家正是把他隐喻成了为拯救苍生而甘愿受苦受难的基督。开门站在门边的女佣目光有些疑惑，而门外探头的邻居露出好奇。几个人物的目光与神情，都聚焦于革命者这个中心人物，这是紧张而冷凝的一瞬。最开始的震惊包含着最深也最复杂的情感，最长阔的背景。

紧张、不安、危机和忧郁，也就是焦虑，它们以不同的向度、不同的方式，以不同的时间与空间的虚构与象征，向我们提供了最为紧凑而密集的文学信息，构成最强烈饱满难以言说的小说叙事。

这里，最起码的小说构成，是6个以上的人物传记，向一个极为重大的以十二月党人为主题的、俄国19世纪的革命风暴展开叙事的长篇小说结构。它提携起世界性的关于流放者、骑士与流浪文学的全部内容。这幅画，似乎让人听到了西伯利亚和巴士底狱的粗重呼吸。

我们还可能对之作更为深入的评论，这种评论自然也传送着，我们对于长篇小说应当如何传播人类高贵精神和价值观的期望。

《意外归来》，因为它展现的这一瞬间，在人类漫长经历中的普发性和不可避免性，从而突破了单一的民族经验，而进入人类经验之中。在这个前提下，画作的主题背景，因此而成了评论的要点。它是如此逼真同时丰富复杂地表达了人类重大历史进程——革命——的伟大一瞬，即革命与暴力或生活创伤对于人类心灵的震撼。包括伤害、再造、重建等。这是人类在伤痛之后迎来的悲悯与抚慰的曙光。它的惊讶、欣喜、茫然、困惑及由此带来的人性良知，曾经因为某种力量被沉入黑暗之中，而现在正初露光亮。一个人的到来与重生，迎来了一群人、一个家庭的更生，一个时代的更生。这种突围的艺术魅力与想象的意义空间，不仅仅属于19世纪这个画作规定的时代，而是汇入了一种人类共有、共存、共时的历时性思考之中。它与人类历史上无数次同样的不幸与反抗对接了，在事件与精神上对接并一同化为永恒的回响，成为人类争取进步文明的里程碑。因为它具有人类共同记忆的历史回眸，而被定格为经典。

我想，深味这幅画，自然也就深味了长篇小说应该如何言说，深味了对神性与诗性的言说。

三本书

（一）第一部小说

法国作家普鲁斯特的《追忆似水年华》，三卷，100多万字。普鲁斯特，生于1871年，卒于1922年，享年51岁，有15年时间在病榻上度过。这位无法用许多时间，亲身去经历与阅历形而下生活的作家，却用想象与追忆的精神方式，为我们重塑了时间并演绎了形而上的心灵世界。关于普鲁斯特的文学影响，我们来读几段评价：

> "对于一九○○年到一九五○年这一历史时期而言，没有比《追忆似水年华》更值得纪念的长篇小说杰作了。"

为什么？20世纪20年代，心理学获得巨大成就并深刻地影响了文学的内容与形式，直接地孵化了现代主义和后现代主义文学创作，特别是小说创作。

被称为现代主义小说家的第一位重要作家卡夫卡和他的《城堡》（写于1922年，1926年出版），被称为"白种人迫切需要一读的《圣经》"的《尤利西斯》（1920年出版）及其作者乔伊斯，鲁迅的现代主义小说集《呐喊》（1923年出版）、《彷徨》（1926年出版），都产生于这个时代。中国的小说观念，也是在20世纪20年代的文学革命中发生了深刻的嬗变。

> "普鲁斯特的一个独到之处是他对材料的选择并不在意。他更感兴趣的不是观察行动本身，而是某种观察任何行动的方式。从而他像同时代的几位哲学家一样，实现了一场'逆向的哥白尼式的革命'。（哥白尼提出了"日心说"）人的精神重又被安置在天地的中心，小说的目标变成描写为精神反映和歪曲的世界。"

这个所谓独到之处，我们可以通过他的作品，大致归纳为如下几点：

（1）对时间的寻找；

（2）对失去的寻找；

（3）对心灵的广阔开拓；

（4）对生命的回顾与展开；

（5）眷恋精神性的生活；

（6）以个人的一生概括所有人的一生；

（7）让人在自己身上，把握生命从童年、少年到老年的全部精神性过程。

以上七点，简单而言，就是形而上。

在普鲁斯特看来，小说的材料不在现实世界之内，而是在现实世界和想象世界的差距之中，他的许多创作思想包括灵感都与这种理念相关。

比如，他说："爱情本身与我们对爱情的看法之间的差别判若天壤。"

爱情的本质在于爱的对象本非实物，它仅存在于情人的想象之中。

追逐时尚与爱情一样令人失望。

唯一有吸引力的世界是我们尚未进入的世界。普鲁斯特眷恋的现实都是精神性的。哲学家阿兰认为，普鲁斯特从不直接描写一件客观事物，总是通过另一事物的反映来突出这一事物，普鲁斯特一贯通过自己的感觉表现客观世界。这就是所谓"苦闷的象征"。

中国作家对普鲁斯特这个名字也许并不陌生，但是，对普鲁斯特的真正了解与借鉴，肯定不是最熟悉的，也很少有人对之做深入的研究。对普鲁斯特等具有世界范围影响力的作家经验的漠然，与中国长篇小说创作的视界与心胸乃至表现方式等的并不开阔丰富，不无关联。

读一读《追忆似水年华》的开头部分，发觉长篇小说是可以这样写的："在很长一段时间里，我都是早早就躺下了。有时候，蜡烛才灭，我的眼皮儿随即合上，都来不及咕哝一句：'我要睡着了。'半小时之后，我才想到应该睡觉……汽笛声中，我仿佛看到一片空旷的田野，匆匆的旅人赶往附近的车站；他走过的小路将在他的心头留下难以磨灭的回忆，因为陌生的环境，不寻常的行止……"

这个开头是梦醒之后的幻觉，没有故事和人物。作者在以"我"做第一人称叙述时，似乎具有了"他"的描写功能，而以"他"进行叙述时，似乎又具有了"我"的主观感受。两个人称的交替使用，使叙述的时间和描写的空间实现了互相交代、互相转换的功能与效果。结果是，时间从长度转换为宽度，而空间从宽度又变异为长度。第一卷108页，十几万字。以"早早就躺下了"开始，到"就这样，我往往遐思达旦"终。物理时间只是一瞬，而小说时间却已经绵延了数百年。

普鲁斯特的时代还有时间可以追忆，而现代人已经丢失了时间而被空间挤压得走投无路，只能到普鲁斯特重现的时间里去感受与寻找时间了。这种空漠感与焦虑感，自然也是现代小说必须正视的命题。

（二）第二部小说

帕斯捷尔纳克的《日瓦戈医生》。帕斯捷尔纳克生于1890年，卒于1960年，享年70岁。小说完成于1956年冬天；1957年末，意大利文译本首次出版。

此后不到一年时间里，用法文、英文、德文等十五种文字的译本相继出版。1958年获诺贝尔文学奖。

作者最初得到获奖通知后，欣然复电称："我非常感谢，我感到激动、惶恐和羞愧。"

随后，苏联作家协会于1958年10月27日宣布，鉴于作家"政治上和道德上的堕落以及对苏联国家、对社会主义制度，对和平与进步的背叛行为"，决定开除他的会籍。

10月29日，作者发电报给瑞典皇家学院："鉴于我所从属的社会对这种荣誉的用意所作的解释，我必须拒绝这份已经决定授予我的，不应得的奖金，请勿因我自愿拒绝而不快。"

20世纪60年代初，《日瓦戈医生》外文译本达到二十五种以上。

1986年6月，苏联作家协会第八次代表大会提出应尽早出版这部小说。

1986年12月，中国首次出版这部小说。

在西方，这部小说被认为是"关于人类灵魂的纯洁和尊贵的小说"。它的问世被称作"人类文学和道德上的伟大事件之一"。

"继《战争与和平》之后，还没有一部作品能够概括一个如此广阔和如此具有历史意义的时期。"

"一部不朽的史诗。"

"日瓦戈是英雄，同时也是反英雄。"

这些崇高评价的依据和理由可以归纳为以下几点：

（1）知识分子问题及其历史地位。知识分子问题，是现代国家最重大的问题。

（2）革命和暴力的合理性与合法性。

（3）长篇小说的人物塑造。

（4）宏大叙事的个人性书写。

因为时间关系，笔者只说其中一点，人物塑造，也即人物的价值观输出。

日瓦戈是英雄同时也是反英雄，这是总的人物定位。这两种性质重叠在一起，就是真实的日瓦戈。在中国现代革命中，也许有无数类似的日瓦戈，但却从来没有在文学作品中被真实地表现过。

日瓦戈赞成并参与革命，从十月革命到卫国战争前期，20多年里，他从一个贵族青年，经过革命洗礼，最终走到革命的边缘，对革命非常失望、厌恶。他对革命没有个人动机，包括政治与经济动机，只有人类和平的理想。他有分裂、双重的性格特质，时而冷静，时而激愤，是积极的参与革命者，又是消极的旁观者，也是一个永远的叛逆者，与现实永远无法达成谅解。他是一个多向度多血质的知识分子，他不能见容于信奉单一价值观的革命政权。

人物的悲剧性是为着证明革命的悲剧性的。他高贵的人道诉求，反证、反思着革命的功利目标。此其一。

其二。服从日瓦戈这种性格特质，小说赋予日瓦戈多种身份，描写得丰富饱满，并揭示人类的伦理主题。日瓦戈在小说中，是以医生、战士、父亲、儿子、丈夫、情人等身份出现的。尽管这些身份通常是小说人物的常态，但是，把众多身份叠加在一个人身上，同时把每一个身份的伦理与社会功能都强调到极致，这是长篇小说创作中的先例也是极端经验。在复杂的伦理关系中表现人物性格与命运，是长篇小说创作的题中之义，但却常常被无意忽略。

（三）第三部小说

土耳其作家帕慕克的《伊斯坦布尔：一座城市的记忆》。作者生于1952年，现在世，帕慕克《伊斯坦布尔：一座城市的记忆》于2006年获得诺贝尔文学奖。目前该作品已经被译为40多种语言出版。

照中国人对小说的一般认识，我们很难把土耳其作家帕慕克的小说当作小说来阅读，它从根本上颠覆了我们阅读小说的习惯。或者质疑：它是不是小说？

帕慕克出版于2005年的长篇小说《伊斯坦布尔：一座城市的记忆》，是被作为小说的最高成就来确认的，这就不能不使我们对小说的观念进行全新的认知。

小说共37章，每章若干节，如果把每一个自然段当作一节，每一节视为一个碎片的话，则整部小说可以说至少由400个以上的碎片组成。为什么说每个自然段可视作一个碎片？最基本的理由是，每个自然段所叙述的东西，都是相对独立的，上下左右的联结大多是漂移的、疏离的，起码在外在逻辑上是如此呈现的。也就是说，自然段也即碎片，在小说的结构序列上，并不是上下联系、一环扣一环环环相扣的关系，而是一种并行向前的各自独立的关系，这些碎片，令在其他章节中，寻找到与之相适合的碎片形成各自的磁场。由众多的碎片而成若干磁场，由若干磁场形构为一部从当下出发，却囊括至少四百年以上时间跨度的长篇小说。以瞬间回响获得了时间的永恒。

小说第一章：奥尔罕的分身。共有12个自然段，也即12个碎片。分别叙述12个各自逻辑的内容：①我的分身；②我的分居；③相片中的男孩；④渴望返家；⑤我就是他；⑥没离开；⑦命运；⑧102年前的福楼拜；⑨反思；⑩我出生；⑪我听说；⑫城市的陈述。作为小说开头，这些段落之间是疏离的，它违反了严格的三段论式的叙述逻辑——实然—必然—或然的论证结构。即我们通常对一个情节的叙述程序为前提—原因—结果，逻辑学叫作前端—中词—后端。小说并非遵循这个颠扑不破的推理方式，而是每一个段落都自说自话，都是一个全新的叙述起点，都各有自己独立的逻辑体系。《伊斯坦布尔：一座城市的记忆》就是建立在这样的书写方式之上，它创造了自己独特的叙事话语——碎片化的文学讲述。

福柯曾经说过，重要的不是话语讲述的年代，而是讲述话语的年代。这里所说的要点是，文学叙事话语的现代性。对于小说家而言，问题不在于你讲述的故事内容，而在于你站立的时代及时代精神的把握下的讲述。简单地说，话语作为一种言说，一种交流的手段与方式，又包含了被传达的内容，故话语更多地涵盖了小说创作中的思想观念、价值观及信仰等因素，所以，小说创作中"讲故事"和"叙事话语"的区别，前者也许仅止于讲清旧事，或事件的来龙去脉，编织好看的故事；而叙事话语，建构的却是可以没有故事，却不可以忽略物事中的思想、价值观的张扬，以及必须运用独特的思维方式去言说人类行为。言说，在这里不仅是叙事形式，也是叙事内容。这正是现代小说和小说的现代性的题中之义。强调的是叙事性作品的时代意义和时间的文化价值。

文学的现代性对作家而言，是第一位的，时下文学创作尤其是小说创作的困窘源出于此。许多作家在这个问题上的彷徨及观念缺失，阻碍了他们的文学天赐，遮蔽了他们对世界的透彻目光，限制了他们的主题视野并恐吓了他们的创新勇气与动力。现代性表现在作家的主体性方面，是一种现代人格的彰显与主张，即自由、平等、独立原则下的人道主义与民族精神，以及种种现代科学理论主导下的价值评价等，表现在文学创作方法及形式话语方面，是以心理学理论为基础，按人的方式写人并向人性致敬的各种思想方式和创新形式。从普鲁斯特的《追忆似水年华》到帕斯捷尔纳克的《日瓦戈医生》，再到帕慕克的《伊斯坦布尔：一座城市的记忆》等，都非常深刻地证明了一个优秀的作家，经典性的文学文本，言说人类行为的创新风格等的诞生，都离不开对现代性的精神建树。

没有思想观念的现代性，就不可能有知识的创新性，也就更不可能有创作的经典性。

伟大的作家，永远都是伟大的思想家，伟大的作品永远都是独创的。

三部长篇小说，每部问世相隔近半个世纪，可见百年间长篇小说某一方面的轨迹。从欧洲到远东到中东，也即法国、帕斯捷尔纳克的《日瓦戈医生》到土耳其，虽然不能说明太多问题，依然可领会不同国度长篇小说以不同的形式所达至的共同的现代性追求，也算作是对长篇小说创作过程的一个粗浅的问答。

中国现代小说的十个评分

1. 中国现代小说的定义之一，是以现代汉语修辞书写的叙事性文学作品，对现代汉语的准确运用、对其语言与文字神韵的敏感触觉与修辞方式，使小说在文学语言意义上实现现代性的基本要求。

2. 对中国古典文学与传统古典小说形式的心灵贯通，包括文史哲的通识，是营构现代小说的基本条件。鲁迅的小说，其对中国文化的精准理解与参照，其主题所承载的哲学命题，融化了中国传统流变过程中的种种思潮与思想的精华，使他小说的现代性，有着源远流长、叶茂根深的理性精神和中华民族气派，这种融化，是内容的也是形式的。

3. 优秀的作家，同时应是学者、评论家三位一体。"五四"时期的作家，大多具有上述三个以上的身份，鲁迅、胡适等都如是。在现代专业分工趋于精细化的情势下，即便是小说家，也需要同时对小说理论，尤其是百年来中外小说新变之理论知识，有较全面的了解与心得。对西方小说新潮，从卡夫卡到普鲁斯特到帕慕克；对"五四"以来小说叙事模式的把握，从鲁迅到赵树理到当代众多现代、后现代小说所呈现的理论模式与形态，都得有充足的知识武装。

4. 现代性，而不仅仅是现代化。前者是指对现代价值观、现代人格、现代文明，以及自文艺复兴以来，在世界范围内对人道主义思潮的认可等；后者主要指现代工业文明。在这两者所形成的文明格局中，思考或叩问、审视小说叙事话语，在小说实践中，充分延展现代性与现代化所彰显的新文明新伦理。如鲁迅小说的"吃人""救救孩子""从来如此，便对么？"等代表着新思潮、新历史观的哲学阐释，都是现代小说的题中之义。

5. 对人的内心维度的基本把握与认知，也即人心的光明与黑暗在伦理关系与人性分野中的现代评断，认同文学是对高贵的人类精神、优雅的道德文明、悲悯的人类情怀的充分表达，不以意识形态与政治立场作为文学与文学形象的基本取舍。文学是人类悲剧精神的心灵史诗，只有通识人心的内在构成，并深入掘进灵魂的幽暗地层，通过黑暗去寻找光明，小说才能成为人类灵魂的诗篇。

6. 关于生活的辩证法。对错、好坏，正面、反面，强势、弱势，罪与罚，抛却对人类行为准则的绝对化理解，并以此作为审美活动的出发点、价值观和评断标准。

7. 面对生死、爱恨等原欲、原罪诸问题的宗教追问与解答，认同生命力是一种欲望，是人类文明发展的推力，而文学是生命力受到压抑的苦闷的象征。

8. 小说叙事时间的创新，自觉扭曲小说时间。明确时间有三个，这三个都是现在：现在的现在、现在的过去、现在的未来。所有的时间都只不过是集结于现时的瞬间，在这一瞬间的集体回响。只有对此有深刻认识的作家，才能在心灵深处，聆听时间从远古到现代轰鸣的回响；把人的生命变成命运，变成小说人物的命运。把自然时间重构为小说时间；把历史时间剪裁为现在时间。

文学由此获得一种独立的时间品格。它描写的是过去，可是创作的是当前的行为。

9. 把经验转化为想象、虚构的能力，文学叙述与历史叙述的区别在于，历史叙述是回忆的，是保存性的，它记录并再现历史事件，也即时间；而文学叙述是追忆的，它是消解性的，它想象时间同时虚构了时间。

10. 确认文学是向后的运动，是一种向后的前行、后退的前行，是一种人类心灵的病症。

2011年12月15日

心灵的世界没有边界

对于文学而言，记忆实际上是一种追忆，最坚定的理由是，文学的基本属性是虚构的，是生命力受到压抑之后的一种苦闷的象征。这种象征以追忆的方式发生，而不仅仅是附着于保存性的回忆而发生。这就是文学的记忆与历史的记忆（或说是历史的回忆录）不同的地方，它们之间严格的区别，即历史的回忆是一种事实，是一种保存性的事实再现；而追忆一定是一种真实，一种可能发生的消解性的重现。这个原则是经验写作与感觉写作的分野。

大多数作家靠经验写作，只有极少数作家自觉地进入追忆的世界，也即在时间与空间的无限度延长中，穿越式地进行写作：寻找失去的时间，重现失去的空间。那是一个超越了时间与空间边界的疆域。前者描述了一个逼真的详细的事实过程，如《林海雪原》《敌后武工队》《铁道游击队》等，这些英雄传奇，除了政治意识形态加入外，主要故事叙述及其方式，靠作家的经验经历获得。经验描述嵌入现成的章回结构，从而完成故事的过程。而普鲁斯特的《追忆似水年华》，也基于某种经验的碎片，这些碎片更近似于梦境与幻觉，它们通过想象并将这种想象进行感觉化的叙述与描写。前者是用眼睛观看世界的结果，那是一种由内而外的叙述方式；普鲁斯特却是由外而内地表述，他不是用眼睛而是用心灵去感受世界，想象并虚构他心灵的花园，普鲁斯特的文学世界就是他心灵的世界。

什么叫作世界？就是生命的长度。世，指人的一生一世，也即时间；界就是空间，人所处的界域，也是生命存在的规模与边界。经验的世界是有边界的，而心灵的世界是没有边界的。因此，记忆就自然地化出了两个方向：一个是回忆，关于事实与历史。一个是追忆，关于虚构与想象。前者是有限的，必然的；后者是无限的，或然的。因为追忆，时间被转换成空间；因为回忆，空间固定了时间，并压缩限制了价值与意义。

文学是需要思想的，文学从来没有离开思想，思想不等同于政治。作家应该首先是一个思想家，却坚决地摈弃思想家的叙述方式。这里自然也就提出了两种不同的方式与情状，在以经验写作的作家那里，思想常常被作为一种创作原则，指挥着经验，布控着经验的文学化过程。而在以追忆写作的作家那里，思想成为叙述的对象，思想被文学叙述出来，许多现代主义或后现代主义的小说作家，基本上无形地恪守着这一规律。普鲁斯特、卡夫卡都是这样的作家，他们的作品所要表达、所要叙述的人类思想，就是通过他们作品中的伦理关系予以表现的。

什么是伦理？伦理就是以某种价值观为经脉的生命感觉，反过来说，某种生命感觉就是一种伦理。伦理学就是关于生命感觉的学说。伦理学有理性的和叙事的，理性伦理学探究生命感觉的一般法则和人类生活应该遵循的基本道德观念，进而制订出适切的理则。叙事伦理学是讲述个人经历和生命故事，通过个人经历的故事，提出关于生命感觉的问题，营构具体的道德意识和伦理诉求。叙事伦理更适应于文学范畴，它的基本特征也正是文学的追忆所要坚持与追寻的东西。

对作家而言，对经验的观察方式，远比经验本身来得重要。文学表达行动的思想，而非仅仅限于行动本身。也即回忆过去的方式，比过去的回忆重要千万倍。因为以何种方式去回忆，与回忆的动机有关，这个动机就是当前的感觉评断与记忆之间的偶合。这便是追忆的题中之义。

经验以文学的方式复写了旧事，形成故事，并以思想为原则。而感觉却重现激活了记忆，形成了情节，以思想为对象。因此，记忆中的历史，便成为当下在场的部分，它存在于后人对之的理解，它并没有过去，而是活在当代史之中，借助于今人的理解而成为当代史的一部分，文学的追忆也具有同样的意义。

21世纪的中国当代文学，尤其是小说创作，正在经验主义的樊篱中挣扎，企图独步于文学追忆的广袤空间，也即文学的诗化与心灵化、小说的散文化、多种文体、多种人称叙述共融等状态，追赶着文学的现代性。

在消费与时尚占领21世纪的年代里，真理与生命一样在异化、分裂。精神挣扎的矛盾也同样占领着人的内心，人们更关注当下的生存经验，那是一种类似建立在欺骗之上的如对楼价飞涨的惶恐经验。这种经验就是对人类最后的生存领地的哄抢与攻占，对生存资源的绝望转化为对生存资源的贪婪欲望。电视剧《蜗居》，把本该是世纪末的恐慌，提前为世纪初的焦虑。人类的精神向度的急转直下，在《蜗居》中赤裸裸地得以表达。从官员到商人到白领到孤苦无告的人群，无一不在以各自的方式绞尽心机疯狂地劫掠。从初涉世的年轻人到饱经世事跌落的老年人，历史的现实经验转化为一种形而上的模糊但却深刻的当下记忆，那就是对个体利益的物质坚守。利益成了新世纪第一个十年隐藏在消费与时尚深处的一个最为招摇的文化符号和文学内容。

当下，许多作家特别是网络作家，都在原点，在就地复述没有过去、没有前瞻的当下焦虑。人类的精神记忆，在文学中后退，而当下经验却未经沉淀过滤前行。选择遗忘反而获得一份安全与苟且的幸福。追忆在失忆面前陷落，文学便成为止痛的咖啡因。

2011年6月2日

作为文学的时间

小说艺术就是时间的艺术。

时间的创新就是艺术的创新。新的时间结构会给同样的生活造成不同的阅读经验和崭新的文学意义。

时间是文学的创造者和组织者。蔑视或根本不知道时间艺术，对时间毫无认识、毫无建树的作家，注定是一个平庸的作家。

鲁迅是最不平庸的作家，他小说的不平庸，也充分地依赖于他在小说中对时间的卓越认识和重构。他的小说从历史、故事的时间状态和观念中脱颖而出，从而创造出一种全新的小说状态——创造的，也即虚构的时间形态的小说，使中国小说实现了从古代到现代的革命性转变。

每一个作家，都应该有自己特殊的艺术体验所形成的特殊的时间形式。每一部作品，都应该有自己特殊的时间结构。

艺术的手段其实就是创造时间的手段。

小说的描写是把空间的感觉转化为时间的感觉，而这种转换通常通过言语的时间性来表现。

小说的抒情和议论是把心理的活动转化为时间的形态，这种形态激活了言语时间性的感觉程度。

文学的技巧——当然服从于思想——是把自然时间重构为小说时间，是把历史事件剪裁为现在时间。文学由此获得了一种独立的时间品格，也即叙事时间的独立性。

时间可以改变一切，其意义应是时间作为前提，它的转换也就意味着前提也即原因的变更，结构也就自然随之改变。这自然也是作为时间的文学，或作为时间的小说创新的无限可能性。

在小说中，时间已经失去了原初的完整、绵延的顺序性，而可以被任意切割、中断、组合、颠倒、重叠、跨越，同时泯灭过去、现在、未来的界限，而进入一种心灵的视界——由任意的时间碎片所构成。

传统小说的预叙、倒叙、插叙，是在历史时间这个大范畴中的一种向前或向后的线性补充，是一种前述、追述或补述。在时间形态上，它只是把故事的客观时间前置、后移，为事件人物作补充交代。这依然是对自然时间的临摹。

现代小说的预叙、倒叙、插叙，是以现在时为起点，同时把过去、现在、未来的时间感觉化，形成一个独立于现存的时间概念，是一种追忆（回忆是保存性的，追忆是消解性的）。追忆是感觉化的，就其事件而言，它描写的是过去；就其创作而言，它的创作是一个当前的行为。

传统小说基本上是对"志"或"故事"（老旧的事）的加工。现代小说是即时性的创造，"故事"成为素材。

比较《水浒传》《三国演义》和《伤逝》《故乡》《追忆似水年华》等。

区别在于，作者或讲述者是把自己的讲述还原于过去，还是立足于现在。

2004年7月

转型期文学风度

一、文学转型与文学品格

不管后来的人们或文学史家对新时期文学将持怎样的态度，给予怎样的评价，我们对新时期文学主流对中国当代文学的革命性贡献还是持肯定与乐观态度。现实主义创作方法的恢复和深入，文学题材的拓展与文学禁区的冲闯，评论观念和方法的开放与选择，等等，都昭示着文学的解放。

特别是1985年，这是新时期文学中极有意义的一年。在这一年里，新时期文学的早期状态——块状推进的有序局面——被打破了，现实主义文学在深化过程中吸收了新因素而且面临新的挑战。它在现实主义文学的暂时倾斜状态中体现了更其强旺的生命力。

也是在这一年，新时期文学开始从早期阶段那种以拨乱反正为主题的集团性呐喊，转向对社会主义文学艺术的全面思索与选择，转向对文学观念的选择和艺术形式的选择。

这种情状令人想起中国历史上的魏晋时期。那是中国历史上一个重大的变化时期，社会及社会意识形态经历了重大的转折。这种转折直接牵动了当时的文人心态。文化思想领域的自由和开放，形成议论争辩的时代风气，文艺由皇家钦定的标准和颂扬功德的经学中挣脱出来，思辨的、理性的哲学与抒情的、感性的文学诞生了。

人们开始通过哲学与文艺思索人生的命运，感喟人生的坎坷，伸张人道和人格的觉醒。即使是在"对酒当歌，人生几何"这种感叹生命短促、人生无常的悲伤喟叹中，依然有"烈士暮年，壮心不已"的老骥长啸，建安风骨的人生哀伤是与其建功业的"慷慨多气"交融在一起的。这种特殊的文风和文学崇尚的选择，是与那个刚刚从战乱极权时代中摆脱出来的文人社会关系密切的。表面的哀伤与内在对人生执着的矛盾，正深刻地体现了魏晋时期文人对人生、对生活的极力追求，一种相当积极的时代精神。在人生易老的永恒命题中超脱出人生存在的价值与意义，从而呼吁人们积极地把握住这多难的命运。文学因为这种特殊的时代内容的注入而获得崭新的理解与新颖的生命质地。

1985年的文学转型与魏晋时代当然不可同日而语。但是，由于时代的大转换而促成了文学风气的变化这一点，却是类似的。新时期文学从集团性的呐喊、从关注个人在动乱年代的苦难到反思时代、民族、国家的历史与长远的命运，从以文学为阶级斗争、政治斗争的武器到认真追寻文学在人生中的价值与意义及它对时代精神的影响，追寻文学回到自身及表现人自身的种种问题，追寻文学作为一种艺术在社会生活中的作用等。这种转型在一开始时就以一种无序的混沌的现象使文坛坠入喧嚣的骚动之中。

于是，一个驳杂的，交织着各种人生哲学、纠缠着各种主义的转型期的文学时代诞生了，在这里，没有什么东西是永恒的。不确定，暂时性，盲目，短命，但是新颖异常，老瓶新酒草鞋脚蹬云履，欧风美雨等待戈多……当代文学史中没有一个时代表现得如此的冲动、浮躁，渴望深刻，祈盼伟大。文人的心态被历史的风雨翻搅得颠三倒四。没有什么不新鲜，没有什么不想通过文学去尝试和实现。文学的功能被抬捧到救世救民的地步，坠入迷惘和渴望明晰几乎产生于同个理想、沉浮于同个刻度。深重的忧患和貌似轻薄的荒诞，玩文学与呕心沥血的严肃批评，共囿于同一范畴、同一领域，并无根本的分野、根本的冲突。

这种无序的、驳杂而混沌的外部现象，不是透视着一种潜藏着的内在风度么？这种风度在转型期文学中的表征之一，是文学从外在的形式的冲突向内在的精神冲突渗透——叙事角度转化，强调作家叙事时间和叙事方式对于文学内容的变动与再度强调，注重文学形式对于文学的传世作用，以及由于形式的新颖奇巧、由于形式变异对内容产生的精神包容等，文的自觉意识在当代文学中所引起的革命已经远远超越了以往对于形式的简单理解。这种现象和进一步的解释，只要认真分析一下先锋派文学如洪峰、马原等的小说就可以领略一二。这种形式的冲突的更深含义，当然是另外篇幅所为。在这里，只指出，构成一个文学时代的文学风度的因素之一的形式冲突所显示所包含的意义和价值，我们强调得并不够。而这恰恰是一种事实。形式已经不仅仅停留或者仅存于我们通常所指的形式层面，即仅仅依文学作品的体裁等形式因素，它起码渗透着作家对内容的分析，作家世界观和人生观的一种表达方式，一种带有生命意识的蝉蜕。

关于这一点，即文的自觉在很大的程度上改变而且形成一个文学时代的风度的最有力佐证，是许多作家在作品的形式调遣中有意识地花费了大量精力，倾注了相当多的热情。作为文学形式之一的语言是一种哲学，语言本身的粗鄙或者华贵，都寄托着作家对现世的行为方式的肯定或者否定。国骂和极为粗俗的口语的大量流行，在一些小说中甚至到了泛滥的地步，这里固然有一个对形式缺乏节制的问题，即误解滥用形式的问题，但在一些有追求的成熟作家那儿，它应该是包含着某种意图的。如王朔的小说，它的形式冲突同时就是内容的冲突。王朔在那里面努力通过自己对形式的理解，实现一种通常的规范化的形式所无法实现的东西。他努力想和谐最终消灭以往形式与内容的隔阂和冲突，而结果是，他实现了一种用形式冲突达到的内容的紧张。其小说的粗鄙和无赖潜伏着一种无可奈何的人生形式的自我消弭，形式的冲突在这里实现了对文学风度的祈盼。王朔也许是在这方面相当突出的一个。有这种追求、这种意识，即把形式当作生命体来认识并加以应用实践的作家，在新时期文学中比比皆是。这是转型期文学的一大特征。

何立伟的美文《白色鸟》及他后来一系列自画配图的亦庄亦谐的短小说、怪小说，我并不以为有多少微言大义和深奥深刻的史诗效果。可以感觉到他写得相当认真，而且对形式的怪异有着执着的偏爱，他似乎执意要从这形式经营中透视他的文学意图或哲学追寻，抑或以形式的异常来勾引读者的进一步玄思和对于深刻的幻想。在这一点上，他至少不使形式滑入苍白与油滑。他强调突出文体的个人风格，并努力用画家和作家的双重角色来强化这种文体风格在读者中的印象。从《白色鸟》《小城无故事》这种美文到后来的配图小说，何立伟在文学形式与文学内容、文的自觉与人的主题的互渗上所强调的艺术上的个人意识，是有一定代表性的。他确信文学的效应与传世与否、形式并非无足轻重。对于文学形式个人风格的宽容，正从一个侧面表现了时代对于文学的

宽容，同时显示作家的文的自觉得到了时代和社会的鼓励。

当然，并不排除转型期文学风度在其形成及发展过程中，作家世界观、人生观及艺术素养，乃至对社会宽容与鼓励的反应等问题与环节上自身的问题与态度对之的反弹。由于某种认识的局限或者失却节制，从而滑入误区的情状是存在的。文的自觉与人的觉醒强调太过以至于迷误初衷失落了应有原则而走火入魔，这种情状在转型期的文学创作中并非个别。我将在下文另外的论题中论述这种误差的产生。

二、如歌的行板

当荒芜的文坛上举起森林一般的刀戟，有一个人，他从遥远的草原穿过刀戟的森林，用别一文学的方式，相当震撼地唱着另一支歌。

这个人就是张承志。

他第一部引起文坛注意的作品是《骑手为什么歌唱母亲》。那是没有泪的忧伤，那是没有血的血路。

他的这一声悠远的长嘶，在文坛的回响是那样深沉，他一下子把人们的激愤，从肤浅引入沉郁。文学的主题在这儿产生了悄悄的变化。他这个起始连同他后来的一系列作品，诸如《绿夜》《春天》《大坂》《北方的河》《黄泥小屋》和《晚潮》《金牧场》，构成新时期文学一条极为别致又导引着某种文坛风气的链条。这是新时期文学中一条极为整齐、明晰而且透发着难以言说的生命精气的文学之流。很少有一个作家像他这样，在自己的道路上营造着属于人民和土地、属于古老的母亲和女性们的文学圣殿。

他不受各种文学潮流与世俗的干扰，固守着自己的文学主张和人生追逐，信马由缰地以自己的方式执着地踽踽独行。在文坛喧腾中，他始终咏叹着温情的别调，那般恒温那般激情，不因为年龄也不因为时过境迁而有所游移。他也许是新时期文学中，有意识把自己与别人区别得最为清楚的作家之一，他也许是一个把自己的个人风格当作文学的生命音调的作家，他也许是一个视对人的内在情绪的极致描状为文学风格的最高境界的作家。总之，他把小说上升到音乐，那种能渗入人的灵魂的音乐的世界。从《骑手为什么歌唱母亲》到最近的《错开的花》，他都追寻着这种文学的操守。

音乐是最伟大的人类语言，优秀的音乐作品足以遮蔽一切琐屑的人生形式和委顿的人生内容，驱赶邪恶的意欲而把灵魂送进净土。张承志对音乐执迷的朝觐，来自他从草原的无字古歌中谛听到一种属于人类永恒意识的生命情调，这是经过无数代人的感情锤炼，从极为具体的苦难与极为坎坷的命运长旅、漫漫的褴褛的游牧民族、源源不断的文化接续中经过如流岁月的淘洗，升腾郁结为形而上的没有文字唯有节奏的生命形式。无人能彻底地解释它们，领悟它们。它们留给人们的，是一种无法破译只能意悟的精华。这就是张承志的小说灵魂，包括他那篇被一些评论认为迥异于他的一贯风格的《北方的河》里面所流动所潜藏着的。

值得注意的是，张承志的这种在人生形式中执着于音乐的文学情调，投注进无穷尽的关于宇宙、自然、历史、人、太阳、河流等的生命意识的文学作品，在新时期文学的任何一个环节中，都以一种不绝如缕的顽强的柔曼与韧长生存着。它成为新时期文学中一个遥远但是嵯峨的尖顶。它实在并不轰动，但是难以忘怀。人们从他那儿寻找到的东西，正是人们失落了许久、重新拾起的一份庄严的肃穆、古典式的崇高。他以他自身的孤独的长旅踽踽独行的超脱，永远地显示着精神的富有与独特。别的题材，别的风格，别的文学样式，可以由许多人簇拥着前行，而张承志，他创造的，他经历的，只有他自己。人们无法仿效他，因为，他拥有了真正属于自己的生命感知。

只有张承志能够做到这一点，他的作品反复地在写一个孤独的、阳刚的男人，他的对自然与生命的崇拜，他的对人类精神的金字塔式的痛苦堆积，以毕生的孤独和残酷的浪漫去实现这种堆积。他可以拒绝城市的诱惑，抗拒现代化文明的牵引，在古老与原始的粗犷中寻找温情。如果仅仅是实现对这样一个男性的一般性的文学理解与塑造，张承志的作品也许就并没有什么深刻的魅力。问题恰恰在于这样的男性实现并非张承志的文学归宿与终极理想，他想完成的仅仅是一个过程，并在这个过程中实践着的张承志方式。

实现这样的男性崇拜的过程是绝对女性化的：张承志心目中对女性的理解，他所憧憬、所理想的女性精神。一种既是他梦幻中的母性图腾，又是他憧憬中的理想情人。这是一种合于传统、合于历史却又让无情岁月和父亲文化摧毁淹没了的事象，人们已经遗忘了，可是在张承志这儿被唤醒、被挖掘。一切源于那首无字古歌的引导与启示。那忧伤在低沉中透着激越悠远的人类节律，再一次在他耳边响起，震撼着他的耳鼓。是他首先发见了女性，比在传统中沉睡了许久的女性们更早地发见了女性的奥秘和真情。男性是由女性来塑造的，连同那个小说叙述的过程与方式，张承志对之注入了一种超拔的非凡的对女性的理解与心灵的再度抵达。这是新时期文学中一个极容易让人忽略然而却又是难忘的铭刻于心的现象。

这是一种极为奇妙的现象，他的目的在塑造男人的刚性，张扬男性孤独长旅中的力度，而其过程和渗透中、支撑着的精神却是女性化的。或者反过来说，他以男人的方式去实现对女性——母亲与情人——的钟情和崇拜。这种现象在张承志的小说中表现为一种极度强烈的执着，一种极为主观和自觉的意识穿透，它传染着读者。随便翻开张承志的小说，你都将不由自主地被卷扬进去，母亲、情人、土地、人民、青春和持续的躁动等混合着的气息包裹着你，你弄不清这些个别的概念在形象上的差异，你只觉得那种混合或者混沌，已经化为一种强烈的类似宗教情绪一般的神圣音乐，它在太空，在你灵魂深处悠然而过。你无法回避也无法解释清楚，但是你一定为此震撼，正如我们在平和的心境中谛听巴赫的《圣母颂》一样，你感觉到什么呢？

　　　　"额吉一定在那漆黑的棚车里给过他最温柔的光明额吉你饶恕
　　我的胡思乱想吧额吉一定在那美丽的十八岁的夜里温柔地抚摸了他
　　那双枯干的眼窝。"（《金牧场》）

这就是张承志作为一个这样的作家，作为一个北方汉子同时也作为民族史学者，一个男人的心态。这是怎样的心态呢？在新时期文学许多雄壮的描述下，在许多感伤的抒写中、许多琐屑的记录里，这种来自人生底层的歌吟，对理想主义的温情的礼赞，对于最卑微的生命的热烈肯定与向往，一往情深的怀恋旧去的岁月的作家心境与文学主题是并不难捕捉的。问题在于，张承志比谁都自觉且强烈地把这种心境与主题渗透到他的每一个字里。而且，他的出色表达和全身心的投入，使他的小说在总体气氛上凝聚成一种当今文坛不可多得的风度，这是摈弃了浮躁、坠入深沉、充溢着冷峭的热烈和绵长的温情，又浸润着青春血液的风度。

新时期文学大部分作品缺少张承志这种音乐的力度，而且相当多的作家难以坠入张承志这种神思于宇宙、专注于人类历史和钟情于人性的温馨又以如此别致的方式营造他的文学理想的内在精神。文坛的浮躁与对时代的苛责，在这里并无太大的痕迹。他的文学行程，犹如那如歌的行板，悠远中有激越，热烈中有忧伤，悲观的感喟是面对人类的生命发展的再度发问，是对人生苦短、青春将逝、理想未酬的忏悔与主动的追索。他的悲观是透彻生命状态与底蕴的深刻的悲观。在他面前，永远是崭新的世纪，在他背后，永远有依恋不尽的青春岁月，永远有白发苍苍的额吉抚摸他十八岁干枯的眼窝，永远有他为之内疚、为之钟情的少女索米亚。他因此不浮躁不苛责，宗教式的宽容弥漫他的心胸。他因此获得宁静。

这颗痛苦又热烈的灵魂所追寻的音乐一般的文学境界，是新时期文学中最为恒温、最为久长也最为动人的园地。

三、为什么流浪：一个崭新的视角

流浪，什么时候竟然成了新时期青年作家的时髦话题，进入他们的实际人生之中，化为一种文学的内在精神追求。

转型期文学中一个并不令人留意的现象，就是流浪人生正在渐渐成为一种文学风度，弥漫于青年作家的心态之中。

曾经那么拘谨地区别题材的差异，在一个规范好、决定好了的题材领域中，描写一种固定框架于某一封闭的社会环境中的生活，于是有了绝对意义与价值的工业题材、军事题材、农村题材等。作家的生活范围和创作视野于不自觉地约束中自觉地描写着框架好的人生内容。然而这不是生活的全部，也限制了作家的全部。

这一代青年作家，大部分都有一段流浪人生的经历。他们于社会动乱中度过青春岁月，其人生遭遇与"五四"时期的青年作家有些相同，大部分都是一些"被放逐到异地的作家"。所不同的是，鲁迅等是从乡村放逐到城市。而这一代青年作家，大部分是从城市放逐到乡村。两种文化冲突的结果，是他们对各自的起点和经历的过程，都有一种深刻的感受。流浪之于他们似乎有一种命运的意识和宿命的色彩，他们对流浪这个词所包含的价值、所体现的精神似乎有一种很神圣的虔诚。

他们在不同的生活领域中流浪，或者经受精神流浪的洗礼，或者身受流浪人生的考验。

我所认识的青年作家，其青年时代几乎无一不是在异常的人生环境中完成他们人生的改造与文学的准备的。所以在他们的作品中，即使不触及流浪这种特指的生活内容，其文气与动机的实践过程也常常暗含着这种因素。文学其实是体验的不动声色的张扬，是经历的抑制不止的冲动实现。

流浪在张承志的小说中，是一个不可或缺的叙述过程，同时也是他小说实现动机的环节，最终化为一种人生永无休止的奋斗精神的体现。《北方的河》《黑骏马》《金牧场》都一无例外地描写一个流浪人生、寻找归途的男性，在流浪中建树人生的雄性企盼。阿城的《棋王》把他自己在大西南的流浪人生的全部经验上升为一种亦庄亦谐中的神圣描绘。他骨子里对平稳无波的规约于某种人生领域的生活，是抱着强烈的排斥的。他在相对固态的格局中写着一颗冲撞其中、企图奔突的不羁灵魂。郑义的《老井》弱化土地观念，张扬远走他乡闯荡人生的观念强烈地震撼着"父母在，不远游"的传统观念，怀恋着贫瘠故土的人们。

而路遥的《人生》，则对流浪怀抱着一种无可奈何的抵牾态度，所以他并不给高加林的闯荡以什么好的结果。郑义的流浪生涯释放了他对幽闭的乡土的评价态度，而路遥的固守是因为他流浪得不够彻底或者对流浪有一种本能的惧怕。贾平凹小说中的流浪状态切近于沈从文笔下漂移的湘西，有一份沈从文对流浪人生的豁达。孔捷生的流浪意识是一种南方的浪漫与孤独，他在《南方的岸》《绝响》中所昭示的那种主人公的流浪精神，并非对于严酷的流浪生活的向往，而是一种少年的憧憬和理想主义的追寻。所以他通过易杰对也欲去闯荡人生的小汀劝诫良苦，那是一个流浪得疲惫得已经在流浪中感受不到什么冲动的新鲜的男人发自内心的流露。

流浪作为潜伏于小说主题之中、萌生于作家经历同时穿透于创作动机中的意识，在新时期文学尤其是在1985年前后这个文学转型之中，愈来愈明显且自觉地成为作家们的一种创作风气，成为社会大变动在作家心中潜移默化的结晶。毛泽东也许是极为欣赏人生的流浪精神的，他说"会当水击三千里"，主张行万里路，读万卷书，鼓励青年一代经风雨，见世面。作为一个政治家、军事家，他半生戎马，半生转战南北。作为一个人、一个诗人，他行万里路，七十岁依然走南闯北，畅游长江。他的灵魂中有一种对流浪的钟情，这集中体现在他的诗词里。这一代青年作家在童年和少年是受到毛泽东这种人生态度的充分熏陶的。

创作中的流浪精神和文学中的流浪内容，是时代生活给予作家人生机遇的一部分。我们没有理由回避这种文学现象而坠入自我拘束的文学要求。

先有时代精神的开放然后有文学的流浪，这种弥漫于文人心态的文坛风度其实是现实主义文学历程终难回避的。

为什么流浪？

三毛的一句歌词，"疯"了许多男女，启迪他们尘封得太久远的灵性。人人都在以各种方式流浪人生。作家更是如此，浪迹天涯然后有真诚的文学。

发生于1986年的十万人才过海峡，十万流浪者中有相当部分是中青年作家，晓剑是其中相当骁勇的一位。《深山·小店·墓》，是他进入海南的第一篇小说。之所以特别将其点出来评论，是因为流浪精神在云南知青作家身上有一种很特别的表现，如阿城、张蔓菱等，得力于云南边陲山水的造化，既秀丽又蛮野，其流浪的表述便别有一种神韵。

将《深山·小店·墓》当作一篇有价值又典型的知青后文字，其特征是，作者把知青后情绪和评断准确地赋予人物，他强调了一种相对永恒的情绪在社会大变动中的历史延续性；他将流浪人生的终极意义和终极价值，以节制的方式表达着超脱的、但又与某种丑陋的现实相扭结着的理想，一种东方式涅槃的人生态度。

流浪的形而上内涵其实是远离流浪的语气表层的，开广与包容现状的浪漫态度才是它的精深之处。小说是建筑在这种哲学基准上的文学发挥。

小说的每一个人物，除了那个拼命想冲出山林，哪怕以女贞为代价也在所不惜的少女外，个个都有一部流浪人生的历史。正因为她没有，所以她的这种欲望就更其强烈。幽闭山林的少女和阅经世态的教授、作家、经理、老板娘等，在意识上形成的冲突，构成小说的内蕴：一切形式的最终目标，都为着那个辉煌的顶点，那就是塑造一座灵魂的纪念碑——为死去的知青杨宏塑一座高大的石像，这也许带有非现实的浪漫。然而，有时一只肮脏的手，是可以塑起一座洁白的纪念碑的。

小说中，各种人物在这一点上曾经表现着分歧。作家、教授和也是文人的经理，他们的处境和教养使他们本能地反感也曾是知青的老板娘的行为：热情狡黠的圈套，少女色相的诱惑，生意人巧取豪夺的随机谋略，近乎剪径的做派，等等，这只无形的手曾令他们恶心同时鄙视。可是，这种丑陋的形式同时遮蔽着难言的痛苦，崇高的痛苦和宗教式的意志执着的最后解脱在于理想峰巅模范的实现。她以肮脏的过程去实现她那辉煌的金顶。在这种扭曲的隐忍背后，我们不能不在一种相当矛盾的心态中去默认如下议论的合理性：

> "这里马上要开通高速公路，我让他的像耸在路边，不单我天天看着他，而且要让所有过路的人也看着他。他是开发海南的先驱者。他不应该默默地，忍受着屈辱地躺在那里，而只是让你们这些人成为英雄。我还要花钱让女儿去上大学，去外国留学，再回到岛上，干杨宏想干而没有干成的事业。"

不难推测老板娘的心理流程，她在她的位置上，以为动机的圣洁是可以冲淡过程的非道德行为的，何况其过程本身是对不合理的英雄评价的抗争与复仇。不择手段的抗争因为带着复仇和患不均的成分，而使她快意且心安理得。她要塑造纪念碑，仅此而言，她比芸芸众生甚至社会精英的诸如作家教授、经理们要深邃且高瞻远瞩得多，包含着对一个时代现实质朴的概括和某种预见。虽然浪漫但是神圣朴实深刻。可是实现塑造纪念碑的过程却是靠不光彩甚至恶劣的手段来撑持的，这就使我们的评价发生倾斜，彼此互相陷入自相矛盾的怪圈。为了过程的道德评价而终将失去目的的圣洁性，为了目的的圣洁性，我们只好暂时地忽略对过程的谴责。这种两难状态的普遍发生，是现代社会人类危机的一个部分。

其实，人类在漫长的历史过程中，常常处于这种悲怆的别无选择的尴尬关系中。这种人类意识在近年的中国文学作品中开始有自觉表现的萌芽，仅仅是萌芽而已。谁首先洞悉这一灵魂的秘密，谁就将首先认识人自身包括开始对人的复杂评价。开广与包容现状的浪漫态度是建立在对人类行为的深刻理解与宽容的基础上的。小说人物心理其外形与内核相矛盾的情状应是可以理解的人类心理。在这一点上，处境悬殊的老板娘与作家、教授、经理之间，实现了一种高层次的默契，可是，作家看到的是"好忧郁的脸，好向往的恨，好哀怜的微笑"。高贵的人与低贱的人，他们最原始的区别，不在于人自身，而仅仅在于他们人生的最早几步：有的人幸运地畅达地往前走，有的人被大树砸死了，"那棵树有千年历史，但挡住了一条通往山巅的路"。历史正是如此儿戏人生，作弄人生。我们每一个人都可以有许多伟美的初衷，但是无法选择结果。这正是人类悲凉之处。于是，为什么流浪？究竟为什么流浪？世界是这么小，宇宙是那么大，不流浪，何以去寻求更阔大的文学？好在公认的文坛泰斗高尔基、海明威本身的经历与文学为此做出了回答。我们便不再惧怕去谈为什么流浪这样的文学话题。

16世纪中叶西班牙的流浪汉小说的盛行，对以后欧洲小说的发展特别是长篇小说的人物描写、结构方法等，有过深远的影响。它的影响远不止在文学形式因素上，在文学内容上，它还提供了一种新的视角。它把城市下层生活摄入当时的文学视野，并直接对后来以塞万提斯为主要代表的骑士传奇文学作家产生积极的影响，一种在精神意识上积极渗透的影响。

流浪是一部大书，我们有什么理由冷落这部大书对于文学的启示呢？问题在于，我们不应在贬损的意义上去理解流浪，而应在特殊环境与际遇对作家的心理影响上，强调异常的生活对创作的积极诱惑。

1989年春

第二辑

人文·化成

为大潮汕点灯

——话说《潮汕胜景图》

在大潮汕百年文学艺术史上，有三个重大的艺术事件。它们之间互为因果，相辅相成。

第一个事件是丘逢甲诗作《说潮》的诞生。《说潮》以诗的方式笼括潮汕千年沧桑，同时有着一种阅世的方略。由旧诗论说新事，匡扶正义，推陈出新，潮汕自此而有了世说新语。由一首诗而成为一个事件，牵动诸多新变，在中国历史尤其是现代史上，这种例子屡见。这是一个专业的文学史问题，又因为它源于诗，故此处不赘。

第二个事件，是20世纪20年代，由铜钵盂郭氏家族，我的祖叔郭子彬及曾祖父郭信臣、叔公郭应清等，与盛宣怀、张謇一起，资助刘海粟创办上海美术专科学校。大量吸纳潮汕学子往上海学画。至1949年，毕业于上海美专的潮汕人才有八十多人。民国时期成名的大画家林受益、陈文希、罗铭、王兰若等，均出于此，他们从上海归来，大多执教于汕头的潮州八邑职业学校（现汕头市第四中学）。该校由上海潮州会馆筹建，后改名为汕头私立高级中学（大中中学）。校长为时任东吴大学教授郭应清，校董为郭子彬、郑耀南。

这个上海—潮汕的艺术布局，看似偶然，却是清末民初旧学与新学的重大转折，是为时代变革所推动。以刘海粟为代表的上海画派，直接以西洋绘画观念及技艺，冲击了中国三千年的绘画传统和伦理规约。而作为民族工商业的前驱们，诸如盛宣怀、张謇，包括郭子彬、郭信臣、郭任远这些潮汕商界学界巨子，他们目光犀利、立场坚决地支持世人认为伤风败俗的刘海粟画派，并在封闭自守的潮汕，办起了以现代美术为中坚的职业学校，同时践行女学。

清末至民国的潮汕绘画，由是自成既有古典情怀、亦具现代观念与技艺的潮汕画派或岭东画派。此立论在学术上庶无问题。没有上海美专与八邑职业学校的一脉相承，潮汕于今恐无缘画派之说。

1949年之前的现代潮汕画家，他们的观念与画风是世界性的。他们的技法及目光，因其魏晋宋元明清的中国文人传统及国学风度，在中西互动的转型期中的艺术碰撞，益发表现出一种神异的魅力。这与清末民初的新文学现象是大同小异的。这亦是民国时期出现那么多大师的缘故。古老东方和现代西方的文艺观念及学识根底，融合碰撞所产生的奇葩，是后世无法模仿沿袭的。

潮汕的现代艺术机缘，得益于那个大时代里的先行者。这些潮汕巨商，本身大多是清代秀才、举人、进士、大学者，然后才是商人，其文化格局与胸怀，非今日土豪可比。

这个事件发生于20世纪20年代，而事件的文化影响，直至今日且世代相传。

另一个事件，是周镇松先生策划、发起、组织的《潮汕胜景图》的制作。此画从2013年1月起始，至2016年12月28日完成首发，历时四年。由138位潮汕籍画家创作，成果是60米×1.5米的巨幅长卷画作。

说它是一个事件，而不仅仅是一种现象，原因是，事件指的是"已经发生的不平常的大事情"，而现象仅仅是事情在发展变化中的外部形式。

《潮汕胜景图》的制作不是孤立的艺术事件，它将连带起潮汕文化发生的系列现象，同时内在演化为一些本质性的变化，扭转或矫正相关的文化方向，实现别样的目的。这便是重大事件的意义。

《潮汕胜景图》的文化战略意义，不在它的战术方式——集体制作，而在于这是一项创举，这个创举连筋带骨地牵扯起百余年来潮汕文化史实与艺术游走的未来指向。若没有明清传统、民国海派、中西冲突，以及三江五山的文化地理概念；没有对百年潮汕绘画的历史渊源及深远的潮州史志的透彻理解；没有一览众山小的虚实意诣，登临高位的博大胸襟；没有豆蔻年华至106岁的瓜瓞绵延、传承有序，即便有600米长卷，即便是动用成百上千人的人海战术，又有何致？

《潮汕胜景图》，可视作潮汕画家的百年宣言，起码是潮汕艺术史的阶段性句号。每一位画家的艺术功过、学养及风度，包括艺术的意识与观念形态，在此均无以遁形。

在艺术面前，你不说！但已经说了。而且还是对无数人说。周镇松先生的战略机锋，正在这里。他请画家们自说自话，在百年潮汕面前。哪怕你106岁，哪怕你豆蔻年华，哪怕你投机取巧，哪怕你已驾鹤西归。永生的将是《潮汕胜景图》，它静静地挂在那儿，诚如那些宋元直至今日的老画旧画，是它们让我们活回千年之前。而此时，此图此作，的确是为千年之后的检视。任何现世的显赫，任何艺术之外的盛名与虚名，在它面前，全然崩塌。

唯愿未来的潮汕人，或另外的什么人，给它送去一束光。那光，那灯，就在此。

历史是由事件构成的，而事件又是天时地利人和的结果，或相反。《潮汕胜景图》，自然是一个艺术事件，可价值与文史意义却又是多元的。历史关注的往往不是事件本身，而是它对后来人们的影响，以及人们对它的态度所牵动衍生的建设与破坏。事件直接地构成了历史，却间接地影响并产生了新的人文。《潮汕胜景图》，作为宣言，它结束了长久以来关于"潮汕画派"或"岭东画派"的争论。

138位画家的画意或画魂留在那里，宣纸彩笔，题款钤印，铁证如山。你还有什么可犹豫可辩难的？而潮汕画家何止成千上万！

138虽然仅仅是一个锋面，却也方阵齐整，年代悠久，格致万紫千红。艺术，本来就是个体与少数人的事业，而一旦置于文化地理的宏阔视域之中，138之画派，还不够庞大么？

138终将成为一个潮汕文化符号。所谓画派，也不过是一个符号。难道千人一面，才可谓派系？

此事要问欧阳修，问他的《朋党论》。

不过，画家们对潮汕自古以来的文人标准，有何理解与践行？

那就是"诗词歌赋文，琴棋书画拳，山医命卜讼，嫖赌酒茶烟"。扬弃嫖赌，起码存有十八般武艺，画家们心存几许？这可能更是画派之有无的条件。"五四"时期的大师们，至少有十般八般武艺，那才是大师修养和修为。

《潮汕胜景图》是138位画家合作而成，作为一个重大的艺术事件，它将是中国美术史与文化史上一个里程碑式的、一个纪元式的开端。我相信，这是

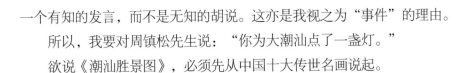

一个有知的发言，而不是无知的胡说。这亦是我视之为"事件"的理由。

所以，我要对周镇松先生说："你为大潮汕点了一盏灯。"

欲说《潮汕胜景图》，必须先从中国十大传世名画说起。

东晋·顾恺之《洛神赋图》；

唐代·阎立本《步辇图》；

唐代·张萱、周昉《唐宫仕女图》；

唐代·韩滉《五牛图》；

五代·顾闳中《韩熙载夜宴图》；

北宋·王希孟《千里江山图》；

北宋·张择端《清明上河图》；

元代·黄公望《富春山居图》；

明代·仇英《汉宫春晓图》；

清代·郎世宁《百骏图》。

这些画作，最长的是仇英的《汉宫春晓图》，长达20.385米，其他的画作，从1米多至9米多不等。不二至宝，高头巨帙，是这些传世名画的一个特点。其不凡之处，先是以至长至大至高引人瞩目，并以丰富繁复的人文元素，笼括了东方中古时期的各种生存景致，包括已经绝迹的种种绝响绝唱。

它们之所以能够传世，并非因画家画作中的艺术对象，而是这些大家对于对象的人文立场和态度，让后世的人们从中得以窥视以往时代的人，他们的存在状况和精神取向，这才是最重要的。虽然时代更迭，江山已改，画面也无非宫廷，无非市井，无非……虽不一而足，但人文化成的基本线索，所谓"滚动的历史，无声的乐章"，包括人性的行脚，这些潜移隐遁于画作背后的东西；那些泥滞于依然生动、艳丽的画面当中的富丽堂皇；那些难以言喻的抑扬顿挫；那些从未释怀的苦闷彷徨，天马行空的茫然四顾……都让逝去的时间积淀深沉凝定，因而持重有礼。无论艺术立场还是人生态度，都让今人汗颜。

艺术创作，但凡执意于今人今用，庶无价值。于艺术而言，真正的意义与价值均在未来。让未来人们汗颜的作品，是传世的题中之义。

在中国文化史上，可以传世的东西很多。这十大画作，仅是沧海一粟。它们仅仅为中原及其周遭的文化缩影。或精雕细刻某一部位，或写意于某一混沌之象，以拓扑之功盖世，但依然不是中国文化中最古老的部分。

《潮汕胜景图》的立意，撷取了中古时期最辉煌的某些留存。在最近的地方，以其遥远的想象，诉求神交古人，与古人通，亦便是取其香火，焚爇之可通神明。关于这一点，于潮汕人、于潮汕文化尤为重要贴切。丘逢甲的《说潮》如此，《潮汕胜景图》自然也不例外。

神交古人，与古人通。这是我面对《潮汕胜景图》突然得到的一个启示。潮汕已不是世外桃源，尽管它依然葆有中国最古老的官方语言、最古老的文言文法、行最古老的礼制、最具皇权气派的屋厝，存留最多的家庙、祠堂和书院，它在现代化的浪潮中，也始终自守自撑着最后的堤防。有人对此有所诟病，证据之一是在四个特区之中，汕头是最落后的。可幸得它是最落后的。它的所谓先进部分，收取的是一条得不偿失的污臭的练江。而它的所谓落后部分，却留给我们一条干净的韩江。这就是所谓落后与失败的胜利。

在对现代化的检讨中，汕头成了最适合人类居住的城市。它的生态始终没有让落地归根的游子失望。请百年之后的人们，再来评价今日汕头，汕头是一个笑到最后的胜利者。祠堂和老屋，将是最后的归宿。

《潮汕胜景图》的创作初衷，应该抱有这样的野心。它大致也已经实现了这样的野心。因为，它首先撷取了人类生活平常的一面，而非非常的一面，它天然地、自然地表达了自然本身。

我自信不是一个复古主义者，但时时怀想着做一个唐朝人，拥有那一份古典情怀。

君不见，当须臾不离手机之际，手稿和信札的文化意绪，也便荡然无存。

手稿对于作家意味着什么？一个没有手稿的作家，是不是有很大的缺陷？至少人们不知道他的修辞和思想有怎样的历程。而信札于情人于亲人又是怎样的黏附？

现代人最大的缺失，便是这些连筋带血的物事已然作古，骷髅的骨骸，匡扶起无血的生活，灵魂于是成了没有生命的骨殖。

《潮汕胜景图》的确不仅仅是一幅地域画作，正如《清明上河图》之意亦不仅在市井胜景一样。那繁杂的街市，五百多各式人物，七行八作，掩不住盛世危患。北宋的繁华，很快就迎来了南宋小朝廷的衰败。末世的别意，是如此喧嚣地深藏其中。《潮汕胜景图》正相反。它逝于古今自然之中，以其清雅写意，将潮汕人文化成的脉络，虚虚实实，娓娓道来，皆在为大潮汕点灯。

60米长卷，是由人聆听的长调。138位潮汕画家，依次在画幅上留下自己的痕迹。无分年龄，无分派系，只依自己的情性，留下了魂魄，他们自知，也自析。自然，长卷不可能是《清明上河图》的工笔写实，也罕有个体的心情画意，更无张择端的所谓"曲谏"。画作浸淫的是，潮汕百年画风流变、岭东千古画意荡漾之融会贯通。

可以想见，《潮汕胜景图》最终收获的，不仅仅是一幅长篇巨卷、盛世人境，更是一种关于大潮汕的大思考、大视野，是一种大目光，一种由古老潮汕看取大世界、大中华的历史眼光。亦是一种由中古风度孕育而来，从古典情怀漫卷而来，从传统中国蜿蜒而来的生活方式，也即人文化成的人生态度。它们由画中所昭示的风土风习风致凝冻而成。聆听画中逸出的声音，那种用最古老的潮汕方言，诉说倾吐的人文景色，其中满盈着一种亘古的密约。

我相信，在潮汕话、潮汕人、潮汕老屋之间，在韩江、榕江、练江形成的三江平原之间，在大北山、大南山、凤凰山、桑浦山、莲花山之间，三江五山、水抱山环之中的潮汕，一定存在着某种来自天籁的密约。这密约，在山川江岸之间穿行、蛰伏、隐遁而成潮汕的气血，贯通而成一种神异的文脉。它滋养生息而成这片土地，这片唯神是瞻的土地。

他们说着千年之前的语言，唐朝，甚至更远的先秦的语言。有人说，秦始皇说的正是潮汕话。而那时，正是车同辙、书同文的时代。潮汕话在它开始时，就已达至它的巅峰。它在成熟时期，令它的思维就处于一个礼制的高度。几千年的长治久安，靠语言与思维的共同性，求得人性诉求的共和。因此，为侨批，这种信诺的至高境界，创造了人性的光辉。

潮汕话是唐以前，可追溯至先秦的中国古代汉语的遗存，是中国最古老的官方语言，是秦统一六国之后不断被改造被吞噬的语言正宗。这种正宗，在源生地中原萎缩变味，却在潮汕被完整保留下来。它历经中古频繁的社会裂变，却依潮汕偏安一隅得以留存。

潮汕方言的思维，含蓄多义，基本上保持了文言文的语法与文法，它脱胎于方言俚语，而依附丰富华丽的装饰，这种装饰在别处是艺术，在此地却仅是日常，它将日常生活的每个环节，准确表意于极度的细致。这种细致透彻于生活的任何方面，由"种田如绣花"源生无限的想象。在一个养人亦如养花的地方，其社会"良俗礼仪"，便是潮汕人生存的态度与生活方式。世间最粗放的劳作，在此地是以最精密的方法方式实现的。它与"千秋道学重开统，八代文章始起衰"同源同脉，为人、为文、为工、为商，乃至被抓了壮丁，做个丘八，也做得儒雅斯文，有架有势。富而不骄，贫而不贱。

潮汕老屋的人文资源，也很有讲究说法，住家民居必有家庙书斋。从元代以降，潮汕历代书院逾百座以上。遍布潮汕大地的明清老屋，在山高皇帝远的潮汕，有一种特别的文化象征。

"潮汕厝，皇宫起"的皇家气势，无言地表达一种对皇权的亲近与疏离。这些深宅大院，相当矛盾机智地撑持着无须明说的社会伦理。它们忤逆皇权，却又在皇权对之无可奈何之中，修饰一种与朝廷和畅的宽解。

在画作《潮汕胜景图》中，画家们以画笔涂墨，表达着精细的潮汕画风，同时又由疏野的景致得以和谐、出色地连接了庙堂与草野的关系。以官赐的家庙，与民间祠堂勾勒出隐忍奥妙的朝野制衡。

家庙与祠堂的融会贯通，追远与追思的祠堂文化；自然、民居、风水、相术，与神明相存相依于画梁雕栋之中。远朝廷，近民生，潮汕人理智地借用朝廷的威仪，巧妙地构建了一个遥远于京都的古代潮汕社会。而现代的潮汕社会，离这个古代社会不远，应说是重叠覆盖其上。《潮汕胜景图》应该给人们这样的遥想。

周镇松先生为这种遥想奠下了思想，他为大潮汕的千古密约与文化共和，撒下了谷籽，点亮了一盏灯火。

2016年11月26日

吾师王富仁先生

——在大潮汕望京

王富仁先生最后的岁月，在汕头大学；其生命的终结，在北京望京花园寓所。他的思想高度伫立于民国，在中西方思潮交织最为激烈的20世纪二三十年代。他的一生，以他的方式，始终与王国维、蔡元培、鲁迅等站在一起……

我惊悉王富仁先生的逝世……

先生知鲁迅，国中知者有几？先生一文，毁了之前鲁迅研究几千万言。一语道破天机，岂止于里程碑！

先生在学界，情怀在家国，人在书斋，如入江湖之险！先生是可以在任何时期，但见不平，拍案而起的。他的骨头和脊梁，如鲁迅般坚硬。他是新中国知识分子中坚信自己的学问，以之立言，并以之捍卫生命尊严的人。他绝不苟且，处处以独立的人格面世的勇气和学识，令他的存在，成为学界潜在的典范。他置生死于度外的风度，我们并不陌生。他的人生，诚如烈酒，诚如甘霖，诚如炉中的炭火。他的坚强是惊人的。他早就是王国维和老舍了。所以，他以这种方式谢幕，没有什么不光荣，一如他向来的独立的选择。

先生和别的知识分子不同的是，他一直都是在写自己，而别人大多是在写他者。王富仁先生从不抱怨，而别人更多是在抱怨。这就是区别。当大家都努力把真实的自己藏起来的时候，王富仁先生旁若无人地站出来，自说自话，自己嘲笑自己，并不说及他人。他的所有作品中，只有一个主人公，这个人就是王富仁——自己。即便他说胡适，写鲁迅，评巴金，论曹禺，他言说的依然是自己。他把他者当成了另一个自己而已。

我不时去请教先生，我和先生在北京师范大学他那陈旧狭小的有些杂乱的书房里，空腹喝着一杯杯老酒，说着一些不合时的话的时候，我就是这种感觉。更多时候，我都在听先生说，先生说累了，便喝一口酒，然后再接着说，只要有话说，他就永远不会累。有时干咳一下，这就是休息，北方人叫"歇息"，很短暂，也就是换一口气。

不管说什么话题，先生的脸上总是洋溢着一丝笑意，那种有些忧虑，有些苍茫的笑意。先生大部分照片，都有这种似有若无的只有凭感觉方能捕捉到的笑意。那笑意大有文章，或全无内容，而有一种"宋本"的极简。我忽然就会想起宋瓷，想起全无渲染、不事雕琢的宋代极品汝窑，青白色的那种，严格说没有色彩，像苏东坡的《寒食帖》，素到美极的感觉。

说不好，所以，我也喝了一口酒。先生的笑意极为平常，又极深。

当虚伪和装饰已经习惯性地成了正剧与喜剧，则真诚与纯朴也许就天然地成了悲剧。听王富仁先生说得最多的是，中国作家身上的悲剧性。他对中国知识分子的悲剧人生，当然更多倾向于文学中的悲剧性分析，其细致与深刻所指，皆在于人类对自我存在的认同与抗争，而这种认同与抗争，在不同的文化时期，不同的文化环境下，由其观念与概念构成的范畴，对人自身的约束、压迫、摧残，或人的局限性、人的错误所造成。他又进一步指出："**但人的错误又是在人的自然本能欲望的永不满足中造成的，是在追求一种根本不可能实现的更崇高的目标中表现出来的。也正是在这种错误中，激发了人的超常的情感态度，激发了人的超常的意志，表现了人对宇宙意志、世界意志和大自然的悲剧性的反抗，证明着人的主体性的存在。**"

中国知识分子，特别是现代知识分子，他们作为最先被西方文化启蒙的人群，他们对自己、对世界的先知先觉，使他们本能地反抗自己和这个世界的现状，在无法避免的人的错误面前，他们既无法避免自己的错误，也无法真正向世界妥协，因而也无法避免自己的悲剧。他分析了从古至今的众多例子，来证明他的立论。

那一天，无色已晚，冬天日短，王夫人上班未归，我趁便邀先生到附近饭庄，有一个地方叫隋园，主营潮州菜和粤菜。海鲜全是从南方潮汕空运过来，生猛鲜活，还有城里一般潮州菜馆不敢也不太愿意做的"潮汕生腌"，这种美味令北方人跃跃欲试又不敢消受。我曾经鼓励几位北方的朋友，赏味生腌龙虾和生腌虾蛄、瘪蟹，还有各种"含"出来含苞待放的生腌海贝，那种妙不可言的奇香美味，令剽悍的北方汉子，如入靡靡温柔之乡，不能自拔。但诸位大快朵颐、大开眼界、大餐秀色美食之后，个个中招，又吐又拉了好几天。这种悲剧，在王富仁先生这儿，不会发生。

在隋园，主题当然是烈酒与龙虾，无关悲剧。几年前，我请他在民族宫的"潮江春"，吃过龙虾刺身，此后，每到北京的第一件事，就是要与王富仁先生喝酒，请他吃潮州菜，如果关纪新、朝戈金、尹虎彬有便，一起来最好。他们都是酒客，又与王富仁先生有深交，都是可以从黄昏喝到午夜，喝到天亮的角色。喝酒就是喝酒，就是痛快地消磨太多太腻太长的时光。激动和激情已然被剥夺，故作多情令人恶心，而喝酒，至少还有真性情在。每个人，都在反抗着自我，都在用酒，去浇灭那种本来就子虚乌有的所谓崇高的悲剧精神。

隋园人很多，其奢侈也令我感喟。来北京办事的潮州人乃至广东人，多来这里宴客。那天，我们来迟了，找不到座。原来，我本想去先生家小坐一会儿就请他上隋园，不料和先生说话，一个下午就过去了。隋园已经人满，好多人在门外的小树林里等座。先生连说到别的小餐馆，随便涮涮羊肉算了。我有些动摇，却绝不气馁。既然是潮州人开的潮州菜馆，几句潮州话不就搞定了么？也趁机让先生体会一下潮州"大佬"的本色。我说服了店主，在小树林里摆上了他儿子做作业的书桌，权当餐桌，又从卧室搬来沙发，沙发太矮，添了两个坐垫。想必先生从未坐过如此舒服的餐椅。等餐的客人们纷纷要求如法炮制，个子矮小肚腩却大的店主，用潮汕话大声吼道："开玩笑！北师大教授，胶己人！"好在客人们听不懂店主的潮汕话，否则，还不炸锅？北师大教授又怎样？在北京，最不值钱的，是教授，满大街都是……

王富仁先生目睹这个过程，有些不安，他笑问："怎么办到的？"我说："用你的牌子，说将来他儿子考北师大中文系，问你找后门。"先生认真地问："他儿子多大？"

"小学一年级！"

先生笑了："还有12年，何况，我哪有后门可走？这他都信？"

"信。潮汕人一生都在铺路，走到哪，铺到哪，自己走不上，给子孙走。"正说着，店主光着上身，腆着肚腩，满脸油汗，端着茶壶，他把私藏的好茶乌崇，拿来孝敬老乡和王教授，口里一个劲地说："胶己人，客气做呢！"

我趁机说："王教授说，没有后门可开啊！"

店主乐了，说："说笑呢。来，胶己人，食茶食茶！"

我也笑笑，说："穿个衫吧！不雅呢！这是北京隋园啊！"店主哈哈大笑道："先生，实不相瞒，这种地方，不比民族宫，土里土气才是财气，客人看着亲切，不担心上当。说你知，这条龙虾，胶己人收400，北头人收600！客人还觉得实惠。"

我把这意思说给先生听。

王富仁先生说："我很敬佩潮汕人！他们总能心想事成，锲而不舍地做事，老天总是为他们开路，我很想知道潮汕人何以如此。我的学生中潮汕人不多，朋友中你算一个，方便的话，很想去潮汕看看，究竟是个什么地方。"他有些感喟。显然，店主的做派对他很有触动。这本是生活中很小的细节，微不足道，但在先生看来，此公却很通达。所谓世事洞明皆学问，人情练达即文章。先生看似粗犷，却是很注重人情的细节部分的。

我借机邀请先生去潮汕走走。两年后（1994年），我邀请王富仁与陈骏涛先生来到潮汕一行……

我想，2000年先生终于落户潮汕，成为汕头大学终身教授，与隋园之夜和1994年的潮汕之行，是有关联的。

先生晚年移居潮汕，在他声名正隆之时离开京城，令许多人匪夷所思。正如当年他从山东到西北到北京一样，毅然决然。在全无征兆的情况下，他已安居汕头。我是在报纸上看到他赴任汕头大学的消息的。他从北京移居我的家乡潮汕，我可能是最后一个知道的，这似乎有些不合情理。

先生就是这样，他在生活中何曾有过犹豫？如他的文章，他的谈吐，坚定得令人只有疑问，不思讨论。他思想的特立独行、坚持坚决，立论之毫无疑惧、缜密严正，在《中国文化的守夜人——鲁迅》一书中，表现得淋漓尽致。

先生的性格直接作用于他的文化立场和学理态度。他的决然决断，来之于他对历史时空的僭越，对庸常论调的厌恶与抗拒。他总是与流弊为敌，这是他内心深处最为本能的姿态。他对世界本相的谦恭，为卑微的生命所授的敬畏，罗织而成的伦理，令他对物事之间的联系，有一种别样的、更接近真相的逻辑。

我求学于先生的日子，很少见他专门举出一个论题，进行正式的答问。在闲谈之中，先生时常有些忽然而至的令人气急的话题，然后一触即发，滔滔不绝，歌与文章同时诞生。抑或在酒里，顿生话语，由是风生水起，控无可控。先生的内心，真的从未平静过？他永远生存在思想的波涛汹涌中吗？

我想是的。我以为他平时很少看风景，哪怕在汕头大学风景如画的风景里。但是他遛狗，颇有几分八旗子弟京城遛鸟的意味。他关心的是那只狗，而不是正在遛的狗。

先生对真相的执着追问，首先是对真相剔骨一般的条分缕析。然后从各个方向，向人的主体性存在汇集。每一个方向，都演绎着真相与主体性存在之间的距离。寻找距离与区别，就是先生的方法论基础。

在问到悲剧意识和悲剧精神时，先生说得最多的举证，就是中国古代三则神话故事。先生在说尽了中国与西方悲剧问题的辨析之后，在人的主体性存在背景上，将它们与古希腊、古罗马的神话，接近或相似之处予以强调。在人的本质上，中西方悲剧并不因文化文明的殊异，而相离相远。

我特别醉心于先生对三则神话的辨析。他对之的分析及方法论，实在是先知的启应。

"中国和西方的悲剧在哪里有着最接近的特征呢？我认为，是在中国古代神话和古希腊悲剧之间。在这里，我可以举出三则中国古代神话故事：一是《精卫填海》，一是《夸父逐日》，一是《刑天舞干戚》。"这段话，读者也许不陌生，在《中国文学的悲剧意识与悲剧精神》的开篇部分，先生在人的主体性存在、人的局限性、人的错误、人的绝对服从、人在死亡中的表现等问题上，发出了一系列诘问。总根于人的一切问题，都是产生悲剧、悲剧意识、悲剧精神的原因。先生是在这些复杂的原因中，时时照见自己，并在敦促与纪念中，慎终追远，反省与检讨人的主体性存在的合理性，与不可逆转的悲剧。

先生在这三则神话故事中，确立作为人的悲剧的种种立论。

"大荒之中，有山名曰成都载天。有人珥两黄蛇，把两黄蛇，名曰夸父。后土生信，信生夸父。夸父不量力，欲追日景，逮之于禺谷。将饮河而不足也，将走大泽，未至，死于此。"先生写道："夸父不自量力，但也正因为他的不自量力，使他要与日竞走。他焦渴而死，但却使他的生命充满了力量的感觉，充满了英雄主义的精神。他是一个失败的英雄。"先生进一步强调说，这是他真正的要说的话："'不自量力'，是人类的根本性错误，也是人类的一个根本性的特征，人类的一切英雄行为都是在这种不自量力的错误中完成的。"

当我听到这话从先生口中说出时，我忽然明白了许多事。同时彻底地明白了先生在各个文化时期，在各种各样的学术活动中，他的自守，他的踽踽独行，他之所以受到尊敬的真正缘故。乃至于有一年，他并未到现场，却被公选为中国现代文学研究会会长。

先生正如夸父。他又是一位过分明白、不时自嘲、戏谑自身功名的行者，他自觉地去履行学者的责任。他亦焦渴，却不饮河，他亦走大泽。夸父是，未至，死于此；先生是，已至大泽，且知将死于此。他不是焦渴而死，而是到此而去。他明知这是所有人的悲剧，他自己也难以避免，但他宁愿在精神上悖反而归。他在终点上起始，用自己的手，掘开了一个新的结束。所以，当我接到他的死讯的时候，我马上明白，先生想象的那一刻，终于到来。而这一刻，在一星期前的一次通话中，我已得到了他明快而欣然的预告。

先生在电话那头，劝我不必去北京探视他。他朗朗地说："我这就要回去了！"我们谈话的前提地点，是潮汕，这话通常指的是"在潮汕再见"的意思。而其文学修辞或常识修辞，都可理解为他在暗示一种永诀！只是当时我没有意识到这一点，没有把问题想得严重，以为他真的很快会好起来。

先生最后的时光在北京。可是，噩耗传来时，一个与他很亲近的同事却告诉我说："几天前，还在汕头大学见到先生，还一起说了话！"在那一刻，我没有惊骇。我相信先生的灵魂就在那里。就在汕头大学遛狗的林荫道上。只是不知道，汕大的人们，会不会在那儿为先生留下一点痕迹，哪怕是种下一棵以他命名的树。也许，这并不是先生的愿望。

在当下时代，王富仁先生通常不会被认为是一位英雄，他自己似乎也没有这种打算。尽管他的学术思想及贡献，在中国现代文学史研究上，暂无人可比，但他可能只活在极少数人心中。先生早就为英雄定义："人类的一切英雄行为都是在这种不自量力的错误中完成的。"他不乐意做一个不自量力的人，相反，他非常明白，在何时开始，将在何时结束。这一切，都在他的把握之中。先生曾说："英雄精神是不受理性约束的精神，是在非理性状态下表现出来的人的力量和人的意志……这种精神导致悲剧，但也是人类主体性力量的最充分的表现形式。"

先生通透了人类的欲望和力量的全部势能和弱点，他在刑天的存在方式中，寻觅到人类主体性的根本特征，在错误中感受到自己的存在。这种存在感，在先生看来，是一种不可回避的命运，同时也就注定了人类始终处于悲剧的各种围困之中。

"刑天与帝争神，帝断其首，葬之常羊之山。乃以乳为目，以脐为口，操干戚以舞。"这是失败者不可理喻的反击与进攻，他不求结果，而追逐着一种非理性却包含着崇高感的悲剧精神，这种悲剧精神在人类的任何文化时期，都一直被作为伟大行为的隐喻。这些伟大行为，超越了常识常规及人的世界的规范，而进入一种恣意的激情。这非常符合现代革命者的理论认知。王富仁先生由中国神话故事，贯通了古老中国与现代中国的历史因袭，"当激情控制了人，人便超越了死亡，超越了自己。他不再为生存而生存，而是为了反抗自己苦难的原因而生存"。他一语道破了多年来我们苦苦思索而不得要领的思想歧义。先生用大量篇幅分析了激情所至的"高峰体验"。当整个社会生活及机制都陷于这种体验的涡旋之中时，神性和魔性，以及一切由激情混杂着的"不洁物"，就颠覆了一切现实的法则。他通过文学现象，破解了这个中国政治文化的原教旨主义。

先生的许多言说与主张，惊世骇俗，而其陈述，却是冷静说理的。谈鲁迅的《纪念刘和珍君》，说到儒家文化与知识分子的道德勇气、社会正义等问题，先生尖锐地指出："而当儒家文化为了趋时而与现代资本主义相结合的时候，儒家文化的特质也就被现代资本主义的精神同化了，作为一个独立的思想学说就没有了实质的意义和价值。"先生看出了鲁迅的反儒，主张对之既不掩饰，也绝不曲解。先生对鲁迅整体文化观的透彻分析，杜绝了将儒家文化与孔子个人品格与学说混为一谈的倾向，并一针见血地指出了"新儒家"的弊端。

先生写道："当前活跃在人们口头的'儒商'就是儒家文化向现代资本主义献媚的产物，这不会提高中国传统儒家文化的社会声誉，只会败坏中国传统儒家文化的纯洁性。儒家文化不是经商的文化，不是资本主义的文化。这是它的弱点，也是它的优点。任何把儒家文化'现代化'的企图都只会扼杀它作为一种人类文化存在的独立价值和意义。"痛快乃尔！惟先生风骨。

听先生说话，与先生同饮，这两件事其实是一件事，也必须是一件事，它才成其一件重要的事。在学问上，我没有任何功利，我之所以希望成为王富仁先生的学生，固然因他显赫之名，更重要的是他在学界的口碑与血性。他不事权贵、不拜祖师爷的气概，乃至信仰的孤绝。我看先生的酒量、酒的风度和饮者的率性，几可以把他当作一位知青朋友，一位迷路时的同伴，一位可能决意同时指引前行的智者，甚至是一位两肋插刀的山东响马；先生更是一位义气铮铮的大学者、大教授、新中国第一位文学博士。于师于友，这都可铸成人生的大境界、大格局。我看惯了中国大学里碌碌无为却志得意满的教授们，而王富仁先生，却是如此不同！

关于先生的许多传说，传递了许多中国民间仁人志士的正义力量。而先生的文章里，那种坚决、决不妥协的评论口气，突显的立场和姿态，更让人血脉偾张。先生的酒气、胆气和血气令人着迷。和这样的人一起喝酒、同行、处事、研究时事文章，快哉！

1991年，我终于决定去北京拜王富仁先生为师，先做访问学者再说。此前，我虽与王富仁先生见过几面，但未及深交，心中忐忑，于是请先生的好友陈骏涛先生投石问路。陈先生古道热肠，当天就有回音，说先生今年已收了陕西师范大学的李继凯为访问学者，我迟了一步。

但很快，快得不可思议！两天后，事情有了转机。陈先生来电转达了王富仁先生的意思。先生说动了李继凯，把当年的机会让给我，请李继凯先生明年再来。这消息令我吃惊，事关先生、陈先生、李先生三位的交情。而后，每回见到李继凯先生，我都十分感激，感谢他的大度。要知道，国中仰慕王富仁先生，期望成为他学生的人，很多。

北师大的宿舍太杂，冬天要上公共浴池，南方人很不习惯，我便住到劲松西中科院宿舍，每天往来于北师大与劲松之间。先生怕我辛苦，说不必天天过来，一周过来一次足够。每有朋友相约共饮，先生便主张到劲松找地方，他说："郭小东路不熟，喝了酒回不去，就定在劲松吧！"每回，饮至午夜，他一个人，从东边到西边，走半个北京城，回到家天都亮了。我开始没在意，后来明白了，这是先生的好意。此后约会，坚决选在北师大附近，不出北太平庄，免先生赶路。

有好长一段时间，凡是先生夜半不归，王夫人便四处电话，开口便问："是不是郭小东又来北京了？"有时，午夜时分，夫人把电话打到我的手机上，而我人在广州，连忙回答说不会有事，赶紧一一询问朋友，先生人在何处。其实，先生凡事很是节制，大家喝得一样多，醉倒了，他却还清醒。

先生向来看重的是知识人的尊严，而非这尊严背后的时价。对此，他是极为悲观的。有的人为了这点尊严，而在不断地出卖这种时价，哪怕这点时价本身就没有多大的价值。先生在不断地释放和磨平这种内心的苦楚。他比任何人都清楚鲁迅，所以他在更深的程度上理解，鲁迅作为中国文化的守夜人的价值。这种价值与鲁迅本身因此所由的焦虑与痛楚，是同等意义的。先生说："反正在我的感觉里，鲁迅是一个醒着的人。感到中国还有一个醒着的人，我心里多少感到踏实些……由这种感觉，我认为称鲁迅是'中国文化的守夜人'更为合适。""守夜人有守夜人的价值……在夜里，大家都睡着，他醒着，总算中国文化还没有都睡去。中国还有文化，文化还在中国。"先生于2001年，写下这些话，这是他对鲁迅的作用及其深重的忧患所下的结论。

鲁迅在他的那个年代，还葆有知识人的尊严，并以此尊严，击退了无耻和谎言；还能有司马迁的风骨，还能在黑屋中，不断地发声发言，痛其所痛，骂其所骂，把上下五千年，翻了个遍，批了个透；他还有权利醒着，然后恣肆地呐喊，然后放纵地彷徨，不受什么控制地生存、写作，怒骂权贵和虚伪者。王富仁先生对此是感同身受的，中国文化界，因为有了鲁迅这个守夜人，这个清醒者，甘愿为黑暗中的中国守夜，使胆小的人不再惧怕黑夜。先生写道："即使对现实的世界仍然是迷蒙的，但到底少了一些恐怖感。中国现当代文人说的多是梦话。梦话也有文学价值，但对我这样一个胆小的人，说梦话的人甚至比不说梦话的人更加可怕。"

因为有了这个守夜人，在黑暗中睡觉的先生，感到踏实了。可以不说梦话，然后入睡或清醒地醒着。

并非所有的人，所有的研究者，都能够如此看取鲁迅。先生对鲁迅的认识，超越了当代理论界对鲁迅的一般见解，是有深刻原因的。鲁迅的作品，特别是他的小说，就是鲁迅的宣言，一般人看不出其中的隐曲，一些鲁迅研究专家，或许感知一二，却因有诱惑或控制，而不愿真实说出，藏匿了许多的瞒和骗。先生看透了这些把戏。他写道："对于现代社会，中国大多数的人还不知道是怎么一回事，只有少数的知识分子明白了一点世界大势。只要他们不管别人的死活，不管整个中国的前途，耍点小聪明，施点小诡计，就能捞摸到不少的好东西。鲁迅原本也是有条件趁机捞一把的，但他非但没有捞，反而把中国知识分子的那些小聪明、小把戏，戳破了不少，记录了不少。我常想，要不是有鲁迅的存在，中国的知识分子还不知道要把中国的历史描绘成一个什么样子的。还不知道怎样把黑的说成白的，把臭的说成香的。有了鲁迅的存在，他们再想任意地涂抹历史就有些困难了。这实际就是一个守夜人所能起到的作用。"

先生对中国知识分子内心的洞穿，犀利深刻，犹如俄国的陀思妥耶夫斯基。

和先生一起喝酒，是最快乐的事，我可以直视他的内心，那种透明，那种不羁，那种痛快的陈说。先生把一个让人污浊的世界，泡在酒里来看，看出了它的美丽和纯真，看到了自然的长成、率真的血性，其惬意快意难以言状。先生每回到南方来，在广州，在海南，在潮汕，我总是到野地找寻喝酒的地方，和先生畅饮。

在繁华的广州天河北，到处是豪华的食肆，我只想寻一处雅静的大排档。先生一到陌生之地，便乱了方寸，真的摸不着北，任我带往。先生说："你说好就好，你是地主嘛！"我很想请先生吃潮州菜。在北京时，去民族宫的"潮江春"，先生有些拘谨，总怕着多花钱；去隋园，很合他意。因为光膀的店主、荒疏的小树林、临时搭起的餐台，看起来一切很是简陋，令他心安。他总是说他不过就是山东农民、西北土包子。我说："我更是，海南岛黎母山原始森林的山里阿哥，一个知青而已。先生是新中国第一位文学博士，我荣升您的学生，很是受宠若惊。"他连忙打断我的话，笑说："还是称兄道弟舒服！"他不忘顺带抬举我几句，反倒弄得我不好意思。就这样，有一搭无一搭地走进一家潮州菜馆。

这是一家颇有经营创意的菜馆，店主是个潮州文青，只要花138元，就可享受一份主菜——一小碗鸡鲍鱼翅。同时备有138种潮汕小菜，酸甜苦辣，生的熟的，半生半熟所谓"含"出来的蚬、蛤等各种海贝，五花八门，应有尽有，任取，随便吃。完了还可再点一份炒菜或炒饭等。亦可自带酒水，不限，不收开瓶费。20世纪八九十年代的人还真有些纯真，像没被污染过的白云珠水，清亮清亮的。这种状况，令王富仁先生眼界大开，也很愕然，居然还有明知可能亏本而为的潮汕老板！后来，我又带北方朋友去这家菜馆，在原地址怎么也寻不到，一问方知，菜馆只开了几个月，早已关门大吉，去开夜总会了。再后来，听说这位潮州文青，成了酒行老大，酒厂就在白云山下的棚屋里，那里专门生产法国南部的百年轩尼诗。有次碰见他，他告诉我，别喝洋酒，还是喝回三块钱四两的北京二锅头为好。我说与先生，先生很是吃惊。

现今光怪陆离的各种人、种种事，渐渐进入王富仁先生的视野与经验，对他深入研究鲁迅先生一定很有参考。

大约在1998年，先生到广州来参开一个会议。我说，南方很时髦，吃古里古怪的东西，有些还真代表真正的老广州风味。先生听说是老广州，说那一定很合鲁迅的口味，去过了鲁迅红云路故居、越秀南纪念馆，也应该去尝一尝鲁迅一定尝过的老广州菜。有一种菜是蟛蚏，字面看起来就有点吓人。专营此风味的菜馆，门口通常会支一块大大的牌子，写着"蟛蚏"两个大字。字形很是狰狞。

没有证据证明鲁迅吃过蟛蚏，也没有证据证明鲁迅没有吃过。鲁迅在广州住过，鲁迅是学医的，无理由对此无动于衷。蟛蚏就是俗称的"癞蛤蟆"，奇丑无比，十分恶心。若把皮剥去，与青蛙无异，美味无比。蟛蚏全身是宝，蟾酥、干蟾、蟾衣、蟾舌、蟾肝、蟾胆，都是名贵的药材。

我建议王富仁先生一起享用，试试看。先生并不十分反对，我反倒有些犹豫，怕先生一时水土不服，吃出什么毛病来，还是畏而却步。先生也很随意，并不坚持。他说，既然此地到处都在做这等菜式，想必十分受人欢迎，试试也无妨。那就以鲁迅之名，吃一回蟛蚏吧！我终于找到一个堂皇而可笑的借口，至于吃不吃蟛蚏，已无关紧要。此后，只要触及这两个字，我就会想起王富仁先生。

有一天，我去红云路，那个我和先生去过的巷口，原来做蟛蜞的菜馆，已经不在了。

先生每回南来广东或海南，我都会带他到一些偏僻的地方，去寻一些偏僻的吃食，比如黎族的"nang dua"，一种经过发酵封埋土里的酸鱼腩，生吃，非常美味，但一般人不敢吃。先生吃一口，喝一口白酒，然后说不错。

先生奇怪我为什么挖空心思，寻觅这些东西与人共享。我也不明所以，只是觉得，生活太乏味了，记忆却很丰富，方如此。先生十分理解，葆有一点野兴野性总是好的。这是先生的结论。

先生虽然每次不是吃得很多，我也看出他多少还是有点忌讳的，毕竟南北方口味还是不同。可是，他真的很高兴，他特别能感知并珍惜别人的真诚，并于其中尽情地释放一种快乐。

我一直想陪他去海边吃河豚，潮汕人叫"青乖鱼"，一般无毒，但非常美味。潮汕有习惯，餐桌上可以"乖鱼"宴客，但不可以邀人或劝人吃食，吃食与否，只可意会，不可言传，宾客自便。此习俗更添青乖鱼的神秘。我之想陪先生去见识一下青乖鱼的美味，并非劝先生吃食，而是觉得先生在潮汕，不吃一回青乖鱼包括生腌，似乎很难真正从精神或情感上贴近潮汕人。这个愿望一直没有实现，盖因为先生在潮汕的这些年，似乎身体状况大不如前，至少，感觉他渐渐喝不了太多的酒。一起吃饭，我再不主动请酒。

我一直在想，先生为什么在晚年，离开他熟悉的北京。说实话，作为文化中心的北京，最需要王富仁先生。有些事，我不愿意多想，我从未为此问过王富仁先生，先生的决定，自有道理。有些道理，是我辈永远都无法洞悉与理解的。所以，在我得到先生的死讯时，很是吃惊，但知道先生是以那样的方式谢幕，我反而释然。

先生已经远行。读他的遗作，读先生为拙著所作的序，读先生的旧信，追忆与先生在一起的日子……先生就在那里，在无数可能记忆的地方……

斯人已逝。

以先生之傲骨，追未来之理想。

曾经的风华，茂林修竹一般的形意与形胜，在污浊的世事中，暂栖于诗与酒，在曲尺形柜之内外，神意游走。这一次，便是若干年后潮汕的启应。潮汕人，应感悼王富仁先生。把对韩愈的纪念，相与先生。

2017年8月31日

战地黄花

——评说梁信、金敬迈、张永枚

将梁信、金敬迈和张永枚三位作家，置于同一席面研讨言说，很有价值。他们的人生与文本共同性及与时代精神的同构，形成了一个特别"有意味的形式"的意义群，为中国当代文学史延宕了中国革命文学独领风骚的一脉。

他们曾是广州军区的作家中坚，而广州军区的作家群，不但历来是广东作家群的劲旅，在20世纪七八十年代，更是中国文坛的翘楚。赵寰和王树增的戏剧，章明和喻继新的评论，郭光豹、柯原、瞿琮、郑南、姚成友、叶之秋、苏玉光和崔合美等的诗与歌词，肖玉、吴之、陈定兴、唐栋、节延华、傅建文、陈道阔、谭光荣、何继青、雷铎、孙泱、张波、赵琪、范军昌、文兴国、赵江和魏远峰等的小说，而他们中的代表人物梁信、金敬迈和张永枚，更是中国当代文学史上不可忽略的重要作家。他们分别从事小说、诗歌和电影文学的创作，各在其创作领域，有突出甚至惊世的表现。

下列的作品，当下的年轻朋友可能陌生，而在20世纪中叶以降，这些作品在文坛脍炙人口。《董存瑞》《欧阳海之歌》《红色娘子军》《碧海丹心》《从奴隶到将军》《高粱红了》《当乌云密布的时候》《破晓之前》《西沙之战》《南海长城》《十年一觉神州梦》《长征》《抗日战争》《解放战争》《抗美援朝》《男儿女儿踏着硝烟》《共产党宣言》《天籁》《一梦三千年》《我爱你中国》《吐鲁番的葡萄熟了》《赤子三部曲》《南边曲》等，不胜枚举。

梁信编剧的电影《红色娘子军》，是讴歌中国革命女性的英雄史诗，他把处于中国社会最底层的劳动妇女，托举推拥到世界舞台上，在一个最高维度，璀璨了女性的光辉。在革命战争年代，广东女英烈，在册有3900多名，海南岛占了1800多名。这些沉埋多时默默无闻的女烈士，是梁信第一个为她们群体出列，摇旗鸣锣，立言建碑，并在多个艺术领域频繁亮相。梁信以笔为旗，为中国革命女性，红亮了半边天空。

金敬迈的《欧阳海之歌》，印数在三千万册以上。这部作品经若干不同的文学时代，长久不衰。曾是当时青年思想修养的教科书。虽时过境迁，金老人书俱老，但其光芒依旧。《欧阳海之歌》，仍是榜上经典。

张永枚1952年的诗作《骑马挎枪走天下》及1975年的《西沙之战》，均是那个时代文学前沿的破壁之作。前者是和平年代的革命唢呐，后者是战争时刻的英雄鼓角。其作品辽阔雄伟的视野，英雄主义的家国情殇，是某个时代激越涌动的诗的旗帜。

他们的文学创作，始终走在时代前沿，穿行在前线。他们在曾经作为南海前哨的海南，纷纷留下了脚印。梁信写作《碧海丹心》《特殊任务》，金敬迈出演《海外赤子》，张永枚抒写《六连岭上映彩虹》……

金敬迈和张永枚，还参加了1966年6月28日在北京召开的"亚非作家紧急会议"。其他2位参会的广东作家是王杏元和韩北屏。这是广东文学的再次北上。这次会议的当代史意义及广东文学的历史叙述，不可忽略。我将另文叙述。但金敬迈、张永枚、王杏元和韩北屏的此中价值，是广东文学史在非常时期的重要节点，牵涉到对广东文学在某些方面的中国文学史地位，以及史论评判的公正性和重要性。这两性，是广东文学评价中长期被规避的常识性话题。

他们的文学成就，曾经代表了某个时代国家的文学主流和话语。作家的荣耀，始终与时代的哀荣乃至悲剧，紧密牵连，没有例外。他们的创作道路，亦与时代一起，历经时间的得失或罪错，与历史一起沉浮，终于走到自由的彼岸。

这三位军人作家，他们同获广东省颁发的"终身成就奖"。他们的文学成就，既是时代的精神遗产，更是中国当代文学的语文典范。

研讨他们作品的目的，不外乎两个：以个案分析达至对文学规律的审视张扬；以作家及作品，表达颂扬或挽辞，求取文学与时代之关系。这两个目标，指向一个共同的理据，即作家对语言运用的高下。凡是能够进入研讨视野的作家，首要条件，是他对母语的贡献。这种贡献，包括语言运用的人性深度及对语言建设本身的精神性开拓。伟大的作家，在这方面堪为伟大。

民国初期的作家们，他们处于现代汉语的萌发初期，却为百年之后的现代汉语提供了范本。可证现代汉语在百年间，不是成熟了，而是沦陷于粗鄙。

旧的文言被摧毁断根，新的汉语失去了古文的撑持，这就是现状。当代作家，大多缺失古文文理与义理，其语言书写，集体无意识地拒绝中国语言的传统。社会审美直接干预语言表达，文学语言与日常说话，客观上互为抵牾，或逊于白话。现在，能写美文的作家不多，太多作家语言流于粗疏，这同时亦是心灵粗疏的表现。其实，语言和心灵，两者是互为表里的。

说了这么多废话，是要表明一个意思，作为作家的终身成就，原因自然多多，其要点，无非是他以母语，出色地塑造了一个或若干个文学时代不同的文学形象。是母语及母语的精神性成就，使他们成为能够跨越时代，成为史上的作家。关于这一点，文学批评似乎较少在意，时有忽略。而这方面，正是所谓"终身成就"的题中之义。就文学史论而言，这几位作家，其主要成就在此，而大可忽略其余。梁信、金敬迈和张永枚，都见出此方面的功力。

在文学批评上，我们常忽略本体而逐其他。所以，大多数研讨会都开成了庆祝会，离文学本心已远。

概括一下：

梁信电影与小说的取材与书写，得益于他的古文基础和受民间传奇的浸润。他的创作经验，全部来自古典文学的现代发见。他的电影与小说人物的心灵雏形，大多来自旧中国古旧的故事新变：木兰从军和水浒英雄的故事与人物范式，在传奇和现代革命之间，寻找一种人与时代的契合与相容。以至于他的作品，改变传统的故事陈述，而成了海南红色革命的历史叙事。他的创作成果，被作为海南革命斗争史的原初版式，并为中国的红色革命，开启了充满女性呼喊的别样颜色，在残酷的现实中，注入了浪漫的、温暖的人间情怀。其历史虚构的精神性真实，成为历史现实的部分。文学艺术的痕迹，竟如此逼真地还原了历史的想象性存在并成为历史。代表作《红色娘子军》《从奴隶到将军》。

金老是以清新的、人性的小说语词，构建了与枯燥僵固的政治教化完全相反的充满人的激情的小说世界《欧阳海之歌》。1965年是中国当代文学崩溃与新建的前夜。这个前夜，持续昏厥了十年之久。而《欧阳海之歌》则是坠入昏厥之前，最后的星辰，一颗亦明亦暗的星辰。代表作《欧阳海之歌》《好大的月亮好大的天哪》。

张永枚是以轻快、光明、隽永的歌吟，把纷乱的历史，残酷的战争，解放与和平的愿望，以化文言的旧重、融民歌白话的平实，为清雅激越的新音，抒情了血与火杂糅浸泡的土地。其诗歌创作，源发于民歌体的《从军行》。代表作《骑马挎枪走天下》《西沙之战》。

这三位作家的代表作，不约而同地产生在他们创作生命的黎明和黄昏。而其文学语言的造诣，溯流追源，全归功于民国语文教化。他们全都没有当代大学教育的经历。他们的语言，有赖于纯粹文言与白话的人文化成，避免沾染现代汉语在成长中的毛病。他们常以雅致之辞，写粗鄙之事。诸如《西厢记》《牡丹亭》，以花事的雅致斯文，去托写隐秘的性事。他们的作品文通语顺，措辞毫不生硬，文字书写讲究"礼数"，有诸多敬语、义气，并置文白兼容。他们虽写革命暴烈，也写仇恨，却言辞有"礼"，文句多"白"少俚，并不粗鄙恶毒。文辞有礼，是能把语文表达的语气、语意、语感、语体，"化干戈为玉帛"的原因。这也是他们的作品，在不同时期都能够传播的原因之一。

同时代有很多作品，主题明确，政治倾向也很庄严，但速死。如《牛田洋》，"一代风流"的后三部等。

他们这一代的作家，在中国文学史上，是颇为独特的。他们在新与旧的文明交易中，在文言白话与现代汉语的转化中，其语言及意绪，有理可循，举重若轻，别出心裁，富有风味。语言形式与题材倾向，各有分寸，尚可分离评判。相较当下作家、诗人，前者语言有古文的礼数与骨血，后者语言修养多来自语病多多的翻译文字，少个人风格，无中国语言传统的辞学与礼仪之坚守，忽略文章学的修辞修养，其人其文大多昙花一现或难以为继，也就并不奇怪。

写作非谋生之道，而能终身为之，且成就多多，是为真作家、真文人。而军中作家，因战争与和平、家与国、冰冷火热的人生熬炼，其作品自然有血泊、有刀剑、有情怀。尤其在当下中国，并非常人所能。

特别致敬！战地黄花分外香。

2018年9月11日

"打工文学"论辩

"打工文学"口号从1984年提出，如今已30多年，作家作品并不丰饶，但始终不乏热闹，作为文学现象，它或许是个值得讨论的话题。这个文学命名或文学口号的文学理据是什么？为了什么？它究竟为我们提供了多少经典意义上的作家作品？

我不否认文学创作确实与"经验"、与生存现场相关，也不排除与群体价值取向相关。但把所谓"打工者"创作的作品，作为一种文学史现象或文学潮流加以匡扶，在缺失任何文学主张或创作纲纪的情况下，将之作为一个文学口号——打工文学，加以鼓吹与张扬，其乖张的命名，有挟千万打工者的阵势而虚拟其文学盛大仪式的嫌疑。

命名是需要仪式的。"打工文学"这种仪式在通常情况下，由得此命名而进入体制的"打工作家"撑持，由若干倾向性极强的选本、主题研讨会匆匆形就，一个有可能进入文学史叙述的"文学体系"便由此塑成。

问题是，我们迄今并没有看到资证这个文学命名或文学口号的文学理据，一些选本的资讯自然是积极的、有益的，自然也突出了作者的身份，而触及此话题的研究论文，在强调作家出身与打工题材的前提下，其具体的文学论述，却依然无法摆脱通常文学叙述中的"底层写作"，而仍然以底层生存与存在现场作为"打工文学"的存在依据，去断定其文学性质。

而"底层"写作的大部分作品，并非出现于所谓打工的写作现场，其作家也大多并非"打工作家"。中国作家，包括莫言，大部分都生存并文学地活在底层，同时书写着底层的歌哭，尽管他们文学形式各异，但有国家民族承担的作家，始终都担当着对最底层的生活叙述。中国社会的文学现场，也必然地、始终为着底层敞开着门窗。

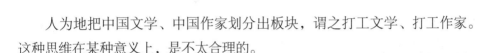

人为地把中国文学、中国作家划分出板块，谓之打工文学、打工作家。这种思维在某种意义上，是不太合理的。

说到20世纪80年代的伟大印记，一是公审"四人帮"，是民主与法制及宪法的进步；二是政府取消了对人的出身成分的命定与管制，使中国民众在人的意义上享有公民的权利。文学的进步是建立在人的进步也即对人的尊严的人道维护之上的，一切以革命的名义、以任何名义对人的尊严的践踏，都是文学应该抵抗的。

这种带有浓郁政治文化胎记的理论思维，在各个领域，尤其是文学、艺术领域，成为一种潜伏的集体无意识，它模糊了《宪法》所规定的公民权利在现实社会的尊严地位，而"打工作家""打工文学"这些口号及主张，无形中便是这种思维的结果，它在某种程度上延续并夸大了社会群体的结构性分裂。尽管这个拥有二亿多人口的所谓"打工者"群体是存在的，但他们并未形成也不可能形成一个新的阶级，新的无产阶级。他们作为"漂泊者"或城市的涌入者，并没有失去土地与乡村财产，只是异乡和城市的陌生感与生活方式，使他们处于阶段性的"挣扎"之中。这是人生经历的生存或精神的创伤性前行。过分强调并在理论上对这个群体的苦况与惨象进行渲染，把他们描绘成无告的粗鄙的落后的弱势者，其实并非表明对这个群体的关怀与关爱。

我以为，"打工作家"与"打工文学"的提出，从主观上言，许是立论者出于良善积极的目的。

真正值得尊重的文学批评家，他们作为生活存在的先知先觉者，他们的文化警觉和社会责任感，诱发了他们对现实矛盾的敏感与发现，也怀抱着对这个群体的人道同情。这是文学的题中之义，亦是社会学必须未雨绸缪的知觉。但是，一个文学口号与文学主张的提出，它就一定直接地干预并框定着一种带有深刻时代印记的文学事件、现象及判断。这种判断无论正误，都会反过来造成一种误读与误解，乃至心理暗示。而这些又一定是社会性的、大面积的蔓延。这种理论在马洛那儿，早有所评说。作家与文学的双重焦虑，在现实社会中，是两种以上的焦虑的物理叠加。

文学评论家廖令鹏指出："打工文学中尤其是第二代打工文学，很明显地暴露了这点，大部分作品表现的是生活的坎坷，思乡的痛苦，工作的无奈，人情的冷漠，衍射的几乎都是底层打工者恶劣的生存环境，压抑的情感历程的憎恶、呐喊、哭诉等消极悲观情绪充斥着文本……这对于文学的终极人文关怀和读者与读者之间的人文生态极为不利。"

敷衍遮蔽这种文学倾向，对这种倾向持宽容放纵的态度其实已背离了文学的基本目的。更深层的原因，也许与文学借意和群体私情有关。也就是说，这些口号的建立，其意本不在文学，却以文学命题说出，它狭隘地理解并利用文学手段与文学功用，以群体私情幻构文学门户的弊端是存在的。

文学借意和群体私情，在文学为政治服务、文学沦为政治斗争工具的年代，其弊端是昭然若揭的。残酷的战争环境、旗帜鲜明的敌我斗争、明确的阶级对垒等所衍生的战争文化和阶级斗争仇恨，致文学深陷其中并成为有效的锐利的宣传工具，它们鼓吹仇恨并抗拒、反对宣扬人性与爱。"不忘阶级苦，牢记血泪仇"，类似的革命口号和暴风骤雨的斗争形势与手段，在一切争斗平息之后，依然以一种正确的舆论与文化暗示，成为一种生存逻辑与思维逻辑。它们虽已被消费与时尚的时代草草掩埋，却并没有从人的文化判断中被消除、被批判。它们依然隐忍地活着。

如果"打工文学"的命名，只是出于对一种文学现象的期许，或是对一个文学门类的礼赞，也许无可厚非。也许可以匡扶和壮大这一文学门类，使更多作家关注关怀这个文学门类所由的现实生活的人文成长，还有可能使它在文学史的观照中，得到更多的文学批评与肯定，从而达至一个庞大群体的文学承诺及历史性文学叙述。

而"打工文学"这个命名，也许还不仅仅出于叙述的便利，更出于实利的考虑。"文学需要护养，这个护养，不仅仅是政策上的倾斜、经济上的支援，更是理论上的支持、文学环境的营造，从文学创作者（主角）来考察，它还应包括作者的价值取向、精神面貌、人文情怀、灵魂觉醒等，特别是近两年，打工文学面临话语困境的考验，更应该从更高的角度来观照其文学性，即打工人学，这就必然形成打工文学的新人文取向。"这些说法有正确之处。

不错。话语困境和新人文取向，是打工文学行走于泥淖的难题。正如'打工文学'的发起人与推动者杨宏海言："打工文学不仅不会因时代的发展而落后，不因'打工'概念的升级感到无地自容，相反，打工文学还要在这个时代发挥重要作用，更应该抬起头来，勇敢面对主流文学的冷嘲热讽，甚至主动融入主流文学，争取文学的话语权。"

与"打工文学"紧密关联的是"打工作家"。很明显，"打工作家"不同于打工文学作家，这里主要指打工出身的作家。据报道，2008年7月27日创办的《打工文学》周刊，3年多里出版210期，推出新作者800多人次，涌现了若干有较高知名度的"打工作家"，并探索了良好的"打工文学"运作模式。成绩不小。文学普及效果自然应该肯定，但文学创作一旦进入"运作模式"，文学的本质、本意就已漂移，"作家制造"就成了运作的目的。

鲁迅、茅盾、老舍、王鲁彦、柔石……中国现当代作家笔下，无不潮涌着无数的打工者形象与人物性格，阿Q、祥林嫂、焦母、被典当的妻等。他们从乡村流落到城市，为佣为奴为苦力。阶级压迫，劳资矛盾，乱世求生，他们在农村失去土地，失去人身自由……描写这一切悲苦与不幸的作家，没有人称之为"打工作家"，他们的文学作品成为经典，并非冠以"打工文学"所由。时代使这些作家集体地承担了民众的苦难诉说。他们做学问，评说世道，描写国人灵魂，承担草民的命运。他们也并没有因为以"打工文学"抑或"打工作家"自诩而格外地获取体制的恩赐或政治的青睐，完成鲤鱼跳龙门的投机。在他们眼中，一切以各种方式劳动服务于社会的人群都是打工者，劳心者、劳力者皆同。

"打工文学"概念存疑。它的所有言说与理据，都隐伏着对文学的文学性、诗性的排拒。有"打工作家"就多次宣称文学性是并不重要的，以此遮蔽自身的文学缺失。

打工出身的作家，都不约而同地强调了切身的经验，他们将个体在场与现场的经验当作文学叙述的依据。"有人说我的写作太灰暗，太尖锐，只是停留在愤怒的表面，是的，我只是想说，这些是我的真实感受。我有责任把我的亲历与见到的东西记下来。"（郑小琼）"我把亲眼看到的打工仔、打工妹的生活原原本本地展现出来——他们的拼搏精神、创业梦想、遭受过炼狱般的磨难……"（安子）文学创作的个人性与作家的个体经验，不可同日而语。前者指的是创作方式的异质性，而个体经验是有缺陷的，由作家个人经历及环境的偶发性所致。亲历性一定要经全般的检验。如郁达夫所说，一般的作家只看到个体，而鲁迅则由个体看到了全般。"打工文学"在创作上及价值观上，包括题材及题材处理的同质性，阻塞了创作的异质性想象。他们坚持了"亲历与见到"，坚持了"原原本本的展现"，这是有限的反映而非无限的表现。

我同意这样的评断："打工文学与我们所强调的底层写作的批判立场有着不谋而合的精神征兆，然而如果真正地深入到这些作家的文本之中，我们依然会发现，这些打工作品还只是停留在现实问题的表层状态上，其批判的有效性和尖锐性仍然有限。"打工文学"也还缺乏强有力的作品来支撑这个写作群体走向一个新的高度"。执着于现场经验，放大了底层与中间群体的裂缝，视粗粝的生存状况为文学的表述，因此，"打工文学"有浅表、缺失文化期盼的先天弱点。

在这个群体上衍生的作家，其实只有极个别经由文学操作、改良而达成其目的。有文章称王十月为"新科状元"，郑小琼为"在场作家"，安子为"打工皇后"，何真宗为"传奇诗人"，柳冬妩为"草根评家"，这些称谓泄露了"打工作家"玄妙莫测的命运升沉，也见出世人对之别样异态的文化目光。王十月、郑小琼早已进入体制，安子亦已成老板，他们已从"打工者"中剥离出来，享有一般打工者难以企及的际遇，从某种意义上说，他们早已离开了打工者的生存现场，而进入另一种挣扎。他们还能代表打工者吗？在何种意义上代表？

2013年元月3日

军旗下的文学方阵

——评广州军区政治部创作室"木棉红南方军旅作家长篇小说系列"丛书

广州军区的文学创作，向来是军中翘楚。20世纪50年代肖玉的《当乌云密布的时候》；60年代梁信的《红色娘子军》、金敬迈的《欧阳海之歌》、董晓华的《董存瑞》；80年代赵寰的话剧，章明的杂文，柯原、瞿琮、郭光豹、韩笑、姚成友、叶知秋的诗，等等，在全国文坛都有影响。进入21世纪，军中作家的创作视野，已从单纯的军事题材转而向社会和历史拓展，向人生和人性的各个维度作深层延伸，取得了可喜的成就，新近集体推出的"木棉红南方军旅作家长篇小说系列"丛书就是其中的代表性作品。

丛书共12本，由11位军中作家所作。他们的文学视阈开广辽阔，并未囿于南方的社会生活内容，而是推广及至全国地域范围，人文涉猎广泛，题材丰富蕴含意味，艺术追求也屡见新异。尤其值得肯定的是，每一位作家都有自己思考的精神向度，也即有着一种思想的勇气。优秀的文学作品特别是长篇小说，思想也许是最重要的创作因素。

一、思想是长篇小说的灵魂

思想的缺失，已经是当代文学边缘化的重大原因。这12本小说，显著的成就首推思想的成熟。思想不仅仅是一个哲学问题，其实也是一个艺术问题。

直面抗战的《长城谣》写的是东北军抗日故事，这里的臧否需要历史的客观态度和思想的勇气。陈道阔的《一梦三千年》，是对中国革命中农民地位的全新审视，他们的历史命运其实早已被注定成为这场革命的悖论，他们对革命的乌托邦理想，正是他们的悲剧。这样的思想挖掘，无疑是极端锐利的。谭光荣的《英雄了》，粉碎了我们向来的英雄心结，反诘人与英雄传奇之间，距离有多远。英雄在洗脱了泛政治化的单一评价之后，人对其本性的抗争，就成为英雄的基本内涵。谭光荣为读者提供了多种评价英雄的向度。魏远峰的《兵者》和《雪落长河》，前者穿越了常规难以穿越的东西，作家塑造了一位异质的新兵，进入以服从命令为天职的军队，在这个不允许有太多个人性表述的地方，讲究自由的意志将何去何从？后者把正史野化，在"字缝"中读史，把散落在历史缝隙中的汗珠、泪珠、凝血捡拾起来，穿出一言难尽的项链。他无羁正史，而在故乡的童年记忆中整理对于历史的想象。节延华的《绿颜色》，文学中没有中性的事实，军队的爱情也不例外，作家别出心裁地为读者勾兑了军人与爱情的鸡尾酒，社会上一切可能发生的情爱事实，在军中会以别样的气质去完成。战争、诗歌和军规，它们之间会有协调的空间吗？

范军昌的《血脉》，作家思想的触须已然不仅仅在他描写对象的形而下表现上。他极力寻觅的是，他笔下的人伦，人与自然之间的伦理关系，它们如何在通向和谐的过程中，却常常以南辕北辙的方式，显示着对对方的抗拒。小说因之获得了一种潜行着、隐晦着的吊诡，一种警醒人类行为的精神性表达。王洪山的《远去的暴风雪》，结尾处有三句话分属于三个军人，连长吴大壮枯黄的照片下，有人写道："我们会永远记着他，他把士兵当作亲兄弟，把连队视作自己的家。"生产兵羊子怀抱大捆蔬菜，站在野花丛中的照片，解说词上说："羊子创造了三团冬日种菜的先例。"士兵华甸有些痛楚地说："我那时很不成熟，也很自私。"作家最后的文字写道："真的想念羊子"。参谋长钟铁军内心悲怆，他想，我们共和国的军队里，从高层到士兵，心里都容纳着种种不为人知的伤痛，他们在忍辱负重，蹒跚前行。小说弥漫着一股浓重的兵本意识。所有的小说情节都围绕着关于兵的种种存在诘问。赵琪的《军事特区》、文新国的《代号"橄榄枝"》、陈泽华的《斑马线》、赵江的《都市丛林》，作品所表达的思想诉求是开放而不是封闭的，也即他们各自描状了作品所处的时代生活，又超越了具体的现实的生存环境，向人类处境及其精神困惑展开想象性思考。

二、成熟的文本与艺术创新

成熟的文本包括思想内容与艺术形式的完美结合，这已经不是新问题了。

但是，文学的泛文化化、心浮气躁的创作心态，是当前文学艺术性缺失的主要原因。丛书的每一部作品可看出是作家厚积薄发的结晶。这些小说大致都有比较漫长的文学准备和创作周期，生活与艺术的磨合显得和谐统一。形而上地把握生活，成为一种艺术的追求。

赵琪的《军事特区》虽然由影视文本而来，经充分小说化之后，其叙事明快简捷而又不失描写的细节丰腴。一般来说，叙述大体上是时间性的，描写是空间性的，两者的完美统一使文本趋向成熟，即叙事的精当、意蕴的深沉与广袤。现代小说表现的重点在于时间的处置。重要的不是话语讲述的时代，而是讲述话语的时代。不是历史的叙述，而是当下对历史的叙述。陈道阔的《一梦三千年》，在密集的第三人称叙述中，沉浮着一个叙述历史的基本的时间格式，即"许多年后，我来到……"，虽然这种主观的时间格式使用还不是十分娴熟，但作家已经意识到这种文学的现代性元素对于文本的革命性影响。《雪落长河》也表明了这方面的意向，如"牛钮准备起床……"，这里没有时间前提，写的是历史，叙述却是现在时的。是现在向过去的叙述，用时间打通了空间的阻隔。《长城谣》的叙事，也采用了时间泛化的方式，使1938这个年份和十四年全面抗战这个时间符码，被化为永恒，这段历史所发生的事将被任何时间记取。对于事件而言，时间就是献给它的永恒的礼物。

小说自然是重视故事的。叙事的时间观念直接影响到文本的思想指涉，而故事的焦虑化则使小说的精神性发生了根本的提升。焦虑作为生存问题同时成为文本的形式。节延华的《绿颜色》，主人公叶楠始终生活在一种存在的焦虑之中，她面对两个男人就如同站在悬崖的那一瞬间，处境使她畏惧，而内心反思产生焦虑。人物始终处于这种外部恐惧与内在焦虑的形式控制之中。赵江的《都市丛林》的叙事也绵延着这种控制的情绪设计。小说人物的对立双方，换了一个战场，处境和心境都发生了微妙的变化，都市生存环境使这种对立呈现为更为复杂与多元的状态，但对立的性质决定双方的较量又是殊死的。故内容的焦虑描状也就上升为形式表达，而使作品呈现一种内敛的反思过程。陈泽华的《斑马线》，虽然是一个简单的心情故事，但它的起伏跌宕并非仅限于故事本身，而是充分调动人物内心的困惑也即焦虑的惶惑，惶惑浸润情节而成故事的形式包装，焦虑的话语叙述令小说语境陷入无奈自苦的彷徨之中。

这些带有明显的现代性文学元素，一旦进入军旅作家的创作实践，文本质素的提升也意味着艺术创新。

三、开放与自由的文学选择

题材与文学成就本无直接联系，但以往的文学价值评说常与题材重大与否关系密切，以往军队作家的题材选择应该还是有所规约的。丛书的题材视野充分体现了当今作家创作的自由度。积极意义上的宏大叙事，依然是丛书的主体性叙事。中年作家如节延华、陈道阔、谭光荣、范军昌、文新国、赵江等，大多以乡村和部队生活经验为主，他们历经新中国的重大事件，有一种对国家民族经历怀想追忆的意味，素材的选择与问题的凝聚也大约与历史的重大进程有关。陈道阔的《一梦三千年》，立意在中国农民的历史命运，其言也哀也愤也忧，其情可鉴日月。谭光荣的《英雄了》，更有煮酒论英雄的气魄。节延华的《绿颜色》写的虽然是男儿女儿事，但其间有战争、有离乱、有大时代的风火雷电。范军昌的《血脉》，更是古今梦回，长卷舒放，恣意汪洋。文新国的《代号"橄榄枝"》，崇尚的是"暴风雨中的海燕"，以超人的智慧改写二十年的神话。赵江的《都市丛林》，一种战争两个战场，力争在相对广阔的背景中凸现小说内容的宏大。上述作品除范军昌的选材是个例外，其他作品均与军队生活相关。

如果说上述作家的选材似还有一种无形的心灵指引，倾向于宏大叙事，则青年作家在此基础上有更大的空间。傅建文、魏远峰，对历史似乎有一种神迷。傅建文的《长城谣》及之前的《小提壶》、四卷本的战争纪实，都显示了他对历史的钟情。生于1977年的魏远峰，专注于清康熙雍正年间的治黄史实《雪落长河》，其情其景犹如置身当下。魏远峰的《兵者》、王洪山的《远去的暴风雪》、赵琪的《军事特区》各以不同的视角，共同营构我军"新军事变革"的历史步伐。都注意到"新军事变革"的核心，是在高科技的前提下，首先是对人的深刻改造，对部队的深刻改造。这是痛苦而艰难的道德建设过程。他们的小说，都共同地提出了当前部队建设尤其是人的建设中，非常敏感的问题。有些人物的观念甚至具有颠覆性，如《兵者》中的卓越，《远去的暴风雪》中的羊子，等等。

《斑马线》是唯一与宏大叙事和部队生活毫无关联的作品，这是一个读者熟知也喜欢的"身边的故事"。

丛书在弘扬黄钟大吕、金戈铁马的同时，也包容了都市男女在河沟里的翻江倒海。他们那点无病呻吟的情怀，自然也是值得重视的。

总之，这是一套呈现军人胸怀，抒写现代军人光荣与梦想的作品。

2007年7月10日

走通大特区

——话说"特区军旅文学"

广义地说，特区无战事，以特区军旅生活为主要描写对象的南方军旅文学，因而呈现了疏离以往以战争及战争中的英雄主义为主要内容的状态。至少在广州军区青年作家群近日推出"特区军旅文学"这个文学主张之后的第一批作品中，我们是不难发现这种状态所包含的创作倾向的。战争，作为最古老也最野蛮的人类生存竞争的直接方式之一，正在渐渐地远离大多数人的生活，自然也渐渐从平常的军旅生活中淡化出去而成为并不频繁的事件。

和平不仅仅是当今世界人类的普遍愿望，而且已经成为取代战争方式的另一种竞争形式。和平演变本身就是一种文化形态的经济侵略，它是以人心的征服和精神信仰的更替转换为主要方式的没有硝烟的战争。关于这个话题的种种论断，国际共产主义运动为我们提供了许多的证明和理论阐述。在新时期的军旅文学中，南方的经济繁荣所造成的和平气氛，以及这种繁荣对原本极为严整划一的军营生活的冲击，对以英雄主义作为主要精神支柱和信仰范畴的战士心态向作为人的心态的多元还原，都成为了不可回避的文学内容。

"特区军旅文学"口号的提出，正是活跃于以广东为文学体验区域的广州军区青年作家群，对军队生活现状和思想现状的文学把握与摸索。

并非没有英雄主义和理想主义，而是从一种崇高的人生状况与精神风尚中，寻找构筑这崇高，摧毁这崇高，以及这崇高在真实的、光怪陆离的现代生活中的种种变异。军人也并不例外，他们生活在人民中间，生活在特区环境中而且日日在感受着来自特区、来自以特区为媒介的外部世界的精神与物质现象。他们在强调单质的军营里与无法单质的军营外，在划一的外表和无法划一的内心中，撕裂和绞杀着自我的灵魂。为了某种崇高而克制着种种诱惑，为了企望崇高而不断地积累着克制的经验，以至于达到一个真正人的境界。这是一个多么复杂又诡谲的充满着无限文学诱惑的命题啊！

所以在广州军区青年作家群第一批推出的作品中，有《卡拉OK》《旧帽》这样的同题作文的作品，还有《白纸船》《苦岸》《歌手》《万元兵的故事》等名称。它们很少让人直接想到战争，可是它们又实实在在是战争的另一种延续，是从战争中结晶出来的革命英雄主义的另一种表现形态。

青年作家群的文学构筑意向是明确的，他们企望赋予特区军旅文学以新质，他们企望在一个更现实又更新颖的文学高度上来涵盖特区军旅文学。诚如谢望新所概括的，他们企望“**重铸现代军人的现代人格人性意识和现代文化文明品格，但也绝不是传统的、规范意义上军人的本质的简单否定**”。

于是，作家们企图走出传统军旅文学的格局和规约，走向一个更广阔更斑斓的军人的人性世界和更新鲜更复杂的特区人生，他们追寻的是军人的灵魂踪迹、精神历程，同时企盼获取一种充满着艺术精华的表达方式，一种高品位的文学形式。于是，这种目标在最初的尝试中呈现了一种新锐，一种憋足了力去写的隐忍和倾注全部积蓄的驳杂，自然也就在不同的作家和同一作家不同的作品中，流泻着尝试的惶惑。这是文学转型和生活转型期中很必然的现象，是跨越既定的门槛之后，于一种心态自由中的奔放与约束，于现存与传统互渗中的审慎选择。

雷铎、张波、何继青、孙泱、张为、文新国、江水、范军昌他们是在艺术与追索指向上互不拢靠的作家。我是说他们在同一命题下的各自奔突，呈现着各不相同的敏感度。他们共同地关注特区形态的军旅文学走向，密切注视处于特区环境中的部队生活，由于经济流通和商品意识的强烈渗透所形成的军营中的人文新质。这种关注又是他们立足于军营又走出军营，把笔触伸向特区社会之所由。特区军旅文学的倡导，是首先得益于他们深入特区生活实际的厚实基础的。

雷铎曾深入南方铁路沿线，采访大瑶山工程，写出十余万字的《中国铁路协奏曲》，首次对中国铁路的历史与现状进行大面积的扫描。尔后他又赴深圳、汕头、海南等特区，发表系列报告文学，企望勾勒改革开放中的“中国大走向"。

张波的《猫耳洞与摩天楼》把现代生活中精神与物质互为相悖的两极，放在一个极为特殊的视角上来审视，他是较早地注意到特区生活与人的精神蜕变之间存在着一种微妙联系的作家之一。他在努力寻找这种既对立又联系着的契合点，从中弘扬一种新的人格和人性意识。他的《就业迪斯科》所叙说的平淡人生里所包容的特区新精神，是他借以反映特区环境中军人心态的参照。"**恰是森林中的一丛灌木或是反之。**"他对特区社会生态的考察与体验，使他获得了带有鲜明农民文化色彩的"兵文化"与四周文化氛围巨大落差的认识。

在现实中，这种落差溶解在庄严的政治性发言背后，深入于兵们的隐私之中，于生活的细枝末节处或重大的选择处显露其锋芒。这就是何继青的发现：军人们如今的生存环境与军人的职业特性发生了严酷冷峻的矛盾。在讲等价交换规律的特区，军人的自我牺牲精神却是无价可估也无从交换的。他们既要严格恪守军人的牺牲精神，无等价的奉献，又无法轻拂或者回避这种精神要求与生存环境的对抗。于是，处于文化落差和观念形态巨变中的军人，为军事文学创作提供了广阔的天地，这是现实中存在了许久，而于文学创作却又鲜有深入的地域。

特区作为地域的框定，它是有限的，但是，它事实上已经被作为一种观念形态和崭新文明，在无限地扩张和延伸其地域的限度。它的特性之一是通过极为具体的东西，包括色彩和音响、形状和形态的东西，强悍而又温情地、潜移默化地构造着形而上。软性地强化着人的观念，渗透人的内心从而从根本上去改变人的价值观和行为方式。"**军人也是人，在这样的氛围里，变是必然的。**"范军昌这样说。在战争年代里，人民无偿地拥军和爱军。"**猪呀羊呀送到亲人解放军那里去！**"军民关系由于战争而产生血的纽带。如今这种纽带的失血也许是和平环境特别是经济环境的必然结果。所以，在特区积极抑或消极的精神影响中去寻找作为军人的英雄和崇高，去发现走向这英雄和崇高过程中的复杂与痛苦，去塑造有鲜明时代精神的新军人形象，这是一批经历过特区新文化浸染，又有漫长的部队生活经历的青年作家们对特区军旅文学的设计与寄望。

新时期军事文学中，描写战区、老区各种人物性格的作品很不少，有许多成功的例子，而独独缺少特区军人的成功典型。不是生活没有提供这种可能，而是因为我们的军事文学中没有也不可能提供先例，这种整体性困惑在雷锋他们这儿反而成了优势。他们都有特区生活的体验。这种体验启动了他们审慎地把特区人生态度及精神影响重叠在当代军人的性格判断上，去透视规整的常见的军人形象背后可能存在的东西。寻找负载兵文化和特区文化冲突的复合体。同题小说《卡拉OK》便是这种最初始的尝试。

真实得有些赤裸，撒野得有些出格，实在是处于自娱自乐、自说自话毫无遮掩的狂欢状态中，一种很自然也很真诚的发泄，这是人的灵魂的发泄。

我很欣赏这九篇小说于狂欢的节律中所透发出来的那种创作心境的无限宁静。也即他们写得热闹，因为是卡拉OK，热闹中你体味到一丝兵的寂寞，一声在别的军事文学作品中我们很难听得到的深长的叹息。不是为自己，也不是自怨自艾的叹息，而是为着实现某种事业或者理想，追寻完美和崇高创作的自我克制或故作放纵。这个过程，在这些小说中或以全部或以局部的描状，隐隐约约地传导给读者。于片刻的热闹中是大音希声的宁静，我们可以谛听那长久的宁静背后沉重的脚步声，戴着镣铐跳舞的灵魂美丽地飘忽着。

她为着寻找回真实的自己而于黑夜中走出，无目的漫游其实是包裹着一个很明确的欲望的。只是这个欲望在以往被各式各样的庄严所取代所遮蔽，以至于连自己也昏昏然无从判别。"她看不见窗外，而窗外把她看得彻底。"这就是何继青《卡拉OK》中所描绘的女兵沈默的现状。许多人为的观念包裹起一个真实的沈默，一个有情有欲可是又自我封闭起来的沈默。她极希望用一种无情无欲的纯洁，精力充足地出现在岗位上。可是她于黑暗中漫游了，跟着孤寂而忧郁的河流，忧郁地窥视那些尽情地释放着真实的个性和敢爱敢笑的人们。也是兵们，也是年轻女性，她们毫无遮蔽地行动，依照人性的方式表达着生存的美丽。而沈默，她走出复又回归，本该发生可以发生的一切都没有发生。然而她已经历一次自我洗礼。

何继青小说的柔美是他能够把激烈的状态化作无言的流泻，慢慢地浸润干枯的土地，把贪婪的急迫拉成漫长的过程，从中展示出一种过程的残酷。既启动兴奋，又把兴奋毫不怜惜地压迫下去。一切本该发生的，结果都没有发生！

何继青文字处置的阴谋，在雷锋这儿变成一种赤裸裸的阳谋。一切的进攻和获取都是不考虑通常认为的"寡廉鲜耻"的。因为是卡拉OK，那么就没有什么可责备。既然市长都无法抵御漂亮女性绰约风姿的诱惑，那么，还有什么可责备卡娜、欧克义的阴谋呢？

同样是战场，既然西蒙在《弗兰德公路》中说："人只知道用两种办法去占有别人的东西，那就是战争和做生意。"这个大作家已经把人生看得如此透彻，就难怪这两个曾经是兵的人去仿效了。在生意战场中，与其一筹莫展地付出真诚而毫无所获，不如充分利用已有的优势去寻找对方的弱点去占领有利地形。他们的计划大胆到近乎疯狂而居然如愿以偿。风姿绰约的卡娜以女性的高雅诱惑占领了市长，当上了市长的秘书，同时也就实现了与欧克义的合谋，进而垄断浅川市的电器市场。当他们把战争知识和作战意识策划于生意场上时，他们的胜利中就包含着军人的谋略和对传统军人道德的某些反叛，当然，这种反叛孰优孰劣另当别论。它至少是另一种真实，我们曾经不敢正视的真实。

雷铎似乎并不钟情克制，而在尽量地释放着散淡。他把散淡作为一种文学态度，因而常常以"我非我"的机敏来处置现实中的难题，来消弭背离人为规约的余波。他有些调侃的语气背后，便是对现实的认真。所以在《古剑》和《旧帽》中，我们都可以读出主人公处世的机敏与狡黠，一种深思熟虑的弦外之音和另外的寄寓，是如何现实地降临于小说的每一情节安排之中。他小说的理性精神是入世之后的现实提炼，是从许多人生经验中拓扑出来的可以再度回归人世并作为谋略重新实践一次的东西。他走通了特区，他自然在对兵的人性审视与理解中，看到兵们比非兵们对特区现实更具勇敢地占有与征服。

与雷铎相反，张波是并不热闹也不散淡于他的对象，他的超然是文学的宁静心境所赋予的，所以他作品的清癯里游动着一种黏附得极妥贴的魅力，清癯无色的魅力，在无动于衷的叙述里诉说着悲悯。

所以他的《卡拉OK》的全部热闹，是为着那个已经把过去遗忘得干干净净的W的，而全部的不热闹所导向的，是一个苦苦绕缠着已经逝去的、曾经有过灿烂的男性的。他的全部冥想在那激越的鼓点中显得更其沉郁。尤其是他的儿子在游戏中由于别人的虚假的狂笑所激发的真实的大笑，令他的沉郁的冥想得到了全部的解答，他对于这个世界的所有的问题和理性的热情，终于在儿子那真诚的开怀大笑中，化作一腔胜利的泪水，那是大欢喜和大痛楚之后产生的大宁静。于虚假引发了真诚，这真诚嘲笑着虚假，而这嘲笑居然是由自己儿子不更事的童稚来完成的，这无论如何是一种光明同时更是一个悲剧，一个对人类老于世故的讽刺。被否定的痛苦如果是产生于、沉浸于无可奈何的大宁静中，这种痛苦的程度是可想而知的。由此延伸的人生哲学像泉水一样湿润了张波近期的小说创作。这就是上文谈到的兵文化与特区文化氛围的冲突所产生的落差。为逝去的庄严和灿烂悲悯，而又为现存的斑斓和名义所吸引继而怆然。

在三篇同题小说《旧帽》中，张波这一篇是唯一没有写到旧帽的。旧帽被藏进遥远的记忆里，幻化为一种已不存在的象征，一个时代、一种规范人生的象征。还是那种宁静的心绪，淡然地勾勒着一个深深地把自己埋进逝去的岁月中的连长。他无论如何也难以接受作为兵的贺小梅和作为酒吧歌星的贺小梅的同一。为此种现实他痛苦、烦躁、暴怒以至于顿生救世主的爽侠之气。幼稚到令梦幻歌星贺小梅满面羞愧，"大叫一声连长之后又放声痛哭，边哭边语无伦次述说她离开连队后就像孩子离开了娘，世事人心风霜刀剑，出污泥而不染，在人屋檐怎敢不低头，最后她抹去泪水对着他忘情大叫'连长啊，带我回去吧！'"这梦幻毕竟是一种背离现状并不存在的东西。而于他却堪足珍贵。

这种心态的进一步延续，是由现实的另一种激越来击破的。还是那首《军中百灵》，还是那个女兵，歌星与女兵之间并不存在崇高与渺小、高贵与污秽的差别。他终于发觉由于怀恋故有保存逝去的庄严而来的全部苦涩，都是自己强加给自己的。自己终生向往的那美丽而神圣的森林之外，还有数不清的森林、河流、山岗和草地。他终于获悟了一种由于固执而忽略掉的东西，那就是即使于自己难容的现实，也依然是不该否定的。舍弃旧帽的阴影，是一件多么艰难的事。

张波写得相当出色的《白纸船》更是集中地挖掘着这种深意。以更宁静的心境去面对浮躁的人生世相。

孙泱、江水、文新国、范军昌的《卡拉OK》，尽管各人对生活的审视角度不同，但基本上都是把小说背景放在社会生活的集散地——社交场所，于集中大都市一切色彩和新潮消费的酒吧、舞场、宾馆内外，去表现金钱与道德的观念冲突，去揭示贫困与富有的矛盾评判。作家自身固守于坚实的立场，在情节的铺开中不断倾注进比较明确的道德评价。情节对抗与性格对抗的鲜明度，使作品的观念肯定处于一种明白无误的倾向。这多少使作品的魅力止于情节的可读性而限制了情节可能延伸的人性意味。但这不要紧。要紧的是在金钱的诱惑面前，战士金虎是无论如何威风不起来的，还是让鬼佬安徒生把未婚妻拐走了，就在他面前用金钱把她"买"走了。没有什么更复杂的原因，甚至没有一丝的缠绵。而安徒生又是那样文雅，绅士风度十足："不要紧，我爱她，她也爱我！"

孙泱的《卡拉OK》，是写得不温不火、不卑不亢的。苍凉的现实留给战士金虎是一片难言的空白。最后退伍回到老家，"不算很衣锦"。小说在钱的问题上，也即在钱的多寡上戛然而止了。人物的命运也随之中断，这就是钱对人的捉弄和安排。孙泱的笔调是颇有些苍凉而且调皮的。他本可以尽情地延伸他故事的负面，而将正面的东西藏起来一些。可是他太急于卡拉OK，他终于压抑不住地急急奔向前台，把那一点苍凉如风飘散。

范军昌、文新国、江水的《卡拉OK》，是在这些感伤的说白下的昂扬咏叹调。无可非议的是，他们都共同地把美丽的砝码加在那些贫穷而又坚守节操的人们身上。对金钱和暴富表现了一种不屑的睥睨。在弱小那儿倾泻了敬意。这种坚贞的操守和泾渭分明的评断，十分古典，但是简化了现代生活的某些复杂性和机缘性。过于直接甚而等价的价值判断，使他们没能把人生现象处理得更复杂更诡谲一些。过于纯净，过于民间文学特色的是非观念，左右着他们的笔触，不受人性邪恶和性格分裂的多重性影响，同时也就多少轻略了人心与社会生活的多重性。当然，对于短篇小说来说，我是在苛求了。

特区军旅文学是一个崭新的话题，缺少更丰富的文学实践和经验性佐证，是一种处于实验阶段的文学。它由一批有长期军旅经历的青年作家提出并开始走出第一步。这一步的迹象是很泼辣的。大部分作家在创作心态上是自由宁静的。这对于长期浸润于比较单向讲究庄严的军队生活及相应的创作意向的作家来说，是一种应该肯定的尝试。它将会使广州军区青年作家的文学创作走进一个新的时代，一个真实地描绘特殊环境中特殊性格的新军人、新英雄主义的新时代。

1990年2月18日

阴晴圆缺

——评1991年《花城》的中篇小说创作

在文坛澹淡和新小说机锋然而矫作的气氛中，《花城》像许多文学杂志一样，又蹒跚地走过一年。用不着太深刻地研磨审视，仅仅愿意凭一种不太趋时的感觉，就可以意识到某种也许是无法排拒、无法批判的流弊：精心耕作和捻断三根须的苦吟精神，已渐为现今的文坛所漠视，代之以一种世纪末的焦虑和浮躁。仿佛在21世纪这个门槛上，文学终成旧日抒情的最后目光，已经无力穿透文坛所祈求的生机和走向。世纪末情调对于文坛的骚扰和渗透，是作家本身意识到而又无法真正抗拒的。文学是什么也许已经并不重要，而为什么弄文学，弄文学究竟为什么？这种潜在的又不愿明确道白的困惑，正是世纪末情调与文学危机交汇的重要之点。所以，作为文坛中人，也许面对这一切，需要比读者更深刻严峻地检视自我，文坛的自我和作家灵魂的自我。

这种灰色的论调实际上是一种说破意味的文坛独白。在一个经济高速发展的年代，在一个人们已经对文学开始不太狂热甚而冷漠的时机中，文学的反躬自问正是，它真正现实主义的真实力量与对人民生活的迫进程度，在多大的深度和意义上获得契合。在这个问题上，我感觉到文坛的回避。作家在回避什么？是在真正的生活面前却步，还是以对大众生活的冷漠为途径，进入一种连自己也莫名其妙的另一形态与意义的"苦闷的象征"之中？我以为裸示这种文坛情状并非一种苛刻。中国文学是在20世纪即将消失的时刻，进入一个澹淡的、向新的机缘过渡的时期。一批于新时期驰骋文坛的宿将，此刻已经有些疲累了。而新作家，正以我们很陌生的文学思维进行着新的文学尝试，以其优势与缺陷同等的混合，展示着既迫近他们的现状又不甚明确堂奥的文学追逐。新写实主义和各种旗号下的先锋文学及各种包裹着莫名心态的新小说，都在鲜明地显示着、强调着文坛的种种各不和谐的音调。我指出这种情状的目的，正是企图在文坛现状和作家局限的意义上，来看《花城》这一年的中篇小说创作的收获。

很令人注意的现象是，王蒙、谌容、从维熙及张洁这些为新时期文学立下功劳的作家们，他们在《花城》的作品中，几乎都不约而同地使用着一种方式。用一种调侃而又不得不很调侃、在叙述中反透露着一种急迫的认真、一种忧思的方式，似乎轻松地叙述着一个个读起来荒唐、想起来认真的故事。《蜘蛛》《第七种颜色》《酒魂西行》《日子》，这些荒唐的故事背后所蒙受着的现实的沉重，深深地烙印着这些永远难以轻松、永远难以调侃的人生，并把调侃当作文学方式的作家们，对某种现状的无可奈何的酸楚和抨击。我指出这一点又近于说破，但我并没有认为这有什么不好。对于一些已经被流俗所认可，而且已经成为一种久而不闻其臭的时尚的东西而言，这些小说的出现，尽管对之仅仅是一种微弱的冲击，可它们至少代表着一种神圣的良知的难以泯灭。

人是什么？人在某种意义上是蜘蛛，或者有过之而无不及。人又不是蜘蛛，蜘蛛只是依据自身的生命规则，无欲望与意愿地以与生俱来的指引去生存。可是人呢？人从蜘蛛的生态中悟觉了灵感和启示，从人的立场与利益去捕捉这灵感的天籁之声，以人的智慧和蜘蛛的方式去实践这天籁之声，这究竟是人的聪明，抑或是人之为人的可恶呢？王蒙的《蜘蛛》所描画的人物祝英哲，从不名一文的公司小职员，到摇身一变，成为公司的新任老板，并娶了公司老板的千金为妻。他从蜘蛛那儿获得人生的灵感，按照蜘蛛的方式去走人生的道路，当他自己梦中形同蜘蛛，意识到自己成为蜘蛛时，他陷入了一种为蜘蛛所同化的恐惧中。我想，蜘蛛与人的同一，也许还不是王蒙小说的堂奥之处。祝英哲的快乐与叹息，才是小说欲说而又无法真正道白的，即作家的局限之处：祝英哲新任老板，新娶海媛为妻，新迁入老板的府第，他沉浸在一种节日的喜庆气氛中，于是，他想到了他的坚忍，他的毅力，想到多少个白天和夜晚对自己近乎残酷的控制，"他几乎哭出来！继而一想，一切他的追求的，全得到了！真到手的那些日子，一切竟又像是探囊取物一样的便宜，手到擒来，得来全不费工夫。他又为命运的莫名的无公正无逻辑难以预料而愤愤不平地快乐起来，同时又得便宜又卖乖地叹息起来"。与其说王蒙在祝英哲身上鞭挞和挖掘了人的恶，不如说他去描画这个世界的同时，对命运的莫名、无公正无逻辑、难以预料有着某种难以言说的悟觉。这种悟觉是他此刻难以用文字所表述的。所以，王蒙小说的所谓幽默和诙谐，既不是装出来的，但是，也不是王蒙骨子里的东西，那仅仅是一种文学的需要而已，一种与他的文学经历相吻合的，无法超越某种局限的一种暂时的补偿。

像《减去十岁》一样，《第七种颜色》的谌容，表面印象是当年《人到中年》的创作心境和表达方式将永远不会再有。说实在的，从健全的社会心理而言，我更欣赏《人到中年》那种直接干预社会思潮的写法。然而，既然谌容更辙必然自有她的道理。这道理，正是作家企图明说又难以明说的。我们什么时候陷入没有个性、无所适从的境地，我们也就在什么时候进入一种我们异常熟悉又常常感到陌生的状态。许多人都以不同的方式和心态陷于这种状态而不自知。即便是刚随代表出国回来的干爹刘敬涛，他应说是见识过大世面，有过不同社会制度比较，又自称对"搅屎棍协会"深有认识和批判。他对于墙究竟该刷成什么颜色虽然是不置可否，极为民主，可是他倾向性极强，比"搅协"并无逊色的权威性干预，且说得头头是道的宏论，其实质与他所抨击的那些人和事同出一辙。而他圆滑的机锋，于亲切教诲中的无可置辩的权威，给人的印象所联想的，就不仅仅是他表达一面墙该刷成什么颜色的问题。他这个人物所透示的那种身份和权威，以及人物所代表的社会思潮，对于舆论与生活现实干预的强大威慑，正是构成社会生活畸形的因素之一。《第七种颜色》主人公的荒唐所寓言的，是一种潜行于社会心理中的普遍定势。作为人在特定的文化氛围中的一种真实，荒唐仅仅是这种真实的某种程度上的抽象化而已。荒唐的事象所包裹着的是并不荒唐的命题。正如对骑士精神的崇拜，最终只能用堂吉诃德式的描写，来为那种时尚画一个句号。

如果说，《蜘蛛》之于《组织部来了个年轻人》，《第七种颜色》之于《人到中年》，从内容到形式及至作家的创作心境，都有大异其趣之感，那么，我说这种异趣只是一种表象，一种曲意，而对社会与人的真实的殷切关注，并无丝毫的位移。但更重要的是，他们晚近的作品，更倾向于对社会个体的剖析，以个体的荒唐与邪恶去揭示人的真实而隐蔽的一隅。而此隅正是某种社会病的症结。

从维熙的《酒魂西行》在形式上也许更寓言化一些，但像王蒙和谌容一样，从维熙的创作个性和风格并未为他提供更多关于寓言的天性。他们这一代作家所命定的那一份现实主义精神，注定了他们不管采用什么方式，其方式都只能是外在的。当我们剥离了这篇小说的寓言外壳，把作为全篇叙述人的竹叶青酒，还原为作家自身，则小说的寓言外壳便无足轻重。由此我还想到，作家对于剀切社会病症的关切，却常常表现为对现实的无能为力。于是并非发自本能本意的冷嘲热讽与调侃的方式，便成为这种局限的出路。文学因此而显得世故，它在作家与作品、作品与读者之间获得某种默契，产生了形式与内容上的严肃的疏离，正是这种疏离，把寓言部分沉积、变形为一种忧虑，是作家在寻找排遣局限的借助方式。关于这一点，在许多并不调侃、并不喜好寓言方式的作家笔下，那些带有调侃与寓言意味的描述所呈现的夹生状态，足以证明这种导致夹生的尝试，包含着作家既想淋漓道白而又难以真正铺陈的苦闷。诸如张洁的《日子》，主人公眼中新来的党委书记，本应如《沙家浜》中的郭建光，"似这样长期来住下，只怕是身也宽体也胖，路也走不动，山也不能爬……"体重少说160公斤，两周未见，如何瘦成这个样子？"难道是忙的么？如果不是为工作而忙，又是为什么呢，他想来想去也想不出所以然，所以就顺理成章地认为是为工作而忙，在分田分地真忙的情况下，还有人为工作忙成这副样子实在可歌可泣。"描写与叙述，包括人物语言的调侃，并没有令人感到开怀，而是相反是一种难言的苦涩。也许这正是作家心境的透露。所以，在这些作品中，寓言化的形式借助，与内容的严肃性所形成的落差，并没有产生通常的相声效果或童话感受，却代之以涩重。这或许正是作家所祈望的。

与此相关的是王朔的《谁比谁傻多少》。在王朔的小说中，我们看到的是一种真正意义的调侃，一种没有任何精神负担和人生羁绊的自在的人生态度。那种发自本心本意的调侃，完全不是对文学形式的选择所致。我要强调王朔与王蒙等作家最深刻的区别，正在于这里：王蒙等是因为某种意愿而选择了调侃与寓言的方式，是借助。调侃对于王朔则是自然的发生，他作品的内容便是他作品的形式，不存在谁负载谁的问题。他小说的人物本身，从里到外就已经是漫画化的，这是他创作的定位。读者会发现，王朔是夸大了、放大了常规的生活，甚至把人的内心活动和心理状态，极为明白地无所掩饰地通过人物自身的言行表达出来。自吹自擂、自说自话、自轻自贱……完全违背一般中国人通常的行为方式——我这里指的是，他小说中的所有人物都采用漫画化的基本方式表现，而人物却没有漫画的变形、不真实之感。在王朔的小说里，调侃等所产生的效果，包括人物与故事的荒诞色彩，都可以令读者认可并接受。原因正在于，王朔将被人们以假面与虚情遮蔽起来的东西，也即将性格假面还原了，无须假面。在一个有许多假面的世界里，突然涌进来这么一出没有假面的戏剧，这本身就是对庄严的侧面世界的反动。所有的人物都以似乎极认真极虔诚的态度，去包裹也许并不值得十分认真，也谈不上过于庄严的事情。王朔的聪明之处，正在于用一种似乎很世故的方式，于调侃挪揄之中，击溃了真正的文学世故。把什么都说白了——将人的那么一点羞答答的东西裸示出来，用自己的方式裸示自己，也就把自己置于一个既被动又更为主动的局面。既然是与非都让自己给承诺了，还有什么东西可以制约和令自己惧怕的呢？中国传统文化的两面，在王朔这里得到了完全的最大限度的实用。这实在是别的作家们所难以达到的境界。在这里，传统的、正规的文学原则和批评规则显得苍白乏味，因为，王朔本来就没有把文学当回事，与治国齐家平天下更风马牛不相及。

王蒙和王朔各代表着当代作家在创作形态上的两极发挥。《花城》兼容了这两极。前者的局限，是在努力寻找文学形式的最佳负载时所致的苦闷和力不从心，由此导致了形式与内容的倾斜。而这种倾斜，在王朔这儿几乎是不存在的，他毫不费力地寻找这种负载，可同时也就生成了某种可说是先天性的局限。那就是小说的使命感与责任感，那种被称作严肃的主题视野的东西，常常让那种流于"京油子"，或类似于港台影视文学中的"无厘头"表达所冲淡。在世纪末这个很特殊的时段里，我们确乎很难寻找到一种适切经历迥异的现代作家所共有的文学方式。而文学的调侃风气又似乎是很顽强地共生于当今的文学大环境中，致使新老作家都很难不受这种风气的诱惑或沾染。

我相信有些小说，并非仅以情节的撼人或人物的生动复杂给人留下印象，或者以此显示其的文学价值，而是以一种极独特的语言叙述和结构过程所产生的暗示象征等魅力，把人从阅读的有限范围中，吸进一个更幽深的世界。那魅力几乎足以压倒你对小说其他方面的挑剔，如时空的倒错，叙述的非连贯性，以及由于某种违背传统写作规则的跳跃所造成的读者的迷惑，等等。你不得不于暂时的迷惑中承认这些作品作为文学的语言的力量，它对于文学的史诗效果的祈盼，以及为此所作的全部努力都是得以部分地肯定的。当然，能够同时拥有两者——既有明晰的叙述线条所交代的情节与人物的生动复杂，又具备语言的充分魅力及史诗式作品的一切要求——是再好不过的了。但一般来说，具备后者的文学品格的作品，多少优胜于前者且同时也就并不缺少前者所具有的素质。吕新的《发现》、北村的《迷缘》、沈乔生的《天路逶迤》、海男的《圆面上跑遍》、扎西达娃的《野猫走过漫漫岁月》及黄康俊的《蟹岛》同属于这一类作品。坦白地说，也许这一类作品暂时不可能拥有众多的读者，但它们在某种层次的文学内涵上提供了值得探究的东西。

我以为吕新的《发现》，从小说的诗性意义上来说，它近似于一种凝重的牧歌。凝重的叙述风格却以流畅的语言表达来实现小说过程的推进，这就产生了这部小说的魅力之一：整体氛围是凝重的，有如泥之流缓慢却又有力地滑动，呈现着苍老的岁月感和沉重的历史感。而在个体情节和人物的描写上，又是清晰且细致的。语言的特殊色彩和风韵在其中发生了极大的渲染和调动作用。虽然整部小说的结构在情节上是并不十分连贯，它分成几个有代表性的情节时段，予以不同人物的叙述，共同构成一部小说的来龙去脉。互相切割独立的时段里不同的人与事，是靠什么东西连接起来呢？不仅仅是靠作家在叙述过程中的意象——若干部旧小说或者干脆就只有一部旧小说。旧小说的意象成为小说结构的关键之点，它同时也是小说语言个性的出发点和寻求的归宿。这个出发点对于这部小说的魅力有特殊的意义，它使小说并不十分惊心动魄的情节别具一种陌生但是高贵的意蕴。围绕"旧小说"这个意象所建构、所生发的语言表达，所相应发生的暗示与索隐，反过来对小说语言有一种特别强调的要求，那就是旧小说已经不仅仅是小说的灵魂，对之的理解上升到哲学命题的严肃和智慧。把始于1928年，绵延发生至1962年以至于无限——没有结尾的历史河流中，南方岁月旅馆、山谷、家族的山上、古城门的箭垛和飘扬的旌旗等都赋予一种时间的意义，它们是时间，是不可逾越、无法操纵、无可挽留的神圣之物的象征。相应的语言描写都必须而且已经服从于这种要求的主宰，作家完全陷入不可自主的语言驱使之中。这是一个令读者清晰同时也令读者不断陷入迷津的语言陷阱，原因盖出于它语言的哲学要求所挟带的梵语意味。尽管它也许并不生僻和古奥，但它确实如旧小说一般危机四伏，如南方岁月一样阴霾并不晴朗，像南方山谷和家族山上一般诡秘。犹如一部"没有封面的旧小说，书中所有章节已完全发黄并趋于褐色，细节和场景使人憔悴不堪"。是小说的细节和场景本身，还是使读者憔悴不堪？是前者也是后者，它语言的涵盖在于它的暗示和索隐所蕴蓄着的力量，这力量在小说的任何部分都以一种既释放又不完全释放的状态维系着叙述的紧张。有如旧小说情节的紧张状态恰恰是因为它"旧得没有封面和被撕去结尾"，这种语言的不确定性效果所暗示的东西，使小说的时间和这时间所包容的小说世界的深邃，几达到一种难以把握、难以一次性窥探清朗的地步。"他看见一条柔韧有力的青麻的绳索长长地伸展着，紧紧地拽着行将逝去的时间，沿路上留下了一些淡红色的痕迹。岁月之门布满重重的绿苔。"正因此，"没有人能够真正掌握和操纵时间，大都头破血流，声名狼藉"，回忆不是挽留，不是返回，回忆只是一种想象，一次精神上的送行。这种语言表达所带给人的思索，所奠基的作品的格调和品位，正是吕新小说的精神之地。他努力想把小说语言净化为时间，如时间一般隽永和强大。语言之矢正在于他所祈盼的。他的小说有如一部旧小说一般，见识岁月与生命之流，令人读后不得不回过头来再读。

我读过北村《迷缘》之后的姐妹篇《孔成的生活》。现在掉过头来读《迷缘》，自然便有一番比较。也是那些人物，可于我而言，却常常产生从结局——或者说根本就不存在什么结局，而仅仅是一种暂时的中断而已——倒溯的感觉。

这种倒溯的感觉，同样也适应于《迷缘》的语言内涵，乃至整部作品的内在结构，我所指的倒溯不仅仅是针对小说时序而言，那是没多大意义的。我是说小说语言不断把故事的结局和人物的命运预告（这种预告或叫作预言的依据寻找）、把小说进程推进为一个预期的索解的过程。无独有偶，《迷缘》与《发现》在创作的文学意念上存在共同之处，那就是通过语言的暗示与索隐所驱使的人物与情节的寻找，导致对一种精神方式的凭吊。四平戏《迷缘》的寒意和不适时宜的史坛宿将孔成教授的令人费解；《迷缘》戏角的命运（孙枝死于响马的说法比死于一次症疾更可疑）和孔成的梵语（慕容，我们这个时代最后一个伤心的人），这种语言的拓展性和不确定性把小说和人物引进一个迷宫。四平戏《迷缘》的角色与小说人物角色的重叠，小说中现实的虚构性和虚拟的现实性及戏曲中的九天的"香草时期"与现实中主人公慕容失踪时期也是九天的重叠，地方志中的古城霍童和小说中所描写的霍童的重叠，这一切，使即使是明确的情节和人物的描绘，也变得神秘兮兮。"香草时期"的一系列风景，既重现于现实的小说关系中，又时时由作家揭示给读者。这也许仅是一种误读，一种由于时间差所造成的破绽而已。至此，一切描绘过的、发生过的，当真描绘过、发生过么？虚拟与真实之间也许并没有什么距离。"这三个外乡人的无知导致了黎明前的悲剧（杏娘、孙枝和慕容的死或不死），你可认为一曲《迷缘》唱完之后，霍童成了一座空城；你也可以设想火灾后的大规模逃亡使霍童变得空空荡荡。在这个由于时间差而导致的最大破绽中，整个香草时期是不存在的，将一笔勾销。只有典籍中的梅雨在持续，现在的霍童（板樟）人来自一次客家历史上的再度迁徙，他们都是外乡人……"是三个外乡人对霍童的无知导致了悲剧的发生，可是事实又是现在的霍童人本来就是外乡人。只有典籍中的梅雨持续，而那梅雨，是如约而至的。这是北村要告诉读者的"迷缘"。面对这样有魅力的语言意绪，你要怎样怀想都是可以的。

不知读者有没有注意到，吕新和北村的小说究其实质是一种叙述上的语言艺术的施展。这里至少表明了叙述者语言艺术的两个特点：一个特点是对于叙述和描写的对象的距离，叙述中那种全面布局和精神上的自由。这个特点的实践告诉我们，叙述者的语言常常在具体叙述对象的同时，把小说的意蕴升入一种称作时间领域的东西。因之便把有限有形的东西，化入无限无形的时间概念中，使之具有某种永恒的意绪。诸如吕新的"旧小说"这个概念，它实际上是一个时间概念，同时也是精神借喻。北村的"霍童"和关于霍童的故事，在霍童的毁灭与否和曾经有无这些问题上让读者回味无穷。另一个特点是作家对时态特别地敏感，模糊了大的准确的时间背景，同时并列或者交叉了各种时态。语言的智慧在这种扑朔迷离的时态交织中显示了它的重要性。读者阅读时稍微疏忽，都会使自己陷入不得要领的境地，提示警觉，成了阅读过程中一种潜在的乐趣。

寻找红影，寻找一个在新婚之夜出走的蓝色的女人。这是海男《圆面上跑遍》的情节。叙述语言与小说意象的宗教色彩，像梦魇一样缠绕着主人公高棉对红影的寻找。应该说，寻找到或寻找不到红影，在小说的立意中是次要的，何况小说开头有一个披着银发的老人的箴言——"你们不会找到这个消失的女人"，已经预言这种寻找只能是一种精神的放逐。我想作者的本意正在这里。"在红影消失的第十三天"，高棉从滚动的虚无中看到了一个闪闪发光的球，看到红影赤身裸体躺在一片麦田里，每一只手臂都垂满了金色的麦穗。于是，高棉认定，只要有麦田的山坡上肯定有红影的影子。十三、麦田与麦穗，以及没有理由的出走等，这些与《圣经》相关的东西，都在叙述中预告着一场即将出现的演示，一场与人自身及人的罪恶相关的演示。男女欲望是一种罪恶？对红影而言，对出嫁的恐惧源于罪恶的认识。作为红影的女伴的高棉也是如此。红影的出走，是对自我罪恶感的一种逃逸。高棉思索到这一点。所以，她之寻找红影，不如说她在寻找一种崇高，一种古典的感情。"她不断地让自己想起红影在她身边旋转的影子，提醒自己注意到那个不容人怀疑的气质：那就是红影站在地球上的影子。这个形象使她倍受鼓舞，她觉得寻找这个形象已具有一种贯彻生命的过程那样一种美好而漫长的禀赋。"寻找是新时期文学主题之一。海男的小说所描述或说所追逐的这种寻找，也许更具有人类历程的宗教精神。这种宗教精神在她笔下演示成一幅具体的带有某些现代色彩的比附。一方面是对现代人精神状态的隐约抽取，一方面把这种抽取用宗教的语言和意象加以变幻。诸如麦田、麦穗、乌鸦、洪水、盲女和有沉疴的女人，这些源于《圣经》故事并与神迹有密切关联的事象，在小说中都强调着宗教的意绪。且对人类终极的风景具有某种不详的暗示。关于这一点，也许是海男本想回避又不愿回避的。

上述小说叙述和经营所表明的是，文学的崭新思维，必然随之带来叙述语言与方式的革新。而这种革新的利弊，也许现在很难对其做出客观公正的评判，但是，小说观念之逸出惯常的轨道，终归是文学的幸事。

由此，我想特别提出广东作家黄康俊的小说《蟹岛》。黄康俊是近年来广东青年作家中进步很快的一位。他以描写南方的海而在广东乃至更大的范围引起另一种新鲜。他以舶来的理论与北方的启悟，来参照他故乡海的蛮野和人的神韵。因此他超脱了本土人狭隘的地域眼光及对乡土具象的自恋。他保留了故乡海的物事的记忆不断充实的印象，却用别一种文化与精神来贯彻这种记忆与印象，使之活起来、新鲜起来。简言之，他用故乡的红泥土，捏成了另一个故乡，另一座海蚀崖。所以，在他较长的作品中，外来的人与异地的文化比照，既是小说矛盾的冲突点又是叙述的契机与转折点，同时转换了作家本人由历史与乡土所形成的固有的心态。使之敢于越出南方生僻之地的种种规范，包括人伦与道德的规范而做出种种诸如审父的诘问，以一个不很地道的北方汉子的粗犷作态，介入南方传统文学中本来明丽平静的海域，形成了有如江河入海处那样一片独异的海区。《蟹岛》自然也集结了上述这个文化模式的优缺点。黄康俊的重要之点，是出色地超越雷州。他再度融入雷州，融入南方的海，则是一个新的难题。我从他的小说的语言——包括叙述形态、语风、句式、对话及对人与环境的描述——读出某些疏离南方语汇环境和人文形态的倾向。长期的大北方文化倾泻终归无法从本质上改变南方文化牢固的人文精髓。这就是南方文学的南方化终归是个话题的缘故，也是批评对于南方作家喋喋不休的因由。无疑，黄康俊的小说提供了南方文学如何南方化的一种模本和讨论的经验。

刘绍棠和周梅森，可以说是在自己的阵地上固守得最顽强的作家。我这里当然不仅仅止于题材固守而言。我想，在中国，对于一个真实且虔诚的作家而言，要不固守于某一方恐怕是很难的。跳来跳去的作家则另当别论。

依然是运河，写不完的故事，编织不完的人物关系。恩恩怨怨，生生死死。在刘绍棠笔下总是故事。《牛背》在刘绍棠众多的运河小说里，很难说是最优秀的篇什，但单就这一篇而言（刘绍棠的运河故事，在同一环境下要篇篇独出心裁谈何容易），却很有些中正和洒脱之气。《瓜棚柳下》的传奇，故事与演义的兴味浓了一些。而《牛背》则立根于简朴自然的人物关系，平庸粗朴的人生境遇中所透露着的是作家对人的关系与人生问题的随遇而安的胸襟。坠入逆境的谷秸的豁达是以一种淡淡不失庄重的调侃来实现的，而豁达又是以破译人的命运际遇、漠视浮华为内容的。作家与人物经历的重叠，体验的同一，所思所悟都已进入平和中正的状态，由此勾连编织而成的人物关系自然也就向这种状态倾斜。方梦菲、老佟、李黑忙子等人虽然各有秉性，但在这一点上，都不约而同地靠拢趋向这种状态，集结为一种朴素的人道精神，一种排拒了文学中惯常的为了虚饰高尚的矫情。这种矫情的伪饰曾经是一个文学时代的自然而然的设计。所以，《牛背》中才有了作为人事干部的方梦菲，为了自己的仕途，也为了补偿牛背村、对谷秸的愧疚，而暗度陈仓，安排李黑忙子的两个女儿以谷秸子女的名义进城。

仅仅用传奇和草莽之气来看周梅森的《沉红》似乎太平泛和媚俗了。但又很难对之做出更恰当的界定。周梅森的小说所描写的人物，遑论出处与性质，在我看来，个个有人的气韵，为娼为匪，都首先是人，活在一个饮食男女、良莠难分的年代里，都是些没有标签的人物。虽说《沉红》终归是"千军一战为红颜"，为了一个曾经为娼为奴的玉钏，而演出了众生屠血的活剧。可是，不管是从现实生活原则看，还是从文学的美学性格评断，围绕玉钏而引起的战争与纠纷的各方人马——周旅长、匪首徐福海、匪三爷、赵会长、白先生及福海的部下刘三生等人，就其做人的基本准则而言，性格中都回荡着一种对所爱所慕之人的忠勇之气。一种源于这个民族传统气节和人文认识的东西，压倒了单纯的恩怨仇隙，纵然偏执得可爱，痴愚得可惜，但是，横扫猥琐蝇营狗苟之气的，不正是小说的锋芒所向么？所以，"千军一战为红颜"，便也赋予情义无价的民族精神。为一个弱女子究其实质也是弱女子之所为的这一场战争，所贯彻的禀赋，是周梅森对中国民间草莽人生的深入体察。这种体察是以情义并重为准则，去融入人性的评判的。小说中几个人物的死，都死得颇为震撼。匪三爷自嚼舌根而毙，目的是绝了周旅长以他换回玉钏的念头，促徐福海下定死拼的决心，把欠徐福海一世的孽债了清。玉钏落入周旅长手中，吞鸦片而亡。周旅长则死于一种宿命，被人打死在徐福海的头颅之下。赵会长则死于万物皆空的恍然大悟之中。从某种意义上说，这些人物的归宿，都贯彻着作家对生命的态度，既重视又轻视的人生态度。既是沉红，也是过桥。

刘绍棠和周梅森这类故事性极强的作品，写的又都是些已成历史的旧事，已往的文学作品中不乏同类的模式，故事与人物类的模式对之的干扰，要求作家有独异的观念与见解。与其说读者关心的是故事，不如说更注重的是对故事的处置方式和对陈陈相因的人物模式的新鲜解读。这就是故事和人物的统一体的精神空间是否相应获得无限阔大的问题。

刘绍棠和周梅森更多的是在传统的叙述笔法上追逐故事与人物的涵容深

度。黄石的《远景》，严格说，这也是一部故事性很强的小说，但是，它故事描述的成分常常夹带着更多的议论，而且描述也常常让位于叙述，而这叙述似乎有作家急迫介入的因素。这部用有些欧化的叙述语言构筑而成的古典故事小说，语言的现代色彩所导致的阅读效果，是将读者引入充满玄机和哲学分析的悬扣里，尼楚赫王妃与冒名顶替而来充当刺客的太医私通这一故事的主要情节，成为故事的一脉游丝，而这游丝维系着的却是超脱这巨大危险的另一种情调——尼楚赫王妃这个由娼寮中来而为王妃的女人，煎熬终生的莫名期待的不断渲染。作家对这个故事的所有兴趣和关注，都在这个自怜自艾孤芳自赏的女人，对一种生活的神秘热情和渴慕的心路历程上。他之采用现代心理色彩极浓的语言描状和心理剖析式的议论，来丰富定位这个女性内心世界的铺陈，就成为小说的必然手段。他不失时机地介入人物的内心，与之一起寂寞和孤独地思虑着，常常迫不及待地加以评析："她不为此陷入缠绕自恼的境地。悲伤和生离死别都是朴素的，没有复杂和奥秘，对于王妃式的忧愁和耳濡目染，并没有增加她感情上的复杂性。她只是维持了那个时代里妇女本质上的直感的忧愁。"可以说，黄石在这部小说里，很出色地把握了那个特殊的环境中特殊的女性心态特质，把古典小说中那些作家未曾说出或叫作有意隐忍的东西、难以言说的情状，都借助现代语汇无孔不入的丰富性和创造力，给予种种补偿。他能够在一个很偏冷的题材里，对一种很难窥视、几乎普遍流亡于诗词歌赋的简约形式中的冷宫深怨的女性情绪里，予以铺陈。也许是同样的理由，小说在许多地方都赋予人物，或叫作以作家个人的方式使人物获得一种感知天籁的灵感，穿透一切的眼光。而这一切都是用不着证明的："他一眼识破了冒名顶替的太医，因为那形象散发迷惘虚无和睿智的气氛以否定他的方式侵入他的内心，让他暗自惊诧。那个形象，向他呈示了一种奥秘……"他代入了人物内心，这种本来不近情理的方式，却因为小说通篇的叙述渗透着灵犀之气和睿智的情韵，而淡化甚至消弭了本来的拙劣，读者甚至难以发现这种代入的主观性。总之，黄石的小说方式，使这种偏冷的题材具有受到现代读者欢迎的效果，这在这个领域并不是很普遍的。我想，现代读者对题材的距离感，倘若再加上叙述的古色古香，则小说的魅力是要受到影响的。

《花城》在这一年虽然没有特别轰动文坛的中篇小说，但在世纪末情调冲击文坛，文学已经失去了它在荒凉时期那样易于制造轰动效应的时刻，《花城》以一如既往的文学目标，稳健地建设着这块于南方经济大潮冲击下傲然独立的潮中洲渚，以总体水平的峭拔显示着南方文学阵地的骄傲。文坛的轰动毕竟是暂时的，而滋润于大众视听和文学修养的长久功力是最为重要的。作为在新时期文学上产生过影响的《花城》杂志，1991年中篇小说的状态，注重小说艺术的精到多样和小说观念的舒展，并不特别地钟情或偏爱于某一样式或某一流派、某种倾向，因之在作家与作品的取舍上，都显示了斑斓的姿色。除了我上述重点择出的作品之外（我之所以重点择出，完全出于我个人阅读上的印象，并非意味着它们是本年度发表的中篇小说中最为优秀的作品，或者说，它们在某些方面确乎代表了《花城》众多中篇小说的某些特点），诸如莫言的《白棉花》、张劲松的《河东河西》、李斯的《别哭，诺冰》、傅绍万的《弥水》、赵刚的《足球城》、李治平的《死亡追忆》、张庆国的《灰色山岗》、蔚江的《远离爱的老树》、毕飞宇的《孤岛》、墨白的《红房间》、墨桅的《毋魂》、蒋置文的《别责怪梦幻》、苦马的《大围困》，这些我未评及的作品，在它们构筑的园地里，并不缺少魅力，限于篇幅，我只能遗憾地挂一漏万。这也许便是评论的诸多悲哀中的一种。

我相信我这篇所谓"综述"式的评论，正如它的题目一样，阴晴圆缺，见仁见智。

1992年2月21日

匆忙地走着自己

——评《小说家》中篇小说擂台赛参赛小说

在所有的学科中，文学是最难于在匆忙的短暂中做出评判并指出高下的。尤其是擂台赛这种东西，参赛的高手总渴望是赢家的那么点冲动，会使之别出心裁地干出点出其不意的东西。于是，这就把评论家推入一种难分高下的困境中。所以，你必须用心地寻找它们之间也许是形式大相径庭也许是大同小异，却在精神境界或文学追求中相同而又微妙之处。正是这异乎寻常的微妙之处，造就了作家作品之间微妙的区别。我想我是被推入了这种微妙判别的困境中。

令人惊奇的是，这期擂台赛的中篇小说，作家在对世界的把握方式及叙述世界的方式，以至于谋求实现的理念目标上，都有许多不谋而合的探求。五部小说除季宇的《当铺》多少溢出这一范式外，其余四部小说在形式外壳、叙述视角、主题视野及精神品位上，都不同程度地强调了人物对现实世界的一种潜意识化的心理本能的反应。小说的历史感倾向于人物对现实世界的"潜意识"化的事实和经验。人物的幻觉与情节事实的虚拟性使各部小说获得另一种意义的真相，一种生命的真相或说是渴望解剖生命的真相。《无处告别》《孔成的生活》《天界》《日蚀》，这些小说标题所涵含的语义场、所产生或寄托的文化意向，对人的生存状态及时理经验的指认与启示，既规范于小说内容又超然于小说规范，而成为一种人类共同关心的普遍状态与心理启悟。

也正是这种趋同，便使其微妙之处显示了裂缝。这种裂缝于我而言，完全是感觉化了的。所以，我对之的评论也完全是听任感觉驱使的。我想，面对这类作品，因感觉而对作家作品感悟方式的解读，也许更逼近作家与作品的实际。

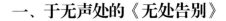

一、于无声处的《无处告别》

当现代人确确实实感受到现代生活困境，且把这困境的内容与形式都归于精神冲突与文化压迫时，这种意识本身，也许就已意味着人开始进入对生命本相的觉悟。陈染的《无处告别》所要告白的，正是现代人面对的无法告白的东西：人在寻找自己的过程中，不得不盲目地匆忙地走着自己。主人公越是要明确自己，就越是从明确的动机中走入混沌的结局。无论从什么角度言，黛二小姐的现实条件比诸常人都是相当优越的，可是她竟然流于"无处告别"的境地中。她与朋友，与母亲，与世界，与现代文明，始终无法达成一种自然的或者社会的默契。她过于明确自己以至于产生一种分离自己与现实的力量。问题在于这种明确，常常是黛二小姐自我的肯定，而并非一种相对客观的裁决。尽管作家在明里的叙述中，对黛二小姐是持一种并不调侃的强调的，"*黛二小姐虽然生得柔弱，但内心挺有力量，她对自己、对别人、对情感、对世界都有相当的把握力……*"很多事还没有开始，她已经能知道结局。这是陈染的思路，也是小说的思路。但我还是看出陈染在暗里的另一种意思，也即主人公对自己的明确，并不能代表社会对之也是明确的。理念在现实境遇中的苍白无力，由理念所塑成的黛二小姐与世界产生的冲突，使之无处告别成为命运。无力改变自己或许说心存高远地把自己孤立于世俗，却又无法真正脱离世俗的羁绊或诱惑，使这种命运最终异化了黛二小姐自己。她完全坠入了她为自己设计的也渐被现实接受了的无处告别的循环中。设计成了真实，同时成为一种对人自身的压迫，这是人在寻找自己的过程中所形成的内外交迫的悲剧。

陈染很真实地勾勒了黛二小姐在与人的交往中那种期待他人的失望。她对人的方位确定的执迷，导致了她对自身方位感的迷失，以至于把自己的现实感完全取决于他人。这种走极端的方式，是她最终深感无处告别的主要原因。"*她把天底下所有的男人去粗取精、去繁除杂，只剩下男人身上那个关键家伙——一支填满火药的枪。*"也许这极能囊括黛二小姐的世界观。

陈染的话题，是一个迫近现代生命与精神危机的话题。其文学的贡献已经走出了多年前徐星《无主题变奏》的浅近层面，但依然无法真正摆脱文学的劲敌——理念的泛滥。在泛滥之外，令人觉到难以潇洒地叙述的拮据。

二、禅机四伏的《孔成的生活》

读过了《当铺》的读者，也许会觉得北村的《孔成的生活》是沼泽与迷津。在阅读的轻松与传奇性上，我倾向于《当铺》，那是聪明之作。在生命的精神吸引上，我倾向于《孔成的生活》，那是聪慧狡黠之作。

禅机四伏，意在书外。欲言又止，点到即止，成了小说的魂灵之魔杖。孔成与现实的对立，在现实关系中的崩溃，正如世人对诗人去从事建筑师行当深感荒谬。但，这是荒谬的吗？这难道不是一种更地道、更真实，然而却被世俗所讥讽、所无法承认的真相吗？现实更像一架歪曲真相的机器。孔成的生活，他的毕业论文《无法建筑的国》，以及他的诗，这些被世人唾弃讥诮的智慧，因其现实命运的不公就没有价值，全是梦呓么？恰恰相反，孔成的生活，也许才是人类智慧的生活——尽管它并没获得更好的命运与承认。

这自然是评论家的话。我想是多少逼近北村的真意的。如果说，唐松、董云之流是用脚在走路，则孔成是用脑袋在走路。倒立着走是一种智慧的话，在现实世界中则同时被视作反常。

我极欣赏北村的语言功力，他的魅力全表现在质朴但是深邃的语言背后。他的潇洒是对语义的深度把握和对所写的对象的深度把握。他力求造成一种带毛边的不精确的叙述和小说氛围。对人物性格和所代表的意蕴的准确把握又使这种带毛边的生活描写禅机四伏。每一个人物的对话，都显示了一种穿透本质的企望。

孔成说："在霍童，想做一件完整的事是困难的，总有一天，我会分成两半。"孔成正是不能分成两半而终生潦倒。其他人反之亦然。他无法顺应分裂的时尚，而别人能。这其中大有深意。孔成的诗稿："一条拒绝的船停在山顶，看，那就是我们过去的神庙。"究竟是因为孔成抛弃了拒绝了时尚，还是时尚抛弃了拒绝了孔成，在作家那儿是明白的，而在作品所营造的世界里，却具有许多余地。一切都必须以颠倒的方式去寻求答案。也许生活常常是以不深邃的方式赋予人知觉，而北村是穿透这方式，找到负载这深邃的文学形式的"作家"。从小说描述对象的变形和荒诞中呈现的是一种形而上意义的高度真实，这就是《孔成的生活》所暗示、所揭发的一种隐秘——历史与时尚的隐秘。

我喜欢这部小说，是因为它能让我百读不厌。百读不厌是因为小说结构和人物状态及语言的禅机所暗示的社会、人物性格的凄楚的真相。

三、《天界》夜色凉如水

乔良的《灵旗》之后，这类现代人走入历史的奇想已不多见。田中禾的《天界》比《灵旗》走得更远。他以第一人称的直接介入，成为"天界"来客，与异人对话，"天界"的虚拟性或梦游性便时时逃遁，把百年历史迅即推入现实氛围。把历史时态的叙述转换成共时态的效果。百年间流变的文化差异，包括生态、时评、风尚等的时代冲突，熔于一炉。获取了在一种于绵绵不断的时光之河中，一个断面里，不同时代评价与观念的冲突真相，由此而省略了叙述的冗长和结构的枝蔓。活人与死人——80年前被杀的"六君子"及幸免于难的外祖父、芙蓉十二等——的对话，与一个消逝近百年的古旧时代对话，与一种今天无法沟通的人的评价对话，其间的戏剧效果和观念冲突可想而知。而田中禾在一种古旧的历史环境中，尚能游刃有余，他意欲对所有定格定形的历史，予以再度审判的权利。**"他们仅仅因为死而成为流芳百世的英灵？""他们也算君子？从容就难，不赴难又能如何？他们能成功吗？能够给一个偌大的古国带来美妙的未来？"**与其说是外祖父对他们那一代人杀身成仁的无可奈何的唏嘘与喟叹，不如说是现代人对于诡秘的历史真相，被熔化、被重铸于铅字的历史的疑问与诘问。

没有评判也不需要评判。历史陈迹与现代精神共熔于一炉，并非仅仅存在于一种悬殊的比照，而是力求获得一种灵魂的置换和沟通。回到从前，做一回古人，也许更能深刻地体验现代人的焦虑。缠绕着《天界》的是对历史真相的苦求。这种苦求已经超越了目的实现本身的魅力，而把苦求的过程上升为一种不朽的精神和伟大的状态。我想这才是田中禾所追索的文学境界。这种境界具体体现在"六君子"与外祖父身上。"六君子"他们英雄是因为他们在一个特殊的时刻，作为推动时代车轮的一个环节力量，先知先觉同时具备大丈夫的人格力量，舍身成仁而终不悔。他们包揽了外祖父的"罪责"，"黄七公子受了刑，可到底没咬同党，谁都知道那篇文章是赵先生写的，他独自揽下，不松口。"而苟且终生的外祖父，"心里震撼着一个念头：他们死了，我还活着。我靠编织一个谎言保存了生命……他顺从了这个谎言，在危险时刻从牛鼻子胡同逃脱"，因此他愧悔终生。时代忧患与人格忏悔铸就了外祖父的外形与内心。也同时铸就了一段难以遗忘却又时时被熔化、被重铸的历史。世人太看重结果，以成败、以烈死论英雄！以为文学的至境也是人生的至境。而田中禾把这一切都化在过程中。"忽然，我觉得自己就是外祖父，踯踯躅躅走过秋雨的长街。""我"追寻外祖父，是在追寻作古的历史，追寻一种对这历史的深度理解与体验，以求得对现代精神问题的解答。

在老辣而又忧伤的叙述语词里，历史与现代的鲜明对比色调，被调和为淡墨渐浓的长长雨巷。就小说的文学氛围和情调及由此而生的深刻人生写照综合而言，《天界》是为上品。

四、《当铺》背后鬼魅丛生

最合时下大众读者口味的，要算季宇的《当铺》。陌生的行当本就包含着诡秘奸诈的营生，而跃动其中的人物又都是些令人齿寒的角色。熟知的旧中国背景，所凸现的是文学作品中较少直接描述的角落——当铺。阴冷的当铺背后，一个当铺世家内部诡秘、罪恶、乱伦、黑暗而野蛮的情景，在季宇笔下，像一条粗大的扭曲蛇行的血管爬动着人物与情节。这些人物与情节的引人入胜和传奇性，是建筑在旧时代当铺这个行当的神秘和奸诈的基石上的，同时笼罩在一个由父与子因乱伦、因仇隙所滋生的大阴谋中。

当铺老板朱华堂是继《儒林外史》的严监生之后，一个更其吝啬狡猾、精于算计的人物形象。有过之而无不及的是他既骨肉相诛，且连性交都要算账，性交而不生孩子便划不来。他终于败在由他儿子朱辉正罗织的阴谋之中，而朱辉正最终又不明不白地被毁于朱华堂义子田七的谋划中。故事意想不到的发展格局中，敌手一个比一个更不动声色，更强大和狡猾。完全是一种智力与阴险的争斗。每一个人物，完全舍弃了人伦与道德的约束。或人欲或金钱，纠合而成一个大陷阱，一个大沼泽。黄雀在后的危机和悬念，使故事顿生阅读的奇趣与文学魅力，而古旧陌生的生活图景与奇崛的故事情节、奸诈险恶的人物性格，使很长的小说篇幅变成很紧张的短章。《当铺》与流行的以情节为重的小说不同之处是，作者注重的是人物性格的抒写，和古旧的陌生而又新鲜的生活内容的铺陈。他写出了某一行当中的人所共有的人的典型特质，情节跟着人物性格诡变走，而不是相反，比情节小说更胜一筹。

《当铺》作为一种古旧文化的再现，同时又是可读性极强的小说，当在推广之列。也许是规定字数的原因，小说结尾部分写得匆忙，结束得极为匆促，前部分那种从容、条分缕析的笔法忽然消逝了，情节滞阻，只能用交代和文件作为结局的陈述。而人物除朱华堂的形象叙述尚属完整外，田七与朱辉正这两个谋略相当的角色智斗，基本上没有展开描写，仅流于情节交代。这就把小说前部分所苦心经营的紧张格局和人物性格伏笔，给无端消解了。尤其是朱辉正，他的阴险与才智应是超人的——这在小说的大阴谋中已有交代，但在这方面的描状是欠缺的。

五、走入《日蚀》的人生

我努力顺应这个烦恼的闽南乡下女人乌昌的思路，去领受她的烦恼的因由与烦恼的过程。但我总是很难顺畅地适应许谋清在《日蚀》里为之安排的叙述，或许说没有更坚韧的耐心去适应这种叙述。我明白许谋清在追求一种生活流的非主观的叙述。有些烦琐饶舌、极尽浅淡的细腻，以体现乌昌漫长的无所事事而又忧心忡忡的心态，也许我更能适应的是一种善于化繁为简的叙述方式。乌昌的烦恼，是一个古老的烦恼，一个女人对于失去亲生男孩而又无法再生男孩的烦恼。当她把男孩当成她与丈夫生活中的太阳时，她就更深刻地痛恨自己的无能，谴责自己的良心。她的全部人生内容都归结于丈夫乐仔，归结于与乐仔青梅竹马的记忆，归结于为丈夫找一个女人，为自己代生一个男孩的谋划中，以及她因疼爱丈夫所作的性欲的克制，都在丰富着乌昌的妇道内容。就此而言，《日蚀》的确写出了一种在经济发达区域，男性发财致富之后，女性已不再承担劳作而休闲在家，完全离开社会规约和社会文明，而进入男性庇护下自足自娱的生活。经济文明发达与精神文明低下之间的矛盾，深刻地滋生于这一阶层中，而且正在成为社会问题。

乌昌已经完全退化到封建女性的原始位置上，以一个乡下女性对计划生育的漠然，消弭自己的意志而臣服于丈夫的意志，或说相当主动地以男性文化为自己的生活轴心和灵魂的归宿。她自觉地放逐了现代女性的自我。

她封闭自我意志的结果，是稍有走出，梦魇就接踵而至。她不止一次地梦见乐仔身边有别的女人，乃至在他的孩子的满月酒上，她终于看到了男人们包括乐仔身边的陪酒女郎。她无法接受这种事实。从此生活在一种唯恐失去乐仔的臆想中。一个失去自我灵魂的乡下女性，生活在"日蚀"的光环中的女性。

应该说，许谋清选取的题材视角是很独特的。但是过于烦琐的叙述，冲淡了小说的浓度，而生活流的自然发展又常常迟滞着读者的兴味，因为它毕竟不同于《孔成的生活》那种干脆抛开情节，执着于带毛边的生活描写且在语言的结构上取禅机四伏、玄语连珠的方式。许谋清更倾向于写实，而又努力融入某种象征，诸如题目的"日蚀"的象征与隐喻意义。两者的掺和导致了行文上结合部的僵硬与烦琐。当然，我这是在苛求了。

于我的欣赏偏爱而言，《孔成的生活》是最令我流连的，但从更全面的意义上言，我又觉得《天界》排前更理性。《当铺》《无处告别》《日蚀》都是各有所长、各有奇思的作品。我赞赏《无处告别》的立意，又忘返于《当铺》的奇崛，当然也沉思于《日蚀》的青苍。我在文首说过，对文学来说，一切匆忙地作出高下之分的评断都是最难且不公允的。因此，无法之法，也就只好依上述次序，姑妄排之。

1992年春

永远的异乡人二题

——论梦莉与司马攻

摘要：泰国华人作家梦莉与司马攻的散文世界拾取失落的旧情，记叙如烟的往事，字里行间充满着人生的放逐感和回归精神故园的古典主义情绪。他们作为永远的异乡人，其心理都还保存着中国文化的传统沉积及对故土文化的情牵魂系。其理论依托是一种文化守成主义意识，其怀旧又与今日相连，成为文化的延续。

每个人，从最本质的意义说，都是故乡的人，或是异乡的故乡人，而永远的异乡人，正是人生的终极。

——题记

论梦莉

不如归去。毕竟是异国，哪怕有万千的风情和不尽的富贵荣华。不如归去！这是我读罢梦莉的所有作品之后的感觉。她的愁绪，她的感伤，她的忧郁和她的如烟的往事一起，都执着于她苦难而又离乱的童年和故土。很少有女作家像她一样，把自己生命中最美丽同时也最凄楚的全部，如此沉入于那远去的不再回来的岁月。即使是现状的铺陈，也是为着那昔日的落叶。在她的散文世界里，她像一个蹒跚于故乡疮痍的村落里的游子，从那苔迹累累的老墙上，抚摸攀缘其间的老藤上经霜的新叶，拾取旧日失落的往事。她在《烟湖更添一段愁》的自序中写道："为了把失落的往事收回来，于是我在繁杂的商务之余，悄悄地、徐徐地把我在人生的道路上所拾得的、捕捉到的一些零碎见闻，和记忆所及的经历，加上我的联想，勉力用笔在纸上串出一些篇章来。"不是为着作家梦，仅仅是为着收回失落的往事和记忆所及的经历，为着那一份漂泊与放逐的惆怅和儿时隐忍的创痛，她写下了许多在海内外深受赞誉的散文作品。旧日的辉煌和黯淡，"几许痴迷，几载离散，欲诉相思，这天上人间，可能再聚？听那杜鹃在林中轻啼，不如归去啊！不如归去。"（《云山远隔愁万缕》）这是一个人在生命的成熟期，对生命本质意义的蝉蜕。在梦莉那里，所有的人生漂泊，所有的命运放逐，在最根本的意义上，都是为着归来所付出的离去！

假如有人能够抗拒故乡和童年如烟往事的诱惑，那么他将永远寻找不到他自己，寻找不到他降生的那个小小村落、古老的磨坊和他今日赖以生存的一切之间的联系。

当我旅泰期间，走进梦莉既传统又现代的寓所时，我顿时明白了梦莉散文的独异性，以及诞生梦莉散文的人文环境。

没有归去，不如归去，可是难以归去，终究无法归去。现实与情感的冲突，古典主义与现代精神的交汇撞击，挤迫着作家的梦莉和商业关系中的梦莉，这种多重性文化模式，诞生了梦莉的散文，它既属于她个人的情感世界，同时又属于许多同样经历和命运的人。这种情状，赋予梦莉散文尽管是旧地旧人的抒情，却因道出了现代社会潮流中一种逆向的情绪，一种回归精神故园的古典主义情绪，而具有了某种世界文化范畴中的普遍意义。

当现代化风暴席卷全球，田园和原始生态在逐渐缩小，传统正在逐步成为一种被排斥、被批评的对象时，人们开始回过头来，企图重新寻找逝去的家园，寻找一种与血肉之躯相容的、与血缘和乡土联结的脐带，即亲情和人性，那种简朴的而又深刻的人性。其主要的原因是现代化的机械和化学关系对于人的关系所造成的代替，进而产生的非人性化的刺激。

"传统与现代化是水火不相容的，前者代表着人性，而后者代表着非人性。现代化与反现代化思潮间的冲突正好代表着人性与非人性的冲突，不易解销。近二百年来的文学艺术和哲学上的各种思潮，多多少少带有这种冲突的表象。"（《世界范畴内的反现代化思潮》）

一般地谈论梦莉散文，或者仅仅从艺术技巧上去剖析梦莉散文的风格形成和笔法，我想是没有多大意义的。我想泰华散文作家中较有成就的梦莉，其散文之所以值得我们深入研究，是因为她的作品，极其浓厚鲜明地蕴蓄着且无意识地强调着一种我们很熟悉，却又因其熟悉而极易忽略的东西，那就是在离情、别绪、愁怨这些千古绝唱主题的荫庇之下，属于古典主义情怀，却又无不是现代生活刺激所导致的反现代倾向，一种还需我们深入研讨的，以文化守成主义作为理论依托的故地抒情。

逝去的，遥远的，哪怕充满着凄楚与辛酸，如《故乡的云》《小薇的童年》《李伯走了》《逃离狼穴》等（《烟湖更添一段愁》中的大部分篇章，基本上都属于这种类型），都在暗示着对过去时代某种存在的难言之情——即使是批判，也依然未脱对旧有精华的肯定。神经不正常，动辄毒打"我"的母亲将"我"卖与人当养女，继而落入人贩子手中。逃离狼穴之后，"我"对母亲非但没有怨恨，还说"**我再也不愿离开你……你要打、要骂，我都无怨。纵是冻死，挨饿！我也情愿跟妈在一起**"（《逃离狼穴》），这是一个8岁的女孩子，对苦难中的母亲逆行的理性宽怀。孤立地看，也许这个例证并不能多么深刻有力地解析梦莉散文的人性倾向，以及透过这种古旧的人性深度所代表着的文化意义。但是，如果宏观地看梦莉散文，则可以毫不费力地综合其价值取向的文化内涵。在《李伯走了》中，60多岁的厨师李伯是代表一个时代的人格精神和劳动态度，他在"我"家待了17年而终于告老还乡，回到离别多年的故土潮汕去。李伯走了，同时，带走了令人难以忘怀的和平朴忠厚的人格精神。生活秩序因他的离开而呈现混乱与无序。年轻的时髦的厨师们非偷即懒，不学无术，全无人性规范，更谈不上什么人格精神。古典在现代的沦丧与保持，在作家的评判中是明晰的。"**现在我们没有厨师了**"，全体员工对李伯有万千企盼万千要求与思念。可是，李伯毕竟永远地走了，"**他会回来吗？**"

一个时代的文学思潮，固然不是因为一个文学人物的品格消失而终结，何况这个人不过是芸芸众生中很平朴的一个。可是，从文学的文化意识上言，这个人所代表所蕴含的作家的文化取向，则是对一种还会再有的企盼及对过去的文化精华的肯定和追怀。这种肯定和追怀，以各异的内容和情绪走向，弥漫于梦莉的散文中，构成了梦莉散文的精神框架。纵使把许多琐屑的情感和微小的爱意连缀成篇，我们也依然可能从中读出不同寻常的属于文化范畴的文学品格来。

　　传统的古旧的生活方式精神规范下的李伯，他虽然仅仅是一个厨子，但他的质朴、忠厚所涵盖的人性人情，在现代生活中已经变得很古典，而几成现代人丢失的"草帽"了。虽然梦莉散文并没有对现代生活或现代化潮流有丝毫臧否，然而，那种无处不在的古典主义的意绪，对旧有的美丽、人性的美丽的感情沉入，是与现代都市的现代关系遮蔽下的人的关系的肤浅与隔膜怀着一种抵悟的。生活于富贵之中却能穿透其华丽，于落寞的情怀中追寻一种昔日的哪怕是惊惧或辛涩的美丽，从中筛选出许多人性的精粹来。

　　作为实业家，她无疑已经深陷于泰国商业社会和经济旋涡，流转自如。可是作为旅泰华人，尤其作为经历丰富、感情细腻的女性，她又是超然其上的。她的感情的泉水永远无法同步进入与文学活动完全相悖的商业活动中。她更多地保守着类似20世纪30年代知识女性的那种性格与修养的风度。她愈是深入地走进现代社会诸如摩天大楼的楼群中，她就愈是服从另一种来自遥远乡村，来自故园故人的已经逝去的、无法追回的召唤，包括已经永远不能再有的哪怕是艰辛惊惧的童年记忆。为了生存和事业而理性地投入现代生活潮流，为了保存自己的世界中曾有的刻骨铭心的人事记忆，她又感情地倾向于过去。现代人感情与理性冲突的二重模式，以一种隐忍的、豁达的方式，表达在梦莉的散文中。拒绝了矫吟和装饰，完全情感型地投入，并以浅淡的微香去熏染平实的语言，去诉说亲情的力量和牵系的感召。散文在她这儿变成了另一种人生，一种比她所处的现实更真实的人生。

　　因为放逐，彻悟不如归去，却又难能归去，于是离情，对离情的钟情，成为梦莉散文一个非常鲜明的主题和主调。

　　中年的悲怆，少女的情怀，永远保持着初吻的激动，以那般成熟而又年青的纯真，去拾取每一次的拥别，如同在梦中。朦胧而又真切的爱情，带着梦莉式的感伤，把瞬间的离情，化为悠长的相思。并非怨妇征夫的生离死别，也非一别将成永诀的人生无常，更不是那种充塞着极端形式的惆怅。梦莉自有梦莉关于离情的感伤。在《离情》《聚时欢乐别时愁》《寒夜何迢迢》等散文中，因永恒的友谊与恋情的日常中断，离情被处理成也许不久将会重新接续，也许此生再无缘相聚。一切的别离与重逢仅仅是现代生活的一种正常的节奏。正是这种生别死离的不确定性，即使明知明日便可重逢，依然在拥别时渴饮分离的隐痛。那种即使是瞬间分离，也隐痛至深的情怀，混合着中年时期对于即将老去的生命的珍视，以及少女般的激情。这是生命果实熟透的瞬间，留栖于枝头，害怕驻也孤独、落也孤独的心情。唯恐失却的忘情，寒彻骨髓。"自你走后，我不让自己有片刻的停息，这好像夜间的疾行者，迫于对周围寂静与黑暗的恐惧，有意踏响脚步，加快速度，嘴里哼着胡乱的曲子，也给自己壮胆。而我，却是在逃避孤独的袭击，忘却分离的隐痛，可是，每当夜深人静，隐痛更深。寸步不离的——唯有你留下的声音……"（《恨君不似江楼月》）她用自己的无限忙碌去填塞那永远也无法填满的分离的瞬间。

把别离的场景设在机场，在飞机腾飞的瞬间寻找那种一下子被拉长和撕裂的感觉。因为现代化，世界变得很小，没有了十里长亭送君的绵长，可是瞬间的拉长却把更为缠绵的空间和时间给浓缩了，成为能量巨大的铀。这铀将在漫长的时间中不断释放折磨灵魂的力量。

童年离乱，青年去国，东方文化背景，以及青少年时期在国内形成的人生观、世界观和乡土意识等，使梦莉难以彻底地去除曾经的烙印，难以真正脱胎换骨服从异域的文化洗礼。即使在异域事业有成，依然有一种被放逐的感觉。这种被放逐到异国的感觉，其实就是一种被抛弃感。它类似鲁迅源于绍兴、蹇先艾源于贵州乡土文化，后来被放逐到异乡从事写作，从异乡蓦然回首，重新审视曾经生活其中的乡土，故而写出一批充满离情别绪的乡土文学，如鲁迅的《故乡》《祝福》等。在梦莉这里，这种被被放逐的惶惑，被抛弃的命运感知，极为幽微地潜行于她的文学创作中。无所皈依的精神漂泊，令她以一种相反的方式——更为强烈的爱情的阐发方式，来弥补被放逐的虚空。而这爱情的阐发又位移于对离情的渲染，从而达到对被抛弃感的消解。这就形成了梦莉这一部分散文非同寻常的意味。

离情是爱情的苦药，也只有离情能够尽诉爱情的衷曲。在梦莉那里，对离情的文学渲染或说借助离情，把生命的恋歌唱得哀婉。而包容其中的仅仅是男女私情所能囊括的么？爱情仅仅是一种消解的方式。说到底，乃是对于旧梦故土的情牵魂系。《相逢犹如在梦中》，在廊曼机场迎接阔别二十四载的女友，通篇全是对昔日恋人相恋、爱心暗许的追忆。直接而平实的感情倾泻，对于各有家室的男女双方来说，为的是"永远无法忘却的旧梦"。旧梦、旧土、旧情的力量，在梦莉这儿，几成一种无可规避的冲击力。由于战乱，由于残酷的社会现实，旧梦难圆，终究难忘。"二十年后的今天，你对我的爱始终如一，依然爱得那么深，那么痴，那么纯。你给我的那颗心……我会永远，永远地珍藏着，直到生命的终止。"这种对初恋的坚贞，把所有离乱与去国的岁月，都拉回了儿时的家园，依然是那个未圆的梦。可是梦莉，固然阔别重逢，但已混合着迷惘甜蜜酸楚和凄凉的滋味，"相逢犹如在梦中，愿我们永远，永远活在梦中，梦长留，人长在……"。归根到底，怕再度失去的被抛弃感透彻梦莉的创作全程，她的感伤和忧郁由此而来。

梦莉的离情表述烙印着知识女性的特质，她努力含蓄却又常常溢出这个规范而变得狂放。感情的闸门常常大开大阖，把一组组短促、气喘吁吁的情绪淋漓尽致地抛洒出去。洋洋洒洒地奔流着的是另一个梦莉，一个被关闭得太久、积压得太多的梦莉。日渐膨胀的感情在她的散文里犹如行船走马，不可抑制，所以许多表述都是相当大胆的，无所顾忌，几乎忘情。她同时又在不同的文章中，把第一人称"我"作性别置换。我想这是梦莉试图在女性角色规范之外，以男性的角色体验来达到与之对应的全视角效果。感情的需求空间因此而扩张。以男性的方式更易实现狂放的感情倾泻，也更能全面地展示人性的丰富性和复杂性。

梦莉耽于写离情，通过写离情来表达一种心理需求。生命的漂泊与放逐，对于多愁善感的梦莉来说，是一个永恒的文学命题。

梦莉曾在散文集《烟湖更添一段愁》的自序中说她是"牛与风兰"。作为实业家，她是牛，有牛的精神；作为文学家，她是风兰，"泰国的风兰，即使在冬天，也开得灿烂、芬芳"。这正是梦莉的两面。在现实中她是牛，而在精神上却是风兰。这种悬殊对比使梦莉和她的散文变得深刻，她同时拥有了两个截然不同的世界。在相矛盾又相吸附的世界里，她把苦恋化作诗。既现实又浪漫，既人到中年又耽于少女情怀，于是她才能以一种天真、一份激情，写出许多人间的沧桑。

我对泰华文学涉及不多，曾有过些许误解，以为皆是一些异国情怀的倾诉，较少来自民间的慨叹和描状。读了梦莉、司马攻等人的作品，乃知他们经历着比中国大陆作家更多更沉痛的人生困顿和精神的冶炼，而其灵魂又是相对自由自我的。那种长久的飘零，永远的异乡人无根流转的命运感觉，是中国大陆作家所无从亲历、无从体验的。

梦莉散文自然也是属于这种生态的产儿，从其作品读出的是一个少女经过异域的生命洗礼，依然未脱乡土和平民、或许是破落的"望族"之后那种质朴与大家闺秀杂糅的气质。从其散文读出的是一种凄然的亲切和对人生沧桑的感悟。无尽的离情与怅然的愁绪，永远是写给故土、写给故人的。她的散文较少选择泰国异域的题材。她无法不依着自己的感情，不断把目光迫近她的祖国，不断对之倾诉难以言尽的情怀。她切近故土自然也切近自我印象中的乡土。所以她的散文品格之高贵，正在她把她自己，一个平凡的女性的自我灵魂献给读者，既平实又沉甸，真情而无奢华。

梦莉的作品是缠绵的，但在那缠绵里，你可以读出一种刚强，一种柔弱的女性经历了许多磨难终于到达生命的成熟期那样刚柔相济的境界。在许多篇章里，可以读到梦莉关于"熬"的勇气和信念。只是这种"熬"，依然带着梦莉女性的温馨，"迢迢的静夜啊！虽然使我难熬。但是，我想还是有个尽头吧！你说，会吗？"（《寒夜何迢迢》）在《一种相思两处愁》中，"熬"竟成为一种生命力的象征。思念之情的煎熬，永志不渝的依恋，"对你更强烈的思念，与深深的回忆……从你卷进我的生活思想领域之后。正像一股旋风，那样缠绕着，使人无法喘息。我不得不跟着你旋转！旋转！转得昏昏沉沉"。形形色色的煎熬，都在无言地表明心力之旅的悲怆。所以扑入她笔下的离情、爱情和旧情，全都是经历了许多年月、许多磨折的，都是在漫长的岁月中，一步步、一天天熬过来的。

这就是梦莉的方式，在梦中熬炼人生，在熬炼人生中做一个又一个的故梦。

她的散文，严格说，正是一种寻梦。寻找人生长旅梦中的茉莉。

论司马攻

地域本土文化的保存，在一般情况下，似乎是依本土范畴内的力量固守。可是，历史流变却常常发生许多相反的例外。那就是，源生于本土的文化现象，在本土渐渐淡化消失以至于被彻底遗忘，却在异域得以保存，包括文化记忆的文学强调。诸如源于山东的英歌舞，这种中国硕果仅存的男性英雄舞蹈，传入潮汕之后，被完整地保存下来，成为潮汕人引以骄傲的显示性格主调的英雄史诗，在山东反而失传了。还有源于中原的套笛音乐，也是如此。潮汕文化这种封闭与守成的力量，在保存消化别种文化硕果的同时，也渐渐产生一种盛世的自满自足，以至于把自己一些人文环境中的东西淡忘了。诸如潮汕的饮食文化，一些潮州菜在本土失传了，却由旅泰的潮汕人得以在异域完整地保存下来。凡此种种，与百年来潮汕政治经济环境的文化变迁有关，也与潮汕打破文化守成主义之后的势态相应。

我只是想借此说明潮汕本土文化与海外潮籍作家作品的关系。或者说，这些作家作品中对于潮汕地域文化的文学记忆的钩沉，应被视作潮汕文化守成主义战略的一个方式。现在，我们或许只能在作家的文学记忆中，去寻找已经逝去的，无法再寻找回来的东西，或者说，在年轻一代潮汕人的脑沟里旧时潮汕的人文意识已全无踪迹了。

泰国的唐人街，也许是保存古旧的潮汕文化最完整的地方。而在为数不多的泰华作家中，司马攻先生等的散文，也许最能显示潮汕文化守成的精神。不在于司马攻先生在某文中完整地通过文学记忆的方式再现旧时乡间的一切包括文物意义上的景观，而在于作为旅居国外的文化人，那种无法斩断的与故土文化根须紧紧盘结缠绕的潜意识，这种潜意识所凸现的清晰的童年纪事，包括一个乡间孩子在人文环境中所由的童年心态表现，都令人从那些零碎的、文化表征并不强烈不突出的散文记述中，发现了另一种完整和鲜明，一种已经属于过去时代的完整人文环境和对今天的潮汕青年一代已经完全陌生所导致的新鲜。

严格说，司马攻的散文记述的是一种与整个潮汕总体文化稍异的潮阳文化环境。如果说，潮州文化是正宗的正统的以韩愈所代表的中原文化为主体的文化构成的话，则它的雅致和大儒的文化气度，在民间化、世俗化之后更趋于精致与程式化，保持一种相对独立的内陆文化的稳固性。它的另一极是以粗犷的、变野的兼有海盗色彩的，位于海之北，且依海而生存的潮阳文化。汕头市则是两者的文化折中，一种兼顾左右而有多种选择之后的确定。它同时也因兼容性而拥有更多的不确定内容和多元文化倾向。这三块紧相联系又略有异殊的文化地理，区别了潮汕文化构成中的细微部分。雅致而规程、浊重而剽悍、清扬且活脱分别为上述三地极为粗泛的风格勾勒。司马攻的散文《故乡的石狮子》所保留的、所张扬的还是这样的话题。

　　他记述的已经是40多年前去国的印象了。那口中有滚珠的石狮子依然还在，据说狮子口中的滚珠是因怕狮子伤人而设的。而童年的孩子对狮子的兴趣，在于奋力想把珠子掏出来，终于无望。40年中，人生已变，而初衷未改，童心依然。珠子是对勇猛威严的狮子的约束规范，狮子只能接受这种无可奈何的现状。而出于好玩的孩子，冥冥中正是为着破除规范的，而终不能。他写道，教授古文的老师是一位族长，又是"贡爷"。七个学童每日必须轮流为"贡爷"洗涤他名贵的水烟筒。"轮到我，心中老大不情愿，黑黑的烟油沾满了烟管，水箱里的水又黄又臭，我经常用快洗法清洗，这样洗法当然不大清净，加上贡爷的嗅觉特别灵敏，抽后不是味道，弯着两道长长的眉毛，半眯着眼睛，他心中有数了。我心中也知道他想的是什么数，背诵古文的项目来了，他要我背诵那些又长又难读的篇目，一背不出或读错了，二十下手心的数是注定的了。"手心被打肿了，便无法去跟石狮子玩，石狮子因此嘲笑他，于是他真想恨恨地踢它们几足。

　　童年的反叛到了中年却成了守成。这期间的必由之路，既是对现实的无可奈何，也是对人生经历的通达认识。规范是约束人性自由的讨厌的东西，可规范又是推动人类文明进程的理性力量。记忆中的潮阳乡居生活的石狮子，优美多变的线条，威猛中带着柔顺可亲的造型，这种刚柔相济的形象，所包容的是对潮阳人性格分析的一种期许，一种最为形象同时又极为逼真的象征。追求无所约束又渴望有所约束的精神境界，企盼威猛又希冀亲切不至于太狞厉、太超越的感情，这也正是人在文明进程中的一种两难。文明就从尴尬与两难乃至于矛盾之中步步走向成熟。这是中国传统文化的精华和高超之处，不管它是处于民间或是庙堂。正因此，司马攻在文中说到外国的石狮子时，即使是仿唐石狮，由于不同国家的文化背景和人生认识不同，虽然威猛，却少了亲切感，尤其是狮子口中少了那颗石珠子。所以还是故乡的石狮子亲切，异域永远是陌生的，即使自身可能是永远的异乡人。童年渴望拿出石狮子口中的珠子，40年过去了，"至于石狮子口中的那颗珠子，我是没有办法拿出来的。就是能拿出来，我也不干呢，听人家说：石狮子口中所含的那颗石珠子是怕它伤人而设的。既然如此，就让这颗石珠子永远圆团团地转动着好了。"这就是中年的心态，文化守成的心态。时间在深化着人的文化认识，而离开本土之后对文化的再度审视，会加深这种文化守成的内涵。

从文化守成的价值判断上言，司马攻散文中那部分怀旧之作，也即描绘古旧的潮阳乡居风情与民俗的作品，对于中国地域文化的钩沉是有相当意义的。这些描绘，即使是在本土的文学创作中，也属于被淡忘、被忽略的部分。而司马攻以一位被命运放逐到异域的故乡人的眼光和心态，一种浓郁的怀乡情绪，再现了今已变得陌生遥远甚至已消失的旧时潮汕的拙朴乡风，且这种再现又掺入异域生活印象和感受对之的比照，因而就不纯粹是本土人对本土事象的直观描绘所能详尽，其中沉入了游子的乡思、去国的惆怅和落叶归根的惶惑，以及对多难的祖国空怀不尽的慨叹与挚爱那样一种斩不断理还乱的复杂情态。所以尽管写的是乡风民俗，而其落脚点却常在人生的隐忍处，一种坚韧的男子汉精神隙缝中的泪泉沁涌。

他写拜"床脚婆"的风俗（《三个七·七》），不在于对风俗的考究，那是风俗史家的事。"床脚婆"是专事保佑小孩子的神明。我想此事现在中年以下的潮汕人也是不甚了了的，司马攻先生却对之记忆清晰。"每逢年节，都要把亚婆的香炉从床底下请上来。放在睡床中央，用果品香烛银纸来祭拜。"而在七月初七这一天，"亚婆"生日，祭品便特别多。但是，"小时我很讨厌拜床脚婆"，因为那香烛味会熏得"我"流泪。母亲却总是要"我"拜，说不肯拜床脚婆的孩子会食痘发天花。母亲也念过书，是个文明人，为了孩子，便"宁可信其有，不可信其无"，哄着"我"与弟妹们拜床脚婆。"现在回想起来，觉得很好笑，拜床脚婆倒是很有趣的，虽然那是迷信的事，但在拜亚婆的过程中却盈溢着伟大的母爱。所以我忘不了这七月初七的床脚婆生日。"由床脚婆生日想到七月初七牛郎织女的相会之期。如今人在曼谷，灰蒙蒙的天上却永远没有银河，还是遥看当年，故乡天空特别高，星星却特别近。尽管七夕的故事对于"我"而言并没有特别值得代入与回味的意义——因为"许多人说，年青时代大都有一段恋爱的故事，但是我却没有，我没有恋过什么爱。如果有，就是我独自一人偷偷地爱，又偷偷地离开，没有恋，更没有爱的故事"。然而，异国空蒙的天空没有银河，因为没有银河倍觉故乡离"我"更远。而"我"离故乡已很远，银河是否离我更远呢？回环往返的思绪陷入难以言说的离愁之中。于是，在异国没有银河的天空下，能借以回味的唯有那有关七夕的诗句，"能填补我心中空虚的是故乡的那些高山"。一个是地下的亚婆的生母，一个是天上的佳期，还有一个是发生于阳历七月七日的卢沟桥事变，"是一个人间的悲壮往事"。家事、情事与国事，三个本互不相关的东西，共同表达着一个道不清说不明的人生主题。这就是司马攻这些由记忆生发出来的叙述所蕴含的微言大义，从中是可能读出司马攻对故乡、对祖国的复杂而又明朗的情怀的。任何一个未曾走出国门，于离乱中饱尝人间沧桑的人，都很难从骨子里去品味这种貌似淡薄、记忆平平的文字。

我想许多青少年时期才出走，旅居国外的人，到了老年，其骨子里都保存着中国文化的传统沉积，基本上都有一种文化守成的意识。寻根与怀旧本身，就是一种具有文化守成的自我遣返。为什么要自我遣返，莫不是已经深刻地意识到，作为一个中国人，久居异国无异于命运的放逐？一种早年无法或没有意识到的东西，此刻清晰且强烈起来。所以，许多海外作家，即使多年后回归故里，情绪倾向上依然是趋于寻找旧梦的，何况人在异乡为异客，便只能从古旧的记忆中去讨生活了。这种创作上的回归情调所凸现的，必将是对本土文化钩沉的贡献。

司马攻在这方面是近乎执着的，那种无意识的执着，使他的散文具有一种拙朴的文化魅力。

《我的义气》记述的是潮阳乡下的结义习俗。不是桃园三结义那样的结义，而是为了驱邪，改变命相的把戏。而民间的认真所表现出的对命运的抗争，其实只是对命定的另一种服从而已。算命先生说"我"的生辰八字太过凶恶，命带刑克，首当其冲的是克父，于是去找一位义父。可又怕让人知晓克父的命相，岂不连义父也克了，所以只得偷梁换柱，认一位义兄。认了义兄又被算出命中还有克兄一说，事情便陷于迷离之中，与义父一家便有无尽的纠葛。由结义而来的故事，活现了旧时代潮阳乡间古朴且愚昧、可爱的一幕。而这一切又与国恨家仇相连。"义父的死我不太清楚，而我父亲的死是间接死于日本侵略军之手"。尽管如此，每想起旧时乡间的离乱，便慨叹自己生不逢辰。"我虽然不相信我克死了父亲，但是被相命的说破了，我心中总是有些不安和纷扰。我命带刑克的念头永铸在我心中，几十年来经过多少磨折，都消除不了这心中的闷结。也就是为了这内心的忧郁，我极怕和人家称兄道弟……我不迷信命运，但我的心负不起更多的债。"千百年中淤积于乡间草民灵魂里，那种对于悲苦命运的唯一解释，便是从具体的生活境遇中，倒着去推论所由的抽象。归结于命。一切均在命那里寻找到解释与慰藉。这是贫穷所自找的良药，也是愚昧中的智慧解释。很少有中国人能够彻底地挣脱它的羁绊。这是无可指摘的。东方神秘主义在现代文学创作中不是了无踪影，它与人性内容互为渗透时，就转换成另一种超越了原本内涵的形态，其本质已经脱离了它的起始因由，而进入世俗社会的心态表达范畴。正是从母亲那里得来的"宁可信其有，不可信其无"的信条，使作家的心境布满旧时风俗的沉郁，从中生发对别人也对自己的悲悯。

所以，司马攻一切的怀旧之作，既有着重重的布满青苔的文化遗踪，给现代人以陌生的斑驳感，透示着难以忘怀的历史时光，又有着人生易老天难老的岁月感怀和沧桑喟叹。他笔下乡间的一切景物和人事，已经离我们很遥远，即使是今日年老的潮阳老乡也可能只在遥远的记忆中去寻觅，像唤起一个久远的清梦。一条石桥，六岁的穿着木屐的孩子，四方形的雨亭和去拜孩子爷的惶惑，等等，一起构成这个永远属于过去的清梦。只因它古老却又闪烁着现代人对现代文明某种暗痛的排拒，它便获得难以一言蔽之的精彩。我说司马攻比一辈子走不出潮阳的潮阳人来说，更具对潮阳的深切认识和感怀。拉开距离之后的亲近，是真正的亲近。"离开家乡到泰国来，住在有东方威尼斯之称的曼谷。所见的桥，所走过的桥更多了。并且大都是长长宽宽的钢骨水泥桥梁。可是我对这些桥都没多大印象。""藏在我脑海中的是故乡那条古老的石桥。它虽是短短的，但却是长长地架在我的心头，通向我那遥远的故乡。"

"这条石桥我是还要走的，我将把我垂老的脚迹，印在石桥上面。"我不厌烦地转引司马攻的文句，只因我所要评论的，司马攻已明确道白了。

对于司马攻来说，故乡的小石桥、石狮子，传了三代的紫砂茶壶，祖母的芒果树，故乡的水仙球，乃至今日已经在潮州失传的吃槟榔习俗等，都不是作为一事一物孤立地出现在散文里的。过去的重拾，是今天的寄托，且包含着一种别致的人生方式。因为这种人生方式已属久远的年代，它与今日的联系便成了文化的延续，成为一种陌生的新鲜，古老的年青。

司马攻是泰华散文作家中少数对故土文化情有独钟的人。有关这一命题的作品，虽然在他的著作中所占比例不大，却佳作甚多。几乎每一作品都具有多重的文化意味和价值。常于自然拙朴亲切随和的描述中，暗镶着历史感和地域文化精神，既展示了一个时代、一个地域中具体的物事，又流动着亲历彼时彼地，同时又经过许多年月淘洗沉淀而成的只属于司马攻个人独有的亲情。这样，他的这部分散文就构成了情调独异、风貌古朴且人情人性味极浓重的风格，一种有着古老悠长历史的乡土文化品格。

1991年10月4日·北京

都市的风雅：田园诗时代的终结

广州的都市化，真正意义上的都市文明的诞生，其实是近十年间的事情。但是它迅猛的超越速度，又使这座南方都市在整个中国的大都市中，显示着前锋的、实验的，同时又灌注入新的定义、新的质地、新的导向。研究中国都市人类学、都市文明，需先研究广州。

在此之前漫长的都市历史，从生态到心态以至于人的生存方式和价值取向，基本上都服从于这样一种中国式城市的传统形式——都市里的乡村和乡村里的都市。古旧、质朴、简陋的城市沉落在农耕时代的田园环境中，它们既是乡村理想的目的地，又是乡村文明的出口。水旱码头几成了中国城市蓝图与城市诞生的动机。都市与乡村的差别，曾经局限于"吃公家粮"这一观念意识上。何况我们曾经那样执着地以缩小城乡差别作为思想改造和社会改造的重要内容之一。与此相关的一系列的意志编入，无不在制约着中国都市意识的农村化程序。而这种制约在某个时期中的风行所造就的，不仅仅是中国都市的生态环境和社会文明的独异性，它同时也造就着几代都市人的生活方式和意识形态的乡村。

所以，我觉得在"文化大革命"前，中国始终没有出现比较纯粹的都市文学、真正表达大都市和城乡之间深刻的意识冲突的作品，是并不奇怪的。欧阳山的《三家巷》，可说是出神入化地描写了广州现代都市萌芽时期的市民心态，但那是半封建半殖民地农民市民化过程和民族资产阶级原始积累时期的生活写照。由于真正的现代都市文明在中国姗姗来迟，现代感特强的都市文学便也常于探头蹑足之间偶露峥嵘，如程乃珊的的《蓝屋》《穷街》《女儿经》等。何况这些文学作品尽管在别的评判标准上可予较高的肯定，但在作家的创作意识上，恐怕还未自觉地把都市文明的社会学内容，作为表现的动机与归宿。

我正是在这样的基点上，来研究《广州文艺》近年来致力于实现的课题——都市文学繁荣。

广州也许是近十年改革中最早步入现代化的城市，最早与世界发生全方位的对应关系，形成现代都市多元格局的城市。与此相应的是，《广州文艺》也许是广东文坛众多刊物中，较执着于都市文学建树的刊物。它密切追踪这座城市的文明走向和现代都市化进程，以都市文学的标识来标识这座城市的文学特征，并竭尽全力推出一批以描写广州为中心，向各大特区城市辐射，以揭示南方开放城市文化心理的作品。这种努力对填充中国当代文学种类的欠缺是有很大意义的。它不但倡导了一种文学潮流，最终也将对建设现代大都市的文化心理开启文学风气起到潜移默化的作用。

这种倡导，也是对改革开放过程中南方形势的研究，是以文学的方式参与这种研究。

我所论及的作品，是近五年间发表于《广州文艺》，大部分为广东青年作家创作的都市文学作品。这些作品的作者，文化背景和创造成就各不相同，对广州的熟悉程度和进入状态也不太一致。他们各自以自己的眼光和心态来编织自己的文学世界。或者是对早已浸润其中的城市生活的沉着自审，在熟悉得无法再熟悉的街市中发现那么些时代生活的裂变，诸如张雄辉和黄锦鸿的小说，老广州的叙说和炉底炭的灿烂，正是他们作品的风韵；或者是对南方城市陌生的冲动和骤来的新奇，惊觉于眼底的反差和感觉的殊异而产生的思索，如杨雪萍和罗建琳，她们分别来自贵州、云南，到广东落户，她们是依地域观念和色彩的裂变去构成文学之旅的；至于关夕芝、何卓琼、李兰妮，她们在自己的生活领域中，感悟着都市人的观念变迁，以女性自我窥探的方式剖析自我的魂灵，以及女性在现代都市中的双重角色（自我角色和社会角色）紧张的再造。这种种汇合，有可能使这些作品在总体上呈现一种趋势——南方现代都市人的生态与心态。这种趋势又是由南方地域文化和外来色彩所裹挟，包藏在一种琐屑的生命形式中潜流着的。它强旺的生命感觉来之于现代生活潮流企图冲破古旧的市民生活意识的硬壳，用一种比较柔曼的方式顽强地表达自身的存在这样一种状况。这种状况在个别的单独的篇章中也许显得弱小，显得过于纤细而缺少震撼力和号召力，但是，汇集起来，便感觉到它们的冲击，以其群体的辉煌宣泄着面对市民社会、向旧有挑战的文学主张。它们互相补充对急迫发展着的新生活新思维的追踪与揭发，为广东的现代都市文学奠基撒下第一抔碎土。

人们也许还记得新时期文学之初，以小说《醉猫入党》闯进文坛的张雄辉。他一直把写作热情倾注于广州市民群体的各式人物，尤其是引车卖浆者。他对广州市民阶层的熟悉是历史的沉入。他在体察现代生活色彩中的广州人生相时，是重返那个并非久远已成残迹的古老的广州社会的。那些已为外埠人所陌生、所罕至的街巷所衔接着的现代生活故事，才是最能真实地表现广州历史进程的重大变迁。所以，他写今日的都市，可是笔触却常常暂向与之关联的乡村和依然沉浸于古旧风范的人和事。他是在历史与现状的交叉点上来状写人生，来获取临界与边缘的效果。

《霓虹灯在闪烁》就其故事框架言并不新鲜，是写乡村少女进城之后的观念转化。张雄辉在有限的故事中却填进去那么精细的流程。新生活的召唤和吸引，是如何激活了乡间女性人性欲望和理想追求的各个方面。金娣的整个生命机制仿佛都被调动起来。"这个城市已经属于她，可是她能属于这个城市吗？"这是一个两难的课题。"漂浮在城市这一年，使人心高却没法气傲。"张雄辉小说的魅人之处，我想正在于他看广州众生相是从骨头里往外看的。有些戏谑有些残忍地扒开外在的时髦，还给人们一个有些难堪有些猥琐的现存在。诱惑农家少女金娣的，已经不是我们在许多小说中看到的那种原因——城市的舒适、繁荣、色彩、派头。离开乡村的原因，也不仅仅是乡村的贫穷落后和肮脏。诱惑她的是她身处于城市与城市人中那一份前所未有、不曾领略过的文明——城市生活诱发人们心灵中不安分、神秘的东西。她从那些不修边幅、发疯般的男人那儿，知道了人是应该寻找人生价值的，由此生发了她在乡间稀里糊涂活着的委屈。寻找幸福，寻找生命的骄傲和自身生存的价值，这才是乡村文化和城市文化交叉之后的启蒙。她在一点一滴接受城市文明的同时，是深入地比较着农村的。她最大的收获是从此觉醒了作为女性的自尊与自强，至于城市是否属于她，那已经不重要了。她最终将完全驾驭城市，这才是她离开乡村之后透彻的蜕变。

　　与此结果相反的是杨雪萍《宾士域》中的主人公老管。如果说金娣在现实结局中虽然还在漂泊，可是她在精神上是收获了许多，应将她的成熟应视作她的最大成功，她的惶惑是螺旋上升中的进步。她没有退回起点。张雄辉是强调了城市的诱惑和城市文明对落后乡村的裹挟力量的。而杨雪萍的心境可能要复杂一些。她从异地客居珠海，灵魂是受过大时代的放逐与洗礼的。所以她笔底的老管固然是大时代的产物，同时又是灵魂自我放逐的弃儿。她从心底里怀抱着一种对城市既崇拜又拒绝的态度，她企图傲桀地放逐城市，可是又害怕被城市所抛弃。这种创作的复杂心绪曲折地反射在老管身上。她哀叹的是现代派艺术于商业欲流中不配有更好的命运，可是她又无法不让主人公不去屈从这现实的无情调遣。她于是只能以漠然的态度，深藏对老管运命的极度关注。她越是超然物外地描状老管，她心底被压抑的东西就越沉重。我曾在一篇文章中谈到南方的忧患方式，我想杨雪萍的《宾士域》，是相当沉着地宣泄着这种内容同时履行着这种方式的，于不动声色的描状中体现着忧患。

　　老管是知识分子移民群体中一个很有代表性的人物。他放弃原来的正式工作到特区都市来，目的性是很明确的，即追求钱与艺术并驾齐驱。所以他能在金钱面前自轻自贱，为了生存他屈从于漠视自尊仰视金钱的现状。在这种现状面前，知识、能力、艺术已不再是一体化的东西，它们分离成为个体单向冲突，各寻生路等待机缘。一切都必须重新检验，检验的结果是老管落荒而逃。而比他晚来几年的小青年老莫，既没文凭也没资历专长，却混个油光水滑，轿车也有了。命运在捉弄人、调戏人。老管是让城市给抛弃了，连同他崇拜的名画家老邬。这种抛弃与知识分子的潦倒说明了什么？社会与个人的原因合成为悲剧的诞生。杨雪萍没有评价，她只是写出了一种生存状态的不公与倾斜，而这是有许多文化内容可供追寻的。发展中的都市社会并非是预先编定的程序，它所接纳和抛弃的标准是多元多变的。所以我们暂时很难判别老管、老莫的是与非。但有一点可以肯定，那就是这种畸形的现状同样也是暂时的，这也许是杨雪萍忧患的欣慰所在。

　　在广东近年新兴的都市文学中，黄锦鸿文学创作的市井因素，其入世的文学观念是比较瞩目的。从章以武《雅马哈鱼档》开始的对南方都市风情的扫描，到街头牛仔般的人物写生《街市流行曲》等的勾勒，他对广州市民意识的理喻是相当积极的。我曾说他的小说很真切地描状了广州个体户的各种面孔、顽强的谋生手段和不甚明亮的生存状态。那种在北方人看来相当聪明又难免油滑的南方都市做派等，在他的小说里都赋予一番睿智的铺排。非沉入市井的细节不能透视这街市的背景。他的《男子汉呵男子汉》对于都市人生尤其是造成这人生的诸多因由的认识，已经走出《雅马哈鱼档》的初始经验，挥却浮光掠影的都市色彩的捕捉，而进入非戏剧冲突构筑的人生冲突。他站在男性文化的立场上，企盼女性回归妻性，以此作为男性独立的基点以支撑男主人公的奋斗——这也许是现代都市竞争中的新问题。原先农耕时代和乡村文化在城市意识形态中的大量遗留，男女地位方面依然倾向于男性，而女性在获得同等竞争力和条件时，她们往往要以牺牲妻性为代价，这种文化现象对男女主人公来说都是互为痛苦的。许多作家在这种现象面前往往失去评断的准则，而依性别文化的左右不自觉地从自身的性别立场出发宣泄意志。真正的男子汉是不以性别论英雄，而且承认女性的社会角色与男人同等重要的。

作家确实发现了现代都市中这种乡村文化遗留的顽固性与普遍性，以现代都市色彩包裹着的父系中心文化浸润着作品的主人公。而作家潜意识中的男性自我崇拜，多少左右着评断，其倾向是明显的。这里缺少的是一种客观的温和，缺少对这种男性中心的清醒认识和克制以至于自审。这个小说立场，在他以后的小说创作中逐步发生了动摇。对女性世界的深入探究，都市生活中女性角色愈来愈密集地占据社会舞台，文学主角的女性确立和形象深度的频繁轮转等，在很大程度上改变了作家初始的女性评断。《苍白与辉煌》本身就是一种评断，但这种评断已经超越了绝对值的临界点，而进入不确定的多元把握和多种评断可能性的境界。

各种各样的处世风度，无可无不可的个性选择，以不妨碍别人为前提而在大伦理原则下的自由自在地支配自我，可以很潇洒、很特别也很无所谓地生存；也可以于勤恳地工作之后躲入封闭幽深的个人天地。在提倡积极忘我地工作之外，还存在着另一种悠适。视这一切都为正常，都为积极地耗散人生。如果从感觉上来透视黄锦鸿提供给我们的图景，我想这就是现代都市的感觉之一。

《苍白与辉煌》中的女性们实在是丰富得充溢着人性的骚动，又紧紧地黏附于都市生活的敏感神经，时时痉挛。黄锦鸿以一种宽容的胸怀面对这群活得忙碌、辛苦、惬意或者潇洒的女性。在这些急匆匆、乐颠颠地支配生活、改造生活——尽管各人的方式和手段不同——的女性面前，他评断的宽容是对现实人生的折服和承认。无数事实证明，现代都市的某些角落是女性统治的世界，她们只要勇敢地撕裂那人造的、男人加给她们的虚伪，她们就能干得比男人们更漂亮。秀心和伊敏，属于两个完全不同的处世态度和观念群落的女性，可是她们以各自的力量，以各自的方式，宣告了男性的失败，宣告了在都市竞争中男人的卑琐——嘉宏在对现实的人身攻击中败下阵来，疲惫不堪，无可奈何于人生。男人的尴尬是失落了自己，可是并不承认这种失落是自己造成的，沉默于是成了他们逃避人生困顿的法宝。在人欲横流的都市社会中，这种男人的疲顿几成了一种亚文化表现，啤酒和白兰地的走俏与大排档的热闹、风行，是与这种亚文化有着微妙的关系的。男人在失落之际有女人和酒。可是女人呢？究竟谁更苍白？谁又更辉煌？

无所谓苍白也无所谓辉煌，对于每一个以不同的方式谋生并负载着理想的人们来说，活着就已经是一种成功了。我们在诀别了文学上虚假的英雄时代之后，还原一个真实但是自足的非英雄世界，而女性是这个世界中最出色的行者。

女性是现代都市文学的主角。都市的色彩是女性化的，她魅惑，撩人，靠的不是雄的力与伟岸的险峭，那属于另外的世界。广告，霓虹灯，到处是轻柔的诱惑，东方的浪漫表现在东方神秘主义的温柔里，这种玄妙的触媒只能凭感觉去悟会。关夕芝的《甜咖啡，苦咖啡》和罗建琳的《的士高》中的女性，是站在一般的女性世界边缘的人物。她们各自为自己小说人物所构置的园地，遥距同一个世界的两极。她们的外形与东方女性的一切内容无关，可是她们内心却又共同地最为实在地属于东方女性敏感而又普遍的感情世界。

关夕芝笔下那位已过了三十岁生日依然独身的女作家，信奉的是"别怕，继续玩吧，等到老得连路也走不动时，我还会想出躺在床上也可以玩的花样来的！"玩世不恭所包藏的依然是东方女性的认真与专注。这种变形是失望中的期待："我仍然在希望，在前面那漫长的路上，有一个人，在等着我。"这几乎是所有貌似强悍、玩世不恭的女性们灵魂深处共同的被压得紧紧的吼叫。现代都市的礼仪和色彩遮蔽着这种声音，给这失望的期待以斑斓的伪饰。所以玩世不恭，若在乡村的田园牧歌中，瞬即被视作别调，而在都市则被当作潇洒。强女人现象固然是生活使然，也是文学作品伪饰的结果。

前些年文学作品中对特区女强人的普遍颂词，事实上是对女性的一种误解，同时干扰了生活中女性对自身的正常定位，是一种近乎可恶的导引。不否认生活中有无数强悍的女性，但相对而言这种强悍全然是由男性造成的，是男性中心文化的恶作剧。以男人的性格楷模来锻造自己——一些女性的确崇尚这种模式。但不应该，事实上也很少有女性以牺牲性别来完成这种代入。而男人们往往这样去审视强悍的女性——完全忽略她们被遮蔽的楚楚动人的作为女性的内心。牛子玉这样的女性无可非议，在都市生活中太多了。我们的责任是改变对这类女性的外部评判而进入她们内心去发现她们的女性特质。整个社会眼光是由男性眼光来主导的，中国式都市文化并没有从根本上改变这种观点。连女性们也用男性的眼光来评价女性——这才是最为悲凉的一笔。牛子玉自己也是这样悲凉地审视自我。在"的士高"舞厅里她找不到自己，她没有发现自己必然地是一个女性，一个真正的女人。她作为女性的一切都是让别人帮忙发现的：牙很白很细，腼腆，小酒窝。

即使是广州这样洋风东渐较浓、开放得比较早的现代都市，依然有乡村文化的大量遗留和渗入，致使它至今并没有形成纯粹的独立的都市文化。观念水准是文化独立的标识之一。都市文学的现实感正是建筑在对这种历史延续的尊重上。

乡村的迷信，与由现代都市的孤独、惶惑、落寞等现代病所产生、所并发的"灵魂出窍"和"白日见鬼"不可同日而语。一个是鬼神崇拜、祖先图腾，另一个是心理与神经系统压抑的精神反射。而说到底，现代都市的喧闹的确掩藏着产生孤独感的深刻原因。因为过于喧闹所以孤独，或者因为孤独而觉得市声喧闹而坠入更深的孤独。现代人生活在由自己画就的怪圈里不能自拔。

何卓琼的《医生和他的朋友》，写的正是这种由现代生活的多变性和孤独感造就的畸变人生。陈医生以结交47个"契女"来填补自身的欠缺。他的许多神秘的异常和幻觉，都产生于幽闭的境界中，恬静无人的病室，幽暗的坟场小树林乃至独居的密室里。他的心灵完全脱离了大时代的大生活，而又不得不常常出入于都市的喧嚣之中。连星球都是孤独的，人类如何不孤独？陈医生的行为是都市社会中委顿的人生写照。因为离群索居而寻求慰藉，因为慰藉的难以满足而走火入魔。何卓琼旨在揭示生活中浓厚的神秘性，小说所显示的效果显然溢出作家的创作初衷。就其生活现象的神秘性而言，它仅仅限囿于生命科学和心理学的一般范畴，若果将其与特定的都市社会形态相联系赋予一种特定的社会生态内容的话，则陈医生暮年的失落感，就不仅仅是人老之将至时晚景怆然的寻常心态了。不满于现状而又感觉被这现状所抛弃的弃儿的感觉，被抛弃感折磨着并不年轻却渴望青春的心灵。看他参加舞会前夕那种激动不已的神情，只有在这时候，他的心里才涨满了快活。当回到梦魇的现实中时，他便走火入魔。文学的荒诞首先是对生活产生的荒诞感觉，这种感觉来源于都市对人的挤迫、对人的漠视，转而通过人对自身的强调以唤起某种社会注意。

由此我们注意到张雄辉的另一部作品《聚龙坊的24小时》。来自过去时代的傻权，他的肉身已进入一个新的时代，而他的思维和生活经验尚飘萦在过去。我们宁可不把他当作神经病患者——他作为一个特殊的人物设置，在现实生活中虽然鲜见，但是作为一种精神状态，却是相当普遍的。现实以各种方式转述着这种状态的变形情状。傻权作为一个时代精神畸变的化身，他所证明的就不是他自己而是整整一个时代的癫狂。这种癫狂的类似形态在今天依然随处可见，只是人们没有发现这种癫狂的外形而已。

生活每天都以崭新的形式告知这种癫狂所由的荒诞。张雄辉以一种平和的玩世不恭的心情，叙说着聚龙坊——藏龙卧虎的小街巷中——人们的日常生活，这生活中充满着难解的荒唐。因偷渡被关过收容所的炳福发了大财，目不识丁的码头工人卢义是聚龙坊最高收入的人。而工程师黄天成一生穷酸，自己的发明让炳福发了财，自己却为收了炳福的酬劳而惶惶不可终日。真正的资产占有者心安理得地享受生活，而与资产毫不沾边的人们，却日日在为唯恐沾上资产而惶恐。创造财富的人不敢正视财富，而不创造财富的人却坐享其成。我们仿佛重新品味了原始积累时期的血腥空气，这种异常的空气流荡在社会底层，在社会变革过程的都市人生中告知着荒诞的诞生。

这种荒诞的诞生还不仅仅体现在这种意义上。王筠的《业大生悲喜录》所勾画的图景既令人忍俊不禁，又令人心酸。这是在一点也不荒诞的普通人生里，让我们去品味深刻的荒诞。业大、电大等提供学习也提供文凭的场所，已构成都市文化的不可或缺的方面。由此也诞生了另一种人类学景观，人们为着文凭而来，挤进汹涌的人堆里。这里集合了一切不幸和幸福，但是，有一点是相同的，他们是在各个人生路口，为同时代人所抛弃、所耽误。该扬花时他们却才开始播种，该收获时他们还在育苗。在倒错的时光现状中，他们只得认认真真地从头再生活一次。一切畸形的组合产生着更为畸形的现状和精神。这对都市现代化过程来说也许只是一个插曲，而对于这些业大生来说几乎是一种必然，无法漠视的时代的必然，充满无可奈何的自然调侃的必然。

于是《莹子》《夜，在深圳》的作者，与都市一起融入都市的人群中，他们的运命共同奏着同一个旋律——都市的风雅，田园诗时代的终结之后，都市人寻返走失的坐骑、草帽和收获的镰刀……

1990年元月9日

洞穿广东乡土的历史深巷

——谈《陈国凯文集》

1982年回到广州，第一件事是去拜访陈国凯。

那时，陈国凯还住在广州氮肥厂职工宿舍，从广州城里到他家，似经千山万水。仅有两路公共汽车——23路，还有从越秀南开往黄埔的黄埔线，途经氮肥厂，下车还得步行一段泥路。那时，广州城区的边界线划在石牌与天河之间，进入石牌，就到了郊区。如果打的，司机在压线时常不忘交代一声："过郊线了。"意思是从这里开始，算是跑长途了，要多加30%的车费。

那时的广州，真好。264条河涌的水是洁净的，河上有乌篷船。现在的天河区繁华地段，那时是废弃的旧机场，大片的桑基、蕉林和菜地，几所大学和几座村庄，像无边绿海里漂浮的岛屿。

作为近代革命策源地，又是五口通商先驱城市的广州，民国生活遗迹和民国范式，依然无处不在。广东乡土气韵和南洋风，在骑楼底下四处蔓延。一些背街小巷里，你还可以见到自梳女和小脚女人身着清末民初的服饰，在古旧带着洋气的门楼里蹒跚晃动的身影。连"走鬼"也很斯文，弄不好他或是一个流落民间的大学问家、抑或刚改正的右派分子，出身名门或是老革命，而去卖"牛什"，也并不奇怪。

从陈国凯的氮肥厂宿舍，说到广州城中琐事，无非要强调陈国凯时代的广州，是如何引发了陈国凯的文学创作的。

陈国凯是一个特殊时代的佼佼者和幸运者。他生于1938年，少时在广东五华乡下，青年时到广州谋生。与同时期许多来自乡村的知识分子的经历十分相似。他幼年在乡村接受旧式教育。1957年在五华修完初中。1957年以前的中国乡村教育，基本上未脱民国时期的窠臼：拼音是老式汉符注音，简化字还未完全推广，繁体字所代表的汉文化在乡村社会中依然保持主流位置。政权交叠的易代断裂，在新文化层面，并没有更本质的呈现，这亦是陈国凯文化性格乃至创作精神中，不失民国范式的缘由。

我深知他得益于粤东邹鲁之乡深厚的文化熏陶、中国古旧乡村社会及其文化系统的深刻影响，又有着对旧中国最前卫最具革命性的先锋城市的沉潜。形象地说，陈国凯是背驮着中国乡村社会的灵魂重轭，穿行并成长于近代思想活跃的城市边缘，并对之进行文化思考的作家。他对中国新旧社会的文化理解与洞穿，比"80后""90后"的博士们都更为博学与质感。没有办法，这是时代赋予作家的一种非修炼的修养，这是易代之际降临于作家心灵的灵魂之疼，这是一个由旧时代走来，又热情地扑进新生活之海的文化人，对自我的检视。

大凡有着民国开蒙，而又接受新中国洗礼的文化人和知识分子，其精神烙印的双重性，不同的文化教谕和殊异的生活经历所形就的文化鼓舞，终将会或活跃或隐蔽地潜游于他们的创作思想和作品的文化蕴蓄之中。陈国凯正是如此。我始终认为，《好人阿通》是他最优秀的小说，它和杨干华的《天堂众生录》一起，成为广东新时期文学的双璧。广东批评界对之的解读，是欠缺的；对他们的评断是小气而且吝啬的，是小气的批评家格局下的过失。它们和陈残云的《香飘四季》、王杏元的《绿竹村风云》一起，成为广东新文学中，最具本土意识，最具南方文学精神及风格，最能洞穿广东乡土的历史深巷，以农民主体形象塑造为文化品格的作品。它们对岭南粤东、粤西、珠江三角洲人情风土，革命变动中的乡村社会的深刻描摹，其中所灌注的岭南早已逝去的乡村精神、乡村风貌，已成怀旧的对象与内容。这种文学曾经深藏的历史与文化内蕴，与当下新广东、新人文的彻底告别，是无法经由他人他世而再见的。

陈国凯的主要作品，对人性的深度摹描及自由探寻的空间是并不阔大的，但他却在有限的空间里，感悟着文学与人生的重大关系。在历史人文的深层里剖析社会裂变和人性问题，这也正是陈国凯的《我应该怎么办》《代价》，在70年代末引发了全国性争议的原因。争议缘发于陈国凯创作思想中的先锋性和艺术良知的自觉。

21世纪以来，文坛诞生了太多短命的作家作品，许多喧嚣一时的，大红大紫的作家作品，一夜之间被涤荡得了无痕迹。太多的政治功利和商业利益乃至群体私情，催生催肥出诸多文学假象和虚拟的文学繁荣，文坛里忽然就簇拥着诸多无耻之徒。而陈国凯此刻已经蜕变为真正的"隐者"，如蒋子龙所说"他似乎立身于文坛之外"，他对文坛异事异状，是有着一种先见之明的。

对广东文学60年，我们是缺少总结的。我们至今没有一本"广东文学史"。我在做《中国知青文学史稿》时，便想同时做一本《广东文学史》，提纲早已列好，可无从下笔。仅就农村题材的小说史，我依年代列出《香飘四季》《绿竹村风云》《好人阿通》《天堂众生录》。杨干华早逝，陈国凯健在，句号便在陈国凯这儿。这些作品之所以可以在同一水准上列出，并代表了广东农村题材小说在各个时期的最高成就，我对之的思考与审视，最终源出于一个感悟，那就是，这些作品沉潜着一种评论家们从未说出的，而作家本人又无法明说的忧虑。这种忧虑，便是对中国农村变革农民身份和农民性格的深度剖析之后，所产生的一种极度焦虑。这种焦虑是他们对中国农村农民的文化传统知之至深、爱之至切的一个精神评断。

有许多描写中国农村农民的作品，既简单粗暴，又刚硬绝对，既无见地，又模糊懵懂。陈国凯赋予阿通一个明朗明确却又颠三倒四的时代背景：民本社会于裂变中，现实失去合法秩序，精神为阶级私情所膨胀。活跃其中的农民，自然并非常人。阿通于是和阿Q站到了一起。

《中国知青文学史稿》早已出版发行，而《广东文学史》却依然在腹中辗转。关于广东农村小说史的检视，还停留在对20世纪八九十年代的反刍之中。《陈国凯文集》的出版，又让我重新阅读思考感悟《好人阿通》及其他，再度唤起对广东本土文学进行梳理的意愿，再度强调了对广东文学的信心。

我于1981年冬天，从海南岛回到广州，在这座陌生的城市，我要寻找的第一个人，是陈国凯。春天过后，我和陈剑晖找到了陈国凯在广州氮肥厂的住所。毕恭毕敬地拜访了陈国凯，那时他40岁出头，瘦弱但是健康。我和剑晖中午时抵达，黄昏时离开。带着他写的介绍信，第二天便去暨南大学拜访了萧殷，然后是秦牧、黄雨、杨樾、许士杰、杜埃、易准、黄树森……

1983年，我加入广东省作家协会，在1985年1月召开的省作协第三次会员代表大会上，作为特邀代表与会，当选为理事。那时正值新时期文艺复兴，理事名单登在《羊城晚报》和《南方日报》上，字体还很醒目。总之，好像很荣耀。如此顺利进入文坛，也无须拜托什么人。但凡事总有因缘，那时比较熟悉的除了上述几位长辈，就是陈国凯、朱崇山、谭日超、廖红球、廖琪、伊始、洪三泰等，也不明白特邀代表是什么名分，茫然无知就当了理事。后来读到陈国凯1986年发表在《当代文坛报》上的文章《他们正年轻——记郭小东和陈剑晖》，我仿佛明白，正如萧殷和秦牧提携推举了陈国凯，我和陈剑晖，在冥冥之中也得到了提携与帮助。陈国凯从1983年开始，好几次要调我到省作协去当专业作家，终因我单位的原因，未能成功。直至2001年，在中国作家协会第六次全国代表大会召开期间，他还当着我的面，向时任广东省省委宣传部副部长的胡国华，再次提议调我到作协工作……

借《陈国凯文集》出版发行之际，我记下一些陈年旧事，谨向国凯兄顿首，祝健康长寿。

2013年3月27日

人类元年的现代叙述

——论土家族作家田瑛的小说创作

摘要：土家族作家田瑛的小说营构了一个虚拟的湘西，亦即第三种湘西。他远离了沈从文抒情的湘西，孙健忠写实的湘西，逼近了一个文化精神意义的湘西。田瑛的小说，在南方少数民族文学创作中独树一帜，坚守着一种执着的文化审美，一种原始生命冲动的文学倾诉。他的小说创作实践，使以沈从文为代表的湘西现代文学传统，划出了精神一以贯之，却又各自鲜活的三个方块，亦即第一、第二和第三种湘西。田瑛是一位生活于现代都市，精神却自我放逐到自己的湘西的作家。他文学发问的方式，就是他小说的方式。

田瑛是生活于广东的湘西作家，他的小说创作就整体而言，与现代化、都市化的广东无关，他的目光是面向原始和封闭的多山的土地的。他的文学思考，总在部落形态的人类精神范畴中游走，充满着一种南方少数民族的神秘和幽闭的生存形态。田瑛的小说，以人类童年记忆的方式，向现代生活方式发出了许多叩问和诘问，从中寻求一种精神的异度释放。

没有现代都市生活乃至现代农村生活的痕迹，所有情节、故事、人物，都没有明确的纪年、时代背景、人类元年、元故事起点、元逻辑，以一种不确定的文学元素构置虚拟的湘西，这就是田瑛小说的文学确定。

田瑛要告诉我们什么呢？

不确定，未可知，一切于诡秘之中。这是人类迄今为止，留给这个星球的最大遗产。从某种意义上言：元遗产。

一

湘西并不辽阔，但是辽远而又神秘诡谲。

多山的土地沉沉地藏卧在三省（湖北、四川、贵州）边缘地带的河谷中。酉水和澧水横贯崇山峻岭和原始森林，诞生了星罗棋布的土家人的场坝、颤巍巍的吊脚楼和古老的水车。

那儿的人剽悍，过去以匪患闻名于世，也因为那儿出了个著名作家沈从文，从"第三种人"到世界文学巨人，世界知道了湘西这个地方。

从《边城》《萧萧》和《长河》中，人们知道了曾经被现代文明放逐的苦难而又美丽的湘西，知道这个世界里那些蛮荒地带曾经发生过的许多凄丽的故事，如萧萧和花狗的故事、老水手与夭夭的故事。这些故事像酉水一样漫长曲折，像澧水一样古老奇瑰。我常常沉溺在沈从文湘西小说中去梦想古老湘西的历史，梦想那充满野性的多情的土匪和水妓的故事，梦想萧萧和花狗可能有的另一种结局。沈从文对湘西倾注了一种优雅的体恤，这种体恤是对湘西人男性精神的人性宽容，这种宽容中自然也饱含了由女性所激活的全部原始状态。所以沈从文笔下的湘西蛮野但是优雅，几成了人的种性。

孙健忠的小说告知了我们别一种意义上的湘西。从他的《娜珠》到他的《醉乡》，我们可以感觉到湘西的虚饰和湘西的真实。他真诚地描状他的湘西，连同湘西的虚饰和湘西的真实。比之沈从文，孙健忠的湘西少了一些温婉，多了一些火气。这是他所处时代的意识形态对之的要求，孙健忠无法背离这一点。

孙健忠笔下的湘西和沈从文眼中的湘西是不同的。两代作家以其阅历和殊异的人生际遇各自构筑着不同历史时代、不同社会内容的湘西。于是我们至少读到了两个色彩殊异的湘西人生世界，尽管那里面湘西的乡土风情依旧，共生着酉水和澧水的哺化，共有着古老的吊脚楼和缓缓而行的水碾。

有没有第三种湘西呢？

就我对湘西文学有限的阅读范围而言，我的确感觉到第三种湘西的存在。

——田瑛小说中的湘西。

二

这是一种什么样的湘西呢？

读完田瑛的全部小说，令我惊讶的是，你从田瑛的外表和谈吐所感觉到的，与从他小说世界中所感觉到的，竟是那样的大相径庭。这个胖墩墩，有些憨得可爱，"长得很俊的傻孩子"似的田瑛，别人一眼可以看穿他的内心的田瑛，他的小说视角和小说世界竟然是那样奇特那样诡秘，充满着宿命和不可知的宇宙秘密。那里面似乎藏匿着太多的愤懑太多的不平太多的原罪的忏悔。这个外表单纯得透明的田瑛在搞什么鬼？竟然用一种夸张到极致而又残酷到有些歇斯底里的形象描状，把我们拖带进一个阴郁的欲哭无泪的角落里去。沈从文的湘西，在那么多的苦难背后，尚且有那么美丽的情歌，那么美艳的恋情。孙健忠的湘西呢？三月泡是甜的，水碾是那么多情地欢叫着，共同把人生的污血溶解在滔滔的萧水中，让那水去冲击读者的灵魂。而田瑛呢？他几乎把湘西这古老土地的积污，那几千年的封闭和野蛮，尤其是近代以来被浸染而成的人性畸变，极端地夸张和放大，以一种荒诞的调侃的又似乎无所谓的态度付诸文字。他十分散漫地宣泄着他的感觉，他对湘西的种种理解。他取一种与以往的湘西作家完全不同的文学视角，去看取湘西的风情、人物和历史沿革。我明显地感觉到他在努力寻找一种已经让许多少数民族作家遗忘了，却又相当顽强地存在于民族生活的深层意识中的东西。他提取这种东西，灌注于自己的文学创作之中，形成一种朦胧的文学追求，这就是民族作家的文化自觉。虽然他并没有很清晰地意识到这种文化自觉的全部内涵，没有熟稔且深刻地理解这种文化自觉的历史与现实的比较，但是，他知道这种文化自觉，将是一个民族作家摆脱狭隘的民族意识和地域文化束缚的一个契机，所以他努力地弘扬这种文化自觉，强化这种自觉精神在创作中的位置。我想，这正是田瑛的小说创作能够超脱一般流行的民族文学创作的地方。他真正发挥了一个少数民族作家的创作优势：从最封闭最原始的童年生活的幽闭中走向现代文明之旅时，他迅速而且刻骨铭心地捕捉那稍纵即逝的瞬间。这个反差强烈的辉煌瞬间在他的心里所形成的永难忘怀的体验，一旦成为他创作的起点，永不遗落且时时起搏的起点，则在蜂拥而来、层出不穷的文明时代中，处处感觉着新我与旧有的比较和参照。

这种心理状况并非为所有的少数民族作家所珍惜，许多人淡忘了遗落了这种体验，于是他们同时就遗落了那种反差强烈的童年记忆与现在时的冲突。田瑛的优势正是他固守住那瞬间的辉煌，他牢牢地捕捉了那体验，所以即使他的笔触常常不自觉地趑向已经遥远了的湘西，已经有些陌生了的逝去的童年时代的湘西，可是，他笔底下永远有一个他在今天的氛围中感觉到的新的同时很古老的湘西。

田瑛小说中关于湘西幽闭乡村诡谲的物事，奇瑰又沉郁的叙述，荒诞不经的描状背后，似乎都蕴含着作者的睿智，一种大智若愚的文学经营。这一切都发生在田瑛走出湘西之后的再度进入湘西。

从《龙脉》《独木桥》到《悬崖》《干朝》及《大太阳》，田瑛走着一条与沈从文、孙健忠大相径庭的创作道路。如果说沈从文关怀一种古旧而又明丽的湘西，孙健忠展开的是湘西苦难到新生的页片，田瑛则把今天的现实抛掷到一个消淡了时代背景、时间概念及阶级关系的无年代的状态之中。田瑛研磨的是，人在猥琐的或张扬的生命状态中的种种阴暗、诡秘的东西。他努力开启的，是一扇分明被关闭已久的关于人、人类的幽暗之门。一切小说状况，都在田瑛返身自问中产生。

田瑛的小说视角正是在这种再度抵达之中形成的。

三

文学史上大凡有成就的乡土文学作家，几乎都经历了这样一个过程，他们是一群"被命运放逐到异地"去的作家。鲁迅、王鲁彦、蹇先艾等乡土文学作家，他们幼年都生在农村，被命运放逐到城市若干年之后，他们各自写出了堪称杰作的一系列农村小说，代表了他们创作的极高水平。两种文化背景的比较参照，完成了他们写作作品的文化准备。沈从文是走出湘西之后，以自己的方式征服了大都市，成了一个大都市里的乡下人，于是他能够极清楚极睿智地写出湘西乡下真实的人生。一方幽闭的乡土是无法铸造伟大的作家的，在更高层次上的再度抵达是每一个作家的必由之路。

田瑛1954年生于湘西一个极为偏僻又极为干旱的土家族山寨，祖辈务农。

15岁时应征入伍，但这个机会并没有使他进入一个更大的世界，正如当年沈从文15岁入伍，只是在湘西土著部队里转一样。田瑛入伍并没有走出湘西，他在湘西转来转去转到1979年，才第一次走出湘西，进入一个真正阔大的世界。从中越边境归来之后，他被调进广州军区机关工作，后又转业到花城出版社。这时的田瑛，已经不是那个性格内向的山里孩子了。他将十多年来陆续发表的作品自编成《而立集》，静悄悄地走向花城的文坛了。在20岁的时候，他发誓在30岁时成为作家，1980年他26岁时加入了湖南省作家协会。提前抵达的结果是他有更多机会回首湘西。他一遍又一遍地筛选湘西留给他的记忆，不断用一种崭新的心境来过滤他童年和青少年时代的湘西印象，他把湘西的记忆当作一种全新的经验来重新审视。尽管他描写的依然是或者更多是关于湘西古旧的人生状况，但那已经不是他童年时代的经验素描了。多重的哲学沉思，以及有意识的夸张变形，他笔下的湘西于是以一种极度乖张怪异又近乎真实的人生形态，蜕化为一种沉没于琐屑的生活关系中的生命相，一种以宿命为基本精神特征的文学情调，以探求人的生命规律和社会的运行规律为本质核心的小说形态。尽管这于他仅仅是一种不够娴熟未及圆融的尝试。但是从他收在这个集子中的小说来看，他这种创作初衷和初试却是一以贯之，十分执着的。这就有可能明确他今后的小说风格的发展趋势，建构他自己小说的哲学框架。在少数民族作家中，具有这种创作潜质和明确（或许不明确，但由其民族、生活所天然赋就）的哲学沉思的作家并不多见，并非没有这种可能或高不可攀，而是缺乏一种必要的心智启悟。其实，少数民族作家所处的文化地理和社会精神意识最能启示神秘色彩极浓的民族信仰的发生。而相当多的民族作家在创作中，往往忽略了这种本很独特极其天然的创作素质，而被淹没在汉文化的汪洋中。扎西达娃、乌热尔图、张承志等之所以一开始创作就显露了非凡的小说天才，与他们启悟到自身的民族精神特征并努力发挥到极致相关。田瑛的创作已见这种端倪，关键在于他应把这种似乎并不十分明确的悟觉变作有意识的文学追求，则他在广东文坛抑或湘西文学中便可望独树一帜。对此我是寄予相当期待的。

四

在田瑛的小说中，较为成功的《独木桥》《仙骨》《龙脉》《悬崖》《大太阳》《炊烟起处》《早期的稼穑》等篇什，于喧嚣的冲突中流贯着一种宁静，至少作者在写作时的心境是相当宁静的，这或许是一种连他自己也未曾悟觉到的宁静，于是小说便有了从浮躁众生相中超脱物外的静谧与超然。这超然无形中把小说从浮躁的人生纠纷与感情研磨中分离出可叫作禅机的东西，于无声处暗示某种意图或者复杂状态之中的主题。关于人及人生的种种评价，尽在这宁静的气氛中炸裂出种种联想来。读《独木桥》后，感觉田瑛再不是"长得很俊的傻孩子"。他的心底深幽得令我刮目相看。他究竟要告知我们一种什么样的人生评价？他对这个纷扰的人生究竟持何种态度？他对那受尽奚落也在不断地奚落别人的矮子究竟怀着多少理想？他通过这部中篇小说多少改变了我们对人生的乐观情绪，改变了我们对人的固有看法。

我感到震惊的并不是田瑛为我们描状了一个丑陋无比、猥琐不堪的矮子卑微污浊的人生，而在于他居然极其容忍、极其宁静地把自己的描写毫无保留地倾泻于矮子。他并没有站在智者或者法官的立场去臧否矮子的所作所为。相反，他几乎时时与矮子站在同一地平线上，用同一眼光来研读周围的人、周围的事。通过矮子坠入冥冥之中的契机来审视人间的种种问题。"整个沉沉的深山也显得鬼气森森。他孑然的影子鬼鬼祟祟，俨然从地里钻出的一个小鬼。他在窥视深山，窥视人间。站在鬼的位置上更易看破红尘，他是看透了，看透了人间的虚情假意。人类会无数把戏……"何等宁静的描述，身心同一于小说人物的灵魂与形体。田瑛的小说常常有这种超然又深入其内的描状，他在创作过程中常坠入一种神秘的气氛中，恍若隔世一般地看待人生。他自觉地把自己打入地狱，在地底下变换一个视角去仰视人类的种种行为。

矮子只不过是一个不成功的劁猪匠，一个被人类抛弃的在外形上属于丑类的人物。在心灵与生理上，他都是不健全的。可是正是这样一个不健全的人，他却比别的健全的人更看清楚了这个社会的所谓健全。他以全无虚饰的毫不掺假的思维和行为去对待周围的人，可是人们却常常以假象来奚落他、欺骗他、冷落他以至于虐杀他。他于是在无告中向人类宣战，以自己的方式于不动声色的行动中去完成他对人类的报复。但就矮子的能量来说，他对人类的报复充其量是渺小乏力的，在强大的人类权势和生理优势面前，他畏缩了，于是把复仇转向自然界的弱小者。人和鸟的对峙一节，田瑛于宁静的氛围中揭示矮子作为人，作为大自然的对立面那种不可一世的愚蠢骄蛮，那种终究被大自然捉弄的尴尬境地。矮子面对渴望靠近篝火取暖的鸟，阴毒地企图吃掉那鸟，企望那鸟扑火自焚，而终于无望。于是只好天真地想象那鸟的喷香在山间弥漫，阴毒地想象那鸟已进了自己的喉咙。他什么也没有得到却于想象中惊得冷汗淋淋。连那灼热的火，也因为他的丑恶而像一座冰山，"既耀眼刺目，又寒气逼人"。人的任何卑污念头和人性的邪恶，在大自然的纯洁面前，都将得到惩罚。田瑛把握了这一点，这正是他宁静地思虑和睿智地洞知事物本源、洞知人类的弱点和缺陷之后所做的人物选择。他选择了被人类抛弃的矮子在大自然面前的骄蛮，寓意于人类永远无法真正正视自己的弱点，在大自然面前永不悟觉。弱者在某些时候会于更弱者处释放头顶的压迫，这是一种多么悲凉的现实。

《独木桥》中的所有人物，既与矮子同又不是矮子。他们共同地拥有矮子的灵魂，只不过各具躯壳而已。对于一种可以抑制又难以抑制的人类弱点，田瑛对其持一种无可奈何的态度，他只能求助于某种神秘的内力，一种极难寻觅又极为抽象的精神来做这人性的依托，于是他只好放弃他最终的评价，只留下一个残缺的希冀。在这个希冀中到底弘扬了残留在矮子灵魂中的那么一点正气：置矮子于死地的生产队长——这个乡村的权势象征，在小说的结尾处，终于"真的跪了下去，膝盖在弯曲过程中经历了一段漫长的时间，一个高贵头颅伏在一道低贱的门槛上。他跪了很久很久，只感到黑暗在周围渐渐散开，眼前曙色初露，才缓缓抬起头"。"他乞求的那人（矮子）不见了，失踪了，不知去了哪里，再没有回来。在那堆狗窝一样的铺草中，他发现了一根拐棍。"

这个结尾把田瑛引向了幽深，让人摸不透。他在表明自己倾向的同时向人类投去了残忍的一枪，他把奇妙的轮回再一次作为一切人的归宿。这个世界本无所谓高贵，无所谓卑贱。人把自己与别人分割开来，于是自恃一点可怜的或者形体或者财富的优越，毫无道理蔑视同类，于是酿出了许多悲剧。还是矮子明白这个世界的弊端，他终于在人们向他寻求饶恕时，离开了这个人的世界。我很难对田瑛的这种创作倾向持一种绝对欣赏或者绝对反感的评价，我只觉得田瑛把琐屑的生活材料处理得如此深奥，如此充满哲学的思虑。为现实中的人与人的关系寻觅到这么深重的危机，这是一种很复杂同时也很难得的感觉和悟性。把自己对人类意识和文化精神危机的思索，融入形体的灵魂的描状之中，不论从哪个角度言，这都是相当可贵的创作潜质。田瑛寻找到这种创作的契机，同时就决定了他创作的深度。这是我在读田瑛小说之前绝对没有料到的。由此我想到田瑛这个人。

五

田瑛当了8年兵，在小小的报房里默默无闻地待了8年，既未提干也不复员，这在部队中是较为罕见的。也许是这种职业和境遇使他常于压抑的冥想中萌发对人生世事的悟觉。首先是面向大自然的。他说他常常于冥冥中幻觉到湘西的山。"我对山存有一种十分特殊的、说不清的感情。我的所有作品都几乎写到山，我是把湘西的山当作人来看待并去写它的。我认为它是有生命的，有个性、知觉、能呼吸、有感情，有人具有的一切，说穿了，它就是湘西人的化身。"

这是不难理解的。湘西的山曾经封闭了田瑛的生活，也曾经因为这封闭而开启了他对山外世界的憧憬。他想越过这山界去寻找他生命中向往的一切，也因为这山使外边的世界变得更加阔大，更加新鲜。他迄今所做的一切包括文学创作，都处于山的包围和山的奔突之中。他终于奔突出这山的重围，在山外的世界中去感受山的精灵。对自然这种近乎神性的崇拜和种种启悟，使年轻的田瑛时时陷入一种超脱世俗的情绪之中而难以自拔。他常把人置于自然的监督、置于一种不可知的禅机之中来剖析，这在一定程度上扩展了小说对人的研究范围和人与周围物事的复杂关系。同时也使小说获得某种神秘的情绪调节，极容易使人物在这种调节中，显示人的复杂性及弱点缺陷以至于本性的优劣。山只是一种人文环境的虚拟和象征。由山的种性而扩及人的种性，由山的艺术调度扩及人物的艺术蕴含，这才是田瑛的旨意。山在田瑛的小说里，既是一种人格化的象征，又是显示价值的尺度。湘西山地的闭锁和它愚昧的神圣是同时并存的，它有时化为图腾，这图腾已经包含着现代迷信的原始形式与内容。《山的图腾》中那位女主人公，把像章别在自己的乳房上，以至于并发了炎症而不可救药。事实上，只要她取下像章，她的生命便可得到拯救。可是，她虔诚得至死也不愿取下那宝物，也没有人劝她取下那宝物。人们宁愿把她当作一块丰碑，当作这大山一般的图腾来崇信而眼睁睁看着她死去。人们那么义无反顾地把生命交给山的图腾，同时渴望自己也化作山的图腾。田瑛总能在这些非常的事件中看到一种俗常的心理，这心理归结到本源，如同湘西大山质朴、神秘而又古老得愚蠢。

也许田瑛过于执着于山的艺术象征，意象的频率过繁和反复印证又缺少情绪的新变，他的执着有时使原本神秘的山象流于泛滥，流于粗疏便略嫌意象的单调，缺少神圣幽森的气氛。《深山里，深山外》中，主人公那份出山的欣喜与失望，交织而成对山的憎恨及对山的依恋——她既迫切地渴望出山又无法坚决地诀别山的羁留。这种复杂的情绪由于作者过于紧迫、匆忙地把山视作分隔两个世界的樊篱，过于直露这山里山外的自然区别而失却了蕴含其中的历史的意味。山外文明与山中幽晦的勾连在缺乏哲思的叙述中被粗放地忽略了。山因此失却了它在其他篇什诸如《山的图腾》中的幽森慨然之气。

把山作为艺术象征物同时作为小说意旨的起搏点，这是田瑛小说的一个共同的营构。他从山里来，山的阴影压迫着他同时也就压迫着他小说里的人物。与其说田瑛钟爱山，崇拜湘西人赖以生存的大山，不如说田瑛从骨子里就对山怀有一种神圣的说不清楚的恐惧和排斥。我以为这正是田瑛小说把山作为起搏点的根本原因。他曾经那么固执地盼望着走出山外，却又迟迟走不出湘西的大山。他的青年时代最美好的时光在湘西大山的挤压中流逝了——因而有了后来田瑛的出山。当他终于走出湘西的大山之后，他忽然发觉自己曾经畏惧、曾经崇拜过的大山是那样龙钟，那样不可逾越。他走出大山却依然生活在湘西大山的阴影里，如同还债一般地敬畏这大山。这种心理状况在他小说中直接地折射到人物身上，成为一种性格的基调。所以他反复地歌吟湘西的山，或者不断渲染那山的威严、山的神圣及山的对于现代文明的阻塞。他企图以文学的理想精神去弘扬山作为自然物的神圣与豁达，同时又用文学的批判精神去企图撕毁山的神圣的愚昧。这种复杂的心理状况，影响着他在不同的小说场合、情节、人物设置中的评价。这种评价有时显得机械，有时又显得机智而且充满哲思。前者如《深山里，深山外》，后者如《山的图腾》。还有一种情况就表现得比较隐忍比较含蓄，诸如《仙骨》和《龙脉》，人的命运如同山的命运，两者仿佛共用同一个血脉。在这两篇小说中，田瑛把山模糊为一个遥远的背景，幻化为一种精神，他把山在小说中的位置置换为人的位置，朦胧的山与清晰的人复合交织成湘西的风景线。于是，无处不在的山反而显示了它的狰狞、它的伟岸神秘和深不可测。我想这是田瑛本能地暂时摆脱了那沉沉的山的阴影，同时将全部心智都投注于在山的压迫下呻吟的人的命运上的缘故。

田瑛是内向的，他的一切问题都是向着灵魂发问同时自说自话的，这就导致他的小说语言带着一种心智涂抹的色泽，我称之为沉稳的黑色语言。那种既有浓烈的抒情性，又相当沉重郁结的语言，有时显得灵秀，有时又极为滞重，化不开。看得出田瑛追逐着一种沉郁的散文诗式又蕴含理性风度的文学语言，这种追逐因其努力程度不同而在不同的小说中有所区别。《龙脉》《独木桥》《仙骨》诸篇的语言真正显示了田瑛沉稳内向的个性，那是一个一个整体感极强的语言组合，中间穿插着抒情性的若干句子以协调这黑色语言块状的滞重。那些说理性极重的语言块状在若干抒情性句子的调动下，跃动激活起来，仿佛这黑色块状语言群瞬间被注入一种浓浓的情绪，它调动了那些理性叙述的情感部分，同时催化为一种情调。《龙脉》这样穿插抒情性语言："他登山顶上，一颗星星在等待他。那是一只眼睛，贮满欣喜之光；又好像随时会转喜为悲，成一只泪眼，那是他的屋……"接下去是一大段一大段主人公的内心素描与独白。他把段首的抒情性语言穿插，当作故事和人物行动及背景的起动点，所以，尽管他语言叙述的密度极大，但这起动点总能恰到好处地起到调整小说情绪的作用。

田瑛的语言既受沈从文的影响，又受湘西乡土风物的启悟。沈从文、孙健忠、田瑛，以及其他一些湘西作家，尽管他们之间没有直接的师承关系，可是，作为文学大师和卓著的乡土文学作家，沈从文的巨大渗透力对于湘西后代作家的文学活动，几乎是无处不在的。地域文化的巨大影响和后辈作家对本土文学大师的崇拜，不可避免地作用于田瑛的小说语言。粤港的语言风气对田瑛的语言几乎没有半点干扰，他是固守本土语言最为成功的作家之一。也许是这种缘故，田瑛的小说在广东便少有读者。他的沉郁的叙述和大块大块的语言堆积，相悖于电报式短句的粤港语言。田瑛是注定为着湘西写给湘西的作家。

读者可以也应该有自己的选择。但是我，既喜欢田瑛的小说，喜欢他小说中那原始的残酷、真诚的残酷和浪漫的残酷及相应的黑色语体，同时又不得不耐着性子细细咀嚼其密度极大的那些块状语言群。这是一种对阅读耐性的考验，也是一种对急躁情绪的磨炼。

我想，田瑛这种语体选择既是他个性使然，同时也是他小说题材和特定内容的需要。他描绘的多是山地人从愚昧走向文明的门槛时的感情冲突，且其笔触倾向于古老的人群描绘，那些远离现代文明又急于实现自身蜕变的人群。田瑛用一种浑沉的黑色语块来加以描述，这本身就是塑造。因为文名也因为语言，他的小说可能不很流行，但是，他小说的可评性似乎最终会激发读者的阅读兴趣。也许我这篇文章多少会起到一点启动读者兴趣及引起评论界注意的作用，这正是我的希望。

关于田瑛的小说，可说的似乎还很多，可批评可指摘的似乎也不少，诸如题材的褊狭啦，语言的些许滞重啦，情绪的沉郁及色彩的不够明亮啦类似的话题。这是每一个正在起步的青年作家都可以信笔扯开来谈的。要紧的是，作为编辑，田瑛在业余时间里对文学有着这么富于哲理的思索而且孜孜不倦于小说创作，这种精神尤其令人感奋。而且他所描状的，虽然局限于湘西的人的命运，但是，通过这些人的命运，他所思索的却早已有所超越。群山中愚昧的那一群人，在田瑛笔下是作为人类的整体群落去活动的。他从湘西落笔，却写出湘西人与人类相通的东西。他把湘西山地人的悲剧融化在人类的悲剧和自然的悲剧之中。他有时为了急于实现这个目的，因而有意忽略了情节的完整性和叙述的整体性，淡化情节和叙述中断的结果损毁了小说的结构严谨，诸如《山的图腾》，其实是若干短章的缀合。总体构思的损伤同时使主题产生游离，局部精彩有时并未能产生挽救整体格局的回天之力。这是十分可惜的。

不能说田瑛的小说没有震撼力，但是，那些残酷的场面所蕴含的深刻的历史性反思并非每一个读者都能觉悟。如何使这种深藏于文化岩层的场面描写，能够尽快地流注到读者心中，这或许是田瑛下一个努力的目标了。我相信田瑛并不缺少这种能力。

六

田瑛是属于湘西的，而他的小说应该走出湘西且已经走出湘西。他曾遗憾他的小说难以为一般人所认识，所赏识，叹息其永远无法通俗。我却不这样想。暂时的冷落与寂寞甚至被抛弃，这是每个人事业之途的必然，只有少数人能够例外，那是幸运儿。就我而言，我宁可活得潇洒，活得自在。活得不幸运也许仅仅是一个前奏，激越的前奏常常是倒胃口而且不长久的。我这样对田瑛说："你倘能学会孤独，学会寂寞，学会做一个默默地赶路的人，那么还怕目标遥远么！

你心里怎样想，你就怎样写，不欺骗自己、忤逆自己，跟着感觉走。正是这种创作观念催生了田瑛20世纪90年代的创作，他似乎有些走火入魔，醉心于他在80年代建立起来的小说堡垒。他比韩少功们有意识地"寻根"走得更遥远。

最为突出的标识是《早期的稼穑》，作品中叫太的男人和叫大的女人，还有傩的眼睛，短尾的候鸟也叫傩鸟，这些关于人类早期的叙述和人类的播种、谷物的播种与人的播种一起，交织成一种早期的文化系统，笼罩于男人、女人从性发生，却最终归结到男权与女权置换之中的历史法则里。田瑛通过这些对人类早期文化现状的叙述，想要告诉我们一些什么呢？其中的意象是密集的，而寓意又是疏朗的，有一种蕴含着的象征，像血水渗透一样泛着淡淡的红色。

田瑛90年代的小说创作比80年代的创作，更具一种含蓄的诡秘不明确的文化指向，有一种向幽深处探寻却愈见朦胧的感觉，一种不可知论的导向，这是田瑛努力想深刻的意欲。人类的深刻往往不是来自于对现实的临摹，相反，深刻似乎潜藏于草芥，遗落于边缘。不知田瑛是否已经悟觉到这一点。在他的小说里，现实退到一个角落，被压迫成一种意念，小说故事、情节、人物似乎有一种虚拟的变形，只不过这种虚拟以更其真实的线条勾勒出，而成为一种今天的远古。王蒙在田瑛新近出版的小说集《都市匪情》的序言中说，田瑛的小说*"是艺术的世界！古朴、奇异、神奇、凝重，而且带有几分严峻，叫作若有所指而又匪夷所思"*。小说的意味在文本之外，这正是虚拟的效果也是虚拟的文化指向。田瑛似乎努力求证的是，人类历史必经之路上一些被遗弃或忽略的细节，而这细节又以如此隐晦、诡秘、特异和沉重的方式，荒凉地凸现，令人费解、惊异，同时深感如山的压迫。

读田瑛的小说，那密集的黑色的文字所营构成的情节、人物中所隐藏的文化主题，令你仿佛进入一个异度空间，那种感觉并不轻松，这也许正是田瑛小说为一般读者所回避的原因。我曾与田瑛谈论过这个问题，对于文学中的文化负载的考虑是重要的，文学的文化深刻也是创作的题中之义，雕琢与挑剔的精到不是坏事，但将喷涌而出的文学之泉人为堵塞，而为深邃的文化目标节流，也许是更为痛苦的。田瑛工于文学的雕琢与修饰，这是值得称许的，但实际收入在某种程度上限制了他才情的流泻。他同意这一点但却难以舍弃长期形成的固执。放弃比坚守更为艰难，这就是一个作家的两难之处。

我不知道21世纪的钟声对田瑛的小说创作有什么震颤的预示。他也许可以改变一下套路，尝试一种新的表述方式，这与他的初衷并不矛盾。我想从20世纪80年代成长起来且有所成就的作家，应该更具有历史、时代的文化包容。在《都市匪情》之后，被称作"湘西土匪"的土家族作家田瑛，也许会给我们新的惊喜，会给我们传递更多来自湘西和现代都市的"匪情"。

2003年冬

西部人生的精神资源

——论刘亮程的小说

　　刘亮程的文学创作，在20世纪90年代的文学潮流中，也许还没有构成一种冲击，但他充满智性的叙述和别致的文学眼光，所营造的文学时空，西部的文学风景，在众多的文学时尚中，却是不能不令人驻足注目的。古旧的朴拙的景致与人生，充满民间智慧和灵性的西部环境，超越具体年代，模糊具象人物，而以原始初民的氤氲之气，升腾着一种绵远不绝的民族精神，一种流淌于民间草莽的生命律令。人们为它而生，为它而死，为它而苦守终生。那既是俗世的幸福，也是来世所命定。人就在这种氛围，这种重重的生命与生存之累中走完那条风吹过的路。刘亮程的大部分作品与现代生活无关，他诉说的故事和人物，对于现代人而言，遥远而又陌生，他同时用同样陌生荒凉的语调去诉说那遥远与陌生。由此而来的新鲜，那种恍若隔世的淡淡哀诉，那种西部农民屈服于命运同时又执着于生存的跋涉，那种为着信守的尊严不可侵犯的高贵，都赋予他的文学思考和文学表述更具现代性。他的作品总能让人从古朴的人生长旅中，悟觉一种现代人渴求的属于精神层面的欠缺，总是能够让人读出一种挑动记忆、追索遗忘的意味，总是能够让我们回归一个古老的存在着却往往被忽略的话题，那就是人为什么活着，活着的最终归宿是什么。至少，我们在《一个人的村庄》《胡长的榆树》中是读出刘亮程的这种思索的。他的作品，常常是以一个人的一生一世为话题，却又是以一群人的世代传承，依着各自的人群和族类的信仰和信念而苦苦爬行着，辗转着乃至牺牲着的对命运的苦求。在这条宿命的长路上的人们，被这种苦求支配着坚韧地往前走。不问质量也不问目标地往前走的因由，就是活着。活着是一种生命行为、欲望，同时也是一种精神。至于如何活着，那是另一个问题。沙门子和太平渠的人们，乃至主人公冯七，他们在大略相同的生存状况下各自的想法，于人于己的种种猜度，都无法改变这个世界早已为之预设的或叫作命定的走向。可是，人在屈服于命运的同时，又总是在设计着自己的命运，总是事与愿违，总是臆想着这个世界，总是希望主宰或改变一些什么！至少也在期待着一种如愿的幻影。小说中这群人与现代时尚的差别，只在于他们不是以设计与打造去构架理想，而是以漫长的跋涉，以生命为代价去期待如愿的到来。太平渠的人们期待太平而终于未竟，沙门子的人们终于没有寻找到乐土反而全变成了四脚蛇，坚韧的冯七终其一生期望着等待着的榆树，并未如愿地长成他所渴望的辕木，一切不该来的东西，都以该来的方式不期而至。

各种各样的生物包括人，都以自己的方式和与这个世界最本质的关系，选择自己的路并走着自己的路，连空气与风都是如此。冯七的方式，就是刘亮程的方式。在《一个人的村庄》里，刘亮程把大千世界的丰富和烦琐——那种被无数哲人智者历经几千年烦冗解释和演绎的东西——返璞归真到另一极致，如被岁月之河淘洗得光洁无色的河床，终于以它简单淡薄的面貌裸露在你的面前。世事原来就是这么简单：随便砍一棵树，从中间一破为二，不就是两根完全一样的辕木吗？这么简单的道理，在冯七那儿，成了他终生期待的症候。这不是冯七的问题，是所有现代人的问题，是一个骚扰了几千年的人类问题。人在寻找世界的过程中迷失了自己，忽略了自己，不明白或难意识到，人类在几千年中所寻找的，就是自己骑着的那匹马。这个问题的破译，由一个叫胡开的旅人说出，他在哲学认识上与冯七并无二致。刘亮程的艺术意义，是他审视世界的眼光往往是从外部折射回自身。自己其实就是世界本身。所以，大漠孤烟中的村庄，和人一样，也在向前跋涉中一天天长大乃至老去。村庄和村庄中那个人的进程，便也就是世界的进程。外在世界的心灵化过程，就是刘亮程的小说过程。而这个过程被赋予一种平淡木讷和过于简洁朴素的形式。人类心灵的压迫与呐喊，被刘亮程独特的轻描淡写的叙述还原为一个漫长的粗粝的生命流程。这个流程里哪怕是再惊骇再突兀的事变和撕裂，也都显示了它原本平常的一面，那是一条郁积的、滞动的河流。它无穷的思想波动蕴含在那貌似不流动的流动中，因此沉重的生命积淀，于心灵是一种轻松的表达。愈是紧张的东西，在刘亮程这儿越是具有一种悠远的散淡的节奏和韵律。他对世界的展示，仿佛就是一种不经意的捕捉。"老人告诉他们，只有一条风走过的路，不过没关系，人到了万不得已，什么路都是人的路。"仅仅用豁达和透彻来理解小说中时时涌动着的这种人生态度、这种对人具体的生命状态的深切关怀是不够的。在邈远荒漠的西部，人只能服从于大自然的调遣，秋收冬藏的规则在西部是以更为严酷的方式制约着人的生存欲望和生存行为的，这种严酷的制约渐渐地改变着人们的性格并升华出一种西部人独特的心灵体验。包括他们对世界的整体看法，都依附在这极其具体极其自然的人生行旅中。由此我想到西部人的宗教内容，人并非为现世而活着，有一个更具吸引力的来世在诱惑着人趋向于庄严肃穆的境界。现世是艰窘和苦难的，这是无须去抗争也无须去哀叹的，但有一个美丽的天国在召唤着。终其一生的期待和忍受——我把服从于生存定势也当作一种宗教般的修炼——正是为着那个召唤而活着。那么，还有什么是不可忍受的呢？人正是在这种期待和修炼的生存煎熬中，实现生命的涅槃，并完成内心的道德戒律。榆树不以冯七的期望而胡长着，而冯七却始终以榆树为自己理想的定势，他把所有的生命热情和对生活的憧憬，都投注在榆树的生长上，他和榆树的生命是合二为一且共通着血脉的，但榆树却有它自己的生活和理想，它生命的血脉左右着它在西部的活着。他们相依为命地生存着，但冯七最终无法按照自己的意愿改变这棵长成的大树。冯七苦等了十几年，他终于又一次收获了命运对自身生命理想的否定。即使如此，冯七也始终没有放弃或改变自己命定的生命节律和那个萦绕终生的夙愿，在命运残酷地告知他并否定他所有的努力与期待之后，他依然初衷不改，他更其沉着乃至无谓地做着自己始终在做着的事，他隐忍而且明朗地信念着，"冯七好像没有听见我说的话，他更加用力地敲打着，他在钉最后几个铆，看来这架马车终于要做成了"。小说如此结局，冯七在生活变动与智者的点拨中，依然一无所悟，也许他永远无法走出他与生俱来的一如那风走过的路的规约，他无须走出。在胡开看来，冯七所渴望制作的马车，是"一辆往天上跑的车"。而冯七非常明确地告白："我在做一辆地上跑的车。"他对现实人生的坚决态度，和他绝不游移的信守，与命运的默然抗争是并不矛盾的。他对于履行、信守的所有憧憬，都发生并运行于坚实的生存耗散中。尽管胡长的榆树令他是如此的无奈，正是无奈在一点点地咬噬他日渐衰老的岁月，但他的灵魂却在这咬噬中迸发着热力，去驱动生存的脚步。说到这里，可以回过头来，认真地反顾冯七，分析他所以如此的缘由，这个缘由是一种西部人特有的命定：他受太平渠人的嘱托给沙门子人送麦种，在风沙中，"他放没了一群牛，又丢失了一辆马车。他若再不当回事地回去，村里人会说他是故意的"。他既不能再走向沙门子，也回不去太平渠，他陷入了一个朴实且信守的西部人最为忌讳的人格陷阱中。他本就是通向一件事，而不是一个地方，"而这件事情完蛋了"。刘亮程看重的，他所要张扬的，正是西部人这种轻生死重承诺的气节，这种气节在现实的渊薮中走出一个无奈的无处诉说的农民冯七，无路可走的冯七。他只能以二十年的期待与生命的自我煎迫，跟随着一棵幼小的榆树的生长，去执着于曾经的承诺：为着再造一辆走失的马车，再凑五麻袋丢失的麦子，"我就给太平渠还回去，车马麦子都还回去""我要对太平渠有个交代，干完这件事，我就再不管世上的事了"。这就是冯七。为着一个普通的承诺，一个日常的行为演化成漫长的生命挣扎。二十年的苦守与苦等所收获的不仅仅是一个并不复杂的结论，那个结论对于冯七而言是苍白也乏力的，他自信自己所做的，所期待的是一种任何人都应该信守和努力完成的。用现代语义来说，这是一种人格的底线。"人只要有一件事在心里放着，就不会走丢自己。"冯七如此总结自己，刘亮程反复强调的也是这个常被人忽略的真理。冯七对世界的认识，对自己的认识，他信誓旦旦地扑入生命漫长的期待之中的全部心思与动力，都为着一种被托付的尊严："我还写过一封信，是写在一张黄牛皮纸上的。我说了马车丢掉的事，我让村里的人等着，我一定会把马车赶回去。我还在信上按了手印。信是在一场大风中寄出的，我看着它飘到半空，旋了几下，便朝太平渠那边飞走了，不知你们收到了没有，肯定没有。"自我的救赎是生命岁月对之偿付，这对于冯七来说是重要的。那个几十年前驾驭于他肩上的责任，像一座大山压在他的心灵上，令灵魂永远地不安，永远地颤抖着，他必须偿还这种永远没完没了。他必须为着一个被风沙吹走的承诺，以生命的偿付去一点点地救赎自我。而这种偿付竟又依托在一棵幼小的榆树的长成上。我很想把刘亮程的小说看作一种寓言，一种象征，但我又设想，若那样的话，刘亮程的一切就反而变得轻薄了。它应是西部人沉重的写实，是西部人命定的人生格局和民间信守的写实，是西部人独特的世界视角和性格写实，是西部人中那部分未经现代洗礼但却对现代生活观念和生存欲望最具有权威性批判性发言权的人们，是对现代道德失控、文明沦落的无声蔑视。冯七是古旧的，他的古旧在于坚执于信守的民族方式，这种民族方式在几千年的文化文明嬗变中断断续续但从未真正湮灭，一条虚线贯穿古今，延宕着民间草莽的精神血脉，成为这个古老民族在现代生活中的精神起点。张承志礼赞过这种精神，他以英雄的人物方式表达对这种精神洁净的朝圣。刘亮程是面对黄土，躬行于风沙荒漠并在毫无英雄主义色彩和英雄可能的粗粝人生中，寻找他对英雄的另类认识。冯七不是荆轲，也不可能是。他仅是一个最普通的西部农民，他的生命容量充其量也就是一辆马车、五麻袋麦子和这些东西负载着的一个承诺。它们怎能与国恨家仇、民族升沉沾边呢？可是，这些东西在冯七看来，就是他生命的全部，是他与这个世界的唯一关系，也是他来到这个世界的全部责任。他必须认认真真地承担并对之负责。至此，我们便知刘亮程心中的隐忍，他与西部人人生人性的潜在贯通。木讷的文字滞流着淤积着一个同样木讷却透明的冯七，他不知别的，但他知道自己在做什么，为着什么做并期待着。他坚信这一切都会有结果，这个结果并不显示崇高也并不文学，"他们竟把我忘了。我非要回去让他们想起这回事，我得赶早回去。回去晚了，知道这回事的一茬人全死了，我就再也说不清了"。人们可以忘记他，他却不可以坦对这种忘记，他时刻煎熬着，正是为着那一遥远偿付的实现。他至死都要给自己一个清白，那就是西部人的尊严。为着这个尊严，世上没有他冯七不能割舍的事。有人这样写过中国农民么？有人如此理解并礼赞过中国农民么？冯七仅仅是西部农民的心灵表率吗？在《水浒传》、在《三国演义》在《西游记》中，我们都曾约略地零碎地窥视到诸如冯七这种中国农民的思维和行为的蛛丝马迹，但是，文学的现代叙写中，我们已经忽略了这种精神的最底层的最深沃的土壤，这种精神资源之于一个西部农民的生命开发的文学价值与意义。在这一点上，刘亮程是深刻的，他的深刻不在于崇高，而在于对崇高的发现，在于对一种古老的民族种性的现代发掘。他以西部的另一种极致，与张承志的《心灵史》擦肩而过，所煽起的风尘，绝对不是瞬间即逝的。刘亮程的创作之所以值得我们驻足注目，是因20世纪90年代无主题的文学流势中，他的作品凸现出微弱的但却可能深远的强势主题。这个主题因了它的主人公的个人身份——农民，因了这个农民的背景——西部，因了西部特殊的精神资源而特别令世人惊羡。那是一种没有约束的人生，没有任何道德律令的规范，道德自律和底线都来自民间传统与心灵感受，来自人类与生俱来的良知，来自中国农民最朴素的道德精神。中国人在道德操守方面，历来是缺失明确标准的，盖因为中华民族以儒家的中庸之道为文化底线，而中庸之道和"乡愿"的油滑混世从来都是界线模糊的。孔子曰："乡愿，德之贼也。"所谓"文人无行"，大约指的也正是这种操守的模糊。鲁迅在《吃教》中说："中国自南北朝以来，凡有文人学士，道士和尚，大抵以'无特操'为特色。"缺失坚定的精神信念，几成中国人的一个传统诟病。这种诟病在以往的中国现当代文学中的角色表现，是非常苍白的。刘亮程的冯七，他的文学价值所阐释的，是中国现实人生中最为缺失的那一部分，是中国西部环境中，未受现代文明和时尚浸润的那一部分人生实践，对现代中国的精神贡献。重续中华民族最初始也最洁净的那种精神源泉，对于现代文坛而言，刘亮程的小说也就同时具有文化建设的意义。像刘亮程这样以纯粹精神意义为主题的小说，在现今文坛上已很少见。更其可悲的是，它定然也不会拥有太多的读者。20世纪90年代以降的文学，已经逐渐培植了一个庸俗的读者群，这个读者群反过来又以他们被培植的趣味，要求文学的市场运作。真正的具有民族精神和民族的阳刚之气的文学，在脂粉和作秀的时尚格局中被挤迫到角落里去。在一个大众审美追求处于转型的时代，这一切的发生也许是极为自然的。

2000年9月18日

灵魂超度的时间想象

——谈张况的"史诗三部曲"

　　最后的胜利属于死亡。如果这个命题为诗人所接受，同时以各种各样的五花八门的形式与内容，进入他的诗，尤其是史诗形式的长篇叙事诗，结果将是怎样？

　　张况的"史诗三部曲"进入我的视野的原因，其实也很简单，它重新勾起我对某些文学理论问题的再度思索。逼迫我看重并坚定认为的是，只要细细辨认，就不难发见，诗人的史诗意欲，并不仅仅是所谓"中华史诗"的新古典主义营构，也不完全关乎中国古代史上那三个后世人们永远津津乐道，以为光荣，以为伟大的历史王朝及王朝旧事。那些所谓"特定意义"的历史事件和社会进程，今人对之的借鉴或把握，已然滚瓜烂熟，历史只是在不断地重演中，行走着永难重复的脚步，离历史真相越来越远而已。考据与想象，使虚构历史成为一种学问。而小说与诗，又使这种学问在文学面前土崩瓦解。问题是，一切历史已死，而使历史真正复活的，是文学，是诗。张况所做的，正是对死亡的复活，对死亡作为最后胜利者的时间形象的复活。

　　张况既塑造了一个时间形象，同时又将自己闪进这个形象之中，他在密集的诗的语词中，不断地闪进，闪回闪出，他不由自主地融进时间形象，成为时间形象。他在体验了历史死亡的同时，创造了另一种历史，这种历史带着强烈的个人性和当代性，不是简单的新古典主义便可囊括，这也许正是张况把"三部曲"命名为"史诗"的缘故。

　　也许还没有哪一位当代诗人，把自己的作品以"史诗"命名，足见张况对于诗的文学自信及对历史的文化自足。这也是他在"三部曲"中，能气贯如虹、汪洋恣肆、挥斥方遒，这是值得称道的。写三个王霸时期的三种霸王人物，诗人没有心存霸气，没有心存高远，如何成行？

在巴赫金的《小说理论》中，史诗被视为一种"崇高体裁"，相对应于小说的"低级体裁"。亦即整个正统文学，全部建立在遥远形象的区域之内，与尚未完结的现时不可能有任何的联系。当今现实本身，即保持着真实的当今面貌的现实，不可能成为崇高体裁的描绘对象，当今的现实与史诗的过去比较，属于低级的现实。史诗描写的对象，是一个民族的庄严的过去。也即"绝对的过去"。史诗的世界远离当代，其间横亘着绝对的"史诗距离"。这种过去式的文学或诗歌言说，既考验诗人的文学膂力，又对作品提出了严苛的要求。

当史诗被视为体裁之时，同时也就成为一种崇高的定义标准。它无法自命，只能被评说，被厘定。所以，我说张况这种文学自信和文化自足乃至诗人的自持，已然被置于一种崇高的围堵之中。这也是中外古今，史诗创作凤毛麟角的原因。它在歌功颂德的歌谣中成长为叙事，又在长期的流传中不断丰满再生它的德行。诚如13—14世纪的但丁，那个处于神经亢奋中的意大利人，"中世纪最后一个诗人，同时又是新时代的最初一位诗人"（恩格斯语），他的《神曲》之所以成为史诗，是他想象中的经历，隐喻了人类迷惘和苦难的终极命题，以全诗结构的神秘主义，奠定了时代的里程碑。张况亦是如此。我同意叶延滨在序里所说的，"这是值得举手致敬的中华文明的纪念碑式的作品！"

值得研究的是，但丁《神曲》的深邃之处，是他对时间的理解，在中世纪，人类对于时间理论，几乎一无所知，而在但丁的想象中，生命已经被分成三界，地狱、炼狱和天堂。这是时间作为生命的三个阶段、三种形式及无方向的维度，同时也就同获三种以上的内容，具有灵魂及灵魂超度的意义。它写的是来世，形象及形象追寻的却是往生。

通常的诗评，看不到或没有发现但丁的时间观、他诗歌中的时间形象，对之的借鉴或论述就忽略了对时间及时间形象的讨论与研究。而面对张况的"史诗三部曲"，我看重的，便是张况在诗歌创作中，对于时间的重视，或叫作对时间的发现，他在长诗中，努力寻找的是，失去的时间，只有时间的寻找，方能找到大秦帝国、大汉帝国、大隋帝国残阳如血的史诗内涵。张况作为当代诗人，他须完成他的先人们没有完成的责任。

这里，回顾一下中国文学史是必要的，否则无法充分肯定张况的诗歌创作实践的里程碑意义。中国的长篇叙事诗史并不辉煌，最早的《孔雀东南飞》《木兰诗》《秦妇吟》，以今日论，它们都算短诗。除去蒙古族、藏族的几首民间流传的英雄史诗外，当代文学中作家创作的长篇叙事诗为数不多，略计如下。

郭小川：《深深的山谷》《白雪的赞歌》《严厉的爱》（"爱情三部曲"），《月下》《雾中》《风前》（"将军三部曲"），及他的《团泊洼的秋天》。

李季：《王贵与李香香》《生活之歌》《杨高传》等。

田间：《赶车传》。

阮章竞：《漳河水》《金色的海螺》《白云鄂博交响诗》。

闻捷：《复仇的火焰》。

刘仲历的《在河之洲》与张永权的《老乡何其芳》，分别为七万行。

还有张永枚的《西沙之战》……

这种不完全的统计，已见所谓史诗性诗歌的创作何其艰难。如果说上述作品对于时间有所思虑的话，那么时间并不是意识到的形象，而仅仅是一种背景，某种特定政治意义的时代表述。

在这样的文学史背景下来看张况的诗，对之的理论抽离就清晰得多。在通常的意义上，文学的艺术，就是时间的艺术。时间是给人神秘感最大的来源之一。诗人，作家，尤其是哲学家，都对时间迷惑，如果没有设置起点与终点，时间将无从把握，也不复存在，故萨特在《存在与虚无》中，把时间定义为"绵延"。张况的诗，正是准确地把握了这个字眼，将之化为一种态度，所以，时间及时间形象，就成了"史诗三部曲"的灵魂及灵魂创作，他把时间既作为叙事与描写的手段，又作为歌吟的对象，结果是写出一部关于时间，也即关于王朝与人的生命历程的叙事诗。他叙述了时间，并由时间诱发出了多种多样的话语。

话语是一种关于价值的言说，是在时间的过滤中，沉淀下来的认知，事关立场与态度。而时间，作为单词，它所构成的虚线，就是史诗的结构。

《大秦帝国史诗》开篇说："时间龟裂的卜文/显示权势的动因。""时间幽蓝幽蓝的湖岸/一颗身世另类的小野种。""时间内部庞大的阵容/疯狂地吞噬着倒叙后的朝阳与落日。""时间一分心/历史就走神。""时间的疤痕上/鬼魅以刀光剑影潜行。""时间反方向调节的激烈角逐/又开始了新一轮的拼命厮杀。"这些诗句散落在长诗的各个部分，在铺陈的同时，实现着对时间本身的诗意建筑，在予时间以形体描绘之时，一个以时间为主体的语境逐步产生。一种向死而生的残酷气氛，弥漫着诗歌的存在环境。人物由时间产生，又为时间所熏染并凸现性格部分。时间的抽象性和不可测性，所产生的神秘感与恐惧感，顿生紧张与危机的情节，使叙事自觉沉没于吊诡的预设之中，这是大秦帝国的暴虐性质决定的。这种诗意的陈述，使漫长的历史时间集拢而成一些触目惊心的时刻。

"乌鸦混淆视听的谗言/击穿时间迟钝的真相。""时间瘦弱的一星亮点/照耀一句打蜡的谎言。""一圈老迈的涟漪/正冲破时间的拢络。""时间悲悲戚戚的难言之隐/被一阵压抑的冷风吹散。""时间荒谬的黑手/扯断历史的脐带。""倘若时间再倒流那么几十年/肯定有不少人会错误地认为。""一种空前大胆的想法，划过时间走红的脑海。""张开透明的馨香/稀释时间的醉意。"

时间不再是一种岁月的度量，而成为歌吟的对象，它在诗人的雕刻刀下，被随意地、激情地把玩把握，无以遁形。抽象的时间概念，变身于各种形体、形状与情状之中，它自己开口，叙说沧桑。它有时是春花秋月，有时是万丈阳光，它是一年四季，又异形于气节气流之外。"时间的视线沉默而冷傲/它无法看穿财富的面目。""时间自恋的足音/很近，也很遥远。""时间张开嘴巴/伤口有话要说。""一首纠葛着人性悲歌的沧桑曲/重重陷入时间深不可测的泥淖。浇灭时间虚张的大火/将一截格式化的遗产/交给一碰即碎的残暴。""被夕阳烧焦的黑幕里/露出时间苍白的裸体。""时间混浊的老泪/熄灭最后的残灯。""骨折的时间之手/搅拌着荒诞的唾沫。""时间的水袖轻轻一甩/一道气势如虹的圣旨/便夹杂着变态的闪电。"

时间作为想象的对象，在不断地描写隐喻之中，丰满而为内心象征，不断被赋予外在的经验，赋予人的性格和形象。张况在充分铺排内心象征的同时，把属于内心和外界的两种经验，用时间搭通了桥梁。使静止的时间在诗的进程中流动起来。"积雨云拿起大手笔/替狂风摘除了性别/它要将时间的缩影/植入大地的心脏里。""为一份憧憬圆满的情绪答案/极力表达长时间的忿忿不平。""时间的假发落草为寇/路边的墓碑拔腿就逃。""时间灵异的河流/一路上汪洋恣肆。""血色苍茫/时间只是一个悲伤的看客。"

时间本身具有思维的功能,它和诗人一起面对另一个时间,对天地间的一切,包括生灵,发出叩问。时间瞬间被泛化了。它既是自己又不是自己,既代表诗人又与诗人对话,这就形成了长诗持续不断的节奏,它是保持诗人乐此不疲的动力。时间,此刻已成了永动机,它在自行拧紧发条的基础上,不断地松紧着诗歌的节律。诗人所有的思索,语词的流淌,结构的建设,都因此而保持着一种弓满的状态,这种激越的情绪,并未因诗行的长短、写作的停顿而有所松弛,这种紧致的张开的状态,使诗句与诗行趋向于饱满丰富。一泻千里的情绪所形成的格局,仍然是酣畅晓畅的。

在《大汉帝国史诗》中,这种酣畅晓畅表达得更为淋漓,我以为诗人在创作第二部时,一切青涩已近成熟,那是诗歌的金秋时节。时间在他心中、诗中表现得更为从容,显示着一种气质与风度:"时间不幸以最为决绝的瞳孔/瞥见了令人痛惜的一场别离/时间之手随即凄然地关闭了/历史上最为悲壮的一个场面。""时间并不想念自己脸上滑落的泪水/因为那里面藏着太多的惶惑和困顿。""被时间过滤后的一场瑞雪/轻轻掩埋人们内心的荒凉。""像时间朴素的韵脚/在风雨中规行距步。""而拒绝伪证的生活/接受了时间的抚摸。""一个盛世片段/挣脱时间的束缚。""在时间燃烧的骨节上/化作闻风丧胆的烟灰。"

从诗的歌吟到描述到叙事到哲思,诗人对时间的认识和理喻,越加驾轻就熟。他眼中的时间,已经渐成一个完整的世界,也即具有了空间的想象。这种想象的让渡,于张况的创作,是一个质的飞跃。他甚至已经到了写作无意识的境界,那种满满的自觉已无须刻意强调,也无须用心防范。时间仿佛已成一种心灵的迹象,随水而逝的河中浪涌,随时来去,关于时间的语词,也越加密集。每三五页就会有时间意象出现,这种意象的密集,强调并丰足了诗歌的时间生态。这是一条漫长的时间之河,时间之旅。它不失气质气度地在诗歌中行走,既表现着自己,又言说着他者。它成了长诗的魂灵,由于它不是一个固定的形象，也不是一个规划中的指涉，它的变化万千所承担的意象群、意义群，使这三部长诗的史诗品格有了不同凡响的吟唱。

我搜遍了三部长诗中关于时间凸现的诗句，不下二百条。由它们结构形成的诗句，是长诗中最为精彩的。它们像极了奔马的奋蹄，声声碎落在遥渺的行脚，最终集结为时间的投名状，记录并长成为全诗的承担。

时间在诗行中行走，立体而为一种思维中的时间，一种想象中的时间，这就是张况诗歌创作中的现代性追寻。它勾连起那种叫诗性与神性的东西。他把不可逆的时间，向各个方向绵延、伸长，把时间形象立体地站立在纸上，这就是张况的《史诗三部曲》。对之作文学史判定与分析，将是期待中的事。

这样的诗作终于出现在广东诗人笔下，成为广东诗坛一直在期待又久久未能出现的文学风景，以往关于广东是诗歌大省的自诩与期盼，至此可以画一个暂时的休止符。小女人散文写尽了南方都市奢侈的市井情态，而坚持不懈的现代诗及种种充满小资情怀的后现代诗歌，也已然泛滥到只有存量的骄傲。诗歌理应对历史与现实的文明状况、对民族的文化传统、对历史的重大回眸，有一种理性同时激越的叩问与追寻。从高渐离与燕太子丹的时代到独夫的倒地，中国走过了两千多年，而广东始终是其中一个并不沉默与宁静的符号。张况的诗，其张开的视野与胸襟，为宏大的叙事辟出了一处空间。这是百年间南方文学一度丢失之后的重拾。

2014年6月28日凌晨

人文化成的文学表述

——谈《近现代潮汕文学》

文学史书写，也许是各种文学书写中最讲究技术性和学术性的操作。它似乎更服从于严格的规范与规则，故文学史书写常常被冠之以"编"，而不是"著"。而现在常常用"编著"，是强调了文学再现的生产与创作的功能，再现已不再是亚里士多德时代的模仿。与一般的文学创作不同，文学史书写似乎更注重理论、话语和图式要求，这三个方面也许可以视作衡量一部文学史的基本尺度。

郑明标编著的《近现代潮汕文学·国内篇》（以下简称《近现代潮汕文学》），是一部地域性的文学史。与一般专题文学史不同的是，它在文学史视野中，更强调其地域关系所由的独异性。地域是一个极其复杂的概念，它包含着大世界所可能规控的一切，而又分解着小世界的一切可能性。这些可能性的文学结果就是文学的独异性或异质性。

在全球化的视野下体认潮汕文学这个小村庄，在理论、话语和图式要求的实际演练上，是充满屏障同时荆棘丛生的。

吴南生、黄赞发的两篇序言和郑明标的绪论，阐释了《近现代潮汕文学》的理论问题，确定了话语，对其图式也作了框定。

文学史是为人文化成。吴南生以为这部《近现代潮汕文学》的理论奠基是"鲜明的潮汕文化"。他在序言中，对潮汕文化的源流、困境和勃兴，有深切的描述、辩证与期望。他的说法是，潮汕历史文物为数不少，但得以完整保存的不多，而民间口碑丰富，民间遗存也有一定数量，这些构成潮汕文化的物质与精神形态，是这部潮汕文学史的理论来源与求证的标准。潮汕文化则是潮汕文

学史的灵魂与撰写的前提。可以说，这部文学史是很好地满足了此种要求的。

潮汕人文化成的文学标记，首先是抒情类的文学作品。诗词歌赋文，本是潮汕文化人的首要标志。吴南生在序言中特别铺陈的事象，是两份日本友人赠送的明代戏曲刻本摄影本，以及后来发现的分别为清嘉靖、宣德、万历年间的戏曲抄本。这些珍贵的潮剧古代刻本，是我国目前发现的最早的戏文写本，它们保存于潮汕，又贯通了中原的文脉。在理论上，它们提升并固本潮汕文化在中华民族大文化结构中的正宗地位及流变的纯正血统，同时也标示着潮汕文化开放中的自持与自保的优秀品质。这种文化执着，有如潮汕母语坚执且难以化解地滋生在潮汕的日常生活及语言表达之中，成为一种族群标志和地域身份。《近现代潮汕文学》的举证考究及作品分析都烙印着这种精神种性。

黄赞发在序言中，对潮汕文化世相的描述，有更具体精细的勾勒："潮汕文化具有极其鲜明的地域特征。其内涵非常丰富……诸如典雅古拙的潮汕方言、悠扬文雅的潮剧、优美抒情的潮乐、清淡精细的潮菜、高洁精巧的工夫茶……潮人形成了精明灵巧的文化心态与性格特点。由于民系与族群共同的心理素质与风尚特征，潮汕本土文学与海内外潮人文学，大多具有古、朴、精、细、巧、美、雅、秀的风韵与特色。"

这些特色都具有上古文化的文学特质，有着厚古朴茂的文学精神。它们更集中、更精巧地体现于某种艺术形式，那就是上文提到的，作为潮汕文化人必不可少之修为的"诗词歌赋文"。《近现代潮汕文学》有相当篇幅描述潮汕文学在这方面的成就，它们是潮汕新文学的先声，也是潮汕叙事文学的语言与抒情基础。《近现代潮汕文学》描述，因为这种文化沉积而彰显其厚实厚重的文化底蕴。它是潮汕文学从民间文学向作家文学、向文学的文人化表述提升的良好基石。《近现代潮汕文学》在这方面的用心铺排，极好地实现了序言中对潮汕文学的文化期望。由此而至，潮汕现当代文学在继承和发扬之路上，至少在语言艺术的造诣造化上，是秉承着健康高雅的教化之路的，始终坚持的是重工力严法则，是有径而行的文学操守。

绪论的文学史主张，在贯彻潮汕文化理论植入的同时，对当下处于学术前沿的理论问题并不回避，诸如对当代文学评价中的"垃圾论""黄金论"，对作家作品的刚性评价、对水平定级、作家简介，都有着明晰的理论边界，提出问题但不负责回答问题或做出结论。描述与再现的生产方式，在文学史中表现得十分灵巧、知性、自如。

潮汕文化作为可以直接应用于文学史写作的理论，它的确立和坚持并成为标准，就使得《近现代潮汕文学》的文化标记鲜明坚定，也使其内容的异质性和形式的独异性，在同类文学史中，显示了不同凡响的气象与风貌。皆因每种理论都包含着对自己试图归类的素材进行的抽象。"抽象的程度是分类成功的先决条件，因此理论将素材的个性筛除，而阐释方法的核心功能就是关注这种个性并对其进行说明。"（沃尔夫冈·伊瑟尔语）理论的高度就是抽象所达至的高度。

理论是探索性的，而话语是决定性的。文学史话语的确立，便是文学价值观和意义群的建设。话语划分出界限，标示着鲜明坚定的立场，而理论则消除这些界限。

《近现代潮汕文学》的话语构建，也即是文学史中潮汕文化立场的构建，或反过来说也可以，即潮汕文化是如何造就这些作家和作品的。《近现代潮汕文学》中有几个部分谈到关于潮汕文化与文学的讨论，这些讨论尽管各有论证，但在对潮汕文化的归属与认同、动机与目的的论断上并无二致。

既然理论的抽象高度是潮汕文化，而与之相应的话语，是把这种抽象理论转化为我们对潮汕文学评价的确定见解。这是决定性的立场与标准。潮汕文化不是一个僵死固化的概念，它是随着历史变迁不断被调整、校正、充实着的概念。在各个文学史时期，它都不同程度地充填着相应的历史文化元素和意识形态内容。这自然也就在不同的文学史阶段的描述与评判中，展开着不同的意义与价值扇面。这是潮汕文化不唯古，但求新变，且充满时代活力的原因。由于有潮汕文化的厚重承载，近代以来，虽几经周折，但近现代潮汕文学的线索与流变，依然循着自身的规律运行。虽然以革命为红线，但也并不排斥与革命同行的民主自由独立等话语姿态。这就既满足了在更大范围内搜罗潮汕文学成就的可能，也表达了当下文学评论立场的宽容与气度的雍容。《近现代潮汕文学》的真相呈现，与话语划出的边界宽度是成正比的。

再说图式。图式是再现中不可或缺的因素。艺术创造其实就是图式的创作。文学的创作模式、绘画的蓝图设计，等等，都首先必须建构一个图式，然后才能对它加以调整，使之顺应描述的需要。郑明标作为主编主撰，他在绪论中，对本书图式的确立，有着明晰的框定和精细的考虑。

图式具有双重性质，它是一个基本框架。其一，在形状方面，作为选择性的屏障起作用；其二，在内容方面，它概括了传统流传下来的观察模式。在这部文学史中，选择性的屏障是潮汕文化，而传统流传下来的观察模式，是潮汕文化目光，包括民间风习、伦理关系、生活方式等。这些文化因缘从内容到形式，成为文学描述的起点，最初始的图式——潮汕和潮汕人的图式。这个图式所构建的文化地理，由文化地理所哺育的文学，这种文学反哺所形成的文学的古典情怀抑或现代性表达，都黏附着潮汕土地和子民的血缘血性血气，整部《近现代潮汕文学》所涌动的，是这种血的传承与气味。最形式鲜明地表达着图式意图的是"目录"。

如第一篇第三章，通俗文学。第一节为方言小说；第二节为方言诗及新民歌。第四章，传统诗歌。共分三节，分别为传统诗词家、诗词新声、诗词本土化。在描述诗歌部分，大面积收入的也是"歌词""传统诗词"。这是符合潮汕文学的历史状况的，其文学遗产正是"潮汕歌谣"。这些就是潮汕文学的出发点和初始图式。如果我们不能很好地把控这个图式，我们就永远不可能掌握潮汕文学经验的流变。如果不固守住这个范畴的概念，我们就无法把我们对潮汕文学的印象与现象分门别类，无法接近并破解潮汕文学的历史谜团，无法实现对潮汕文学尤其是本土文学的科学分析。这种图式设计与分析，就是撰写潮汕文学史的基本框架，也是对其意义区域的建树。

《近现代潮汕文学》呈现了潮汕文化和文学在历史长河中的伟大一瞬。潮汕文化在精神上作为文学史理论，在立场与价值体系上作为话语，在文化范畴与伦理关系上作为图式，三者共同撑持承载起潮汕文学的精神价值与范畴。

这种贡献，在今天，尚是文学；在明天，即成人文；在后天，便成历史。

2012年7月11日

南方精神的再度崛起

鲁迅说过，专制使人变成死相。按黑格尔在《历史哲学》中的说法，中国人从来都"把自己看作是最卑贱的，自信生下来是专给皇帝拉车的"。如今，在一条小小的高第街上，"人"字写得多么活泼、洒脱，多么有血有肉！我被洪三泰在高第街上的这种发现鼓舞。作为一个中国人，我们寻找了许久，因为失落太多，寻找多少有些战战兢兢，害怕再度失去那一点有限的可怜的现存。所以，每一次寻找，都要经历异常痛苦的蝉蜕和惶惑。我们在历经山重水复的坎坷、千辛万苦的跋涉之后获得了我们所期待的，所想望的。之后发现它离起点并不遥远，只是几千年沉积下的淤垢，早已形成一层钢铁般的硬壳，使你无法穿透它。这一步之遥，被沉重的硬壳阻隔。它阻隔了幸福，阻隔了性灵，同时遮盖了人的光焰和热力。人因此而委顿，社会因此而黯谈。如果我们早些意识到并穿越这硬壳，事情也许就简单得多。

社会学家和经济学家在书斋里、在讲坛上的无穷无尽的博古通今的谈论，抵不上中国一条短短的小街在9年中的变迁与无言的实践。它自然是浓缩了中国社会主义政治的、经济的包括其他许多研究家们感兴趣的话题的一条小街。在洪三泰这篇称之为《中国高第街》的中篇报告文学里，我甚至感觉到一种中国人种性的自豪，广东人种性的自豪。我之所以提到这样一个问题，是愤懑于唯高鼻子洋面孔为神圣，为上帝的正宗臣民，而不惜贬低中国人，甚而将中国人的某些丑陋归结到人种的低劣这种社会生物学观点上；同时也为时下某些文艺作品里尤其是视听艺术中，广东人几乎被堕落到说一口蹩脚的粤语普通话、面目可憎、丑陋不堪的投机商的形象模式里去而感到悲凉。在这种愤懑和悲凉面前，民族的自尊自强和人类间的相知显得无比珍贵。我们已经无须去开列长长的名单和例子，去说明中国人对于世界文明的贡献之后来证明中国人种的优秀。在一种陈旧的自卑自贱的民族情绪面前，一条小街的巨变，它在改革进程中充分显示的人格精神的事实，或许能够多少让人们从一种正在中国大地上悄悄崛起的时尚上，看到中国9年改革，看到经济的改革和人的改革是如何迅猛地铸造中国特色社会主义，是如何不断刷新我们对人生、对世界的看法。

这是一条复杂迷离的小街。它的源头深深地迷失在中国历史的封建废墟中，连同它的名字，也浸透着中国文化的正宗——士大夫的精神依傍。它从宋元的作坊，从明清的市井，从民国的古气洋风中，摇摇晃晃地蜿蜒而来。这一切在高第街老一辈的子民中，依然记忆犹新。作为一段历史，它依然烙印在街市同时烙印在它子民的意识里。这种古老意识一旦为某种崭新的民主观念和时代精神所扬弃、所激活，长长的历史精神便欢跃为、凝聚成驱动力，给了它新一代的子民们改造这条街的文明、改造人自身的文明以强烈的欲望和自觉精神。我们无法不承认历史渊源对现实诱发创新的作用。负重的民族也许是最可怜的民族，但假若有崭新的时代精神来注入的话，也许重负中的全部人类智能将是释放得最彻底的。洪三泰率先报告的这条广东都市中小小的街道，其意义正在于此。否则，他如何胆大包天地冠之以"中国高第街"呢？

作家的构想和评价是超越一条小街的有限区域，作家的感情同时也是超越一条小街的感情的。这里的任何变化、任何改革，政治的、经济的、社会文明及人格的嬗变，都可视作是正在勃兴的中国都市意识、商业观念等的化繁为简。所以，他具象的描写与评述，无不渗透着整体的阐发，时刻在提醒、引导人们扩展视野，从高第街扩展辐射中国的改革前景。这种整体认识使洪三泰对高第街的调查采访从一开始就进入社会研究和经济研究的境界，它的实录——人格的升沉、事件的评判、商业繁荣的规律，都遵循着社会主义的价值观念，它既是这篇报告文学的支点，又是评价事物的标杆。他相信通过一条小街的描述，所否定的、所张扬的，已经远远不是这条小街的历史与现状所能包容的。它至少已经融入了目前社会主义商品经济的发展和社会主义民主政治的完善这个大主题之中。从这个意义上说，《中国高第街》是作为诗人的洪三泰，迄今献给人民的一首最动听、最雄壮的大诗。在他的《天涯花》中，我读到一个知青单纯热切的颂扬，人生道上的欢乐和痛苦；在他的《南风》诗里，我读到洪三泰诗人的热情和诗思的深沉；在他的小说《大漠狼烟》中，我读到诗人严酷的浪漫；在他的报告文学中，我读到他原先诗的伊甸园里，现在长满了人的荆棘，知善恶树上的涩果，其涩汁是如何流出伊甸园的。这种最初的尝试也许不是最后的。那么，我有理由预言，改革的时代生活给作家带来的，不仅仅是思想内容的冲击，同时也是给作家的艺术选择以无限的空间自由。

在一次小小的、临时凑在一起的聚会上，洪三泰、《江南》的作者朱海和我，听着雷铎大谈他的《中国大走向》系列报告文学庞大的构想。他这个系列中首篇推出的是十余万言报告文学《中国铁路协奏曲》。其时我已读过草稿并写了评论文章，加上他对其他各篇的构想，顿时使我觉到一种预感，也许广东文学要以另一种与时代生活密切勾连，从内容到形式都起变化的格局自立于中国文学之林。南方精神的再度崛起独立于北方文学并与之同步，共构中国文学的全局性繁荣。这种预感自然不仅仅生发于雷铎的构想。

这之前不久，《风流人物报》对广东改革的现状，从上而下，从点及面，从散点透视到集团报道，以及许多广东知名作家搁置既定的创作而投身于这种报道的热流之中的局面，已经部分地显示南方精神的觉醒与重建。李士非的《招商集团》，包括他更早期的全国获奖作品《热血男儿》更是一个信号，一种推导。那时洪三泰的《中国高第街》正在酝酿之中，他不无兴奋地谈他对中国高第街的认识。他虽然还没有明确意识到通过这条街的描述和哲学研究，会给我们的广东文学带来什么，但是他已明确地觉察到这条街所体现的是一种在广东萌芽了好些时日，却仍未引起人们足够重视，尤其未引起经济改革的研究家们高度重视的东西，这是十分遗憾的。他对改革的参与意识，关注于一条街的考察上，企图用文学的方式将这条街引向中国经济改革论坛。其实，这里头已经包含了他不甚明确但却雄心勃勃的精神发现。

正是这多种因素，使我忽然悟到广东近代以来的文学状况，显然是落后并迟钝地表达着现状的，尤其是新时期的广东文学，总是亦步亦趋地蹒跚前行。它感觉到南方的优势，却沉溺于这种优势，优势便成为一个枕头，它使作家在这个枕头上销蚀了灿烂威勇的南方精神，对之传承与重铸的自觉精神。后辈作家们便只能仰视欧阳山、秦牧、陈残云、萧殷、黄秋耘等已被塑进文学史丰碑之中的前辈作家的成就，而缺乏一种从本质上真正接续南方精神的气度。

重振南方文学的雄风，不是去北方文学中寻找模式和语言，而是从南方生活中寻求南方精神的特殊血脉，从20世纪80年代的南方现实中，从改革开放的现实中，挖掘历史、审视历史，把南方百余年来的近代史所铸就的南方精神，作为南方文学的根来清理与认同。不是从狭隘的民族情绪和地域感情上来认识南方精神的崛起，而是把它作为中华民族一种特殊的、从商业经济和对外开放的独特背景上，以社会特殊心理意识及近代以来的各种革命精神为土壤，而产生出来的精神崇尚。只有在这点上，南方文学才能作为武勇雄阔浑厚、阳气亢盛、情绪深沉为特征的北方文学的同胞兄弟，共存互补并且独特地发展起来。

这种与洪三泰的创作扯得远了的话题，我相信其动机与效果都是在张扬洪三泰的《中国高第街》的。我坚持认为，对洪三泰这篇报告文学的任何细致分析和褒扬，都必须首先黏附于广东文学这一个新格局的形成上，才能显示其意义与价值，只有将其与李士非、雷铎、沈仁康、孔捷生、伊始、程贤章、朱崇山、廖红球、张波、熊诚等的报告文学黏附在一起来透视，才能在这个日见其辉煌的格局中，将广东文学放在一种被明确意识到的精神状态中，去寻找一种坚实的精神依托，适时地结束它的痛苦彷徨。

离开这种南方精神的弘扬，我们无法全部解释洪三泰在《中国高第街》中所描绘的一切。他把南方人那种自从海禁大开、在百余年来的历史风云中熔铸起来的既开放又有所节制，精于工艺，勤思求实，小心翼翼而又绝不保守的商业态度，作为一种良好的商业传统，保持在高第街众多个体户的经营方式中，作为高第街崛起于中国个体工商业界的精神基础。我特别欣赏洪三泰作为一个作家，他对高第街人的精神世界的把握，是走进生活、尊重实际同时又给予理论的提炼。一个民族的精神，或者某种可称之为精神体系的东西，它首先自然应该是群体特征的而非个体优势的。高第街一共有329部售货车，一字长蛇，肩靠肩，背拢背地仁立于长街。每部售货车占地不过丈把。这种高度拥挤集中的商行背景下，人和人之间的基本关系无疑是一种激烈的竞争关系。自由竞争在人口密集的南方都市，已经成为一种普遍的社会心理。任何分配包括公用道路的分配，都包含着极其微妙的竞争心理。

这种自由竞争从积极方面看，极大地扩展了人的聪明才智，极大地扩张了人的生存本能。在高第街，第一个推出时新货色和第二个推出同类货色，其效果显然是不同的。在别处固然也一样。而在这里,这种不同在时间与空间上显得更为和短暂和狭小,它要求较之别的地方有更灵便、更迅速的裁决选择。要注意的是,一个顾客尤其是前来批量购买的顾客,在相距得很近朝见口晚见面的货主之间,究竟选择谁,这对谁都是一个福音。两者之间的选择主动权既在顾客同时也在货主。这之间就存在着争夺。争夺顾客,这是买卖的基本常识。这种常识作为矛盾形态,在高第街被极端激化,它使生意人之间形成一种相当复杂的关系。关于"中国高第街"的报告文学,要回避这种关系的描述与评判,也许是不可能甚或不明智的。作家既然要弘扬一种精神,他就无权隐瞒与这种精神伴随而来的东西。洪三泰从人的角度,也从人格角度剖析了这种关系。

高第街既然充满了自由竞争,并在自由竞争中健康发展,它就不是一个君子国。人首先要维护他生存的利益。挤掉别的卖主的野心在高第街虽然不多见,但作为一种人性的深层意识,一种现实利益的诱惑,由竞争而引起的摩擦是经常的。F君到服装厂要货,他要的是批发价,而厂长的小舅子却捞到出厂价而且露出自豪的神色,这就诱发了人性的自私与不平。于是两人大打出手,最终由厂长出面答应也给F君出厂价了事。诸如在强手如林的档口中,苦思冥想、激发奇思、封锁信息、捷足先登,这种种商业竞争,在高第街不是作为一种卑劣的手段,它的原本你死我活的内涵,如今由一种新道德观念和人与人之间新的关系所和解,所宽容。

我注意到洪三泰在报告文学中,非常关注作为年轻一代的个体户的精神素质。他们之间的竞争,在各人聪明才智的发挥,在人格的自我完善方面,表现得更为突出。一个个体户WF君在新娘身上发现一条独特的裙子,于是辗转托了好多人,终于见到了裙子的主人,并以赤诚求得了借裙子一宿的优待。于是,凭借这种发现和他的苦心,几天后,他独创了风靡全城的新产品,发了一笔财。待到各家竞相效仿时,他已另辟蹊径,另寻它就了。这是相当聪明也相当道德的竞争。有的档主为了顾全邻近档主的利益,"惩罚"一下那些小心眼的顾客,而宁愿自己积压陈货。这在高第街正成为一种良好的风气。洪三泰写出了商业竞争的合理性同时在这种竞争中主张倡导新的商业道德,这种把握使报告文学显示出商业化的都市文明的建构,这就是高第街既是物的世界,又不是物欲横流的角落。

南方精神的弘扬，还比较具体地表现在高第街几个人物的精神气质之中。袁莉娜在高第街奠基了物质基础，她本可以在这块黄金宝地上继续开挖下去，求得终生丰衣足食。她偏偏从这种生活中走出去。她为金钱做了个体户，获得金钱后却为了完善自身，花重金到加拿大自费留学，取得了考试第一名的好成绩。动乱年代的高第街把邓小飞送进监狱，而后来同是一条高第街，却改造了邓小飞。还有当了电影演员的海仔，当了歌星的彭婉霞。这些从生活最底层，从个体劳动者群中朴朴实实靠自身的努力、劳动走出来的人们，他们躬身耕耘，收获了不同的果实。他们是跻身于物的山峦峡谷中，却逃逸物的纠缠，经过自我塑造的当代青年形象。他们所站立的时代位置，完全靠自身的艰难探索寻找奠基石。在高第街的芸芸众生中，这种努力塑造自我，意识到自我价值的实现乃是实现人的社会价值的前提，正在成为群体的思想特征。不是靠上帝，而是靠自己手塑就自己最终的形象。这大约可以使人们对高第街物的充斥与人的精神状况之间的和谐有新的理解。充塞的拥挤，是一种开拓者精神拼搏的结晶，这结晶非但没有把人变成物的奴隶，相反，它坚实地帮助人们实现自己想实现的。这应该是一个先进的社会所具有的良性循环。

是南方精神的重新铸就，铸就了高第街的一切。我想洪三泰是在这一点上把握了高第街的灵魂。

1987年冬

广东"新文化运动"：呼唤新南方文学

如果说欧阳山、秦牧、陈残云、吴有恒、萧殷、黄秋耘等人的故去，为中国当代文学史广东部分划出一个界限的话，则意味着旧南方文学的终结，新南方文学的诞生。

旧南方文学已被固定，对之的全部评价包括争议已明白地写在文学史中，灵动于民间，彰显于编年。这是他们那一代老作家的殊幸。他们已然安息，他们蒙受了最深的伤害也享受了最高的荣誉。

旧南方文学是理想的、激扬的、革命时代的清一色文学，其中自然也流贯着最深刻、最显著同时潜藏着最隐蔽的旧时代的文化遗存，也即旧南方文学中无处不在的国学渊源。这是他们那个时代的作家们，共同的童年记忆和幽闭文化语境所由。20世纪初年的社会剧变并未从根本上摧毁他们在超稳定社会结构中的文化长成。这在《三家巷》《香飘四季》《山乡风云录》《艺海拾贝》《往事并不如烟》《萧殷文学书简》等作品的深层结构中可以体味得出。古典文雅的人格期望与粗糙犀利的意识形态描状之间的激烈冲突，时有所见。它们既认同30年代同是广东作家的黄药眠、钟敬文的老派写作，又听命于40年代解放区文学的革命文学要求。可以想见，他们的内心冲突比之此后新一代作家们来得剧烈同时惶惑。他们最好的文字是面向过去而不是铺陈现状的：耽于风雨飘摇国破家亡的童年记忆。离开这些，即便是欧阳山，他"一代风流"五卷本中的后三卷《柳暗花明》《圣地》《万年青》，已然相去甚远。写作这三卷时的欧阳山，一定经受着某种精神痛苦，一种类似写作《虹南作战史》时的精神痛苦，这是每一位在"文革"期间尚有写作机会同时存有良知的作家们的共同痛苦。

他们清醒地履行着一份残缺，不如此无以解释写出《高干大》《三家巷》的欧阳山，何以会写出《柳暗花明》《圣地》和《万年青》这样文学品格截然不同的作品来。

新旧南方文学之间，还横亘着另一文学板块，那就是活跃于20世纪70、80年代的作家们。这些出生于40、50年代的作家，大多来自工农兵，他们以生活经验和革命激情写作，创作了大量适切其时的作品。这些作家是80年代广东文学的中坚力量。陈国凯的《我应该怎么办》曾经洛阳纸贵，《好人阿通》《代价》为同时作品中的翘楚。但毋庸置言，此后的《大风起兮》就已见其不支，尽管曾有集结式的评论跟进，但比之《好人阿通》的文学智慧，悲悯的乡村情怀已然逊色许多。一个作家在青年时代形成的东西，就必然成为这个作家的全部，哪怕他写作至老死。作家最好的作品，大多发生于他的青年时期，描状他们青年记忆的东西。哪怕他描状的是当下，其文学潜在的诸多元素也是属于青年时代的。

这一夹生于新旧南方文学之间的板块，除了少数坚持与时俱进、气喘吁吁地躬耕于文坛的作家外，在20世纪基本上失去挑战与叫板文坛的能力，他们完成了承前启后的光荣任务之后，自得自足地走着另外的路，他们在一个逝去的文学时代中已经非常尽力。诸如刘斯奋，从37岁的青年到53岁的中年，历16年的光阴经营了《白门柳》。描述的是"在明清更迭之际，再现天崩地解"的乱世，刘斯奋在最好的年华中完成了"过去的故事"。

我非常反感关于广东有没有文化的说法，有人群的地方就有文化，这是常识。那种遍搜历史遗存以证文化之有无的大论，其实是对当下文化冲突与现实矛盾的规避。何不关注一下现实的广东？以北方文化中心为主流、为主导的状况导致的南方文化遗忘，其实是外界对南方经济优势的无可奈何，人为使之边缘化的结果，是意在吸引南方对北方的文化仰视。就文学而言，很多带有革命性影响的文学话题，都曾经勇敢地始于南方。

20世纪50年代黄树森等关于长篇小说《金沙洲》的讨论，新时期饶芃子关于"社会主义悲剧"的文学论争，《我应该怎么办》引发的轩然大波，陈志红、朱子庆直指"广东文坛静悄悄"的诘问，黄伟宗关于"社会主义批判现实主义"的立论，谢望新、李钟声对岭南作家的系统性评论，吕雷对广味小说的极力倡导，笔者对广东文坛"没有批评"的质疑，林贤治关于胡风及知识分子精神立场的论述，等等，这些广东文坛的尖锐发言，都与今日一个又一个以巨金打造且王顾左右而言他敷衍其辞的作品研讨会不可同日而语。肩负文学使命，对现实追问与思考，是南方文学的传统。

新南方主义文学构成有两个因素，一是广东已不再是原来的广东，泛珠三角而地域边界模糊，异烁涌动。中国的改革开放始于广东，26年间广东涌入大量外省移民。本土文化在移民带来的文化氛围中渐次消解，从而形成一种新的人文形态。在这种新南方背景下的广东文学，极其迅速地改变着原初的文学质素。早先那种作家客居广东即被融入，同时入乡随俗，描状广东情调的状况不复存在。26年前的广东乡土已成古迹，南方情怀也成古典。广东本土文化在都市化进程中滑失于边缘已无可挽回。珠江三角洲再难见河涌、桑基、蕉林、沙田、水秀，潮汕平原也田陌轻帆不再，唐宋城郭、明清深巷难觅。广东的地域文化正在发生深刻变化。

二是广东文坛满目是来自外省的文学青年。他们在外省完成学业，带着一种异地的文化情结和乡土的童年记忆进入广东，他们构成广东文学的新南方主义板块，在最近几届的"新人新作"评奖中，已难见到广东本土作者。这是一种无法回避必须面对的情势。

南腔北调的作家构成，是新南方主义文学的题中之义。而乡土与童年记忆始终是作家的创作之母。以多年形成的南方文学风格和书写形式标准，是无法衡量这一板块的文学创作的。新南方主义文学标准于是应运而生。

新南方主义背景下的广东文学，已不是旧派现实主义创作，而是现实对心灵的呼唤，是对日常性的异度颠覆，对经验的另类想象。近年被认为广东文学新秀的盛琼、央歌儿、傅建文、妞妞、西篱、张念、黄咏梅、张蜀梅、盛可以、曾维浩、梅毅等，他们都是新移民，所写几乎都是他们过往的事，其创作都烙印着非广东的文学记忆。也许不是我们当下期望的广东特色，但相信终将演化成所谓新南方主义的内容，催生一种新的广东文学。

就说盛可以，她的小说几乎没有本土文化的迹象。既不是湖南益阳的，也不是东北沈阳的，也非广东深圳的。她说困惑和对之的解剖生成她的小说。她的《水乳》确实如此，这是一部营造困惑、突围困惑的书。我不反对马季、虹影、葛红兵等人对之的好评："人物的喘息声""快感和张扬的野性""以个体的身份面对读者""直面生活中更凶暴也更残忍的一面"。但这些都仅是对一部好作品的一般要求，我企图从她的作品中读到在广袤深沉的主题视野下，思虑同时悲悯，如霍桑写的《红字》，但是没有。《水乳》给我的印象更像韦斯特《蝗灾之日》的叙述。一种世纪末想象也即哥特式想象，以凄凉衰败为道德特征去包裹性与性的奔突，因而看不到健康的精神指引和穷追不舍的思想潜伏。还是婚恋纠葛，虽然并不小资，但很消费，而且小气。

文学描状岂能仅囿于若干人物的婚恋纠葛，而对重大社会事件漠然？文学必须对人类思想有根本性的承诺，从心灵深处对人性怀有崇高敬意，并以有力平稳的叙述去表达对之的悲悯之情，将浮躁的社会风习与人物性格，灵动地置于大的客观模式之中，将故事与人物，导向人类普遍面对与关心的问题上去，这亦是新南方主义文学所期许、所诉求的。

盛可以等青年作家并不缺少文学才情和起码的技巧，但时代对他们这一代要求太少而放纵太多，期望太高而又施予太吝。葛红兵说她的"文字却没有丝毫自恋的影子"。我说葛红兵看不见的地方，正是盛可以自恋的泥淖。问题在于，我以为自恋并非好坏的标准也不是度量衡。正如"凌厉狠辣"并非优点，"绵软柔弱"同样会有力量。在《谁侵占了我》中，关于男人性器的描状，你可以说出神入化，也可以说荒诞淫邪，这还在其次，问题在于是否必要。

盛琼的小说也写婚恋纠葛，却尤显平静沉稳大气。那种悲悯情怀不必写出，由读者从中感怀。盛琼的《生命中的几个关键词》是一条发光的小溪，有着别样的景致。

新南方主义文学背景下的作家们，尽管移民心态各异，创作各有千秋，但是，他们小说中的情感纠葛，都与都市的新生活状态有关。他们都偏执地努力于一种破碎、颓废、焦虑、困惑的精神结构。西篱寄希望于三星堆，盛可以推诿台风鸿雁，都一样。所谓先锋，所谓后现代，都无关紧要，要紧的是，是否应该实现这样的过程——建立在爱之上的文学批判，道德与伦理的文化意识，物欲与清洁精神的理性沟通。这三点也许正是新南方主义物质形态下生活模式的文学记号。在这个精神记号下的文学集结，正是广东文学姿态的全新彰显。南方的遗忘也就因之是为梦中呓语。

此外，由于移民聚集在城市，这些青年作家写作多以都市题材为主，农村写作及其他题材的写作几乎坠至零点，他们创作主题视野狭窄，题材目光局促的原因，一是生活范畴的局限，二是文学的消费娱乐动机乃至谄谀市场的结果。几亿农民在文学上被漠视冷落，可能不仅仅是新南方文学的问题，但却是新南方主义文学必须预警的态势。如果文学老是在都市范围内打转把玩，文学严峻的广阔的现实主义是无从体现的。

对于文学而言，只有退回历史，才能穿越现实。许多例子证明，那种急速跟进的作品，是无法诞生史诗性的作品的。文学是心灵对现实的梦想，需要沉淀，沉淀，再沉淀。时间，将决定它的生命与生命力。快得炫目的广东速度，广东作家更要沉静地面对。因为，你所告知的将是属于未来的历史。

2004年3月

逃离现场的广东文学批评

广东文学无批评，这个话题尖锐而沉重。我曾于1988年发表《没有批评》一文，其中说道："批评的衰落首先是批评的堕落，正如文明的衰落是以文明的异化为代价。"同时追问："在当今中国文明程度最为发达的省份，我们何以反而失去了批评，失去了文学的真正诤友？"这在当时引发激烈争论。与今天相比，1988年的广东，其实还是很有批评的。20世纪80年代狂飙突进的时代飓风，裹挟着文学呼啸而去，在一个激进的文学时代，相对逊色的文学批评状况令人不满，其实是对之抱着一种过高的期望。

今天的广东文学批评发生了什么问题？

晚清的梁启超在百余年前发表了《论小说与群治之关系》，倡导"小说界革命"和"诗界革命"。于阴霾的中国开文学风气之先，使广东的近代文学走上全国前列，并导引了中国文学近代化的方向与进程。是文学思想和文学批评，启动了文学作为社会革命的闸门。广东也因此诞生了大作家、大作品、大革命，在百余年间翘楚于中国。

这种文学的革命精神绵延不绝，于20世纪80年代再次形成一个峰峦。广东文学顺应了伤痕文学和反思文学年代的一切文学要求。首先是萧殷对"阴谋文学"和"三突出"创作方法的批判，然后是黄伟宗关于"社会主义批判现实主义"的立论，饶芃子发起的"论社会主义文学中的悲剧"的文学论争，陈志红、朱子庆直指"广东文坛静悄悄"的诘问，陈国凯《我应该怎么办》引发的轩然大波、谢望新、李钟声对岭南作家的系统性研究，笔者对岭南散文流派和社会主义文学流派的探寻、黄树森关于珠江大文化圈及"叩问岭南"的文化追索……广东文学批评视野所及，是广东作为岭南广袤地域中的文学状态、走向及与外界的勾连影响。企图冲破五岭山脉的阻隔，消弭南方遗忘的文学思考，文学批评关注的是立足本土又摈弃本土褊狭的大的文艺问题。这种开广的文学批评视野与胸怀一直延续到90年代初年而戛然中断！

这种中断在不知不觉之中又延续了十余年。地处南方的广东真的被遗忘了？这种遗忘首先是以自我遗忘为诱因的。

这不是盛世危言，广东文学批评确实面临危机。

先开列一份90年代的文学备忘录。

90年代以降的广东文学，就其长篇小说方面的收获而言，至少有如下记录：

刘斯奋的《白门柳》、陈国凯的《大风起兮》、吕雷、赵洪的《大江沉重》、程贤章的《围龙》、金敬迈的《好大的月亮好大的天》、何卓琼的《蓝蓝的大亚湾》、杨干华的《天堂挣扎录》、余松岩的《地火侠魂》、朱崇山的《南方的风》、雷铎的《子民们》、郭小东的《中国知青部落》三部曲、洪三泰的《风流时代》三部曲、金岱的《精神隧道》三部曲、谭元亨的《客家魂》三部曲、何继青的《资本风暴》、张欣的《情同初恋》、张梅的《破碎的激情》、盛琼的《生命中的几个关键词》等。透过这份名单，我们发现了什么呢？

《白门柳》《大江沉重》《大风起兮》《蓝蓝的大亚湾》这四部小说，曾经由政府出资分别在北京或广东召开过作品研讨会，随后发表了若干主要由北京评论家撰写的评论文章，对之作了客气的礼节性的评论。其余作品基本上逸出广东文学批评的视野，严格说是视而不见。其实，这四部颇受重视的作品，广东文学批评对之也是极不认真的，至今没有读到哪怕是对之稍做深入研究的论作（我在这里指的主要是研究态度和动机），其"研讨"效果自然也就水过鸭背。

广东文学批评来自于三个板块：媒体、专业批评机构和高校。媒体自有它的游戏规则和操作程序，它只负责推介、炒作和包装，提供终端服务，它不具备研究功能。文学批评的责任就落在专业批评机构和高校。这两块给出的信息是什么？专业批评机构似乎顾不上对文学走势的烦琐跟进和具体作家作品的个案分析。如果没有将庞杂的文学现象迅速规矩为课题的话，则对之的批评就似乎不在专业批评机构的视野之内，而这是极为可能的。它有推诿的理由和原因。剩下来最有期望的是高校了。高校的中国现当代文学研究，本土文学主义者也许是最有可能也有责任对本省的文学状态做出臧否，同时也最具权威性，且拥有一支较为齐整的队伍。但是什么东西阻碍了这种顺乎情势的发挥呢？20世纪80年代卓有成就的广东文学批评家饶芃子、黄伟宗都在大学。他们对于广东文学的关切，至今余音未尽。他们都曾系统地研究过广东的作家作品。而当下广东高校的学院派们，对于广东文学历史与现状的陌生轻慢，疏于研读，视若虚无，以北方文学的评价为圭臬、为指引，而缺失对彼时彼地文学的亲和与发现，这恐怕是弊端的题中之义。这与凡以为大作品问世，必先邀请来自北京的评论家来粤研讨，以求得撑持这种自卑心理相关。求助外铄本是一个好举措，但我以为它必须是建基于把自身的文学工作包括批评工作做好之后，而不是自己退出批评的现场，却把批评的责任推卸给别人。

退出现场，是广东文学批评在这十余年间养成的市井风气。作品和批评家之间构不成文学的紧张关系。如果说广东文学是左手，稀薄的广东文学批评就成了一只抚摸左手的右手。毫无刺激、感觉和叛逆，毫无异质、激情和反抗。批评放弃了话语权力，遗忘了自身。目前硕果仅存的几本关于广东作家作品的研究文论，其写作生成大多产生于80年代。广东文学研究和批评在90年代以降已命同游丝。

90年代的商品规律，取代了80年代文学的启蒙发言，而成为南方社会的主要话语方式。文学陷入前所未有的危机，自"小说界革命"以来，"小说之支配人道"的经典说道，在90年代已成神话。南方媒体每天报道的现实生活情节，比小说更真实、更精彩、更残酷。文学批评在这种更真实、更精彩、更残酷面前，失却启蒙与权威断语的位置。即便如此，它坠入像文学一样迷惘的状态而选择自觉退场，依然是毫无道理可讲的。批评是理性、自觉同时客观清醒的，它没有任何理由以非理性的态度进入文学。它不能一味地抚摸着、慰安着、广告着文学同时引导文学虚拟着向前看，它更重要的也更理性的态度，是引领文学向后看，对现实取一种哲学否定的立场，从而形成一种看取历史的思想行为，一种看取历史的现实姿态。由此，我想起了别林斯基《一八四七年俄国文学一瞥》。

别林斯基把在欧洲被称为"目睹者"的杂志，改称为"概评"。他认为这一变更标志着两个不同的时期：前者是直观的，后者是思想的、反顾的。他批评俄国杂志，"竟没有对俄国文学的任何历史的、每年一度的、或者随便什么性质的概评"。接着他严厉地批驳："除了把这种现象归同于对文学事业的漠不关心之外，再也不可能找到别的原因。"在他看来，概评是不同时期意见的一部活生生的编年史。

广东文学非常需要年度概评，非常需要由概评所由的活生生的编年史，然而从来没有。文学往事成为碎片，丧失了矫正当下、佐证未来的可能，也时刻在中断历史与传统。我们已经没有了回头的机会，没有了对百年的广东文学，重拾百期概评的机会。若果自1842年，广东也有别林斯基式的批评家，每年写一篇年度文学概评，则至2004年，广东也许就拥有了162年的年度文学概评，这也许不亚于梁启超的"小说界革命"对中国文学的影响。而这，需要的是时间。也许南方的遗忘，由于自身绵远的记忆而再也寻找不到遗忘的对象。

也许，我们经年培养出来的评论家，如果不是名就而入官场，如果是功成仍恪守文学，20世纪90年代以降的广东文学批评，或许是另外的模样。从现在开始，如果《作品》《花城》《特区文学》等杂志，坚持每年都有一篇各取立场的广东文学年度"概评"，若干年后，广东文学批评将会如何？

2004年5月

非艺术的艺术

严格说，我作这个题目有点侵犯内行的味道。但既然朋友李媚真心表示我即使是乱弹琴也好，表示越界也并不要紧，要紧的是从文学评论的角度或者说从弄惯了文学评论的人的角度来看摄影，特别是看这一组叫作"面孔"的作品，其效果是怎样的，那我也就很乐意做一次侵犯的尝试。何况我一接触到这组作品，心底马上就升起一种非凡的感觉，皆因为这些人像太平凡，太真切，或者说太现实，现实到超现实的地步，使我觉得，文学作品有一种矫饰，一种平添"文学"的意味。面对文学作品时，第一个感觉就是：这是文学，是小说中的人与世界。这种感觉令我们马上疏离了真正的现实，而以一种近乎超然物外的心境和态度，非我地进入作品。其中生与死、爱与恨的震撼都隔着一层膜，薄薄的膜却是那么坚韧。

我们多少已经让文学的矫饰或者文学的功利以至于某些作家的技巧，弄得习惯了我们对文学作品的评断——建立在一种谁也说不清楚，但是谁都很明白的基准上，这就是对文学作品的宽容。因为是文学，所以不能苛求，当然也就不必太认真地去看重那死去活来的文学中的人生世界。我们总不能够摆脱那种对文学的误解——由于文学本身的失误所造成的读者的误解，事实上也就没有了读者的信任。这也是许多文学作品难以永恒、时效性太短的因由之一。

所以我在一次讨论会上说作家是否调整一个视角，交换一下心态，尝试放弃以文学的习惯性眼光去看取人生，而以非文学的眼光去看取人生，也许其结果会更"文学"。因为有些所谓文学的观念和文学的……太可疑了。它因为某种时势或者某种非文学的原因而被误作"文学的"且被固定下来，谬种流传的结果是非文学的恰恰反倒最具有文学的性能与意味。报告文学、纪实小说、新新闻主义文学作品，以及一切返璞归真，甚至连那些消弭惯常的文学语言而代之以极大白话（一说为粗鄙）的后新潮小说的风行和读者崇拜，是有一定道理的。文学一经作态，一经变形而且自觉地以文学的规约出现，则文学就同时与真实产生了某种分离。它总觉得它之所以是"文学的"，正因为它对生活负有一种所谓的"文学的"责任。可是生活的真实性与残酷的麻木的面容常常不买账，它我行我素地走着与所谓文学不同的道路，负着自己的责任。

文学评判中常常是排斥照相机的。谁的作品让照相机取代了，谁也就倒了霉。其实最客观的摄影作品究其实也是主观色彩极浓的作品，只是这种主观非常投合客观的视角范畴。所以摄影成为一种文化艺术，它主观捕捉的瞬间便投注无限的客观效果和主观的延伸。

李媚为我解释这些作品时，我觉得文学与摄影是共通的，与绘画也通。歌诗舞同出一源而且三位一体，何况摄影。

摄影被当作艺术手段已经很平常。艺术摄影总也摆脱不了那么一丝匠气和艺术家的审美倾斜。倒是带着文学眼光的摄影，更蕴含现实主义的艺术魅力。这种魅力来自它对现实情状的高度逼近，瞬间的还原既是极端现实且真实的，又是超现实的。这超现实就是一种对遥远的年代和未知事相的透视，由此延伸了象征，穿透了历史的淤积，一条幽深的长长雨巷，这就是我从这组"面孔"中悟出的摄影家的心智。

很一般很粗浅的观感是"面孔"的真实，个别真实的多次重复而成的整体的真实感。就个别来说，一幅人像应该显示着一部个别的历史，而这组人像中各个说不上个别的历史，似乎共同着一个内容和一个形式，他们之间不会有太大的差异。正因此，我顿生一种悲凉。共一个内容与形式的人生，是如此麻木又如此深刻地烙印在每一张过目即忘却又努力让你思索点什么甚至记住点什么，否则便心灵空茫茫的面孔上，这种效果是文学无论如何都难以达到的。文学让你深切地关怀着某一具体的固定的个体，可是这组人像无法让你去关注某一个体然后忽略其他。他们之所以是密不可分的整体，是因为他们彼此之间那种共同的东西，那种共同到足以遮蔽足以消灭个性表达的传统。包括服饰、发式、面部表情和额上深刻的皱纹、眉间纹路的走向、眼角所绕缠着的神情的共同性，都表达着一个惊人的主题——由于神情的相似与重复所昭示着的人生方式的重复与趋同。我注意到这组人像中有两个有些例外的表情。一个是光头的孩子，大脑袋上有一记伤疤，圆眼睛中透着木讷的忧郁，笃实的山地生活限制了他童年的幻想，在照相机前惧生但是毕竟新奇。他驯顺，有一丝回避又珍视照相机会，于是给了一个极其本色的面孔。这张童年的面孔中沉淀着一种山地人很恒定的东西，不管他前途将如何，在这之前他只能是忠实地覆蹈他父辈的人生。一种延续了许多人的精神状态，并未因为他是孩子而有所中断。像面孔中绝大多数成年人一样，这个孩子也穿着一件过去时代的流行象征——蓝色军干装。这个例外，因为比别的人像更少那种外部的明显共性，因为一张童稚的了无掩饰的脸，使内在的灵魂的历史凝聚，更鲜明地凸现，更生动地潜流着。另一个例外是那帧头发自然卷曲、面庞丰满、看上去气色很不错的人像。主人公据说是位村干部，是乡村知识分子。从衣着到做派都稍微异于他人。传统的、同一的东西在他这儿似乎产生了某种中断。有一种无形的东西令人从感觉上将其划分出来，虽然依然无法尽拂那重重的贵州山地气息，但是面部表情的阴郁已经暗示了截然不同的精神负担。眉宇之间流盼着一种思虑，一种对自身命运负有责任同时也对别人有所主决那样一种思虑。作为山地人新一茬的代言人，他与同龄人从形体到内心宽度都存在着相当深刻的区别。

这两幅人像在年龄上与其他照片没有大的差距，但是形体与神情的区别是那样巨大。孩子基本是眉宇舒展的，面部光洁且丰硕。而这张年青的面庞已开始瘦削，开始眯起眼睛，蹙着眉结，有些疑惧地面对世界。照相机极自然、极成功地捕掠了他们心底的映像，在他们没有更复杂的更多神采的眼睛里，蕴蓄着极其善良忠厚的泉水。其他照片中的那一丝无奈的笑意所包含的中国山地农民的苦乐观，是有着整体的文化意味的。他们的相似就更其惊人，后者仅仅是前者的中老年模本。

如果按照年龄顺序把这些人像排列起来，那么，人像外在的类型化和内在的精神血缘，关于地域、时代、历史、自然和人种等因素所构成的人的生存方式与状态包括精神现象的年代链条，就明显地显示着岁月变迁的缓慢流动。这种缓慢的节奏几乎成了这些人像本质上最共同的东西，它同时也就形成这样一种现实感极强的冲击。置换、加速文明进程的节奏，诚如音乐的一切奥秘来自于节奏与音调的组合一样。不是他们去拖动这缓慢，而是他们让这缓慢迟滞着、推拥着。无法潇洒的人生境况里便顿生一种应该是雨季了，但却没有雨的莫名惆怅。

这组人像的价值正在于它是一种难得的却又极为平常的集体显示，由重复而产生的一种主题的强调，这种重复所产生的东西是文学所难以达到的。用不着更多的艺术技术技巧，但是艺术的魅力平添了永恒的意味。因为它的简洁、它的平朴、它的真实和粗鄙所显示的生活的粗犷质地，靠着苍白的个体联结而成的整体的意蕴的辉煌，这就是现实主义摄影未被充分重视的优势之一。在此之前，我从没有想到这种严格的现实主义摄影会有这么重要的作用且达到这样的深度。罗中立的《父亲》，在画布上有意消失了绘画技巧与痕迹而着力造成摄影的效果，那种史诗性的瞬间成功，是得力于绘画的无技巧境界呢，还是得力于摄影的现实主义启示？可以说，这些人像如果被临摹到画上，又稍做构图的话，难说没有《父亲》的效果。我说的是效果而不是其他，因为就其现实主义而言，它的极致是超现实主义的显示。

即使是绘画与摄影模糊了界限，它们之间是有技术区别的，但是精神区别呢？我想在某种意义上，它们可以获得一致的看法。

就我个人而言，这组人像对文学创作的刺激应该不是暂时性的。关于描述领域与主题教育，关于文学的非文学眼光和艺术视野，甚至关于技巧的发现，等等，摄影并非仅止于通常所说的"再现"。这组人像从文学观点来看，就很文学，也即创作。或许是无意识或许是蓄意安排都无关紧要，要紧的是，每帧人像背后都有大自然或生存环境中的景物。清晰的乡村景致作为一种相对人物并不是很重要的东西出现在人像后面。这些似乎并不重要的东西，对人像产生极大的印证作用。它们之间的互相补充所组合而成的大背景，与人物一起形成一种氛围，无形中为人物的神情提供佐证与依托。好几帧像都是以门板或陈年板壁作为背景的，这是一种极常见的绘影环境。深棕色的木板刻着年轮的纹路，显示着岁月的非常本色和人生感觉的单调重复。年深月久的老屋子，被切割之后的老树疙瘩在木板上的印记，顽固地裸示着缠结。这种人像与背景的协调所形成的冲突——蓝颜色（衣服）与深棕色的强烈反差，黄皮肤（面孔）与棕黄色的同色相斥，脸部皱纹与木板纹路那种类似经线与纬线的交织错落，以及人像流动着劳作之累的面部肌肉与静止的门板，外在的协调是那样深刻地鼓动着内在的种种冲突，同时强化着这组人像主题的多义性与严肃性。他们是活着的与大自然拼搏着、争夺着生存境地的山地农民，背景是死去的陪伴着他们许多世纪还将继续陪伴下去的板壁，它们与他们的生命一样持久地面对着缓慢的人生流程。

背景的人文意义在无言地显示着人像的激活力。背景中的东西，不管是与人像垂直、平行或横切，参与的力量与人像面部表情所提供的东西都是同等的。

摄影对人的命运关注，对真实人生的史诗性再现，完全可以与文学巨著达到同等的程度。只是我们对这个门类的自觉开发，多少带有一种自惭的羞涩，由于它历史的浅，以及作为文化媒介，在大众文化中并未形成对人生行为产生重大影响的传统势力。童话与文学作品对于人的童年的影响是起点又是终点，有一种类似宿命的色彩，既是人生启蒙又是座右铭。而摄影是无根的浮萍，即使在文化领域中，除了它的新闻传播功用外，人们对之既是熟视无睹又是陌生的，也远未达到形而上的膜拜程度。它强大的现实主义瞬间表现，多少被忽略了。家庭照相簿和低档摄影作品的泛滥，并未使摄影的文化地位有所提高，而仅仅是作为一种怀旧手段的量的堆积。人们还没有习惯于把摄影当作一种崇高，一种解释世界的崇高。这就注定了它既是沙龙宠儿又是大众的弃儿这样一种悲剧命运。

这种倾斜的最高点与最低点并非是一种不可调和的冲突。"人像"的作者与编者大约已经悟觉到这种可能性并且十分迫切地推进这种调和。它们只不过是一帧帧实录的、粗朴的没有人为地导演同时未注入任何附加内容的原始再现的照片，可是它们又是如此强烈地提供种种文化暗示，提供不同的认识层面，提供让不同的读者从不同的出发点和角度去进入的可能。它的大众化途径所达到的幽远短近是由读者自身的理解去决定的。这就使作者与编者的真实意图埋得深沉，获得多种解释的可能性，审美的发挥既可能是最初始的，也可能推至作者与编者都未曾意识到的极致状态中去。

这些照片所蕴含的历史与时代的冲突，是各种命运在共同形式中的不断延续所构成的震撼力量。这些极为普通平凡的山地农民，他们也许几辈子都没有被艺术被文化所关注，如今他们被照相机框入一个很奇特的环境，定格于一种在瞬间状态中永恒存在下去的格局中。他们连同自身的命运一起参与了对自身历史的解释，他们对自身的表现因此注入了一种沉重的责任与使命。我揣想，当他们在遥远的贵州山地，看到这本摄影画册中众多人像中的自己时，他们将做何感想？他们也许会悟觉到命运的扭转和自身的某些问题。他们也许会从传统的注视别人转而自觉地注视自己、开发自己，从而发出某种前所未有的质疑。

"面孔"的组合赋予这些传统风貌的人们现代的遐思感，尽管于他们也许仅仅是一种朦胧的启迪与不确定的比较，但毕竟是一种新鲜的现代风，一种由于真实地再现而又超越这再现所产生的震撼而来的现代风。摄影的机械化时代的终结，也就是摄影作为生命体的诞生。这预示着现代生命走进古老的躯体之后，终将要发生的"革命时代"的到来。

1990年5月10日·广州

文学灵魂的钩沉

——读饶芃子教授的《文学批评与比较文学》

读饶芃子教授评论集《文学批评与比较文学》，诚如在读她这个人。她的灵魂与学识及人性的深度，是如此透明地溶解在每一篇文章里，同时也成为文章的灵魂牵绕在字里行间。引诱你无法不与她的叙述一起走进她的评论世界，一个充满着温情的感伤、古典主义的浪漫与现代精神相契合的女性精神世界。在这本书里，尽管有些是尽可酣畅抒发作者情感的作品评论，有些是地道的理性精神很强的中西方文学比较论文，有些是序跋文章，文体与研究对象所要求的方法方式各异，但是，我感觉到的，是饶芃子教授个性化的文学风度，在不同的研究领域里的自由驰骋。这与她为文为人的风格是相一致的。

她评论视野的作品选择，很能说明其性格趋向与审美情调。诸如白居易的《长恨歌》、李清照的《如梦令》等词、林黛玉的《葬花词》、朱自清的《荷塘月色》、张爱玲的"冷"小说、梦莉诉说苦恋与离情的散文，这些作品，从文体文气到艺术情调，都共同地拥有一种超俗的悲艳和绝代的忧愤，一种美丽的凄清和灵魂的战栗。饶教授对之的选择首先是艺术气质与品位的相通，是对它们超凡脱俗、方式别致的抗争的认同，是对它们艺术表现的迂回曲折、扑朔迷离的新解。一切对之的钩沉，都贯彻着她从童年到中年，在文学梦境的陶冶与浸沉中，从烦恼人生里收获来的情感体验与理性观照。

除去她评析作家新作不说，一篇许多人评析过的名作，她竟然把玩出另一种韵味。人们难以觉察甚至忽略的地方，正是她的天地。她说李清照词的语言，是"能立于纸上的语言"，浅白但是奇崛的评断。而林黛玉的《葬花词》是"在依人为活的处境中，让忧郁和痛苦渗入自己的灵魂，化作眼泪，吟成诗歌"，是"用全部的智慧和生命在吟唱"，是"诗的遗嘱"。至于对朱自清

《荷塘月色》的评析，饶教授所寻找到的，是朱自清"不宁静"的心境。他之深夜步月，是因为有难以排解的烦忧。她注意且提示给读者的，是朱自清"高尚而又淡雅的人格"，于独处中追求刹那的宁静的情怀。她是国内较早注意到被遗忘的作家张爱玲的评论家之一，她很早就发表了《张爱玲小说艺术论》。当关于张爱玲的文章成为一个热门话题时，她再度发文指出张爱玲小说的美学思想是"冷"和"苍凉"，这既是她悲剧式人生观的表现，同时也是她对艺术美的一种追求。

她总是用自己灵魂的触角去寻找与之相通的东西，与之吻合，与之碰撞，产生的必然是珍贵与直切。她评论泰华女作家梦莉的散文，谓之为"茉莉花串"，是美丽的情思和破碎的梦，有生活的残缺和生命价值的交融。我旅泰期间，见了梦莉，读了她的文集，走过她散文写过的地方，我惊异于饶教授与梦莉从形象性格到艺术灵动的契合与相似。

饶教授作为大学教授、学者与评论家，其身心与文学的高度融合，融合到近乎玲珑天真的地步。所以，她执着而又不无犹豫的文学发问与探寻，像这饱蘸着爱心和怜悯的体恤精神，都在无言地告白着，她的评论世界的女性化程度和精微的评析所产生的魅力，皆因为她不仅仅是一个学者，她更是一个理性精神与感情扭绞丰富的人，一个女人。诚如她在"跋"中所言，"集于首篇《宛转动人缠绵悱恻——〈长恨歌〉的艺术个性》，是我多年来各种感情折叠和浓缩的结晶"。

评论的感觉化与人性的深度把握所产生的艺术魅力和深刻度，并没有以牺牲学者论证的理性化和严谨性为代价。说到底，饶教授毕竟还是来自经院，经院哲学与书斋气无从彻底消弭。她之走出学院派的圈子，是因为她作为评论家，对文学时代和社会艺术评论的参与也是一种必然的要求。这种走出使她在不断回归之中获得一种新质，那就是她失去的是纯书斋式的贫乏，获得的是文学的使命感和自觉的理论意识。注意广东文坛势态的读者，也许会记得饶教授发表于1978年《广州文艺》上的《谈社会主义时期的悲剧》一文所引发的，牵动广东乃至全国文坛的论争。那时，"四人帮"刚垮台，文坛荒芜且处于文学的过渡时期，一切都尚未明了。谈这样的话题是需要智慧和胆略的。后来的新时期文学证明了这个论题的正确性和预见性。饶教授倾向于情感在心灵的投诉，但在重大的文艺问题上，她确实巾帼不让须眉。她文学生命的严峻方面正表现在这里。

中国的比较文学源起于"五四"时期，此后稍淡，勃兴于新时期。作为文艺学教授，饶芃子是较早参与比较文学的勃兴运动的，主编并撰写出版了《中西戏剧比较教程》，主编《比较文学与比较美学》等书。收在评论集《文学批评与比较文学》里的一组比较文学文章，是关于中西戏剧、文学研究的。1986年西潮泛于国中，就在这一年，饶教授写出了《文学批评与比较文学》一文。其基本观点是清醒而且客观的，大有于混沌中出清流的意味。她认为，从中外文化史看，西方借鉴东方，东方借鉴西方，从而促进彼此文化发展，每个民族都要打破自己一定历史时期的文化结构，吸引对方的文化丰富充实自己。她强调了中国传统文化对于西方文化曾经产生过的鼓励性影响；指出18世纪马若瑟把元剧《赵氏孤儿》译成法文，此剧在欧洲剧坛上出现了热潮，给欧洲剧坛带来了新气象。她的研究成果表明，西方文化并非常常在俯视东方文化的。她论证道，二次世界大战之后欧洲人普遍情绪悲观，于是将目光转向中国，引进中国哲学，在道家和佛家思想中寻求慰藉。现代西方一些有成就的艺术家，之所以能在今日西方剧场有所开拓，有一个共同之处，就是受到中国传统戏剧艺术的影响，西方剧坛现在流行的开放式结构，与中国传统戏剧艺术传入西方有密切关系。中国艺术界很崇拜的德国作家布莱希特，就是一直"朝东看"的艺术家。他从中国传统的叙事体戏剧中总结出许多经验，把它们融入自己的理论和实践，提出新的戏剧理论。

这种立足于中国传统文化，走开放式的中西文化交流的道路的观点，是饶教授这一组比较文学文章的学术态度，也是中国比较文学研究的起点与归宿。

这本评论集的文章从形式到内容，诚如饶教授这个人。认识的，读出了一种淡雅的深刻；陌生的，读出了文学于执着者的钟情和折叠。即使不把它当作评论与理论书籍来读，而当作散文，当作一位知识女性认真而又天真的文学问答，一位学者和评论家的生命韵律和治学足迹，也是一种莫大的喜悦。我想，我们很难彻底消除理论的灰色和语言的干枯，因为形而上毕竟是不可或缺的构成因素。但饶教授在语言的熔铸上是双重的，既是哲学的又是文学的。从童年开始，经历终生的文学憧憬和陶冶，古典文学特别是古典诗词的艺术修养，体验细腻的婉约气派，加上女性情怀的浪漫淤积，这本评论集的语言别有一番韵味。因为她论及的选题，几乎都是她的真性情的发现、共鸣或者寄托。这是语言特性纯洁、缠绵、婉约的基础。从心底里流淌出来的语言，同样很容易地流进读者心里去。一个愿意真诚地献出自己"心泉淙淙"的作家，还怕没有读者么？

1991年10月·广州

老兵与学者的散文

——论苏晨的散文创作

　　"辽东老兵"苏晨之与文学结缘，实在是无心插柳柳成荫，是他的人生行旅听从革命调遣的结果，更确切地说，是革命工作的需要迫使他成为一个作家，形成了老兵与学者的统一，革命与文学的结合。

　　苏晨少年参加革命部队。他的散文创作，始于1946年，描绘革命风云，1950年由东北和武汉两地的出版社收集编印成三本散文小集。尔后在频繁的工作变换中，他仍用各种笔名写了不少文章。但比较集中的散文创作，是从1981年前后开始的。于今凡五六十万字，已编成《野芳集》《常砺集》《野石子集》《夹竹桃集》。从这四个集子看来，苏晨的散文创作已明显地趋于成熟老到，自成风格，走着一条既师承传统而又别调继起，旧旨全非的自己的路子。

　　苏晨少年入伍之前，在东北受过日本的奴化教育，读过工业化学。参加革命之后，带过兵，编过报纸杂志，钻研过经济和技术，当过厂长，管过文艺。各种截然不同的工作内容和领导艺术，要求他在各个截然不同的领域中摸索探求各种专门知识。在学以致用的同时也就产生了一个事实——以其老兵的情怀和眼光，吮吸了广博多样的知识，锤炼了学人的风致。三者杂糅成了苏晨散文创作的特征：别具一格的学者文章。

　　学者散文，如姚鼐散文十三类中的序跋、书牍、赠序、传状、碑志、杂记、哀祭等，里面就有不少。唐末"放了光辉"的小品，如罗隐的《谗书》，皮日休的《皮子文薮》，陆龟蒙的《笠泽丛书》。明清笔记包括主张考据、义理、辞章合而为一的桐城公安等名士派的文章，如梅曾亮的《游小盘谷记》《钵山余霞阁记》。尤其是现代文学的早期作品，如梁实秋的《雅舍小品》，王力的《龙虫并雕斋琐话》，钱锺书的《写在人生边上》，梁遇春的《春醪集》，周作人的《谈虎集》，等等。

中国古典文学和现代文学的这种重重氛围，苏晨有所借鉴又不师旧辙。他的散文从题材、形式、手法和风格都力戒因袭，不拘一格，没有模式和偶像，也很难说有多少抒情和诗意。基本上不很讲究艺术上的藏锋，也无意于文人的雕琢，无拘无束，无遮无藏，而力求把憋在胸中的话说出来，因而具有更明显的人格色彩。这也许是他的散文创作并非从"创作"出发，而大都是因为"工作的急切需要"或是"遇上了某种情况，便这里挤出一茎，那里钻出一苞"（《野芳集·自序》），皆有明确的宗旨。或者是"表现着，批评着，解释着人生的各面"（朱自清《论现代中国的小品散文》），或是在现实中，看到尘封了的历史积淀。前者在那些描述老文艺家的散文中尤其精神，后者如《聪明琐记》《无边的遐想》《晚来的花圈》等。而这一切，其生发又大多是在常人所不留意、不流连之处，寻人生之理趣，发一己之见地。所以，他的散文既有现实的紧迫感，又有着历史的纵深度。不管是那些写与前辈、朋友交往的文章，还是笔记类散文，或者是旅游文字，无不渗透着大量确凿翔实的历史知识及自己的见地。

博识，对散文作家来说是非常重要的，但知之多并非知之深，从广博到精深还有一段路程。苏晨对凡入文的物事，不停留在传闻，也不在于说明书式的交代或泛泛的介绍，而是穷根溯源，重考据实证，重辨析引申。尤见功夫的是，对一些史料的错讹能给予纠正，张勃《吴录》、李延寿《南史》、如李时珍《本草纲目》关于红棉记载的错谬。与所引有关的散见于其他史籍的东西，都尽可能搜罗拢来，寻找内在联系，注意所写物事的完整性和科学性。如《雕手》《图章》《田黄》三篇蝉联之文，对寿山雕刻艺术的发展演化、规律、技法，乃至原料品种、雕刻过程的特殊问题、相关的民间传说等，做了全面的考察和介绍。它们固然有着"天工开物"的科学价值，但毕竟大异其趣，弥漫于文章的是学者的渊博和谨严，是对现实人生、文艺、学术诸问题的探索。这是苏晨散文的重要特点。

苏晨散文中最亮的晨星，我以为是他那些写老专家、老教授的文章。这是苏晨从事散文创作以来的一贯特点，"文革"前就写了不少，而近年所写尤见功力和特色。在《万叶散文丛刊》第二辑发表的《甲辰探花》，写了与商衍鎏、容庚、杨荣国的交往，"落意在对老人们要求宽厚"（给笔者信）；《落霞》写了钱君匋；《艳秋》写了许麟庐；《壮美》《常砺》写了90多岁高龄的国画大师朱屺瞻；《老伴》《六米斋》《积微》写了端木蕻良；《田黄》《雕手》《图章》《寿山十章》写了周哲文、郭功森；《精神》《不舍》《夹竹桃》《播种》《余热》写了宋世明、高马得、陈洞庭、曹辛之、臧克家；《心花》《细事》写了曹靖华、巴金。这些文章写得动情，与老人们忘年而心心相印，有学术，有衷情，有评说，尤其是老人们岁暮之年的心境，智者的高风亮节，耕耘者的兢兢业业，不是传记式的实录，而是交往中的真切感受，是人生评价，也是艺术探幽，从中自然托出老艺术家们的人生命运与艺术道路，在有限的篇幅里浓缩了他们人生艺术的精微，从这点说，它又倍功于传记。随着岁月的流逝，我们将会倍感这类散文堪足珍贵的价值。

苏晨的散文重考据、重古训，领读者漫游于几千年中外文化的海洋之中，力求言之有物，物在言先。他写人、记事、笔记，仿佛都和古代文化结了缘，仿佛都融入了历史的反刍与感知，让人领会事物发展的延续性，使立言凿凿。他推崇汪中的文风，主张"所行归乎平实，于学观其会通"（汪中与孙星衍尺牍），在会通史料的同时，倡平实的文风见长，即以口语为基本，文言和方言等分子杂糅调和，像大白话，又不失雅致，有着知识与趣味的两重统制，流贯着自然朴实、大方的语言风度。所以，尽管旁征博引者古奥繁缛，在他笔下却显得简易和峻洁，读来亲切生动。如《开卷小札》，写了史籍中木棉的各种记载，铜鼓的家世，电白番薯庙的传说，越南李朝的历史，等等。虽然通篇史料众名，不乏引文，但并无多少艰涩感。

在苏晨散文里，凡古奥的引文多被译成浅近的白话，引证和阐述务求平易简洁，除去艰深。形象的比况和事理的详切，得力于活泼泼的"雅致的俗语文"。这种艺术表达也直接地体现着苏晨散文真诚直言的思想风貌，是有感而发的有为之文，是现实生活的触觉，是文艺色彩颇浓的人生"墓志铭"。用平淡的谈话包含深刻的内容，有时看似乎笨拙，其实却是若愚的大智，和另一些立意重在艺术欣赏的美文式散文有着不同的特殊追求。这里，可以看出作为剽悍的"辽东老兵"的苏晨和作为心境并不粗糙的学者的苏晨，两者奇妙结合所形成的散文风格。用他评论古今笔记的话来议论他散文的这种特点是颇为恰切的："作者往往不首在刻意为文，而多是于工作、学习、生活中实有所得，确有所会，才提笔随手写来，故为文风格朴实自然，常以'质胜'见长而受到欢迎。"（《笔记文学二议》）

此外，苏晨散文在会通史料、古为今用上，还融会了司马迁史论的特点。司马迁的《史记》，往往在全篇终了时，铺以精彩的史论。而苏晨的一些散文往往在开篇便入考据征引，从远处说起，或直截了当地开台。铺陈描写完一段仿佛无关文章宏旨的意思之后，旋而来一段结语式的议论，将考据和描述的义析扣上文章主题。《海边杂拾》是为代表。在《未可想当然》题下，通篇谈的几乎都是关于小小鱼卵世界的形形色色，令人疑惑这鱼卵与题旨有何关系，殊不知文末作者骤来一笔，"……对这沧海一粟不甚了了，倒也未可是非，可是我们若能从这鱼卵世界中得到点启发，以警惕自己遇事多来点儿每事问，少来点'想当然'，那还是有好处的。"其他各题及《聪明琐言》《晚来的花圈》《呼唤》均如是写法。"由于中国吸收西方文化是从英国开始的，因此就很容易熟悉英国文学中颇为盛行的随笔这种体裁。而且英国的随笔和中国古典散文中比较发达的小品和笔记，也有它相近的地方。"

苏晨散文尤其是写人记事的随笔，均可看到英国随笔特点与中国古典小品的融合。通常是开头直截了当，文中是情绪的急转，从一种心情到另一种心情，随着时空或笔触转换，也就是说，作家用笔相当灵活。没有固定的章法，喜欢跑野马，起讫十分方便，决不摆好一个架子，也不一定要有头有尾，看似是毫无节制的放笔狂言，实际上意味着思路的迅捷和文气的跌宕，正所谓"文之神妙，莫过于能飞"，即无端而来，无端而去，正是笔法断续之妙。

苏晨散文之谓学者散文，还与他的为人为文的学者风度紧密相连。于人于己，严肃认真，好处说好，坏处说坏，极富科学态度。他曾发表文章，批评"想当然"的思想方法。受到别人撰文批评，他在进一步学习、披阅材料之后，认识到自己的文章不幸而言中的正是自己的思想方法的偏执一是，于是，老老实实地承认"批评是对的"。并写了《多识而少惑》一文，公开做了自我批评，征引资料论证自己的错误，表现出了"知过必改的治学精神"和"虚怀

若谷的学者风度"①，这实在是一种难能可贵的品格。

他那些谈文论画写人记事，或为人作序跋的文字，尽管笔下均为德高望重的老人，但他下笔有分寸，不卑不亢，努力在笔下托出老人们平凡而又不凡的真实性格。在《看涨》中，对广东画展，在艺术分析中肯定若干之后，感叹于"苦心经营之作终究还嫌太少"。为彦火的《醉人的旅程》作序，并不隐其弊病，如对《岛国风情》一辑批评道："是景物描写变化嫌少，写来写去多不出友谊两字"，而且纵观全集"也有些我感到稍显浮泛之作"。

作为学者和老兵的散文，苏晨的创作已引起了人们的注意，随着人们欣赏水平的提高，我们的确需要更多谈玄说奥、追根溯源，引证和论说现实人生问题、学术问题的学者散文，与其他美文式散文一起并行齐驱。

1983年5月29日于广州

---

① 高汉铭，归来吧，学者风度！［J］．读书，1981（1）：31.

唐前的岭南文化与文学风度

——岭南文史研究的新启悟

陈桥生新著《唐前岭南文明的进程》，在岭南文史研究中，颇有隆出丘陵、一枝独秀之势，堪为近年岭南学研究的翘楚。且不说厚重、明晰、锐利的程度，其举重若轻的切入与格局，已令其著述别开生面，提要钩玄，化泥滞予清流，其格致明显，尚启悟，至少有三发。

枚乘有散体大赋《七发》，文字铺张、夸饰，穷形尽相。语汇丰富，辞藻华美，结构宏阔，富于气势。刘勰说："枚乘摛艳，首制《七发》，腴辞云构，夸丽风骇。"（《文心雕龙·杂文》）《七发》的体制和手法，不拘散体大赋一格，时时旁枝逸出，四处蜿蜒。《七发》是为贵族子弟问诊，亦为枚乘人生纵横七问。而桥生新著之"三发"，则是为学术新声之谓，把唐前那些个波诡云谲的时代，写得风生水起。追《七发》且"三发"矣！

一发，是其研究视野逸出常态，把岭南文明进程研究的历史时间，确定在唐前。二发，是岭南的文明轨迹，其路径力道在贬谪，由贬官文化构成文脉所促发的社会改良，沉积为后世脉象，影响殊远。三发，是以文证史，文史互鉴，以达岭南文明的自辩与自证，而以贬官文化作为岭南文学史、文明史的主角及主线，是为力构，有隆降起落之势。

以上"三发"，势成开弓，纾解岭南文史研究向以中土为楷模、为标杆的惯例与局促；一扫岭南文化自叹弗如的妄侍心态，为岭南文化的自证、自信及自重，开了风气。

学界研究贬官文化的系统著述历来不多，而将贬官文化置于属地的文明史格局，并以此作为这个格局中的结构性元素，强调其在文明进程中的重大作用、其文明贡献及历史积极性，作概括梳理择要，并予坚定的学术肯定，角度锐势，格致清朗，立论大胆果断，这在岭南学研究中鲜见。中国文学史上，很多名篇名作，与贬官及其历史表现有关联，所谓天降大任，其劳与伤，在文史上，抑或被提纯为人格文品的精粹要件。

陈桥生的新著，亦依此认识，但突出了唐前文人的流寓与命运转折在文学上的机杼，所形成的是世代文脉，所依托的是贬官悲情与悲剧。他谨慎地掘出其人文精神中最隐曲悲怆的人性内容，肯定了以此为纲的文学史、文明史在岭南早期文明构成中的重大意图与历史作用。它们对唐以后岭南社会流变、文明进程的介入融合与推进的不可或缺；它们对岭南文脉的源生、偏正，都有决定性的影响。这亦是岭南学研究的重中之重。

先说一发，陈桥生的新著，将岭南的文明进程，追溯到源头，描述求证源头的风景，是为流放地的风景。其突出的事件，因为有谢灵运短暂悲壮的行脚，而致岭南文学史，从一开始，就浸淫于悲情悲愤的滥觞之中。从而形成岭南文学的基本特质，一种挥之不去、难以卸去的生命之累，是为忧患忧郁的文学风格。

因岭南近代以来在中国社会变革中的领袖地位和滥觞作用，学者对岭南文化的研究目光大多锁定在近现代。这种短视的结果，非但没能真实辩证岭南的文化建树及历史地位，反而置岭南于南方的遗忘与孤悬五岭之外的境地，而其文化及文学评价，因缺少时间长度的对质，耽于侧重对暴发事件的革命性描述，反使岭南文化在中土文化面前，相形见绌。

陈桥生的学术视野，拉开了长久处于时间泥滞中的岭南文化和中土文化相融的时间距离，开化其源流，直抵唐前。这种开阔岭南文史研究的学术视野，拉远研究时间长度的结果，是让历史有更丰阔的求证空间，寻找到从源到流的根本目标。

唐前，在整个岭南文史的时态构成中，是一个非常重要的历史时间，它奠定了岭南早期文史质量的基础、文明走势及哲学向度。陈桥生对时间及时期的选择分期、分部与确定，使新著的立论和视野，突破了历来忽略或规避的樊篱。虽然面对许多障碍，却存在许多破解的可能，一旦突破，贵为发现与贡献。

唐前岭南文史研究，是一个难题。它久远且面目模糊，来历欠明，这与历史叙述通常始于建制而略于荒夷的习惯有关。唐前的东晋，在时间上，是岭南文明从上古向中古转折的制度性突变；在地缘上，是由地域文化向区域文化演进的政治性标志，也即国家意识的开端，即从血族向郡县行政的文明过渡；在民意上，社会心理与价值体系指标逐渐成为一种伦理模式等等。而这一切的建立与产生，无不与贬官及其相关的各种文化行为，有莫大关系。

就土著及其属地的文化秩序而言，贬官文化是一种相对强势的新鲜的，同时充满悖论的文化输入与传播。它的强势，是来自中土成熟的文明成果所由，它通过贬官的个人情怀，在荒蛮之地，悲情愤忿地犁入，其繁殖与传播潜移默化为世态人心；它的新鲜，是本土见所未见的他形式表达，它的异态与异质，令本土的风习发生本质性的裂变，进而取代了原生文化；它的叛逆，是石破天惊的逆行暴发，也是社会秩序的变化与推演，但却不是革命式的方式激变，而是漫长的沉淀与改良。

再说二发，岭南的文明轨迹，其前行的路径力道，全在贬谪。由贬官文化构成的文脉，所促发的社会改良，沉积后发，影响深远。

贬官源发于"刑不上大夫"的官宦制度，对于犯错的官员，皇帝往往不会用刑法惩处，一般是贬谪至边远地区。对于被流放的官员来说，心境愤懑难支从唐宋到清末，因党争内斗，被流放至岭南的官员，仅海南就有200多位，其中有唐朝中后期的宰相李德裕和宋代抗金名臣李纲、李光、胡铨和赵鼎，也不乏皇室贵胄，如因宫廷内斗被放逐至海南的元文宗图贴睦尔等。

贬官的另一个身份是流放的文人，故唐前贬官遂为岭南文学史的主角，这是中国文学史的奇观。但这一文学现象，从未作为文明史及文学史的主线，虽会时常论及，却非重点。陈桥生以客观大度的人文史观，来掇取并定位这种由贬谪而来的价值判断，的确别开生面。这与19世纪俄罗斯文学是同一的，都是以作家的命运遭遇与心灵变迁，阐述人类的文明史进程，取向于同一的人类立场、同一的文学态度。这致使这部新著，在描述与论述的文字和语言风格上，都灌注着一种悲天悯人的阔大情怀。他的理论语言所传递出来的声音，是悲悯同时抒情的。因此，新著的语言文字透露着诗性的圣意之美。堪怜堪惜堪敬的贬谪。贬官们在大地上的世代行走，遂为文明进程上的浩浩壮歌。

最后三发，是以文证史，文史互鉴，达至自辩与自证。正如家族史是民族史、文明史的切口一样，文学史上，作家与作品的政治背景及行为向度，以及与彼时彼地国家制度与形势的向背忤顺，都在昭示着文明史的前行或反动。新著中，由陆贾开篇，而至陆贾之后的汉越交流，特别是谢灵运来粤三月的劫难，谢灵运孙谢超宗二十年的粤地蛰伏江总之"岭南形象的最初建构"与"前所未有的书写"，以及张九龄的诗歌，加之其间关乎南朝始兴、刘宋时期，侯景之乱的南下避难等，对十余名贬官文人著述的分析辩难，都紧贴着文明史上的重大事件来展开。没有人与命运，特别是与政治命运的交集，没有作品与国家权构的矛盾或冲突，包括罗织与陷构，没有这种文与史、国家与个人的悲剧冲突同时互证，岭南唐前文明进程的逐鹿品质则无以呈现。以及后来的文学史与文明史的交织发展，就难以在这一条主线上，形成传统并以传统的方式延续展开。岭南文化的自我证明，不仅仅是对中土文化的回归或再度传递，而是在切入、交融与冲突中，形成一种自为的形象。

新著足证这样的结论：唐前岁月，岭南已树立了自为的文明史形象。只是这种形象，在后来，特别是南宋之后，在"无中国"的历史鼓噪中，渐失自我与自信。桥生的研究，重启唐前的岭南文化与文学风度、历史风韵和人文风景，这是一个新的学术开启。岭南文史研究，因此将转换新的角度、新的方式、新的面貌，以及新的手势。

2020年元月

第三辑

守望·怀想

见字如面

——写在梁信先生远行之际

梁信先生又去远行，在大年初一早上。

此刻，或应称呼先生本名——郭良信。

摊开旧信，见字如面。

我相信，人永远活在过去，在过去的时间轴上行走，而那个所谓"将来"，是从未出现过的。

我对梁信先生的再度远行，一点也不担心，他一定会行走得自由同时出色。

他曾经这样写道："……近七年的时间我没离开战场，用双脚走了九个省。"在战争年代，他从东北一直南下，走到广西，然后云南，一路作战、剿匪，做文工团员、宣传队员工作。

"总的工作是做战勤工作：火线喊话，设鼓动棚，带大车队、担架队，筹粮，运送伤员，押管战俘，等等。"在解放战争中，他做武工队长、区委书记，任创作员，发表了处女作《颍河儿女》、独幕剧《我们的排长》、短篇小说《和洪水赛跑》等。梁信先生说："都是平庸之作。"我读过这些作品，我愿意呼应先生的自我评断。在战争年代里，他的创作高峰确实还未到来。

1959年，先生石破天惊，发表电影文学剧本《红色娘子军》，次年由上海电影制片厂拍成电影，1962年获得第一届"百花奖"最佳故事片奖，1964年获得第三届亚非电影节"万隆奖"大奖。

"《红色娘子军》发表的同时，我完成了大型话剧《南海战歌》（合作）。同一年，出版了长篇小说《碧海丹心》。翌年，改编为电影剧本，由八一电影制片厂拍摄成影片。"

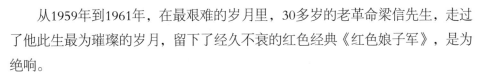

　　从1959年到1961年，在最艰难的岁月里，30多岁的老革命梁信先生，走过了他此生最为璀璨的岁月，留下了经久不衰的红色经典《红色娘子军》，是为绝响。

　　"一九六二至一九七二年，我只在《人民日报》上发表了两个短篇：《铁腿阿陈》《小小一根针》，一篇专论《从生活到创作》……其他一事无成……也被'专政'七年，其中有三年半是在铁窗中度过的……在劳改场，跟着一些真正的共产党人，体验了一点忧国忧民的滋味……"

　　梁信先生九十一岁了。大年初一早上，他的最后的远行，自有他的悲壮和响亮。生命绝世，对于一位曾经历战火的战士与作家而言，仅仅是短暂的休息而已。他早以他的一生，敲响了中国当代文学的大钟。而作为晚辈，我唯有安静地聆听他未来的消息。

　　我相信这种聆听，已然一一应验在我与先生曾经的过往之中。我们的时间轴上，有几个节点，非常值得缅怀。

　　那年，我十岁生日，父亲花了4分钱，买了半张电影票（儿童半票），请我看电影《红色娘子军》。我第一次独自安静地看完一部电影，并入迷地热爱起美丽的海南岛和美丽的琼崖纵队女兵，同时记住了编剧梁信的名字。这个名字所幻变的故事，从那时起，一点点地改变了我的生活。

　　五年之后，我去了海南岛，以一个知青的身份，去感受《红色娘子军》的故事。冥冥之中，结定天缘，圆了童年的梦想，娶了琼崖纵队老军人和琼崖纵队女兵的女儿。

　　此后，无论看什么电影，我都会想起梁信这个名字，想起《红色娘子军》里美不胜收的男人女人们，想起在琼崖战事中牺牲的1700名年轻女性。我以为梁信就是电影里的洪常青。

　　时间到了1978年，那年，我在中山大学中文系进修，导师是金钦俊先生。我开始写作文学评论，处女作就是评梁信的电影剧本《从奴隶到将军》。

　　真的有些鬼使神差。那时，学习任务很重，要读许多指定书目，我无意间翻到刚刚发行的《电影文学》杂志，里面有梁信先生的电影剧本《从奴隶到将军》，分两期连载。我马上就有了评论的冲动，完全超出了导师出题的范围。

金先生是研究现代文学史的，而我的选题属当代文学范畴。那时，《文艺报》刚刚复刊，我把万余字的论文寄到《文艺报》编辑部。半个月后，我收到阎纲先生给我的回信，让我截取部分文字，刊发在第五期。

我把万余字的文章，寄给《作品》，郭茜菲把文章给了她的先生——中山大学的楼栖教授——审读。楼栖教授阅后，给我写了一封长信，谈了许多文艺理论的问题。他对梁信先生赞赏有加，对我的论文多有批评指正。

我无意间又一次走近了梁信先生和他的作品。那种如影随形的吸引，完全与功利选择无关。

那时，我与梁信先生并无关联，我从未期望混进文学界，混进中国的大学，更没想过，有朝一日会和梁信先生成为忘年交。我向来对个人生活无理想蓝图亦无远大目标，任由生存冲荡，缺少争强的动力和信心。这么懒散，怎可去追随梁信先生？

梁信先生早已名满天下，在文坛大小场合，他都是主角。可是，我看到的梁信，总是傲然地避世，总是深居简行，却又总是写出既奇又烈的人物来。

他在《自传》中写道："我七岁丧父，母亲多年给人当用人，清贫如洗，寡母孤儿，使我对谁都惧怕三分。因此，截然矛盾的两种影响我都吸收：社会给我以强悍，家庭给我以懦弱。我羡慕大刀快意，又安于贫困和受欺凌的地位。这矛盾在我身上混成的性格，到今天我也写不好这种人物。"强悍与懦弱，均为人类通性。我忽然有点明白，这正是相通的前提。梁信先生的个人风格中，有太多复合混成的明晰，他的自况，有一种旷达的透彻。

认识先生多年，却从未走得很近。有一天，我突然接到先生的电话，他非常客气地问："可不可以陪我去大学里走走？"我一时不明就里，去大学里走走是什么意思？但是，我不假思索地回答："当然。"

我如约陪他在广州外国语学院（今广东外语外贸大学）里漫步，漫谈有关外国语、留学等话题，先生并无明确诉求。我干脆请来我的大学老师、广外的蒲丽田教授陪同参观。

我始终没有明白此行为何。我只能理解为梁信先生的某种社会关怀。看得出他对大学并不陌生。他直言只读过五年书，高小都没有毕业，但他从小喜欢听故事，听评书，读过《诗经》、《楚辞》、汉赋、元曲、明清小说、佛教善书及《圣经》等。

有天深夜，有位导演突然来访，请我引见梁信先生。他想翻拍《红色娘子军》。我知道梁信先生早在20世纪90年代便原创了电视剧本《红色娘子军》，并签约了电视台。十年之后，尚未开机，正泥滞着。我问导演，有回天的法术否？导演说无甚办法，但还是想见梁信先生。想着有人惦记梁信先生的作品，是为好事，便约了雷铎去帮腔，雷铎临了有事，我便带着导演去同和的"一步庐"。

事情着实有点复杂，牵涉好几个方面，但关键在于海南电视台（今海南广播电视台）要有个表态——尊重作者，坦承误差，重启工作。大家讨论了许久。最后梁信先生说："郭小东同志，您若愿意，我请您全权处理此事，包括由您重新编剧。"说着，请梁夫人搬出他的剧本复印件，"您把它带走，随意参考。"我看了看导演，希望他不必"另起炉灶"，就用梁信先生的原作为好，他没有回应。我明白他的意思，作罢。

我明知无力，但面对一位文坛前辈的殷殷相托，我只好相信有梁信先生的好运气，事情应有转机。

那天夜里，在回家的路上，我绞尽脑汁地想着海南岛的人事，暗夜里亮光一闪，一组人物迅速串联起来。

我与海南电视台台长宋锦绣、原导演吕中似曾相识。他们都是此事的关键人物。恰好，我刚为海南一位女作家的电视连续剧《没有冬天的海岛》写过评论，发表在《羊城晚报》，她恰来电邀我去海南走走。这些人物，我都是在1987年"十万人才过海峡"时认识的，相识于他们还未发迹之前，算是江湖朋友。女作家后来嫁了位主管宣传的重要人物，他也是个作家。

他很是理解梁信先生的苦衷。他请来宋台长，大家进行沟通，从尊重作家、繁荣海南文艺事业、弘扬海南23年红旗不倒的革命传统出发，没有和解不了的矛盾。于是拟了一个方案，各方各退一步，重新启动合作，商定拍摄电视连续剧《红色娘子军》的相关事宜。

次日，约见了吕中导演，交谈甚欢。他在这十年中，因此事也弄得焦头烂额，瞬间有了解脱，很好。后又约了黎族演员谭小燕，请她出演红莲，并帮忙协调将来剧组的海南事务……

过了一些时日，电视连续剧《红色娘子军》如期在海南开拍，一切顺理成章地进行着。至于后来又发生了许多事，此乃后话，不赘。

关于电视剧《红色娘子军》的话题，我与梁信先生多有交流。我知道，此话题乃梁信先生心中的乐与痛，包括中央芭蕾舞团的侵权等。我很想在原创题材中，再融入一些现代或后现代的元素，写成长篇小说，此意呈与梁信先生。

先生给我回了一封信。于是，有了长篇小说《红色娘子军》的创作。

梁信先生在信中写道：

"中国工农红军琼崖独立二师直属娘子军连的事迹，是先行者给后来人留下的精神财富。是军史——军事历史。历史，为全民所共有。因此，我谢绝你的提议：为长篇小说《红色娘子军》署名。我也不能以任何名义（包括不署名）领取稿酬。请你理解。"

…………

"专此奉达，再请理解愚意。如蒙不弃，愿与你结成文字之交的挚友。"

先生的豁达大气，难以言表。

广州军区的作家们，曾经托起中国文坛的半壁江山，更是广东文学的中坚。多年前，我与编导郭蕤合作，自费主持拍摄多集《广州军区的作家们》，跟踪拍摄金敬迈、赵寰、柯原、张永枚、章明、肖玉和郭光豹等作家（有的已经过世）。梁信先生自当列于首位。

我们如约来到梁信先生家，多蒙梁夫人关照，先生在病中坚持，接受了长时间的拍摄，今天想来，更令人感怀。

我写了与先生的一点琐事，先生伟大郑重，我且躬行追随。

祝先生远行，天堂一路风景。

见字如面，再次触碰，握手。

在梁信先生远行之际，别过！

2017年2月9日

附：梁信致郭小东信

小东同志：

中国工农红军琼崖独立二师直属娘子军连的事迹，是先行者给后来人留下的精神财富。是军史——军事历史。历史，为全民所共有。因此，我谢绝你的提议：为长篇小说《红色娘子军》署名。我也不能以任何名义（包括不署名）领取稿酬。请你理解。

我在一九五八年采访到的娘子军连史料，如按肖焕辉书记，冯白驹、马白山两将军与原娘子军连连长冯增敏以农历年月记忆推算，即以原琼崖独立二师王文宇师长正式授以"中国工农红军琼崖独立二师直属娘子军连"连旗为准，连队应是成立于三〇年底或三一年元旦之后不久（春节之前）。连队存在期到一九三一年冬为止（解散后战士编入师属各团）。战斗区域，局限于当时的万（宁）乐（会）县委辖区的狭长地域内，时间不长，战地不广。不能代表全琼崖妇女武装的全部历史。

电影文学剧本《红色娘子军》，虽在国内国际获奖、军内立功，但它仍是军史内产生的作品。是《琼崖纵队史》作者的辛勤劳动在先。因此，无论你的五十万言小说或芭蕾舞剧、北昆昆剧、辽宁版京剧的改编改写，我都热烈支持，这是我的义务，义不容辞。

琼崖自红军时期以王文宇师长为首的领导班子，在王师长就义几年之后，党政军领导责任逐步集中在冯白驹将军一元化领导之下。直到解放后数年。当时的领导成员之一的肖焕辉书记，抗日战争后（自一九三九年始）由延安派往琼崖的第一人庄田将军（后为广州军区副司令员）、被马来西亚驱逐的马共中央成员陈青山将军、琼崖当地成长的马白山将军。前者曾任广州军区政治部副主任，后者是《红色娘子军》影片的军事顾问，及冯增敏大姐，在剧本创作与影片摄制的全程当中，均无私帮助我与谢晋导演。另娘子军连建连时年龄最大的战士（二十一虚岁）大娥、年龄最小的小琼花（十五虚岁时牺牲）等数十名娘子军连女兵，至今不在人间了。

　　我永远感谢他们！永远怀念他们！

　　专此奉达，再请理解愚意。如蒙不弃，愿与你结成文字之交的挚友。

　　祝小说成功！

梁　信
二○○三年十月二十七日

金戈铁马话平生

——说金敬迈

　　如果仅就一般的文学现象言，是无法说通金敬迈作为军人与作家60多年的创作态势的。他的一生，不管是就个人还是于整个国家而言，都可视为一个文学时代完整的文学事件。他所熬炼的一切经历，颇能寄寓象征而为一部当代文学史。只需对他的文学经历稍做描述，无须予以史论，即已成平白而又惊心的文学史叙述或历史叙述。

　　说是事件，是与金敬迈相关的一切文事，都不是现象形态可能解析。他的文学遭遇，与文学规律无关。可以说，他的人生与文学命运是一种当代政治的必然，而他的政治命运却充满无限的或然性。每一环节，都与偶然事件或特定人物相关，都导向各种各样的可能结果，都不是他个人可以把握的，国家政治与文学，紧紧裹挟着他同行，同时成了他的命运。他的一生，历尽与一般作家无缘的哀荣。这一切，都因果于某一偶然突发的事件。

　　1966年6月27日，亚非作家紧急会议在北京召开。中国作家代表团共有34名代表，广东有四名代表——金敬迈、张永枚、王杏元和韩北屏。广东在非常时期的文学地位，由此可见一斑。

　　文学的北上，在当时乱纷纷的形势下，呈现出一种清晰的政治图像：借一泓远离中心的清流，入主已然乱象的文艺界。几个南方来的青年作家，成了亚非作家紧急会议的亮点，金敬迈和张永枚同为36岁，王杏元33岁，他们是代表团中最年轻且红得发亮的新生代。

　　他们中一个是写思想改造的小说高手，一个是唱响军营晨曲的吹鼓手，一个是写农村阶级斗争严重性的前锋。他们在当时的特殊形势下，在即将拉开帷幕的政治舞台上，代表了中国文学的最高姿态和未来期许。他们分别以长篇小说《欧阳海之歌》《西沙之战》和《绿竹村风云》，形成了文学的工农兵方向的伟大成果。这也可看出金敬迈的创作，不是一般的文学的现象形态，而是作为当时政治与文学事件的重要部分。

从理论上说，是《欧阳海之歌》奠定了金敬迈的文学史地位（《欧阳海之歌》并非昙花一现，而是延续为文学史的一部分），除此别无其他。他个人政治上的沉浮，与他的文学史评价是有所关联，但应该不是最主要的因素。

中国当代文学史家洪子诚的权威文本《中国当代文学史》，对《欧阳海之歌》几乎没什么重要评价。但《欧阳海之歌》在中国当代社会的影响力，应该说在文学作品中，是巨大的。

说起《欧阳海之歌》，年龄50岁以上的几乎无人不知。它发表于1965年7月，瞬间大红大紫。

它一路飙红，直至今日，文学环境和语境已经时过境迁，但《欧阳海之歌》在政治、文化和文学规范中，依然不崩不坏。这是什么原因？理由在哪里？有时，我奇怪于文学史家们，不去研究这种反常却最平常的文学与文化现象，却唠叨于人云亦云的所谓人造经典或伪经典。

没有一部当代文学作品，像《欧阳海之歌》一样，经历时代浪潮。这种奇怪的文学现象，超越了一般文学史对所谓经典作品的认知与评判。

《欧阳海之歌》诞生于20世纪60年代"千万不要忘记阶级斗争"的历史氛围中，"文革"中金敬迈被关押，《欧阳海之歌》却巍然不倒。"文革"后的90年代，《欧阳海之歌》一版再版，并被选为一百部中国文学新经典的范本之一。

从60年代到90年代至今，文学政策与制度，发生了很大改变。文学史家严厉批判浩然的《艳阳天》《金光大道》，却以另一态度面对《欧阳海之歌》。

结论只有一个：文学的社会主义性质之积极方面，是《欧阳海之歌》的灵魂本质。它是与我党教育人民、注重思想工作、支部建在连上或建在基层的宗旨并行不悖的。它寄寓于文学，托举出形象。尽管金敬迈后来对此有许多反思，但是，我以为，在那个个体并不能很自觉的年代，他的文学初衷，他对人物的认知，倒是贴近革命时代的人的准则的，是写出了在反常的现实逻辑中的一种正常的人性表达的。他写出了欧阳海作为一个底层战士朴素的阶级觉悟，在活学活用中的思想改造历程，在克己奉公中的自我克制与扬抑的蝉蜕与痛苦。

现实中的欧阳海也许并不像小说描绘的那样纯粹，但每一个读者心中的欧阳海，已有一个惯性楷模，一种对英雄的心理定式与阅读倾向，比如媒介中的雷锋，以及"文革"前十七年，所有革命文学中的英雄模式。只不过金敬迈把这些英雄，在欧阳海身上更精神化，同时也更为精神地现实化。这是社会主义现实主义，及两结合创作方法所严格要求的。

在不同的政治时期，不同的文学语境，不同的批评指向及不同的文学史时代，对《欧阳海之歌》的颂扬或批判，都被牵制于某一底线，都限囿于某一边界。不管在政治运动中，抑或于改革开放中，它始终站立于保卫革命文学的最后防线。通俗一点说，它宣扬"五讲四美"，它一不怕苦，二不怕死，是所谓"正能量"。所以，它的道德审美，适应于各个不同品质的时代。这里，还有一个前提，是金敬迈的文学天分及他对底层人物的精神诉求，有怜恤的体察。与同时期的文学作品相较，他小说的文学性及诗的抒情性，使其叙事有生活质感，有生命逻辑，有情节机锋，有某些人性谅解的隐秘达成。

小说"最后四秒钟"的革命抒情，是那个时代最为激越的"诗与远方"的体现，是革命时代的逻辑象征。其激情及大义，是后来的汪国真的诗无法比拟的。它的哲学基础，源于60年代讨论激烈的话题，是由哲学家冯定提出的关于共产主义英雄的理论。冯定认为，普通人成为英雄与否，决定于人在生命最后三分钟的抉择——犹豫、退却或坚定以殉。《欧阳海之歌》"最后四秒钟"的抒情向度，是欧阳海作为共产主义战士的英雄誓师。

对于金敬迈而言，《欧阳海之歌》，既是他人生的颂词，亦是他生存的挽歌！他的神速高位，与他的瞬间秦城，都维系在某个事件上，并使这本书本身成为一个历史问题，亦是一个文学事件。正如杜甫《蜀相》一诗所言：

丞相祠堂何处寻，锦官城外柏森森。

映阶碧草自春色，隔叶黄鹂空好音。

三顾频烦天下计，两朝开济老臣心。

出师未捷身先死，长使英雄泪满襟。

金敬迈从坦途到地狱，又从地狱复蜕，而有了与《欧阳海之歌》截然不同的异文本《好大的月亮好大的天》。从壮怀激烈到痛心疾首。他以切肤之痛完成了已死与方生的涅槃。他从高处深深地跌落，反而成就了一个作家从思想牢笼向独立自由的飞翔！

金敬迈在2005年接受记者采访时说：

"……写《欧阳海之歌》的时候，我睡着了。现在，我醒了。"

"我觉得我很悲哀，我想做一个好人，想做一个真实的人，都做不到……"

这是一个高尚人格的自我反省。

进入老年，金敬迈的社会关怀更趋于实际。在各个危难时段，在报告文学写作现场，以及对文坛的现象介入，处处可见他的手笔和身影。作为军人和作家，他从未离开过他的战场，各种各样的战场，包括当年奋不顾身、积极投入"非典"的报道之中。

"出师未捷身先死，长使英雄泪满襟。"站在陆军总医院1204病房，面对这位已近半昏迷状态，却又时时发出琅琅如金石般音色的军人、战士、作家金敬迈，肃然起敬，想起千余年前杜甫颂挽诸葛亮的诗句，于金敬迈而言是合适的，也是悲伤的。

2018年9月3日

附记：

军人金敬迈

对于他们这一代作家而言，记忆是有颜色的。那颜色很分明，很庄严，却又无法说清，无法细细分辨。现实之上，颜色炫幻，迷离。现实之下，泥滞沉铅，浮华尽染……

他自称老迈，年轻的女作家们，都亲热地叫他迈哥。我的儿女称他金爷……我则在不同年龄与时期，称他金干事、金叔叔、金老、金老师。他离开秦城时，只见他满头长长的灰发，留一把尺许的灰白长髯，从那时起，我称他金老。后来他去了长髯，又回到40多岁时写《欧阳海之歌》的模样：一位伟岸的军人。此时，我称他金老师，直至他暮年。

昨天，我和建江、东方、晓琪一起去陆军总医院看他。

金老师刚做完透析，很倦，但脸色红润。我们逐一抚握他的手。他的手很温软，饱满，肤白如雪，像20多岁的人的皮肤质地。他眼神依然锐利，时睁时闭，没有话。护工问："知道是谁吗？"过了一会儿，他突然大声说："知道！"声音洪亮，磁性如金石相击，这是金老师一贯的音色。

前年，我陪他去汕头，过南滨，我告诉他，当年的埭头部队团部，就在达濠岛的另一边。他说起了1958年的往事……很少有人知道，埭头部队团部的金干事，就是后来写出《欧阳海之歌》的金敬迈。

那时，每至周末，部队便来人请父亲去团部驻地埭头喝酒。半夜时分，几个兵会把父亲从吉普车上搀下来。母亲让我们排队，一个个鞠躬，谢过兵们，其中时有金叔叔。然后，我们兄弟姐妹6人，开始聆听父亲例行的酒话。他喷着酒气，却清楚地描画着儿女们未来的前途。母亲立于一旁，忍俊不禁，她很开心。

1965年，父亲让我读《欧阳海之歌》。我带着很特别的情绪读这本书，做了许多摘录，特别是书末的"四秒钟"。

我去海南岛，带着一木箱书。全是马恩列斯的著作，夹着几本文学书，是撕去封面的《格林童话》，有封面的小说《欧阳海之歌》和《边疆晓歌》。

在广州候船去海南，海上有暴风。有同学说去中山纪念堂，看《欧阳海之歌》的作者宣讲，不知为什么，我没有去。心想一定人山人海！高山仰止。

童年记忆的颜色已然褪尽。再见金老师时，他正在劫后逢春的高位上。在任何场合，他的形象气色都赫然不同于左右。虽不动声色，却傲然鹤立。在血水里泡过三次的人，自然如是。

和金老一起乘机，机场工作人员看了金老的军官证，是中央军委签发的，就说有专人带去贵宾室休息登机。我说，我在机上等他。他说，不去贵宾室，走！

最后一次与金老外出，在潮汕高铁站，去6号站台有点远，我找来轮椅，金老不肯坐。他始终尊严地站立与行走。

我告诉他，9月27日下午，省作协召开"金敬迈研讨会"，我们一起去参加，朋友们都很想他。我会做个发言。他没有回应。

期盼那天，他能去现场，接受"终身成就奖"。在他眼中，不再有"好大的月亮好大的天"。

2018年9月2日

明湖的萧殷

——怀念萧殷先生

20世纪70年代末，我在中山大学进修，有时会去拜访父亲的几位朋友，秦牧、杨樾和黄雨先生。由于专修中国现代文学，我对广东文坛大略有了解，特别是梁启超的《中国地理大势论》，拓开了我的眼界。这几位广东籍作家，都是有文学大胸怀与格局的有革命志向的作家。

两年后，我随广东民族学院（今广东技术师范大学）迁回广州，全面开启了我对广东文学的憧憬，并迅速地进入一个文学的新天地。

那是一个百废待兴的年代。劫后的广东文学，还是一片荒芜。新作家寥寥无几，少数绝地余生的老作家是文坛的主力。萧殷、秦牧、陈残云和吴有恒等，致力于文坛的复苏与重建，创作力旺盛。特别是欧阳山，开始写"广语丝"，为保卫革命文学做最后的呐喊。他似乎还没有从残酷的"文革"伤害中回过神来，他对新作家寄予厚望并期待秉承革命文学传统的工农兵方向。

这时广东的文学创作，正于蓄势待发的酝酿期中。而文学理论却异常的活跃，饶芃子的"论社会主义时期的悲剧"，黄伟宗的"社会主义批判现实主义"，黄雨、章明关于"朦胧诗"三个崛起的论争，黄树森、谢望新和李钟声的广东作家评论，以及文学向前看向后看的讨论，等等，所有话题石破天惊。这种文学理论的超前与新锐，与当时文学创作的平稳与观望同时趋于时流的板块推进，形成一个尖新的锐角。

这种态势看似反常，却是广东近代史的一个常规。广东历来都是"文化革命"的策源地。康梁的传统，新史学的革新精神和自由思想，其理论创新传统，近代以来层出不穷，精神根深蒂固。大凡粗通世界文学史的人，对此会有合理解释。

19世纪中叶，俄罗斯文学批评有三个"斯基"，他们奠基并划分了俄罗斯现代文学的现代性及文学分期。别林斯基的《一八四七年俄国文学一瞥》《道德哲学体系试论》等文学史论著，将俄罗斯文学提升到新的高度，也使同时期的陀思妥耶夫斯基等的文学精神，及经历过十二月党人的作家文学创作，得到世界性的文学史评价。

广东20世纪80年代的文学理论，其勇猛、蓬勃之势，不是开启于全国新时期文学评论势成燎原的1985年，而是早在1980年前后就异军突起，全因这一切的背后，站着一个人，他就是批评理论家萧殷。萧殷的政治开明及文学胆略，是建立在他的学识、情怀及漫长的革命与文学经历之上的。

当时的萧殷，同时至少肩着两个职务：中国作家协会广东分会党组书记、暨南大学中文系主任。这在今天是不可思议的。80年代的文坛与大学的合体，作家与学者的同源，以及文学与教育的体制及政策，都有着回归传统同时前瞻的开放目光。而萧殷在这两者之间，找到一种融会贯通的效果。这两个职务，不但极大发挥了萧殷固有的学问，也大大拓展开阔了他的文学胸怀与目光。他一开始就具有一个文坛领导者整体的文学观。当我阅读了他的全部著作之后，我有了拜访他并期待通过他建立广东文学批评新秩序的想法。

我想到陈国凯，我希望从作家那里获得创作对评论的期许，像别林斯基从果戈理那里得到评论的灵感支持一样。我请教过杨樾和黄雨先生，他们很是赞同，本可以由他们引见萧殷先生，但我还是想通过与陈国凯的交流，再去拜访萧殷先生，更为切近。那时杨樾先生正在主编《当代文学》，他最是关注广东文学问题。

我和陈剑晖乘黄埔线，在广州氮肥厂下车，找到广州氮肥厂职工宿舍，在陈国凯狭小简陋的宿舍里，我们聊了一个下午。他向我们推荐了好几位作家，以为应该好好评论他们的作品。他提到朱崇山、谭日超、杨干华、伊始、杨羽仪和洪三泰等。陈剑晖对女作家感兴趣，陈国凯笑说，女作家留给你们去发掘。那时女作家并不多，有待剑晖发掘。陈国凯的意见很客观。

陈国凯留我和剑晖晚餐，他的夫人正在做饭，我们说谢谢了，他的房子，多几个人，实在转不开身，何况彼此已经喝了好多啤酒。

我还没正式提出要请他引见萧殷，陈国凯却主动说，下午谈的这些意见，要反映给萧殷同志，他主持全局，又很重视文学评论，事关广东文学事业的开局和未来发展。那时，广东省作家协会文学院刚刚成立，一批工农兵作家刚刚集结。陈国凯说，学习并提高作家水平，文学批评的作用尤其重要。他的话语，正是我们此来的初衷。

次日，我和陈剑晖怀揣着陈国凯的介绍信，找到暨南大学明湖招待所101房。那是一个简陋的套间，没有空调，好像也没有风扇。第一次见到萧殷，感觉似曾相识，太像我曾经接触过的那些老知识分子了。消瘦，清癯，干净，脸色苍青，戴深度眼镜，金丝或者珐琅框架。他们全都疲惫不堪却又意气风发，在衰弱中似有无限憧憬。他们给人的印象，整个是关于革命年代和乌托邦的想象。还有就是，似乎患有肺病或是营养不良，伏案过度而致的仙风道骨。总之，萧殷先生让我想起英年早逝的父亲，他就是这种类型。从解放区或延安来的知识分子，大都是这个模样。我顿时心跳加剧，心酸莫名。

将近夏至，天气酷热。萧殷先生穿着白色汗衫短裤，很宽大，看起来空荡荡的。他坐不住，老是咳嗽，在小小的客厅里走来走去。夫人陶萍拿着大葵扇，追着他煽风。他说话很慢，但节奏很快，大部分时间在听我们说。我不敢浪费他的时间，尽量快速地表达。他问得仔细。我说，我的评论处女作，就是发表在他曾经当主编的《文艺报》上。他高兴地说："哦，是吗？很好，很不容易的！"

记得那天谈了许多：社会主义文学流派，岭南散文问题，海南岛的知青作家，作家培养及作品评论，文学队伍的具体分析，等等。我们怕他太劳累，几次表示告辞，他都说，没关系，再说一会儿。看得出他很在意。大约聊了将近两个小时，应该走了，我们退到门口。他见状，站到书桌前，弯腰，伏案，写了一页信笺，交到我手上说："去《作品》找易准、树森同志，转达我的意见。"

我们告辞。萧殷先生和夫人陶萍，送至明湖月亮门。我们走远，回望，他和夫人还在月亮门，往这边挥手。后来在作协多次见到萧殷先生，他已日渐不支。

第三天，在文德路七十五号《作品》编辑部，易准、黄树森先生并排坐在老桌子后面，我和剑晖与他俩面对面坐着，气氛有些严肃。易准很和善，老先生的样子；黄树森很犀利，不苟言笑。他们分别交换阅过陈国凯和萧殷的介绍信。易准说了几句鼓励后辈的客气话。黄树森说，说说看！

剑晖说先自我介绍吧，他说了大约20分钟，连带把我一起介绍了。轮到我，我把跟陈国凯和萧殷先生说过的话，10分钟概括了。黄树森说，写东西拿来。我们说好，告辞。两个初出茅庐名不见经传的小人物，三天里见识了这几位心目中的大神，很有成就感，一点也不气馁。这才有了后来，黄树森先生请我们几个，在东江饭店，吃两只鸡，喝两瓶茅台，花三百元的盛宴。80年代，三百元。

过了些日子，我把万余字的《论知青小说》，交到黄树森手里，很快在《作品》发表，好像《作品》评论栏目，从没发过这么长的文章。此前，跟萧殷先生谈起海南岛知青作家时，我说起这个写作计划，他很是赞同。他说："这是社会主义文学的现实方向，广东有那么多知青，应该在文学上有所作为。"

萧殷是一个崇高的人，他代表了一个时代的良知，为文学事业的发展做出了积极的贡献。我们常说一个人和一座城市的记忆，弥足珍贵！是最真实的历史。2006年诺贝尔文学奖获得者奥尔罕·帕慕克的自传性作品《伊斯坦布尔：一座城市的记忆》就是通过回忆这座城市过往的时间，透过福楼拜这些人在此生活过的痕迹，让人感受到一种无形的力量，飘荡在城市的上空，成为笼罩这座城市的一种社会文化，从而形成一种思想的力量，推动城市的现代化发展。萧殷对于广东广州，就是这样的一个人，他的生活痕迹，以及萧殷文学馆在河源开馆，都已成为笼罩在广东上空的文化力量，推动广东的现代化发展。

2019年5月9日

致黄树森：回到文德路75号

1982年夏天。

广州文德路75号，一座10层的红砖楼，广东省作家协会和《作品》编辑部就在这楼里。那时，广东省作家协会全称是"中国作家协会广东分会"。主席是秦牧，党组书记是萧殷，他们是1979年中国作家协会第三次会员代表大会民主选举产生的作协领导。那一届是唯一没有候选人，由海选一次诞生的领导机构。

那年春节前，我刚随广东民族学院从海南迁回广州。先去拜访了陈国凯。他住在广州氮肥厂宿舍，两间很小的房间。我和陈剑晖谈了许多关于新时期广东文学评论的想法，陈国凯十分欣赏。那时，我们已经在《文艺报》《文学评论》《新文学论丛》等全国重要评论刊物发表过文章。陈国凯让我们去暨南大学找萧殷，他认为我们这些意见，应该尽快得到萧殷同志的认可，广东应该通过作协建立一支年轻的文学评论队伍。

萧殷是我国著名评论家，曾任《新华日报》《文艺报》编委。在暨南大学明湖，我们顺利地见到萧殷。萧殷身体不太好，好像老咳嗽，他说话有些吃力，客家口音很重。他坚持着，和我们谈了一个下午，夫人陶萍不断为他打扇，递茶，递毛巾。那时没有空调，好像连电风扇也没有。天气很炎热，萧殷兴致很好，他对文学评论话题很感兴趣。记得那时话题很集中，一是关于中华人民共和国成立以来广东几次重大的文学论争，比如1958年关于《金沙洲》的争论，自然就谈到了时在广东省委文艺处工作、后来到《作品》杂志负责文学评论的黄树森。再谈到评论队伍建设问题，他勉励我们要掌握马列主义文学理论、批评的基本方法，关注岭南作家创作现状，等等。将近傍晚，告辞时，他随手写了几个字，让我们带给易准和黄树森，意思是介绍我们去找他俩，放开谈谈想法与意见。第二天，我们去《作品》编辑部，见到易准和黄树森。

易准很热情亲和。黄树森过分严肃，他认真地看了萧殷的介绍信，等着我们说话。在他面前，我顿觉到人微言轻的窘迫，但我还是尽量克制情绪表达了我对文学批评的一些想法，后来我把这些想法写成文章《文学呼唤着拳头评论家——谈广东文学创作如何突破》。

第一次见面，黄树森给我的印象，似乎难以接近，他的傲气是写在脸上的，他并不想掩饰傲气。这种傲气，早在《金沙洲》的争论中已昭然若揭。

20世纪70年代末80年代初，我执笔写作发表了《试论黎族民歌》《论黎族文学》《黎族叙事诗简论》等一系列少数民族文学研究论文；中国社会科学院民族文学研究所毛星先生主编《中国少数民族文学》，聘我撰写其中的《黎族文学概况》；我被《中国大百科全书》聘为中国文学卷中"黎族文学"的撰稿人。因而得黄雨先生赏识，我受聘担任《天南》杂志副主编，从1983年开始，我一直协助黄雨先生主编民间文学杂志《天南》。黄雨先生时任《作品》编辑部主任，我常往返于黄雨先生在"龙虎墙"的家与《作品》编辑部之间，经常在文德路75号见到黄树森，渐渐与他有了更多接触。其实，他是个极豁达极有江湖气的人物。我也开始给《作品》写文学评论。

我的第一篇知青文学论文《论知青小说》，就是经黄树森帮助发表在《作品》1983年第4期上的。《论知青小说》发表之后，很快受到瞩目，引起很大反响，天津的王爱英等马上发来商榷文章，《作品》也不吝版面，来来回回发表了好几篇不同观点的争鸣文章，《作品》评论版成了文学争鸣的阵地。易准和黄树森是评论版的负责人，他们自然担着责任。

易准老成持重，不擅言谈。黄树森开始接触时十分严肃，他的热情与热忱是不动声色的。而一旦熟络，彼此便无话不说。20世纪80年代的黄树森，正年富力强，身体又好，酒也喝得豪壮。从"龙虎墙"到文德路，只隔着一条街，拐角处有一家老店"太爷鸡"，我们有时便在那儿小酌，细小只容几张小矮桌的店堂，就着美味无比的香熏太爷鸡，喝烧酒或者啤酒，不亦乐乎。黄雨先生也是一位酒客，他酒量不大，但很喜好微酌微熏的享受。不久，我和陆基民、冯歌阳、何锹、司徒杰、张奥列等一干人，创办了"广州青年文艺研究会"。孔捷生任名誉会长，我任会长，张奥列自甘次之，黄树森和杨樾先生是我们研究会的幕后老板。召开成立大会时，黄树森帮我们请来时任共青团广州市委书记的朱小丹，表示支持。广州青年文艺研究会办有会刊《青年文学家》，秦牧先生题写刊名。研究会和刊物遇到问题时，同仁们想到的第一人，就是黄树森。后来，黄树森创办《当代文坛》，先出刊，之后改版为《当代文坛报》，我便成了《当代文坛报》的中坚作者。

20世纪80年代，是中国百年文学中值得珍重的时期，文学对社会政治及民主问题的主动积极担当，提升了文学自身的地位，文学评论对文学的推动及助力，是前所未有的。

从"龙虎墙"回我家，坐黄埔线要绕道，从10路线再转方便得多。每次从黄雨先生家中出来，便直奔文德路10号线车站，车站对面就是文德路75号。我常常于下班前顺道先到作协《当代文坛报》编辑部，从黄树森处取来书稿或作品，然后坐上公交车，抓牢某处把手，站着读稿。第二天，最迟第三天，我必须遵嘱将有关评论文章写好交给黄树森发排。记得《当代文坛报》用一期版面编发雷铎的《中国铁路协奏曲》，十余万字，黄树森黄昏时把大样交到我手上，嘱我第二天早8点半上班时把评论文章交来，和雷铎的作品同期刊发。12小时，读十余万字作品再写几千字评论，不知当时哪里来的胆子！反正黄树森如此交代，我坚决执行。从10号线，再转黄埔线，一个半小时，我读了四分之一，回到家中，一直读到午夜，然后写作，直到天亮，誊清，赶着坐黄埔线，转10号线，把稿子送到黄树森手中。他依然不动声色，没有表扬。我已习惯，并不期待他的表扬。于黄树森而言，对我们这些青年作者，不批评就是表扬。我也非常领受这种不着声色的表扬。

在我的长篇小说中，凡写到文艺界中人，我便油然而生一种感动，这感动来自对黄树森的印象，与他共同经历的一切，我便会不由自主写到我经验中印象中的黄树森。只要真实写去就行。我的长篇小说《风的青年时代》中《风流》杂志主编、文学评论泰斗林斯基，长篇小说《暗夜舞蹈》中省批评家协会副主席卢杨，原型都是黄树森。无须塑造，我认识的黄树森就是林斯基，就是卢杨，只是换了一个名字而已。与其说是文学创作，不如说是文学纪实。

黄树森活得真实，他的真实已经包含了许多文学的想象。

1997年，《当代文坛报》终刊。它和它的作者、读者，和经济社会时尚消费中的文学退让一起，渐行渐远。

黄树森于是去作他的《广东九章》《中山九章》等。而我，也觉得既然如此，尽吐胸中块垒，写作长篇小说比评论更显自由旷达，适时告别评论，是合适的。自20世纪90年代初，在自我冷冻了若干年后，我致力于长篇小说创作。

但是，黄树森是生命不息奋斗不止的，他着手创建了广东文艺批评家协会，任主席，我跟随他先是任副秘书长，然后任副主席，从20世纪90年代到21世纪初年，我们常在一起，筹划各种各样与文学有关的事，常常半夜三更，在天河体育馆露天广场上，大杯大杯地喝啤酒……

生命是一张弓，有的人走弓弦，有的人走弓背。黄树森是弓弦弓背都在走，他就是满张的弓，天天行走在弓上，引而不发。

20世纪50年代，他还是学生，评《金沙洲》；到21世纪初的第二个十年，他的弓从未收起，他的人生永远停在无数个"九章"的章节上，看不到尽头。但愿我的长篇小说中的某些关于他的段落，能成为后辈对他的一种形象的追忆。

林斯基、卢杨，就是那个叫黄树森的人。

2014年4月4日·广州—汕头旅次

又见舒婷

又见舒婷。

今年9月，我与舒婷、赵本夫等一同出访俄罗斯。行前，在中国作家协会开会，她进来，她和每一个人都有话说，人们惊叹她保养得好，依然是那样修长，风采熠熠。她马上认真地说："太胖了，正在减肥，在福建，我是太胖了。再不减肥，丈夫要离婚了。"于是引起了关于舒婷的胖瘦与福建女子的肥胖观的热烈讨论。以在场的那些北方壮汉看来，舒婷不仅仅是太瘦了，简直是骨瘦如柴。

在我们中国作家代表团访问俄罗斯的那些日子，她每餐几乎都是喝一杯自带的咖啡，吃半片面包或一小块巧克力。她总是把肉扒、肉肠或是米糊递给我或意西泽仁。在她的印象里，我一定是既好吃又能吃的，盖因为我总是表达对俄餐的不满。意西泽仁是身高体胖，她以为他食量无理由不大。舒婷因此总是坚定地送出她的食物。

在图拉，托尔斯泰庄园，故居和墓地所在的小镇。中国作家代表团包了雅洁的小餐馆。是日的菜式看起来不错，肉扒是几天来罕见的，色味香都很诱人。这一餐显得很丰富，红酒是俄国女诗人翻译家带来的亚美尼亚的五年陈酿，伏特加口感也相当优秀，又是在托尔斯泰的庄园。小餐馆几乎让中国作家代表团和莫斯科作家协会的陪同人员全占满。走廊里大群俄罗斯人在那里候餐，很耐心很优雅的样子，不见烦躁。这就更增添了口欲的气氛。室外是满目的红叶，无尽的森林和俄罗斯秋天幽远的小路，那种令人怀想起《三套车》忧伤旋律的风景。屋子里是浓浓陈酒的气息，那种带着些许苦艾与香草味的伏特加味道。舒婷把做得有些奇特的肉扒递给我，同时切了一小块说："我尝尝就可以。"我说："够多了！你自己吃吧，味道很好。"她说："我正在减肥。"我一直以为她在开玩笑,说:"再不吃,人都找不到了。"她说:"真的很胖。我脖子长,又溜肩,看起来很瘦,可是,胖的地方你们看不出来,我自己知道。"关于舒婷的胖瘦也许真的不是问题,但一经舒婷说出,就有一种舒婷特别的方式存在。这种方式,难以言说。

回过头去读舒婷写于"文革"中的那些诗歌,你也许就会有些悟觉。1973年的《致大海》,"也许漩涡眨着危险的眼/也许暴风张开贪婪的口","多么寂寞我的影""多么骄傲我的心"。1975年的《船》,"难道飞翔的灵魂/将终身监禁在自由的门槛"。1976年的《人心的法则》,"最强烈的抗议/最勇敢的诚实/莫过于——活着,并且开口"。有多少文化名人,在"文革"中三缄其口,或阿谀奉承,或卖友求荣。遑论时代变化,他们永远正确并既得利益于所处的时代。

在俄罗斯,舒婷的日常细节和一些不经意的话语,常常能激发我对她诗的理解。而这种理解,我自以为是深刻的。正如在1979年,人们普遍认为舒婷们的诗有着某种颠覆性,将其命名为"朦胧诗"大加挞伐。我不敢苟同她的诗哪里表现出"朦胧"?难道他们真的不谙唐诗,连"五四"以来的新诗也一无所知么?写于"文革"中的《致大海》,写于"文革"刚刚结束时的《致橡树》,写于思想解放运动中的《也许》《会唱歌的鸢尾花》,它们柔美中有刚烈,婉约里有奔放,自由中有大圆通,一默如雷。上文学史课,我让学生朗诵这些诗,然后问:"朦胧吗?"一片摇头。

说到承担。舒婷说,有次她在家宴请汉学家马悦然夫妇,马悦然对她说:"你们要关心关心顾城。"马悦然是有感于舒婷生活的和美,故有此感慨。舒婷说:"每个人都有权选择自己的生活,顾城选择了漂泊,带着妻儿漂泊。而我想过一种家的生活,不想去漂泊,如果像顾城那样,也去北京文学界混,结局也会和顾城一样。每个人都得承担自己选择的代价。小至个人,大至社会,都如此。"

舒婷的方式就是诗的方式。诗意的生存其实指的是智慧的生活。在俄罗斯那几天,我最大的理想,就是回国第一时间,在北京首都国际机场大吃中餐。舒婷说这理想不错,最好由北京的冯敏请客,尽地主之谊很应该,否则他一旦到南方无人招呼。冯敏满口应承:"就在东来顺吧,郭小东爱吃涮羊肉,又便宜又实惠。"本来到此为止也就很圆满，冯敏偏又画蛇添足，他不无自豪地说："这东来顺的羊肉吧，有12元一盘的，机器切片，经过脱氧，既便宜合算又有营养。30元一盘的叫新鲜羊肉，手工切的，未经脱氧又无营养，价钱且贵，专门忽悠外地人。地道的北京人都吃12元一盘的。"他把这个"秘密"郑重说出，言外之意是请大家别误解。舒婷马上说："那你是打算请12元一盘的了？"冯敏说："12元一盘的是好东西嘛，当然得请12元一盘的了，要不对不住朋友。"舒婷不依不饶，她说："我们可是喜欢吃30元一盘的。不过，客随主便，12元一盘的也可以，那把另外18元发放给我们。"冯敏哭笑不得说："有你这样的吗？"舒婷说："对你这样的北京人只能这样。"以这样的方式，谈论各种问题，几乎是每天的功课。

在俄罗斯过中秋，团长赵本夫从国内带来了茅台酒和石榴，李燕平准备了榨菜，邱灼明备了三斤重的月饼，意西、晓雷、冯敏、刘舰平都各有东西。临去俄罗斯前舒婷在北京，早早就去超市，买了牛肉干、巧克力。他们个个都很用心，只有我很粗心，临了便去买了俄罗斯郊外产出的红酒。在酒店的小咖啡馆里，于是有了小小的狂欢。狂欢的高潮是舒婷鼓励大家用她的全球通给家人打电话。

早在抵达俄罗斯当晚，她就在研究如何发异国短信，第二天收集起各人在国内的家庭电话，她把短信发给她先生，由他在国内一一发送。我夫人第一个有了回音，感谢舒婷的转达。舒婷反而很受感动，她说下月她会去广东，想见见我夫人，"我发现她是一个很……"我记不住她用了一个怎样的词，总之是欣赏的意思。她问："是原配夫人吗？"我说当然。她说这很难得，"到时一定引见啊！"我说当然。"很漂亮吗？"她追问。我说年轻时是吧！舒婷又说潮州菜太好吃了。有时会从厦门开车专程到潮州去吃地道的潮州菜。也就三个多小时。她说上次他们三个人点了些菜，600多元，不算太贵。我说一定遇到李鬼了。在潮州本土吃潮州菜是不贵的，那些小餐馆，便宜又地道。下月到广东我请她到最好的潮州菜馆吃。她说先告诉她菜馆叫什么名字，她到时间问张梅，是不是最好的。我告诉了她菜馆的名号。强调了到时请张梅一起来，张梅可以作证，她先生是个美食理论家。舒婷总算找对人了。我绝对不会重蹈冯敏的覆辙。

舒婷的锐利是柔软的，她总能轻易直抵人心。诸如她对爱情的诗性表述，在1977年的中国无人可比，迄今也为绝响。《致橡树》，足以覆盖现代中国对于爱情的全部理解，无论古典还是现代，隐匿已被显现，自然正在象征。像禅般的大智慧大通脱，超越了《长恨歌》与《梁祝》而直入现代的未来。这里，没有迷惘、犹豫和两难的窘迫。"我必须是你近旁的一株木棉""但没有人，听懂我们的言语""仿佛永远分离，却又终身相依"，这是中国爱情的诗性表述中，从来都没有被抽离与提取过的意象和坚持的象征。

在冬宫，在1961年加加林踏上月球第二天植下的橡树前，舒婷说给她拍照。她之前从没见过橡树，却写了《致橡树》。此次俄方赠给中国作家代表团的礼物之一，俄译《中国当代诗歌》中，就有舒婷的《致橡树》。

回国前夕，莫斯科作家协会在中央文学家之家宴请中国作家代表团。告别会上，舒婷为感谢《致橡树》的译者，发表了简短的讲话。她说："当我在飞机上鸟瞰莫斯科，我在心里说：上帝啊，请让我永远地留在这个地方吧……我已经不可能再学习俄语了，但愿我下辈子能学好俄语，能够翻译这位女士的诗作。同时祈望上帝在我死后，能安葬在俄罗斯大地上。"以舒婷的性格，这不是矫情。俄罗斯，的确是一个令人动情的国度，一个无处不盈溢着艺术气度的地方。在名人公墓，那里安葬着近三百年来俄罗斯不同派别与立场的政治家、作家等，包括赫鲁晓夫和叶利钦，中国知识分子熟知的陀思妥耶夫斯基、奥斯特洛夫斯基、卓娅和舒拉及十二月党人等对俄罗斯的历史产生过伟大作用的人。俄罗斯不但以博大的胸怀包容了近现代的历史嬗变，也自豪于这种嬗变并显示了这些生命三百年来为人类所作的伟大贡献。

舒婷，在马雅科夫斯基墓前留影。这位本会取名舒拉的中国诗人，她对俄罗斯文学的感情是复杂的，与无数生于20世纪50年代的中国青年一样，俄罗斯不能不是他们梦断的地方。中国罕有橡树，舒婷之前也没有见过橡树，她在1977年，写下了属于世界文学的《致橡树》。

将别俄罗斯，翻译小孙向舒婷索要地址，说将去厦门找她。舒婷说："你在厦门的大街上随便问人，人家会告诉你舒婷住在鼓浪屿，鼓浪屿上谁都会为你指认我家。"厦门很小，她特别强调了这一点。这就是舒婷的方式，你要怎样诠释都可以。她给了你许多空间。

那天刚一见面，我说，舒婷，我们认识20多年了，在1986年的青创会上认识……那时大家多年轻！现在突然间就这么老了。舒婷说，是长大了。

舒婷是快乐的。她的快乐正如托尔斯泰所定义，生活的意义和目的是什么呢？是快乐，快乐就是对赐予我们的生活，常怀感恩之心。

2007年10月

真心守望

——陈骏涛印象

20世纪80年代是个激情的年代。

之所以激情，皆因为那时，有着一批肩负文学的历史使命，以纯真的生命热情为新文学的诞生奔走呼号的人，他们成为80年代文学的中坚力量。其中有一些人，他们在80年代文学中，显得特别重要。那就是在五六十年代或已初露头角或成果丰硕，在"文革"后复出的一批中老年评论家。他们为80年代文学的理论建设，特别是对青年评论家的培养，负着重要的责任，正是他们"肩住了黑暗的闸门"，让千千万万的人到光明的地方去，才有80年代中期青年评论家的大量涌现，为90年代以降的文学批评积蓄了丰厚的理论基础力量。从这个意义上说，80年代活跃文坛的中老年评论家，是80年代最重要的文学劲旅和批评的精神资源。陈骏涛先生，就是其中值得尊敬的一位。

陈骏涛先生1963年在复旦以研究生身份毕业，到中国社会科学院文学研究所工作。那时我刚刚小学毕业。1982年，我是海南一所大学有6年教龄的青年教师，那年到南京参加中国当代文学研究会第二届年会，住在AB楼，记得有一天中午，陈骏涛先生在有几百名代表午餐的大餐厅，特意向代表们介绍我和陈剑晖。他大声朗朗的原话，我已经记不大清楚了，大意是说，他特意向大家介绍两位青年朋友，他们都来自祖国最南边的边陲之地，在艰苦闭塞的环境中做文学评论。那时我们是没见过大世面的名不见经传的南方青年，经陈骏涛先生的推举，顿时有一股力量在推动我们刻苦努力。之后，我们取得一些成绩，我想，和这一瞬间是有必然联系的。

1986年，《中国青年报》推介一批青年评论家，陈骏涛先生负责推荐，他又把我和陈剑晖推举其中。我的推介文章分工由杨世伟先生撰写，因为我的

《论知青作家的群体意识》一文是他编发于《文学评论》的。陈骏涛先生还直接推动了1985年在厦门、1986年在海南举办的两次全国青年批评家研讨会。这两次会议是80年代全国青年评论家队伍的大检阅，也使青年文学批评群体开始进入新时期文学的历史视野。与会的青年评论家，在后来的文学史发展中，都起到相当积极的作用。

这个青年批评家群体，直接成了同年陈骏涛先生负责筹备组织的"新时期文学十年学术讨论会"的中坚力量。在这次会上，青年评论家非常活跃，会上的"南北青年评论家对话会"和《文学评论》组织的"青年作家对话会"，成了此次会议的热点，也引发了许多全国性的文学讨论话题，如"新时期文学的危机问题"等。而这些青年评论家，大多直接受到陈骏涛先生的指导与扶掖，诸如周政保、许子东、陈思和、南帆、黄子平、王绯、罗强烈、宋跃良、王光明、陈晋、朱向前，陈骏涛先生都亲自为他们写推介文章，而在80年代，这些人都是刚刚崭露头角的青年评论家。陈骏涛先生的文章，对他们在文坛的影响力，是起到至切的作用的，而这些人也不负厚望，他们的文学评论，直逼90年代批评群体的文学成就。

我的第一本文学评论集《诸神的合唱》和长篇小说《中国知青部落》三部曲的总序，都请陈骏涛先生作序，陈先生总不会拒绝。他在我的长篇小说三部曲总序中写道："20世纪和21世纪交接的四五天，我一直沉浸在电脑上阅读郭小东的《中国知青部落》第三部——《暗夜舞蹈》。这是我此生第二次在电脑上读这么长时间的东西。过去读小说都是捧着一本书，舒舒服服地坐在沙发上或靠在床上看，如今却只用一个姿势，死劲地盯着电脑屏幕，一边看一边还得不断地删除那些与正文无关的各种符码，才能顺当地读下去。坦率地说，这对于一个早已过'耳顺'之年的人来说，实在不是一件轻松的事。但我还是认真地把这部30余万字的长篇读完了，而且我庆幸我这四五天的辛苦并没有白费，因为我读到的是一部真正用自己心血浇灌出来的，而不是靠技巧编造出来的好书。同时，我为郭小东终于完成了他的《部落》三部曲而感到高兴。"我在请陈先生写序时绝对没有想到会让他这样辛苦，为此，我非常内疚。此后几部长篇小说，也动了请陈先生作序的愿望，但总再难启齿。

许多青年朋友的处女作或成名作，都是陈先生为之作序。他的序中不单有非常中肯的分析和批评，同时还有一种你不敢推卸不敢怠慢的期待。而他一经为人作序，势必会在文坛上时时留意和跟踪你的脚步。特别是：你是否信守了你的文学诺言？

我在写完《中国知青部落》三部曲第二部《青年流放者》之后，曾在后记中说到即将开始第三部《立地成佛》（后改为《暗夜舞蹈》）的写作。但五六年过去，我依然没有动笔，直到有一天，我非常偶然地在《作家》杂志上读到陈骏涛先生和加拿大学者梁丽芳的对话录。文中陈骏涛谈到80年代崛起的知青作家，并对他们的创作做了精辟的评断，分析了80年代以降中国知青文学的走势。他特意谈到我的知青文学创作，并对原定第三部《立地成佛》的写作搁置表示了关切与遗憾。我读着他的文字而愧疚自己对文学的悲观情绪，我想应该重新调整我对文学的认识与期许。正是陈骏涛先生文章中对我满怀期望和流露出的失望，令我在读到这篇文章之后，即动笔写作第三部。

在写作中，我时时会记起陈先生对知青文学的一贯思考。这些思考不但影响了我的知青文学创作，也导引了我的知青文学研究。我惊异于陈骏涛先生对知青文学的真知灼见和理论锋芒。他没有做过知青，但他去过干校。他对知青这一代人的深切理解、感同身受既是感性的，却又比知青自身更具理性的省察。他的评论观念始终和当代最年轻、最先锋、最前沿的思考和反思同步，时时和年青的文学理念站在同一地平线上。

90年代中期，有人在《文学自由谈》和《羊城晚报》上发表文章，对《中国知青部落》进行批评。陈骏涛先生应《羊城晚报》之约，发表了长文对之进行了客观的臧否，阐述了知青文学创作上的一些重要问题，以正视听。他从来不回避或屈从文坛的风向，他总是敢于直面文坛的纷争。

记得1998年，陈先生出席中国当代文学研究会在重庆召开的学术年会。那时适逢《断裂：一份问卷和五十六份答卷》骚动文坛，许多人对这篇答卷和由此引发的文学流向感到迷茫。陈骏涛先生对此有非常明确的立场和态度。我从未见到陈先生是如此激愤，他本以对青年和新事物新观念的理解和宽容著称，但那时，我目睹的陈骏涛先生更像一个"愤青"。他在大会上作了一个中心发言，态度非常鲜明。我明白陈先生的激愤不是一种守旧或卫道，而是对青年的德行和青年文学前途的担忧。《断裂：一份问卷和五十六份答案》一文，在今天看来，更类似于目下网络上的所谓"恶搞"，本也不至于如此大动肝火。但在1998年，恶搞还不成气候或还未被人明确理解其本原时，陈先生有些天真的义愤与担忧之情，是很令人钦佩的。

凡是关乎青年和青年文学的话题，陈骏涛先生几乎都予以关注。1994年，我的长篇小说《青年流放者》出版，他组织并参加在北京召开的座谈会。之后，他特意到汕头，和我进行了一次长篇对话。当年的《作家报》用了两个版的篇幅刊登了这篇题为《精神的守望者》的对话。在"对话"里，他表达了人文知识分子的精神追求，是新时期青年文学创作的主要方向。

前几年，陈骏涛先生赴香港讲学归来路过广州，我邀了程文超和广州花城出版社、《羊城晚报》、《南方日报》的田瑛、陈志红等人，为陈先生接风。眼见陈先生，因为命运多舛的女儿和东奔西走讲学的劳累，而渐见瘦弱苍老，心中有许多的感慨。

2003年3月，我去北京为我所在的学院办事，他正好在天津开会。他帮我一个个地打电话约人，把汤吉夫先生、夏康达先生、乔以纲先生一一请来聚会。他和我一起回到北京，已是傍晚时分，没有顾得上回家，又陪我去见王富仁先生。那时，他女儿正在病中。事后我才知道，真是非常内疚。陈先生总是让人在事后内疚，也许这正是他的宽厚之处。记得1990年，我想去北京做访问学者，打电话向他咨询合适的导师。他当即与王富仁先生联系。王富仁先生那时正在考虑接纳陕西师范大学的李继凯，听陈骏涛先生说我的时间非常急迫，不能拖到明年，依他和王富仁先生的交情，王富仁先生这年便先接纳我。在此我在感谢陈先生、王先生的同时，还要向李继凯师弟致歉（第二年李继凯如愿做了王富仁先生的访问学者）。

陈骏涛先生对人对事总是非常尽心尽力，到了令人无法不感动、不动容的地步。2001年，他为了《中国知青部落》的研讨会，整整忙了半个月，也让他的学生孙牧、郭锦华等人累个半死。倒是主办方花城出版社和作者我，无事人一般乐得清闲。他从找地方布置会场、请评论家请媒体到搬运、发送样书，事必躬亲，其中有许多无法说得清楚的麻烦。

我在遥远的南方广州，凡事关北京的事情，不论公事私事，我都会想到陈骏涛先生。给他电话，请求帮忙，他从不拒绝。如果做不到，他会为你想办法，打电话，多方求助。受人之托，他总是牵系于心。那一年，我的女儿拟从南开中学转到北京101中学读书，我请陈骏涛先生给她一些在北京学习和生活的指导，女儿也希望能得到北京文化前辈的指点。陈先生请来了雷达先生、王富仁先生、田珍颖女士、韩小蕙女士等，让我女儿大开眼界。他的学生陈墨等为他筹备出纪念册，约我写文章谈感怀，发了三次电邮给我，我都没有收到，又找回陈先生。陈先生多次联络，终于找到我，他给我发来短信，我读后非常难过。陈先生总是为他人着想，谦恭宽厚之情溢于言表。我近30年来的成长，点滴进步，与陈先生关系甚切，写一篇陈先生的印象，本是我的责任所在，陈先生竟如此谦和，真令我无地自容。现将短信敬录如下：

> 小东：
>
> 　　是这么回事：我的学生们想为我出一本纪念文集，这是件劳民伤财的事，我挡不住诱惑，就同意了。要找一些人写点文字，拉大旗，作虎皮。我就提供了一个你，却不料陈墨三次发函居然你一次也没有收到。不知道这互联网是怎么回事？
>
> 　　如今时间很紧迫了，而你又身负重任，又如此之忙，实在不忍心打扰你。这样吧，我把陈墨他们的三次信件都发给你，另外，也把这本书的目录、我的学术简传以及新近完成的批评家自传初稿，从附件发给你。你有时间就翻翻写点文字，没时间也就作罢论，如何？
>
> 　　你能不能给我一个手机或座机的号码？以便联系。……

这就是陈骏涛先生的风格。他的为人处世和学问风范，是我们这一群从80年代走上文坛的文学青年所难以企及的。他和他的同时代人张炯、吴重阳、王富仁、雷达，以及更年长一些的朱寨、刘锡诚这些学人的学养和人格精神，对于我们来说，都是一份做人的财富。他们的人格里，有一种中国知识分子的传统精神和儒家礼仪的风致，这些，都是我们这些80年代文学青年所缺失的。

当我在深秋依然酷热的南方，写下这些关于陈骏涛先生的文字时，我心头忽然有一种沉重的痛楚。那就是陈先生这一代人，经历了太多的坎坷与磨难而依然胸怀坦荡仁爱待人，我们也即将老去，我们能如他们一样，把自己的人生，锻造得如他们一样令人满意、令人尊敬吗？

　　我不知道。

　　但愿。

2006年10月22日

一个时代的文学叙事

——序陈德宏先生《悠然有痕》

为20世纪80年代的存在而生存的人，尤其是文化人，是值得尊敬的！

我们曾经如此虔诚且深情地回忆"五四"，并以做一个"五四"青年为幸为荣。盖因我们这一代，不！若干代中国知识分子，深谙"五四"对于中国现代化进程的伟大影响。也许，我们还不真知"五四"的本质，并未洞悉"五四"的真实，但是，它作为中国现代化的一面旗帜，一张诗传单，一个呼啸着前进的口号，它连同许多先驱者的名字一起，成为我们仰望星空的理由。

有了这个理由，生活就不是原来的生活，人的存在就充满了信仰的活力，生命仿佛膨胀了它本性中最纯真的部分。私利和私情，化为街上的污水流走，而圣洁与崇高及对之的重新理解与追逐，成了80年代的生活内容和精神方式。

多年以后，离80年代已差不多将近半个世纪，我和陈德宏先生，在首都大酒店的咖啡厅第一次促膝恳谈。这并不是我们初次谋面。新时期以来无数次文学会议，包括五年一次如期召开的中国作家协会全国代表大会，我们都同在会上，或曾相视一笑，或在会上倾听过彼此的发言。我们这次见面，自然而然，老朋友一般，谈起文坛旧人旧事，皆为彼此的朋友、师长或同道，皆为亲历与旁观者的唏嘘。

去年的岁末，首都大酒店的大堂很热闹，毗邻的咖啡厅却很清静。彼时，中国作家协会第九次全国代表大会正在召开，人们显得很忙，忙于照相、会友、交换名片，在大堂里迎来送往，匆匆出入。街上寒风呼啸，没有落雪的日子，天空就显得灰沉。华灯初上，我和陈德宏先生，21世纪的两张老脸，依然落满20世纪80年代的尘埃。

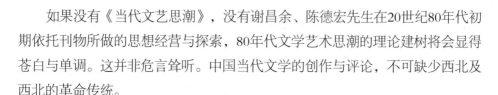

如果没有《当代文艺思潮》，没有谢昌余、陈德宏先生在20世纪80年代初期依托刊物所做的思想经营与探索，80年代文学艺术思潮的理论建树将会显得苍白与单调。这并非危言耸听。中国当代文学的创作与评论，不可缺少西北及西北的革命传统。

80年代文学创作的繁盛，与文学理论同步推进关系甚大。大至"歌德与缺德"疾风暴雨般的全国性论争，小至对一本书、一首诗的批评与评价，乃至对形形色色文艺思潮的介绍借鉴，文学理论刊物充当了先锋和实验的前驱。而远在西北甘肃的《当代文艺思潮》，在创刊至终刊短短的几年间，所创造的文学批评功业，在众多的理论刊物中首屈一指。它是一份在时代文学大潮汐中，"醒得太早，起得太早，走得太早又太快……"（陈德宏语）的评论刊物。它在每一个文学递进及转折的文学时段，都承担着挑战性、实验性，同时深具前卫先锋性地验证，"中国古老的魔咒般的智慧哲学"。它之木秀于林，是《当代文艺思潮》理论诉求的智慧，是批评的智慧，是办刊人的高瞻远瞩和厚实的地域性格所由。

1986年，唐达成曾为刊物题写了"海阔天空开拓浪，高瞻远瞩改革魂"。这样的评价，十分贴切《当代文艺思潮》的精神品格。正如印在刊物扉页上的那一段话："研究当代文艺思潮，追踪文艺发展趋势，开拓文艺研究领域，革新文艺研究方法。"研究、追踪、开拓、革新，这些字眼所蕴含的力量与风度，即使在今天，依然吹送着朔风的强劲，鼓动着一种与现代精神比肩的理论高度。

80年代是一个思想大解放、观念大颠覆、文学大激情的年代。对80年代的文学反思，一定是在社会主义现实主义与社会主义批判现实主义之间展开的。这种展开，其意义在已死与方生之间。虽然这种反思在今天看来并不彻底，但在80年代的文学与政治语境中，《当代文艺思潮》在八年的理论历程中，始终有一个时间高度，它所构筑的理论标识，一直延伸到今日，在新时期的文学批评史上，其功勋不可磨灭。

陈德宏先生这本书，告知了我们许多刊物背后的故事，那些故事，已经成为或正在成为文坛的经典或掌故。它牵动的不仅仅是那个年代里的作家作品、文学运动及文艺争鸣。它曾经的事象，是文学史上一段重要的编年。从

1980年到1990年，这十年，是百年中国文学史上，值得认真检索的时间年份，亦是陈德宏先生人生中，值得追怀的十年。

那时，我与陈德宏先生素未谋面。《当代文艺思潮》创刊不久，我给编辑部投稿《知青文学主潮断论》，稿子很快刊出。这对我的知青文学研究，是一个极大的鼓舞。此前，我曾在广东的《作品》，发表了《论知青小说》。在与陈德宏先生的通信中，我深获其益。

陈德宏先生的人生，联结起文坛的许多大事，在那些年里，虽然他很少站到前台，但他站立的位置，始终在文坛的风口。他在临风之处，背靠着汹涌的时流，拼命鼓动青春的生命力。他为《飞天》写了63期"卷首漫语"。如鼓角一般吹出了前行的声息。他与王蒙，与张贤亮，与何西来，与巴金，与晚年周扬，与顾骧，与许许多多作家们的友谊与交往，交流与对话，今天读来，特别令人感怀心动。这些点燃起作家光环的星火和灯光，诞生于作为编辑的陈德宏先生的心底。他们是午夜的星群，是夜行者的灯笼。否则，我们读不到，也难以理喻，那些浮泛在文学之河上的伟大作家们，他们真正的灵魂之作，是如何诞生的，作家们在看似平静的文坛背后，那些鲜为人知的艰辛与波折，以及与时流博弈的真相！

陈德宏先生的这本书，既是他作为一名编辑或主编，在一段文学史岁月中的行脚，更是一个不可替代的文学时代的文坛回忆录。已经过去了三十多年，这些文字所描述的时代波澜及历史印痕，如此真切地镌刻了曾经悄然发生，却又为公开的文学史或忽略或隐匿的真相。当回忆已为追忆时，真相在穿行之中，使文明充满了人类对之理性关怀所由的崇高。它不再仅仅是真相本身，而且成为历史评价的重要部分。它们将在时代的变动之中，给后来的学人、文学史家们，更多的智性依据和文学发现。诸如周扬晚年，巴金诸事，王蒙自传，张贤亮之死，三个崛起与现代诗群，第五代评论家等。这些话题，这些魅人惑人的文学史上的伟大细节，或大风大浪中的生死挣扎，这些发生在个人身上的事，这些友朋之间微妙关系所及的文事，在陈德宏先生的描述或议论中，都与重大的文学描述与叙事相关。他们真实地存在于个人、个别的生活与经历之中，却又郑重地指向或沉入全体与全般的文学漩涡里。这就是陈德宏先生为文的事功。

　　我特别要提到的是，《当代文艺思潮》在1986年第三期的特辑——第五代批评家专号。当时的主编谢昌余先生和陈德宏先生共同主持了这一期专号，从发现、策划到刊出，历时半年之久。谢昌余先生的洋洋大著《第五代批评家》，是新时期文学十年中，推出"青年批评群体"的首善之文。如果给它一个也许并不相关的理论背景，则可以说是1985年在厦门召开的"全国文学评论方法论研讨会"和1986年在海南召开的"全国青年评论家文学评论研讨会"。这两次以青年评论家为主体的专题会议，与《当代文艺思潮》的"第五代批评家"专号，是为三位一体，是为新时期文学十年的里程碑。青年批评群体自此构成，也意味着新时期文学趋于成熟。

　　这一期专号辑入17位青年评论家，以陈思和为首的这个群体，其评论格局至今依然，这些熟悉的名字——陈思和、陈晋、朱大可、蔡翔、周政保、李书磊、郭小东、李洁非、李庆西等，而今已成评坛前辈。谢文对这个群体的理论概括是"宏阔的历史目光""顽强的探索精神""现代的理性自觉""深刻的自由意识"。其概评与分析，有别林斯基文艺哲学的理论风度，客观上实现了青年批评群体在新时期十年中的理论确立，同时完善了新时期文学曾经忽略的文学的整体性观念。这种观念，旨在把作家、评论家的个人贡献，与时代的共通性沟通起来，取得一致的默契与功能，从而达成从个体向全般汇流的社会自觉。

　　随后，《中国青年报》推出了《青年批评家》专栏，专栏表彰的十多位青年批评家，大多是名列"第五代批评家"专号的作者。

　　陈德宏先生作品所体现的写作精神与意趣，他所描状的文学人事，无不浸润着一种殷切的问询，一种隐忍的豁达的让渡。他作为本期专号的策划与执行人，其文学胸襟与视野，在多篇作品中都有充分的体现。从20世纪80年代走来的作家、评论家，对《当代文艺思潮》这份仅仅存在了几年的理论刊物，记忆犹新，没齿不忘。对谢昌余先生和陈德宏先生，有着一份由衷的崇敬。

　　如果认真地理出一份《当代文艺思潮》的作者名单，人们将会发现，它实在是一个孕育大家的摇篮。个体的文学记录，竟然存在于一个集体的荣耀之中。而陈德宏先生，正是这个集体荣耀的编织者之一。这部作品集的每一篇文章，都在显示着这个集体荣耀的网结，都在紧致着这些网结的力度和强度。陈德宏先生一生努力所做的事，就是竭尽全力，把作家评论家推到前台，推到掌声中去，而自己则退到幕后，退到后台。

在首都大酒店的咖啡厅，北方的寒冷令我想起80年代的时光和远离京都的西北甘肃。陈德宏先生在兰州那个地方生活了大半辈子，在《当代文艺思潮》《飞天》，耗尽了青春岁月。我们很难真正明晰人的青春交付与安放的每一个生命细节。

陈德宏先生的这部书，既是一个时代生存的履历，又是文学存在的记述，自然更是生命青葱的文学叙事，一个时代的文学叙事。

2017年9月15日凌晨·广州

谢望新的1980年代

写下这个题目，已经是21世纪的第七个年头了。离20世纪80年代那激情的岁月已经有十七个年头了。十七年，整整一代人！而在我的记忆里，我所认识的谢望新，是80年代的评论家谢望新。一个人的青年时代，如果有幸和一个伟大的年代结缘，将不枉此生，不管后来发生了什么变化。

我对于80年代的人事，有如海明威所说："假如，你有幸在巴黎度过青年时代，那么，在此后的生涯中，无论走到哪里，巴黎都会在你心中，因为，巴黎是一个流动的圣宴。"这是海明威在1950年，回忆他20年代在巴黎的青年时代所写下的。这是一位老人，在回顾他金色青春时的遐想。回忆是一种饥饿，一种对青年时代风云际会的渴望与分析。

回忆令人充满渴望，追忆却使人对这种渴望拥有了绝对的自由，思想的自由。我们已经有足够的理性，去辨认评价80年代那个狂飙突起、激情燃烧、奇诡丛生的文学年代了。

70年代，我在黎母山中伐木，偶尔到镇上去，翻翻饭馆里的《南方日报》，有两个名字让我记住了，那就是谢望新、李钟声。他们的评论文章，有时整整一大版，那些和彼时"革命"形势非常合拍的文学评论，虽然也很"革命八股"，但因着青年的血性，读得人血脉偾张。进入80年代，谢望新的理论视野豁然开朗。70年代非常时期的文学历练，使他比之80年代初露头角的青年评论家们，少了一份莽撞，多了一些智性，他有着一种圆熟与练达的技巧与胸襟。比之50、60年代成名的老评论家们，他又少了一些暮气而多了些激情和锐气。

在80年代广东评论界，谢望新的确是亭亭玉立、傲然屹立的人物。他年轻，有中山大学中文系的金字招牌，有70年代《南方日报》及后来"四大名刊"之一的《花城》的记者、编辑经历。在媒体和文坛，他都拥有得天独厚的优势。他称得上是80年代岭南文坛炙手可热的人物。他因之有幸代表广东参加1981年《文艺报》编辑部组织的第一届（1977—1980年）全国优秀中篇小说评奖预选的读书班。这个读书班成员都是当时被认为各省最优秀最有实力的中青年评论家。当时的组织者，著名评论家刘锡诚回忆说："读书班临结束时，要求与会者每人写一篇论文，他把他的构思和角度同我说了，我发现他善于从纷乱的现象中进行概括、抽象。这篇题为《在对生活思考中的探求》的文稿，发表在《文艺报》1981年第七期。他在这篇文章里，用宏观的观察较为准确地把握和评价了那一时期中篇小说的思想艺术价值和作家创作的探索趋向。这是他写作途程中的一次飞跃，也是他从广东走向全国的第一步。"这一步对于广东文学意义的全国推广有非凡的意义。

以北方文学为旨归的中国文学，长期以来关注的视域，从北向南首先是北京，称为京派；再者是上海，称为海派；向西囊括了陕西，称为陕军；最远抵达湖南，推为湘军；岭南是一块被遗忘的土地。尽管这块被遗忘的土地历代才人辈出，康有为、孙中山、梁启超，他们都演出过震撼中国文学和革命的活剧。但在中国当代文学局格中，岭南文学始终处于一种飘摇的状态，于"鸟语"的嘈切声中，它始终以其阴柔的柔软与孱弱，被排拒于北方文学黄钟大吕的轰鸣之外。从北京归来的谢望新，也许他已然在强手如林的中国文坛上，嗅到了南北文学差异的气息，也许他的评论视野已牵引他率先从他域的视点上，去反观广东文学的历史流变。1981年，他提出了"走出五岭山脉"的文学口号。这是一个向外看的口号，寄望广东作家必须走出岭南的视域局限。这个文学口号的提出，有一种号召广东文学"北伐"的革命意味。而其对广东文学的意义，一直延伸到现在，也成为新时期广东文学的心病。此后广东文学的沿革和作家期许，都被这个痛苦的梦魇所缠绕。广东文学也许永远无法挣脱这个梦魇，众多作家都在拼命，企图获得北方文学的认同，而其寻求认同的历程太漫长也太痛苦。这也许是一个不得不屈服的宿命。

我愿意绝不虚伪地说，没有一个广东作家不希望得到来自北方，更准确地说是来自北京的认同。故稍有可能，广东作家作品，其讨论会都首选在北京召开；若在广东本土召开，也必得邀请一大批来自北京的评论家们，花重金请来，哪怕是对作品说几句无关痛痒的感言，也因之荣耀加身。指出这一点，再回过头来，重新体味谢望新的"走出五岭山脉"的文学期许，其中深藏的历史文化隐曲，是有深刻现实感悟，又是蕴含着地域的历史之痛的。这并不影响这个文学口号的理性高度。我理解谢望新提出这个口号，不仅止于希望更多的广东作家作品跻身于全国优秀行列，更在于希望广东作家，在深刻理解广东的同时，在全国背景上展开对广东本土文化的认知，冲破狭隘的地域文化樊篱，而开创文学大气象和实现文学的大作为。这是"走出五岭山脉"的基础。

1989年，谢望新在经过了五年的新时期文学历练和思考之后，又提出了建立"广派文学批评"的口号，并以其自身的文学实践，证明了广派文学批评的建构实力和建构的可能性。这是一个"向内看"的口号。旨在构筑广东文学批评独特的形态、品格、风貌与个性。

这个口号的提出，直逼文学批评的文化主体性，也即对批评内部的文化构成，取其师法源流的内容和形式。谢望新是较早也较敏锐地把广东的当代文学批评，置于广东文化地理和历史传统之中，进行审视、进行建设的先行者之一。他为其论证提供了如下事实：

"以广东为典型代表的南方文化，已从原来地域意义上的大南方文化中区别与独立出来；以京派为代表的中原文化，以海派为代表的大南方文化，以广东为典型代表的南方（岭南）文化，形成了当代中国文化的三个主要潮流。"而南方文化，因伴随着无可抗拒的改革开放大潮的进一步兴起，现代商品经济运动的进一步发展……将更加使地域性与超越性、时空性与超前性、个性与时代趋向性紧密结合。谢望新的断语虽然没有得到全方位的实现，但十几年之后的广东文化的确如他所预言的，正经历着一种前所未有的超越，这就是新移民状态下，南方文化的再度改良。我称其为文学的新南方主义的文化现象。21世纪广东对于建成文化大省的努力与期许，也暗合他当初对于广派文学批评的建设性刍议。

这些文学口号的提出，都是植根于广东本土文学在外铄冲击下不得不思索的话题。谢望新是80年代广东批评家中，少数把文学批评目光射向全国，与中国新时期文学走向保持着同步距离的人。80年代初期，他与李钟声就已经基本上完成了对当时比较活跃的广东本土作家的创作评述，合著了评论集《岭南作家漫评》。80年代中期，他开始把评论视野扩展到全国，密切关注新时期文学动向。《〈愿这里长起参天大树——读全国部分获奖作者、优秀青年作者小说专号〉致〈延河〉编辑部》《"文汇"风格——兼评〈文汇月刊〉1984年报告文学》《在对生活思考中的探求——读1979、1980年的中篇小说》《真实的，更是文学的——关于报告文学的一个观点》《关于文艺体制改革的一些意见》《今日艺苑又春风——访周扬同志》《电影要有一个大改观——记夏衍同志在广州关于当前电影问题的谈话》，这些宏观绪论，是他站在文坛制高点上的发言，也是他从广东本土文学出发，追寻文学的全局观念的牛刀小试。这是以往广东文学批评家较少涉猎的领域。同时，他的评论目光也逡巡到文学的远处，而不仅仅是本土的文学圭臬。批评的史诗角度是不囿于地域却充分散发着地域的魅力的。所以，进入他评论视野的作家作品，其地域意义是开广的。许多外省作家作品成为他挥斥方遒的对象。他非常自觉地将自己拔离了广东评论家的限制范畴，而置身于中国新时期文学的批评群体之中。

喜欢或不喜欢谢望新的人，都不得不对80年代的评论家谢望新刮目相看。都不得不承认这样一种事实，那就是在承接广东老一辈评论家萧殷、黄秋耘、楼栖、黄树森、饶芄子、黄伟宗、易准等的文学批评传统，又团结且提携比他更年轻的评论家们，对广东文学批评做出了有益思考的传承链条上，谢望新是不可或缺的重要一环。他在80年代所思考和建构的问题，在90年代的广东文学批评中绵延不绝。时至今日，广东文学依然没有能够真正意义地走出五岭山脉，依然在为如何走出五岭山脉，如何强化"南方文化意识"而苦苦探寻。再来谈谢望新写于1991年的这一段话："南方要强化自己的批评意识与批评准绳。南方批评家仍然没有从北方文化、北方文学许多固有的观念中独立出来。从而丧失或淡化了人类至为重要的一种品格——独立性：独立的思考、独立的见解与独立的判断……它应该是不折不扣属于南方的、属于现代南方的。"这个现代南方到来了吗？我不知道，但是我以为，这样的文学思考即使在今天，也依然是非常新锐且切中肯綮的。

我所认识的谢望新，是我们这些稍为年轻的人们，曾经追赶着的80年代的谢望新。在那些岁月里，我们有过激越昂扬、煮酒放歌的经历。1993年，谢望新去担负更大的责任，我便时常站在远处，从电视新闻和报纸重要位置上，去获知朋友谢望新的消息。为他的进步和光荣高兴，在心中埋藏起一份对之的祈愿。

若干年后，谢望新到作协主持工作，我更是恪守"克己复礼"的原则，因而君子之交，比水还淡。幸而谢望新对我辈而言，是原则尤强的，他对我更为严格。他曾向我约写《作品》卷首语，我如期奉至，他阅后觉得不合时宜，大笔一挥"毙"了。这可能是由他约写而又唯一被他"毙"掉的"卷首语"。不久前，我赴南沙群岛巡航，回来后写了长文，我自从1983年在《作品》发表文章之后，未曾给《作品》投稿，以为谢望新当《作品》主编，会有变化，便把稿子给《作品》，二审时又让谢望新给"毙"了。他打电话告诉我说稿子"毙"了，我说没事，但好文章不用，似乎有些匪夷所思，这文章还是《花城》杂志采用了。看来此生我与《作品》无缘了。

在北京开全国作代会时，谢望新当着饶芃子，说起"郭小东应该承担更多的责任，广东对他太薄"云云。他的话令我记起1992年，他评论我的文章，其中说道："按照他的才华，他的才华质量，他所奉献于社会和人类的精神财富，可以处于社会与生活更中心的位置，但历史没有为他提供这种机缘，让他获得更好的命运，甚至是社会某种普遍的弱点有意无意地遮蔽了他的光焰。"这样的话语当然是非常悲天悯人也充满智慧的。令人感怀，也自然令我诚惶诚恐。我笑说已经很厚了。14年了，谢望新还记得他曾经的心思，又一次为朋友的运命鸣不平。而我，自然有别样的心情故事。

以上是我对作为评论家的谢望新的自由的随想。

2006年12月27日

关于章以武先生的文学言说

在谈论章以武先生的创作之前，要先谈一谈作家的学者化，或学者的作家形态、创作的理论基础，以及创作在专业分工细化之后作家的修养问题。

章先生首先是学者、教授，然后才是作家，区分这一点很重要。这和那些先是作家，功成名就再到大学里谋个教授的，是两码事。前者所持的是学养，是学问；后者目的在风雅，是时流。两者不可同日而语，也不在同一个评价系统。学问是要讲究连续性和系统性的。我觉得文学研究，应重提这方面的源流。

先文学教授而作家，一般来说，他们比较有系统的学问和专业性很强的方向，他们的创作是其文学理论的部分实践，是双向的互通。而那些先作家而教授的人，很少有专门的研究方向，缺少严格的学科专业训练。他们开课一般都是泛泛的讲座，多为个体经验之谈，少有严密的学科规范，不太适合授业。所以，两者是不能混为一谈的，其功能效果也各有自别。这就是谈论章先生，与谈论一般缺少学术背景的作家的前提。

文学创作是讲究观念与技法的，在文学创作的中年阶段，大部分作家并不十分重视文学的理论学习与钻研。许多中国作家的创作经验，是由阅读而后的模仿得来，而较少是观念进步与技法娴熟的理论结果。这就限制了作家的视野、格局和风貌。自然也就多少阻碍了作家的创作成就。

《雅马哈鱼档》及章先生的新都市创作，其内容及观念的前瞻性，所传达的现代性，有破壁洞穿的意义，且描述的一切，均发生在都市的底层诉求之中。这就使之寄托的改革话语，有着某种社会破局与突围的主题。同时提供了南方书写的现场经验。这是无法模仿的，包括对底层人物、生活与生存的模仿。

比如，中国的现代主义小说，在20世纪80年代初期的写作，并非是作家具有现代主义文学观念之后的技法训练所得。大多是西来的形式模仿，是以阅读西方小说的中文译本，取替自身的文学理论建设。一些作家的中国语文修养，以及现代思维的程度，并不乐观，其虚浮的理论识见，在创作实践中所得，常常乏善可陈。

即便像王蒙这样有相当文学自觉的作家，他的中期创作，也不例外。王蒙是较早提倡作家学者化的。他在80年代的现代主义创作实践，主要指《布礼》《相见时难》等所谓意识流小说，在严格意义上，它们也仅流于形式借鉴，它们与现代主义小说诸元素，如结构内容的外在碎片化与叙事时间的形式化之间，并非是小说观念及其审美的关系，而仍然是一种形式模仿的结果，是传统叙述的异形而已。

对此，80年代中期的部分作家，是有所尝试的。王安忆的《小鲍庄》，莫言的《透明的红萝卜》，李陀的《自由落体》，赵振开也即北岛的《波动》，以及马原、洪峰等的小说，均是。他们中大部分人，在后来整体退却，让独步江湖的莫言笑到最后。文学的荣耀，总是落在最后的独行者身上。莫言的幸运，是他的坚持令西方欣赏、兴奋同时别解。其他作家由于集体的同质性，自然不会有此幸运。

以上所论，形成了一个评价前提。在这个评价前提下，来看章以武先生的创作，结论就明晰许多。

章先生一直在大学执教，却又活跃于文坛，有多种文体文本问世，各方面都有成就。特别是章先生80年代的成就，对于改革前沿的广东而言，是有革命性影响的。他的《雅马哈鱼档》，从小说到电影，从平面到立体，从平民阅读到影视传播，从市井题材到南方表述，从底层人物到人物的都市转型，从英雄的惯性书写自觉跌落到对卑微的芸芸众生的生存关怀，从乡村情结在都市怀想中的幻灭与再生，重新燃烧生活的希望，并从中获得中国现代生活未来想象的象征性蓝图。《雅马哈鱼档》因此而密码丛生。它在80年代的信息藏匿，在后来直至当下，都与社会进程同步，得到释放、实现、证明与公开的实践。这是一次观念的前驱式发现，是以小说和电影，为一个时代立言。文学能够恒久而为经典，一定是思想也即观念的先驱与独行。

　　最后补充一点，我在这里的论说前提，并非建立在实存的形式结论上。即你是一个文学教授，同时就一定是一个学者，并拥有先进的文学思想、观念和技法。不是！我的一切所指，首先存在于假设之中。现实状况可能更复杂，或更诡异一些。而一个人的文学评价，我们更看重的，是他的历史贡献，包括他迅即成为历史的当下表达。章先生以他几十年的文学经历，以一个异乡人对广东的自觉且积极地融入，对广州民间社会的关注与关怀，并以学者的思想，发见躁动的社会蕴藏着的观念转变和生活追索，并以文学的方式，记录并阐释了未来的种种可能。他在暗晦的时代生活的实然中，看到必然，同时听到可然的声音。

2017年10月31日

关于黄伟宗及粤派批评与珠江文明

本文的主题，关乎两个话题。一是这两年来的所谓"粤派批评"，二是新时期发轫的珠江文化圈研究。此前，我从未对粤派批评发表过任何意见，原因是，我以为提法不错，但缺乏本质阐释，与文学批评现场也存距离。

所谓粤派批评，并没有构成独立的地域性的批评话语。我也看不出它与闽派批评等以区域命名的派系，有什么本质上的不同。这种所谓学派的提法，仅止于辩证地域身份而已，并无太多的个体性文化含量。批评的个体性形式与思想选择，必须服从统一的社会主流话语，而地域身份，也难以证明不同的个体有可能形成流派意义的集体风格。

文学派系，由于没有领袖人物及人物的思想主张所由的文化纲领作为支撑，因此，建立在权力流转基础上的所谓批评派系及组织，是难以长久且自圆其说的。其实绩也就失却历史取证的可能，近乎勉强、牵强。

倒是边缘于权力制约的珠江文化圈所由的文化批评，可以看作是期待粤地批评的文化自证。换一个模糊一些的说法，叫岭南文派，比较有贴切合理的说处。岭南本身就是一个模糊的、不清晰的地域历史文化概念，与区域权力已远。文化的母体与水系有关，而与行政区域关系不大。河流决定了文化的渊源与去向，同时也把文化分隔为不同的区块，所谓文化鸿沟。这是文化地理学的常识。

派系是人为的，文化地理是天然的。黄伟宗老师在这方面的明晰与自觉，早在20世纪80年代就开悟了。他以南方文化区块的文学启智，从80年代之前固化的理论板块——社会主义现实主义的创作固态中，细分同时突围出一种带有离经叛道性质的新的创作方法——社会主义批判现实主义。这种创作方法，存在80年代的文学实践中，而这种实践，以非主流的方式，逐渐为主流所接受与融合。彼时国内大量拨乱反正的作品，实证了这种批判现实主义的存在。它直接承接了晚清以降，康梁的新史学和"五四"新批评的岭南缘起。彼时民间小报最多的不在北方，却在广西、广东的珠江流域。所谓"山高皇帝远"，革新之火正可燎原。

另一颗覆性的声音，是饶芃子关于社会主义悲剧的理论提议，揭发了文学的制度性缺陷，呈现对生活现实的文学遮蔽及伪饰的真相。

上述这两个话题的提出，其实是对80年代文学的人道主义的基础性立论。它由岭南学者开启，但又是全局性的，有一种南方的历史传承，一种北伐的历史精神。很容易让人联想起百年前的岭南文风和中国知识分子的社会承担。那时，所有源于广东的文化口号和行动，都不限于广东，而延及国中。

80年代的广东文学批评，无流派意愿而有着共同的文学风骨。这种风骨，在珠江文化圈的学术体系形成中，是为一种精神血脉。它在黄伟宗先生的不懈努力下，渐成气象。如今的总结性成果，可为资证。

上述两个话题，是全局性的。而下面的一个问题，是在全局性问题之下的新问：广东文学的当世何为？这就是谢望新的《走出五岭山脉》。它是谢望新对广东文学祭出的一把双刃剑。这个问题，成了30多年来广东文学的心病。其结果，被简单理解且庸俗地化为机械且形式地引进来、走出去的空心模式。安知文学是一种历史性的精神行为，灵魂是不可借用转让的。文学史评价的时间单位，至少是五十年、一百年乃至几个世纪！

形式引进的结果是，原乡水土流失，本心彻底萎缩。《三家巷》《香飘四季》的文脉被切断。外界更看不明白广东文学了！走出五岭的，则大多跛脚力行，除了暂住证是广东的，其他似乎与广东无关。

提出粤派批评，有收拾山河之愿。动机很好，暂时效果也不错。但愿是新瓶旧酒，焕新人间。其实，派与不派，无关紧要。弄面旗帜，也不无好处！珠江流水不驻，珠江水系，岭南文明，自有它的流向。珠江文化圈研究，多年来不温不火，独自行军而捷报频传，成果累累，全仗黄伟宗先生老骥伏枥，不知年事而只知文事。前事已渺，后朝当雄。祝伟宗先生长寿！

2018年8月10日

钟声过处唱大风

——读李钟声《岭南画坛60家》

李钟声哪里是在绍介画家？画家在他眼里，或许是一支涂抹的笔罢？这支笔在谁手里，似乎并不重要。重要的是什么呢？李钟声似乎没有明白说出，他的狡黠，在于他的矜持，他的学养，亦在于他的世故。在他热情洋溢的绍介背后，在某不经意处，隐现着一双阅世的经年的过于阔大而充满血丝的眼睛，有疑虑，有审视，有忠告，自然也难免溢美与为贤者讳的小心。

李钟声这本《岭南画坛60家》，所以60家，虽非刻意搜罗，但却是他"接触到而又觉得有感而发的部分画家"。至少立传的是李钟声心目中岭南画坛的翘楚。同时"排名不分先后"。李钟声颇有遗世独立的气概。他似乎想要倡导一种新的规矩，一种新的评价体系。诚如书名之为"60家"。举凡百家是为满溢，而60家则是谦退，有成长与补遗的空间，亦是大希望的预留。足见岭南画坛之形势之扇面。60家中，行外人俗见的大家寥若晨星，大多为行内稍有盛名而行外陌生的画家。李钟声为之点评，清源，立传。几百字，千把字，描画的是一个人和他的事业，评论的是个体的画风和建树。集结而成的却是岭南当代画坛的历史、传统和对艺术的承载与担当，可说是对艺术岭南评价的某种偏正。遑论李钟声个别的评论立场与观点的正误深浅，光是这种集结便有里程碑式的意义，至少给画坛一点公道，给传统一点欣慰。

多年以前，李钟声和谢望新出版了《岭南作家漫评》，那本书今天读来难免幼稚与时流，但在广东文学复萌之时，它是具有划分时代的别样价值的。它把岭南作家的异质性作了集结式的推介，并强调了地域之于文学的重要性。

当然，这本《岭南画坛60家》，在理论上并不具有官方的权威性，但是，在没有《……100家》出现之前，它就是权威。即便有质疑或挑战，它依然是权威。它的权威，在于它的先锋与前卫，同时具有实践与实验的威势与权重。这种话语同样表达着一种独立的学术精神的权威性。它同时作为一个岭南画坛的评价体系被历史性地固定下来。它可能比官方的评价结果更具有亲民优势和信誉度。有时，历史上的一家之言，往往可能成为一种铁证，成为在传承的链条上不可或缺的一环。你可以臧否它，却不得不面对它、正视它，这就是独立的意义。

《岭南画坛60家》是李钟声个人的判断与立论，但很可能因为他的推介与立传，而成为大众的立场。起码，他把陌生推举为熟悉，把疏离抬爱为亲缘。何况在大众目中，画家本是大雅之人，画作本是高雅之物，如今，因为这本书，他们进入了大众的视野。至少，大众可以知道，在岭南，活跃着60位很有些成就的画家，从而影响着大众对岭南艺术及艺术品市场的评价与把握。

岭南的文学艺术向来都是被轻看的。这种轻看一方面来自大北方文化的客观挤压，一方面来自本土对北方评价的自觉仰仗，而后者自卑的惯性思维，严重影响了岭南文艺界的自我评价与自信心。岭南有很好的作家与画家，却缺少相应的立言与立传，正如李钟声唏嘘的，广东似无像样的关山月、黎雄才、赖少其诸公的评传，作家评传也如是。

李钟声《岭南画坛60家》中，对每一个画家的评论与期许，其实都是每一个自诩或被称为画家的人，应该基本具备的才情与质素。故我说对之评价高下、文野并不重要。重要的是，他说了，他说出了画坛、文坛的真相。在热闹但是失声的南方，他捧出了画坛60家，遑论大家小家，总之是专门家。当面对个别画家时，也许无法不惶然抑或礼拜，但面对60位画家及其画作，我们似乎明白了一些什么。

传承应有所穿越，扩张便有了边界，古厚朴茂与易古易俗、循序渐进与冒险速成、重工力与严法则、形而上与后现代、外师造化、中得心源等与绘画相关的清规戒律或智性修为，在60家中各映其趣，各得其所。以我辈之侵犯内行者，亦找到自圆其说的理由，觅得道法自然的经纬。

2012年7月10日

潮汕村儒王杏元

送别金敬迈，想起了王杏元。自然想起1966年6月的那次亚非作家紧急会议，广东代表一共四位，另外两位，是韩北屏和张永枚。如今，四人走了三位，世间仅存张永枚。他住在广州天河南广利路干休所。有时，黄昏将至，可在广利路口地铁站边见到他，坐在马路边看人，静静地怀想旧日岁月。

记得2005年，儿子驱车带我和妻子去汨罗看他。他住在汨罗江边，离渡船码头不远的山里。一个人，加一个乡村"庸人"。和他站在那座孤零零的小破楼上，可以望见江和码头，很是苍茫。那时，正是他人生低谷。我们就在杂木林的林中空地上，谈了六七个小时，录音录影。从志愿军聊到西沙。1974年，我与张永枚前后脚抵达西沙，在岛上擦肩而过，有共同记忆。不赘。在黄昏时告别，他送我至江边，挥手，自然是百感交集。当年那位写《骑马挎枪走天下》《六连岭上映彩虹》的战士诗人，此刻已归于宁静。是吗?

韩北屏走得较早，1970年去世。我少年时（1965年），读过他发表在《作品》上的小说《菜地家出事了》，知道一些国外的生活，很是羡慕他的异国情怀。后来又读过他的《高山大峒》，十分震撼。此前看过列宾的油画《突然归来》，两相勾连，想做个十二月党人，流放西伯利亚和赤塔，再突然回达濠……风云一番。此达濠，不是德国的达豪集中营。

大约也在同一时期，王杏元的《绿竹村风云》大红大紫，其中章节《出村证明书》《铁笔御史》收进中学语文课本。王杏元从村儒到作家，秦牧和陈善文为王杏元其人其作功不可没。此事为文坛佳话。一个农民作家的成就，在文学云端上的行走，是要有天时地利的。

严格说，王杏元还不是普通话意义上的好作家，但却是迄今最出色的潮汕语言作家。设若潮汕母语有作为世界语之一的机会，则王杏元对潮汕母语的文学表达，是可取诺贝尔文学奖的。他的潮汕幽默、民间机智兼顾潮汕老土的风趣，以及对人心风习的精细模拟，其方式经由丰腻而又贫瘠的地土砥砺，无人可比。直抵诺贝尔文学奖的三个标准。

后来，他被抽离潮汕，去了珠影，入了作协，进了普通话语境，做了干部，换了一套活法，这于他无异于切断脐血，英雄无用武之地。遂改编写作《天赐》，但仅在《胭脂河》上闪了一下，天边奇光不再！

潮汕作家是要走出潮汕的，这种走出不一定是形体与物理走出。但潮汕文化是一口黏稠的大酱缸，而潮汕语言的母性基因又过分深刻顽强固执，特别是王杏元的时代。30多岁已经是一段完整的不可更改的人生履历，而童年的民国遗存更成为他的烙印。王杏元的文化底子，就是一个清末民初的乡村秀才。革命风暴在饶平的短暂流动，使王杏元的文学表达，沾附上阶级斗争的色彩。而陈善文、秦牧的润色，将时代光色弥漫其中。

王杏元是一位能讲好乡土故事的好作家。他对潮汕乡土的认真复写，充满着旧时文人的心机，又透过账房先生（他是生产队会计）的精算目光，深谙三教九流的民意乡愿，由此而为的文字，托举出一片真实有趣的潮汕风致。这是当下许多潮汕作家无法做到的。在文学看来，开放的潮汕是一样的，锁闭的潮汕才是不一样的。它精彩的心灵的一面，是由时间形成表达并努力表达着时间的。王杏元属于时间的原生。

1966年6月28日的亚非作家紧急会议，广东代表四人，占了全体代表十分之一强（共36人）。潮汕作家王杏元位列其中，很为荣耀。此乃潮汕当代文学史的峰值。

从潮汕语言的角度看王杏元，《绿竹村风云》堪为杰作。从文学的史诗性建构而言，则另当别论。他对潮汕故土的钟爱，是他文学的血脉。20世纪80年代中期，他串联中国旅行社林诗渠，呈示吴南生、林兴胜和吴勤生同志，邀请省上潮籍文化人十余家，秦牧、杨樾、郭光豹、黄雨、黄家教、李新魁和林紫等，赴汕共襄文事，我亦在其中，雷铎也闻讯而来。其时尽览王杏元风采。那是王杏元最活跃的岁月，他有许多振兴潮汕文学的举措。他晚年的庞大计划，是拍关于妈祖的电视剧，邀我参与，我无做大事的想望，令他失望，很是负疚。

　　早期的潮汕新文学，有土著王杏元的一部《绿竹村风云》，再加革命作家秦牧的《艺海拾贝》，吴南生的《革命母亲李梨英》《辞郎州》《松柏长青》，外加黄雨的《潮汕有个许亚标》，等等，基本上就形成了一个完整的地域的新文学分期。上述人物，部分已逝，连当时尚年轻的雷锋，也已远行。

　　追忆终成一缕夕阳，王杏元是那夕阳里跳跃的余晖。现在，恐怕无人知悉，什么叫"出村证明书"了！

2020年3月29日

末世遗痕的小说怀想

——范若丁《失梦庄园》的诗意建构

范若丁的散文，把抒情藏进血肉中，而其肌理却偏于写实叙事。仅仅把范老当作岭南散文大家来认知，是远远不够的。事实上，他也从未真正进入广东文学小说的视野，这是广东文学史的疏忽。对此，我本人就从未有所发见留意，这是应该反省的。

评论家对文学现象，对某作家、某作品、某创作现象、某文学经验的视而不见，有时会扼杀或疏离一地一时的文学坚持。而其损失，会在若干年后，才看得清楚。我在重新阅读范老写于20世纪80年代的这些作品，这些被当作散文的文本，忽然就让其中层出的小说元素点醒了。原来，应该对之评价的80年代话语，竟然迟了将近三十年的时间。

范若丁的文章，以散文的篇幅和心情，精致而极为简约地构筑了与小说类似的格局。他写人、写事、构置情节，精心于时间的艺术设计，有一种失乐园的怅惘。他的描述过程有故事；人物有来历，有神气；情节有因果，有逻辑。在这些文字形成的结构中，有一种关系维持其中，叫伦理。各种各样的社会伦理所奠基的关系，使他的书写有一种深厚的文化渊源，一种正在消失、有时难以明白言表的文化困惑，在字里行间涌动着。

没有中国乡土文化认知和古典文学修养，没有古旧中国生存阅历与经验的读者，很难从范老的作品中得到一种即时的醒悟。相反，当下的读者，在倍觉陌生与新鲜之外，会有一种殊异的文本审美。这种审美，源于作家从散文的诗性出发，中经写实、情节化，结果为小说。正如鲁迅的《野草》，本是散文，亦可视为诗。从散文至诗，有很长的距离，在鲁迅那儿，仅一步之遥。

范若丁的《失梦庄园》，整体构思是一部记忆与渴望之书。作品写于80

年代，叙述的却是早已消逝的古迹遗痕，是他记事之后的中国乡土遗存。他对逝去年代的全部抒情，都凝成一条长线上的无数虚点。每个虚点，都结实，都沉甸甸且沉重得无以复加。它的结实，是因为那里面有太漫长、太古旧、太多沉淀的积累。每篇文章的标题，都是一个个难以一言说白的古俗遗风，如《夜嫁》《过阴》《灯影》《神虫》《刀客张》《河戏》《南蛮子》《泥胎》《土造》《鬼灯笼》《露球浮》等。这些标题背后，隐匿着的不单是一些古旧风俗中的现代故事，包裹着的自然也是一些无告无望中的世风世情。它们虽已死去多时，却又处处在当下蠢蠢欲动，时有复活。

范若丁以散文的心情与笔致，以沉郁怅然的诗心，以80年代思想解放和散漫的无忌，游走于昔日的乡村街巷，在他童年的故土中，一点一点地寻觅那些埋在青苔中的痕迹。

范若丁的抒情，是如此依赖那些活生生的世故。作品情节的中断或延续，正是他文本生成的必要和建设。所以，抒情是梦，而梦失的却是庄园，是万物生长的世界，一片广袤的乡土农地。

范若丁的散文，有小说的全部意义，有着清人笔记小说的韵致。三言两语，便勾出一段活化的情节。如《夜嫁》中：

"轿呢？我不解地望了望周围。寡妇出嫁要骑驴。"

"她的脸却是对着驴子后面的，一个男子牵驴，两个男子在旁边护着。"

"倒骑驴，那女子哭出了声。寡妇再嫁的难堪与不堪。"

"唢呐又吹响了，头发蓬乱的烟鬼舅爷跌撞而来，干号着，这也是规矩。是他卖了守寡的媳妇。"

人物在动静中，被绍介推演出来，走到现场。而不在现场的现场，即哲学存在，也油然而生，有一种存在主义的小说氛围。

范若丁的散文，不，应该说是小说，堪比欧·亨利的短篇杰作，又颇有几分魏晋风度，名士风流。他不紧不慢，不人为制造悬念，往往先和盘托出，几乎不留玄机，平白道来，却于情节散漫中推移有序，先做足了铺垫，再行说道，最后反转。在步步加深危机之中，封杀了之前预伏的结果，一切于逆势中，而引发出乎意料。如：

"后来，老舅爷死了。他死后，没有棺材。后来，他的儿子活着回来了，从抗日战场上回来了。"

小说般的叙事框架，时间的设置艺术，情节的铺排范式，人物的塑造要领，无一不具备小说的营构格局，这是作为散文的《失梦庄园》的基本叙述模式。把与抒情有关的一切手段，化为小说叙事的血肉，而其主体已全然夯实为小说肌理。他把岭南散文的阴柔一面，直接与北方，尤其是西北的悍野与荒凉圆融地加以融合，克服了南方的脂粉味，而汇入一种沉潜的力度。

与其说范若丁的《失梦庄园》是一部散文集，不如说是一部长篇小说，它类似诺贝尔文学奖得主奥尔罕·帕慕克的《伊斯坦布尔：一座城市的记忆》。以抒情，以断片，以记忆的流水，追忆逝去的故事、年华、情怀。范老已然自悟，他的《失梦庄园》，说是散文，又可谓小说，更可为诗与神的造化。究竟是什么？已不重要。

早就应该为范老的创作写点什么！然而，愚钝的心智，只好期许于时间的点醒，也为不迟。广东的小说，不在当下的热闹，而在于过往于今的沉淀。只要愿意翻开旧页，新篇就在眼前。过去，毕竟是沉静的。

2016年11月13日·广州

动词的心情故事

——读李科烈散文集《聆听天籁》

谈李科烈的散文创作，尤其是谈他的新作《聆听天籁》，必须先从语法，从动词说起。

人的生活就是语言的流动和对流动起来的语言的欣赏、敬畏、臧否，而人的存在正站立在这种臧否的虚无状态中。这种虚无靠判断尤其是想象的哲思得以固定而成一种观念形态、价值核心。在哲学中，它被称作"不在场的在场"，也即形而上学的抽离。在文学中，它作为被想象的形态，存在于语言对时间与空间的叙述与描写。

中国最初的文字是象形的，自然也是想象的。由文字构成语言，是一门专门的艺术。在日常生活口语中，它表意大多是直接的；在文学中，它异于口语，自有一套文法、思维和表现方式。现代散文更讲究艺术性，诗性与神性是其中的要求，即文学性与哲理性。在心灵世界里，诗性与神性相通。象形文字的想象性，在文学语言通往诗性与神性的道路上，得以最充分地创造与构建。说了一大通与李科烈的散文似有关又无关的话，旨在谈散文的语言与散文的诗性和神性的关系。

历来认为散文的语言是叙述的，说明的；诗的语言是表现的，抒情的。但现代文体的互为渗透，专指与定论已无意义，故才有诗化、散文化等化入之说。而现代主义文学的最基本之点——把感觉形态作为叙事形态、同时把感觉作为叙事的对象，印证了这种"化入"的精神是如何改变了人对语言世界的传统价值体认，颠覆了人们认识世界、表达对世界的看法的传统途径，从技术到意象都进入革命性的变化之中。

还是说回李科烈的散文。我的题目叫《动词的心情故事》。

动词与散文创作的诗性和神性有何关联呢？上述已经说到，人的存在就是语言的存在。在这里，可以说，人的存在状态，是由动词来表达并激活的。散文的诗性和神性，离开了动词的运用及对动词的充分想象与虚构，是不可能的。如维柯所说，诗性即人性。人性即喜怒哀乐、善恶冷暖，即原欲、邪恶与良知，等等。诗性也就是生命之性质，生命受到压抑，便有文学表达，并以生命的语言方式表达。而动词是此种表达的动力之词。神性由诗性引领，表征、意念、追逐并迹近天堂之美，仰望星空及一切由动词托举而出的向死而生，向天叩问的生命气象。

李科烈的《聆听天籁》就是由动词托举而生的气象之作。天籁其实就是一种心情，听得见自己或别人乃至扩展至人类内心的声音，看得见人类心情包括自己心情的文学，自然就乐享了聆听。人生的价值，说到底就是人类内心的神秘的价值。有价值理想的人，一生都在自我造神，这种造神是一种良性的正面的伦理塑造。

李科烈《聆听天籁》中的散文，每篇都有一个由名词指称的篇名：大漠、野谷、天堂、揽林、长白、黄山月等，很符合常规常理。名词只起了指称并固定意义的作用，除非它被作为动词使用，否则它便沉积着执拗的死相。李科烈对此的理解，别有一番意味。他在扉页上写道："这天、这水、这草，它们早已，没有来去、有无、生灭的执着，才会这么蓝，这么绿，才有了万古不变的宁静、自然、超脱和博大。"来去、有无、生灭等动词，使这段原本由诸多名词组合而成的句子，格式化为因果，一种生命的逻辑或自然的伦理，一种现代汉语诗化的动态结构，一个段落性的动词结构，它有效地以动词滥觞而使汉语的"诗性资质"，也即汉语语词任意排列组合而为的想象性、情绪性和哲思性等心灵指数发作出来，赋予这部散文一个基质性、基原性的祭奠。引领并提升了散文的基本精神，也即文体所由的人的心情。这种心情经由每一篇散文中动词的运用、动词的想象性定义、动词的语境变异及语义的特指或耗散，而使段落的语言、语义、语态发生了异质性的变相。集中散文几乎都与此论点有关，都能坚实地证明此论的坚定。

《春天的红叶》，开篇说："春三月，春风拽我走进山里。"拽，有扔的意思，读四声，是拉的意思，这里应读四声。他写蜻蜓，"翅膀抖着，扇着，逗得阳光上蹿下跳"，抖、扇、逗、上蹿下跳，一个短短的句子，几个动词连用。"溪水醉了，满脸泛红，扶着溪边的岩石左摇右摆地向绿森森的山谷深处晃去"，因为"醉"，所以"扶"，所以"摇摆"，所以"晃"去。"却见被阳光穿透的枝隙中，忽然溅出大片芒果树的新叶……那红叶越闪越多，从绿林中涌出……漫泻向谷底"，溅、闪、泻，因为目力视野所由，故其表现各种动态之美。"翻动的叶片又把这红煽出万千风情……红得妖娆，那疏落落从绿叶中斜挑出来……串串淡黄的芒花憋不住。"煽红、挑绿、憋黄，全以动词表征的是意象性、隐喻性、情绪化、心灵形态的诗性语态。而其语义所传达的声音，与心情相关，与生命气息的气势气象相通，景象已是气象，气象已成心情，心情藏匿故事，故事在神那儿，只有天知道。诗性曲径通幽，抵达神明之所。

在所有的汉语方言中，潮汕方言是中国古代汉语的正宗，正因为它正宗的古代性，限制了它作为现代汉语渊源的现代性改造。潮汕方言完整封闭地保存了古代汉语及其书写，这种母语创作有天然的障碍。只有少数走出潮汕的作家，能撕裂母语而化入现代汉语写作并具亲缘性。李科烈承继了潮汕方言中古代汉语的优秀传统和文字修养，又规避了方言与现代汉语之间的天然障碍。动词在古代汉语中的神奇妙用，是众所周知的。在潮汕方言中，光"看"这一动态表现，起码有五十种以上的不同表征。现代汉语有四声，潮汕方言却有十五音调。这些遥远的语言文字音韵记忆，是李科烈文学创作与生俱来的福祉。他用《聆听天籁》作为书名，并以万古不变的宁静，取意这些散文的人间心情、天堂故事，是天籁之聆听所赐。

关于动词的妙用，已逸出语言运用的技术层面，而是文学创作包括散文创作的认识论，这才是问题的精髓所在。

2012年5月24日·广州

己亥兔月序刘迪生《北回归线上的彩虹》

对于刘迪生而言，我的这篇序，或说是评论，应该在十几二十年前写出，更为适时。那年，迪生还是个腼腆的青年，没有半点狂飙年代的浮躁和狂桀。

他自从化来，我在心里，做好了为他写点什么的准备。出乎意料，他请我为他的老师写序，说是他早年的老师要出版关于语文教学的书，希望我为她的教学法说几句话，荐举荐举。我有些犹豫，只因经常侵犯内行，但迪生拳拳之心，难以婉拒。大约十年之后，迪生又来，说老师退休多年，教学法再有心得，旧作新意，拟修缮再版，有盼再为之序。我陡然对迪生刮目相看，对他有几分莫名的感怀。

这是一种怎样的师生情分？看得出这位老师的著作，从写作到出版，由旧作而为新著种种，皆倾泻着迪生的关切。我倍加感叹，而迪生轻描淡写，甚至有些赧然，有些结巴地反复陈说，这是一件应该的小事而已。他的真心里，写满了关于素朴纯良的品行与宽仁厚德的情义，这是他知人论世的底色。

在许多场合见到迪生，他总是在热闹里安静于一隅，即便他已是某一部门的中心人物——《从化日报》总编辑、《南风窗》主编、《华夏》总编，这主任那主任的，也依然如斯，不见他张扬，总是平淡平和地自恃自处。每当此时，我都会记起迪生的一些事。而上述的那桩持续十几年的往事，更是耿耿于心。由是，我怀有敬意地注视着他的成长，关切他的文字，以为青年的表率。并向合适的女士们，包括才色双绝的堂妹，举荐谦谦君子迪生，以期举案齐眉。

虽然我的教授之道，对学生少批评，是以"表扬使人进步"为纲，进而促人反思自省。但于迪生，一切对之的褒扬，全附着于他那些平常的、细小的，或者还是琐碎简约的对他者的关怀。

迪生早早地少年老成，年纪轻轻便承担了一些工作责任，人近中年更是分外持重。他向来全无一般文学青年的矫情——既易于无端激越，又十分势利苟营的毛病。他恰如其分地生活，写作，有点老夫子的味道。

如果人的印象有颜色，迪生的颜色，是他的热烈和文学用心，全在他不太耀眼的苍白，带有一点蓝靛的草色的那种苍白。这种颜色印象，有酒的成分，自然的激情藏于烈性的水色，苍白便为苍青，苍青也是一种很悦目的颜色。

在灵魂面前，我们这些弄文学的人，能做什么？我们穷尽一生学到的全部知识，有时，可能比不上一个婴儿。婴儿的纯净，足以让任何灵魂的黑暗退缩，或消失，或自行逃逸。问题是，人在成年之后，很难持续保持纯真，这也不奇怪。

在通常的意义上，一个成年人，为适应复杂吊诡的社会关系，并显示其存在感同时争取自为发展，他往往会因了竞争而疏忽某些良俗。是故，在成年时，努力向初生寻回纯真，是每个人陶冶修为并自我约束克制的必要。否则，童年和原乡，如何是作家文学的停泊地和人性归宿？

20年前的迪生，刚刚进入他文学的成长期，这种伴生的文学动力，包含着他对作家品格修养的重视与自我尊严。这种尊严是他从事文学创作，特别是报告文学写作的人本基础与文学逻辑。我向来强调的作家文学教养，即个人修养与文化修养，以及作品人文质量的正比关系，在迪生身上，非常明晰。

上述这一点，在对刘迪生的文学分析中，是为至关重要的要件。他小说创作之想象与虚构的人文厚度，以及报告文学写作的真实性并具文学性的现实品格，是同一个文学认知与操作的两面。它们在和解文本冲突的思想方式及实践方式上，都应该是同质的。在他那些以褒扬为主题的报告文学中，人物形象的树立，亦是一种人的品质与格调的人文建设。在这样的认知基础上，他对时代生活的判断，对人物的分析，因而有了人本的准绳。他的多部报告文学，因此而赢得同类作品的标高。

刘迪生的作品，人物常在重大事件中胜出，因之，人物成了重大事件直接的驾驭者。他们的文学身份及价值，不仅仅是时代、环境和形势这些不可或缺的社会因素所由，更多的优势在人本身，以及人与这些因素，或抗拒、或妥协、或共和的关系。同时，人在这种关系的冲突或兼容中，自然而然地会产生一种文本的声音。这种声音，来自作家对作品中的人物——事件决策者——之人本作为的意志设定。

这种设定，其实是对现实素材的理性发见与主题寻找。它们散播在故事情节、逻辑发展的每个环节上，成为报告文学的关键性拐点：引发全部矛盾的危机与杀局，结构线索纵横的谋篇布阵，扑向高潮或不断推动着局势的逻辑力量，用以营造一种合适的文学伦理图式。至此，设定的成功本身，已经实现了作品的独特风格和别样面貌。

阅读《乡道》，这种审美感觉尤其强烈。乡村道路的建设，颇费心思与周折，隐伏着叵测的人心，激发着人性的贪婪，考验着政策的正伪及从政者的动机与能力。其中艰难，自不待言。

作品真正牵动人心的，不在乡道的经济学成就，而在促成并叠加这种成就背后的人们，他们是如何看待、完成并建立起一种与乡道有关的新的伦理，新的文明的。

所谓"人们"，至少有两种。一种"人们"，是芸芸众生，他们被鼓动、被引领的愿望与执行的努力，当不能被小视、被抹杀。然而让他们去大炼钢铁，亩产万斤，他们也将会全力以赴，绝不会愧对号召。

作品中另一种"人们"，是谢非和陈建华诸君。他们作为决策者、领导者，其正确与错误，答案亦将是两个，也有极端之虞，两个都是相反。对此，我们对之并不缺少任意解释的权利，却难有挽回损失的可能。

所以，对主要人物的描写及塑造，是这类报告文学的思想方式及观念形态的文学要求。刘迪生已然谙熟此道，他的人文教养通过文学技巧及方法，作用于人物性格分析及情节取舍，实现了作品结构和情节选择的人文标高。他写人物，其用笔的自然手法，其取道平朴的细节勾线，简约不经意的话语点染，都使《乡道》超越了一般写人叙事的基本模式。人物成为乡道的象征，成为乡道的想象对象，艺术空间豁然开朗。

谢非和陈建华，这类人物的人本性格及道德形象，第一次以文学的方式，跃然纸上。其人文方面的人性价值，通过乡道，胜于乡道，并成为乡道。而之谓千秋功业，也遂呈现于世。陈建华那两个多次出现的批字——"过了"，胜于千万言，写绝了陈建华作为一方书吏，从政的个人修养和隐忍的个人风格。魅力由此而生。

在工作中，陈建华自己开车简从，厌弃排场，常与夫人简箪省食的个人风习，等等，其行脚种种，原本理所当然，微不足道。但在当下，反而有举一反三的道德意义。类似的人物浸染，提点与剔拨，是人物塑造的写实风致，更是对人物于平朴之中的深邃发见。

刘迪生平白淡然、不事夸张的文学言说，所形成的文学风致，是可以为读者获得文本僭越，同时提供心灵聆听的审美经验的。它们使这部《乡道》，实现了一个文学的文本高度——本意在报告乡村建设的重大事件，却达至写人本的文化性格。其乡道的文学深度在于，作为制造乡道的人，与被制造的乡道，两者互为表里。或说多层叠加的文学文本与文化文本，其文本间性，有效地熔铸了《乡道》的出色表现——互文性表现。

它有可能成为报告文学书写方面的范例。它的要点是，在作品的书写图式里，调理并确定人与事件的关系；人在事件中及事件在人中的伦理学逻辑。这是写作学问中最难训诂，也最难制挈的。好在迪生已然开步走出。

刘迪生正在旺盛的苍青之中，《乡道》所提供的经验，是文学之路的夜间火把，照亮脚下，也照进未来。不知他关切许久的那位老师，是否在某天夜里，与他一起，持杖前行。我想，是的，但愿。

是为序。

2019年4月9日·汕头—广州旅次中

观照一座城的文化史

——序李迅《燃烧的交响曲》

作为记者，李迅在粤北耕耘经年，他和韶关这座城市一起生存，一起成长。他阅读了一座城的历史，并经历了它多年的文化变迁。他的作品，由他的职业衍生，并在既定的观念上，让对象在不断的现实淘洗中，实现一种文明的自语：从不同的文史方向，描写一座城市的记忆。他为自己的城市书写，如同种植自己的园地。他为此规置了一种颇为特别的文本方式，自为的方式，即以多元的文本叙述，以形式杂多去囊括城的内容杂多及其历史，包括从远古向现状的步步逼近。他以大量的文献及历史的细节，去叙说与这座城有关的种种现象，而其史证的逻辑推演，在文本结构上，完成了皈依文明走向的正史叙述。

在文本结构上，他采用史证的传统书写，对城市的文明史进行历时性叙述，同时，又独出心裁，尝试从跨界的大视野，去观照一座城的文化史，即从大历史的整体要求上，以铺排的陈说，或多种文体相容之调适，把一座史上曾经屡经战事，满目疮痍的城，从多个方面，多种时态，进行较为细致的文史解构。在叙述上，尽量演绎人文传统的自身流淌，同时，避免对之作现在时的功利评判。且以文学的方式，尽可能地延伸韶关作为南北交汇、入粤重镇的地理位置所由的人文荣耀。

韶关在近代史上，是一座铁血之城。史上满是血腥战事，乱世枭雄。对其书写，不宜有太多轻佻的浪漫。它钢铁的骨血及乱世独立时的凛冽，都更切合予以沉实的、传统的、类似教科书或哲学的谨严描述。李迅此前著有《雄风古韵说传奇》，他对韶关的历史传奇、语言沉淀和人文奠基，有较多的精神堆积，他有信心实现这种兼顾历史叙述和文学表达的文本要求。

钢与火的面貌，终究不是我们描绘这座城的终极希冀。他必须呈现它作为一座从古老中蜕生的新城，一座现代城市的本质诉求。他迫切要求有一种出神入化、融化民生的全新叙事，来彰显城的悠久人文，以及现代文明对之的赐予。

一座城的现代性，不在它城市建设的技术性指标，而在于它对现代文明的理解，在于城市管理者对行政的现代逻辑贯彻，并将这种逻辑，分布而成为一种城市血脉及伦理。关于这一点，作品是有所贯通的。

在主流的历史洪流中，城在人类重大事件中的浮游，往往不是城的主动，而更多是政治及时世对城的勒迫。这是战争地理的逻辑。诸如中原流民的迁徙，诸如北伐。韶关，作为出入粤地的门户，它在战争的文化史上，只能做出相应的牺牲。相较于历史叙述，文学作品需要的不是机械冷硬的实然记述，而要求另一种或然的、文化的想象，使得它的一切不幸和厄运，有了史诗的兴味和人性的意义。作品显然有这方面的用力。

将坚硬的历史转化为史诗，其间的叙事，自然要有诗性和神性的融入。因此，他的文学表达，从另一个方向，以特有的方式，对冲了一本正经的历史叙述。他叙事的多元形态，致文本所形成的阅读冲击，乃至文学理解、文体方向在一气呵成的气质要求上，发生了变化。它的文本特性，考验作家，考验读者，同时考验文本及文体的合理性。

这部作品，在某种程度上，有悖一般的文章学理式，也有别于读者的文本常识，有一种准百科全书的味道，一种杂烩的嫌疑。对之臧否有之，这是很可能的。但是，既然文无定法，若创新是为了切适动机且顺理成章，则另当别论。

适当的解释是：描写一座庞杂的城，对其庞杂地概括，而免百密一疏，这种文本设计是可行的。好在，它不是一部小说，不是一部文体严谨的史志。由是，不求有明确定义的文章学搜例。它是一部城市的现代书写。由多个方向，多种叙述，共同去完成一种融历史、人文、艺术及其他的多元结构的现代叙事，也无可无不可。文学的文本要求，是努力实现诗性与神性的文本审美。是在冰冷的历史事实中，将书写的激情、阅读的温暖以至于评断的多元，发挥至极致，并以报告文学的形式呈现叙写。

多山而且冷热分明的韶关，从来就不是诗家温情礼赞的对象。从文明史与文学史的角色冲突、方式冲突上言，文学的史诗性浪漫，并不是现代城市的本质。文学的浪漫，从来就建立在乡村田园、马车与轿子的年代基础上，由心灵寻找与情绪思念的产物所衍生，一切都在未可知与期待中发生。从自耕自足的乡村，到小手工业的城邦，再到大工业的集约性都市，其实是一个从素朴的形而上，到机械的形而下的过程。从田园到都市，从轻生死重仁义的拔刀（江湖）时代，到轻人情重秩序的都市规则，浪漫，作为情绪郁结和诗的结合物，在精神性的怅惘与欠缺的真实冲突上，从心灵的高处，不断下行为物理性的既定。都市浪漫从此有了一种伪善的装饰，与原本的浪漫主义，有了本质上的鸿沟。

现代都市的所谓浪漫，正与汉唐辞赋、中古情怀擦肩而过！说到底，一座城市的浪漫，在于它的乡村元素所致的心灵生态方面。这是李迅式书写的目标。

钢的韶关，需要在文学表述上，努力消淡铁雾的阴霾。斑斓的颜色应该成为城市的本色。

这部作品，总体上是一个地方的文史记忆，以报告文学的方式，又融入太多的文体形式。好在作品有较明晰的主题词，作为钢都的城市标准语，现代工业的人文渊源，虽然面目驳杂，但不致太乱。虽枝梗繁多，有得有失，但资料丰厚，分部也尚合理。如此辽阔的城市记忆，在文本形态上，有年鉴和准百科全书的兴味。它在内容上的取舍，得失臧否，则另当别论。

话说回来，若一开始，作者有更强烈的人文与城邦、工业与城市、前后现代主义与工业社会的关系认知，以及将工业化与人类文明同置的哲学意识，将文学对象作为历史现象来审视与批判，则文气、布局，将会在宏阔之中，趋成风格。

无论如何，这部作品，对韶关这座城，是一种文化梳理。

是为序。

2019年8月5日

雷锋的编年史

雷锋不是雷锋，也不姓雷。雷锋尚未编年，也还不到编史的时候。但是，在我的印象中，雷锋是应该编年的，否则，作家的雷锋和风水大师的雷锋，将被误认为两个不同的人。

雷锋自述：广东潮州人氏，1950年出生，1968年参军，1983年加入中国作家协会，1986年毕业于解放军艺术学院文学系。现为广东省社会科学院哲学文化所研究员、广东省周易研究会副会长，一级作家。

雷锋又述：迄今发表文学作品和学术成果大约400万字。1979—1989年，以长篇小说《男儿女儿踏着硝烟》《子民们》、以及报告文学《从悬崖到坦途》等获国家大奖并入录《中国新文学大系》。1992年，出版专著《十分钟周易》，在海内外有多种版本，影响较广。2004年，出版《十分钟禅宗》《十分钟风水学》。文论和美术评论颇有影响，曾被《新华文摘》《文学评论》《人大报刊复印资料》等多番转载，书法和国画颇有自家面目。

"自家面目"尤为重要，这也是本编年史的缘起。诸如常人皆以右手书写为常为美为正，而雷锋却偏爱"左书"，而且写得比右书还好，大气朴拙，涂抹之间，有些许鬼气弥漫，而至才气横溢，终究似字非字，似人非人，若人若鬼若画若符，自是别一种面目。你可当作打鬼的钟馗，也不无被钟馗所打的厉鬼之神韵。那字重墨之处，似写小说、写报告文学的雷锋，有军人之概，也有匹夫之勇，厚黑重压引人喘息。而蜿蜒留白辗转之间，分明又见仙风道骨的风水大师雷锋。故雷锋的"左书"形神于雷锋，那是另一篇文章所为。

雷锋的名片，也是有自家面目的。

不同时期的雷铎，名片上的名字总有些出入。雷铎，本名黄彦生，又有叫雷士铎的，大约是雷铎两字的笔画与《易经》的某些规矩冲撞，故加了一个"士"字。这三画是否在雷铎的运程中起过至关重要的作用？那只有雷铎自己知道。只是近来，好像雷士铎又不见踪影，雷铎还是回到早先的雷铎。关于命名，雷铎有许多的讲究，正如仪式是中国文化的一个精髓一样，雷铎对此是不敢造次的。我曾笑问雷铎，我的名字五行缺甚，是否尚有改良的可能，以挽颓唐的运命。雷铎大约知道我从不敬鬼神，是有意捣乱，便敷衍了之。我和雷铎之间，立着一尊两面神，面对着我的是俗世的平常，面对着雷铎的，是狞厉与庄严。

雷铎还有一个名字，这个名字他自己可能已经淡忘。20世纪80年代初，我牙牙学语的儿子，见我在电话里与人聊天，他忽然问："是不是雷太花一郎叔叔？"我愕然之余，忽见电视里正在播映的日本电视剧《姿三四郎》，儿子是见过雷铎的，不知他哪儿来的联想，把功夫了得的日本武士当成雷铎了。我把此事说给雷铎，雷铎大喜，在他私下的名字系列里，雷太花一郎是最为出神入化的。

雷铎名片上的名字可能还不是最引人注目的，最能彰显雷铎性情的，还是他名片上的黑白头像：浓密有些卷曲的厚发；铃铛似的圆鼓鼓的双目，有着一些神异的惊悚和困惑；阔大的微翻的嘴唇，向两颊尽情地拉开，仿佛有无数言语欲如红日喷薄而出；方正的脸庞由坚决而明快同时略有几何意味的下鄂线组成；一双招风大耳，各向左右用力张开然后向前扑面而来，像逆势的风帆与风在战斗；独力强撑着的硬颈，支撑着他那颗不羁而硕大的头颅。这幅漫画化的雷铎头像，其意韵表达的雷铎，有一种冥冥之中的蕴蓄。它出自日本画家荻原之手，时间是1996年7月1日。这时的雷铎，他的名字又有了新解——"一个喜欢写字的中国人"。他同时把爱好的实际发挥，也写到了名片上，"爱好：书法、喝茶、品画；收藏：砚台、古书、人民币或美元现钞"。而这之前，雷铎的名片同时也是请柬，他邀请人们随时上他家去共品香茗。那时的雷铎是入世同时孤独的，现时的雷铎由出世而风水，他选择了一条更近乎他自己的道路。

我说不出与雷铎的相识，始于哪个时候、哪个场合、哪件事，似乎没有明晰的起点。见面了，相识了；听说了，相识了。何时何地，已经遥远而成未知。

进入80年代，有一种很奇妙的感觉，乾坤在变，人也在变。那是一个激情和冲动的年代。那个年代，我在关注知青文学的同时注重对军中作家的研究。在写过了梁信、肖玉和郭光豹等的研究文章之后，我注意到雷铎这个名字。这个名字的奇特之处，是常常让我的学生读成了雷锋，他们诧异怎么会有一个叫雷锋的人，写出了《男儿女儿踏着硝烟》。

那年中秋，雷铎未婚，他刚从广西调到广州军区创作室，是军中青年作家中的佼佼者。雷铎打电话说要到民族学院来看我。我在家等他。那时天河是广州郊外，只有"黄埔线"一路公共汽车从越秀中开出，乘车极不方便。雷铎骑自行车从达道路来。那时的天河公园叫东郊公园，有些荒凉，除了邓世昌的衣冠冢静卧在孤零零的山丘，园中还有一个小茶室，几只简易的小艇，游人稀少，晚间白天时有歹人出没，曾经发生过血案。虽然明知雷铎上过战场，即便遇上歹人，也不会有什么大问题，但等了许久，不见雷铎叩门，终有些忐忑不安，我便到公园里去等他。转了几个圈，忽见雷铎正在草陌间不知所措，那辆破单车和他的身子同样瘦骨嶙峋，在荒园的荒草中，活像堂吉诃德和他的瘦马，只是少了一个桑丘。雷铎手里提着一盒月饼，那月饼在夜色中，被月光幻映成一个硕大的圆形，恰似堂吉诃德的铜盔。那天雷铎没穿军装，没穿军装的雷铎就不像一个军人。他的腰有些弯曲，那是蹲猫耳洞落下的疾患。这顽强的疾患伴着雷铎直走到今天，以至于他的腰背始终有些佝偻。这佝偻在常人那儿可能是很煞风景的，但在雷铎这儿，却成了一种独异的韵味。

在中秋之夜，谈他刚刚获奖的小说《男儿女儿踏着硝烟》，是一件太奢侈的事。那年雷铎刚刚30岁，由于"文革"，那代人，人人都有减去十年的感应。那个时代的青年人，大都饱满着20岁的光荣与梦想。今天想来未免幼稚的话题，在那时却是无比沉重与庄严。

雷铎是一个纯粹、典型的潮汕文化人。

郭光豹说雷铎是"潮汕三才子"之一。

雷铎是潮汕古旧文人和现代作家的最佳混合体。他身上的炫人之处，正是那种固守潮汕、深谙潮汕古老风韵，同时又走出潮汕、反抗潮汕、冲破潮汕文化意义的学人。他非常技巧地中庸了这种固守和突围的防线。在潮汕，他是一个古旧迂腐得可以的"功夫茶"；在广州及更阔大的世界里，他则可以从容地写出《男儿女儿踏着硝烟》《子民们》这样颇具现代精神的小说。他古色古香的衣着和处处讲究养生、循规蹈矩的生活习气，都在反证他经风雨、见世面、闯荡江湖的马上人生。他家中，到处是残壁断匾，古玩字画，陈腐之气压迫着窗外流进来的清新空气。而他又偏偏常戴着一顶从旧货市场淘来的西洋牛仔礼帽。两个不同时代的文化精神和风习，被雷铎非常和谐地熔炼在同一个时间维度里，他在这个时间维度中自由地游走。军中作家们如雷铎般游走得如此自由，全然按照自己的人生计划亦步亦趋地实现自己的志趣的，是并不多见的。其中缘由，正是雷铎始终是一个地道的潮汕文化人。

潮汕是一个奇妙的地方。那里民间讲究礼仪，有汉唐遗风。一片平原，让三条大江分开，韩江、练江和榕江。韩江流域的人口音绵软，人长得秀雅，民间风习也很精致。以潮汕著名的牛肉丸来说，潮州的牛肉丸最为细小，一口可以吞下几粒。练江流域以潮阳为主，古称海阳，这里的人口音拙重，声如洪钟，人长得较为粗犷，南人北相，生性悍野，这儿牛肉丸如鸡蛋般大小，似乎潮阳人的嘴特别大，适合狼吞虎咽。榕江居中，口音既有潮阳的拙重，又有潮州的绵软，这里的牛肉丸说大太小，说小太大，两边都不讨好。而汕头市，这**"远东最有商业意义的城市"**（恩格斯语），它的牛肉丸适中，刚好一口一个，堵住三江平原上的所有住民之口。牛肉丸的大小关乎文化与审美，与雷铎的编年史并非没有关系。牛肉丸文化其实也是一个事关现代哲学的问题，即极端、中庸与和谐的问题。雷铎是潮州人氏，父亲是个乡村知识分子，家中藏书从诸子百家到"五四"作家作品，各个时期的中国书画也很丰富。雷铎在多篇文章中说到家学的影响，古旧的文化氛围，在潮汕人的家教中，不管时世如何激进，俨然宗教般的家教依然是严苛又古旧的。家庭就是教堂，父母就是教父。乡间里的童年雷铎，就如此展开了他的想象。如果不是1968年参军，如果雷铎至今依然生活在潮州乡间，今天的雷铎可能是一个旧式意义上的风水先生，一个捻断三根须的苦吟诗人，一个严苛的乡村教父，那么，他在凤凰卫视世纪大讲坛上的话题，就可能仅止于"风水学"，而不是《风水学与生态智慧》了。这就是雷铎作为潮汕文化人现代演变的结果。

雷铎，是潮汕文化的一种映像。这映像时而抽象，时而具体，时而切近，时而遥远，以至于无限无垠。

雷铎早先是作为诗人出现的，这是幸运的人生舞台上诞生的一个幸运。当千百万城市学生上山下乡之时，乡村青年雷铎却荣耀地成为广州军区的战士，很快他就走上军中诗人之路。1974年，雷铎在《广西文艺》发表诗歌《行军凯歌》："九重高山，/一条险道，/鸟飞无力，/人望掉帽。/半山腰上，/有个行军鼓动哨。/竹板几块，/锣鼓一套，/扩音话筒手中拿，/悬崖上面写口号。/龙头飞入云里，/龙尾悬在山腰，/歌声笑语冲九霄，/震得地动山摇。"很有一种"喝令三山五岳开道，我来了"的气势，非常适合那个时代的宣传风格。这首诗写于20世纪70年初，不难看出雷铎借古典诗词意象入诗的习惯手势。柳宗元《江雪》"千山鸟飞绝，万径人踪灭"的意境，在革命传单里被派上了用场。

不久，雷铎作为军代表，被结合进当时全国唯一的诗歌刊物《诗刊》编辑部，当军人编辑。他开始到处发表他的革命诗歌。而这种命运的偶然赐予，使雷铎比同时代青年更顺利地走近文学，同时唤醒了童年教化中的文学潜质。这一时期，他在《诗刊》《解放军文艺》上发表了好些诗歌，虽然这些诗歌很快便随风而逝。当他告别这些革命诗歌而径直走向战场时，他升华了对生命与生存的崇高认知。雷铎这时期的许多作品，如《半面阿波罗》《我的亡友们》《金婴》《糖》《初吻》《国殇》《月色》等，有的我已经忘却了其中的情节和人物，但是，正如他给我讲述过并让我写进《中国知青部落》中的故事一样，人们也许只是记住了那个庞大事件中的一个永恒旋律，就足够了。雷铎以自己的声音，加入了这个旋律的合唱，那就是那个震撼人们心灵的《男儿女儿踏着硝烟》。这是一个时代的音符，一声声永远激励着同时号召着、命令着、鞭挞着一代青年前进的鼓角。

从诗人到小说家再到学者，雷铎的道路是异乎寻常的。这么多年来，雷铎过着一种近乎清苦的隐士一般的生活，他喜欢喝茶，悠悠的。我没有喝茶的雅兴，于是许多时候，我与雷铎见面，常常是不期而遇。文学界的大小会议上，从1986年的全国青创会，而后的几次全国作代会和每两年一度的新人新作评委会，都能见到雷铎。而近年，这些场合已见不到雷铎的身影。自从80年代后，雷铎有幸认识饶宗颐、刘漱泉、卢叔度和赖少其等国学、经学、周易大师与书画大师后，他的兴趣渐渐转向国学，由《孙子兵法》而《鬼谷子》，由《周易》而风水学，延伸至佛学及禅宗。2004年6月，他登上凤凰卫视开讲《风水学与生态智慧》，把中国风水和人居环境及生存智慧进行了边缘的结合，从一个崭新的角度去解释一向被斥之为迷信的风水。他讲学归来问我印象如何，我不置可否。布道和讲课是不同的，前者偏于激情，后者重于技巧。

在雷铎的编年史里，他所走过的脚印，所做过的事情，永远属于他生命元年的范畴。当年，他揣一本《孙子兵法》，怀军事家的梦想，却仅仅成为一个革命诗的作者。而战场上的血水却浇灌了他的小说。当小说已不足以彰显《孙子兵法》的微言大义时，孙子的声音一次次给他以韬略。在改革开放如火如荼之际，他转向改革的动脉铁路，写出长篇报告文学《中国铁路协奏曲》。那是1987年，我在《当代文坛报》拿到小样，主编黄树森嘱我，明天必须把评论文章拿出来，同期发表。我挤在"黄埔线"公共汽车上，摇摇晃晃地阅读雷铎大作的小样，回家又继续阅读，直至深夜，才把十余万字的作品读完，然后从凌晨开始写到中午，就是那篇《走出荆棘的悬崖——话说雷铎的〈中国铁路协奏曲〉》。《中国铁路协奏曲》是雷铎当时经营着的《中国》全景式报告文学中的一篇。此后海南建省，我和雷铎又应海南省委书记许士杰之约，去采写海南大特区省，雷铎写出了《十万人才过海峡》的壮阔场景和时代精神，相信当年曾经狂热渡海而去的人们会记住这篇发表在《羊城晚报》上的文章，以及文章记录的那段岁月。

继改革开放的话题之后，雷铎又开始了准备已久的另一个元年的开端，关于国学的钩沉。这个话题，我用几段专家的评语来结束雷铎的编年史。

饶宗颐先生："雷氏的书法横平竖直，有庙堂之气。"

赖少其先生评价雷氏的书法："金石味浓，力透纸背。"

雷铎自拟的对联："家居兼取东南向，书法独擅秦汉风。"

2005年8月1日·广州

奔跑的欢乐在这里停留

——怀念朋友温远辉

温远辉是少数让我情不自禁、当众表达欣赏的年轻朋友和同仁。我愿意把最好的表达，当面向他说出。他纯朴的温厚和真实的暖意，常让我由衷感动，然后想起青少年时代，在海南岛的艰苦岁月里，兄弟一般的人间情怀。我以为不说，我就不是一个澄明的干净的人。朋友小聚，饭桌上他比服务员还周到；坐他专车，他缩到后座；请他小酌，他半道悄悄把单买了；有事相求，他比你还急。

他的噩耗传出，网上铺天盖地，雪泪纷飞，同学专程从北京来，亲朋从海南、潮汕来，学生从全国各地来，守在ICU……人未走，泣泪已倾盆。

我一直想为远辉写篇评论，评他的诗和诗论，特别是论说他的人品和文品。总以为还有很长的日子，有无尽的岁月，可以慢慢地描述，静静地感怀与抒情。绝对没有想到，他就这样走了，走得如此匆忙，又如此从容，以至于没有留下片言只语。他不相信最后，没有最后。他的所有文字，连同平日里激荡的阅人论世，都与死亡无涉。他的诗，是生命的奔跑，"奔跑的欢乐在这里停留""欢乐就是风暴"，又是温柔的弯腰，是"无声地抚慰""绿意掩隐的静谧"，是"小夜曲温柔的色调"。

远辉，他抚摸了整个大海，去传递"我的慈爱"，因为，大海是"乖戾的巨人"，值得他去抚摸，以期宁静。这就是远辉的诗情与诗理。他把全部的，关于人的爱意，赐予他爱着或无爱的人生。他始终不说出死亡的字眼，他阳光明媚却又倍加忧伤地面对一切不幸。将爱飘洒给"人民"和"群众"，这些在别人笔下抽象，而在他笔下具体的人群。一个细节，一件琐事的落实，一篇序文，一首短诗，乃至一个不经意的口诺……他像记账一般流水式地谨记完成，绝不拖欠，哪怕是病中绝笔。所以他的评论集，命名为《善良与忧伤》。这是远辉的品格。而其他各种，《诗必须有光》《身边的文学批评》《文字的灵光》，都在向读者宣誓他的文学信仰，诗性与神性的观瞻。

我在他逝世的前夕，为了和他在阳间有一次最后的对话，写下如下文字：

远辉的辉煌，洒遍走的长路，而其朝朝之温润，在我们的心中，燃灼路上的野草，树花和晨露……

我听得见秋虫在地底下呻吟着，破茧而出的力量，掀得掉一座森林，焚烧出一片火炬，染出无边的火烧云。

遥望大南山，遥望小三道，遥望海角的森林。

我和他曾经相约，去父辈的大南山，红场和梅峰，去普宁的圣地，瞻仰丢失的时间。

远辉，乘风有时，破浪在望，我们一起祈祷：老爷保贺！

行过死荫的幽谷，上帝与你同在。

2019年9月19日19时·广州

我们各自都记住了这个时间。与你在阳间的最后对话，和远辉姐姐，在病床前隐忍的呼号一起：远辉啊远辉！肝肠寸断的时刻。

远辉又去远行，他走了，去一个我们每一个人都将抵达的地方。只是他的生命还在早晨，却留在金色的余晖中，生而满目全是旭阳。一个年轻朋友的远行，除了终生的缅怀，还是缅怀，"多么善良与纯朴的人啊！"一位女作家这样评价他。这是远辉的本色。我还要说，一位多么出色的诗人、评论家和作家！一位忠诚的、友善的、谦恭的先生与朋友！

远辉正在回来的路上。无数文友朋友怀念他。广东文坛塌了一堵最伟岸的年轻的墙。悼念一个年轻的朋友，是天地间的惨事。

从一个人的笑容与笑声里，是可以洞悉灵魂及灵魂的生长的。他从不压抑自我，放量人生情怀，所以大笑开怀，大口致酒，大胆抒情。在中国文坛，远辉始终笑得灿烂、真诚、美丽。他又是广东诗评界最出色的民间歌者之一，他歌吟且关怀的是许多正在萌芽的诗人与诗作，他关怀并强调的是文学的"温情与暖意""善良与忧伤"。他帮助提携许多年轻朋友，和自己一起成长，分享成功。他始终是一个忠诚的可以信赖的同行者、持灯者。即便在他最低潮的日子里，他的高潮也并不遥远。从海南丛林和大南山革命根据地走出的人，驮得起森林、河谷和顽石。

远辉没有留下最后的话，他没有最后。他永远是一位真诚的行者，仍然和我们一起，在天空对谈，勾肩搭背，大饮人间，大笑人生。

雅南拍下三人大笑的照片，伊始手举，正是远辉之扇。由是有了《天出血——致温远辉》：

在天出血的日子，/诗人和行者，/一起撕裂的，/是满天飘飞的"库司"（纸钱），/瘦不去的是天的血渍。/远方的辉煌，/留给未来，/留给无诗的瞬间。/在黑暗中睁眼，/为光明垂范，/因天地而天地，/是雷火之泣！

那天雪泪纷飞。/那天血雨倾盆，/那天夜风屋漏，/那天独行蹒跚。/远天叫你，/雁鸣远呦。/翎起大南山摇动，/翅动小三道仙留。/人间天堂半日，/再来一杯遨游。/远辉不朽！

2019年9月22日

（原标题《远辉：善良与忧伤》）

在风中行走

——筱敏的文学创作

在广东作家中，筱敏始终生活在她自己的文学时代，那是一个一般人不愿看得清楚的小时代，它超脱于人人熟知、人人浸淫其中的大时代。从某种意义上说，筱敏并不属于大家所追捧的文学时代。

作为同行中人，你也许已经无视她的存在，而当你在面对一大堆浮杂的文学作品有所寻找时，你会蓦然看见，她正冷冷地站在那里。一个孤寂的思想者，一个温和安静的独行者，一个隔岸观火、站在人生边上的彳亍者，一个在夜里持灯的人。

我和筱敏，很早认识。1983年，广东省作家协会文学院要调进三个专业作家，何卓琼、筱敏和我。何卓琼在电厂，筱敏在邮局，我在民族学院，她们如愿以偿，我却因为单位坚持不放人没有调成。1986年岁末，我们一起出席第三届全国青年文学创作会议，从京丰宾馆到北京首都国际机场，我们同车，各自言语多多，没有太多的交流。在一般情况下，她会以陌生隔阂示人。这或许亦是她的文学姿态。

犹如波德莱尔在《给我一支烟》中所说："别人看着我喝着最低劣的白酒，而我却在风中行走。"灵魂自由，勇敢坦然，无视存在的纷扰与诱惑，我行我素地踽踽独行，全然不顾他者的目光，活在自我追逐的世界，这是我对筱敏的理解。

由是，她的作品便有了这样的命名，从《米色花》开始，那种清癯之气便飘然而生，几成秉性。《瓶中船》《喑哑群山》《女神之名》《理想的荒凉》《成人礼》《阳光碎片》《风中行走》《幸存者手记》等等，这些书名，串通连贯了一种发见。正如她一贯言话多多一样，她以莫名的表达，隐藏了她的锋芒，却以混沌和苍茫，张扬了她自主的精神高位。

翻开《幸存者手记》，读着这样的文字："历史是死者的名册，太厚了，折叠起来便成巨大的丘陵。若为找寻一位故友，掀开一个名字，整个丘陵就会抖动，如手风琴的叠叶被拉开，发出骇然之声。每一个死者的名字都会应答，都会生痛。然而，更多死者不在名册之内，他们太卑微了，以至于他们从来没有过姓名。"她把隐藏的锋芒和以混沌包裹的张扬，围蔽成阵地的丘陵，从这里发出的弓箭，弹无虚发地击中标靶，宣誓了卑微者、沉沦者的权利。

关于死亡，我们所知不多，没人能把死亡作为经验记录下来，虽然到处都有死亡的写照，但它们只是作为想象进入文学。但是，关于死亡的态度乃至意义，单凭对生命的有限表述，是难以穷究的。海德格尔的"向死而生"，张承志的"为死而生"，使生命的终极变得光明磊落，不再悲戚。而筱敏呢？她为无名找到站立的位置，也为沉默加冕了荆冠。由是，沉潜千古的死亡，开始升腾着沁人的暖意。

给人以尊严——这是筱敏著述作品的动机。她深知仰人鼻息的屈辱，知道按人低头的霸道，地砖上的鞋钉，巢蕨的附生，以及知风草的喑哑之声……它们半世逃亡，终无居所的凄惶，是如何彰显俗世的张狂？本是天赐的东西，却依然存在于祈雨的舞蹈中，在感动上苍时迎来雨滴。"这是春雨。春雨应该是绵绵的，然而对于我们，绵绵已经太重。"

如果说文学真有诗性与神性，那么，筱敏的作品，她的散文与小说，这种对于人类内心及其灵魂的叙事，无处不在，唯有悲剧性的文字，能让血污圣洁与干净。唯有个人的思考，能让上帝不再发笑。

如果先锋与前卫有意义，那么，它们的意义在于后退，在于保存，在于逃亡与放弃，在于痛感的高度释放。向后看，向更后的远处看，看到卡夫卡和但丁，一直到和他们站在一起为止。背对这个时代，方能担得起这个时代。"因为你和别人看到的不同，而且更多。"

言说筱敏，含蓄与收敛是合适的。

2014年7月20日

在天国与尘世之间

——关于阮波的文学断片

谈阮波须先谈鲁迅。

我认为，中国作家中，谁真正读懂鲁迅，或接近鲁迅，谁就将是真正的中国作家。

这里所说，不是谁成为鲁迅，也不是鲁迅是现代中国的文学至尊的问题。在当代中国，没有一个作家比鲁迅更受关注，对之的研究已成为一门显学。

当代中国人，从小学到中学到大学，都读鲁迅。

在当代中国，读懂鲁迅的人其实很少。

鲁迅作品一度流行，被滥用，被政治利用，故其高深反被忽略，其学术诠释也以讹传讹。鲁迅或许是中国作家中最为不幸的，知音少而喧嚣尤甚。这亦是当代文学的症候。

说了这么多关于鲁迅的话，目的在于借此谈谈阮波的学术研究。

作为大学教授，阮波的学术著作数量不算太多，专攻的方向也不见得十分丰富，但她的目光和才情却是难以按压的。她分析物事的简洁和规约，洞穿的力度和无视芜杂，直命中的精准，使她的学理探测无须多言，却举重若轻。

粗看她的学识是散点的：阳春白雪，如鲁迅研究；风花雪月，如音乐、电影、戏剧；小至历史传说如洛夫的诗歌人生，大至中美关系，她都涉足，无师自通。她既搞学术研究，亦写散文、小说。

细看她的学理构置是有定向定点的，且在一些文学问题上有独到见解。如关乎身体与灵魂之间的"女性自身写作在中国的三个阶段"，论文不长，文章也见短小，但言简意赅，二语三言即把事理说透。载入文集中的各路访谈，文字效应亦讲求新闻的简明迅捷，与人物对话绝不拖泥带水，全然不掺杂性别情绪，干练、直接、明快，直逼问题、主题。

在阮波文章中，可以感受到一种"五四"学人的意绪，大时代中的知识人的修为与功业。阮波完全没有处于褊狭之地的空间意识，也不自陷于局促环境的幽闭之危，她为自己开启了一个大开大阖的自由空间，林中空地。身处小地方，却有大旷达。学识的开阔，思考的悠长，令她的文气接通了当下前端、前卫的神经，收在文集《在身体与灵魂之间》的文章，大多有这样的气息。这本集子的封面，阮波自拟了十个"之间"："在现实与理想之间""在天国与尘世之间""在亚当与夏娃之间""在人性与神性之间""在悲剧与喜剧之间""在过去与未来之间""在美善与丑恶之间""在真挚与虚伪之间"等。这些"之间"，直逼文学理论及创作的核心问题。

"之间"是什么？

简单地说，即诺瓦利斯在《断片》中所说的浪漫化，即把普遍的东西赋予更高的意义，使落俗套的东西披上神秘的外衣，使熟知的东西恢复未知的尊严，使有限的东西重归无限，这就是浪漫化。

荷尔德林把这种浪漫化归纳为"诗意地栖居"，也即审美化地生存。是选择现实还是选择现实的审美化？是诗意地栖居于这片土地，还是机械地顺应自然的因果律而生存？

海德格尔把浪漫化、诗意地栖居简约明晰到所谓"之间"的理解，即大地与天空，也即生命的有限性与精神的无限性之间。人无不处于"之间"这个准度，诗意地栖居，是向神的过渡，两者之间有一个度量的尺度。这个尺度是困窘的，对于文学艺术而言，作家与诗人自当选择这个困窘。阮波的作品，因为这种对于"之间"的承担及对"之间"的种种叩问，她的学识及思想的天地，便在有限之地获拥无限视野。她所触及、意欲诠释的这些问题，标志着当下思想界、文化界对现实的尖锐触碰，这种触碰需要文明的洞悉，也要求作家的胆识，包括对文学问题的实验性操作等。

海德格尔还说："人必须本质上是一个明眼人，他才可能是个盲者。"是缺陷与损伤使明眼人成为盲者。"之间"成为一种思想修养，它培养人在世界和生命的前行与退让中，一步步逼近与世界的距离，一步步圆寂自我的审美目标。

尤其欣赏阮波《论鲁迅杂文及其他文体的后现代写作特质》。鲁迅是一个现实主义者，这没有问题，但同时又是一个现代主义作家，包括后现代书写特质，这就不是一个已成常识的问题。承认鲁迅的现代性不难，坦承他的现代主义不易。这与我们对现代主义的传统抗拒有很大关系。

很多人研究鲁迅，大多困囿于既定与政治功利之内，阮波看出了鲁迅思想实验、文学实验中的两面：“不仅仅有传统，也有后现代。”“不仅是大师，还是个先知。”

对鲁迅的后现代特质：“就算大家都明白小说的虚构性，我们还是从他口中证实了里面人物的真实来源……关于这一点，不知能不能算作一种生活的公开。”“就算在虚构中再现自我生活的，应该不算是写作的普遍现象。”如果这些还不足以表达鲁迅思考与书写的非常态化，那么，阮波最后的结论：“一个典型的有颠覆情结的坏公民，这不正是现代主义者的特征吗？所以，他的文字中的那些特立独行就好理解了。他有自己的思想因而非常笃定地在那个新旧交替的时代做着一场巨大无比的实验或说文字游戏。”这是对鲁迅和他的时代关系做出的尤为准确生动的白描。现实主义者的现代主义方式，其间所包含的思想冲突，正是鲁迅的价值与意义。

鲁迅是在与传统的抗拒中被认识、被复原的，阮波准确地把捉了这一点。基于这样的学术精神和学理框架，阮波对一系列文学问题的学术诠释和理论探求，由此及彼的同时，就获得了一个基本的准确度。她对女性的书写、对女权主义的认知，诸如对丁玲的评价及分析，也大有鲁迅发现的锐利与明晰。对丁玲那一代女作家的认识，首先是对“五四”新文学形势的认识：“只有到了丁玲，才实现了真正意义上‘爱’的主题的拓展。”她对作品研究程度的感性进入与概括的理性抽离之间，有一种中性的自持，并服从于时间和空间的制约，全由阅读与思考得来。细密的阅读与小心的抽离，控制在“之间”的维度，以达至真相的可能性，并不以丧失严密的逻辑为代价。她反证的力度与明锐，似乎颇得鲁迅笔法的精神。

如阮波所论，丁玲因描写莎菲的心理而被视为天才女作家，而莎菲的心理又被许多人视为丁玲的心理，那么，阮波对丁玲的阅读心得，以及对丁玲小说心理包括作家创作心理所体验到的一切，自然也迹近自己的性格及相应的追索。在阮波的研究文字里，同样时时凸现着一个不羁的灵魂，一个冲击着固有，同时冒犯着俗常，且飞且远的灵魂；一个自恋着完美，彰显着才华，抑制不住风情的歌者与舞者。她并不讳言以亦舒的话自况："一个女子，好看成这样，而她自己全然不知，最要命的，是她还能写出这样的文字。"如此张扬的"五四"式的告白，全然藐视淑女的"幽娴"。

真实而大胆地说出某种真实，其热烈与狂放，早已存在于阮波品味与欣赏的女性先驱身上，诸如波伏娃、杜拉斯，她们一生都在寻找女性失踪的生活，失踪的经验。这些生活与经验，即使在女性自我阅读中，也早已让更强大野蛮的男性经验所遮蔽或歪曲。阮波明白热烈的自况与自恋，挑战这种蒙蔽的同时，找出了失踪者的来路与去处。对于女性及女性书写而言，"使人生温暖的肯定包括身体，也肯定不只是身体"。阮波的文学思考始终在人性的核心之地徘徊。这也是她的语言既敏感又偾张着思想，同时专业着学术的缘故。

阮波的小说创作，是她理论思考的另一形式表达。她一直在说，一直在倾诉，甚至不讲究说的方式，一任情绪泛滥，且不考虑读者的感受，无形中造就了一种强势的告白，一种被迫的聆听。她的叙述是沉静的、通畅的，她甚至完全抛弃了描写，她用连续的并不中断的叙述所造成的时间压迫，使并不存在的空间描写，在人物的性格演变中自行凸现。

她小说的现场感，其实是一种心理流动而非现实的场景。虽然形式上是第三人称叙述，实际上隐含作者的讲述，却是第一人称视角。作家无处不在的自我存在，在沉静的叙述中牵引并压迫着读者。大部分读者会自觉承受且乐于被压迫、被聆听。奴役的聆听习惯，使小说沉静的叙述产生了推进的动力，也使作家的情绪宣泄，无形中蜕变成情节。情节的构成全然因为情绪经验的郁结所致。这是20世纪初年，中国现代小说的基本类型，类似自叙传的心理叙述，如施蛰存的小说《梅雨之夕》。

小说修辞有多种讲究，现代小说在近几十年在文本的形式探索并未有巨大的突破。以我的研究，现代主义小说技法，从鲁迅始，再无发展。马原、余华等的近期表现，更令人坚定了此种推论，故现代小说应该怎样写，还是一个问号。所有的坚守都具有突围的意义，而所有的突围都尚未抛离坚守的惯性。

沉静地讲述故事，未必逊色于乖张的玄虚。

2014年5月19日

与青春与欲望相关的道行

——读燕子晚近的作品

多年前，读过燕子的都市风情系列小说《青春赌注》《都市风情》《顺流逆流》《天大地大》等，陈国凯特别嘱咐我要认真读读，说燕子的作品是特区新文学的翘楚。那时的深圳，外来作家不多，本土作家也寥寥可数，"特区文学"靠省里去的几位老作家撑持。燕子等的青年文学，给特区的文学创作吹拂起一阵微风。新鲜，颇有生气。我也经常关注特区文学的创作状况，如李兰妮、朱崇山、谭日超等的小说创作。

深圳从小渔村到国际大都市，在短短的三十年间，走过了欧洲同等城市至少二百年方能实现的过程。这种速成与速食，并未在文化构成上从本质意义上蜕变乡土中国的传统与痕迹。一座现代化的城市躯壳，包裹着的依然是中国农村的生存秩序和伦理秩序。

燕子以她的都市风情系列小说，报道了文化夹生时期的深圳。赌注与危情，这些与青春，与热血，与偾张有关的语词的文化包涵，成为燕子小说中的"鸳鸯蝴蝶梦"。她深入深圳文化夹生时期的日常生活、情感细节，在乡土中国蜷伏着的肌肤上，划出了一道道的血痕。这些血痕与欲望有关，欲望又与青春有关，深圳的青春又充满着赌徒精神和冒险家情怀。燕子的小说，和深圳这座布满陷阱又充盈梦想与希望的城市一起成长，一起期待，又一起在奢华中挣扎。她早期的小说与散文，就已经蛰伏着城市文化使命。她自觉地承担了对城市文化蜕变与人性呐喊的叫嚣，随着期待视野的不断延伸与展开，这种叫嚣成了她此后文学创作的一个动力与目标。

燕子新近出版的丛书《红尘有道》共分七册，包括官道、人道、情道、天道、医道、衢道、己道。燕子虽然没有系统且详细地告白她为这套文集经营着的"道行"究为何物，她也没有明确地告知我们，她之导引的"道"，有多少"另辟天地自立宗旨"的意味，然而她对这套丛书的把握与期待，却分明诉之对"天道"的颖悟，有一种救世的想望与情怀。她取"天道"，其实就已经囊括了其他各册之道，如人道、己道……不管是非典《正心厚术》，是深圳地铁《地底的诱惑》，是仁义厚德《仁者之花》；还是辟谷静修《活在人间》；抑或事关男欢女爱《局部爱情》；甚至是官场清浊《市委书记》。这些各个相异的题材所构成的思想资源，是燕子意欲通过作品的文本间性，也即互文性而达至的一种文学理想。是故她写李统书，大胆泼辣甚而剖析至深。其描写对象不在塑造，而在于析道。所谓盖棺定论尚早，英雄人物阙如，由"抗旨"而引而不发，无媚无隙，是以道之。燕子的聪明，正是她的厚朴。是谓在文法上，在释物上，"天之道其犹张弓欤？高者抑之，下者举之，有余者损之，不足者补之。天之道，损有余而补不足；人之道则不然，损不足则奉有余"。她与对象共沐于这种对官场、对人事、对气象的颖悟之中。

燕子在20世纪80年代初到深圳，那时她的创作心态与深圳的喧嚣是同步的。一座新兴城市的焦虑，以水泥和钢铁的形式横空出世，燕子的小说创作也无出其右，所以上文中我用了"叫嚣"那个字眼。而这些以"道"命名，以道自悟的作品，那种叫嚣已然退隐，而精神却正处于放逐与追返之旅。她开始试图劝说世道人心，温存地告白命运。《给儿子的一封信》中，她写道："在我看来，每一个社会，每一种体制，每一个历史阶段，对于某些人来说，可能是最好的时期，而对于另一些人来说，则可能就是最坏的时期。"狄更斯说过这样的话：这是一个最好的时代，也是一个最坏的时代。阅世的通达，连同对命运的深切关怀，不仅仅是对天道理论的继承，同时也是将天道理论反求诸己，进入到个人精神自由的领域。

所有的理论与事物都"只具相对"。这是人类普遍的认知方式。故"活在人间"，自然求诉的是"心态好""命运的诱惑和取舍""人多发财，我多惶惑""人生只需一杯茶"等。这些简单的道理，在复杂的人生选择中，在燕子的笔下，温暖且出世地关怀着。人生其实就是一种适度适切的进退"之间"；舒缓轻扬地沉浮"之间"；现实与诗意地栖居"之间"；人性的欲望和神性的交织与抗拒"之间"。这是燕子期许的诸道。

自由是人生的孤寂。面对未来与面对过去的恐惧，明谙已死与方生的绝望着的自由，以庄子的话来说，真是无所逃于天地间却又独与天地往来。庄子在《养生主》里写到庖丁解牛，其解牛的动作和声音，是"合于桑林之舞，乃中经首之会"，是世界上最美的舞蹈，最美的音乐。你悟到了道，自然也就在刀与骨肉的拆解之间，获得了形象和生命，深度和灵魂。

由于悟道而亲近粗鄙的生存之境，在琐屑、慵懒、残破的人生里，织补出洒满阳光经纬的图画、气象。在滚滚红尘中，疏离出一种近乎清洁的精神。即便是直白平实而不事抒情地去写，即便是怀拥着热情，却又凄迷着惶惑，疼痛矛盾着去叙事，悯怀现实的悲愿滋养了这一切，使之"凄然似秋，暖然似春，喜怒通四时。与物有宜，而莫知其极"。艺术境界与道德精神在燕子的作品中，虽未必天缘巧合，却不无蔓延，是随物因变，不拘常规的。她已然摆脱了功利性的写作，随机而道。

2013年11月12日

以素朴彰显新声

——辛卯序《东涌谣》

"一切新文学的来源都在民间。民间的小儿女，村夫农妇，痴男怨女，歌童舞妓，弹唱的，说书的，都是文学上的新形式与新风格的创造者。这是文学史的通例，古今中外都逃不出这条通例。"

上述的文字是胡适《白话文学史》里的说辞。这是20世纪初年的事了。中国的文学，向来有庙堂与民间之分野，而在当下，此常识似乎已消弭于无形。民间的乡言俚语、民谣俗谚及其所承载的物事风习，似乎随着城市化的兴盛及乡村风景的消失与凋敝，已成一种旧文明的剪影与残破的记忆。对之的痛惜与嗟叹，文化本身亦已麻痹且渐趋消淡。

可以说，承载着五千年古国民间智慧的民歌民谣、俚语乡谚、俗话贤言，本是千百年来，人在童年时代自然教化的启蒙之物，人文化成的必由之路，但是，现代中国人对乡土与风习的坚决拒斥，对城市与城邦的盲目追逐，自然家园的大规模流失，附着其上的古旧风习与风土，自然也日渐消弭，消费与时尚文化对旧人文的破坏与遗忘，是这个民族文化断根的危险。

珠江三角洲的"沙田水秀"、桑基蔗林与蕉叶河涌，也只能到旧小说、旧电影、旧照片中去寻觅了。位于珠三角湿地的东涌，曾经是珠江流域延至海洋的富饶之地，现在也已是旧貌换新颜，但多少还保留着一些旧有的风貌。《东涌谣》的出世，便是对这种旧有情怀的钩沉。这种怀乡恋土的歌谣，虽为作家原创，也依然给人以久违的惊喜。

在这本集子里，东涌是一个遥远而亲近的童话，它复活了东涌湿地乡村略带古旧的童年记忆。《木棉花》《艇仔粥》《牧春牛》《米砂粥》《水牛转》《莲塘谣》《落雨大》《睇牛歌》《采桑子》《塘尾》等，这些在珠三角已近绝迹的物事，它们所包含的情趣，的确能勾起人们对快乐与幸福的别致理解，那是最简朴的生活，最宁静平淡的乡村呼吸。"一个话摘花，一个话摘瓜""今晚买喜酒，行街买花戴""鱼片靓，海蜇好，花生脆，油条巧""六月六，日头毒，晒到基围光秃秃""痫屎种芋头，撒尿淋土豆"，这些在泥土里长出来的夹带着方言气息的吟咏，既不失现代汉语的起码规范，又充满着活泼的生命力量与感怀。它们所代表所涵容的乡土气质和强壮的生命来源，在日常生活中早已被弃之如敝屣，自然也消失于当下的儿童视野。没有故乡和乡村记忆的童年，是不可想象的。当然，城市自当有自己的记忆，但对于中国人而言，光有城市的童年记忆是不够的，它是轻掠而刻薄的。整齐规划按部就班的城市秩序，很难激发人的童年想象，生命一旦被规划并处于规划之中，生命力与想象力自然也就被制扼同时陷于困顿。正如网络语言可能流行一时，如"给力""囧"等，但它的干涩和短命，怎可与流传千古的哲语贤言与俚语乡谚相持呢？

旧中国乡村几千年的文化启蒙与建设，全仰赖于这些民间文化与智慧的沉积与发作。乡村政权全仗着乡村知识分子与恒产阶级为之夯实与维持，而乡绅们的精神武装，便是这些发端于民间而又发力于庙堂的民间文化。而其文学又在其中承担了重大的使命。

孩子咿呀学语之成长，全靠这些乡谚民谣，从摇篮直至行走。这种平民文学的人文价值是不消说的。胡适在《国语文学史》中说到"汉朝的平民文学"时，特别摘引了司马迁外孙杨恽的话，来说明当时平民文学的存在与功用。"……田家作苦；岁时伏腊；烹羊炰羔；斗酒自劳。""种一顷豆，落而为萁。人生行乐耳！须富贵何时！"胡适评论道："这里面写的环境，是和那庙堂文学不相宜的。这种环境里产生的文学自然是民间的白话文学。那无数的小百姓的喜怒悲欢，决不是那《子虚》《上林》的文体达得出的。他们到了'酒后耳热，仰天叩缶，拂衣而喜，顿足起舞'的时候，自然会有白话文学出来。"

"庙堂的文学可以取功名富贵，但达不出小百姓的悲欢哀怨；不但不能引出小百姓的一滴眼泪，竟不能引起普通人的开口一笑。因此，庙堂的文学尽管时髦，尽管胜利，终究没有'生气'，终究没有'人的意味'。二千年的文学史上，所以能有一点生气，所以能有一点人味，全靠有那无数小百姓和那无数小百姓的代表平民文学在那里打一点底子。"胡适说到文学的"生气"和

"人的意味"，这确乎是文学、生命力受到压抑之后的"苦闷的象征"的写照。他在《国语文学史》和《白话文学史》中，大凡赞赏并发扬光大的，也当推平民文学与乡土文学。他还以为，汉朝的白话文学的最重要部分还是那些无名诗人的诗歌，是那种"目泪下落，鼻涕长一尺"的平民文学。诸如：

"上山采蘼芜，下山逢故夫。长跪问故夫，新人复何如？新人虽言好，未若故人姝。颜色类相似，手爪不相如。新人从门入，故人从阁去。新人工织缣，故人工织素。织缣日一匹，织素五丈余。将缣来比素，新人不如故。"

"这一首诗，用八十个字写出一家夫妇三口的情形；写的是那弃妇从山上下来碰着他的故夫几分钟的谈话，但是那一家三个人的性情与历史都写出了。这真正是绝妙的文学手腕。"

主张平民文学，重视对乡土与风习的文学钩沉，奠祭地域的文学感情和生命发作，以童稚张扬绵远，以天真烂漫沉郁，以素朴彰显新声，以活泼演化事理。这就是《东涌谣》的意义群与精神追返。也是作家们走出庙堂文学的荫庇，向民间摄取文学资源的行脚。

《东涌谣》对乡土文化、古旧风物和民间精神的拾遗拾荒，有着难能可贵、不可磨灭的人文价值。这种文化遗产曾经在中华大地遍地风流，而今却流落消淡于江湖。当下的道德失范，精神沦落，与这种文化断根大有关联。胡适是新文明、旧伦理的典范，又是新时代、旧道德的楷模，其中原因，恐怕与他自恃中国文化根深蒂固，又在三千年未有之变局中吸纳新声有关。

《东涌谣》又具有文化修复的期待。中国的文化修复，首先须从乡村开始，从乡村的文化教化开始，那儿，生活着占大多数真正意义上的中国民众。他们真实真正的精神教化，只能从他们所处的乡土文化环境中化取，所谓人文化成，以文化成，便是。

另外，《东涌谣》中每首民谣都配以民俗漫画，不但生动、诙谐，同时逍遥着一种久违的童趣与狡黠的民间智慧。漫画延伸了民谣的法力。

是为序。

2011年12月28日·广州

聆听野地

——序谢来龙诗集《乡野抒怀》

在中国的大学里，民族大学是最具斑斓色彩同时充满着远古神秘的，在服饰各异、面相与肤色各异的人群里，那种过分开朗明朗、过分酣畅酣然的氛围里，隐伏着一种难以言说的禁忌与诡异。像酒一样清澈晶莹，流经之处却又无限度地膨胀且爆炸着血管，对生存的狂欢态度与对生命的尊严崇拜，成了酒神精神的日常呈现。感天谢地与对天地神鬼的畏惧，是以相同的方式胶合在一起思索且时刻感悟的。简单的物质满足和遥渺的精神追索之间，看似矛盾，冲突难以调和，其中却隐伏并提喻着人类的自律原则和理想世界的伦理关系……我在民族学院任教已逾35载，和各民族的学生互相浸淫多年，尤其是海南岛的黎族学生，我常常对之怀有一种同胞兄弟的情怀。盖因我从15岁开始，就在海南岛中部山区，将自己的少年与青年时代，交付给黎村苗寨，在民族同胞的庇护下收拾自己无告的人生。如同谷米、时间和水的互相撑持而成了酒一般。我的生命里充满着对这个民族的体认与感恩，也因此被发酵沾染了酒与酒神精神。血脉中有一种狂欢的冲动和对盛大节日的膜拜。

在这个过分物化同时丧失种种伦理规约的时代里，在这个追求消费、时尚同时炫耀奢侈的社会中，对野地的回眸，对古老村庄的怀恋，对湿地河流和草木山峦的想望与崇敬，对蚂蚁和小鸟勤劳与艳丽的礼赞，对清风吹拂和天籁寂静的惬意与流连，皈依最粗朴的生活、最原始的风景、最率真的情欲、最人本的憧憬、最狂烈的篝火……对这些与权势和劫掠无关、与阴谋和妄想相远的物事的精神性追忆，已经成为现代人无法抵达的海市蜃楼。尽管如此，在现实中渐行渐远的东西，却可能成为文学的梦想，在心灵世界中迹近想象中的现实。这种无可奈何的诗性使命，应该成为这个时代的诗人、作家的一种追逐。

谢来龙是我20多年前的学生。那时中文系的学生一部分是来自海南岛的黎族，文学艺术对他们来说似乎有一种天生的吸引魅力。同学们在20世纪80年代充满激情的氛围里，尽情地表达表现着他们对歌舞和文学特别是诗歌的钟情与天赋。这些从大山里走出来的民族学生，在大时代、大世界的精神与文化洗礼中，显得非常活跃和冲动，对本民族文化遗产的惊异发现，心中封闭已久的文学才情和梦想的豁然开启，陌生的外部世界与模糊暧昧的内心之贯通，无限度地激发了他们释放和表达内心原欲的想望，贪婪的求知与内心向外的拓展，以诗的方式、文学的方式舒展着他们的才情。精神之河的溃堤之势，是今天的人们无法想象的。

我愿意和读者一起来追忆回叙谢来龙于1985年11月为中文系文学社刊物《星星河》诗刊写的序：

> "我在古河道上奔跑，
>
> "狂风撕扯我的头发，
>
> "茅草一样飞扬。
>
> "我痴呼：宇宙间不能没有这条河！"

何等狂桀，又何等理性，这是屑小的心胸和目光所无法理喻的狂飙，这是酒神精神里最无拘束、最放纵的精神嚎叫。像旷野里饿极的狼的嚎叫，群体的嚎叫，这嚎叫里有一种集群与集结的回声与力量。如此躁动不安，又如此自信自尊。这种源于部落和种族的遗存，化为一种对现实世界的自我定位与坚定的自我肯定。

这篇千字序文，饱浸着一种源于旷地野地剽悍的生存意象，与这个民族几千年间，血流成河同时又雅丽清新的生命现象不谋而合。这种看似矛盾的文明，在一个初出茅庐的黎族青年学子的诗行中，以一种极度嚣张又极端华丽的汉语状况，予纵横肆意的宣泄。所有的意象，陈述或表句，都产生于极端的矛盾之中。

> "一条气吞万里的长龙在我的梦中飞舞"
>
> "几头黑乎乎的野猪在朝前逃遁"
>
> "我用手在古河道上轻轻地抚摸，
>
> 触到的是遍地狼藉的脚印。"

　　"晚风轻轻吹奏起一首悠扬柔和的曲，

　　狼藉的脚印被光阴磨平，

　　河道又重新流淌出清清的水，

　　我把它们连成溪，连成河，

　　整个宇宙潮湿地微笑。"

　　这是那个狂飙与激情、翻天覆地的时代里，颠覆与破坏中重生的时代精神，如一颗刚刚从冻土中苏醒萌芽、渴望长成参天大树的种子，在青年心胸中爆裂。

　　斑贝、乳峰、婴儿、野猪、流萤、古河道、狂风、茅草、溪流、河堤……这些来自土地与乡村质地丰实的物事，和诗人不羁的性情交合滋生的怀想，形成着狼奔豕突的生命力，在释放与驱逐之中纵情恣肆。这种野地的风景铸就的精神性放逐，几成谢来龙20余年来的文学基调与格致。他的所有诗作，不管是以何种方式出世，以何种修辞与表述铺陈，这种基原性的精神症候，深深地隐伏并深刻地影响着、引领着他的诗歌创作，成为精神背景、文化底色，也成为一种隐喻性的寓言，修辞着他的思想、他的诗的想象和对现代汉语的诗的运用。

　　20多年来，谢来龙对生活、对人生、对文学及诗，应该有许多的认知与修改，他在粗粝的基层领地中，游弋着他生命的技能和技巧，寻觅着生存与发展的每一个步伐。而始终不变也将永远不变的，一定是他在《星星河》中奠定立基的那一种精神，那是他无法卸去的生命之累，这生命之累与他后来的生活无关，与外界的一切响动异象无关，那是潜伏在他血脉中，流经几千年的民族血河而浸润于无形的一种意识。这种意识，在生命的链条上，常常以酵母的方式，酿造着酒的呼吸，只要给它合适的温度、谷米、水和时间，那种叫作酒的东西，就会潺潺而来成为一种民族精神的呼吸、文学的呼吸、诗的呼吸，成为"勇敢者的游戏"，无时不泛滥在由现代汉语组合结构而成的诗句中。

　　我无意亦无须对谢来龙这部《乡野抒怀》的所有篇什，逐一做出细细的巡礼，虽本是序家所为，但我不是亦不愿。我倒希望读者能仔细品读这本诗集，从中感悟体认一些已然被这个喧嚣的、功利的时代所忽略的一些品质、一些格调。那些最粗朴的生活、最原初的意象、最丰腴的沉淀所生发的诗歌，它们不矫饰，不造作，不忸怩作态，不无病呻吟。它们是真的很痛楚、很焦灼、很思虑，同时也很拙朴、很木讷、很野性，亦很乡土。

　　我自然也尽量回避使用"深刻""厚实"这样的语词来衡量、评论谢来龙的诗作。我想这本集子更其权重的，恐怕是一位诗人，以自己民族的方式、独特的姿态，也即野地的抒情，抒发着都市人无法企及的风景与情怀。"*大地激动时喷发的火焰/天空兴奋时焕发的思想/天地之间热恋时动情的吻*"，这是谢来龙对木棉的礼赞，亦是他对海南岛西部的木棉，那种世界上独异的开着黄色、红色、绛色花的木棉的独异的礼赞。这种礼赞的独异思想，归功于诗人对海南岛西部英雄的、悍野的人性的想象与象征。以此为出发点，去寻找这部诗集精神的停泊地，读者自然会做出自己的判断，遑论深刻与伟大。

　　是为序。

2011年7月25日

庚子序蔡莉玲《我的智性语文教学之路》

出版社编中学生读本，要请中学名师参与，蔡莉玲老师正在做中学语文智性教学的科研课题，对语文教学独有见地，分析文章也写得很好，故特邀蔡老师共同主编。她负责的工作，从选文到分析，都做得精致，有风采，有品质。

我向来对中学语文教学怀有成见，原因是我在本科生教学与研究生培养中，发现学生们的语文修养问题太多，不单是文章学的问题，大体上是语文基础的人文水平较差。问题或出在中学的语文教学法上……这与认知，也即智性的方法论相关。此弊端正是蔡老师的课题攻关。

我没当过中学老师，但我上过初中，我当知青前，刚刚初中毕业。我的人生从初中结束开始，故对无缘高中心中抱憾。我对人生的理性认知，大部分来自三位给我青春憧憬的初中语文教师。一位是来自革命老区的业余作家，笔名红兰谷，行事很是浪漫。另两位是部队文化教员，从高处来，桀骜不驯，敢言。他们都有战争与和平的经历，其认知谈吐，有许多民国老语文的烙印。他们都是从大地方被下放到省尾国角的人物。他们的言行渗透在课文分析中，让我明白了人之为人，以及课文背后的东西。是他们给了我少年时期的思想开蒙和青春憧憬。

蔡老师现在的科研，正在践行并拓展这种担当。

蔡老师年纪轻轻就做了特级教师，多年前，从潮汕那个地方，层层遴选到省城来，很不简单。在潮汕旧时学范看来，这无异于中了进士，做了状元。她思维的智性与她的教学研究必有共通之处。

中国的基础教育，特别是人文方面的基础教育，自践行新学以降，是一个堪忧的话题，原因是中古以来的老语文，与百余年前开启的新语文，在破坏的彻底与建设的多艰之间，有太多的撕裂。新语文承担了太多的义务，而致人文状况发生质的变异。

大凡对国家民族的文化前途有洞见，有忧患的教育家、大学人，对此都心萦怀之。叶圣陶、丰子恺于20世纪初年，新创《民国开明语文》，撰文画图，新编课本，于社会剧变中，处变不惊。既以老语文的核心"仁义君亲师"为怀，又有新学、新知及新旧语文的学术分野，把旧文化、新文明糅合而至新境，使中国基础教育，突破家庙与私塾的有限藩篱，而融入大世界的教育轨道，其在内容及方法论上的精要之处，至今不衰。

究其原因，纵观历来教育改革，早期是革命式改造，旨在培养又红又专的人才，明辨大是大非。中经"文革"而后矫枉过正，又迅即市场化。安知知识人可以赎买，知识养成绝非赎买可能。所谓春风化雨，人文化成，是一个并不复杂的道理。人在中学时代的知识灌输，贵在认知及认知能力的培养。

人文的传承不仅仅是用来审美、丰富人类情感的，它同时负载着文明的建设与构置，也即批评，即选择。它通过广义的教材来取得辨识的机会。既然作为教材，它就同时承担着匡扶社稷、度量世风的历史功能。对之认知的目的，自然是理性及智性之传道、解惑与授业的前提。这是一个无须讨论的定义。所以，语文教学的智性方式，是方法论问题、是观念问题。也是新语文的题中之义，所谓新学同时新知，就是这个意思。

认知是指通过思维活动，如形成概念、知觉、判断或想象，获取知识。习惯上将认知与情感、意志相对应。认知是个体认识客观世界的信息加工活动。感觉、知觉、记忆、想象、思维等认知活动按照一定的关系组成一定的功能系统，从而实现对个体认识活动的调节作用。在个体与环境的作用过程中，个体认知的功能系统不断发展，并趋于完善。这也是人文传承在思维过程中的抽象呈现，智性的逻辑与伦理。

语文教学的认知功能或技能，首先必须存在于语文教师的教学思维中，并成为课文的切入方式，同时形成语文教学研究的方法论。

我在多个场合，特别强调中学语文教师，首先是初中语文教师，对处于叛逆期的初中生所产生的重大作用，也就是对之的人生所负的责任。少年期的人文传输，是关乎生命的文明培育的重大问题。因为，并非每一个人都有机会受到良好的家训家风的熏陶，大多数孩子的人文化成，初中是一个很特别很关键的切口。蔡老师有多年中学语文教学的阅历，对此当有深刻体验。为青春病症注入的，应是相应的青春憧憬，而这种想象，是建立在对未知世界的逻辑思考与理性认知之上的。这是一副苦口的良药，它有明确靶向而又具多重考虑。智性教学的提出及对之的研究，为中学语文教学法及其观念所依托的方法论，提供了充足理由。

由是，蔡老师的课题阐述，开宗明义，而且犀利坚决。不仅仅留驻在对以往语文教学方式方法的反思，更多的是总结与探询，同时推演出建设的路径，确认智性教学的常识性与创新性，从讲授开始就赋予语文课以文学理论与人文学科的理性思维。有诗性的博识，有神性的启应。是为什么，而不仅仅是怎么办。

所以，蔡老师课题的主题阐述是非常明晰的。

"说话清楚而有条理"，其前提就是"思维清楚而有条理"。公众和学者的表达都离不开人的思维。新颁布的《普通高中语文课程标准（2017年版2020年修订）》明确提出，高中语文学科的核心素养包括四个方面，即语言建构与运用、思维发展与提升、审美鉴赏与创造、文化传承与理解。在发展语言能力的同时，发展思维能力，激发想象力和创造潜能。语文教学要使学生"养成独立思考、质疑探究的习惯，增强思维的严密性、深刻性和批判性""汲取民族智慧，培植科学理性精神"。

语文教学既要发展学生情感、审美能力，也要发展认知能力、思维能力。长期以来，我们对于人文性的理解失之偏颇，把情感、审美当成人文性的全部，对智性有意无意地忽略了，学生整体思维水平难如人意。

联合国教科文组织曾邀请全球500多名教育家列出他们心中最重要的教育目标，"批判性思维"位居前列。资料表明，包括美国大学在华招生等各类考试的阅读测评中，中国学生批判性思维明显欠缺；在"有效而富有洞察力地发展作者的观点，清晰地使用恰当的事例、推理以及其他证据证明自己的立场"方面，缺乏训练有素的思维过程。而当下在国内高考中，学生作文也备受诟病，最大问题也在"思维缺席"。大多数高分作文"常常沉溺于华丽的文采之中，误以为情感是唯一价值，而不知将之上升为理智，达到情理交融才是更高的层次，概念不严密、逻辑不贯通，缺乏对矛盾的具体分析"。

不管语文学科的性质之争如何演变，发展思维能力始终是语文教学的核心。思维是语言的内核，学习一种语言，最根本的是学习一种文化和思维方式，最终获得人生智慧的提升。在实际教学中，教师往往比较注重知识积累和能力提高等目标，思维培养目标往往未作为教学的主导方向。

中学语文教学，从教材到教学方法，关乎几代人的文化与思想观念。蔡老师的课题看起来是教学科研，实质上是一种呼吁，一种力挽，一种对曾经存在而被忽略的打捞。她从理性和责任方面重申了教师的本分，并以文学的实践，为中学语文教学敞开一扇门。

我从刚入学的本科生和研究生文化与学养的辨识上，往往可以清晰地看到他们中学时代语文老师的背景、风格和学识，其中道理如斯。我曾是一个初中生，所以，我非常感激在我青春憧憬时给了认知的语文老师，有笔名叫红兰谷并桀骜不驯的老师们！

语言是一种思想，思想是由严密的逻辑结构和伦理脉络经纬而后产生的主张，以及对主张的理论践行。语言的丰富性所表达的思维过程或结果，直接换算为思想的深刻性，这就是认知。中学的语文教学，除了灌输知识，还肩负对青春呓语的矫正与引导，智性认知为此而生，不可或缺。这些，蔡老师的这本书，从理论到具体的文本分析，都很好很生动的予以呈现。

若智性教学成为一种教学思想、一种教育理念，并在各个层面加以倡导与实践，以及作为语文教师思想与学养的重要方面，则沉闷而单一死板的中学语文教学，将会有新生面。不必拘泥于教材，真正的语文世界，远在僵硬的教材之外，这就是智性教学的胜利。

同行师友及历届学生，对蔡老师的学识和教学风格等，有诸多美誉，言辞凿凿，对其为人师表，印象殊深，有崇高评价。她的科研成果，文学作品，包括学养，都充分地体现在这本书中。人在途上，已为人垂范，堪值（潮汕话）。

是为序。

2020年10月20日

和中学生谈中国语文

我希望此刻的角色，是一位初中语文教师。这个角色对于大部分人来说，极为重要。这种重要，活跃在人生的回望中，而身陷其中的初中生，是浑然不觉的。我愿意通过此刻，让中学生们提前明白，你们的初中语文教师，或许就是你们未来的人生模样。他们有多伟大或渺小，你们的将来的格局，也就相去不远。这就是中国语文的魅力与深刻。

中国语文，历五千年。经上古、中古、近古、现当代四个时期，每个时期，各有语文承载。最基础的文本承载，是开蒙读本，如《幼学琼林》《朱子家训》等等。

语言和文字是两条同源分流的河流。在不同文明程度的民族或族群中，它们形成的时间、速度，与世界的距离，以及成熟、丰富、复杂的程度，也是千差万别的。简单地说，语文就是一个民族或族群的徽章。它决定着文化、历史甚至科技的上限。比如英语。

从甲骨文到金文，从《诗经》《山海经》到明清笔记，从神话到传奇，从话本到小说，从古今遗事到史记，从文言文到白话文。它们走过古典，来到现代。古汉语三五千年，现代汉语一百余年。历史悠久的文言文及其代表象征的一切，成为一种遗存，它们几乎退出了当代人的生活。语文本来就是一种生活方式。文言文的繁缛意表与语序精洁的风致，在生活中的命名与仪式中的消退，使现代生活缺少一份典雅、一份变通，而变得粗俗不堪。可有一比：明清的民居是文言的，它深邃华美；而现代的民居，全无雕饰，一个遮雨的洞穴而已，如白话。

从老语文到新语文，历史转折点在近一个世纪前。老语文的成熟期，在中古的唐宋；现代汉语的成熟期，在民国。老语文和新语文的交汇转折，在清末民初。

1912年民国成立，中国从古代王朝向现代国家转化。官方语言从文言文变为白话文。这个转折与其说是语文的，不如说是政治的。它改变的是国体，推演的是相应的现代社会生活方式。比如宣传提倡新生活运动的文明戏和电影，官方文告及报纸杂志，民间交际，写与说都是白话文。新学学堂和新诗的兴起，汉服的衰亡和西装的流行，包括命名与仪式的西化，时髦所及，街市上刮的都是现代风。书信抬头也从"敬启者"或"××大人"，变为"××同志"或"亲爱的"。这是社会生活中，最平常的交际，自然也是生活中优序良俗的语文表达。

从以上语文环境的差异，也可窥视社会的基本伦理：国家主义与平民主义的并行，从上往下，同而不和；集体主义与个人主义的对抗，从下往上，和而不同。这些，从规章、文告包括一切以语文方式出现的表达上，都可明白无误地辨识。

朝代更迭时的政治及制度的现代性，决定了中国语文的走向及成就。而朝代更迭时的先进性或落后性，决定了国民教育的语文程度及人才的文野高下。

"五四"时期是一个值得尊敬旳语文时期，尽管它对文言的彻底破坏，与对白话的建设，其作用是同等的。我甚至认为，它的政治作用远逊于语文作用。虽然它仅仅部分地实现了中国语文的现代化，但它所推动的时代进步，却促使那个时期，成为中国近现代史上大师云集的时期。大师辈出的原因有三点：

第一，反转的时代。三千年未有之大变局、除旧布新的时代风气，在中国语文上表达得最彻底。打倒孔家店，提倡白话文，我手写我口，诗界革命，小说界革命，小说与群治之关系等革命性口号，不但唤起文学革命本身，同时催生了现代汉语，并将之迅速推向成熟，达到高峰。全新的语言环境，是催生新思潮、新民生的必要条件。

第二，全新的文人品格。一个文人，同时熟练地拥有至少三套语文：文言文、现代汉语、西洋的外语。三位一体而形就一种前无古人的文人风范，彻底改变了中国古代文人的三观（人生观，世界观，价值观），从文人过渡到现代知识分子。

第三，思想解放及个性解放。革命加恋爱、流氓加才子、家国情怀，以及爱情和死亡的永恒文学主题，等等。多元多样的文化交集，以及激进激情的时代精神，成为当时的学范与文学风格。

以上三点，使中国语文呈现了前所未有的品格、风致，并成为那一代人的性情。

中华人民共和国成立之时，政治的巨变并未从根本上触动语文的变更。文化是有历史延续性的。易代之际，语文依旧。由民国语文熏陶而出的旧知识分子，使民国生活风习、语言语态等人文方式，又延续了十余年。这十余年，给战后一代的语文教育予有益的人文沿袭。使他们后来在中断学业长达十年之后，于1977年恢复高考时，靠着小学初中的语文基础，顺利考上大学。这数百万的学子，后来成为改革开放中，具有新老语文实力的社会中坚。这是一个被语文教育研究忽略的重要现象。

十五岁前后，是一个人心智成长的重要节点，是思想启蒙的关键时刻，是人生的十字路口。此时语文教师的人文师范、知识与思想修养，直接关乎他们未来的人文走向。而这一切的潜移默化，春风化雨，全仗初中语文教学的正确施布。

一所中学的质量评估，很大程度取决于其初中语文教师的语文水平、哲学程度和思想觉悟，以及文学创作的成就高度。因此，聘任有这方面综合水平的教授型作家，担任初中专任语文教师，多则三年，少则一年，是件功在千秋的事。其功不在中国语文本身，也遑论文理，而在于，给十五岁的孩子，以憧憬，以梦想，以远方的诗。这才是中国语文梦了五千年的理想。

"三只牛吃草。一只羊也吃草。一只羊不吃草，他看着花。"

这是大作家、大教育家叶圣陶于20世纪20年代编的《开明国语课本》，一年级第十课《三只牛吃草》。它是5岁幼童的启蒙读本。有生命的句子，爱的拙稚的唯美。也可供初中生阅读感受，脱出动物性的描状而进入人的、美的憧憬。亦可供大学生品味，文学理论据此入手，现实主义与浪漫主义的分别与结合在此完美地体现。尤其可让博士生终身研究形而下与形而上的哲学问题，大小逻辑问题，审美在中国语文的原始结构中是如何与黑格尔、费尔巴哈和青年

马克思及第一小提琴手恩格斯发生思想联袂的，等等。

中国语文本身就是一种思想行为。

问题刚刚展开，也许结论就已经有了。一个人的前途好坏的起点就在初中阶段。叛逆的年龄里，冲动的结果是恣意，是妄为，是跟随，是强者的号召。这时，导师的出现非常重要。在正常的中学环境里，好的语文教师应当在此刻出现，牵手学生，走向全新的世界。

我始终怀念我从小学五年级到初三的几位语文教师，他们是周少玲、林少云、杨文勤和庄礼国（笔名红兰谷）、佘延年、林先生等，他们各有脾性，各有风貌。他们大多在民国修完学业，子曰诗云，夫子自道。一手好字，一口好话。

2020年9月4日

水客制度、族群与一座叫潮汕的城

——在苏黎世中西方文化交融高峰论坛的演讲稿

女士们、先生们：

请允许我在这里向诸位讲讲我对中西方文化交流的心得，讲讲我的故乡、我的家族在可追溯的几百年间，由于持续不断的中西文明碰撞与启蒙而得以兴旺发达，蒙受新文明、新伦理的恩赐而得益，祈望不同国度、不同人种、不同时代的民族与族群，升华地域与人的文明进度和程度，最终达至各种文明文化的和谐，在美其不美的和平共处中，使人类进入一种理性、智性的境界。

我必须从故乡说起。

在南中国版图上，有一个叫潮汕的地方，它是广袤的三角洲湿地，但我更相信它是一座城。那是因为所有说潮汕母语的地方，无论是乡村抑或城镇，它们在我看不见的时间里，总是自觉地互相靠拢，互相取暖，互相簇拥成为一个整体，一座城。城中有森林、河流和河谷，有海滩、山地和平原；遍布金碧辉煌极具特色的中西式建筑，俗称"下山虎""四点金""驷马拖车"等有故事的古老房屋，其魅力不逊西方的哥特式建筑；满目是镌刻着"大夫第""中宪第""资政第"等的有历史的牌匾。

由乡村与城镇勾连而成的城，可追溯到13世纪的元朝，即1271—1279年，那时的潮汕族群中，已有勇敢者下西洋，踏上海上丝绸之路，远涉重洋。有海潮的地方，就有潮汕人踏足。这个族群，视野永远向前。早在汉唐，由于战乱，他们从中国北方向南方迁徙，又从南方向更南的海外远渡，不断以洋风美雨，反哺这个再生之地。在中西文明的交融碰撞中，以千年之功，沉淀了一座伟大的城市，并塑造了一个被称为东方犹太人的族群。

这个族群，代有才人贤人，而郭子仪的后裔郭氏家族亦人才辈出。我出生的"郭信臣家族",已有一千七百年的家谱,可追溯到周文王的封号。我的曾祖父郭信臣,是唐朝三朝元老郭子仪的五十六代孙。这个家族,在民国时期创造了一门八杰。我的叔公郭任远,是世界100位杰出心理学家之一,是中国心理学创始人,将西方心理学引进中国,在20世纪20、30年代任复旦大学代校长、浙江大学校长。叔公郭承恩,是上海圣约翰大学校长,国民政府陆军中将,国民政府中央造币厂厂长;其子郭慕孙是中国化学工程学家、中国科学院资深院士、学部委员、瑞士工程科学院外籍院士。叔公郭豫瑶是民国四大银行之一国华银行董事长,等等。他们都有留学国外的经历,精通多国文字,为民国要人。曾祖父郭信臣是上海滩潮帮富商,与堂兄郭子彬捐资创办了复旦心理学院。该学院是中国第一所心理学院,在当时世界排名第三,亚洲第一。郭信臣于20世纪30年代,捐资30万龙银予浙江大学,力倡引进西学技艺。

我的外祖父马灿汉,早年留学欧美,获美国普林斯顿大学教育学硕士学位,1924年归国,受蒋介石之邀入黄埔军校任要职,后于泰国办金融业"安顺机构",其祖居"光德里""硕士第",堪称中西合璧之典范,既有中国礼制,又具西洋古堡风格,为"驷马拖车"式建筑,又有西洋碉楼。这种建筑在潮汕并不多见,发轫于外祖父的"光德里"。

潮汕的乡村建设,很大程度上得益于西洋文化的渗透。萌芽于13世纪的侨批银信,水客制度的建立与传教士的进入,以及潮汕人向海外拓殖所由的文化反哺,使潮汕的乡村文化建设,包括民生安排,如"皇帝厝,潮汕起"等,融入了欧洲巴洛克风致。

潮汕是一座古老而又现代的城。

在我的想象中,那城有时醒着,有时睡去,如同落日或旭阳。总是让许多人推着走,向前或向后,或紧或慢地行走着。我便跟着它,让它带着我行路。

海、河、山地、田野、古屋厝、青石板砌成的路,有时路石会松动,下雨时分,雨水渗进石缝里,踩上去会有水溅出来。

海边有三桅船,红头船,还有舢板,摇橹的人有男有女,总是戴着圆圆的斗笠,穿着棕红色的大襟衣。那是一种用薯莨混合牛血浆洗过的颜色,他们的脸藏在斗笠的阴影里，看不出真正的表情。

我总觉得潮汕之城是一座天上的城。老人说天上一颗星，地上一个人。我以为天上人间是同一个世界。而潮汕的世界，由一个个有名有姓的角落组成。河东书院，田心宫，青云岩，相国寺，下尾坑，万人冢，等等。我听说了"沉东京，浮南澳"的传说，于是去海角寻找通往沉沦的东京之路，果真看到伸到海水里去的青石板路基。大人们说的话是可信的。他们都说，潮汕是一座城。

在潮汕，最受欢迎的人是水客和批脚。番批到来的日子，人们便有了喜悦的笑靥，哪怕是在阴郁的雨天。

孩子们追着批脚，热心地引着批脚阿叔，从东家到西家，尽管批脚和村路彼此都很熟悉，但他们并不拒绝孩子们簇拥的热情。他们和孩子们一起快乐。批脚送出了番批，长弓篮里因此也收获了地瓜、米糕、咸鱼或者肉脯，还有一封封的回批。

这是村庄的节日。在批脚或水客到来的日子，独守空房多年的阿婆，脸上有了红晕。人们玩笑嬉戏，说起她们已经很遥远的新婚时光，在烦琐的"六礼"中的种种表现，尤其在"庙见"时，众人喧哗的热闹。连深居简出的马家老太，此时也会偶尔出现在街路上。她的三寸金莲与街石相吻，悄无声息。人如戏台上的老旦，一步一颤，摇动如风。

贫民的房子都面朝大海，富人的屋宇多藏在城市的深巷之中，那些中间是家祠两边为华屋的"驷马拖车"。村庄乡镇里的人都共着一个姓氏，几乎所有的人都同属本家，都在五服之内。家祠并不分贫富，所有的屋宇向孩子们敞开，无论家世。同一姓氏，皆为兄弟姐妹。

朝代在缓慢的岁月中，时有轮转。老人们能够记起的，总不外乎是一些前朝旧事，遥远如始祖的丰功伟绩，如郭氏的"汾阳世家"，从郭子仪直溯到"史祖黄帝，姓开姬周"，其后繁衍日盛，苗裔蔓延。三千年的跋涉，在他们口中倏忽而过，只是婴儿吞咽一口母乳的工夫。最多自然是《三国演义》和《水浒传》，记忆真切的，莫过于太平天国、义和团和海上的倭寇。

在我出生前六百年，城市还未开埠，潮汕之城尚在渔村的包围之中。红头船虽已在海上漂流多年，但把无关海上的人，从潮汕送到异国他乡这件事，那时才刚刚开始。在13世纪的潮汕，随红头船漂洋过海，去异邦另觅生地，那是豪勇者冒险者所为。许多流传于坊间的勇敢者的故事，连同他们的发家史，成为潮州歌册的主题。《水蛙记》开篇，主人公秀才詹典，过番三年，撞了好运，受番王赏识。

"臣儿想要回中原，看我家中妻共儿""番王听见有理宜，安排财宝乞子儿，二包珍珠共镞石，无价之宝值万铢，玛瑙珊瑚共金银，尽是金条好赤金，银尽佛头七钱二，人参一包重五斤""财宝乞你带回家，乞你妻儿去享福，后你回来心免青"。

水客、捎客、批脚……无数闯海者冒险家的故事，随着潮州歌册的唱和，在千百年的民间教化中，成为潮汕人求生的向导。

在还没有法定的交通路线，邮政交通也只限于政府或民间商队所为的时代，封闭而无出路的状况，在潮汕人的风格中得到了最早的突破。邮政交通还没有法律保障也还没有成为民众民生的权利，民间水客与批脚的诞生，就成为一种既合时宜又如春风野火一般传衍疾迅的行当。俗称"走水"。

见到"走水"的人，如见海外亲人一般。这种遥远信托形成的依赖，虽无血缘，却胜于血缘的承诺。自15世纪以来，除了海盗的劫掠，水客、批脚即使自身生活艰难，银钱拮据，虽过手银钱千万，但侵吞批款或丢失侨批的事极少发生，鲜有记载，而为寻错批主人而苦苦寻觅的事屡见不绝。批封上常印有"批银先发，有错取回""保家银信""从静分还"等印封，以证信用。更绝的还有"口信附银"，完全无须批封，口诺便认。

以乡谊、诚信、口诺等精神性保约，化合而行的邮政交通，是侨批最丰富、最人性、最具人格魅力的信托结晶。它成为潮汕这座城邦之成为现代城市的精神保证。它的现代性，皆因其对古老淳朴乡土风习的守成。仁义礼智信、天地君亲师，至少把人性欲望从道德上加以过滤。城市行为的民生规约与底层乡愿的设计，使潮汕城市的道德蓝图，规矩方圆，无处不在。

在我出生前的五六百年间，城市有形的变动，包括街巷屋厝的摧毁或建设，萧条冷落或繁荣奢华，无日无之。但五六个世纪所形成的规矩方圆，却始终未变。依然是"厚积流光"，依然以"诗礼传家"，依然是"人文化成""正大光明""元亨利贞"。

一座城市，竟然包括了广袤的乡村，连同河流和山脉，阡陌与沃土，无数的道路和码头，码头上的堆栈，堆栈中南来北往的货物，以及散落在城市与乡村的华屋老厝，堆金塑银的屋梁与屋脊，即便残破如斯，依然透出华丽富贵的气势。在海隅之地，却恩准而"皇帝厝，潮汕起"。不是天赐的荣耀，而是皇权对之的无可奈何。本是大族避世的桃花源，却又衍生了海外开拓的传统。

这种传统并非简单地归咎于天灾人祸的勒迫。从中原流民的血液中，不难寻觅到这种扩张与进取的基因，老死于一隅的秉性并非流民的天赐，冒险和骁勇、开疆拓土才是流民真实的欲望。既然太祖吾民可以从中原一路南下，在未知的疆土上肆意耕耘，大海汪洋自然也是大路朝天，彼岸的荒凉正是心中的繁华。水客和批脚的横空出世，自然引证了直把他乡作故乡的道理。

在潮汕的乡镇与城市行走，早就没有被城市的奢华分离与割裂的印象。在五六个世纪以前，这种印象就已渐行渐远。即便远在穷乡僻壤，心依然与泰国近在咫尺。这是一种非常奇怪的感觉与印象，它来源于对水客与批脚的想念和想象，那想象来自天空的飞鸟，那思念来自大海的船。这种想象的联结，使地域的距离无足轻重。

这种由水客、批脚勾连而成的物质性网络，由对批封的依赖而生的精神性怀念，在没有邮政交通的年代，把无数乡村贯通到城市的血缘系统之中，成为城市经济致密的部分。这是中国以至世界最早实现城市血缘系统的地方。对水客的思念与期待，使多地的迅速连接、合体成为可能，信息的互通是其结果，而这正是形成现代城市的元素。

在这个意义上，潮汕早在几百年前，就已经逐渐形成了一个中国最大的城市，拥有了最多的人口——1500万。由批脚和水客连接而成的"互联网"，这种奇观无可比拟，其作用堪称时间之奇。

在对外贸易极为发达的潮汕，因为侨批，大多数年份出现了入超（即输入额超过了输出额，亦称逆差）。据潮汕海关统计，光绪二十一年（1895年）入超754.89万两，光绪二十六年（1900年）入超757万两，宣统二年（1910

年）入超1191.65万两，民国十四年（1925年）入超818万两，民国十九年（1930年）入超2041万两。光绪二十五年（1899年）汕头银庄达60多家，下辖海内外分号775家，国内各县投递局20多处。而民国十年（1921年）批款不下几千万银圆，以后每年批款超1亿元，一度超2亿元。

潮人仰赖此批款为生者，几占全人口十之四五，新祠夏屋更十之八九。

在水客最盛的19世纪，仅在汕头，专门递送侨批的水客有800人之多，香港有200人左右。

潮汕是一座城的事实，连远在欧洲的恩格斯也注意到了。他在1858年，用了"口岸"这个词来概括"汕头这个唯一有一点商业意义的口岸"。这个口岸背后的地域依托，自然是辽阔的城市。这样定义似乎有夸大其词之嫌，但是，恩格斯是相对于中国其他几个口岸，即已经五口通商的城市而言的。那五个开放的城市口岸"差不多都没有进行什么贸易"。而汕头的商业意义，有几个必须注意的前提：其时汕头所处的"这个帝国是如此衰弱，如此摇摇欲坠，它甚至没有力量来度过人民革命的危机""这个帝国是如此腐化，它已经既不能驾驭自己的人民，也不能够抵抗外国的侵略"。此刻，"俄国人已占有了黑龙江以北的领土和该河南岸满洲的大部分土地""从中国夺取了一块大小等于法德两国面积的领土和一条同多瑙河一样长的河流"。

彼时，中国人正在天朝明令禁止之下，在遍布城乡的无数鸦片烟馆中，吞云吐雾；或从东印度、缅甸等地肩挑背扛，往中国的南方北方贩运鸦片。大批鸦片掮客，跟水客、批脚同时驰行。

潮汕的人口输出，茶叶和丝及鸦片的贸易，不同程度地满足了"俄国在远东的成功"，而汕头也因此具有了"一点商业意义"。恩格斯对于汕头的这点评价，实在不值得国人用150年来津津乐道。

欧洲文艺复兴时期的潮汕，较北方更早地输入西方的理念及科学精神，如在侨批中体现的契约精神——诚信、尊严、大度、公平、关怀弱小等，体现在侨批封印中的"从静分还""口信附银""批银先发""有错取回"等字样，强调文本契约的现代性。

　　我的文学创作和研究，深受家族与地域中西方文化交融的影响，从童年阅读《格林童话》到其后读卢梭的《忏悔录》等。在我的新作长篇小说《铜钵盂》中，通过侨批史所描述的一切，始终感怀着中西方文化交融的机缘。

2015年7月29日

中意法当代艺术家邀请展（汕头站）

　　中国的潮汕，是世界上最具魅力的地方，上推十个世纪，她已经兼备开放的各种形势。北方的流民因各种原因，以种姓为组织结伴而来，遂为土著。三江平原因北风的吹灌而氤氲了中原的气息，因北方民族的不同种姓，在这片广袤的三角洲湿地和海边丘陵，以千年之功，形就而为一个以潮汕母语为文化核心的族群。它无与伦比的语词结构和辞格系统，以及丰富复杂的音韵变化（十五音），保存且最大限度地优化了中国最古老的种种文化遗存，包括音乐（笛套音乐）、舞蹈史诗（英歌舞）、镂雕、麦秆画、腌制术等。源远流长的诗词歌赋、书法绘画，已成为民间教化。而其建筑，于民居中，却成礼制庙堂。

　　在一些发生地早已消失的东西，只要为潮汕人看取，便天长日久地成长于斯，绝无丢失泯灭之虞。对古汉语的顽强坚守，使潮汕母语包括因它而生而存的一切艺术与生存智慧，都存在于汉唐的文化峰地之中。从古到今，始终说着唐朝的话，享受着唐朝的遗风留韵，其行为举止，怎么看亦不失《唐诗三百首》中的世风礼制。在古旧的时代，不论贫富，诗礼传家，耕读流风，乃为社会习气。不管如何激烈的社会变动，在一般情况下，暴力形式的输入，难撼这个族群的生存信念，简单看取、粗疏理喻这个族群是困难的。这是因为，它的保守是目的，而开放是手段，两者互为，全靠智慧与精神的维度兼容。而潮汕人在这一点上的修为，举世无双，唯一可比的犹太民族，似乎略显机械。

　　赞美这个族群的话语，很容易被当作自诩。问题是外人因语言障碍，与潮汕人虽交往甚多却对其知之甚少，因潮汕普通话交流困难，使得外人对潮汕文化了解往往知难而退，别看有潮水的地方就有潮汕人，潮汕人远走之广，无人可及，但真正透知潮汕族群文化源流的，寥寥无几。简言之，潮汕因北方而来，保持了盛唐的北方文化，偏安一隅，将其优化而成一种以阴柔文雅包裹阳刚彪悍、以庙堂的礼制范式消解退去野蛮的生存规则，而入一种全新的文明。它的民间生活，是最早走向世界文明，却又最迟接受且顽强抵制后现代生活方式的。这个族群存在的矛盾性，充分表现了它的文化自守在与现代文明的角力中，在勇往直前的势力中的犹豫与心机。

在潮汕，无一村庄无"四点金""下山虎"；无一村庄无家庙和私塾，各种历史悠久的书院学舍，散落潮汕大地。明清至民国，几万人口的汕头，慈善机构超六百家，生死嫁娶，均有善堂帮助。乡村自治与民间救治，撑持了超稳定的社会结构。而源源不断的侨批银信，又支撑了潮汕国民经济之十有五六。"皇帝眉，潮汕起"，其经济来源，侨批为之八九。丰足的财富，撑持了社会文明的高尚程度，也巩固并加速了精神性文化的传承。

潮汕的一切收成，都有庞大的文化渊源与历史背景，都有清晰可寻的人文线索，都有考据有致的文明序列，而这一切又经由各个家族的明白谱系而来，从未中断的辈序记录，又由每一家庭成员的名与字，得以衍续传承。这种延续了几千年的传统，在近代革命的冲击下，有不同程度的消淡。数典忘祖的颓势，随着近年祠堂文化的复兴，有了改观，这种微妙的修复，对于族群凝聚及文化基因的拾掇，是为福音。中国乡村的文化建设，离不开这种底层生存的文化保证。修复是一项工程，需要时间。潮汕文化最能沉淀时间。五行八作，三教九流，工匠雕琢或传道解惑，全然于沉静沉实的漫长中取胜。即便小至一粒橄榄，也将之做出多种风味来。行行有秘籍，精工出细活，子承父业，世代相继，操一份手艺，无分贵贱。熟透了的乡村，完整和谐的市井，那一份质朴的平静，仿佛正在午睡的时间，它很容易使人以为永远活在童年。

这份中国古旧乡村的怀旧情愫，并非处处能有，而潮汕独在。

保有这样的潮汕风度，皆因它从不自满。它在一千年前，就已经明白，要固守本土，就必须拓疆；要落叶归根，必先在异域落地生根。这个道理，是做古建筑的豫爷告诉我的，他说的有道理。

　　这是潮汕人的战略，无处不生根，正是为了最后的归根。在为世界做贡献的同时，把财富包括文化财富搬回潮汕来。中意法当代艺术家邀请展（汕头站），正是非常好的展现。

2016年5月28日

从大潮汕写"中国往事"

在教学之余，用五年时间，我完成了"中国往事"五卷本：《铜钵盂》《仁记巷》《光德里》《桃花渡》（《1966的葵》）《十里红妆》。全部由花城出版社出版。写完了，出版了，余笔未尽。

对于大潮汕的书写，似乎刚刚开始。五部长篇小说，180万字，叙事与呈现，包括说辞，仅是大潮汕当代文学的零头。大潮汕许多社会与人文话题，远未入当代作家的文学视野。大潮汕的文化宽域，旷野无涯。单就潮汕女性，千年都写不尽。何况，本已言封笔，但若余生宽富，将笔力以赴。

从溪东到中鞍头，其实是很短的距离，却要经练江、榕江、湖泊、海边湿地、平原和多石的海岸，无端隆起的丘陵，辽阔的田洋，多座15世纪的教堂和文艺复兴以后的碉楼。无论向南，或向东，尽管方向稍偏，但距离大致相等。再往前，就是大海。去大海的起点，或生命的终点，有两个。一个是有栈桥和寮居的中鞍头；一个是有薯郎牛血渗透的拍索埕。许多人的起点和终点，都在这两个地方。

人一走进这两个地方，故事就有了结局，一个重归往生，一个去向未来！

在某个下雨的黄昏，火烧云在天际，半藏在海中。雨来噢！雅姿娘在海岸上站成一个剪影，丰乳肥臀，有红色的毛边，而衣裾飘扬部分，却是透明的海的晚风，有黑色的波浪在忧伤中流动。

繁华然而虚弱得慵懒的城市，呼吸里有太多的空洞，像乡下的风箱在抽。有堤岸的地方，基本上是涂抹着粉黛的呻吟与喘息，总是在夜里过分放纵而透支了风华，早晨入睡时已成一副空壳，天亮正是它黑夜的开始。

这一从《铜钵盂》《仁记巷》《光德里》这些流光溢彩却苦难深重的屋厝写起，而坠入《桃花渡》，渴望《十里红妆》去的五卷本长篇小说，它无奈地走过田中央，这个百年前潮汕"七日红"的圆点。它中经溪东，与陈公河一起，藏宝八百年而终成废墟。

它在龟头海拐角，去龟山和蛇山，以南渡下尾河东，再见中鞍头寮居。小小的拍索埕，只不过是，风吹过隙时，鬼头刀下，一丝凉凉的血痕。

所以，小说应该拥有一个花篮，叫青篮。装满"库司"和香烛，金银两种，红白两种，焚之通神，三奇而多奇。

经过南门李，抬头见"李氏家庙"，差点忽略一座明正统年间已阅几世的古坟……宛容安在。

在广澳角的古驿道，想起"沉东京，浮南澳"的神话，以及四个小鬼搬龟山填门嘴的诡局。在佩服江西小神仙的同时，还要感念另类半面神的神机妙算。否则，怎么会有清同治元年（1862年）潮阳"发财公"的传说，以及郭范两家"德盛土行"的百年神话。

从后江看过去是东湖，一个出产黄瓤西瓜的海边小村。明明是面对大海，却自称后江，非把地理上属后库的濠江当前锋。再把一个没有河的小村，佯称河渡，然后，拍出电影《无名岛》。这就是青篮，一个装得下所有传说的地方！

还是有荒凉的地方，起码它容得下真实真相。在无人的海岬下尾，才真的是诗与远方。

小提琴和小号，在无名的风中吹响！只有曼妙的音乐，无标题，无言语。唯有不知，不说，任由流淌的荒凉，才真的值得生命为之付出。

写过同治，中经己丑，结于己亥。一百五十年间，五代人的潮汕，蚀骨融髓的人情风土，就这样。

无数平淡的生命和岁月，在潮汕歌册里，几声轻唱，几段锯弦，几下胜杯（掷卦），再把万千"库司"，焚为一缕青烟。在烟尘里，回眸细看，潮汕仍在，在有无中。苦恼的是，在《十里红妆》中，我无法确定苦初3号和光的命运。他们早已消失在茫茫人海之中，没有留下任何痕迹。我在小说里努力寻找的，不过是一份情义。至于许多与他们相似或关联的所谓真相，我已经不感兴趣了。

也许历史永远没有真相可言。胜利者也并不能决定人性的高下。真正真实的人间情怀，常常在失败者那儿表达得更为淋漓尽致，出神入化。可惜这一切，遗忘与丢失，应是它们的命运。

苦初3号和光，他们像儿时的打水漂游戏：一块块残缺的瓦片，被用力甩出，它们作为个体，贴着水面，与水面平行着跳跃，翻飞而去，把平静的池水点划出一圈又一圈大大小小的涟漪。

想象那不断扩大的涟漪，它们突破池水的局限，至大无边。

而池塘却年年如是，复为春水，了无痕迹！如有限的人生，在无限中的消失。

从田中央，从溪东出发，或经中鞍头南渡，又或在拍索埕终结……他们以青春绞断岁月，遂以生命结绳记事。

他们将时间拧挂出十里红妆的花信。由是唢呐低吹，椰胡乱马。天地间，忽然就彤红姹艳，欢喜了！

有一个声音："那含泪播种的，必含笑获享收成。"《圣经》的话，谁真正懂得？然而，天堂是喜欢了！人间是欢喜了！欢喜了！到处是锣鼓声！

说是"中国往事"，无非是说说以潮汕为情怀的中国往事。常常有人问起，怎样写潮汕？把潮汕当中国来写，或说把中国当潮汕来写，这就是了。潮汕乃中土，五山环侍如国中五岭，三江穿流如烟雨九派。所谓"崖山之后无中国"，非也。潮汕延续且保持了中国三千年的文化血脉。

《十里红妆》是"中国往事"五卷本最后一部。是父亲母亲们在大时代的风磨里，经历碾压与风雨的绝不平常的爱情。

于我个人而言，是在大潮汕辽远的文化泥淖中，屡经跋涉之后的告别。而于大潮汕文学的中国讲述，才刚刚开始。

2019年10月10日

读书是一种饥饿

"旧历的年底毕竟最像年底，村镇上不必说，就在天空中也显出将到新年的气象来。"这是鲁迅小说《祝福》开篇的一句。

年少读书时，对此并未留意，而那时的初中教师似乎也并未特别指出。这一小说修辞的微言大义及与时局的关系，其实大有玄奥，凝结了鲁迅小说的全部主题。

祥林嫂的命运自然令人同情。今天看来，其痛苦或许与什么政权无关，也似乎无关乎阶级。鲁迅要说的是一种文化，一种介乎人类文明的文化成因。先进、合理合法的社会，也难免产生祥林嫂这类人物。

现代社会抑郁症丛生，其概率绝不比祥林嫂时代低。现代人的精神问题，似乎比鲁迅时代要严重得多。这便是世界范围内的反现代化思潮正在面对的问题。现代化不是很好吗？不是人类自从告别中世纪黑暗，自觉进入文艺复兴之后的一种明智选择吗？怎么又如此大规模地反起现代化？而且是世界范围内的思潮呢？

不读书便懵懂，无以把握。

其实，我年少时的那位中学语文教师并不懵懂。他幼年读过《开明国语课本》、《幼学琼林》、"四书五经"，满腹经纶，读过辜鸿铭的《春秋大义》，也知道旧时清律关于"纳妾"的科学分析。而他的样子老气横秋，其实还未到50岁。他讲课十分谨慎，总是颂扬各种事物，总是大声大气、愤怒无比地抨击旧时的物事，但也难掩对旧时物事的羡媚之情。他常常露出马脚，在我少不经事的敏感看来，十足是在演戏。他演得十分拙劣，又十分痛苦，他本就不是一个演员。那时的我，对此觉得费解，对他的无奈毫无所知，便回家去问父亲。父亲对我有些警觉。他不正面回答我的问题，让一个还未到13岁的初一学生，去读毛泽东的《中国社会各阶级的分析》《湖南农民运动考察报告》。并告诉我，读不懂、不明白的地方，不必多问，长大了再读自然就明白了。他还对我说，他书架上所有的书，我都可以随便翻看，随便在上面眉批，哪怕是兴之所至，涂鸦也未尝不可。在他五个儿子中，我是唯一获得这种特殊待遇的。

我在那时读到只在高级干部和高级知识分子内部流通的《参考消息》。我在13岁时读到、看到了这个年龄的大多数人在那个年代不可能接触到的东西。现在回忆起来，这些事和父亲逝世前给我的最后一封信中的内容，在思想趋向及学理诠释上是一致的。他对我前途的预想与判断，早在我童年时就有预兆了。

读书让人早慧，而缺失实践的知识又让人迟熟。我完全生活在一个由书本架构而成的现实世界里。

记得我8岁那年，我所在的那座海滨城市，每户居民家里都有驻军，解放军分住在居民家中。我家小院虽无驻军，但学校操场却有养马的部队。有一个山东小兵，至今我还记得他大大的圆脸，笑起来有两个酒窝。我跟着他去遛马，他骑马在前，我紧随其后。雨后的田畴有被雨水冲刷出来的地瓜、花生之类的东西，红马牵扯出水沟里的一丛花生，马吃，我们也吃，每人几颗。

那时我已开始磕磕巴巴地读《格林童话》，知道说谎的恶果。养马班长问起了花生的事，我如实说了。山东小兵确实吃了几颗。没几天，山东小兵消失了，后来听说被开除军籍走了。

这是诚实的结果。没有对错。它似乎与读书有关，又无关。

好多年过去，我会时常想起那个山东小兵。不知他后来怎样，活着还是死去。

说回鲁迅先生的《祝福》。

15岁之前，我已读过了那时自己可能搜寻到的所有中外名著，包括恩格斯的《反杜林论》，列宁的《国家与革命》《哥达纲领批判》，还有《共产主义原理》等这些哲学著作。我家的阁楼与图书馆的藏书室只隔了一块老旧但却坚实的木板，我无意中松动了这块木板，钻入藏书室，由此展开了一个阔大的全新的世界。那儿藏着大量并不外借的旧书。这些旧书让我大饱眼福。我常常失踪躲在阁楼看书，保姆凤卿姑常因此遭到我父母的追责。

大人之书我自然无法读懂，但我记住父亲的话，囫囵吞枣即可，先知道再说。我早早地成为一个地道的知道分子。因为炫耀知识，便常常给同学讲故事和书中的见闻。课间10分钟，我常常在同学的包围中，讲述那些"盗来"的思想之火。

读书成为习惯，眉批尤为所好。

在海南岛黎母山中六年半的知青生活，从15岁到21岁，六年半时间，我伐木、种胡椒，也在山中窝棚马灯下，读了六年半马克思、恩格斯、列宁、斯大林、毛泽东的书。这些书并没有把我学成一个机械的马克思主义者，却使我知道了现实中太多伪马列主义者，或者完全不知马列主义的马列主义者。这个重大发现，着实令我大吃一惊。

我有了第三只眼睛。这只眼睛让我看到了这个单调世界中绚丽的色彩，也给了我洞悉物事行事的勇气与胆量。从此，我再也不怕行走山中夜路，这个世界有生命，无神鬼。

我终于明白了那位未老先衰的初中语文教师，他对鲁迅小说刻板而惊惶的分析里，有多少言不由衷的东西。他的第三只眼睛被人为地封闭了。

在艰苦的岁月里，我坚信，一切都不可能木已成舟，一切都存在于变数之中。我一定会走出黎母山，以别样的姿态。那时，我的理想平庸到令人吃惊。我期望有一天能到中山大学当一名清洁工，扫地。扫地工的岗位大约不会有人跟我竞争，而之所以选择中山大学，隐藏其后的想法是，我自信经过20年的自学，最终将成为中山大学中文系主任，一位自学成才的著名教授。那是1972年被推荐到中山大学化学系高分子专业，最终因父亲的政治问题而被退回时的想法。

不用经过20年。我1973年当了工农兵学员，1976年当了民族学院的教师，1984年当了民族学院中文系的副系主任，1985年任副教授，1988年兼任学报主编。我忽然悟到，我首先应该感谢的是我的父亲，然后是马恩列斯毛的著作。最重要的著作是恩格斯那部饱受争议的《反杜林论》。

我之有机会一再被推荐上大学，完全出于意外。1971年的一天，伐木队营地来了一位没读过多少书的琼崖纵队老革命、新来的场长吴石芳，他草草视察了伐木现场，然后爬进我们住的吊脚窝棚。他刚好坐到我的铺位上，随手翻起堆在枕头边的书和笔记本，脸上有了惊诧的神色。下山时，他轻描淡写地对我说："你叫郭小东？你应该去上大学。"我还没明白他的意思，他就走了。

此后，我没有见过他。但一切如他所说。我先是被调到场部当文书，负责编黑板报，后来被推荐考试上了大学。

是那些马列主义的书，连同《古文评注》《中华活页文选》，或是那些日记本，使他突然动了心思，认为我应该去读大学？多年以后，每每在海口见他，将近90岁的离休老干部，依然神采奕奕，与人中介土地转让事宜。我请他到餐馆里一叙，他吃喝得很欢，而我很伤感。我在很年轻的时候，失去了父亲，可是在年长时，我又见到了"父亲"。

父亲给我留下的记忆，关乎书，读书。吴场长对我命运的关切，也源于书，读书。他们以相同的方式，表达着对这个世界不同的关怀与看法。

当我完全明白并滔滔不绝地向学生讲述"旧历的年底毕竟最像年底"，以及"在我的后园，可以看到墙外有两株树，一株是枣树，还有一株也是枣树"的时候，我的伤感无以复加。鲁迅该有多深的孤绝！

国民对于老旧的依恋，对于旧历时节的笃信与固守，任是怎样的新事都无法撼动的，连天空这些非人意的东西也如是。而当孤绝和冷寂成为一种诗意，成为一种目睹的想象时，生存的失望与苦痛，就成为一种运命，它的运程无可回避，唯有伤感。

伤感亦是一种书香，只是它混合着太多的汗、泪、血的味道。医治它的，抑或只能是读书。"书中自有黄金屋，书中自有颜如玉"，老旧的诗话无大谬。"万般皆下品，唯有读书高"，并不反动。也许用唐朝朱庆馀的诗《近试上张籍水部》（《闺意》），方能释怀："洞房昨夜停红烛，待晓堂前拜舅姑。妆罢低声问夫婿，画眉深浅入时无。"

正如回忆是一种饥饿，读书亦是一种饥饿。

2014年5月12日

为着生命的告别与相遇

文学是一种天赋。我这里所说的文学，自然是指优秀的、真正的文学。而现实中，以文学之名猎取名利、投机取巧的实在太多。当然，天赋是需要滋养的，如丹纳所说的种族、环境、时代。故天赋并不孤立。

写作于我而言，在儿时是一种伟大的史诗般的憧憬；在知青时是一种宣泄和自我抚慰；在中年时是一种功业，一种工作，一种苦闷的象征和焦虑的挣扎，一种快乐的源泉。

天赋是什么？它源于哪里？

民国版小学生《开明国语课本》课文写道："三只牛吃草。一只羊也吃草。一只羊不吃草，它看着花。"看花的羊，可说是天赋，是文学。吃草的牛和羊，是生活的本相；而看花的羊，有无限的想象，无尽的叙说。美丽的向往，美好的憧憬，精神的追求，苦闷的象征，生命力受到压抑之后的冥想；关于存在，关于虚无，关于物质，关于精神，关于想象，关于象征，关于时间，等等。课文仅21个字，却道出了文学与生活的真谛。它既是人生开蒙，又是文学启蒙，简单的文字，朴素的语言，却有许多蕴涵。

当下的教育观念和教育制度，在某种程度上是扼杀天赋的。功利目的和功能目标，竞争的输赢，使孩子失去童年，使少年变得老成世故，使青年萎靡或者张狂，使中年贪婪贪求……使天赋尽失，生命悲哀。

我怀念我的父亲母亲，他们都是20世纪初出生的具有"新文化中旧道德""旧伦理中新思想"的知识分子。他们给了我一个自然生长的童年，民主地、博爱地自由地成长。我逃学而不受惩罚，我冥想得到鼓励，我和螃蟹在海边对话，我数学考不及格也并未受到指责。我基本上是一个文明指引下的野生的孩子。他们放手让15岁的我，只身到海南岛原始森林中伐木，几经生死历经磨难而结果为诗。父亲在"文革"中被迫害致死，母亲九十高龄却依然雅致如处子，娴静美丽依旧。

　　我怀念少年和青年的时光。逃学到海边玩耍，在海边礁岩上看海，冥想跳鱼和蟛蜞，以及海风和潮汐；跳进海里捉鱼摸蟹，让巨蟹咬得鲜血淋漓，被牡蛎划伤皮肉然后用海泥敷伤。坚信生命是由伤痛塑成。与知青伙伴一起在森林中濒死，笃信陌生旅人的江湖信义；坚执于一贫如洗的爱情……当这一切与文学结缘，俗世的边界与樊篱就土崩瓦解，文学的天赋便在生命中开花。

　　依着天性自然地生长，怀着宽容慈悲的心，温和地悲悯人世间的苦难，阔大地爱着所爱与所恨，告解自己与他人的罪恶与仇怼，牢记回报滴水之恩，敬畏自然与生命伦理，尊重并匡助卑微的生命，讴歌平朴的人生形式，为着生命的告别与相遇，尽履牧师的使命。

　　这就是作家的天赋和天赋的滋养。

2013年7月20日

文学表达高贵的人类精神

2007年是俄罗斯"中国年",今年9月(20日—28日),我参加中国作家代表团访问俄罗斯(代表团团长赵本夫,代表团成员有舒婷、郭小东等)。访问期间,中国作家代表团参加了一系列文学交流活动,促进中俄文学交流。这是我在访俄时的发言稿。

俄罗斯是一个伟大的民族,一个善于把民族苦难和人生坎坷表达得浪漫、智慧同时把伟大崇高表达得质朴粗犷的民族。这种民族性格使俄罗斯虽历经无数世纪的人类灾难,却始终保持一种乐观骁勇的民族精神。她深刻的忧郁和广袤的心胸所创造的文学,开阔并丰富了世界文学的视野,成为人类文明的重要部分。

中国生于20世纪50年代的年轻人,直接受到俄罗斯民族这种伟大精神的影响。俄罗斯的现代文学包括之前19世纪的民主主义文学,尤其是卫国战争时期诞生的文学,是50年代中国青年主要的文学资源和精神资源。我们至今仍然能够在这些年代成长起来的中国作家的作品中,感受到普希金、陀思妥耶夫斯基、赫尔岑、马雅科夫斯基、别林斯基、车尔尼雪夫斯基、杜勃罗留波夫、肖洛霍夫、高尔基、帕斯捷尔纳克、法捷耶夫等伟大作家的文学滋养。如《怎么办》《往事与随想》《静静的顿河》《我的大学》《日瓦戈医生》《青年近卫军》《卓娅和舒拉的故事》等等。在近年的学人中,巴赫金的小说诗学,也是一个热门的话题,多间中国大学都有专人研究巴赫金的小说理论。我所在的大学就有教授撰写了巴赫金研究的专著。我本人对巴赫金的小说诗学也颇感兴趣,今年我给中文系现当代文学研究生讲授中国当代小说诗学时,一个重要的共时参照,就是以巴赫金的小说诗学作为材料的。

在中国作家中，知青作家深受俄罗斯文学的影响。张承志的小说基调，其理想视野及其抒情方式，直接受俄罗斯文学的熏染，作品描写的地域也与俄罗斯国土接壤。环境和地貌的某些相似性，也使他的作品，从人物意象到文学的诗意建构，都洋溢俄罗斯文学的基本风格。他的中篇小说《黑骏马》《北方的河》，长篇小说《金牧场》，都有浓郁的俄罗斯叙述风情。对母亲和大地的深情歌颂，对广袤原野的粗犷又忧郁的描写，在草原上踽踽独行的孤独情怀，都令人想起那首在中国大地广为流行的《伏尔加河船夫曲》。中国知青在"文革"时期的经历，和祖国一起沉沦的精神苦难，其思想表现都直接贯通了十二月党人的革命气概。许多在危难中坚定信念的知青形象，都渲染着十二月党人的精神气质；俄国女性亲吻被流放的十二月党人的脚镣的浪漫行为，成为中国知青在最苦难的岁月里，无穷尽的精神资源。在梁晓声的小说中，这种来自平民的精神自傲，正是由俄罗斯文学中精神贵族式的高贵人格来体现的。他的小说《今夜有暴风雪》中的男女主人公，所恪守的正是这种人格的高贵风度。而其《这是一片神奇的土地》中，关于荒原和无边沼地的描写，摩尔人的塑造及人物关系的构置，都让人直接嗅到俄罗斯文学的深重呼吸。我本人的文学创作更是如此。

我的长篇小说《中国知青部落》三部曲，虽然写的是中国南方云南和海南岛的知青运动，从地域上看，它们与俄罗斯大地相隔遥远，在人文景观和精神气质上，很难寻找到合适的契合点，但由于中俄两国在革命战争年代里，文学品质的相通性，贯通了我与俄罗斯文学形象的精神气场，这种从童年时代就已然被宣示的俄罗斯文学影响，尤其是帕斯捷尔纳克的《日瓦戈医生》在中国青年学人中的广泛声望，那种在革命战争和暴力年代中知识分子苦难的精神跋涉，困惑于革命同时清醒于自身的人性良知和道德操守的崇高的人类精神，在我写作长篇小说时，都是一种无形的智性启示。我的小说人物都自觉或不自觉地恪守一种我称之为"日瓦戈原则"的人性标准，即在承受苦难的同时绝不向命运和强权屈服，始终坚守着自己的道德和人性承诺。他们因时势沉沦在社会底层，但他们在精神上始终是至高无上的贵族。他们宽广的胸怀里始终包容着人类共同遵守的生存法则。这正是中国当代文学在进入世界文学格局中必须努力建构的文学精神。

　　赫尔岑是我最喜欢的俄罗斯作家，他的《往事与随想》，是我在从事中国当代文学教学中，向学生推介的必读书。我每年都会不厌其烦地向新来的学生，认真地讲解我所认识的俄罗斯思想家和作家赫尔岑的作品，他那些智慧与博大共溶的文本，那些对十二月党人及俄罗斯女性们的崇高描写与礼赞，那些被屠格涅夫感动地称之为"这一切全是用血和泪写成的，它像一团火似的燃烧着，也使别人燃烧着……俄罗斯人中间只有他能够这样写作……"的文字，同样燃烧着21世纪中国青年的情绪。中国著名作家巴金先生，在翻译这部作品时曾经这样写道："《往事与随想》可以说是我的老师。我第一次读它是在1928年2月5日……当时我的第一本小说《灭亡》还没有写成。我的经历虽然简单，但是我心里也有一团火，它也在燃烧。"在巴金眼中，这是一部史诗巨著，是一部"从19世纪20年代一直到巴黎公社前夕俄罗斯和西欧社会生活和革命斗争的艺术记录"，是"时代的艺术性概括"。用赫尔岑的话说，是"历史在偶然出现在它道路上的一个人身上的反映"。因此，它是时代赋予个人以表达高贵的人类精神的承担者。我谨记赫尔岑在"序言"中最后的一句话："剩下来的思想就用到事业上去，余下来的力量就投到斗争中去。"

　　俄罗斯是一个文化深厚、宗教意识虔诚浓郁的国家，我对这个国家的文化和文学深怀敬意。我这是第二次访问俄罗斯。上一次是旅游，这一次以中国作家的身份进行文化交流。对俄罗斯文学的认知，依然停留在过去的历史时光中，对近40年的俄罗斯当代文学，是陌生的。希望在这次访问中，能够了解更多俄罗斯新近的文学资讯，加深对俄罗斯当代文学的了解，增进中俄作家的友谊。欢迎俄罗斯的同行，到美丽的中国南方做客。

2007年9月·广州

跋

批评即选择。文学即表现。批评间离文学，文学选择生活。批评左右于朋党之间，形成流派与思潮，而文学的表现，结果为诗。诗在这里包含了神性的意涵，它离分生活，并人为地分成正剧、喜剧和悲剧。同时抽离烦冗，形而上为感伤的诗和素朴的诗。

当我在《诗经》和《反杜林论》中，朦胧地感知这一切，并意识到阅读也必须是一种选择时，恰好我个人的知青时代结束了，同时带着明确的求知目的，比我的同时代人，有幸更早地走出深山。

也是在这一年，曾经是革命者的父亲，在改正前夜，蒙冤而亡。我清楚地记得，那是一个寒冷的6月，我在黎母山腹地，一个叫腰子的小邮局屋檐下，在午夜等待天明，等待确认父亲死讯的电报……而此刻，离父亲昭雪还有六年的时间。父亲的生死，成为我此后阅读的选择。这是一个心理学的问题。

当我在1976年春天，踏上西沙群岛几十个岛礁和荒屿时，原始的海与战后的惨象，令我对人与之对立的世界，有一种彻骨的惊悸。从此对生命投去神异的目光。所有过往读过的书，在那一瞬间，都化作一种急于表达的欲望，所有过往的个人史，都融入无数人、无数时间的劳顿中。我似乎明晰地知道，我将踏足的，将是一个我永远也无法抵达的彼岸。

在这一年，我十分意外地站上了大学讲台，何止是诚惶诚恐！三年前，我还是一个知青，有六年多深山伐木的历史，天天和原始森林私语，少与人话。三年工农兵学员时期，几乎没听过一堂完整的课，倒是读了不少的旧书，翻烂了线装的《古文评注》及《中华活页文选》，并把马恩全集当作小说来读。而那些不同版本的中西文学史，在我读来，竟是搜奇斗炫的故事书。而今，我必须有模有样，为人师表地站在讲台上，别无选择。

三年时间。从知青到大学教师，幻变得不可思议。但我自知，我不是一个标准的大学教师，永远不是。传道、解惑、授业，暂时与我无关，且以爱读书的初中生的风度，与1976、1977级的大学生们，在课堂上交流读书心得，谈论阅读之美，人类之爱。在街边排档，与年长的学生，把酒，称兄道弟。

既然忝为人师，教授中文，自然先当学习中文，须擅长写作以免误人子弟。讲革命文学，通溯《大宋宣和遗事》，必承《水浒传》。说《红旗谱》，当然源及陈胜、吴广，且至斯巴达克斯……通过学习与阅读确立自信：只要有内心之悟与独立的思想，就一定不会被埋没。埋没自己的，一定是在人云亦云中颓毁。

人人视为伟大的东西，一定包藏许多真实的渺小，而这些渺小，可能更有思索的价值。正如父亲于我的意义，不是他曾经是一位可敬的革命者，而是他曾在黑夜里，带着9岁的我，去海边沼地打海鸟，他那猎袭者的背影，以及准星后面，那双千度近视的眼睛在黑暗中的目光。这些，与平日里的父亲，所形成的距离，压迫着我认知上的浮夸。他只是想给病中母亲的汤里，加上几片鸟肉。

当时间把这一切都过滤干净之后，我的评论和写作，就开始告别旧有，有了别样的风致。即在宏观上完全倾向他者的世界，在微观上切入黑夜沼地父亲的影像。

当评论无法言尽我对这个世界的看法时，我以小说或其他文本的创作，来表达追索、思想。思想的表达并不拘泥于形式的制约。在我的心灵深处，形式并不重要，也无各自的边界。我的所有评论，都有表现的借重；而小说，则并不拒绝评论的机锋。评论的选择性与文学的表现性，在我不同的文本中，永远是同一性的。

这本集子中的文章，并不包含我最重要的研究成果。诸如《中国知青文学史稿》《逐出伊甸园的夏娃》《失落的文明》《想象中的时间》《文学的锣鼓》《诸神的合唱》《知青人信札》《转型期文学风度》等等各有专集。

本集的文章，重点在粤地批评相关的文章，特别是为作家序跋，也许它们更能体现粤地文学的真实状况。

我于文学，并没有宏大的志向，也不以为文学是文人救世的理想。倒是早期的散文集《南方的忧郁》，最能寄寓我之所以为文的一点写照，如厨川白村的"苦闷的象征"，而已。鲁迅的解释是"生命力受到压抑时的天马行空"。

如是，也所是。

郭小东
2020岁末·广州

粤派批评丛书